U0892217

［英］狄更斯　著
〔清〕林纾　译
江中柱　郑艺芳　整理

冰雪因缘

海峡出版发行集团 THE STRAITS PUBLISHING & DISTRIBUTING GROUP | 福建人民出版社 FUJIAN PEOPLE'S PUBLISHING HOUSE

© 版权所有，侵权必究

图书在版编目(CIP)数据

冰雪因缘 / (英)狄更斯著 ; (清)林纾译 ; 江中柱, 郑艺芳整理. -- 福州 : 福建人民出版社, 2024. 3
(林纾集)
ISBN 978-7-211-09255-0

Ⅰ. ①冰… Ⅱ. ①狄… ②林… ③江… ④郑…
Ⅲ. ①长篇小说-英国-近代 Ⅳ. ①I561. 44

中国国家版本馆 CIP 数据核字(2023)第 251680 号

冰雪因缘

Bingxue Yinyuan

责任编辑：江叔维
责任校对：陈 璟 **封面设计**：白 玫
出版发行：福建人民出版社 **邮箱**：fjpph7211@126. com
地址：福州市东水路 76 号 **电话**：0591-87533169(发行部)
经销：福建新华发行(集团)有限责任公司
印刷：福州德安彩色印刷有限公司
地址：福州市金山工业区浦上标准厂房第 42 幢
开本：889 毫米×1194 毫米 1/32
印张：12. 875 **字数**：335 千字
版次：2024 年 3 月第 1 版 2024 年 3 月第 1 次印刷
定价：58. 00 元

本书如有印装质量问题，影响阅读，请直接向承印厂调换。

冰雪因缘

今译：董贝父子
原著：[英]狄更斯
口译：魏易
初版：1909

目　录

序

陶侃之应事也，木屑竹头皆资为用；郗超之论谢玄也，谓履屐之间皆得其任。二者均陈旧语，然畏庐拾之以论迭更司先生之文，正所谓木屑竹头皆有所用，而履屐之间皆得其任者也。英文之高者曰司各得，法文之高者曰仲马，吾则皆译之矣。然司氏之文绵褫，仲氏之文疏阔，读后无复余味。独迭更司先生临文如善弈之着子，闲闲一置，殆千旋万绕，一至旧着之地，则此着实先敌人，盖于未胚胎之前已伏线矣。惟其伏线之微，故虽一小物、一小事，译者亦无敢弃掷而删节之，防后来之笔旋绕到此，无复叫应。冲叔初不着意，久久闻余言始觉，于是余二人口述、神会、笔逐，绵绵延延，至于幽渺深沉之中，觉步步咸有意境可寻。呜呼！文字至此，真足以赏心而怡神矣！左氏之文，在重复中能不自复；马氏之文，在鸿篇巨制中，往往潜用抽换埋伏之笔而人不觉。迭更氏亦然，虽细碎芜蔓，若不可收拾，忽而井井胪列，将全章作一大收束，醒人眼目。有时随伏随醒，力所不能兼顾者，则空中传响，回光返照，手写是间，目注彼处，篇中不着其人而其人之姓名事实时时罗列，如所罗门、倭而忒二人之常在佛罗伦司及乃德口中是也。

吾恒言《南史》易为，《北史》难工：《南史》多文人，有本事可记，故易渲染；《北史》人物多羌胡武人，间有文士，亦考订之家，乃李延寿能部署驱驾，与《南史》同工，正其于不易写生处出写生妙手，所以为工。此书情节无多，寥寥百余语，可括东贝家事，而迭更司先生叙致至二十五万余言，谈诙间出，声泪俱下。言小人则曲尽其毒螫，叙孝女则直揭其天性。至描写东贝之骄，层出不穷，恐吴道子之画地狱变相不复能过，且状人间阘茸谄佞者无遁情矣。呜呼！吾于先生之文又何间焉！先生自言生平所著以《块肉余生述》为第一，吾则云《述》中语多先生自叙身世，言第一者，私意也。以吾论之，当以此书为第一，正以不易写生处出写生妙手耳。恨余驽朽，文字颓唐，不尽先生所长，若海内锦绣才子能匡我不逮，大加笔削，则尤祷祀求之。

皇帝光绪三十四年十一月十九日，畏庐林纾识。

第 一 章

老东贝一日居于密室之中，风窗皆下，景物沉黑。东贝踞温榻坐，甫生之子卧于摇床中，以木棉四塞其左右，沉酣而睡。东贝防其冒寒，则置诸炉之近处，竟似以孺子之身代麦粉饼新成时，近火烘之令脆者。

东贝，四十八岁人也。此孺子，则年甫四十八分钟。东贝发秃而颊绛，虽五官周整，而其严厉之气，令人望而却走。孺子之头，则全秃，而颊乃逾绛，虽状态可爱，而新出诸胞，颇挟污垢，肤肉亦微皱。时老东贝额上皱纹已夥，直把所历之光阴、所尝之世故，一一镌刻其中。大抵光阴世故曲肖孪生之兄弟，双持巨斧，随遇斫人，人无免者。孺子额上亦颇有皱纹，此即光阴先生先下种子于其额上，稍长则又削之使平。此后，逐月逐年又徐徐加以镌刻，俾之至老则刻痕遂深。然生儿之事，为老东贝久久所希冀者，今日希冀之心既遂，不期弄其至沉重之金表链，锵然作声，以鸣得意。婴儿虽卧，握其双拳，微微上挺，似与造化争论：胡以匆匆命我坠地，初不见告也？

东贝忽面其妻曰：“密昔斯东贝，吾家中恒言东贝父子，今则不仅招牌上书东贝父子，即实践之言亦曰东贝父子矣。吾——亲爱之密昔斯东贝以为何如者？”东贝之为此语，盖乐极而言，平日初未加“亲爱”之名词，故脱口时不期少加顿挫之笔。密昔斯东贝闻言大异，以为生平未闻是称，斗然亦回首而视。东贝曰：“彼后来命名，必曰保罗。”密昔斯微息，答曰：“然。”答时特口吻微动而已。东贝曰：“此名，彼父名之，彼祖名之，吾甚愿彼祖父之尚生，视其孙子之出世也。”乃向空言曰：“东贝父子。”“东贝父子”四字，固东贝长日所不去怀者，以为上帝之造天地，为东贝父子造也；上帝之造日月，为东贝父子贸易而造也；上帝之造河海，即为东贝父子行舟而造也。昔者罗马纪年以AD二字为符验，意谓有耶稣降生最始之纪年，译音曰“安那东米尼”，一入东贝意中，则读为“安那东贝父子”，似移耶稣之纪年为己一身一家之纪年。自其父见背，东贝蒙业二十年，招牌仍大书“东贝父子”，而东贝二十年中固一身也，盖密昔斯东贝之嫁亦十年，来归后亦无所谓夫妻之乐，但屈居财虏之家，俯仰无术，恨运命之穷。譬如有人语以尔妻抑抑将病者，东贝则决不之信，盖东贝家世相传，但知有己，不知有人，久矣。谓“动心”二字，书中言之，孺子未谙人事时有之，若身握利权，行事则万无所谓动心者。东贝之心，盖曰：此理至精无紊，凡妇人得事东贝者，于愿已足，尚何怏怏之有？且身事东贝，后此尚有为东贝生儿，身为母仪之希望，天下妇人之所希望者，尚有高于此者耶？今密昔斯东贝为我之妻，在社会中足令旁人致敬，衣食既无亏缺，与宴必居首座，即使不乐，亦复不能不乐。第美中弗足者，十年以来，子嗣未兆，此足为憾，未臻于极乐耳。

实则密昔斯初非无出，生女已六岁矣，正于此时亦潜入室中，依于母榻之侧，不令东贝见之。顾此戋戋一女，于东贝父子招牌实不相关属。须知东贝之有女，似东贝之产成为伪金洋，但具其形，不复可用。而今日者，东贝方在得意之交，似喷水之马车，平日于不屑意之僻路，今亦小加润泽，即谓其女曰：“佛罗伦司，汝往观若弟，第毋许以手撩动之。”佛罗伦司以目视东贝，方恍然悟此高领蓝衣、着长筒之靴、锵表链而言者，即为其父也，以平日无恩，但望见其衣饰，即名为其父而已。闻言，亦不之答，仍引目盼其母。少须，母张眼见女，女即奔集其母之侧，坚抱其母。东贝即起，立曰：“止，止。如此狂憨，乃不适于病躯。吾今且下，呼取迫伯司医生视汝。”既至门，复俯视孺子后，语看护妇曰：“密昔斯——”即曰：“尔——”看护妇曰：“吾为白洛克忒。”东贝曰：“密昔斯白洛克忒，汝为我善视儿。”看护妇曰："我识之。当密斯佛罗伦司生时——"东贝闻言，止之曰："此一时，彼一时也。此子前程高远。"因执婴儿小手，曰："汝乃大有前程。"则以口亲之，始下。

此时，迫伯司方在楼下退闲屋下，负手而行。医生者，御医也，收生尤为长技。侍坐者，为东贝家常延之医，觉迫伯司之一举一动均可奉为圭臬。六礼拜前，此医恒对人言："将来东贝生儿，必我与迫伯司为同伙。"迫伯司见东贝入，即曰："夫人免身后何如?"东贝闻言，不知所对，盖此时之心初不注于病人，但格格言曰："尚乞先生临顾。"医生曰："可。以我观之，公爵夫人玉体……"即复谢曰："我误矣。夫人之体，似欠……似欠……精神也。以我思之，似不……不……"侍医即继之曰："妙……"迫伯司亦曰："然。不妙也。我曾观康格被爵夫人玉体。"即复曰："又误矣。"侍医曰："此惟丈人诊人多，且多贵人，宜其不复记忆。"迫伯司意得，即曰："此老夫之谬也。我适言病，言精神颓敝，法当自持。"侍医曰辟而根司，迫伯司即指之曰："密司忒辟而根司虽未知名，然所见与老夫同。"辟而根司即惶恐言曰："是乌敢当!"迫伯司曰："终为佳品。彼在君家临症久，病人体质，彼当详知。彼意与老夫同，终当自持为上。果自持仍不能支者，则后顾茫茫，均主客之所不欲。"语后，彼此均沉吟久之。及见迫伯司足动，辟而根司即先启关，让御医先行。读吾书者，若谓东贝心肺全冷，闻死人而不动者，吾亦不为是刻毒之言。惟东贝家人派别，初未有闻变而惊，此其定力，盖有所授也。果其妻死者，其心亦未必能欢，譬常御之家具，一朝断失弃掷，寸心亦终怏怏。第此怏怏之心，亦循例而然。

当二医同上后，东贝独坐于客堂，方有所筹画。忽闻有女人裙幅之声，少选，果入一妇人，年鬓已过中岁，衣饰尚复妩媚，大类少年，胸衣至紧，二乳峰翘然高出。即张两手抱东贝曰："吾亲爱之保罗，吾见状，果一小东贝也。"东贝曰："吾妹言然。此良不坠家声。”东贝之妹乐极，大似泪出。东贝曰：“罗意莎，汝勿喜而动心。”罗意莎坐而拭目，曰：“吾实不能自持。此子果大类东贝。”东贝曰：“汝见番尼病状何似？”罗意莎曰：“此何足忧？彼特产后疲耳。我前此生乔治及弗列得立，其状较羸，我则力支之。彼能力支，病亦当已。特彼非东贝家儿，赋质不能概论，然此儿尚当乳哺，大义当尽，如何言病？保罗听之：吾今日喜极，脑力莫支，汝当少酒款我。我适下楼，几蹶者屡。”

此时复闻有叩门声，又入一妇人，呼罗意莎曰：“密昔斯赤克佳乎？近如何者？”罗意莎立起，言曰：“保罗，此为密斯讨克司，其人甚慈慧。非彼者，吾几不能雅步及此。”谓来人曰：“密斯讨克司，此为我怀兄东贝。”复谓东贝曰：“此为妹契友密斯讨克司。”讨克司，长瘦人也，衣服半旧，貌至足恭，平日好闻耳语，故倾其首，因而永永其首皆微偏，两肘好缩而向后，作惊骇状，久久驯习，不骇亦缩矣；声音柔婉无伦，其鼻本如悬胆，所恨半道复突一峰，遂将鼻峰内钩，成为鹰啄之状；冠上喜戴鲜花，然亦间取不知名之花草，零星饰之冠上；行时必携小箧，用二铜钮相交而合之。启闭皆戛戛作声。自其风貌衣服观之，人固自由，特范围至狭，然亦雄张其能力所及，用自妆点以饰观。但观行路一步可至者，均匀为三数武出之，由之用出一钱，其量必扩充为数钱之用然后已。此时鞠躬言曰：“我与密司忒东贝相见，盖在平日希冀所不必到者。”复面罗意莎曰：“吾亲爱之良友，所患平乎？”罗意莎曰：“少愈矣。汝亦当进少酒。吾知尔今日之欣喜无量，亦须以酒自镇。”东贝即上其杯。罗意莎曰：“保罗，密斯讨克司知吾家嫂氏添丁，已具礼而来。物固非贵，但一针垫，甚合吾家目前之吉兆，以针垫之上绣曰‘欢迎小东贝’。”东贝曰：“绣者作是语耶？”罗意莎曰：“然。”讨克司复附罗意莎之耳，言曰：“吾本绣‘欢迎东贝公子’，既思为事难决，不如‘小东贝’三字为圆转。”因曰：“适所言肆甚，幸先生恕我。”

东贝鞠躬致谢，盖人言其子，则心平气和，无有所忤，即其妹遄来，恒厉色以待，今日亦大示霁颜。罗意莎曰："自今日起，番尼即有种种谬戾，吾皆恕之矣。"读者须知其嫂氏初无开罪于罗意莎，胡待其恕？果尔者，厥罪有二：一则擅敢嫁我有财之伯兄，一则胡以不先生男而但生女。二者，其番尼之爰书乎？至第二节事尤为罗意莎所弗释，谓番尼之至吾家，享用过度，但生女子，岂为酬恩之具？平日恒以此怏怏不平，痛斥其嫂之罪状。

此时，东贝忽有人呼之登楼，客座中但留此二女人而已。讨克司待东贝行后，缩其肘作骇状。罗意莎曰："吾不对尔言乎？汝见吾兄，必且惊慕无已。"讨克司不答，复缩其肘，以坚其骇慕之意。罗意莎曰："至于吾兄之产……"讨克司伸首曰："如何？"罗意莎曳其长声曰："多——矣——哉——"讨克司曰："但以阿兄躯干隆然，神威凛凛，吾观英雄之象多能求其半，如阿兄者，都不可得。今品题贤兄之状曰：世非金装太子者，决无是丰仪。"以太子不必多金，以太子而多金，则富贵备矣。

此时，东贝入。罗意莎曰："阿兄胡为色变？讵有事耶？"东贝曰："罗意莎，适医者言番尼……"罗意莎曰："汝勿信彼言。我阅历多，决无伤。番尼但能自持，必无他患。自持者，彼即弗能，我亦助之使起。兄且随吾前。"东贝初不轻信其妹之言，然今日意得，又谓闺房阅历，男不如女，因亦信之。同行时，密昔斯东贝偃卧未尝少动，佛罗伦司仍伏其母之身，以脸相亲，即人至其后亦不引首而视。医生语东贝曰："果女公子少离者，病人即不自聊。吾以病人恋女故，仍命其至此。"罗意莎既入，见楼中寂然，二医相顾，无所措手，亦颇骇然。少须，至床沿，微呼曰："番尼，如何？"病人莫答，但闻东贝表机徐动声。罗意莎曰："吾亲爱之番尼，东贝视尔，尔胡不引目而视？彼将以乳儿置尔身畔。汝当清醒，方能将儿归尔，即尔此时亦当醒矣。"语时，戟二指上向，倾首耸耳，以目他顾，似潜听病人之言。少须，复曰："汝何言？吾乃不闻也。番尼。"实则医生之表与东贝之表，彼此机动，病人仍无声响。罗意莎曰："番尼，汝再不醒，我将发怒。汝善自持，我亦深知自持难也，然此世界即为自持之世界。汝今小试之。若仍不答者，我将詈汝矣。"番尼仍不答。罗意莎大惊，即曰："番尼，汝且少张其目，即悟吾言。"病人仍无言。罗意莎惊曰："此如何了耶？"两医复相顾者久，辟而根司即至床前，谓佛罗伦司曰："汝试呼之。"佛罗伦司曰："嬷嬷，吾在此也。"此声一动，竟呼起密昔斯垂泯之知觉，但见鼻窍微动，目睫微张，少作笑容。佛罗伦司哭曰："吾亲爱之嬷嬷。"医生即止佛罗伦司勿哭，且引此雏女之发，弗令蒙病人之面，然气息断矣。

第二章

密昔斯赤克送终后，下楼，言曰："吾今日后尽恕番尼之罪，然吾仍不料番尼即于此决我去也。"此时密司忒赤克亦前至，罗意莎之语，即所以语其夫者。赤克肥硕而秃发，丰颐广額，二手长纳衣囊之中，无事时则噫气为歌声。今日临丧，则极力制其声吻，为状甚窘，言曰："罗，汝勿悲梗，防病作也。"忽脱口歌曰："叨尔——啰尔——啰——"即曰："我忘矣。"即不语。其妻则怒目视之，言曰："今日外家之不幸，正可用为前鉴，可见人当自持，不自持者且立死。须知天下之事皆有至理寓焉，无事不足为吾辈之警戒。"赤克者，初不愿闻此无谓之语，即曰："罗，孺子如何者？"妻曰："其母新丧，第一节须得乳媪。"

此时闻门外有车声，罗意莎即至窗下外张，赤克见无事，即亦他适。赤克初非惧内之人，若以功力均之，旗鼓相当，无上下也。有时赤克似败，实则非败，方自养其精锐，乘虚大喊，而罗意莎或转胜为败。然亦有不虞时，有为其妻所遏抑。故二人争时，旁观不能决其胜负也。如高欢之于宇文泰也。

此时门外车声之来，则密斯讨克司去而复来。入时，气咻咻然，言曰："吾亲爱之罗意莎，汝果觅得乳媪乎？"曰："未也。"讨克司曰："我得之矣。今当令其登楼。"语后，革履橐橐，直奔下楼，即车中出乳媪。与媪同来者，可三数人。其入门之第一人，盖少年之妇，绝肥，颊红如苹果，手中抱儿。其后一女，为年尤少，亦苹果之颊，每一手则引一苹果颊之孺子。中有一儿，为年稍长，单行以前，无引之者。最后，则一苹果颊之男子，仍抱一苹果颊之小儿。既入门，遂置之地，谓之曰："汝往将尔弟约翰也。"讨克司曰："罗意莎，吾知尔外氏欲觅乳媪，故窃出，至媒氏家，问其有人能将儿否。媒氏曰无之，吾则忧不可忍。惟吾问时，其旁有人倾听，忽谓媒氏曰：'适有人自是而归者，其人似胜任。'吾闻之，即索其居处，往觅其人。家乃净洁无伦，地上竟可坐食。吾入时，彼家人方聚而食。吾始意特取其一人，后忽思及不如尽数命其来此，与尔见之，以表其人之善字儿也。"指男子曰："此为彼孺子之父。"即招曰："先生行迩。"此苹果颊之男子如笑如颠，徐徐至罗意莎之侧。讨克司指抱儿之妇曰："此即孺子之母。"即谓之曰："朴娄，汝佳。"朴娄曰："幸平安，谢马丹问讯。"讨克司曰："汝安，我慰矣。"又指后来之少女曰："此朴娄未嫁之妹，与姊同居。其人能为姊氏司群儿，名吉米马。吉米马，汝佳否？"对曰："幸平安。谢马丹问讯。"讨克司曰："吾长愿尔佳，能佳者，吾释吾怀矣。"又曰："彼五儿，最少者生甫六阅月，鼻上生赘者为长儿，此赘或不关于生质，殆后天所遗。"男子曰："平铁也。"不知作何解。讨克司曰："汝何言？"男子曰："平铁也。"讨克司忽为之解曰："我忘之矣。彼母不在，儿往闻新冶之平铁，故留瘢于此，成赘耳。此事良然，吾何为忘之？惟吾车垂及时，尔告我所操何业？"男子曰："吾为通铁条。"讨克司又不解，即曰："何谓？"男子曰："通铁条，即机器。”讨克司作欲解不解，故沉吟曰：“然，然。且汝悦此乎？”男子曰：“何悦之云？”讨克司曰：“即云汝所治业，悦之耶？”男子曰：“吾尚乐业，惟灰触吾鼻。”语时，喉为之梗。“然吾咽之梗，灰也，非吾喉之病。”讨克司不明所云，则亦不能故作解事，絮絮作家常语矣。罗意莎此时忽问朴娄前此曾否为人哺儿及结婚之凭据，朴娄累经考问，乃一一协律以答，无复罅隙。罗意莎问后，即往告其兄，并挈其二儿往面，证实朴娄之能哺。

东贝自妻逝，则蜷伏己室，沉思新生儿后此之教育及其前程，然亦忧郁。此郁郁，非悼亡也，盖为己子失母之故，不能不为怏怏，思吾子伟器，乃一下地即丧其扶携保抱之人，滋可悲也；然以我堂堂东贝父子之家，于世初无所求，乃今求及乳媪，斯深可耻；且吾子甫生，乃托彼雇来之贫妇，受其乳哺，宁非自坠其家声？于是决计峻其选政，不令此贫家之妇觊吾富而至门。时罗意莎先引二子入面，盛言其佳，而讨克司复大加推引，东贝竟不得二子之短，无从麾斥，即曰：“此二子固精壮，惟将来与我保罗为乳兄弟，贫富所关，滋非细故。汝今引二子出，呼彼夫妇面我。”于是罗意莎引此柔脆之土特尔兄弟出二子之姓，易引老壮之土特尔夫妇入。

东贝踞温榻，见朴娄入，即斜侧其身，转如木兀，徐曰：“贫夫妇，吾知尔穷也，今欲为吾子乳媪来，乞钱于吾家。汝以此得钱赡家，吾亦无复驳斥。观彼为人，足以胜我提挈。惟求食吾门，良不易易，须与尔定约法。尔姓不雅，宜易若姓曰李却子，后此即以李却子呼汝，汝甘之否？可与若贫夫商之。”朴娄之夫，愚騃人也，但能憨笑，又时以手背自擦其沫。朴娄则力掏其肤，夫仍不言。朴娄乃自言曰：“果易吾姓，亦未为不可，但视工值若何。”东贝曰：“然。李却子听之：果能勤慎供役，则酬可从丰，惟不能与家人往还。乳满之后，彼此分手，不相过从，觌面即不相识。汝甘之否?”朴娄闻此二说，迟迟未答。东贝曰：“汝亦有子，吾殊不愿尔视吾儿如尔子，亦不愿吾儿亲尔如生母。汝乳满，出吾门，但视为贸易而已，勿续续至，并不令尔念我之儿，亦不令吾儿念汝。”朴娄曰：“我知之矣。”东贝曰：“在理宜知，势亦不能不知。罗意莎，汝与定工值，以何时索者即何时应。”复语其夫曰：“密司忒何名?吾有言示汝。”

土特尔见其妻行，已随出，闻声，即反面东贝。土特尔人固精壮，然疏懒至不能自整其衣，须发至夥，颜色为烟熏煤渍，都非本来之色，五指至笨如树皮。东贝曰：“汝有一子乎?”土特尔曰：“四人。四雄而一雌，都活也。”微旨。东贝曰：“贫而多子，累也。”土特尔曰：“吾百不能了，但有一事足了。”东贝曰：“何事?”土特尔曰：“尽死之，则吾事了矣。”东贝曰：“汝曾读书乎?”土特尔曰：“吾乃弗通。”东贝曰：“能书乎?”曰：“用石灰书，则吾能之。”曰：“他物不能书耶?”土特尔思久，答曰：“石灰为良。”东贝曰：“汝年在三十二三以上。”土特尔曰：“近之。”东贝曰：“为年既长，胡由不学?”曰：“吾颇思学，惟吾诸儿中有一人稍长，将学我。”东贝观其以手拭沫，语时引目四盼，意不在己，心滋弗悦，即曰：“吾适与尔妻言，汝忆之否?”土特尔以肩向门，微耸，言曰：“朴娄闻之足矣。”东贝曰：“然则汝百事皆禀承若妻，吾与尔可无言矣。”土特尔曰：“本不宜告我，朴娄之眼耳皆醒也。”东贝曰：“我不留尔矣。尔治艺于何处?”土特尔曰：“居地中者半，惟娶亲时则居平地，将来铁道成者，吾将食于铁路。”东贝大骇，即以手指门，令出。土特尔初出不屑意，洋洋而行。

东贝遂钥其扉，徘徊于室中，平日固镇定，至是亦泪落不止，但曰：“伤哉吾儿!”言以贵家儿受乳于贫媪也。盖东贝一生未尝自悲，但托孺子无乳，以寄其哀悼。初意本不欲用此朴娄，既而念彼家有四儿皆壮，则又自慰；既而又思，朴娄之子男也，果以彼男易吾男，又如何者？既而又思，必精神贯注而严备之，或不至此。及徘徊数四，精神略定，顾虽不疑，然后此李却子一举一动皆当加侦察；久之，复思得此绝贫之妇哺乳亦佳，二者贫富相悬，吾子何由心向其人？

已而工值议定，遂珍重付以小东贝，如教皇之加冕。李却子既受儿，遂以五子付吉米马，母子亲吻者再，始珍重而去。罗意莎遂出酒，遍饮土特尔家儿。土特尔将出，讨克司亦以酒劳土特尔曰："汝亦伤别，试饮此酒，汝今留若妻于富贵家，衣食皆美，汝心释乎？"则以目示意，令称可。土特尔曰："否。吾甚欲其归。"朴娄闻言，声乃愈悲。罗意莎见状，即语讨克司曰："乳媪哭，则乳不利于儿。"即谓朴娄曰："李却子，汝以子授若妹，必平安无恙。汝但自持足矣。此世界均自持之世界。汝黑衣，有人为汝量其尺寸乎？"为主母持服也。朴娄累唏答曰："有之矣。"罗意莎曰："衣成，必合若体。此衣匠即为吾制衣者也。"讨克司曰："汝得衣佳丽多，若夫且不识尔贫状矣。"即问土特尔曰："汝尚辨识尔妻耶？"土特尔曰："何地不能识？"讨克司太息，以为是人乃不知趣。罗意莎曰："李却子，汝在此度此年光，世上佳物恣尔食用，但嗜何物，下令即备，如主妇令也。"讨克司者，无地不贡其谀，即曰："但以酒论，恣量而饮，无所限制。"顾罗意莎曰："吾亲爱之罗意莎，是乎？"罗意莎曰："惟酒有量。"讨克司曰："然则家蔬必无限制。"罗意莎曰："此则随其所嗜。"讨克司曰："虽李却子有子，皆加以怜爱。果后日亦爱吾小宝者，或不为罪乎？"罗意莎曰："此良无伤。汝试观李却子已欢悦，住吾家，旋发声与家人别矣。"讨克司曰："彼安不欲？且立遣其儿。"

顾二人语虽如是，而朴娄则痛抱其儿及夫叙别，后此乘其子不见时则潜避而入，乃为第四儿所觉，力追而攀其膝，大儿亦奔集，群儿争效，履声动地矣。罗意莎及讨克司即出半辨士及橘子，分诸儿。诸儿之悲立止。吉米马遂力引诸儿登车。此群儿尚探首车门，而半辨士及橘子沿道堕落车外。土特尔曰："吾不欲入车箱。"遂立于车前之蹬铁中。群儿遂挂其父于车后而去。

第 三 章

密昔斯东贝既瘗，东贝家人倥偬后复各事其事。此门中之小世界，亦同大世界中事，勿论死一巨人，纷扰者亦但数日即已。惟厨下人太息，谓为有德之主妇；至司家之女仆，则曰"斯人难得"；司杂务之纲纪，亦曰"彼何由死"；侍婢曰"死后令人尚不之信"；奴厮则曰"直大梦耳"。后此人人亦渐厌倦，不为是言。

而李却子所居在楼上，直一美名之牢狱。东贝家屋宇多，惟此一道广衢，高楼插天，天光亦敛避不欲见人。东贝家在衢末，为通衢转折之处，两面可以互见。屋中为高楼所屏，或终日不见阳光，晨起但闻卖物声、车声、水车声、修伞者呼声及摇铃市小儿玩物者声，随后即木头戏人作鬼声。自是以后，衢中寂然。人声既寂，鼠声遂动。如是至晚，眼中初无一物寓目，惟黄昏时街役点路灯者，逐层而上，方始见人。然灯光虽上，亦黯黯无声。

室中之清寂，正同门外。自丧事后，东贝下令：凡有家具，悉以物裹之，但留楼下数屋，东贝所习坐者，陈设如恒状。于是每经一物，若几案之属，一加包裹重叠，辄成怪状。顶上之灯，封以素纸，陈陈悬挂，大类承尘上落巨泪，如轴下垂滴人。物事既裹，则地上似皆阴阴作霉气。东贝所居楼下之屋，一甬道可通彼所需者，一为书房，一为起坐之室。而书房又与更衣之室通用，故人乍闻彼书帙之气乃混刷靴之油腥。书房之后，有小餐房。窗外二树，不死不荣，长日受风而鞠躬。间有狸狌作狞眼，凶视窗中铺啜。此三室可以宣通，每日东贝晨起，赴餐及晚归就膳，必擎铃，令李却子抱小东贝下楼，抱此儿行动。东贝则坐于隅陬，张眼伺之。时屋中物事，皆贻自祖父，颜色沉黑，窗又阴沉，故辨之莫析。

李却子抱儿行走，已数礼拜。一日抱儿登楼，方坐，即闻门声，有黑睛之小女探首屋中。李却子视之，知为密斯佛罗伦司，自其姑家归也，即曰："密斯佳乎？"小女指孺子曰："是否即为吾弟？"李却子曰："然。请来亲吻。"小女弗前，注视李却子曰："吾母，汝安置之？"李却子曰："伤哉是言！吾安能处置若母？"小女曰："既非尔为，必彼为之。彼置吾母于何处？"李却子曰："密斯且前，勿畏我。"小女曰："我非畏汝，但问汝置吾母于何处。"李却子曰："密斯所衣之黑衣，即为主母持服，令尔勿忘若母。"小女哭曰："无论何服，均忆吾母，何待持服？"李却子曰："通俗之例，凡记忆去人，色必尚黑。"小女曰："去人何去？"李却子曰："密斯且前坐，吾将告尔以事。"

小女入，以小凳踞李却子膝前坐，引目视李却子。李却子曰："前此有贤德之夫人，其女则甚爱其母。"小女亦循声言曰："有贤德之夫人，其女则甚爱其母。"李却子曰："后此，其母为天母所招，得病奄化矣。"小女闻言而颤。李却子曰："既死，则与世别，遂葬之树底。"小女曰："地下殊寒沍。"李却子曰："地安得寒？试观下子即生干，且花而实，地气暖也。善人入地，即化为安琪儿，升太虚矣。"小女者，本俯首于地，忽尔仰面，视此乳媪不已。朴娄曰："自此夫人一逝而瘞，而灵魂遂赴绛霄，面乞上帝，宽慰其女之心，示以在天安乐之状，且待此女乘化归尽时同聚清都，永不暌离矣。"此时小女立起，抱朴娄之颈，曰："此其吾母矣。"朴娄亦抱之怀中，言曰："此女后来果感梦兆，确信其母之仙去，遂释然不复愁寂。"以上之言，均朴娄伪造之词，用以宽慰此女者。

忽闻门外有人抗声呼曰："密斯佛罗伦司，若翁见之，当怒汝矣。主人命我勿令尔与乳媪周旋，汝违之耶？”言者则赭色短小、年可十五之僮娃，鼻梁内陷，眼黑如漆。乳媪曰：“彼何尝撩我？乳下之儿，幸不惊扰。”僮娃曰：“密昔斯李却子，幸恕我，汝爱孺子，无涉于我事。我奉命严也。”朴娄曰：“何伤？”僮娃曰：“无伤耶？密斯佛罗伦司，我任之；汝之所司者，马司德保罗也。”朴娄曰：“即如是者，亦何必斤斤而争？”僮娃曰：“我非敢争，且不愿争，盖尔我之所受事不同也。汝之居此，暂耳；我之伺佛罗伦司，则终身共之。何为与密昔斯争？”朴娄曰：“密斯佛罗伦司得毋新归？”僮娃曰：“然。”复面佛罗伦司曰：“密斯归未一刻钟，而所着之衣襟，前皆湿矣。”此语发后，秀珊尼伯即僮娃名突入，夺去佛罗伦司。朴娄防佛罗伦司哭，即曰：“密斯慎勿哭，少须，吾同尔面主人。”尼伯曰：“此言安能践者？彼终身无此事也。”朴娄曰：“父女何以不复觌面？”尼伯曰：“彼父心包另裹一人，即未有其人，此女亦非所爱。此人家中女儿，盖为弃物。”尼伯言时，佛罗伦司张目左右盼，似解言中之意。朴娄曰：“吾闻君言，乃大异。讵密斯佛罗伦司归时，主人乃未见乎？”曰：“未也。父女数日中之不相见，恒事也。果使相逢于道路之间，父之目中或未识为其女，即我之一身，彼亦未知世间之尚有我也。”朴娄曰：“伤哉，佛罗伦司也！”尼伯曰：“汝勿高声，是间有鞑靼指主人之妹，其凶锋能管百里之内，吾为尔道晨安。密斯佛罗伦司，随吾行也。”尼伯虽严催，而佛罗伦司仍与朴娄亲吻，言曰：“少须相见，愿上帝赐福汝身。吾常至尔室候尔，即尔亦当时时看我，秀珊尼伯必不吾梗。”顾僮娃曰：“秀珊尼伯然否？”尼伯者，尚为心慈之人，惟遵率严毅之宗旨，谓孺子如钱，愈簸荡之则金色愈辉。见佛罗伦司婉求其身，即叉手于胸，曰：“汝乃哀我，我何忍辞？惟后此当与密昔斯李却子商所以善处之方。此宅中本无生趣，惟我数人聚而谈论，或可少破岑寂。”朴娄点首称可。尼伯曰：“行乐欢会，我固匪所不可，惟主人禁严，既不吾欲，则彼此当谨慎，勿过猥杂。”即对佛罗伦司曰：“汝回家，衣服乃未易，胡不遄行？孺子劣哉！”语后，力挟佛罗伦司而去。

朴娄于其行后，则甚伤其无母，亦伤己子之无依，于是爱心立萌，怜佛罗伦司无已。读吾书者，须知朴娄之夫惟深信其妻，以为敏给，实则朴娄识见亦不必距高其夫，但以慈爱和婉之性情言，实胜于世间无数之男子。顾彼虽无识见，但以性情论，东贝果礼之为师，东贝尚未为恶人也。然望东贝之向善，殊非吾著书之意。今但叙朴娄，此时极力结欢于尼伯，冀勿尼佛罗伦司不与己相见。

是夕，东贝归家，常例必抱保罗入诸餐房，往往闲行以娱东贝。行可数刻，东贝忽起自隅陬，立诸朴娄之前，言曰：“李却子，晚来纳福。”语虽近礼，而严毅无情之态竟作冷气扑人。朴娄无敢仰首，但鞠躬报礼。东贝曰：“李却子，吾马司德保罗，近如何者？”朴娄曰：“良佳。”遂启保罗之面示东贝。东贝观已，言曰：“观此孺子，似有壮硕之望，且汝之所须，家中咸供汝乎？”朴娄曰：“甚蒙照料，敬谢主人。”语时，尚欲有言。东贝立回首，待其发言。朴娄曰：“欲令乳儿开口而笑者，惟更得小儿与之嬉戏，则尤足以悦乳儿。”东贝愀然曰：“李却子，乍来吾已告汝，汝子吾不令其涉足吾家。汝今仍抱其行动。”语后，复归入隅陬而坐。朴娄自念我非自荐其子，胡为为主人所斥。

明日，抱保罗，甫近门次，即见东贝徘徊室中。朴娄踌躇不即入，而东贝已引手招之，言曰：“汝昨日所言，宜以孺子弄此乳婴者，何以不令佛罗伦司，且佛罗伦司又安在？”朴娄曰：“能得密斯佛罗伦司侍小公子，则为事殊佳。惟闻主人不令密斯近吾卧处。”东贝无语，掣铃，直至侍者入门。东贝曰：“汝告彼辈，果李却子呼佛罗伦司者，听彼入之。”朴娄思乘间和其父女，即曰：“胡不即请密斯与小公子嬉戏为欢？”东贝曰：“可。”即令侍者传唤佛罗伦司。侍者去后，朴娄故弄此乳婴为乐，忽见东贝已中悔变色，几欲唤归来人勿宣其女。东贝之不欲见其女者，见其妻临死，母女尚相抱持，而身为人夫者竟如远人观火，每思见女，中心滋赧，故不之愿见。

已而佛罗伦司蹑足窃入，东贝即停趾，视其女。此一观宜略有亲父爱女之情，其女亦当张其小腕呼爷，乞其怜爱。顾东贝之眼，但视为常人，而小女尤瑟缩，防为掊击，不敢趋向其侧。东贝曰："汝前，汝何畏之深？"女稍前一二步，立于门次，仍不之动。东贝曰："汝识我为谁？"佛罗伦司曰："识为吾爸。"东贝曰："汝有何言？乃无一言告我耶？"此时佛罗伦司满眶皆泪，及见东贝棱棱作霜气，又复俯首视地。东贝亦略摩其顶，曰："汝宜为好女子。今且赴李却子身次。"佛罗伦司尚希望其父抱而亲吻，又举首而盼。而东贝方思此女乃甚类其母，眼中遂露其恨恨之色。佛罗伦司知无可望，遂趣向朴娄身次。然佛罗伦司身处其父之前，魂魄亡失，一言一动，无敢少近自然。朴娄自思彼为人父，乃视其女如陌路，殊不可解。乃以保罗近佛罗伦司，而保罗亦牙牙有声，乐甚。及将登楼，朴娄即密语佛罗伦司，令与其父道晚安。佛罗伦司不可，微曰："爸不念我也。"东贝隅坐饮酒，见状，即曰："何事喁喁？"朴娄曰："我语密斯为主翁道晚安。密斯防触主人之怒。"东贝曰："无复为礼，恣彼去来。"佛罗伦司闻言，立出。

朴娄自思虽十分圆满，然为力已近五分矣，于是登楼，告尼伯勿禁佛罗伦司之行止。尼伯闻之漠然。朴娄曰："吾为密斯闻言意得耳，胡为漠然？"尼伯曰："我诚甘之。"朴娄曰："胡以尊颜未有悦豫之色？"尼伯曰："君为暂住之人，我则久锢于此，闻喜何喜者？"

第四章

东贝父子之肆，在伦敦城中，邻毗皆大富贾。英伦大银行，即居其左。街之转处，即为东印度公司。于左近之地，长日均有船标，言某船至某地。独有一家门次，有木雕之船主，着古装之号衣，铺中均售航海之具。故木雕船主为其商标，手中执测量机，似长日测量来去之车马。肆之主人，则为高年之叟，加以假发，业此几不计其年。肆中所陈者，则风雨寒暑之表、千里镜、罗盘、海图，凡航海应需者，匪有不备。庋上柵中灿然，一一皆铜制。非老于海事者，几不能举其名。其装诸盒中者，偶一检视，即不能如式，仍藏盒中。且无一物不钳诸盒，急如束湿，防其舟簸而物坠也。百物皆位诸严紧之范围中，觉此肆亦严紧如舟之舱屋。肆主人曰所罗门吉而司，与其从子倭而忒同居。倭而忒年十四矣。老人性缓语徐，而善谋，二目皆赤，大类两小日笼于雾中，又类渴睡初醒之状。其视茫茫，若久注远镜之中，一时抛镜，视物均作蓝色者。眼镜则常置于额上。长在肆中，久历年所，厥状无一日变异，夜睡而晨兴，其候准如钟表。卧榻即在暖阁之上，一板虚悬也。读吾书者，与此老者相见，当在秋天午后五点半钟时。

此时，所罗门方出表，占时候，言曰："倭而忒安往？"晚餐已便，至一句余钟，而倭而忒乃迟迟弗至。语后，即望窗外，冀其从子自外而归。但见雨盖纷纶，微雨如丝，乃不见倭而忒。老人曰："吾侄决无不别我而舟行者，彼善我，必不吾叛。"遂面风雨表后，言曰："以此观之，候固宜雨。"复见一罗盘上尘灰如幕，则张其老吻吹之。忽闻有声呼曰："所罗门伯伯。"老人曰："孺子归矣。"

时见一童子，欢喜笑悦，精神完固，冒雨入门，言曰："伯伯，吾今日终天外出，老人作何事消遣者？饭熟乎？我馁矣。”老人笑曰：“我何消遣！讵尔小狗外出，我即不能自聊乎？饭熟一句余钟，老腹亦微馁。”童子曰：“然则进耳。”老人曰：“汝今日试言彼肆中情状。”倭而忒且食且言曰：“肆中无可论，列屋黑如舟底。吾所居室，有铁匮一、历本一、船图数张、二三几案、四五坐榻、墨水壶一、书数卷，其上则蛛网无数。吾当头之蛛网，似数百年物。”老人曰：“都无他物耶？”倭而忒曰：“尚有旧鸟笼及一称煤之筒。”老人曰：“独无与银行往来之支票及账籍耶？”曰：“此或有之，必在东贝之室中，或在卡格尔及摩尔芬之室。”老人曰：“今日东贝在肆中乎？”曰：“在也。且竟日不去。”老人曰：“彼视尔如何？曾与作语否？”曰：“有之。彼一至吾坐处，凛然如木人，且强项，即问曰：‘汝为卖航海器具密司忒吉而司儿乎？’吾曰：‘从子耳。’彼即曰：‘吾固言从子。’实则吾决听为儿，敢立誓以明其非妄。”老人曰：“此或尔误，然亦无伤。”倭而忒曰：“即言为伯伯之儿，亦何忝？惟不应以狞目向我。彼又言曰：‘若世父以尔托我，我已位置尔于是间。后此汝当慎勤，来必应时。’寥寥数语，遽入。我观其状，似不能亲我而用我。”老人曰：“汝安知其心？或尔心不愿亲彼耳。”童子笑曰：“或且有之，特吾未思及。”此肆中之饭，不由厨次，盖传餐于近处之饭庄。

饭已，佣保敛器而去。老人遂入地窖，命童子以烛照之。少须，登，执一酒罂，其上尘灰满之。童子曰：“伯伯，今日所取，非常所云最上之马得拉酒耶？藏者二罂，今得此一罂，其下但余一矣。”老人点首，去罂上之灰，倾酒二杯，置于几上。另一空杯，亦置其次，如有所待。老人曰：“倭娄，吾留彼一罂，待汝成功以后饮之。今日为尔学生计之第一日，亦大典礼。吾愿上天佑尔，一往成功。吾祝尔而爱尔。”遂以杯与之相触。

此时老人似移眼中之雾，迷漫其咽。语时，甚格格不尽吐。

倭而忒见状，泪将涌出，即止言曰："吾亲爱之伯伯至念我，今我亦举杯祝吾伯父所罗门吉而司贸易隆起。待我饮第二罂酒，彼此同贺得意。"二人复触杯而饮，倭而忒饮其半，即仰视玻璃之杯，辨酒色。老人注视久，言曰："倭而忒，吾之役此，以平日所操之业，不得不如是。实则今日殊无旺相。"因指门外木人曰："当时水手着彼号衣时，吾之贸易，尚可立足。今各肆纷出，新机日更，此世界，吾焉能追逐而上？吾此时不知生于何地，亦不知购我之物者果为何人。"倭而忒曰："伯伯勿忧，听之可尔。"老人曰："自尔出迫更罕学堂已十日，十日中无一人入门者。"童子曰："我忆有二人来，一人不以金镑易先零耶？"所罗门曰："然。果有是人，亦但见其一而已。"童子曰："昨日有女人近门问路，此非人耶？"老人曰："然。果有二人。"童子曰："但未购吾物。"老人曰："未购吾物，亦不名为主顾。第彼欲购物，亦终不至吾门。"童子曰："究有两人，不得言无。"老人少须，又言曰："倭而忒，吾非野人，身居伦敦城中，安能恃一人易先零及一妇人问路，用此为生？吾曾言吾力莫追世界，非怪世界，第吾不能自明其故。今日之为贸易者，非复前比，即学于人肆者亦异。即所谓货物者，品日异而岁不同。吾肆中物，十分之九皆成陈旧，以悖时之人列悖时之肆，在于时新之国度中，何人尚能知我者？我惟年长，欲随时而趋，足力亦莫之及矣。"倭而忒甫欲发声，而老人扬手令止，示尚有余言也，因曰："倭娄，以此之故，故令人习于世途。吾老力不及肆，汝当追之。吾业特业中之鬼，非复生人，一死而影亦随灭，将来无复遗产付汝。但有一家，尚与余旧故，因而托汝于彼间。然今尚有人谓我席有余资，吾亦但愿人言之能践，则汝生矣。今且勿论后来有无遗产，但汝能佐东贝肆中，后此终有伸眉之日。惟汝当勤慎，自立于上流，后此无复仰面看人，足矣。"倭而忒正色起立，言曰："敬谢世父所言，当努力自赴，无敢戏豫，以违庭训。"老人曰："此着我固知汝。”语后，复斟第二杯，饮之，言曰：“汝前此恒言将以航海为业，然航海立得巨资，此亦小说中快意之谈，世人安有是者？而且海行遇飓，夜黑浪高，坠舵折樯，事至危险。”

语次，门辟，有人入肆，衣博大之蓝衣，右腕已断，续之以钩，左手执行杖，累累多节；而是人之鼻梁亦累累作数节，如其杖；颈上加黑缣，为领巾。老人之备空杯，似即留待是人。是人之来，见有空座，知此座即为己设。入时，即去外衣，加之椸上；脱冠入座。其冠甚坚，去冠时，额上作一红圜，似为冠力所束而然者。衣服大类船主，似曾业船主，退休后仍着是衣矣。与二主人接手后，但曰：“近状何若？”老人曰：“幸平善。”语次，推酒罂置客之次。客引罂，视后，再嗅，言曰：“即彼耶？”老人曰：“然。”客噫气，倾酒入杯，作得意状，用右手之钩指老人，谓倭而忒曰：“倭塔，汝观其人，汝当爱之、敬之、顺之。汝明得此书中三语，当掣而下之，纳诸怀中，为终身圭臬。”前三语，是古书所言。船主自矜能引古书，即洋洋然，嘿诵此三语者数四，复言曰：“吾生平勉人，无词费，但数语已足。”语后，遂嘿。

此时，老人入复室，船主谓倭而忒曰：“若世父能自制钟。”倭而忒曰：“然。”船主曰：“彼自制之钟，行动如常钟。”语后，船主视童子之面久，如辨钟机者。语后，指肆中所列之品，言曰：“若世父满腹皆科学也。汝观是物，水陆及空气中均可用。汝但说将乘气球凌空者。”指一物，言曰：“此可用也。汝将入海弗溺者。”又指一物，曰：“此可用也。汝果欲取北辰纳之天平，求其分量，若世父亦能为之。”据船主所言，心至佩服老人所为，乃不知售卖之人非制造之人也。语后，叹曰：“人能探索此中奥妙，则为事滋乐。至不知其奥妙者，亦未尝不乐。吾乃不能分析何者之为至乐。试思吾从容坐此，能称量放火过电鬼神之所惊奇者，吾一一能之，此非乐耶？”船主之为是言，盖被酒而言，亦以身为倭而忒父执，不能不出长篇论说，以警觉之，然亦自讶胡以能纵论科学，自问亦莫之解。

此时老人入，呼船主曰：“乃德，汝当尽此酒。”船主自斟，言曰：“宜更赐孺子。”倭而忒曰：“伯伯勿斟，吾不胜酒矣。”老人曰：“三人同罄此杯，预祝吾肆之隆起。乃德，汝知所言肆者，指倭而忒肆也。将来又安知吾侄不能入股？谁则能料之？当时李却灰丁登宝星，亦曾娶彼居停主人之女公子。”船主曰：“吾因此却忆及古谚有言：归来灰丁登，汝尹伦敦矣。灰丁登前此贸易不得志，将行矣，忽有鬼语之曰：“归来灰丁登，汝尹伦敦矣。”伦敦之府尹，盖至贵之人也。此语足为孺子预兆也。”老人曰：“恨密司忒东贝乃未有女……”尚未竟言，倭而忒曰：“伯伯，东贝固有女也。”伏线。老人曰：“女也，于势应有。”倭而忒曰：“吾今日闻同伴言，方知主人之有女。”又微语曰：“主人痛恶其女，乃属之奴媪。近新得一儿，乃专力哺儿，无复怜女。且考核肆中账目，较前为严密。至于时时奔至埠上亲检船货，意谓欲辨悉其产如何，为后此付托厥子之地。此盖闻诸人言，初亦不知其真否。”老人曰：“东贝有女，汝固历历知之矣。”倭而忒羞绝，言曰：“童子亦但闻诸人言，宁有他意？”老人谓乃德曰：“彼生儿，实生吾侄之沮力。”船主曰：“然。”老人曰：“贺酒不能不饮。”因举酒，“我今为东贝父子祝福也！”倭而忒曰：“伯伯既云彼女后将属我，今吾酒亦将加以祝词曰：贺东贝父子及其女也！”

第五章

小保罗虽饮李却子之乳，竟未沾染土特尔家人痴蠢之气，每日增长，而密斯讨克司亦时来顾视，乃爱保罗如性命。东贝以讨克司爱抚其儿，亦时时加以隆礼。所谓隆礼者，屈尊与之点首也，此外尤有殊锡旷典，则谓罗意莎曰：“汝语密斯，吾甚感之。”密斯讨克司身受财主金玉之音，乃铭佩五中，矢以没齿，常语其女友赤克曰："吾生平最着意人，无如小保罗也。"实则讨克司之鞠躬尽瘁以事小保罗，即不自陈情，人亦无不曲谅之者。凡小儿之饮食起居，事事皆加检点，似一身与李却子同为保傅之尊。虽小儿澡浴及应进家常之药，讨克司匪不悉力调护。

一日，东贝及其妹登楼，视小保罗，讨克司闻东贝登楼，则藏身于衣橱之中。方东贝视儿之时，而讨克司忠诚斗动，几忘身之隐于橱中，忽就中发声言曰："密司忒东贝，试观公子之美秀如何者？"语发后，忽自念以羞面东贝，藏此橱中，胡自失检而发声，则大惭，几于致晕。

又一日，东贝语其妹曰："罗意莎，保罗行命名之礼时，在理宜以物馈密斯讨克司，用为纪念。彼自孺子初生，即匆匆为此孺子不遗余力，且自明贫富贵贱之分际，此种量己审分之人，世间殊寡。我亦当少予以恩意。"罗意莎曰："吾亲爱之保罗，汝发此言，盖深能曲体下情。实告汝：英国文字中有四字，最为讨克司所属意者，即'东贝父子'四字而已。"东贝曰："信之。惟以此之故，吾亦不惜以贵下贱。"罗意莎曰："兄言将赐以纪念之物，彼毋论兄赐之贵贱与否，必奉若先烈之遗念，无敢失坠。然尚有术能使讨克司之视吾家及此孺子分外亲昵，不审阿兄之意何如也。"东贝曰："汝言何指？"曰："凡命名之人，必视之为假父，后日将求其提挈。"东贝曰："我儿何需人者？"罗意莎曰："此言殊称兄口吻，实则不言，我亦知之。顾吾家之儿原不须乎攀附，故举密斯讨克司为假母，明示人人以吾儿非附贵而攀高。此亦足表吾家之门阀及其谦德，且于俗例亦可代假父之责。彼讨克司身受吾家之殊宠，荣乃无艺。"东贝闻言，少息后乃言曰："罗意莎，想外人必不至误会。"罗意莎防其峻却，即曰："决不至误。"东贝以己贵倨，极不欲为人钝其词锋，即不悦，以目视罗意莎久。罗意莎曰："汝今幸勿怒我，我体质殊弱。自吾亲爱之番尼逝后，吾心无一夕之宁。"语已，即以巾掩面而伪哭。东贝复以怒目注罗意莎之素巾，言曰：“我适言外人不得误会。”罗意莎又曰：“我已言不至此。”东贝尤怒曰：“罗意莎，汝胡又止我？”罗意莎曰：“保罗，汝至不容吾自辨。吾口吻良不如汝，惟‘误会’二字，吾决知其不至是。”东贝不答，负手视窗外，久乃复语之，曰：“外人不能误会，谓我不附人者或附我亲戚。我目中无亲戚也。保罗及我，盖独立不愿附人。我父子二人支拄此肆，足矣。吾肆为一姓相传之人，何须他人之助？外人之挺身助我，非助我也，自助也。我何能重视其人？吾今注视保罗年长，能承吾后，吾万事足矣。至于保罗年长后能攀附贵人，扩张吾业，则自属彼之事，于我无涉。若在未成人以前，凡事皆吾主之，深不欲外人厕身其间，间与吾事。吾观若女友尚知安于贫贱之分，不敢凌贵，此尚可许汝之所言，允汝矣。命名之礼，汝夫妇及讨克司已足，不必更邀下等之人，重滋后来之累。”读吾书者，须知东贝之言，盖防有人居中，间彼父子之爱情，初不欲旁人分润其恩泽。自是日议定，遂授假母之权与讨克司。东贝曰：“命名之礼，宜早具，今延宕久，宜从俗例行之。”罗意莎见大事已成，乃大奔，告讨克司。此退闲室，但有东贝一人。

罗意莎及讨克司得此消息，彼此方互庆，楼上乃大喧阗，然已得罪于秀珊尼伯矣。尼伯时时潜伏户后，嚼齿而伸恨，意谓虽不示以愤状，而郁气亦因之而伸。外史氏曰：古侠客之爱情人，必署其所爱之名于广漠无人之地，意所心爱者，不更令一人见之。今尼伯之痛恨讨克司，亦但攒眉切齿，对门而咒，亦不令一人见之。爱情之状，古今同也。乃此两妇人初不审门外之尚有垂髻女子作不平之状，于是二人同视小保罗，易衣饮乳，至于鼾睡然后已。二人乃同坐火次，饮茗进糯为乐。

此时佛罗伦司已与小保罗同一寝室，此盖朴娄以功斡旋而成。此时讨克司偶一面顾，忽见女郎沉睡于别榻，即曰：“此女郎睡乃绝酣。”罗意莎曰：“彼一日长侍其弟，劳甚，故睡酣也。”讨克司曰：“此女良怪特。”罗意莎曰：“乃大类彼母。”讨克司太息无言。讨克司之叹息，见者乃不知其所以然，第罗意莎既有此言，则不能不循例作声以报之。罗意莎曰：“佛罗伦司即长年千岁，亦不有东贝家风。”讨克司即伸眉张目，似愕非愕，不知所答。罗意莎叹曰：“吾为此女，亦颇隐忧，未知后此长成，自处于何等。彼长年不得彼父之欢心，实则不肖东贝风概，东贝又胡施其爱？此物理应尔也。”讨克司惶恐，不知所答。罗意莎又曰：“此女性情至近番尼。我有预言，决彼后此决不能自持。彼尤不能千回百转其心，环抱彼父之身，譬如……譬如……”讨克司曰：“得毋譬诸茑萝乎？”罗意莎曰：“然，然。果茑萝也。此女安能为茑萝者？又不能纵身入父之怀，用为保护，譬如……譬如……”讨克司曰：“得毋如受惊小狍依母而藏耶？”罗意莎曰：“然，然。小狍也。此女安能为小狍？嗟夫番尼！我至爱之。”讨克司曰：“密昔斯勿悲，我观尔深情，令人感涕。”罗意莎流泪言曰：“凡人安能无过？番尼之过，吾知之至深，然甚爱之。”罗意莎以为有此泪、有此太息，心膈为舒，盖自信深能容人之过，尤自服其宏量，其大无外，且曰：“凡人能容人，乐乃无艺。”

罗意莎尚在拭泪示爱番尼时，李却子忽曰：“密斯佛罗伦司醒矣。”此时佛罗伦司果起坐，满眶皆泪，然舍李却子外无一人知其有泪者。于是李却子立奔其榻前，是二人者仍坚坐不之顾。此女忽曰：“吾亲爱之乳母，容吾与吾稚弟同寐。”李却子曰：“汝何为欲与尔弟同睡？”女仍作呓语曰：“汝爱我，汝勿却我。”罗意莎则遥坐而指挥曰：“孺子仍睡。”而佛罗伦司尚哀语曰：“吾决不之撩，但能一近其身即可酣眠。”李却子果抱近保罗之旁，令卧。佛罗伦司微近孺子之身，未敢轻撩其醒，微微以手抚孺子之腰，以手自掩其目，睡矣。讨克司曰：“伤哉！此女或梦与弟亲稔耳。”顾此事虽微，而二人言仁道义之词锋亦止。罗意莎此时正自矜有容人之量，即亦不复多言，于是饮茗进糒，匆匆敛器，令人呼车，送讨克司归。

讨克司者，恒坐市车，于车例甚精稔，每遇市车恒先期备预，语侍者曰："土林森，汝先以笔记来车之号数。"土林森应声而去。讨克司曰："汝更为我反其车茵。"语后，面罗意莎曰："车茵恒湿。"土林森曰："诺。"讨克司曰："此吾之住处。"出小纸，并一先零，且曰："车至吾家，于一先零外，不能更索。"土林森曰："诺。"讨克司曰："吾琐琐至此，殊不自安。"土林森以为无事，且行，讨克司曰："土林森，汝告车人：坐车之人，其叔父方为守土之官。彼敢无礼者，行且受罚。尤当告车人：前此有人得罪此车人贵妇，曾捉将官里受罚，有陈谳也。"土林森曰："如言。"讨克司即顾小保罗曰："吾亲爱……亲爱……亲爱……"每呼"亲爱"必亲吻，又语罗意莎曰："汝临睡时宜暖饮，勿更悲梗也。"

尼伯见此二人已去，遂出，谓朴娄曰："吾愤郁极矣。即郁我六礼拜之久，而吾一出，气亦愈烈。密昔斯李却子，试观天下刺眼棘鼻之厌物有如此二人者耶？"朴娄曰："然。彼尚言密斯佛罗伦司作梦呓也。"尼伯指二人所出之门，以手近冠檐为礼，曰："汝二人乃真知人，夙知吾密斯佛罗伦司不及东贝，此间有一东贝已足，不复求两矣。"朴娄防彼大声，为人所闻，即曰："汝勿惊醒此两儿。"尼伯怫然曰："然。密昔斯李却子，尚有何教令，即饬遵行。"朴娄曰："噫，吾何人，敢命令汝也！"尼伯曰："吾家之例，凡短局之佣尽足命长命之老仆。"朴娄曰："吾亦知尔为好人，怒佛罗伦司之见轻于人，故为是诅诅者。今二仇已去，故以我为泄愤耳。"尼伯闻言，气乃少靖，言曰："他人所饲之儿，主人视若东宫之尊，人人贡媚，为之乳母者自尔心气和平。似密斯佛罗伦司之为人，性质既佳，容颜复美，人之视之者，直贱如狗彘，且践踏之，为之将护者如何可甘？"正语于此，忽见佛罗伦司醒，以目视尼伯。尼伯曰：“孺子狡狯，汝再不闭眼而睡者，吾将呼梁上之魈食汝矣。”语后，作牛吼以呼魈，似此魈属于牛类，又似此魈夙秉号令，一吼即奔集者。吼后，即盖其被，拊其枕者三，遂奔至火次榻上，翕唇仰目，叉手于胸，突然不动矣。

斯时论者，谓小保罗已能笑能瞬，其状似有灵觉，非复乳下之婴。顾虽如是，而后日举行命名之礼，既不之知，即其姑氏为之摒挡衣服，亦木然无觉。既届礼期，小保罗亦不省为大事，但沉沉而睡。屋中人为之着衣，则娇啼不受着。是日为秋深之期，西风作冷吹人，天气阴沉，令人无欢。东贝立于客座，承应二人，然其严冷之容亦大类萧晨之肃杀。

先是，罗意莎夫妇同贲。罗意莎入门，即曰：“吾亲爱之保罗听之：今日为佳晨，吾预祝小保罗为生平富贵安乐之第一日，后此永永如是。”东贝曰：“谢吾女弟。”即顾其妹婿曰：“密司忒约翰，汝佳乎？”约翰亦报言曰：“汝佳。”此手将出与之为礼，然兢兢然如防触电。东贝之答礼亦不屑屑，如握鳝，但一少触即缩而归。少须，东贝之首自其领间少偏，而言曰：“罗意莎，汝冷，不思火耶？”盖东贝生平以冷御冷，恰合其性，初不需火。而罗意莎则冷极，以齿相触，然自知为东贝嫡派之人，万当自持，仍二齿震震作声，辞曰：“我不畏冷也。”东贝又语约翰曰：“约翰，汝不畏冷者也？”约翰此时纳手囊中，而“叨尔……劳尔……劳”之声垂发于吻，闻东贝言，立止，曰：“毋须火，我亦不畏寒者。”约翰此时欲唱，为东贝一语所格，兴致力为遏抑，至是，则微唱曰：“叨尔劳尔劳。”盖大声一鸣，又防其妻斥为狗嗥，故不敢也。

正于此时，土林森入言：“密斯讨克司至。”声已，密斯已至，鼻峰尽冻，作蓝色，以今日佳晨，密斯则衣单缣絮起之衣，触风，寒入肌骨。东贝亦行一二步，言曰：“密斯讨克司佳。”讨克司见东贝忽进一二步与言，惊为殊礼，即行克赤之礼以报。其礼如旗人命妇见贵客，以身体下蹲者。见者如一高塔，斗缩而委于地者。礼毕，语罗意莎曰："良友，今日大礼，我毕生不之忘也。如果忘者，则余之五官将尽屏于无用矣。"实则讨克司之五官能忘与否，著书者亦不之知，但知其畏冷之五官固终身不能忘者也。鼻峰严冻作蓝色，入时则力摇之，以动其血脉，盖防与小儿亲吻时以冷峰触其暖颊，非法也。

少须，小保罗亦为朴娄抱至。尼伯引佛罗伦司后随。时二子虽仍持服，然服饰已少华，惟较之深黑者为减。小保罗一入，即哭，或且为讨克司冷鼻所触也。哭时，约翰方欲进抱，佛罗伦司与之亲吻，然自明眼者观之，约翰殊忘其分，彼区区一外戚，乃敢进抱东贝家儿，可谓以贱凌贵，无等极矣。然小保罗哭时，罗意莎即进曰："佛罗伦司，汝往抚若弟，勿令作娇啼。"东贝此时挺立，观其女调弄小保罗。佛罗伦司仰面，自扑其手，欲令小保罗俯视而笑。而李却子又多方以调之，于是东宫哭止。其姊则藏身李却子之后，而小保罗则以目随之。后此佛罗伦司少伸其头，小保罗则跳跃，牙牙作语，且笑，则力擒佛罗伦司之发。佛罗伦司亦力亲其颊不已。读书试思：东贝之视其儿女为乐如何者？然猝观其面，仍肃然如秋，一毫无动。须知真为东贝家人者，则喜怒哀乐初未尝一形诸色。则仍注其目睛，如怒如愁，人见之皆愀然无欢。而佛罗伦司之笑容，亦立时而敛。少须，东贝视表，言曰："密司忒约翰，汝扶吾妹出。吾今日扶密斯讨克司。"语乳媪曰："媪抱马司德保罗先行，行时须慎。"东贝之车，则父子及讨克司、赤克与女，益之李却子，共六人。后随一小车，则约翰及秀珊尼伯也。道中，东贝亦偶与小保罗一拍手，而讨克司见之，心醉东贝风仪之佳，然舍此一丝春气之外，则嘉礼之车与送丧之车，分别者特颜色之异同耳。

既至礼拜堂，司堂之人即起而迎。东贝下车，引此二女上阶。时东贝扶讨克司徐上，讨克司之臂一为东贝所引，心脉悸动，乃大类将为牧师所问：“汝愿为其人之妻乎？”而讨克司又似仿佛答曰：“愿之。”其状殊可笑也。

既入礼拜堂，司堂者启复室之扉，言曰：“趣将公子入室，勿令冒寒。”礼拜堂之式，本宽廓而阴沉，状如入圹。司堂者谓东贝曰：“适有人方成婚礼，未毕，宜少坐，以待受洗。”司堂者言时，似与东贝相识，以东贝葬妻时曾一至此，遂与东贝问讯。时行婚礼之人聚于神坛之侧，观之，亦颇无欢。新人老，而郎君少。观礼者皆中寒而颤。复室中，湿薪不然，有烟无焰。尚有一年老长日劳瘁、薪水无多之书记，方掀翻簿籍。约翰无事，亦负手就其册籍中口诵某人死于某年某月云云，累累如贯珠而下。众为愕然。

众人久待，忽见有老喘之妇人言曰：“请客至圣泉之次受洗。”既至泉次，众人环立。此成婚者尚未签名，复为少待。而老喘之妪一本病发，一似醒豁彼新婚之夫妇，尚未得微赏，故用力狂喘，以示之也。俄而书记将沸沈至，倾于巨盆之中，口中则微语曰：“似此较暖。”实则更倾数斛，亦不能即生暖气。时牧师已至，则少年而和蔼。小儿见之，颇悚慑。牧师者，衣白衣，其长曳地。小保罗见而大哭，及命名受洗礼毕，小保罗痛哭，二颊已紫。洗礼毕，小保罗仍哭不已。以小保罗之哭，罗意莎、讨克司二人咸心颤不能安，即微语狂喘之妪，将传言与李却子，令百端抚慰。讨克司心已不属，忽翻下窆之经，随口而诵。伏线。代为洗礼者，但有东贝一人屹如山立，于礼垂毕时，忽凶视约翰，似有所怒而思报者。礼毕，东贝仍扶讨克司入诸复室，即对牧师曰：“我本欲延师至家一饭，以荆人适逝，不能如礼，幸师勿罪。”既而签名，上牧师以费，凡堂中供事之人一一颁赏，然后同车而归。

既归，纪纲辟德已列长筵以待。筵上陈列甚佳，乃无暖气，大类祭品。讨克司赠孺子以乳壶，约翰赠孺子以刀叉及瓢，纳诸小合之中。东贝亦出银钏赠讨克司。讨克司受钏，忽触其柔婉之感情。东贝曰："密司忒约翰，我与若对席而坐。汝盘中何肴？"约翰搓手言曰："冷羊肉。君盘中又何物者？"东贝曰："冷牛肉也。"细审食单，则冷鸡、火腿、龙虾、生菜，即曰："密斯讨克司可微饮。"即谓侍者曰："以香槟上密斯讨克司。"时馔入，主客之口触之皆震齿而凉，齿为之痛。人人皆然。而香槟尤冷如冰，讨克司一吸，几哀呼，则力转其音作微咳以掩之。约翰啜此冷羊，实类雪中啮铅。惟东贝冰冷其肺肠，夷然如恒状。东贝之为人，大类俄罗斯市集中所悬之冻先生，以东贝为之，其职殊称。以今日冷状，即罗意莎亦几不能自持，但力支其体，勿令作畏寒之状而已，然而亦不能作颂词。尚有约翰，力起举红酒，言曰："密司忒东贝，吾今将以此酒，为小保罗祝福。汝允之否？"讨克司亦起，而饮少酒，颤声言曰："上帝赐福。"罗意莎亦曰："吾亲爱之小东贝。"东贝即正色言曰："密司忒约翰，吾子果能言者，见汝称许，亦必感谢。吾必知此子长成，其对于私家，必保全门业；对于公家，亦足以扩张吾家之令誉。"东贝威力既张，众为所慑，而约翰已归座，不复发语。惟讨克司闻东贝语，首乃愈偏，声声入耳矣。众皆缄默。时讨克司即起，曰："如密司忒东贝所言，吾小保罗后此必践其言。"

东贝即以人呼李却子。李却子既入，即行礼，以小保罗此时方寤，故未将之以入。东贝即斟酒一杯，赐之，将欲有言。讨克司已先偏其首，耸耳以待。东贝曰："李却子，汝至吾家六月矣，可云能尽其职。今日为公子命名嘉礼，法当予尔以纪念。此事已与密昔斯……"罗意莎曰："赤克也。"讨克司即摇手曰："勿断贵人言语。"东贝曰："李却子，吾方商酌与尔以少酬，前此尔夫与我言尔家之人未尝学问，方今恒言有普通教育，'普通'二字，吾大不谓然，其中贵贱不分，何普通之有？吾以为下贱之人，稍令知书，亦使知有贵贱尊卑之别。吾之以学堂为然者，正谓此耳。伦敦中有义塾，我本有命令一人入塾之权。此中读书，无复需钱，且有学衣，上编号数。费亦公家。余已商之密昔斯赤克，为尔承乏其中。彼今日已穿学衣矣，号为一百四十七号。罗意莎，汝为彼言之。”罗意莎曰：“一百四十七号衣，为蓝色细纹布之燕尾衣。尚有一冠及红洋绒之袜，革制之里衣及裤。无论何等人皆可着，着之，礼应感戴无已。”讨克司曰：“李却子，汝得此异数，乐耶？”朴娄思言欲泣，即曰：“谢主人眷及吾子。”因思及其儿衣此里衣，胸前悬牌，不期泪落。讨克司曰：“李却子，汝乃知衔恩。”罗意莎曰：“以此观之，似天下人良心未尽死也。”朴娄絮絮作感激语，回思其儿悬牌如狗，则不胜其悲，匆匆遽出。盖朴娄六月之居此，惨然无欢，幸久处，似渐易其性，时亦微笑。自今日得主人之殊遇厚宠，则并此笑语而亦泯没都尽。

此时楼下长筵似合主客化为冰冻之人，彼此互视，告辞而起。东贝漠然，而约翰同此二人出。约翰一别东贝登车，即纳手衣囊中，口眼皆动，高唱入云，而又防其妻力沮，则矫为哮怒之容。其妻遂不敢逞，听其歌唱。

朴娄既归，乃不能忘情其长子，又思主人恩我，我乃悲哽，又胡为者？惟思及一百四十七号之铅牌及此革制之衫裤，直如犀革裹彼刑人，吾子何能堪此！此事既与尼伯言之，思欲一观其子。尼伯曰：“汝胡不一往视若子？”朴娄曰：“主人或不之允。汝胡不为我缓颊于主人？”尼伯曰：“明日彼二物不来监我矣。我晨起，抱小主人及佛罗伦司，同至若家。”朴娄初犹不可，深以为险，然思子之心酴，则不能不为变计，因思少至即行，乃谓尼伯：“如尔一试可尔。”议定，小保罗忽尔大哭，似预知有不祥事者。尼伯闻哭，即曰：“孺子恣哭，何也？”朴娄抱之往来，言曰：“或中凉也。”

第六章

明日晨起，朴娄之计复变，思往求主人，乞假而行。而尼伯欲少出舒徐其气，则力止之，曰：“不可，求之即莫应，后此检察且尤密。”朴娄闻言心动，即如其计，一待东贝赴肆，即合四人赴司答格花园而去。

司答格名园，本在城外，俗呼曰司答格园，实则地舆图中曰康伯林镇。康伯林之名，又缩为简名，曰康登镇。此时，李却子抱保罗，尼伯引佛罗伦司，同出。既至，见游人纷乱，乃同新爆之火山，无数已圮之屋，残状列于目前。至有路为壅塞者，或地陷如穴，或土积若陵。运土之车，陈陈然。车人恒倦卧车侧。有折屋逾半者，有方立间架以待营构者。迎面或见大桥，桥通，前乃无路。综言之，盖此时谋制铁路而浮议为梗，故中道旋息其工。左近之人，咸靳惜资本，则坐而观望。间有伟识之士不图其后，但为孤注之建筑，而又不竟其功，中道遂辍斤削，则但立间架者是也。时有新建之酒楼，丹漆之臭扑人，然尚岿然孤立，四望无邻，其名曰“铁路臂”，意专以酒饷工人。旧有酒肆，今亦易其业，曰“刨地公司”。前此熟食之肆，亦新易其名曰“火车饭庄”。至工人旅食之寓，逐日亦渐辐辏。自旧人眼中观之，谓后来决无所幸。于是村人尚不即改其业，耕者仍耕，牧者仍牧，莳者仍莳也。至粪积草积凶秽之物，亦陈陈如故。每遇蚝盛之时，及龙虾初上，则虾蜕蚝郛及菜根、瓦砾，则终年有之。凡诸种种，见者终不以为宜廓清而去之。司答格花园之名固佳，而实则莫副，但有一带低檐、一区荒地。地之区划为界，则以旧扉编为小篱之状，其漏处则以油布及无底之铛抵其罅处。此界中村人则用为饲鸡范兔及晒衣之所。至于有花园之名，则言人人殊，然而宝贵此地乃同金玉，纵名高而实丑，实不欲以铁路之故，遂没此名胜。其老土著则曰：兹地传自古昔，世变屡更，而是间岿然无改，滋足贵也。

中有一人，长日为人扫治烟囱，亦侨居于此。然而村人每谈经济者，恒推是人。其人对众宣言：果铁路能成，吾亦有术败之，必令二童子日夕登屋，呼吁上帝，令败其业。当时罗意莎之荐李却子，初不敢言居是间，以是间所居均下流人也。

朴娄指小屋曰："秀珊，此即吾家。"秀珊尼伯答时甚恭。朴娄曰："门外女人，即吾妹吉米马，手中所将者，吾儿耳。"言已，极力奔赴，状类猫之捕鼠，瞬息间彼此已互换其儿。吉米马不料其姊遽归，则曰："是乃出我意外。今趣入室中，且汝近亦丰肥。诸儿见汝，厥状如狂矣。"已而群儿果见而大喊，争引至厨次，坐母于小凳。此时朴娄之身，直一苹果之树，其旁累累皆小苹果也。既为群儿所嬲，力不自支，亦但有作健喊声，止其勿扰。后此引去其大，尚有三幼儿，一人坐膝，一人抱颈，一人则翘起一足，身扑母背，侧首而舐母颈。朴娄曰："汝辈呶呶如是，胡不观此女郎沉静无言？汝乃不学之耶？"

女郎者，佛罗伦司也，方立门中，观群儿作此憨状。朴娄即谓其妹曰："此吾主人之女公子，密斯佛罗伦司。"又引秀珊尼伯入室，语其妹曰："此为密斯秀珊。吾居主家，极荷关垂。今日非密斯，吾亦不能遄返。"时秀珊颇怒，以为欢爱家人，置客弗礼。此时，吉米马为礼曰："密斯秀珊，幸入坐。"秀珊无言，坐于别榻之上。吉米马曰："朴娄，吾阅人多矣，咸无如今日见密斯秀珊之为乐。"秀珊闻言，始推进榻沿，坐榻之中心矣，意亦释然。吉米马曰："密斯，请去其冠，勿拘苛礼。密斯来自高门，吾家殊促促，不足容玉趾，幸贵人谅我。"此时秀珊大悦，见一小土特尔走过其前，则力取而抱之，且至门外游览。朴娄曰："吾大儿安在？闻其衣革衫悬铅牌，故来视之。儿果安在者？"吉米马曰："入学堂矣。果归，闻其母来省，乃不之值，行且悲矣。”朴娄曰：“已入学堂耶？其去何速？”吉米马曰：“然。昨为入堂之第一日，今日与半假，汝能待其归乎？”朴娄曰：“吉米马，汝观儿衣号令厥状如何？”吉米马曰：“汝以为不适于观，实则滋佳。”朴娄曰：“彼股非长。”妹曰：“腏固短也，惟可日长。”顾此语颇廓落，而朴娄闻之，良适，少须曰：“主家者安往？”吉米马曰：“今日老人早出，云且晚归，然终日恒对儿思汝，惟尚舒适，未臻于急剧。”朴娄曰：“谢妹氏惠爱。然吾未见吾夫，终不自安。”朴娄此来，虽未见其夫及其冢子，而姊妹深谈乃极欢。

尼伯抱小土特尔外适，俄顷已归，姊妹乃不言家事，防触秀珊之怒，以为嫚客，则易以他语。于是尼伯遂一一述东贝家事及其物产性质，洒洒无穷。主人家事已竟，则称述己之衣服，间及亲戚，则取其有声者而言。吉米马乃出酒及虾，款之。秀珊大悦，遂与吉米马订为生平第一之深交。佛罗伦司为稍长之土特尔引至所谓名园者摘菌及观村中景物，后乃引至洼下之地，断水为坝，佛罗伦司亦捧土助之。筑坝未已，竟为秀珊所见，泥污其面及手，则力引之归，为之盥涤，且涤且詈，言：“汝以大家女，乃为此小家之顽状，宁非辱及先烈。”后此朴娄遂同其妹至于小楼之上论财政事讫，复抱小保罗，将出门归矣。顾此群儿牵恋，不能遽行，则每人予一辨士，令至隔邻小肆市食。朴娄乘机同秀珊立逃。临行，吉米马曰：“姊行道上，或遇大儿巴伊拉归自塾中，未可知也。惟汝行，可绕道向近城者行，或可遇之，但未审吾姊能小费工夫，沿此道否？”既出，朴娄小息于道周，因问秀珊曰：“吾可近城而行，能从我耶？”秀珊允之，于是遂发。

巴伊拉者，自服学堂革衫后乃奇窘异常，行过旧时俦侣之前，则大惊怪，以为服此异服，恣情笑詈，恶谑间出，大类耶稣初令门人传教，大受凌蔑于人，乃不类十九稘下半纪之情状，至有礫石以投，或推之沟中；亦有力掷其冠于风际，蓬蓬而飞者。

巴伊拉肉重裤小，直隆弩其腓肉于外，观者不特鄙夷，且有进而掏其腓，谓：“若肉何若是之硕也？”晨来赴塾，左眼为人所击，立肿。塾师见之，则大怒，以为寻殴于人，尚扑责之。塾师者，年长而性劣，其公举师于是塾者，以先生平日木然无一事之知，亦无一事之能，谓可胜此巨任。今日巴伊拉归，不向大道，力趋僻径，防为群儿所掊。寻有一道，所不能避而弗出，一出，乃果遇难。此孔道中，有群儿联盟，社长则屠户之儿，凶顽无艺，长日领率群儿伏兵四向，因将弄人。意原不属巴伊拉，及见巴伊拉作异状，则大呼而集。此时朴娄沿道张望，适至是间，见群儿聚喊，遂见巴伊拉身陷重围，大呼而进，以保罗付秀珊，力拔出其儿，乃不期祸事亦踵而至。

此时，秀珊以一身司两儿，适马车追风而来。秀珊及保罗兄弟已在马脖之下，幸路人力掣之而出。此马盖为风牛所骇，大奔。佛罗伦司见车驰如风，则力奔而避之，至于足僵不前，始息，以为秀珊尚随其后。及回首，去秀珊已远，一身孑然，立于路隅，大震而号“秀珊”，秀珊莫应，则作哀声问秀珊安在。时道上至一老妪，言曰：“汝呼谁？又从何家逃越出者？”佛罗伦司大惊，曰：“吾以为彼在吾后，乃不知其所在。汝今知彼安在者？”妪即引其手，曰：“妪且引汝而行。”此妪既老且丑，眼眶作红晕，即不语时口吻亦时动，衣服敝垢，臂上负猫兔之鞟，以随佛罗伦司趣行，故咻咻而喘，喘极，貌乃愈丑，立而闭目，备诸丑态，咽中吐异声，其音乃如兽嗥。佛罗伦司大惊，见四望无人，已入僻处。老妪仍力挽其小腕，曰：“汝勿惊悸，且踵吾行。”佛罗伦司曰：“我不识尔，尔何名？”妪曰：“我为密昔斯白老姆，人人称曰慈善之密昔斯白老姆。”佛罗伦司时已逐此妪行。妪闻女呼“秀珊”，即曰：“秀珊去此非远。”佛罗伦司曰：“彼受创耶？”妪曰：“无之。”女闻言慰甚，则力随之行，然观妪口眼，则戚戚然不以为可，自思果使有不慈善之密昔斯白老姆，其貌能否加丑于此妪？

行次愈荒愈僻，遂至一卑垢之小弄。弄中间储泥滓，惟循墙乃小得路，至一破屋之前。自冠中出匙，启关，门开，推女入户。屋黑如漆，地上积破布及猪羊之骨，与未烬之煤灰，几案皆空。墙壁都作黑色。佛罗伦司震极无言，厥状欲晕。慈善之密昔斯白老姆言曰：“汝勿愚騃，我非噬人者。汝小坐此破布。”女无言，坚握其手，股弁不止。白老姆曰：“吾不留尔至于一句钟之久，汝亦知吾意乎？”佛罗伦司吃吃答曰：“知之。”白老姆则据残骨而坐，言曰：“若既知之，则不劳吾力。汝苟不拒我者尚可生，不尔，杀汝矣。且吾之杀汝，无地不能，即深卧于帷帏之中亦足断尔之首。汝今何名？可一一语我。”佛罗伦司为彼震喝，知不能抗，则遂举其所知告此贼妪。妪闻之甚审，至于语已，言曰：“然则汝姓东贝矣。”女曰：“然。”妪曰：“汝所衣之衣，我欲之；汝所冠之冠，亦予我。”佛罗伦司立脱，脱时尚目注此妪，及妪所需索，皆予之矣。妪捧衣而视，大悦，后乃言曰：“汝趣下其履。”佛罗伦司求博其欢，亦悉予之。妪从破布中检破烂之衣履，予之曰：“汝衣之，履之。”女不敢抗，如言而受，惟加冠时觉发中如有所梗。妪停巨剪曰：“汝何为？”女曰：“吾发为物所梗，初无他苦。”既见巨剪，乃大怖。妪曰：“我为汝去此梗物。”佛罗伦司始释然，方知妪剪乃取发，非断喉也。断发时，妪言曰：“吾前此有女，亦宝其发。吾今念女，故留少发予汝，不尔者髡矣。”于是，但取顶心之发，留其余发，遂出烟斗，坐于骨上，吸之，口中仍徐动，如啖此烟斗。吸烟既罢，即以兔皮加女臂，俾人见之，以为其徒，不之骇问。又语佛罗伦司曰：“吾引汝至通衢，汝当沿道问行人，即返若家矣。惟尔万勿语他人以我得汝事。汝问途，当问尔家，不当问尔父之肆。且我引汝时，汝亦不能发问行人。必至三钟后，方许发吻。汝若违吾言，吾即复仇。所谓复仇者，汝死矣。且我即不在汝前，汝亦不能泄吾消息。吾广布耳目，稍一漏言，吾即知之，虽闳莫遁也。”女一一如言。于是妪引佛罗伦司行偏僻小径中，至一处，大类养马之厩，其上有门。此时已闻闹市中车马之声，妪指此门曰：“汝留此，待钟动三点，汝即出此门，向左而行。”则又握其发，曰：“汝识吾言。此间有人伺汝动静也。”妪此语，即为女临别之赠言。佛罗伦司目送其行后，心为释然，入避于门次，时时引目，尚见此贼妪唇吻翕动，似尚申述临去之言。久之，慈善之密昔斯白老姆行远。佛罗伦司尚以未至三点钟，不敢行，但左右望行人，焦悚非凡，似钟楼上之钟机殊迟迟不愿交于三点者。

已而钟动矣，女左右顾，均无人监察，则举足力奔，顾乃不知阿翁之肆安在，但知东贝父子之肆名，逢人即问，不问之行人，但问之童孺之属。彼此纷纭，不能道肆名所在。后此不问肆名，但问向城之道，计入城，始再问肆人，当知之。俄而果得道入城，疲倦已极，且在车马辐辏中神志为之昏瞀，又为幼弟及保氏忧烦，虞其失散；又防密昔斯白老姆以人侦伺，复防到家为严父所责，内讧外哄，且行且泣。至距人阶石，放声而悲，行者见之，以为行乞，均不之视。佛罗伦司哭已，复行。又行可两句钟，自湿巷中外转，似为水步，万樯争集，力人起落转其货物。步上有木秤，其旁有胖人矗立，以口翕气，耳上夹以铅笔，二手纳于衣囊之中，似长日所行之事毕矣，偶尔回顾，见佛罗伦司，即曰：“行行，我囊中不挟一钱也。”佛罗伦司颤声问曰：“此间是否为城中？”其人曰：“汝长日行乞，乃不知为城中耶？去去，勿为诡词。”佛罗伦司曰：“我无他求，但乞示东贝父子之肆安在。”其人沉吟，小立曰：“汝问东贝父子之肆，何为者？”女曰：“我但问其所向，将往赴之。”其人尤异，以手搔发，几落其冠，远谓一人曰：“周来。”周曰：“诺。”其人曰：“适东贝父子肆中有小伙，方视纳货于舱，其人安在？”周曰：“适此人甫出栅外。”其人曰：“汝趣其归。”周且趣且呼，忽见周同敏捷之童子偕至。胖人曰："汝为东贝肆中人耶？"童子曰："密司忒克拉克，何事者？"胖人指女曰："彼欲问尔肆，汝往告之。"

方二人语时，佛罗伦司一一都悉，及见此童子和蔼近人，中心愈释，即行近童子之侧。行时，履博，已脱去其跟，然亦弗顾，力引此童子曰："吾失道矣。"童子曰："汝何为迷道？"女曰："吾今日午前与保氏同出，迷失道，去此绝远。吾衣服悉为……"语次，回首四顾，始曰："人得之矣。今所衣者，悉窭人之衣，非吾衣也。吾名曰佛罗伦司东贝，吾尚有小弟。"因哭曰："幸示我以道，令归。"于是泪簌簌落不已。童子者，倭而忒也，闻言大为悲感。密司忒克拉克闻之，大骇，言曰："吾生平乃未闻有此。"倭而忒为拾破履，加之足上；取其兔皮，加之左臂；以右手挽佛罗伦司，意乃大得，匪但自方灰丁登，且欲譬及圣乔治打死毒龙、救出美人气概，言曰："密斯东贝，汝今勿哭，今日乃适逢我，殊异事也。汝平安已极，有我在是，已大类绝巨之铁甲船卫汝，汝何忧者？"佛罗伦司曰："吾之哭，乐极悲也。"倭而忒曰："此乐或因见我而乐耶？噫！汝之左履又掷矣，今且着吾履。"于是自去其履，履之。佛罗伦司止之曰："勿尔，勿尔！吾仍着此破履，殊能步也。"倭而忒观已，言曰："我亦愦愦。吾履巨，汝胡能着？且来且来，吾敢谓无人敢近汝者。"此时倭而忒英风伟貌，欲辟千夫，手挟佛罗伦司同来，而女亦依其肘下。二人相将行，彼此皆乐，乃不计旁观之疑骇。

时天色已晚，薄雾笼人而又微雨。二人均不之理，盖方叙述慈善之密昔斯白老姆事。佛罗伦司以有倭而忒为卫，胆力都壮，一一语之倭而忒，且曰道行去衢远近也。倭而忒忽大悟曰："然。吾且视此为何地。"因曰："忆之矣。惟此时肆门已闭，密司忒东贝已归，吾意不如归家为得。"既而曰："胡不先至吾家一宿？吾世父亦与吾同居。既至，吾为密斯将信抵家，并取衣履。密斯之意云何者？"女曰："可。凭君主之。"

正于此时，有一人行过二人之次，似识倭而忒，即避面而去。倭而忒曰："是人为密司忒卡格尔。盖吾肆中有两卡格尔，一为肆中擘画之人，此则佣保耳。"遂呼曰："密司忒卡格尔。"其人少止而听，言曰："君非倭而忒，何为与窭人子同行？"二人即在路灯之下告之以密斯遇难之故。卡格尔年虽未老，然发已白矣，伛行竟如老人，似为殷忧所中，故成此态。且颜色憔悴，皱纹已盈其颊，言语微细，如防触忌。衣黑衣，虽非华饰，尚整洁。卡格尔闻言，似怜，然亦无敢多语。倭而忒曰："密司忒卡格尔，我意如是，汝云何者？尔恒不对余语，惟有语，恒老成，故今日当问计于君。"卡格尔曰："此计殊佳，复何待商？"倭而忒曰："吾有一谋，在理足以利君。平日主人素不平君，今若以佳兆报主人，主人悦者，君或自是得主人恩眷。"卡格尔惊曰："以我之流品，乃敢与主人语耶？"倭而忒曰："是何碍？"卡格尔摇首曰："吾何足托？君挟女公子行矣。"倭而忒视其人行后，即曰："密斯东贝，可趣至吾世父家。今且问君在家曾否闻主人论此卡格尔之事？"女曰："未也。吾少闻阿翁作语。"倭而忒惊曰："处家庭亦尔耶？"于是复行。佛罗伦司之履复脱，倭而忒曰："我抱君而行。"佛罗伦司曰："勿尔，二人且并仆。"

时去家未远，倭而忒已见木人，则又语佛罗伦司以行船旧事。语未竟，已濒门外，倭而忒推门，则大呼"伯伯"，气喘，竟不能自举其词，但曰："有怪事可述，密司忒东贝之女迷失道矣，衣为老贼妪所取，为我所得，我引之归家。伯伯试来观密斯作何状。"老人大惊曰："世安有是事？"倭而忒曰："是安可思拟而得？伯伯与吾携此榻于火次，趣出食物饷密斯。"并去二履，复顾女曰："密斯佛罗伦司，趣近足于炉侧。汝行道间，水渍足心矣。嗟夫伯伯！世竟有是事，且吾何为气促不可止？"实则老人亦惊喘不定，即抚佛罗伦司之首，劝进良殷，复以素巾向火撩之，为拭小女之足心。倭而忒奔走左右，足不停趾。倭而忒此时将以一刻中治二十事，乃一事亦莫就理。但见倭而忒执烛登楼，言曰：“吾易衣，将往报消息于主人。伯伯，观此事怪乎？”老人加眼镜于额上，在百忙中亦曰：“事无怪于此矣。”倭而忒曰：“密斯勉力加餐，伯伯尤当劝进。”老人即割一巨块之羊肉，似啖大人国之丈夫者。麾倭而忒曰：“汝但行，吾自加礼。”倭而忒登楼，加外衣，立下。

佛罗伦司疲极，即踞炉前而寐。老人不复惊醒，防睡中为火所熏，则以物蔽火力。倭而忒下时，言曰：“得睡亦佳事，且借之少息。我行矣，当携面包，道中食之。惟伯伯勿猝致其醒。”老人曰：“我自调护此小娃也。”倭而忒曰：“秀媚可人。伯伯，吾今果行矣。”老人曰：“汝太纠缠。”忽又推门入曰：“伯伯。”老人曰：“汝胡絮絮如此？”倭而忒曰：“彼如何者？醒乎？”老人曰：“尚睡，未醒。汝恣行。”倭而忒曰：“如是良佳。吾行矣。”老人自语曰：“吾闻彼屡屡言行，何又遽归？”语音未止，又闻倭而忒呼“伯伯”声。老人曰：“又至矣。”倭而忒则易其说曰：“吾行次曾见卡格尔，形模较前尤潦倒可怜。彼乍与别矣。兹又见其绕吾门外而去，似一路将护吾来者。彼睡状如何？”老人曰：“与前无异。”倭而忒曰：“然则良佳。吾行矣。此行乃果为真行也。”老人忙极，不能进食，则坐睡女之旁，心事潮起，遂幻为蜃楼无数也。

倭而忒既出，即雇马车，令力驰。每行三分钟，必引首车窗，趣御者急行。既至东贝家，吃吃述来意。侍者引入东贝退闲之室，闻室中人声腾沸，东贝也，密昔斯赤克也，密斯讨克司也，李却子也，尼伯也，咸聚一处。倭而忒徐进东贝之前，吃吃言曰：“乞恕吾突进之罪，然此来为将得佳消息来。密斯东贝得矣。”倭而忒固得意而来，及见东贝肃然不答，则烈火沃以冷水矣。但见微微回首，顾其妹曰：“罗意莎，吾不言必得耶？可告家人，勿再往寻。此将信之童子，即吾肆中小伙也。”谓倭而忒曰：“如何得，汝言之。至如何失者，吾已知之。”复以目视李却子。倭而忒嗫嚅久曰：“似为童子所得。以实言之，亦非童子夙知而往寻之，但侥幸……”东贝见此童子有得意之色，即抗声曰：“明言之。汝既云非夙知者，何由又言侥幸，胡前后矛盾至此？”然而欲求倭而忒质直言之，乃大难，则格格不吐者久，终乃言曰：“吾为取衣履来也。”东贝厉色对尼伯曰：“汝闻之乎？趣以衣服引孺子归。倭而忒，汝出，明日微有赉汝之物。”倭而忒鞠躬曰：“荷主人盛意，吾之效力，乃不图赏。”东贝曰：“孺子，图与不图，吾又何知？此遭汝行事良佳，勿再呶呶，使佳者成丑。罗意莎，汝以酒旌此孺子。”罗意莎引倭而忒外出，取酒。东贝以目送之，似含嗔怒。尼伯以失女公子，二目哭尽肿，既取衣履，即同倭而忒以原来之车同行。

既至，佛罗伦司已醒，精神顿苏，与老人深谈极欢。尼伯见女，即大哭，为易其衣，即挟诸胁下，同出登车。佛罗伦司至老人前，言曰：“请丈晚安！丈待我挚也。”老人抱与亲吻，其亲乃如女孙。佛罗伦司语倭而忒曰：“请君晚安！再图相见。”倭而忒亦报之以礼，遂两手并出，与女为礼。佛罗伦司曰：“倭而忒，我终不忘汝。”佛罗伦司感激已极，则以颊仰承，待其亲吻。倭而忒既俯而亲，则大赧，如犯罪律。既登车，女尚引手车外作辞谢状。倭而忒亦引手报之。

既至退闲室中，人声尚未戢。女甫下车，门者即谓御人曰：“汝勿行。”尼伯入时，即有人微语之曰：“此车送李却子也。”女既至退闲室，其状乃大异，往日此时至高极贵、凛如天神之东贝，微亲其颊，曰：“汝后此勿逃，亦不许与奸人同出。”罗意莎及讨克司亦加慰藉之词，独罪人李却子见而痛哭，频频告罪，负咎无已。罗意莎曰：“李却子，哭亦徒然。果为善心之人亦不应如是，令尔怀中小公子乃至无乳母哺乳。吾观天下之人，实无天良。吾家长兄为尔子择傅，汝受恩若忘，乃种是巨祸。”实则罗意莎安知巴伊拉之得学问与否，直每日至学堂受夏楚，痛哭归耳。东贝曰：“此语亦毋烦再述。李却子，汝行矣。汝罪盖引我……之子至彼森列之地，令人毛戴者。至吾女之迷道，即吾家之大幸，苟非此女迷道，落诸奸人之手，吾又乌知汝窃抱吾儿外出耶？至于小婢者，尚未长，盖为年长者所愚，此人尚可留。”令御者送李却子归，预授以车值。朴娄将行，而佛罗伦司力引其衣，哭不可仰。东贝大怒，谓：“女者，吾之骨肉。彼父在座，乃不之亲，而亲此不知谁何之人。”此意盖不属女，颇防儿子长成亦亲其乳母，则我为无恩矣。

是晚，小保罗哭不可止。此子之哭其乳母，直类哭其第二之死母者。而佛罗伦司丧其良友，亦悲梗，不复能寐。然而东贝之女，东贝既不贵，吾书亦不之恤矣。

第七章

密斯讨克司所居室，在英国历史中最古时、最繁华之区之隅陬，其状大类贫穷之亲串倚贵家为生活者。地名曰公主街，因有公主礼拜堂。有酒肆，即名曰“公主之臂”。公主臂肆中饮客，则皆豪家之奴。肆门有铁阑，每日晨起，铁杆之上即有空壶覆诸竿上，如戴帽状，为数八十四也。

与密斯斜侧而居，其与密斯对宇者，则为车门，有金兽门镮。门久不开，人言此为故家之马厩，而密斯妆楼适面厩中，日见御人调马及晒衣，大类燕会陈列万国旗章，男女老少之衣错出，不为一状。余屋则悉赁小家，多孤客。中有一人为少佐，二目暴出，脸作蓝色。讨克司亟称其人，谓有武士之风。二人恒互假书报而观。传递者均少佐之侍者，面色深黑。此侍者，密斯但称为土著，亦不明其生于何地，为何地之土著。密斯所居楼，梯仄而楼狭，其居盖遍英伦无能觅也，入冬不受日，若所谓新空气者，无论矣。然在此富贵丛中，占一隅陬之地，而密斯尚曰：“佳哉地也！”即大尉亦不计侨居马厩之中，亦恒曰：“此地佳，地名亦贵。”少佐在俱乐部中往往自赞其邻右之为巨伐，然密斯之屋尚为己产，为其亲串死后所贻，故密斯有小相片悬之于胸，永为纪念之物。片中象，发上加粉，垂巨辫于后，作古装。至屋中家具均贻诸结辫时代之人。

少佐已逾中年，后此光阴积渐趋于窀穸，然自命尚近少年，恒对人言：“密斯讨克司为当代佳人，目中乃独有我。”亦常于俱乐部中宣之于众。少佐名曰约瑟巴格司达克，恒言不称“我”，必称名，然又时变其音，有时亦曰约，或曰老约。其在众中，辄舞其行杖，自赞曰：“老约强君十倍。果英伦多产老约数辈，则英国兴矣。汝勿谓老约年长，果欲娶者，尚可得美人。惟老约心坚而狡。”顾少佐虽如是自信，实则蓄私心而寡公道。众谓少佐当不称私心，不如名为私胃，尚为雅切。彼本无心，何别公私？但以胃言之，则硕大无朋。生平未信老约曾为人所藐，人纵藐之，已亦不然其事。谓讨克司不悦己身，则尤未尝念及。惟见讨克司乃逐日与之生疏，几若弗忆其人，盖自力荐土特尔为乳母后，忘少佐矣，及为小保罗命名后则忘之尤甚。

一日，二人无心而遇。少佐进而为礼。讨克司亦淡漠应之。少佐曰：“老约久不见君，此事君乃少负老约，讵老约佳运隳，浮云蔽此日光耶？”讨克司低首不答。少佐曰：“讵老约一线之光明移照他处，不居城中乎？”讨克司曰：“吾乃未尝出。吾迩来事乃大忙，近吾有至友，彼家事集，吾长在彼间，为之分理。即今日亦适有事，不复奉陪，图再相见。”语已，遂行。少佐目送久之，微指其背，曰：“老兄，六月以前，老约所行之地，彼尚伏而亲之。今何疏远乃尔？”思久，则谓讨克司以退为进，乃重掘阱阱，令我入之；又指空中言曰：“尔陷虽深，然不易得老约也。老约坚刚而狡猾。”则大笑，自鸣得意。于是，又数礼拜，讨克司形迹都渺，其果忘之矣。前此讨克司每见少佐出门，必启楼窗，与之为礼。今则绿窗深闭，久久不见玉容。少佐深以为异，知且有变。实则此时密斯之衣服已灿然动人，即楼中陈设亦佳。窗外列盆花，而衣上又微近为人持服。少佐即于此间生其窍窦，谓必亲串死，承其遗产，故恢张至此。一日，少佐坐对其门，忽见楼中似有数客，辨之乃不了了，则取远镜向楼窥之，自扑其手，曰："老兄，此非小儿耶？"少佐于是大奇，然于一礼拜中必见此小儿数次，亦不能问，但噫气作响。顾虽力噫其气，而讨克司终不之顾。少佐自念既不能问，则但有监察之力，然视讨克司之抚此乳子直同己子，又时时自视其手上之钏，夜中恒开窗支颐看月，至于夜深。

一日，罗意莎语讨克司曰："吾亲爱之人，汝如是作用，真可赢取吾兄之心。"讨克司乃失色。罗意莎曰："吾兄之爱小保罗，日甚一日。"讨克司不答，但抱小保罗，以脸亲之，冠为之垫。少须，言曰："孺子之母，曾否肖此婴儿？"罗意莎曰："彼母安肖此儿？"讨克司沉吟言曰："孺子之母，似美也。"罗意莎曰："可怜之番尼，以貌言尚未恶，惟欠驾驭群下之权。若云吾兄之德配，必不宜无此性格，且欠自持之力。"讨克司即抱小保罗，言曰："安琪儿，汝真若父之小影也。"

此时果少佐目见讨克司作此状，并知讨克司机谋，欲从此孺子身上图谋嫁夫，则少佐之二睛且愈暴。然而旁观者或料此时少佐亦当知老约亦可为人所轻蔑者矣。至于讨克司之心属东贝，似乎日抱小保罗，自称后来将为其母云云，惜小保罗无知无觉，不能称述，以告其父。

第八章

小保罗得光阴长养，梦眼渐开，且所见物较前为多，即物状亦较前为富，知其定名。脑中所印之事，逐日增多。自乳婴时代，臻于幼童之时代，即易为能言能行能辨物而惊异之东贝。自李却子去后，东贝则以孺子属之二人。此二人，即讨克司、罗意莎也。有是重托，而讨克司竟长日留驻东贝家，少佐更无从觅其迹兆。罗意莎亦受其兄顾托，长不住家，其夫赤克亦从而放诞，长日在酒肆及俱乐部中，渐成浪子。

顾此小保罗尽得人调护，仍不能盼为健硕之儿。先天既薄，而李却子又行，易以生乳，竟与不习，抱提不住，几欲自指端下漏，往觅死母，历数险巇，自童子及于成人，道中无不沮梗。每长一牙，即似高篱当道；每生一疹，即似拳足碍履。此外风寒小病，则直卵石沿道，必欲颠仆此小保罗然后已。且小保罗之喉际，非复巧似画眉，直类鸱鸮作响。保罗自受洗时冒寒气，隐诸脏腑之间，时时暴发，如小草生于阴凉之地，无复向阳之态。后此乳母密昔斯威勘恒言："吾乳儿多矣，初未乳是单弱之儿。"密昔斯威勘者，为佣保之妻，其能入此者，以家下无人，不至分心，故引之至是。威勘之来，在朴娄出门之第二日后。威勘白皙，长日耸其眉而低其目，似自怜而复怜人者。其人无论何触，皆足伤心，即遇喜庆之事亦然，盖长日非出伤心之语、揾伤心之泪，几于不能发泄其积愫。如此情状，老东贝一不之知，知者则谓将不利其保罗，威勘宁复有幸？以此之故，罗意莎及讨克司均不敢言。

老东贝见小保罗多病，以为小儿之恒状，不如趁此备尝痛楚，则趋走成人之路较为平贴。果使能以财力倩人代病，如国家之遣戍可以觅代者，则亦不惜巨资为之，顾乃不能，但听其旋病旋愈，每愈即以为已过一险。此时老东贝至高无上之心绪，但盼其儿能一夕长至数尺者，即可称为东贝父子招牌之实据。天下有数种理学家言私心者爱情之根荄。东贝之爱其儿，非真爱也，盖谓必有是儿，则肆名可以垂于宇宙，盖其爱子者，爱财也。财与子，既无分析，故爱力愈因而专，盖彼心万冷之中得有微热之地，其地即其子占之。彼脑万晦之中得有微明之地，其地亦其子印之，惟印此形容小保罗非乳子，实为大人。所谓大人，又非谓之人，则东贝父子招牌也。故小保罗之病，初不担忧，谓天之授我以小保罗，万无死法，正于群瘠之中历练其成壮夫。于是者，保罗亦五岁矣，风致殊佳，但嫌清瘦。密昔斯威勘每观保罗，则摇首太息，不可纪数矣。然而小保罗之性质亦殊暴烈，老东贝观之殊喜，谓此纤小之年乃能高其意态，真保家之主也。然而多思而愁烦，似有殷忧在内，时时坐于小榻，凝目含远思。每在威勘室中嬉戏方酣时，辄曰："吾罢矣。吾且小坐。"每日东贝归，必令下，然每见老东贝必肃然为老成人状，默不一言。每每二人聚时，为状甚奇。老东贝则挺身作怒态，弩目观火；小保罗则恭默无言。老东贝心中筹维生财之道，转转不穷；小东贝则思入荒唐，不可方物。父子相对，衣皆坚硬如铁甲，然而相类处又复不类。

一日，父子同坐至久，东贝见其子不言，以为睡，及更视其二睛，为火力所煽，烨烨作光，始知其非寐，然而沉静极矣。忽小东贝言曰："爸，钱为何物者？"东贝此时方思及钱，得问不知所答，即曰："汝何问？问钱耶？"小东贝即以老成之面，面东贝曰："钱果何物？"东贝踌躇，思欲告以钱为国家流通之宝，有现金与楮币之分；又防其不达，但曰："钱者，分金银铜三质而已。金曰几尼，银曰先零，铜曰辨士。"小保罗曰："知之。惟吾所问者钱之为名，到底究曰何物？"东贝大异，曰："汝何问及此？"小保罗曰："吾意谓钱者能成何事？"此时叉手于胸，视火后复视其父。老东贝移榻，抚其发，曰："孺子，钱之为用至巨，汝长成即知之。百事皆归其任使。"语后，执小保罗之手，微微击之。小保罗则缩归其手，乃摩按其榻臂，言曰："万般人事皆需此乎？"老东贝曰："然。"小保罗曰："殆无所不能矣。"老东贝曰："然。"小保罗曰："既云多钱，胡以不能救我母勿死？则钱亦忍心者矣。"微旨。老东贝曰："佳物何得言忍？钱固非忍者也。"小保罗曰："既曰佳物，又曰匪所不能，乃于吾母特弗佳，于吾母之死复不能救。"微旨。此时之问，非问其父，盖自述其心绪耳，以此时东贝之状俨然作怒容，故但面火而言，似欲令焰焰者作答词也。而老东贝之不乐，亦以孺子偶思其母，谓子生未见其母，何为念之，因之怏怏于心不释，久乃言曰："钱力固大。果人生宜死，钱亦弗能为力。实告尔：人人皆有死时。此最不幸之事。惟有钱之人能令人敬，能令人畏，能令人媚，能令人慕。此足贵也。即不能救死，亦可延长其命，不至于遽死。即如尔母之病，惟我有钱始能延辟而根司盛名之良医，即尔历来之病，亦此良医已之。"遂一一论钱之效力，示其子。小保罗亦顿悟，则自搓其手，曰："爸，惟此多钱，殊不能使弱者顿强。"伏线。老东贝曰："汝亦非弱小子，如汝者夥矣。"小保罗曰："吾姊佛罗伦司为年固长于我，然我乃不如其壮。我尤知姊氏当吾之年，长日嬉戏而不罢，吾则罢甚，觉筋骨皆痛。初亦弗知，密昔斯威勘告我如此，言骨病也。"东贝又移其榻近小保罗，曰："汝长日嬉戏觉罢，则睡味良甘。"小保罗曰："吾长日不戏亦罢，恒卧吾姊氏膝上听其作歌，夜中往往见噩梦。"语后，以手近火，厥状大类成人。老东贝闻言不欢且惧，乃不能更言，时时以目视之，唧唧作忧愁声，直至威勘推门入，抱小保罗登楼而睡。保罗曰："毋须汝，以佛罗伦司来也。"威勘曰："马司德保罗，媪抱汝，乃不可耶？"保罗曰："否。"则以背后仰，状如老翁。威勘遂行。少须，佛罗伦司至，小保罗一见其姊，即跃起，与其父道晚安，立时易其老成之态，仍为小儿恒状。老东贝见状大悦，则思胡面我而老、面其姊则童也。已而二人皆去。东贝倾耳，则闻有小小歌声，因忆小保罗言其姊恒作歌，则开门视之，见佛罗伦司抱其弟，童子以手挽其姊之颈。佛罗伦司且歌且登楼，及望而不见，尚凝伫梯次，久久乃归。

明日，罗意莎、讨克司及东贝共食。食已，东贝曰：“汝辈究知保罗近有病，医生辟而根司所言如何？我观此儿似单弱也。”罗意莎曰：“兄言良然，吾亦如是。吾家小宝贝果单弱也。人小而心大，似躯壳不能载其灵魂。”所言乃大奇，且摇首谓讨克司曰：“昨日不言送丧之事耶？”东贝曰：“我思楼中人必有语我儿以不应语之事。彼昨日与我深谈，乃谈及自己之骨头。吾何为令彼闲人道及吾子之骨头。且吾子非全副之骨头，明明生人也，何为舍人而语骨？”罗意莎曰：“兄言固也。人也，胡为言骨？”东贝曰：“汝言良然。彼昨日尚语及出殡事。小儿口中，胡乃有是言？吾家又不市冥器及代人下窆，小儿何由知之？”罗意莎曰：“兄言固也。吾家又何尝业此？”东贝曰：“实则何人语之？吾昨日闻之，乃大骇。罗意莎，汝言之，究何人敢与之语者？”罗意莎沉吟久，乃言曰：“吾亲爱之保罗，教吾何由知之？实告兄：密昔斯威勘，生平多悲概之状。谚所谓……”讨克司曰：“谚所谓木默司之女儿。”谓多悲寡欢之人。罗意莎曰：“然。惟其人深有益于小儿，且小心熨贴，初未敢冒昧而恣肆。且吾小宝贝自大病后，元气未复，即暂时不能用彼……”语时，愀然不能出，盖谓足胫非劲，不能用力，及忆及其兄恶言骨头，胫股亦骨头所成，故不敢脱然出口，欲令讨克司觅得一适可之名词当之。讨克司即曰：“不能用彼之肢。”东贝张目作怒容曰：“何名为肢？”讨克司即惶恐失次，问罗意莎曰：“医生晨来言股也。”罗意莎即曰：“然。医生固说股，尔我皆闻之。吾故谓吾小保罗暂时不能肆其股力。此在弱小之年，固恒见之。即使留心照拂，亦在不免。此一着，兄可勿忧。”东贝曰：“吾知尔留意于吾儿，初非疑尔之无心。医生今日曾来观乎？”罗意莎曰：“然。医生来时，吾及密斯讨克司咸在楼中。吾二人每逢医生，必侍其前，初无一日之懈。此医生良有学术。今日曾言一事，吾大以为然。医言宜至海滨吸取空气，以我思之，良得。”东贝仰面，徐徐咀嚼其言，曰：“海滨吸空气耶？”罗意莎曰：“此亦不谬。吾二儿如小宝贝之年，医生亦恒言至海滨，即我亦用此疗吾儿，可数次，均验。即兄适言楼上人，或以不宜言言之童子之前，此亦思虑之周审。实则吾小宝贝过于聪明，无言不入，无思不动。若在常儿，乃泯泯无觉，语之亦奚动？以此之故，与密斯讨克司议，欲送吾小宝贝至白拉登，托之最能饲儿之密昔斯辟白真……”语未已，东贝惊曰：“谁为辟白真，吾乃未闻其名……”罗意莎曰：“辟白真者，年高德劭之老媪也。讨克司最知其详。媪生平最善体童子之心，而门地亦高。”因沉吟曰：“彼夫以何事伤心而死者？吾亲爱之讨克司，试言前此汝所言，我忘之矣。”讨克司曰：“彼在咇噜矿中抽水而死。”罗意莎视东贝曰：“彼非自抽也。据讨克司所言，吾不为辩者，似乎此人自运水机，力竭而死。实则以本开矿，矿中水发，丧其资本，遂痛心而亡。”即易而作他语，曰：“密昔斯辟白真，饲儿乃真神技。吾在酬应场中时时闻之。吾初闻其名……”时又沉吟，曰：“吾躯高几许时已闻之耶？”讨克司曰：“辟白真，名副其实。汝如是称之，良无愧也。今上流社会中无数名流命妇，均长自其人手中，即对尔谈论之人亦曾经其调理，即当世贵人亦间出其门。”东贝曰：“然则密昔斯辟白真之所业，固尝收罗才俊，悉入其门耶？”讨克司曰：“吾亦不敢云广开学塾、陶育人才，以状度之，大似寄膳寄宿之小儿院。”罗意莎曰：“规模固非大。”讨克司曰：“地极清淑。”此数语乃深合东贝之意，谓人能以资开矿，已非恒人，且吾妹及讨克司甚重吾子，二人所荐，必属正人，矧既为医生所言，则亦不能不允。罗意莎曰：“吾亲爱之保罗，胡不明日往询辟白真行状？”东贝曰：“果托以小保罗者，以何人同往？”罗意莎曰：“当此之时，佛罗伦司固不能一日离去其弟。此儿不审何故，乃爱其姊，或小儿怪特之性然耳。”东贝转面他顾，徐徐至书架上取书观之，随翻随言曰：“同行者，尚须何人？”罗意莎曰：“威勘也。威勘行为备已周，似彼辟白真之饲儿，百凡皆到。以人监之，转隐其所长。兄一礼拜往省一二次，此固不免之事。”东贝点首，曰：“然。”遂以目视书上可一句钟，尚未翻一叶。

此大名之辟白真，盖天下至怪之妇人也，背偻而首俯，脸上皆雀斑，如不值一钱之大理石。钩鼻而凶，露其灰色强硬之眼睛，似在椎质上百捣而成之铁。虽去其夫之死可四十年，而尚持服。行近人前，寒暑表将为之缩。夜入人家，冷气扑人，灯光几黯。人以其人之孤另，则谓其夫之死，非抽矿水而死，盖抽其妻胸中慈惠之液令干，不期而死也。所居在白拉登偏僻之区，地多沙石，较他处为硗瘠。屋之制造，亦苟简于他处。门前有小草场，无论入何花种，皆幻为碎小之黄花。双扉之上，均蜗牛行迹。迨冬，屋中之风，百驱终不之出；迨夏，门外之风百延亦弗之入。冬风振屋，声如吹角。客堂之中，窗门久久不开，盖堂中有自植之花。窗既长闭，客一入门，即闻盆上泥土之馨。此等植物，性质亦适类辟白真，盖多仙人掌之类，他种则能出液而黏人。尤有一种，悬于屋中，枝干四垂，客之入堂者触面如触蜘蛛。即以蜘蛛论，其家之种类亦蕃。凡小儿寄食其家，果属富人，则索价至昂，偶一出价，勿令少减。辟白真者，盖刚果无上之妇人，论者谓彼有刚果之性，故夫死四十年尚能生存至今，专以饲儿为业。自吾书叙东贝与其妹建议之第三日，辟白真已得一佳消息，可以攫取东贝囊中之金钱。

时保罗及其姊与威勘已至矣。至时，仍罗意莎、讨克司送之同来。辟白真以背向火，视此来客，如阅大操。辟白真有一侄女，用代奴厮。女柔顺无伦，瘦小其躯，鼻端多癣，久乃未愈，今方调护马司德别色斯东，为之易衣。此外尚有一女，曰密斯潘格，以客至时不检而三嚏，因是得罪，囚之黑屋。辟白真语小保罗曰：“马司德，汝心视我如何者？”小保罗曰：“我不悦尔，行且归。此非吾家也。”辟白真曰：“此为吾家。”小保罗曰：“汝家乃颓败。”辟白真曰：“吾家尚有颓败于此者。凡不善之儿乃入彼间。”小保罗指别色斯东曰：“彼曾否入汝颓败之屋中？”辟白真作势点首。小保罗则上下四瞭别色斯东，深以为异，谓此人胡为入彼颓败之屋。

一句钟时，进午餐。餐品以水族及植物为多。食时，亦令潘格出自黑屋，同餐。辟白真厉色言曰：“凡当客而嚏，其灵魂永永不入天堂。”大理宣扬而后，即闭目作祷词，词中较常经乃多数语，曰：“谢上帝外，尤谢密昔斯辟白真饷与美食。”潘格所食则米饭，侄女百林西亚则啖冷肉。辟白真自谓体不宜冷，宜暖补，则进羊肉排。捧出时，色香动人。饭后，雨集，遂不能赴海滨，而辟白真之体质，则食羊肉后又复宜睡，因之群儿同贲一处，遂令百林引之而行。屋四周皆墙，中设空火炉一。小保罗颇觉此地佳，得两三人与之嬉戏。至于辟白真醒时叩扉令出，出后又令百林述故事，令群儿听之。茗饮时，牛乳及水、面包、牛油，乃至足。辟白真则另有茗一壶，所食面包亦新烤诸炉火，厚抹以油。此面包者，外间油重而中坚如故，犹之辟白真也。茗罢，百林出针线治之，辟白真则出巨帙之书，加以眼镜，则对书而假寐。每一鼾声发，几以首触炉，立醒；殴别色斯东，斥其假寐而惰窳。迨晚，群儿欲睡，威令晚祷，始归楼而寐。潘格者，年幼，防不灯而睡，心怯空房。辟白真力祛之，如驱羊焉。潘格既行，仍喁喁不已，必辟白真力取而摇之，始睡。九点半钟后，楼上颇闻楼下烤面包之馨，每夕必闻。威勘以为此间楼柱作面包馨也。明日晨餐与昨日同，惟午餐，辟白真但食常用之面包，不更作焦烈矣。饭后，辟白真令别色斯东诵《旧约》一篇，此每日之功课也。饭后，潘格、辟白真令其摇耸别色斯东，受盐水之泡制。至于泡制之法，初不之知，惟出时则神志丧失，容颜皆作蓝色也。盖以海水冷浴之耳。保罗、佛罗伦司与威勘，时时同步海滨。

威勘长日亦以洒泪为常例，如居保罗家时。去午餐未久，众皆读书。书为辟白真所著，书中述古典，归宿时多火焚虎啖而止，稍轻则不之下笔也。以上皆辟白真家之功课。

每礼拜六，东贝必自来，寓于小逆旅，故保罗及女兄、乳母必至逆旅中朝父。日中父子同居，饭后始归辟白真家。辟白真家群儿，所最患者，即在礼拜之日，以是日为辟白真发怒之辰。潘格每逢礼拜六，必归视其姑母，来时恒痛哭。别色斯东，亲属悉在印度，乃不予假。每逢礼拜，令坐高座，手足勿动。此为最苦之王法。一日，问佛罗伦司取法所以能逃至印度者。人言辟白真最善御儿，乃非虚语。凡暴烈之儿，一至其家，乃驯善无少忤。保罗每于无事时，恒注视辟白真，侧观无复厌时，既非悦之，亦不或惧，惟生质甚怪，见之滋喜。自坐火次，烘其手，目则详注辟白真。有时辟白真为其所瞩，不可自聊，忽问之曰："汝究何思？"保罗曰："我即思汝。"辟白真曰："思我何为？"保罗曰："我乃不知尔之年鬓，其老如何？"辟白真曰："孺子不宜言此。"保罗曰："何也？"辟白真曰："此非所以向长上也。"保罗曰："我闻威勘言，凡人独飧羊肉及烤面包，始为非理。"辟白真色赪，言曰："威勘之言，汝胡听之？此人盖龌龊无理、胆大妄为之老狸狌。"保罗曰："何名老狸狌？"辟白真曰："汝勿多问。前此书中不言乎？有一童子多言，竟为风牛之角所触而死。"保罗曰："牛果风者，何由知此童子多言？天下又有何人敢至风牛之前与风牛诉此童子？汝言，吾不之信。"辟白真大惧曰："汝何为不信？汝不信者，即为异端人。"保罗见辟白真不悦，即亦弗加攻驳，非屈之也，尚在座中四顾。辟白真思此孺子虽不言，或别有针锋相向，则起而辟之。自此一日起，辟白真甚异此儿，则移保罗之榻于己座之侧，时时察之。而保罗乃常居于火炉及辟白真之间，凡此媪额上一丝一线皆细审之。辟白真多伪睡，不敢正视。时家中尚有一黑猫，亦按时睡于炉侧，喉鼻之间，时作鼾声，二目闪闪对火而开阖。此三物者，若长日居于火次，不可离析。

然保罗居此久，而体质初不异于来时。于是东贝为制一小车，每日以车推至海滨，吸取空气。东贝意本以孺子为御，而保罗忽重一老人。老人，老渔也，为所雇孺子之祖父。于是老人为御，佛罗伦司夹车而行，威勘后随，至于海滨。每一至，必作数点钟之勾留。舍佛罗伦司外，初不令一人近诸其侧，时时有数童子至而问讯，保罗则麾之令去。迨童子既去，即谓其姊曰："佛罗伦司，尔我二人足矣，何须余人。"且不喜威勘，每遇威勘他适，则喜。其尤喜者，则在一幽僻之地，为人迹所不到。既至，佛罗伦司或语或诵，保罗坐受海风，神为旷然。一日，问其姊曰："别色斯东亲属所居之印度，又安在？"佛罗伦司停其针线，言曰："远矣。"保罗曰："然。行及彼间，须数礼拜耶？"曰："然。"少须，保罗曰："姊氏，汝若往印度者，我仅有……"复曰："娘所赴者何处？"佛罗伦司曰："娘乃爱我。"保罗曰："我亦爱汝。我非问此也。"既曰："死耳，盖谓汝往印度者，我亦有死而已。"佛罗伦司急去其针，伏而亲之，曰："汝若往印度者，吾亦有死而已。汝病寻愈矣，何死之云？"保罗曰："吾愈多矣。吾所谓死者非谓病死，盖汝行，吾患清寂而死耳。"一日，二人复在原处。保罗睡于车中，既醒，如有所闻，则坐而倾听。佛罗伦司曰："汝何听？"保罗曰："汝不闻海中作人声耶？所言维何？"佛罗伦司曰："波浪声耳。无他也。"保罗曰："浪声，吾辨之。吾盖别有所闻。"则引目视海之极处，曰："彼间为何地？"曰："海外即为一国。"保罗曰："外国之外，又何物？"自是以后，每临海滨，保罗必望海而思其极处。

第 九 章

倭而忒自水步上见佛罗伦司，送之宁家后，于心终不忘，每当无事之时，时复耿耿。而伯伯及船主恒以得婿于东贝为贺，时时语及灰丁登故事。船主至购得古曲之本，中述一人为纽加士尔中开矿之主人，有女绝美，名曰潘格，且与年少之矿工有情愫。船主长日高唱，谓此中事迹即为倭而忒娶佛罗伦司之预兆。每至倭而忒家，必歌是曲。至于“潘格”二字，则曼声，故引之使长。倭而忒则时时盘旋于石步之间，志为当时遇美之地。佛罗伦司当时所着之破履，倭而忒亦拾而藏之卧内，及自肆中归来，则以铅笔画慈善密昔斯白老姆象，用为后此仇复之地。自是以后，衣服亦时时修饰，恒至东贝家左右，冀得一面佛罗伦司。盖爱慕佛罗伦司之心，初非情欲，乃实天然之性质。佛罗伦司貌既大佳，好色之心，人人所有，宜乎倭而忒之心醉；且词语温柔，尤足动念。矧少小㒓弱，倭而忒遂以保护自任，誓为此女效劳。且知失爱于父，屏处高楼，寸心尤为怜惜。以此之故，每年必遇佛罗伦司至于十余次之夥，见即脱冠耸立，如礼天人。佛罗伦司面时亦必与之接手。密昔斯威勘及密斯尼伯亦因女郎而稔。威勘侦知前此失路之事，救由是人，故亦听之作絮絮语。至尼伯者，见倭而忒年少美风仪，匪特不禁佛罗伦司所为，且恒乐与之把晤。于是，佛罗伦司及倭而忒久乃浸熟，后此相逢，必语及前尘，见订交之敦挚处。有时倭而忒于道行中忽发奇想，谓能乘风万里立奇功于海外，归来为水师提督，金碧焕然于肩章之间，更视佛罗伦司已亭亭成为好女，则勿论东贝允与弗允，吾必力抱佛罗伦司扬帆而逝。思极，似已登坛拜将，脚力为之雄长。迨一至东贝肆中，一登高榻，治小伙事，兴采都消，然仍勤勤恳恳为之，初无一日请假。自外间观之，此童子似纯乎天趣，不知寸心之内乃万绪千头也。

方女及小保罗至辟白真家中养疴时，倭而忒年已稍长，治事仍勤，兴致亦如前之高迥。一日，见老人颇形忧郁，即进曰：“伯伯似病，胡以不就晨餐？果仍如是者，我将往延医生矣。”老人曰："吾病乃不能近医药，即医生有能，亦不能遂已吾病。"倭而忒曰："然则何事？大抵欲吾货之售耳。"老人曰："吾货得售，亦足已吾疾。"倭而忒闻言，大怒，以手按杯，言曰："购货之人，良可杀也。长日熙攘于我门外，遂无一人来问吾名。吾有时怒发，几欲出擒路人，强令之购五十镑而去。"此时，窗外正有白发老翁见肆中陈千里镜，则引目内觇。倭而忒外视，言曰："徒视何为？欲得吾镜，宜进而购取。"乃此老翁少视后即行。倭而忒曰："彼又行矣。日来买主类多如是，然而伯伯……"声甫出口，即见老人沉顿，如有所思，初未之闻。倭而忒复大声曰："伯伯，勿太忧伤。后来买主突来，正患老人不能供应也。"老人曰："吾业安至于此？买者又何为购此废物？在势吾但有死而已。"倭而忒曰："伯伯，万勿尔尔。"老人强笑，顾倭而忒，佯为弗忧。倭而忒曰："伯伯，果有何忧，试为我言之，用展老人之郁郁。"老人偻其身，以首向倭而忒，言曰："吾安有忧？"倭而忒弗信，曰："伯伯必不吾告耶？实相告：吾每见老人忧愁，乃甚悔与伯伯同住。"老人大惊。倭而忒又言曰："吾实悔与伯伯同居，须知与伯伯同居，为吾生平乐事。顾不能为老人分忧，始恍然悟此一身乃为伯伯之累。"老人搓手，言曰："吾有时心绪突来，初不关汝。汝何为介介？"倭而忒即以手拊老人之背，曰："吾意果有老伴，为伯伯排闷而瀹茗，则足知老人心曲，以语慰解，为道至善。若侄儿者，在职近于父子，非同夫妻之爱，宜乎不能分一日之忧。故每及伯伯心绪潮生，自顾乃无良法。果使能以钱市归此欢乐者，虽巨万无惜。因思世母若存者，则百事咸理。吾则有心无力之孺子，胡足以佐我老人？"老人曰："孺子，即使尔世母尚存，吾亦不能重逾孺子。"倭而忒曰："此胡不知？惟世母存者，伯伯必能诉其心绪，或能为老人分忧。今孺子何能？"老人曰："汝非不能是也，尽足慰我牢愁。"倭而忒曰："既云我足解愁，则伯伯恣言之。"老人曰："实则无事，何为告汝?”倭而忒知老人不言，即曰：“既言无之，可以勿论。如果有者……”老人未及其言之毕，即曰：“决无决无。”倭而忒曰：“为时宜赴肆，吾亦不更言矣。然少须即归而窥伯伯。果无事者，即当展眉；果愚我者，后此更问卡格尔事，即不奉白矣。”老人曰：“汝但行。吾决不汝愚。”力麾之出。倭而忒既行，老人愈弗乐，尤非往日之态。

此时主教街转角处，有人曰伯鲁格雷，专为拍卖行中人，行中旧物陈陈焉，且凌杂无次。盥器架上，乃加之小藤榻；盥器之架，又置之小方案之上，巍然欲颠，且此小方案又安之长案之腹；长案者，以面置地，案股朝天也；又有长床，床上则陈饮食之器，如刀叉杯盘之类；与之并陈者，则通条及保险之灯。似此长床，能延客饮馔。长床为主，而通条及灯则客也。又列匮一，匮上列药瓶无数，掣门帘为药瓶之幂。旧琴一具，搁于床阴，坐待霉朽。尤有旧地衣，置之琴上。不走之钟，匙入弗动。大类主人财政困难之状。衣镜一方，长年照此破烂之物，似映一败衄之形。至伯鲁格雷者，赤面胖躯之人也，为人无严检，且萧闲无事。须知恃穷人破产，收其物事自活，则兴废之事，漠不关怀，转生其自怡之色。有时购得人家旧物，往往至所罗门家，请其价值贵贱，因之倭而忒颇与相识，时与一遇，亦加问讯，以为泛泛交期耳。

迨既出，少时遂归，更窥老人，见伯鲁格雷已坐于其家，脱冠悬诸格上。老人与之对坐，眼镜置之眶中，不加额上矣。倭而忒入时，即曰：“伯伯，愁怀释乎?”老人摇首，即麾手令倭而忒与伯鲁格雷起居。倭而忒大愕曰：“伯伯究何事?”伯鲁格雷曰：“无事，汝可勿忧。”倭而忒左右互视，口不即言，心已滋异。伯鲁格雷曰：“近尊伯有债，可三百七十余镑，尚未归诸债家，故吾来料量此肆，殆暂归我矣。”倭而忒大惊，即曰：“肆属君矣。”伯鲁格雷曰：“质言之，此即变产还债而已。孺子可勿戚戚，吾与君家交谊笃，故我自来，不令吾伙。此事得得为之，勿令人知，可尔。”倭而忒闻言，作悲声曰：“伯伯。”此时老人即推上其镜，言曰：“孺子，此不然之事，吾乃第一次遇之。吾年老矣。”言已，以手掩面，泪如雨落，唏嘘作声。倭而忒力奔而前，曰：“伯伯勿哭。幸觑上帝之面，勿哭也。密司忒伯鲁格雷，我如何处者？”伯鲁格雷曰：“以我思之，或能于朋友间转假得少资，偿此债，则老人无事矣。”倭而忒大喜，曰：“然然，我今往寻船主克忒尔商酌之。伯伯且少待，我即往觅船主。密司忒伯鲁格雷为侍吾世父，请之放怀。伯伯无忧，我旋至矣。”语后，直奔至东贝肆中请假，言世父病，乃狂奔造船主家。

行诸街上，觉万物万人皆易其状，盖以伤心之眼对此人物，乌能同诸往昔者？即四顾人家，仿佛均有伯鲁格雷管业之条榜诸门外，即礼拜堂亦仿佛见此条矣。船主之家，在运河岸上，与印度船坞为近。门外有闸，河船过者，始小开。倭而忒自家抵船主居，大似从陆入海，盖身近其地，即见悬水手之油衣。铁肆中，则铁锚铁绳，在在皆海人所用，而道上亦渐有水沟。河旁多水柳之属、木板之屑，作气扑人。更进，则闻糖酒之馨。

既闻此馨，船主之居近矣。地曰迫立格街，船主赁高楼而居。倭而忒叩门，船主即引首出窗，与之为礼。冠加于顶，似将出行，呼曰：“倭而忒，汝毖叩其扉，居停今日方浣衣。不重叩，不汝膺也。”倭而忒适有事，叩扉急如雨点。船主曰：“必如是，必如是。”语后，妨屋主人与之为难，则急缩其首。立时有妇人启扉，二膊尽露，尚有胰皂之水淋漓于臂上，腾腾作气。既开，不视来客，但视门镮有无为人敲坏。视后，始为礼，曰：“吾初以为客坏吾镮矣。”倭而忒即笑靥承迎，曰：“船主克忒尔适在，我已见之矣。”妇人曰：“彼在耶？客何由知之？”倭而忒曰：“方与吾语。”妇人曰：“彼授汝以法令猛敲耶？汝今告船主：密昔斯马克司丁格与之问讯，果后此与来客语者，请其下楼启此关。”故大声言之，又侧耳听楼上，有无答词。倭而忒曰：“见时固为马丹言之，然当容吾入。”盖密昔斯防其子马克司丁格坠入街心，故为高门限，沮小儿之出，不去限，倭而忒不能入也。妇人曰：“以一童子有大力叩吾关，此区区者胡不能越？”倭而忒以为马丹言如是，纵之入矣，果一跃入。妇人怒曰：“英国有宪法，讵人家可以凌越而入者？”竟欲引倭而忒作答词。倭而忒乘浣衣汤气迷漫中，已捷足登楼而去。

既上，船主伏于门后，见为倭而忒，始徐徐出，言曰：“我亦不负屋值，且予彼子以糕饵，不为无礼，顾乃逼人至是。”倭而忒曰：“如是恶居停，似可徙矣。”船主曰：“我何敢徙？徙即追逐而至。汝今且坐，汝伯伯如何？”此时船主方食冷羊肉及烤山薯，烤事则自为之。饭时，去钩，以旋螺之柄纳之以刀，即以刀削白薯，进倭而忒。楼屋极小，似为厚烟所制。年代既久，烟臭尚存。家具安顿极严紧，似出行人之居逆旅。又问曰：“汝伯伯如何？”此时倭而忒气乃小苏，一呼船主即应声而哭。船主大惊，畏惧马克司丁格之心全泯，白薯立坠，惟刀有旋螺之柄，乃未即落。面倭而忒，久不能言。及倭而忒倾吐其言，船主无声而瞠。少须，起，立出铁盒，倾其钱，纳诸衣囊。此钱可十三镑有半。复启衣笥，出两银羹匙及银糖合一具，又出一表，合诸银器为一处。下刀而上钩，左手执行杖，言曰：“行也。”既而忽思马克司丁格或埋伏于楼下，则愕然一止，即引首下盼，思欲越邻窗而去。因曰：“倭而忒，汝前行，但作口语曰：‘船主，行再相见。’出时，代掩甬道之门，待我于街上可尔。”倭而忒候至五分钟，始见船主跳跃而出。初犹狼顾，既出，遂纵步行，亦不更顾。又防路人窥其窘状，则吹气以示萧闲。

既遇倭而忒，即曰：“汝伯伯不自聊否？”倭而忒曰：“使见吾世父悲惨之形，将终身不能忘怀于此事。”船主曰：“趣行，勿迟。”顾倭而忒曰：“孺子宜趣行。此书上有之，尔异日读书，宜将书叶加以折叠。”时船主脑中半为老友阽危，半为畏慑居停，遂亦无暇训迪倭而忒矣。

及至木人商标之前，初未与倭而忒交语，而木人亦类执此测量之机，四觅善人为救居停之难者。船主入，握所罗门之手，曰：“老头儿勿忧，力与逆风相抗，吾辈合力与角，此何足忧？但能抗逆风即已。”老人无言，但与接手，致其谢忱。船主出两羹匙及银糖合及表，与十余镑之钱，视伯鲁格雷曰：“负汝何数？此值何数？”伯鲁格雷曰：“先生以此偿债乎？”船主曰：“此不一值耶？”伯鲁格雷曰：“债可三百七十余镑。”船主闻言愕然，然仍曰：“入尔网者皆鱼也。”伯鲁格雷曰：“然。惟小鱼与鲸鱼固有别也。”船主无言，久之，因挽老人至僻处，言曰：“尔之债主为谁？”老人曰：“微语之，勿令孺子知觉。此钱为彼父所遗，吾已续续还之，今兹贸易中衰，乃不能更偿宿逋。吾夙知之，而顾无术。汝万勿语倭而忒。”船主微语老人曰：“汝尚有余资乎？”老人曰：“有之，第无多。”语时，即纳手衣囊，出之，特一素巾，则坚握其巾，似求酢其金汁，言曰：“我固有物，特不足以得钱。吾本欲留此，付倭而忒，即此等事也。”语时，四顾屋中陈设之物，大类有金藏于隐处，今则遗忘之者。船主因老人顾视，则亦引目随之，似烟囱及坏壁中有藏金数百镑未之用者。老人曰：“吾肆乃非佳，以旧人胡能逐新人于新世界中，徒随人后，此亦胡益？且此物即掷而去之，亦佳。不特逐日债负为人所逼，苟还债以后，则寻一幽僻之区，用此余钱，坐而待死，足矣。今别无长策，破家何妨，听之拍卖。”因指门外木头人曰：“听彼折之。吾与此木人同殉矣。”船主曰：“勿为绝望之言，尔将置倭而忒于何地？今且坐听吾言。汝但以首触逆风而前。”老人曰：“谢吾良友惠我。”即以背抵壁。船主忧极，徘徊不可自聊，两浓眉之锋聚于鼻梁之上，如以黑云盖此小丘垤。倭而忒遂不敢前，以一悲一愁，状皆诡变可怖也。

伯鲁格雷者，见恒人悲愉，皆不属意，但考究肆中之物，即至外陈设之所，见风雨表，则以指触之；见罗盘，则力摇其针；磁器一方，则出其铁匙验彼吸力；远镜在前，则取而窥之；见地球仪，即转之以辨五洲位置；见平行尺，即用之以自量其须眉相距之远近。忽闻船主大声曰：“倭而忒，我得之矣。”倭而忒曰：“船主何言？”船主曰：“孺子，我告尔：凡诸仪器为证主，我为其副，向尔主人假之。”倭而忒曰：“然则向密司忒东贝假资矣。”船主点首曰：“汝但观尔伯伯，果尽去彼物，彼即伤心以死，故欲图救其生。但谚有云：‘非逐处翻过石头不为功。’此东贝即石头，汝当往力翻之。”倭而忒曰：“东贝，石头耶？”船主拊其背，曰：“孺子先往视主人在否。”倭而忒不复更言，且见老人苍黄之态，明知其无济，顾亦不能不往，遂力趋而出。少须，疾归，言东贝已出，今日为礼拜六，赴白拉登视其公子。船主曰：“倭而忒，吾辈亦赴白拉登。汝勿惧，老夫为尔后劲，即以下午公车往。”倭而忒自思：向东贝假资，此焉能成？一人见辱，足矣，何须辱及二人？且以船主为后劲，未必遽动东贝之目。顾船主为友之心，其志甚决，乃不敢劝沮其行。于是船主匆匆与老人别，即拾案上之物，纳之衣囊。倭而忒见船主纳此物事，似以此震恐东贝者，道中时时自思似有己在，东贝不能不假其资。

第 十 章

少佐老约在屋中，恒以远镜窥讨克司妆楼，积久，知为谁氏之儿矣。其所用之土著，与讨克司女侍至稔，长日探取讨克司消息，告之老约。后此，乃知东贝为巨富，自念当与往来。而讨克司之峻拒老约，仍如前状。老约每求介绍见东贝富翁，而讨克司婉谢不可。老约知讨克司不足恃，则徐图机倪以进。后此土著来言，密斯讨克司侍小东贝至白拉登，老约知机宜得矣。忽记有老友别色斯东自印度寓书，言其子在白拉登，“苟便道，为一视吾子”。得书后，竟忽忽忘之。此次闻小保罗亦在辟白真家，遂动其故人子之念，乃大乐，遂引足凳掷土著，用酬其侦探之勤劳。盖少佐素有风疾，动即殴人。及定后，于礼拜六日，竟至白拉登，用土著随行。道中自言：“汝得贵人为友，今忘我矣。顾此友能否为尔所长保，尚未可知。”忽又曰：“马丹，汝去老约耶？其道岂易？老约醒人，非渴睡；老约生人，非死骼。老约且能行道。嗟夫马丹！老约坚硬人，亦狡狯人也。”

迨至辟白真家，遂引别色斯东外出闲行，而别色斯东亦觉其人为坚硬。少佐者，明言来视故人之子，实则弗顾，但引其行，而二目暴如龙虾，张望东贝之子女不已。然东贝居处，辟白真已告少佐，寻已得之。先见小保罗及佛罗伦司先行，别色斯东即进与小保罗姊弟为礼。少佐亦杂其中，力赞二人之佳，以在讨克司对门远镜窥得者。二子之后，随一道貌方严之人，思必东贝。先俯视小保罗，曰：“小官人容貌大佳，能否识我老约？汝真我之小良友。”忽昂头似乍见老东贝者，即鞠躬曰：“失敬贵人，小子见此小公子，不期生我童心。老先生洪福如天，令人欣羡无已。”东贝亦谦冲，言曰：“足下何为奖引至是？”少佐曰：“小子一介武夫，为太阳晒枯、烟焰熏枯之疲癃老狗，少佐也，愚戆无文，不知贵人是否为密司忒东贝也。”东贝即鞠躬曰：“区区是也。”少佐曰：“尊姓盖高望，即吾英殖民地中匪不知者。向未亲炙，吾过多矣。公盖一代名人，在理宜加瞻拜。老约不知礼节，即王孙殿下亦恒曰：‘老约直爽人也，不知媚人。’然我公之姓实为吾英之右族。”东贝曰：“人过奖借，公乃惑于人言耳。”少佐曰：“老约素不媚人，以此多唐突，触人之忌。但此小友，即可为吾之证。”即指小保罗曰：“先生，无怪小子唐突，公子后来必为名臣列传中人，非凡种也。惟当留心培养。”东贝微笑点首。吾书写东贝至此，第一次笑，读者记之。又以行杖指别色斯东：“此为吾友之子。友客印度未归。友亦同伍之人，与小子通谱者也。纵公遍询诸人，老约与别色斯东非良友耶？然有过亦不能为掩，此童子戆也。”东贝微视别色斯东，曰：“确耶？”少佐曰：“老约不为妄语，吾最深契印度兵官别色斯东之儿，天生钝根也。”言已，大笑，颜为之紫。笑已，即引小保罗曰：“吾小友是否欲入学堂？”东贝曰：“吾儿荏弱，故未令之行。”少佐曰：“然，然。荏弱之人，万勿遽入，入即如处缧绁。前此吾兄弟在学堂时，新进之学生直同罪孥。老约入时，亦被学生倒挂，挂可十三分钟始下。”外史氏曰：以少佐之面验之，或不止十三分。少佐面蓝，殆倒悬凝血之所聚也。少佐忽自拊其膺，曰：“我为洪炉所锻，顽铁成钢矣。密司忒东贝常居于此耶？”东贝曰：“否。吾每礼拜六始一来，来时居贝得福逆旅。”少佐曰：“公能否许我至贝得福访公？老约向于交际上殊荒忽，惟东贝先生非常人，老约亦不能任其素性傲兀。且今日之遇先生，直吾小友为吾介绍。”东贝乐极，亦恭敬报以礼意，言将延之雅谈。少佐即抚小保罗之发，与之道别，然后以行杖触别色斯东，引之遽行。少须，少佐即访东贝于逆旅。

东贝后来检职官表，知有是人，遂至而答拜，而少佐亦时至城中东贝之家。综言之，少佐与东贝水乳矣，且交情之程度日进无疆。东贝谓其妹曰：“此少佐，匪特名将，且为达人。凡武人于战事外，初不一知，而少佐乃精深于世故。”一日，东贝及赤克与讨克司同莅白拉登视儿，亦知少佐先在，则延之同饭。先于讨克司前亟称少佐之佳，而讨克司则心跃不自怡。少佐席间谈吐，初不开罪讨克司，而言者、食者均以少佐为第一，词锋既滔滔不绝，主客备极欢愉。既谢而去，东贝尚力赞少佐不已。少佐既归，则独坐而自赞曰：“老约之狡狯，殊出人头地也。”既坐，格格而笑，平日固有发笑之期，顾今日笑乃不已。而土著旁侍，防主人一笑归真，则焦烦不自已。少佐之面，笑极乃愈蓝，视之，如一团靛青，可怖极矣。笑已，加之以咳嗽，咳嗽中尚曰："马丹，汝恣攀高，竟抛我耶？我意大功未必即成，汝车辚辚而行，老约能以物梗汝车辐。马丹，汝固深沉，老约较尔深也。老约醒眼注尔，于是半夜中老约均开眼。"如以上所言，其中间之以咳嗽，与笑与言，宜其不能寐也。

明日，为礼拜。东贝及其妹与讨克司尚在贝得福晨餐。东贝尚极称少佐，忽见佛罗伦司奔入，言曰："爸爸，倭而忒至矣。彼不敢入门。"东贝曰："此女何言？又言谁者？"佛罗伦司知发言太亲，无严畏之意，故于其父之怒，即变为奴隶之容，进曰："即倭而忒，为吾当时失路所引而归者。"东贝攒眉，顾其妹，言曰："讵此女所言，得毋吾肆中之倭而忒耶？此童子近来乃粗率无检。罗意莎，汝出视之。"罗意莎即出甬道中审视，入曰："然。惟其后尚随一奇形之人。小倭而忒闻兄方膳，不敢擅入，俟饭后通谒。"东贝曰："入之。"倭而忒闻宣，遂入。东贝曰："汝来何为？有同来之人否？"倭而忒曰："请主人见赦。今日之来，非奉役而来，乃冒昧自至。果主人知小子来意者，或能怜而恕之。"东贝初不闻倭而忒之言，但引目视门外，如有所觅，言曰："彼为何物？又何人耶？"即曰："汝误矣。此间无路。"倭而忒知为船主，即引过曰："是小子同来之人，为船主克忒尔。"

此时船主入矣，与东贝鞠躬，即以断手之钩作礼让，实则状似钩人。左手引冠，冠坚，额上已作红圜。东贝见船主，既怒且骇，回顾其妹及讨克司，以为奇事。时小保罗随佛罗伦司入，见船主以钩手指麾，则大惊，伏讨克司襟下。东贝曰："倭而忒，何事谒我？"船主防倭而忒栗惧，即曰："倭而忒，自镇勿慑。"时倭而忒魂魄已耸，则以目视地，言曰："自知今日乃蒙万死，既至，不敢遽入。既为密斯佛罗伦司所见，故不敢不入。"此时，倭而忒视佛罗伦司，而女竟为之一笑。东贝已见，攒眉言曰："汝尚何言？"船主曰："倭而忒语之。"乃东贝不欲船主进言，则以怒目视船主，若身体少荏者，一为东贝眼光所炙，体当立镕。顾船主乃不省人情之向背，闭其左目，力摇其首，似请东贝静听倭而忒言也。倭而忒颤声曰："今日之来，特为私事。船主克忒尔……"语未竟，船主即以钩自指其鼻，曰："我也。"倭而忒曰："船主为小子世父之友，以今日来求主人。船主心慈，故同小子至是。"船主尚大谦曰："义所应为，汝恣言之可也。"倭而忒曰："以此之故，故与船主同来，吁告主人：吾年衰之世父，遇不幸事矣。老人以贸易清寂，积空已深，债主将令变物以抵偿。果听债主悉收其业者，则世父风烛之年将因而委化。知主人素垂青于世父，尤知老人为谨敕之人，果主人能施格外之恩，拯吾老父，则举家戴德，匪有涯涘。"倭而忒语至此，泪盈其眶。佛罗伦司亦为之泣。东贝伪为无睹，但视倭而忒。倭而忒曰："负债非纤，已近三百七十余镑。如此巨款，即罄其所载，亦莫能偿。蓄悲于心，百无所救。今日小子匍匐至此，老人慌惚尚未之知……"语至此，少停，欲言未言，久之，乃曰："果主人欲得证物，则家中仪器尚夥，即船主克忒尔亦愿左证。小子戋戋之微薪，固不足齿，亦甘为世父分其微劬。主人果恩我者……似先期假我以劳金……容小子以积铢累寸之微奉赎……我伯伯……年……年老……用度微……老诚人……"倭而忒语自长及短，迨于无声，则垂首而立。船主自思宜于此时出吾家产，即突至东贝之前，移去其杯盘之属，拓其空闲之地，即出其囊中之产，陈诸案上，言曰："里谚曾云：'半面包之疗饥，较诸无面包为良。'吾物固不值一粲，且物至微，然舵工尚有老俸年一百镑尚可为质。老所罗门科学至宿饱，其侄亦非久困之人。贵人尽可拔而升之。"语后，退立于下，以钩爬梳其发，似文章已成篇幅矣。

东贝不言，无意中回顾小保罗。小保罗见其姊方哭，则往止其姊，则又偷眼视倭而忒及其父。东贝久视其儿不语，妙极。乃回顾船主曰："何事举债？所负何人？"船主曰："小儿莫之知，舵工知之。此金为周恤一人。其人已死，遂负此债。实则为彼人所负者，尚不止此。贵人若加详问，请间而言。”语后，即以钩指倭而忒，示勿令知。东贝仍不之视，尚视其子，妙极。口中作答，言曰：“每人所得钱，亦但图存活而已，何事慕义活一人者，即苦一人？何事匆匆？保罗，汝前。”妙极。保罗既前，东贝加诸膝上，言曰：“汝今果有钱者……”然保罗尚视其姊及倭而忒。妙极。东贝曰：“汝看我也。”小保罗即举头望其父，曰：“我有钱，即与倭而忒之伯伯。”妙极。东贝曰：“汝允之耶？须知汝年长时即受我之钱。我钱即尔承之。”小保罗自少已闻“东贝父子”四字，即答曰：“然。东贝父子均用之也。”东贝悦，曰：“东贝父子，然，然。汝能否以东贝之钱借彼倭而忒之伯伯。”保罗曰：“爸爸，可也。即佛罗伦司亦然。”东贝曰：“小女何关于东贝父子？但问汝意云何。”保罗曰：“愿之。”东贝曰：“然则允尔矣。”即微语曰：“保罗听之：钱之为量与力皆巨，汝不观求者之急急耶？倭而忒远道来此，即乞钱耳。汝为多钱之人，允而假，即为加恩于人。”保罗引首如领庭训。东贝置之地上，保罗立奔就其姊。东贝即几上作数字，加之以封。

方东贝书时，保罗姊弟则微微与倭而忒语。船主见之，大悦。惟此时船主之心事果为东贝知者，则一钱不出矣。船主盖谓佛罗伦司后此即倭而忒之妻，分其巨产也。迨签字既竟，授倭而忒曰：“汝明日以此信付卡格尔，即以人了若伯伯之事。此事均马司德保罗恩意，汝知之乎？”倭而忒闻东贝言，欲与保罗接手陈谢，东贝止之，曰：“足矣。以贱不友贵也。汝之诚心，吾已告马司德保罗知之矣，勿庸更谢。”倭而忒遂退。密斯讨克司见船主将行，即曰：“密司忒东贝，尚有案上之物如何者？”东贝曰：“然，然。”即握船主之家产，呼曰：“请足下携此而行。”船主见东贝不受，则仍纳之衣囊，心中尚思：东贝之为人乃廉介而好施，此重金入手，乃麾却之。此人殊高。则以左手与之为礼，至恳切。

恳切不已，更以右手之钩在东贝手背微叩。东贝触冷铁，心为悚然。船主复以右手铁钩仰麾，作与女客致敬状，复蹲而与小保罗姊弟为别，始珍重出门而去。佛罗伦司欲随出，致意于所罗门老人，而东贝斥归，令立原处。罗意莎即顾佛罗伦司曰："汝胡以不类东贝之家儿？"佛罗伦司曰："姑母听我，我见爸爸予之以钱，吾心滋服吾父。"此时佛罗伦司若为巨胆之人，则必进与东贝亲吻。顾乃不敢，惟偷眼盼东贝。东贝亦微视之，旋即回盼小保罗。

倭而忒既得钱，即奔归语状。明日未及午前，宿逋已一空。老人精神亦复，谓门外木偶人仍其家所有矣。倭而忒此时虽拔其世父于难，然回思在东贝座下乞怜之态，味之尚有余耻。此子平日闻船主称许主人将予以女，虽无其事，或且微有其愿，今既示辱于人，则门楣之望绝矣。若船主之见则大异，盖谓此次能假巨资，则东贝与倭而忒翁婿之缘已结，第二着即行赘也。船主既自信其决策之当，复见老人精神来复，则复高歌培格之诗。歌时，思欲摘去培格，誊以佛罗伦司，顾乃失叶无韵，则融其声曰："佛来格。"叶韵矣。思极意得，歌至"佛来格"时，声乃愈抗。高歌未终，忽念时过不归，则居停之启关将复受其呶呶矣。

第十一章

读吾书者，忆否辟白真食肉必熟，有热气，食后必睡。或其体干羸也，顾乃不然。然威勘常言人生无常，欲死即死，而辟白真乃老健，不如威勘言。威勘犹不之信，恒语百林西亚，谓尔勿谓老人清健，盖为年已耄，死且立至。百林西亚恒信其言，后此行事乃加力，用为报效老人之地。于是观者争言辟白真有家训，故百林西亚勤力笃孝至是，而辟白真名乃愈重。

一日，保罗复与辟白真及猫同坐。保罗曰："百林西亚爱姥乎？”辟白真曰：“然。”曰：“何故爱姥？”辟白真愕然，曰：“此乃大奇。吾今且问汝：何为爱佛罗伦司？”保罗曰：“佛罗伦司佳，匪人能及，我故爱之。”辟白真曰：“或吾之宜爱处，亦无人能敌，故百林西亚亦亲我耳。”小保罗细审辟白真久，言曰：“此语确耶？姥果其可爱者耶？”辟白真曰：“然。”保罗自搓其小手，曰：“果如是，我悦矣。”辟白真遂不敢问其致悦之由，防此小儿出话老辣，不易遽咽，然心中滋疑，则迁怒于别色斯东，当其临睡之时力加以磨折。别色斯东欲逃赴印度之心乃更决，是晚即思窃取面包、牛油，积蓄为道行，计以是日为始。

时保罗姊弟居辟白真家一年。一年中两归伦敦，但少勾留。即至，每礼拜六，东贝必来，居贝得福逆旅，二子必往省觐。此时保罗气体少壮，手车已屏弗用，颜色仍未复，老成之态度亦未全更。一日为礼拜六下午，忽闻东贝临莅辟白真家。家中闻贵人临门，大乱。辟白真遂尽驱别色斯东诸人登楼，趣扃其楼，整其寡妇黑衣，出而肃客。此时东贝方对其子空榻，叉手于胸而睨视。既见寡妇，即曰：“密昔斯辟白真无恙。”辟白真曰：“亦可云无恙。”辟白真之恒为此言，盖欲人人知己有德，能为寄养之童子劬劳，在势宜瘵。其不瘵者，幸也。此时复告东贝曰：“吾躯干固不能佳，其能如此，则天心至仁爱也。”东贝闭目点首，如父母听其子女之言当意而愉悦者，盖谓吾之有傲容，加以德色者，汝盖得我多金，故为饲我子也。少须，言曰：“密昔斯辟白真，吾今日之来，为吾子来也。兹事思之已久，悠悠不决者，本待此儿健硕行之。惟此意幸勿误会。”辟白真即曰：“公子居此，甚宜其躯。”东贝曰：“吾非令其去此远适。”辟白真搓手，以目视炉火，用待其言。东贝曰：“吾本令仍居白拉登，第少易其处，令求学问，须知童子今六岁矣。童子既至六岁，转瞬间即十六岁。”辟白真曰：“十年之日，不为非长。”东贝曰：“此安可概论？若贫家且度日如年，特未能等之我辈。惟以学问论，殊不如常儿。在理吾儿应居人前，何为竟落人后？若在他人，枯菀尚在未定，若吾子者已盖好楼台待彼。盖天生福命，教育何可悠悠？匪特莫缓，且须步步出人头地。故我于教育一节，于心滋切。”辟白真曰：“我亦谓然。”东贝见辟白真曲意承顺，亦悦，曰：“密昔斯聪明知道，宜能以我言为然。”辟白真曰：“今兹有人言小子不宜早与入学，转以沮遏其弄机。此盖不根之论。”东贝曰：“密昔斯高识同我，宜其得此重名。即尔为人司儿，一切举措，深中吾怀。吾恒与寥寥数友人论及，将力为姥推引。”外史氏曰：此东贝谦词也。然当其语“寥寥数友”时，一种傲兀无前，直欲凌驾一切而上，可怖也。东贝复曰：“吾闻伯林伯学堂，博士教法至善，吾将以保罗赴之。”辟白真曰：“学堂为吾邻。果如先生言，且规矩极严密，自朝至暮，无时无地，皆非学问。”东贝曰：“学费良巨。”辟白真曰：“费巨而学精。”东贝曰：“吾已见博士。博士曰：‘童子六岁，初不为早。’且云：‘吾堂中与保罗同年者，已诵希腊文矣。’实则人言早者，吾心滋不之信，第患保罗坠地时，其母即死，漫无教诲，竟注其爱情于其蠢姊。吾颇用为忧。吾思送子于学堂，则离去其姊。”辟白真曰：“此谋至善。若其姊弗欲而中梗者，则当笞其姊。”东贝曰：“我非谓其姊，谓保罗也。”此时辟白真遂不敢言笞保罗，以笞之一味可施之失爱之女，不当加之得宠之男。即曰：“果保罗不欲者，似亦无碍。一到堂中得新友，且加之以功课，或当漠视其姊。”语出，东贝大悦其得体，协己意。辟白真曰：“惟吾去一小友，第学问之事亦不宜缓。”东贝复大悦，谓为公尔忘私，不欲因利而沮人之善，则与辟白真定约：前半年，令保罗入学，每逢拜六仍至媪家，佛罗伦司亦久居此，与之为伴。后半年，则长住堂中，不听与佛罗伦司相见。此则离之以渐，惟保罗虽在学堂，媪亦必时时往省，问其寒暖。吾别有谢媪之资。后此遂与保罗亲吻，遂归客寓。道中，但思保罗学成，必铮铮于社会中，决策以速为上，付保罗于博士之手中。

外史氏曰：保罗果入博士手中，亦断不虞其脱去，必坚握之。博士此时但有十徒，然学问之富如积贮，至寡亦可教百人。惟但有十人，则聚百人之学问，强纳之十人脑中。质言之，博士之学堂，真同花窖，能开非时之唐花。凡从游者，学问亦不循阶级，以多为贵。犹不时之花，受熏逼而开者。耶稣生辰之时，食品乃见新蚕豆，四季之中皆见龙须菜，又何理耶？凡腊丁及希腊之植物，乃一一采自柔嫩之时，似博士家一无时令，不问童子之慧钝，一力悬格逼令之赴，无论程度。盖此等树艺之法，实别开生面：自苗而叶，自叶而花，自花而实。既出非时，遂一一酸不可食，且不经久。堂中立一都讲，百凡之学问皆历。忽尔不花，但余枯干，名曰秃齿。有人言博士栽培此人，粪沃过力，殆下髯生时而脑力已尽，息于下者，消于上也。至于音吐，亦皆模糊，蠢然如木人。以针密加衣上，用为美饰。偶见取乳之女郎，匪不加以情爱。博士亦高硕，衣黑衣，裤至膝而止。膝上加长筒之袜，头秃而发奇光照人。下颔重叠至深，邻居咸为忧郁。剃髯之时，髯在折叠之中，如何剃者，乃考据终不得当。两小眼如开如闭，海口常微启，露齿如笑。所居面海，室中则沉黑非旷观。窗衣陈旧，缩聚窗间，不能称窗之大小。几案皆列，行如算学之数位。餐堂中尤荒寒有饥色。屋中无他声响，但有甬道。一巨钟机轨时动，楼上皆闻之。博士之女密斯伯林伯，瘦小之闺人也，不事妆饰，发短，加以眼镜，以平日考订死文字腊丁、希腊之文也，遂挟尸穸之气。偶与之语现行之活文字，则怒不可遏，故欲与论文，必论久死之文。其尤妙者，听彼搜诸枯圹之中，则津津道不已。密昔斯伯林伯初不通文而好论文，每燕会中语人，恒曰："吾得见昔色罗者罗马大文家，死无恨也。"其最悦者，则及门之学生，能着坚硬之高领，且称为儒雅之宗。博士有助教曰密司忒斐德，其人犹中下之琴工，但能作数调，且此数调绝熟，别调不能操也。果使变业真为琴工，熟此数调，亦足得名。顾乃不然，但为助教，斯没没无称耳。堂中学生一人，学生即驱上学问坚硬之程途，为一时为息肩之日，益之以逼迫之功。学生至此三月，精神全失，至第四月则怨声及其父母矣，至于第五月即生厌世之思，第六月即慕古人凯撒作遗世独立之人。一年以后，勿论何文，纯不辨文中意味，似书中间皆万字并和而成，加以文法联络而已。

一日，东贝引保罗入博士之门。保罗一面学堂，心肺皆震，幸一手引佛罗伦司，与之加亲。辟白真随行，以东贝此时方思保罗后此之飞黄腾达，步乃至速，辟白真颓老，息息不能追逐而上。东贝问阍者曰："伯林伯博士未出乎？"曰："尚在学中。"东贝即引保罗入门。阍者目昧人也，脸上常作笑语，见小保罗而笑。辟白真直以为侮，即进曰："汝敢调笑贵人？汝知我为何人者？"门者曰："我未敢笑人，亦未敢视客为何人。"辟白真愈怒，曰："汝辈直懒狗，但当就火熏灸。汝趣行，告主人，言密司忒东贝在门。"阍者奔入，少须，以博士命，延客。众既入，辟白真行过阍者之前，复怒曰："汝又诮我矣。"阍者曰："无也。"东贝回首，顾辟白真曰："何事也？且勿高声。"辟白真遂悚然不怒。

博士高坐皋比，双膝咸加一地球仪，四壁皆书。及见东贝，即曰："君佳，此小友亦佳。"声枯而滞。先生声止，即闻甬道中钟机，惟小友矮短而先生案上书高，遂舍仪器，起而张望。东贝以保罗小，则抱置小几之上。博士笑曰："我见我小友矣。汝佳乎？"保罗曰："谢先生，我乃无恙。"博士曰："我将培植尔为大人物。"保罗不能答。东贝曰："先生言，汝闻之耶？"博士曰："我将培植尔为大人物，汝愿之耶？"保罗曰："吾愿为小儿。"博士骇曰："何也？"保罗仍不答，似泪莹，方欲自拭其泪，微微引手挽佛罗伦司。东贝见而怒曰："密昔斯辟白真，此状乃不餍人眼。”辟白真即曰：“密斯东贝，且少远，勿近公子。”博士曰：“无伤也。凡人之至吾家，吾自与以可恋之物，易其旧昵。密司忒东贝，意欲学何种学者?”东贝曰：“以博为宗。”博士曰：“然。”面保罗曰：“吾将举我所知尽纳尔身，趣培尔成为学人。密司忒东贝，公子殆未经开垦之土地乎?”东贝曰：“家中微教以学，及至此，获密昔斯辟白真惠教半稔。舍此，无教育之时。”博士点首搓手，言曰：“学问自根基起，则尤佳。”东贝曰：“然。后此之事，前已言之。君家重晷刻，吾亦不久延于此矣。”语已，且行。博士曰：“尚请少待，当请山妻及小女面客。后此公子当属此二人。”

而密昔斯伯林伯似隔屏而听，闻声即出。博士即曰：“此为密司忒东贝。”又告东贝曰：“此为山妻。此为吾女考尼利亚。”密昔斯伯林伯见保罗，即大悦，曰：“此学生佳绝。密司忒东贝，我乃羡君有此佳儿。儿似蜜蜂竟飞，飞至于万花之中取蜜。须知吾蜜多也。”遂举罗马名家佛吉尔、贺来司、倭密得、忒伦司、柏老忒司、昔色罗，皆蜜也。“密司忒东贝，我虽巾帼中人，而吾夫则一时名宿。”语未竟，博士曰：“勿太张王，令人生愧。”密昔斯曰：“密司忒东贝不至不谅我，身为人妻者，袒其夫也。”言已，一笑。东贝误会其谦词，即连缀以应曰：“不，不。”东贝之言“不”者，对“袒”字言，不对“谅”字言也。密昔斯曰：“吾女亦闺阁中之通文者。”东贝亦知言语冒昧，乃鞠躬言曰：“自是母教之佳，克生才女。”密昔斯曰：“吾意能见昔色罗与之论说者，则此心当更慰。”此时考尼利亚自眼镜梁上视东贝，方欲大伸其学问，顾乃无机，而门外已有叩门之声。博士曰：“谁也？可入此。”

入时，则秃齿也。博士曰：“密司忒东贝，今日可云巧矣。此人为我都讲，郎君则为末座。首尾皆聚矣。”秃齿既见生人，则红被其颊，吃吃而笑。博士曰：“秃齿，吾门中又增一健者，则密司忒东贝之佳儿。”秃齿二颊复赪，自思众皆无言，当觅一言以进，即面小保罗曰：“汝佳乎？”其声甚窘。博士曰：“秃齿，汝往告助教，觅得数卷启蒙之书，且在讲堂中留一雅座。”复面其妻曰：“吾亲爱者，密司忒东贝尚未觇学生卧处。”密昔斯曰：“可。谨请密司忒东贝登楼一观。”遂先行为导。东贝及考尼利亚与辟白真同登。辟白真登时，尚很很回顾司阍者有无窃笑。

其后，数人既登，保罗仍坐几上，引佛罗伦司之手，偷眼窥博士。博士此时以背就榻，执书而观，然书去其目又绝远，故可以平视博士之面。博士之观书，如对严敌，初无悦豫之容，有时攒眉而视，或切齿张目，与书作势。秃齿尚凝立门外，似有所窃听，伪以表觇时刻。及见博士欠伸，作欲起状，则蹑足而逃。

时东贝已下，且行且言，少须，复入博士之室。博士下其书，言曰：“密司忒东贝，一切当如君意。”东贝曰：“佳极。”辟白真曰：“此亦略可。”盖辟白真生平未尝言人佳处也。东贝复面博士夫妇曰：“密昔斯辟白真，吾嘱其常来视吾子，不审先生能见允否？”博士曰：“无论何时，咸以礼待。”密昔斯伯林伯亦曰：“我至欲面媪。”东贝曰：“吾扰先生久矣，今且告别。”遂至其子之前，曰：“吾子，行再相见。”保罗曰：“爸爸珍重。”时保罗以手接其父，其状萧然，而精神则全注其姊，即所云“珍重”，非对其父，对其姊也；而愁容攒集，尤非恋别其亲。东贝亦觉其子之意，则中心痛绝，然尚鞠躬与之亲吻，言曰：“保罗，吾旋至看尔。每逢礼拜六及礼拜，功课少停，父子可以晤面。”保罗则目视其姊，声中言曰：“爸爸言然。吾礼拜六与礼拜，殊无功课。”东贝曰：“汝在此，可以攒积学问，为后来有用之人，汝心愿耶？”保罗曰：“当尽力。”东贝曰：“汝立长成矣。”保罗曰：“然。”此时辟白真引佛罗伦司且行，东贝尚以手摩保罗之顶，遂与博士夫妇与其女别，乃先出。博士家人起，送东贝于甬道间。辟白真匆匆而出，为博士家人所拥，竟落佛罗伦司于后。

佛罗伦司乘此纷扰之时，抱保罗而亲其吻，至门时尚与一笑，以鼓励之。

群人既去，书房中但有一人，悲极欲涕矣。

第十二章

数分钟后，博士夫妇及其女入室，博士行道甚威重，欲令后生小子敬其为非常人，以八字纵脚，左足前则面右转，右足前则面左转。负手于背，张目凶视，似示其极博之学问，纵千百人来问，匪不知者。已而妻女同入，博士即抱小保罗，付其女曰："考尼利亚，小东贝汝先教之。当提撕其人，令振作于学问。"密斯遂引保罗至其侧。

保罗见密斯方注其眼镜中之精光，注射其面，则垂首不敢仰视。考尼利亚正色问曰："汝生几年矣？"保罗曰："童子六岁。"然且答且思：此人头发胡以不如吾姊，乃翦发如男儿？考尼利亚曰："汝腊丁文曾上口否？"保罗曰："未也。"语发，考尼利亚似大骇愕，以为如此年华，乃不省腊丁文，何可者？保罗知旨，即仰首曰："吾以多病而废学，长日吸取空气于海边。老格勒伯为我御车。果密斯见爱者，能否以格勒伯时来视我？"师母曰："格勒伯名乃大俗，竟寡雅驯之气。孺子，此怪物何人者？"保罗曰："谁为怪物？"师母曰："即所名格勒伯也。"保罗曰："彼非怪物，状亦如师母者。"博士大怒曰："是何言？"复即霁其颜色，曰："汝适何言？"保罗大惊，及见博士容改，即曰："彼为老翁，为学生御车者。彼精海事，谂鱼名，且海中尚有一物，乃不知其尺寸。物名学生已忘，佛罗伦司尚能记忆。此物伪死，人苟近之，则张口而吞啖人。惟先生能否容格勒伯来，学生与之昵也。"博士摇首长愁，曰："孺子结习深。"既而曰："苟陶镕之，或能变化气质。"密昔斯伯林伯闻保罗言，心中深以为奇，谓为鲜见，意后此将不受训诲之益，亦类辟白真时时注目童子之面。博士顾其女曰："汝引之周历吾家，令使熟于是间矩矱。"语保罗曰："汝同吾女行。"保罗即上手于考尼利亚，请挈之同行，且行且斜睇考尼利亚，以女眼镜之光为玻璃反光所迫，则但作白色，中如无眼。保罗大惑，不能解。

考尼利亚引保罗相讲堂。堂深沉，居于屋后，有两厚门隔之。堂中书声远闻，但如蜂之午衙。中有八孺子同坐，精神皆颓丧，然读书殊有力。秃齿为都讲，则别据一座。保罗眼中观之，大似年高有道之人。助教斐德亦列高座，方摊书授四学生，余四人归座。中有二人，以手拊其头，方治算学，似脑力不足，力绞脑汁令出者。尚有一人面如玻璃，受垢作渍痕，方读长篇之诗，饭前当背诵者。其一人则对书凝视，作惆怅状。此在他学堂，得新同学，必张目顾盼，然保罗入时，众若无睹，独助教见之，出其瘦骨如爪之手，与保罗为礼，致其愿见之忱。考尼利亚遂令保罗与同学接手问讯。保罗本见秃齿，遂不更为礼。即秃齿亦勤于治事，不暇作问答，似堂中所有均悟，故亦无常课，称心所欲而为，其随意所学者则代拟国中公侯寓书于己者，书上恒书"秃齿仁兄大人"，书竟，则珍藏之。考尼利亚待保罗接见诸人后，引至楼上。路虽未修，以保罗登梯，必待二足共止一级，然后更进，故较人为迟。女引保罗至一净室，开窗面海，其上书"东贝"二字，房中尚有二小榻，一为伯里格司，一为土色。寻归楼下，甫至甬道，即见短视之阍者执巨木椎叩梁上巨锣，磞然作声。保罗以为其人将受严刑，乃竟无沮止之者。考尼利亚谓保罗曰："此为会食之记号。汝今仍至讲堂，与同学少坐，一刻钟后就餐矣。"

保罗闻言，即至讲堂。扉重，推几莫入。入时见学生已放学，惟对书失望者尚坚坐勿动，助教则据坐欠伸，二手力引其袖，袖几脱肘，乃大张其口作呵呵声者，续续不已。保罗复大惊。学生亦似苦饥思饭，或涤面，或治发，纷纶不一。惟秃齿衣服已整，则拓其余闲，与小保罗语，曰：“东贝，且小坐。”保罗曰：“敬谢学兄。”顾榻高，不能上。秃齿曰：“汝年乃太稚。”保罗曰：“谢学兄。吾果稚也。”保罗之所以致谢者，以秃齿抱登保罗于榻上也。秃齿视久之，言曰：“谁为汝治衣？”保罗曰：“为一妇人，代吾姊氏制衣者，并为吾制。”秃齿曰：“吾制衣出之白极司公司，衣服甚入时，为价殊贵。”保罗但有点首。秃齿曰：“若翁至富。”保罗曰：“然。为东贝父子。”秃齿即欲强记其名，顾乃不能记，明日乃更问诸保罗，盖欲力识其名，又欲拟东贝于己之手札。

时孺子易衣后乃争入，人人皆无人色，语音绝轻，精神颓落。忽见一学生问保罗曰：“汝曾否与我同处一楼？”保罗曰：“汝得毋为马司德伯里格司？”学生曰：“否。我为土色。”指对书失望之人，言曰：“彼方为伯里格司耳。”保罗似前知对书失望之人为此二人，但亦不自解何由知之。土色曰：“汝体质佳乎？”保罗曰：“未也。”土色曰：“以我卜之，似甚荏弱，至此乃大可怜。且尔是否在考尼利亚处启蒙？”保罗曰：“然。”闻者咸叹息，惟伯里格司如不之闻。时锣声复动，学生遂争赴餐房，伯里格司仍无动，保罗亦随出。

既入，见面包一巨盘，人人之前各有素巾，以银叉压其上。博士已据主座，左右则配以妻女，助教与博士迎面坐。保罗坐近考尼利亚，人小而案高，双眉但与案齐。博士令人取巨本之书代座茵，以坐保罗，令可就案而食。于是每饭必自取是书入餐堂，用为常例。博士先诵祷词，谢上帝，然后进食。汤液极佳，佐以炙牛肉、煮牛肉、疏菜，加苞馅之布丁及牛乳之腐。每人之前，均加素巾于胸次，配以银匙。侍者亦一一为人斟酒。案上无一学生发语，但闻答词。博士妻女则续续而谈，未尝止口。学生食时，意初不属刀叉而属博士之父女，惟秃齿与众少异，居助教之次，与保罗同其行列，时时张望保罗。然博士之语学生，亦但有一次，即在食腐乳时宣言于众。博士执杯于手，谓助教曰："密司忒斐德，吾所最奇者罗马人。"学生一闻博士言罗马，如逢公敌，争止食，以目向博士。一学生方饮酒，见博士目力及之，酒误入气管，停杯而嗽，然力遏之不令有声。博士曰："罗马人当皇帝柄权，豪宴之繁华，乃一时无两。以繁富论，直前无古人、后无来者。凡为食品之难致者，虽远必致，无惮奇贵。"此时咽酒之学生以先生方发议，乃不敢咳，至于筋暴面赪，其状至窘，但望先生之语速已，可以纵声，顾乃不能遏，则亦纵声而大咳。助教曰："穹生，汝饮水，当立愈。"博士以高论未终，为嗽声所格，则怒形于色，冀穹生嗽止，复言曰："密司忒斐德——"乃穹生之嗽尚未即止，博士必欲自竟其言，而穹生又将止遏其嗽。助教为穹生忧，而又恭听博士之论古，两两顾忌，故时以目视穹生，不视博士，而口中但曰："先生恕我。"博士复申前说，曰："据吾书所言，此事似确。然骤然观之，又似难信。此亦时眼弗高，以为传闻之舛。此书为古罗马微忒利亚之兄延其弟饮，烹鱼至二千簋。"斐德初未之闻，仍微语穹生饮水，复又面博士曰："然然。果二千簋也。"博士曰："炙鸡至五千簋。"斐德复微语穹生曰："犹不止者，压之以面包。"博士曰："食盘至巨无可比拟，则称之为神。人微乃物盾，盾中所积者，野鸡之脑——"穹生连咳者三。博士更言曰："木鸡之脑——"穹生又嗽。博士曰："尤有鱼脑曰司加利鱼。"斐德曰："汝勿禁，禁且血管破，不如听其自嗽为佳。"博士又曰："尚有一种加巴星海鳗鱼之子合而成之。此一餐乃费钱无艺。此何可者？"语尚未止，而穹生已大嗽不可止。同坐者为之摩背，斐德则以水饮之，可五分钟始少止。既止，博士亦无言，久乃曰："诸人起，吾作祷词。谢上帝。考尼利亚以东贝下，穹生于明日晨餐前，为我背诵《圣保罗与伊佛所人书》第一篇，用希腊原文。今且游散半句钟，再治所业。"

诸生鞠躬而散，比偶而出，以臂互引，至屋后小草场中闲行。博士者，最恶游散，以为游散非雅人事。不及半句钟，锣声已动，趣令入堂。及饮茗时，常例学生必一出闲行，而伯里格司亦脱囚同出。博士压尾，手携保罗。此格外之恩宠，使保罗荣显者。归而饮茗，亦为堂中大典礼。饮后，亦鞠躬入讲堂，或温书，或背诵先生所定应读之书。保罗则坐于隅陬，思佛罗伦司不审在辟白真家曾否思我。秃齿方拟威林登公爵与己书，甚匆匆，未及起。书竟，忽见保罗，则久久注视，言曰："汝悦半臂乎？"保罗曰："悦之。"秃齿曰："我亦悦此。"问后，但注视保罗，久不作语。保罗亦不之觉。至八句钟，锣声动，集学生晚祷，即晚餐。博士曰："明日七点登堂。"学生为礼而退。既入，伯里格司语同学曰："我脑几破，设非家有慈母及所饲之鹦鹆，则虽生不如死乐也。"土色无言，但有微喟，语保罗曰："汝慎之。明日汝上堂矣。"于是皆解衣寝。短视之阍者，入取残灯，反扃其扉而去。保罗辗转不能睡，甫交睫，又为伯里格司狂呓所震而醒。土色梦中则常诵腊丁希腊文，保罗初不之辨，以意度之，必为腊丁希腊文也。

迟明时，保罗尚浓睡，梦与其姊游于后园，至一葵花之下，而葵花忽渐大化为巨锣，敲之作巨声。保罗惊醒，则天色沉阴，而锣声果震于楼下，即起着衣。伯里格司以噩梦多，则昏昏如未醒。土色恶寒，则以手自擦。保罗初未能自着其衣，乃颠倒不能就，遂延二同伴代结其袜。伯里格司方盛怒，即发声叱之。土色曰："汝乃不能结袜耶？"保罗无术，则自挈其衣出，忽见一清整之侍儿方拨炉灰，见保罗大怪，则代之着衣，即问曰："若母在乎？"保罗曰："死矣。"侍儿恻然，即与之亲吻，且曰："汝后此不能着衣，即寻我。我，麦利亚也。"保罗致谢后，即趋讲堂。

行过一处，闻有人呼曰："过门者，其东贝乎？"保罗知为考尼利亚，即面内称曰："马丹，是也。"考尼利亚曰："东贝入。"

保罗遂如言。考尼利亚结束仍如昨日，惟领上加一素巾，似是中为彼读书处，然不设火，以考尼利亚生平舍火不寒、失眠不倦也。考尼利亚曰："东贝，我将出取卫生之益。"保罗自思如是阴沉之天，即取卫生，亦令一人取之足矣，何待亲行？然中慑，不敢问。然见几上有新书数卷，保罗对书而忧，而考尼利亚果曰："东贝，此为汝所读者。"保罗曰："是皆我所读耶？"考尼利亚曰："然。尚有数种，助教尚为汝检也。吾但愿尔沉静研读。"保罗曰："谢马丹惠我。"考尼利亚曰："吾今将出取卫生之益，归而听尔背诵。凡书中吾所句勒，汝皆当诵之。时已无多，趣取此书，赴楼下诵之，无延无延。"保罗曰："诺。"顾书多可径尺，则以下颏抵其上，以手捧其下，徐徐下楼。上下既遏抑之紧，而腹间之书直溢出，坠于楼下。考尼利亚怒曰："东贝，汝太疏忽！"则为检而付之。东贝尤震震，力抱持之，然沿道尚坠落三卷，复不能俯拾，则将书至讲堂，更归而拾余书，登越其榻，翻书读之。座中无一视者，土色则干笑，谓其上衔辔矣。

饭时，保罗乃不能下咽。饭后，随考尼利亚登楼。考尼利亚曰："东贝，尔诵读如何？"时东贝所读书，有英文，有腊丁，博物之名词，文法之条例，上古小史，近代箴言，算学之表。尤有杂学数条，保罗忆及第二即忘第一，诵及第三即夹第四，而第四又间入第二。几于古人之名乃杂以算学，动词亦间入地理，纷乱无次。考尼利亚大骇，曰："此名为读书耶？"保罗曰："请马丹恕我。我能与格勒伯相见者，则读书当有益。"考尼利亚曰："此为读书清严之地，乃容彼格勒伯耶？汝仍捧书至讲堂，先熟甲，而后及乙。今先取第一卷读熟，后更取其二。"保罗遂捧书行，读之似熟，又复尽忘记，而又思试往背之，既纳书于考尼利亚，则字字走失，不余其一。考尼利亚猝合其书，言曰："背之。"然保罗尚能陡忆数字，冲口而出。考尼利亚曰："此亦略可。更读其乙。"保罗以为少能背诵，即可微息，顾乃不允，未及午餐，已诵及丁册矣。饭后，更令诵之，则头晕眼昏。顾人人如是，则亦不能不尔。终日之中，竟以书为转轮，一一将学生纳之轮中，无有止时。但于晚中少止，灯上后则又预备明日所念者矣，但有睡时方为真息之期。

大众之望礼拜六，直同望赦，而佛罗伦司每于此日无间晴雨必来视弟。佛罗伦司之望此日切挚，亦等于保罗。或行海滨，或在辟白真家谈聚，保罗但见佛罗伦司，即如入清都晤仙人矣。佛罗伦司或陈古典或歌，保罗投身姊怀，竟尽忘学堂中之苦趣。

此时，威勘已归东贝家，易秀珊尼伯来。此时尼伯已盈盈一女郎，风貌良佳。然尼伯之智力不亚辟白真，两不相下。此辟白真第一次遇劲敌矣。第一日即大肆争竞，自是辟白真亦不敢专享美馔。一日，为礼拜日之晚，与佛罗伦司送保罗入学堂后，遄归，佛罗伦司自怀中出片纸，书数字，则保罗所读书名也，谓尼伯曰："秀珊，此为保罗所读书。彼自学中归，吾取其书名出购，俾自读熟而教之。"尼伯曰："密斯勿遽示我以此，吾将往寻辟白真，与之辨论。"佛罗伦司曰："勿尔。先购吾书。"尼伯曰："密斯之书夥矣，何复更购？长日读书足矣，购书何为？实则尔爸爸不甚悦尔向学。"佛罗伦司曰："勿问他事，我必欲得是书。"尼伯曰："果得书用以掷辟白真者，即为购一车，吾亦甘之。"佛罗伦司曰："吾得此书，即欲以助吾弟。吾熟而口授之，则吾弟或可因是而无苦。尔能为我任此者，感且不朽。"语已，以钱囊授秀珊。和悦哀怜之状，秀珊虽坚刚，亦不能屈，遂受钱囊而出。然购书良不易，非云适售尽，即云更待一月，则书至且夥，秀珊幸有智数，出钱与土著小儿，令导行四觅，寻乃尽得。

女得书，于一己功课外，则力诵此书。人既聪敏，又有爱弟之心，较师长督责为严。未久，已精熟追过保罗所诵者，顾乃不敢语辟白真，用功必待人静。独尼伯坐其旁假寐，蜡烬炉消，佛罗伦司仍悉心读之，因是所得亦良夥，然亦不为无功。一日，礼拜六之晚，保罗自学中归，又挟书自随，佛罗伦司身坐其旁，凡保罗所未悟者，一一为之指点。保罗至悦，引目视其姊，力抱其颈。佛罗伦司谓以身教弟，而弟之报施于己乃逾分也。保罗叹曰："佛罗伦司，吾爱汝至矣。"佛罗伦司曰："吾亲爱之贤弟，吾之爱汝与汝之爱我同也。"保罗后此亦不更言爱，但时时依姊而坐，悦而无言。于是每逢礼拜六，其姊必为讲解，几于第二礼拜未授之功课，亦渐有机绪。保罗得其姊一夕之指点，较诸学堂一礼拜之功为倍。非佛罗伦司为任其肩，则保罗在考尼利亚严刑之下，几摧挫死矣。

实则博士家人非积仇于群儿，盖其家风如是，以为求学者必如是，勿问其才质之高下，且群儿之父兄尤赞不容口，即博士亦以为能，遂坚不之改。但以保罗论，博士恒语东贝，称保罗进境至速。东贝闻言，尤力嘱先生饱纳其学问于其子之脑中，然博士之语伯里格司父兄，往往斥其子弟为劣，父兄亦不咎博士之不善诱，但自承其子之顽钝。博士家中本同花窑，以火气迫开唐花，子弟之父兄则力为出纳之风箱，趣令子弟早死。保罗本荏弱无伦，既至博士家，愈日益消耗，少年老成之性格，乃培植之，愈近于老年人。其在博士家，书帙日增，容亦日寂，休息之时恒一人独往独来于室之前后，不复入群。常在扶梯之次，闻钟机声，沉吟不复远去。即在卧房中，恒面空壁，似壁间幻出无数虎豹龙蛇鬼魅之形。保罗如此，众亦莫知，师母则颇异其状，同辈亦但谓其孤癖，舍是咸莫测其所以然。

秃齿者亦疑保罗，乃不能自明，但谓为有鬼病，故每见必久久注视，问以无恙，日可十余次；尤好与接手，如初相见时。一日下午，秃齿方据案作书，偶及一事，掷笔往觅保罗，即在保罗卧室得之。保罗方凭窗外盼。秃齿曰："汝何思之深？"保罗曰："吾思乃甚夥而杂。"秃齿曰："何夥且杂？"保罗曰："我思尔死者。"秃齿大惊。保罗亦不之恤，言曰："汝死，愿在月明中耶？

或在黑风吹海之时?”秃齿摇首曰:“我不之知。”保罗曰:“昨夕,吾夜起望海,似海中有声。吾竟见一舟,其上有帆。”秃齿见保罗容色甚庄,即曰:“或漏私者,否则捉捕漏私者。”保罗曰:“否。其帆作银色,渐入渺冥之中而没。须知此船入海,适类何物?”秃齿曰:“我何知者?”保罗曰:“如招吾行。”忽又临窗语曰:“至矣。”秃齿闻言,已惊怪矣,及闻是言,即曰:“何者?”保罗曰:“吾姊氏佛罗伦司也。彼方招手,似已见我。”则大声呼佛罗伦司。秃齿见保罗遇其姊氏大喜欲狂,拍手不已,及不之见则又大忧。秃齿方欲更言,而辟白真已至,遂出,久复探首于门,意将更入,及见辟白真,则寒暄而别,于是可二次。辟白真以为有意侮媟,或与短视者合谋亵己。是晚,遂以状语博士。博士即进阍者,诫饬。

时春日渐长,保罗得假亦早,然必伏诸楼窗,下盼佛罗伦司。而佛罗伦司每日亦必于此时闲行海滨,过楼下仰盼其弟,习以为常。有时黄昏后尚有一人亦至楼前盼望,即东贝也。东贝不悦其女,初不顾视,特自来视保罗,亦不期保罗视己,视后即胸中筹度如何部署生计,用以得钱。外史氏曰:东贝之心,固望其子生财保业,而保罗则但欲从海上缥渺之舟而行,又或仰见飞鸟,常欲逐之奋飞,厌世之心已深,而东贝仍木然无觉也。

第十三章

东贝之肆临衢处,有人在是鬻水果者,久而左近为小贸易者列货于地而鬻,亦陈陈然。物多拖履、日记本、狗圜、海绒、胰皂及猎狗、油画之属。市猎狗者,尚迩于富贵之人,若他物,则平人均欲得之。顾此等人之心中、眼中,初未敢望及东贝之下顾,以东贝富贵,实出寻常以上。偶见东贝远来,人人致敬。市狗圜者尤以指加冠檐,待东贝行远,始下其指。

东贝肆中司阍者见东贝至，即大张其门，以手扶门挺立，而下其冠恭候。其人，肆中书记等亦无人不加惴惴。东贝入门后，万声皆寂，如无人之墟。司会计者本好雅谑，及见东贝，亦同哑人。人人咸伏案治事，如学堂中之学生。赍书役曰迫处，能似嗅东贝之来踪，每知东贝欲来，即入室，搅炭加煤，端其温榻，闭窗拒日影，迨百事粗毕，一出室门，而东贝已入，即进解其外衣，去冠，置之格上。随东贝入室，取新闻纸，就火少熏，恭进其前。其恭礼东贝，无微不至，其心盖欲觅东方人尊礼皇帝之名词称东贝，顾格于英国之律，乃不敢出，然亦恭换尊崇东贝之徽号，曰“眼中之光、灵魂中之呼吸”。每日能贡此等一语者，则重足一迹而出，无敢纵声以惊东贝。东贝既入肆中，勿论何人，必不能径面东贝，其中必循两阶级：经理卡格尔为第一级，摩尔芬为第二级。卡格尔者，仿佛丞相。直庐即据苏丹之隔邻，摩尔芬位次丞相，则居丞相之隔邻。其余闲曹庶职之书记，群处和集，供苏丹宣敕而驱使之。吾书所谓摩尔芬者，细目笑靥之老鳏，长衣黑衣，裤则作芝麻色；发有二色，须则纯白，然亦尊礼东贝。顾性本萧闲，一见东贝，则加惶悚。故卡格尔时时面圣，初亦不妒其恩宠。其人舍治事外，笃嗜音乐，平日有小胡琴，爱之如子。所居在伊司林登，每一礼拜，必携琴至国家银行之右老鳏俱乐部奏之。卡格尔之年，则在四十左右，颜作微红，齿白而齐，与之晤面，欲不见其齿乃不可得，语时露其齿，笑后并见其龈。顾其笑之范围，乃不越口部以外。其笑也，如猫之张吻，吻动，辅颊及眉目无动也。然亦仿效其主人着坚刚之领，钮扣整整而下。其接见东贝，处处留意，又能以不谄为谄，其面东贝颇无惶悚之态，恒语东贝曰：“密司忒东贝与我地望相距太远，果欲谄公，乃不知如何方能称公之名位，及副我贫贱之界画，不如略去迹象为佳。盖亦时时欲图媚公，顾乃不称。公天人，想亦必不吾较。”此卡格尔者，盖在肆中为经理者也。若倭而忒之朋友，则佣保之类耳，顾实与丞相为同怀之兄弟，贵者为弟，贱者为兄，盖年长于丞相三四岁也，以贵弟居阶级之第一层，兄则屈居于最下之级。兄服役久，初不涉升途，而后来者乃复居上。卡格尔初不怏怏，亦不求迁。

一日，东贝晨至肆中，丞相卡格尔捧稿入面至尊，既入，即以寻常问讯。东贝亦起立报礼："此稿是否授我？"卡格尔累翻后言曰："此事毋敢劳公。公今午三句钟，固有人奉约。"东贝曰："三点三刻，尚有一处。"卡格尔曰："公真神人，吾但记其一，公乃并二者皆识之。果使马司德保罗精明，继公而起，则吾辈皆不能逃于眉睫之间。"盖一东贝之灵光已四照无遗，况两东贝耶？东贝曰："即尔记性亦非劣。"卡格尔曰："吾侪小人借以啖饭者，即恃此区区。"东贝无言，负手背火而立，视卡格尔。卡格尔之状微有傲兀之状，衣服一如东贝，亦凛凛有宰辅风裁。然卡格尔之风裁，粗能御下，下亦畏之，惟不能抗东贝之天威，盖为一人之小、为众人之大者。东贝忽言曰："密司忒摩尔芬安在？"卡格尔此时方以目视火，陡闻东贝言，即答曰："在也。彼在屋中调和乐谱，适为吾邻，长日为之烦扰，吾甚愿其焚琴烧谱，无复长日呶呶。"东贝曰："汝乃目空一切也。"卡格尔又张其猫吻曰："鄙人乃目空一切耶？实则余人均不属吾目。质言之，一人之外，吾不敢更称余人。"此等语，果东贝有知者，当为凛然：斯言实也，则壅蔽可虞；斯言谄也，则矫诈宜备。顾东贝木木然以为服己，仍从容视卡格尔。自群书中力抽一书，言曰："适论摩尔芬，彼却有新闻示我，言西印度岛中巴巴度城吾之支店，短一小伙，请我于肆中宜别饬一人往承其乏。此次吾船适往西印度，法当以一人往。公意中有人耶？或即肆中简择一人而往？未知公意中亦有人乎？"东贝作懒态，曰："吾安有之？"卡格尔曰："此缺非优，大抵摩尔芬欲荐其同好者之从子。"甫语至是，门外已有扣扉之声。卡格尔曰："进之。"来者即为倭而忒，手中捧数来书。既见卡格尔，即鞠躬曰："我乃不知先生在此。适君兄卡格尔与我言。"卡格尔闻其兄名，则羞愤不可状，不敢以目视东贝，首低至胸，默然无言，少须即大怒，谓倭而忒曰："我前已示汝，不必与佣作卡格尔相语。"倭而忒即鞠躬曰："恕我。我未与之言。彼告我先生已出，故敢擅叩是间之扉。此数书，是寓与密司忒东贝者。"卡格尔力夺其书，斥曰："汝出！"顾夺时至迅，竟落一书于地。卡格尔初不之觉，即东贝亦不见。倭而忒防此书坠落，即俯拾，纳诸东贝案上。此书为辟白真逐月报告之书，代笔者均佛罗伦司，以辟白真不能作书，故佛罗伦司代书者。东贝见即大怒，谓倭而忒有意抽此而笑姗之，即曰："汝趣出！"即不启视其书，团而纳之囊中。盖其书为其女所书，故深恶之。倭而忒既出，即谓卡格尔曰："汝言西印度乏人，胡不遣此？"卡格尔曰："诺。"即出原书，立填倭而忒之名于其上，曰："着倭而忒行。"东贝曰："汝命之归。"卡格尔即进倭而忒，东贝侧目视之曰："倭而忒，吾此间有一……"卡格尔即为续曰："有一缺。"东贝曰："在西印度巴巴度中。吾将命汝前趣。汝告尔伯伯，言我将命尔赴西印度。"倭而忒闻命，不知所对，但循声曰："西印度耶？"东贝曰："彼间少人，当于是间发遣。汝年事少，汝伯伯亦非佳，汝当发愤助之。汝还告尔伯伯，吾命令尔赴西印度，今尚未行，或经月，或两月留也。"倭而忒曰："孺子至彼，留而不归乎？"东贝怒曰："何名为留？卡格尔，彼何言者？"卡格尔曰："彼盖谓是否久居彼间。"东贝曰："是何待言？"倭而忒鞠躬侍立。东贝曰："此无他语矣。"谓卡格尔曰："行时应何挟者，汝一一诏之。卡格尔，可以勿令其久候于此。"卡格尔曰："汝出矣。"东贝曰："彼尚何言？果有言者，趣言之。"倭而忒此时心绪麻起，即有言，亦莫抽其绪，但曰："无言，荷恩至矣。"而眼中即有幻相变灭其前，思伯伯一人独居，而船主克忒尔见恶于居停。东贝见其未行，即摇首，向卡格尔曰："卡格尔，令彼趣出。”卡格尔即宣旨，驱倭而忒。卡格尔此时积叠来书，亦将行。

倭而忒行至甬道，闻东贝门阖，卡格尔亦出，招手令前曰：“汝往呼尔朋友卡格尔来。”倭而忒即如言，往招佣保卡格尔入丞相卡格尔室。丞相以身背火立，见佣保入，但以唇吻示势，令其兄掩扉，即言曰：“约翰卡格尔，汝与此小子殆党同而辱我，呼尔名于贵人之前，大抵尔恃我为弟兄，殆欲令我不能免……”兄曰：“汝但云不能免耻辱，可矣。汝未言，我固了了。”丞相卡格尔曰：“即云耻辱，奈何？汝防人忘尔之名，故以奸计伸尔名称于贵人之前。今日贵人方与我商重要之事，汝必呈露其名，令我增光宠乎？”约翰卡格尔曰：“我安有是心？”丞相卡格尔曰：“尔既无是心，胡以常以尔名为我前途之梗？我之受尔害者，尚未足耶？”约翰卡格尔曰：“亚姆斯，吾何为夙心害汝？”丞相卡格尔曰：“尔敢为吾兄，即害我也。”约翰卡格尔曰：“我亦甚愿翻去此案，不为兄弟。”丞相卡格尔曰：“我亦愿之。”倭而忒闻此兄弟之言，见此兄弟之状，心胆都碎，盖身为人兄乃垂首如奴厮，听其弟骂詈，盖不令吾行即楚辱其兄，令己见之也。倭而忒素孝友且多情，以为今日约翰卡格尔之受辱事均为己，即鞠躬言曰：“密司忒卡格尔，是皆孺子之罪戾，先生固至再申嘱勿言是人，孺子乃不检妄称，罪且万死。实则孺子与此佣保卡格尔未敢深谈，惟中心怜之，不期脱然出口。即以今日论，咎均在小子，与是人无涉。”倭而忒之言，语语出之忠恳，盖见约翰乞怜于其弟之前，故婉转哀鸣，求恕其罪。又流涕谓约翰卡格尔曰：“君平日敛避不敢与我言，我亦知之，惟初来时极思与君为友，乃无一益于君。”丞相卡格尔曰：“汝以为无益于彼，时时呼彼之名，于彼即有益耶？实告汝：此至无益，若弗信者，试问其人益耶？损耶？”约翰卡格尔曰：“实无益于我。一提吾名，即如今之状，是以凡人好我者，法惟置我于度外，庶几全我，否则两无所益。”

丞相卡格尔语倭而忒曰："吾屡诏尔，尔记性乃奇劣，故吾今日呼彼至前，大加申斥，汝当知之矣。语已矣，汝出。"

倭而忒出，甫引其扉，即闻室中复大声言，且道及其字。倭而忒进退莫知所可，然夷犹中已闻室中人语。约翰曰："亚姆斯，胡不待我少加平恕？我前此不肖，无事不铭之胸次。后见倭而忒初来，大类吾前此未受过前之天真，故时时怜之。其人善恶之途尚并行，未分畛域，故吾亦未敢加以箴规，不过以我为鉴，诏之勿入迷途，且常语彼以不肖之故，故经此苦，并受奇辱。"丞相曰："此皆尔自召。"约翰曰："然。吾安敢分尔以羞辱事？"丞相曰："汝乃未加我以羞辱耶？"几欲咬之以齿。此时似闻约翰有唏嘘声，言曰："亚姆斯，即吾亦不为无益于尔。尔之升迁，即以我为阶级，胡为高陟以后乃以靴蹴我？"此时室中无声。又闻丞相似就案上理公牍，不与之语。又闻约翰行至门次，且出，垂出，复止，言曰："我与小倭而忒之交谊，不过为此，特劝其勿稍失足如我。我之劝戒，亦未尝令人知之，盖知之，将必以我为诱掖之入诸迷途，实则兹事无关于尔，胡介介咎我不已？"语后，即出，出时陡见倭而忒，即失色沮丧。倭而忒力引其手，微语曰："密司忒卡格尔，吾感激无地。今日复为我而遭申斥，则惶悚尤不可言。今方知先生于隐中将护我，我之叨庇深矣。"语时，握手至坚，心中怆然不已。二人谈于甬道之中，防为人闻，及见摩尔芬人去室空，遂同入其内。

既入，卡格尔色乃大变，几不相识。卡格尔竟以手拊倭而忒之肩，言曰："尔我地位相距甚远，吾甚愿尔永永离我，且尔亦知吾为何如人者。"倭而忒仰首视卡格尔，微摇其首，示以弗知。卡格尔曰："吾自少即在东贝父子肆中，当时主人即为今主人之父，待我良契，吾亦奉职弥谨，至于丁年，遂不检，侵用公家之款。未一年，吾之罪状发觉呈露矣。自是以来，前此之吾似为暴疾而死，后来每下愈况，直至于今。"倭尔忒无言，注视，心甚怜之。卡格尔曰：“主人待我尚未恶，则已上升。吾愿上帝赐福于其灵魂，令彼安适。自老主人去后，嗣主绍业，即呼我入彼屋中，入时尚握大权，出时竟沦厮役，即于是日起，吾无敢窥足主人之门，而主人亦不见驱，予我以最卑之秩，示众，使之知警。然同事中尚厚我，不峻辱我。我则蒙羞一至于今日，年代稍远，同辈或物故或升迁，后来之人咸不悉我前迹，隐约中虽觉其一二，亦不复究诘。今小主人年幼，或主人不之语，异日绍业，我或身死，或不更辱于第三人。倭而忒，汝年幼，当以我为鉴：凡事须忠笃，不苟失足，此为上着。”倭而忒战兢不已，至于泪泚，此时心中但怜卡格尔，竟亦忘其身将远行。

然倭而忒之远行，肆中肆外之相识，已无人弗知。已则扶头而思，迫处进而引之曰：“吾闻足下将赴西印度，彼间有将糖之姜，厥制滋佳，至时能否少惠于我，内子免乳后甚欲得之。”

第十四章

保罗学堂暑假垂近矣，学生初不谓此消息为佳，盖“放假”二字于博士学中，至不愿闻，以为读书安有所谓假？离谬已极，乃革除二字勿用，易其词曰“半年归省”。土色之母欲令其子为牧师教习之类，此时尚未执业，已令其着极坚之领，似若夙备其事者。土色语人：吾家亦非佳，学堂复奇劣，若以优劣形之，则学堂尚似优也。土色之舅氏尤严毅，既归，即考核其所学，发问至冷僻艰琐，令其作答。即使弗考，领之观剧及眩人之术，心亦凛凛，防于座间、车上摘取古义穷诘，令答，则为术穷矣。伯里格司家有严君，其严尤酷，一涉家门，其督课较学堂为切。伯里格司每值归家，辄思自裁。家本临河，亲戚知伯里格司穷迫，恒防其自溺，故亦不愿暑假。此二人与保罗同房，举此二人即可为全堂中之举例，因之恒不欲归。

惟保罗不尔。彼谓行将与其姊长聚，却觉空壁上之幻形亦渐渐驯目，不如前之狞厉，即寤寐亦适。秃齿者，曾与保罗言：此次放假后，吾业毕矣；毕业后，即可司应得之家产，故言假期之内须极乐以志喜。此时秃齿友善保罗，已成忘年之交，及假期垂及，而秃齿之注目保罗较前为挚。保罗自思，或秃齿此归不能常聚，故为是惜别之容，中心愈感，即堂中人亦咸知秃齿为小东贝之保护人，后此辟白真亦渐闻之，则心妒秃齿不已，斥之为恶少。秃齿初不之知，以为辟白真之为人殊异于人，故每值其来，必与问讯，容色甚悦。辟白真愈怒。一日，忽斥之曰："汝勿侮我，如是媟嫚，我焉能堪？"秃齿大异，以为不近人情，乃避路不复与语。

一日，去假期约二礼拜以外，考尼利亚忽命保罗入室，言曰："吾近已将尔分析，寓书尔家矣。"保罗曰："谢马丹。"考尼利亚曰："东贝，汝悉吾言乎？"保罗曰："未也。"考尼利亚曰："嗟夫东贝！孺子殊难教也。人言之奥妙，汝胡不问？"保罗曰："密昔斯辟白真教我童子不宜多言。"考尼利亚曰："东贝，我良不欲尔述辟白真之名。吾堂规清肃。辟白真何人，敢与吾事？汝敢更及辟白真者，我将令尔背诵腊丁文法矣。"保罗曰："吾意初未……"考尼利亚曰："汝勿辩论。吾门学生初未敢为口给御人事。"保罗遂无言，但仰视其眼镜。考尼利亚长喟外，即取案上纸，读曰："保罗东贝品行之分析。"言曰："所谓分析之界说，据考订家倭尔格言，即合并之反对。无论何物，取而分其原质点。保罗，汝听吾议论，当知分析之意矣。"保罗略知，然亦不敢更问，但有鞠躬。考尼利亚又读曰："保罗东贝品行之分析。东贝天分高，而求学之心颇与相埒。譬如以八分为满分者，东贝考行校艺之分数可及六零四分之三。"语至此，却顾保罗，观其喜悦与否。而保罗乃思此六零四分者，或六镑十五先零耶？或六先零三法丁？或且为六点三刻？一时头绪纷然，则以手自搓。考尼利亚以为悉也，则又读曰：“倔强二分，自信二分，好与下等侣伴之性质，即从常称格勒伯处探得之。当初来此性质可七分，及此渐杀矣。循规矩者可四分。将来尚可望增其分数。分析至末次之事，汝当留意。”保罗伪为听信之容。考尼利亚曰：“以保罗分数综论，偏于佳处为多。自入学半年，进步非鲜。惟有一事最宜痛惜者，则生有奇癖，不能以言喻也。其与同时之学侣，乃大悬殊。”又言曰：“东贝，吾适所言者，汝省悟否？”保罗曰：“以我思之，亦似省悟。”考尼利亚曰：“汝之分析，我将寄示若翁。翁若知尔怪癖如是，或不之许，即吾门欲左袒尔，惟尔显违吾意，故亦不能厚加称许。此亦怏怏之事。”是语发后，颇伤保罗之心。此孺子盖欲出堂时堂中人人称许，于心始洽，近亦时求惬于人，无敢少纵，惟防别后无人称美，则滋非适，心中颇怀去后之思。屋之后面有厚毳之巨獒，以铁绳系之，保罗至不敢开罪于此狗，意令狞狗亦念其人，今既闻此言，即哀乞考尼利亚，请其关注。

时师母亦至，保罗亦以状哀之。师母曰：“孺子，汝太奇特，即哀请分数之事，亦常童所不为。”保罗曰：“果如师母言，此癖似产自骨头，初亦不明其所以然，请师母怜我，我亦固爱师母者。惟吾爱师母，初不及爱吾佛罗伦司。想师母之心，或亦不盼我如是之真挚者。”密昔斯伯林伯曰：“孺子所言乃愈怪矣。”保罗曰：“此间人，吾皆至爱。若行时皆不屑意于我，我殊难耐。”密昔斯伯林伯乃愈信其怪，因告之博士。博士亦以为然，然尚曰：“惟学问足变化其气质，考尼利亚，汝趣拔之，勿令沦没。”实则考尼利亚之拔保罗，固未尝无力，即保罗之受拔亦良苦矣。保罗于执业外尚有一事，极力结欢于人，虽临窗望海，未改常度，然亦时时至同学前致其殷勤，加以存问。诸同学经博士教养皆成厌世之人，于保罗颇加怜恤，见其弱不胜衣，亦不忍加之凌藉。惟保罗奇癖仍存，众虽怜恤，亦无人不议其怪。

顾保罗有殊特之利，亦他人所不能及者。他人早晚见博士恒远远鞠躬，于保罗必近而接手。师母及考尼利亚亦然。此三人怜其奇癖，故亦破格曲从。果同学争阋，为之居间；开罪先生，为之求赦，则人人必遣保罗。一日，阍者失慎，碎一碟子，防为纪纲所责，亦请保罗缓颊。众皆知纪纲重保罗，晚餐斟酒时，必和以葡萄之酒。以此之故，遂昵保罗。

保罗尤能随意出入助教之室，与秃齿友。秃齿身为都讲，职均助教。助教之室严密而温和，其中尚有复室，卧榻陈焉。火炉之前，空悬一笛，然不能吹，恒对人言必欲学其艺。炉檐上尚叠书数卷，壁上则悬一鱼竿。钓鱼之技弗精，亦言将学诸常钓家也。数其家产，则行军小箛一、博局一、西班牙文法一卷、颜料之合一、斗力之手套一双。斗力之事，助教固不能及，然亦诵言欲学，谓斗力者男子之事，不宜不学。其最贵者，则巨瓶之鼻烟。此为秃齿所馈者，实则二人均不能吸此烟，一入，即嚏欲死。然二人夜谈，必取吸之，壮胆而嚏，初不言苦。二人皆勇士，亡生之气。鼻烟外，尚有皮酒，饮时皆自命为享人间之奇福。保罗迨晚亦至助教室中，闻二人论说，且观其喷嚏为乐。

一日黄昏时，保罗进谒助教。时去假期已近，见助教取请客之柬，空格誊以人名，秃齿为之加封。及见保罗入时，即曰："此中尚有请尔者。"因掷与一柬，令视。保罗不知为何事，即曰："何名请我?"助教曰："即请尔家人之柬，来此饮啖也。"保罗视之，上书：

伯林伯博士、密昔斯伯林伯，公请密司忒保罗东贝，在本月十七日七点半钟，早临敝馆，赴跳舞之会。

保罗更视请柬，皆学生之父兄，即土色之舅氏亦在柬中。助教曰："延请匪特若父，即若姊亦在柬中。此为每半年之礼典。暑假即于是日起也。若姊赴会后，即可与尔同归。汝应作回书，上博士，言家人荷蒙宠召，必赴盛筵。惟不可语博士以跳舞事。跳舞者，博士以为非雅，当届时行之，则博士不以为忤。”保罗既谢助教，即就秃齿而坐。然保罗迩来忽病脑，既痛且重，今夕患作，则以手自扶其头，忽而仰翻于秃齿之胸间，而心中尚了了，乃力不自支，耳中一无所闻。移时，始觉。助教力摇其躯，二目既张，见博士亦在屋中，门窗尽敞，头上尚淋以冷水，自念何以一无闻见，但闻博士呼曰：“醒矣，汝如何者？”保罗曰：“谢先生。我乃无病。”言虽如是，然以足践地，地板似动，即墙垣亦转转而行，必凝其神，始定。惟视助教之颅巨逾往昔，即容貌亦似有异。及助教抱之登楼，觉楼门亦已易响。更视秃齿行道，如凌虚焉。保罗既登，即谢助教。助教为之脱衣，令寝。秃齿坐而看护。

保罗此时已不见秃齿，见者则辟白真在焉，即曰：“密昔斯辟白真，幸勿语佛罗伦司。”辟白真曰：“何事不之告？”保罗曰：“病状也。”辟白真曰：“诺。”保罗曰：“密昔斯试为我度，我长成时何作。”辟白真曰：“我焉能知？”保罗曰：“吾意悉其所有置之银行，不更多求矣。吾及佛罗伦司至村间筑室，守之至老也。”辟白真漫应之。保罗曰：“此即吾愿言。”后少思久之。辟白真甚奇其言，则时时注视其面。保罗曰：“堂中十七日欲延吾父及姊至此与会。吾姊若来者，则吾同学者必加羡慕，吾心滋适。”后此又语堂中分析之单，言先生夫妇及密斯考尼利亚咸称吾怪，实则吾生何事怪者。辟白真曰：“兹乃弗知。”保罗闻言，知其愚己，则以目注视辟白真。辟白真转形瑟缩，转起面窗外。

近处有医生，专为学堂施治，而密昔斯伯林伯已与同赍，至赍自何时，则不之知。保罗见医生，即起坐。医生每问必详答，微微言曰：“此事勿令吾姊佛罗伦司闻之，惟吾放假时佛罗伦司必来。”因与医生谈论久。医生去时，亦至恋恋保罗，似小友也。医出，保罗遂卧，忽闻医生在外间，言：“此孺子先天弱。”保罗乃不审孰为先天。又曰：“假期垂近，幸勿令其读书。读书，病且更剧。”又曰：“宜作书与东贝，以人来迎。一时尚不至于……”余言，保罗则不之闻。又曰：“此孺子怪绝。”保罗自思人人斥吾怪，怪果安在者？以不之悟，则亦弗思。此时床下仅有辟白真一人，忽见辟白真执瓶与杯，倾药令饮。少须，师母又以煮成之羹汤，令饮，其味颇精美，自觉无病，遂请辟白真归。

土色及伯里格司亦罢课归寝。伯里格司归房，辄呶呶斥其分析之不公，观其愁烦之态，似以其身受化学之分析者，然甚爱保罗，虽在忧愁之中，亦加问讯。即余人亦一一经过，视保罗。伯里格司临睡时，尚骂詈，言分析之不公，谓：“谋人之死，其按罪分析，亦仅此而已；且吾家所予我之钱，亦视分析为高下，今如此者，吾尚何望？彼盖视我为奴，半年后但得一‘懒’字之考成；又一礼拜中，饿我三次，终又得一‘馋’字之考成。如是见待，我能甘乎？”

明日，阍者于未及鸣锣之先，即登楼告保罗，言勿入堂授课。保罗悦甚，仍卧。少须，辟白真至，医亦随至，麦利亚则将饭入饲保罗。保罗又微闻医生与博士夫妇语，语后复与博士夫妇同入。医生曰：“此小学生不宜授书，且去假期近，可勿念。”博士曰：“可。”因谓其妻曰：“吾爱，可语考尼利亚，令勿授书。”师母曰：“诺。”医生即至床前，取其眼睫，观其血色，然后乃抚其额，按其脉与胸。其状甚审。保罗俟其毕，即曰：“敬谢先生。”博士曰：“吾之小友，病中初不呻楚。”医生曰：“是必不苦。”博士曰：“愈多矣。”医生曰：“然。”保罗观医生答辞，殊出之无意，即问者亦然，则怀疑不自解。是日沾滞床席，或寐或觉，乃无定。

明日，始起下楼，甫至甬道，见钟坏，一人方取而修之。甬道无光，工人然烛登梯，以钳理其机。保罗目为新异，即坐于梯下，仰观久之。修钟之工人亦和蔼，一见保罗，即与问讯。保罗得工人一问，即与攀谈，言小病新痊，故下楼萧散。因问此钟胡以自鸣，彼礼拜堂之钟是否有人登塔尖而撞击之，而报死之声与庆生之声是否出之一钟。遂又谈及脑门人旧律息火之钟，而修钟者乃不之知。保罗遂一一告以脑门故事，又言及撒克逊名王爱而弗雷得时，画烛司时，并问钟人以此法良否。钟人曰："国中果用此法，则吾业败矣。"钟人且修，保罗且问，及机器既完，即检点其钳锥之属，纳之一器。将出大门，则微语曰："此童子怪也。"不期为保罗所闻。自思人人怪我，我究何怪者，乃不觉其奇。且此时心绪起落万端，旋亦忘之。

保罗之心绪，第一即属佛罗伦司，意佛罗伦司果来，见同学一皆好我，则必大悦，以为不见凌蔑于人。想假满更来，则必舍吾勿念。读吾书者，当知保罗此时不审何心竟无重来之望，惟念及其姊，始萌此念。数日以来，知假期已近，遂检点物事，虽至纤至微之物，亦一一准备携归，初未更思有重来之日。时亦不更上堂，遂一一周历屋宇，流连景光，意似与之为别。第一先及卧房，凝思吾若归家，则此屋必清寂，无人更涉。果使别有一人如我居是者，其人曾否于粉墙之上涌现狞状为百兽形，或者知我者告此新来之人，谓此屋曾经小东贝下榻也。此时凭窗望海，而心绪亦如海波，忽思此海鸟究归宿何地，而天上浮云又从何地而起，海风陡来，去处安属。忆与佛罗伦司昔在海滨坐谈，一草一石，果无我二人流憩者，是否如昨。果我行殊远，而佛罗伦司复经此地，一人独坐，能否念我于无穷。以下历历心潮，则同学也、秃齿也、助教也、博士家人也。更回想其家，则姑氏也、干阿奶也，咸足动念。又思及倭而忒为年迈世父窘状，向己乞怜，情殊足悯。又念以钩代爪之船主。思虑以外，则周历博士堂室，及考尼利亚书室，及讲堂，甚及后户之狞狗。以无事之故，诸处各寓以爱情，用为志别。伯里格司每读一篇，越日辄忘其叶数，保罗恒为检得。他人忙逼，无暇检校字典，保罗又为索之。有时师母理线且棼，保罗助伸其绪。综言之，同学准备季考，人人在百忙之中，而保罗却极萧散。似此萧散之学生，实为学堂中从来未有之例，即保罗自念长日空闲，亦深愕骇。顾见人人怜己，逾于往时，则又不解其故。博士则尤将护保罗，逾于常童。一日会食，穹生无意中偶言“可怜之小东贝”，博士即大怒，斥去不听饭。保罗则尚为抱屈，惟思我何足怜而穹生乃怜我也，因悟或我怪癖之故，因而生怜，且瘦而思卧，此皆怪癖所致。

时则假期至矣，堂中停课，博士于晨餐时语学生曰：“诸子听之：老夫于下月二十五日开课。”此日秃齿为毕业之期，加戒指。后此称博士即为密司忒伯林伯，不称先生矣。秃齿之自由，诸学生观之，人人钦慕，又念博士之尊严，何能称之为密司忒？以理度之，大梁当毁，折压死其人。是日自晨达午，乃无一人叙及今日有跳舞之会，但觉是日忙于往日。保罗见客堂几案皆一一易处，亦有烛奴加于壁上，以备宵来然烛。退闲屋中，竟张一琴，台上尚加以绿幂。即师母今日梳头亦异平日，平日松散，今则挽束至严紧。密斯伯林伯则绿鬓可人，髲所为也，短发则聚为椎结。一至下午，同学壁上人人皆挂坚领及胸前之饰，而焦发之气，已四达于楼心。博士以为火炽也，实则修发之匠为学生治发，用铁烙烙发，令作旋螺。保罗衣着既竟，即入退闲之室。博士已加礼服，徘徊室中，萧然若无事。少须，师母至，在保罗目中观之，则深艳其美，裙幅所展，周围甚广，计绕行一周者为路远矣。密斯伯林伯则随母而出，衣服至俏丽，美如其母。其次则助教、秃齿同入。今日人人皆高冠。即有侍者传言“密司忒斐德、密司忒秃齿至”，二人皆脱冠于手。博士夫妇皆起，承迎如生客。秃齿亦盛服，焕然一新，与博士接手，与师母鞠躬，即顾保罗言曰：“汝见我衣冠如何，颇不恶乎？”既以为美，而又时时防不入时，最下之钮宜扣耶，或听之松散；袖口本有坚白之套，不审将袖内卷耶，或不卷为自然，及见助教卷袖，则亦卷之，已见新客不卷，则又下之。迨新客麇至，秃齿之袖及扣乃益忙，或卷或扣，或释或开，二手竟无一息之暇。已而诸生皆至，人人坚其领，高其冠，又咸执冠于手。时乐工密司忒拉迫司偕妻同至，师母竟礼此乐工之妇，大屈其尊严。乐工者，端庄而纡徐，意态大类贵人。五分钟后，即与秃齿谈关税及外国贸迁事。保罗心知佛罗伦司且至，遂至甬道候之。

少须，佛罗伦司至，盛服如仙，手执鲜花，较前为美。既见保罗，则伏而与亲吻。保罗几严抱其身，不听起。保罗陡见其姊似含泪珠，即曰："姊氏何为有此？"佛罗伦司即曰："无之。"保罗以手近其眼，果得泪，即曰："此非耶？"佛罗伦司曰："姊与弟均归，为吾弟将护。"保罗不解，谓流泪与将护何属，乃并合一处。时过者有两侍女，见状咸不自解。保罗又见其姊转首他顾，久之始易为笑容。保罗曰："佛罗伦司，汝曾否疑我为怪？"佛罗伦司曰："无之。汝安得为怪？"保罗曰："此间人，人人怪我，我乃不知怪所自来，幸姊告我。"此时有叩门之声，佛罗伦司即引之而行。保罗又见麦利亚作宽解佛罗伦司状，保罗复不之解。

时新来之客，为司格特尔宝星，为下议院议绅，及其夫人，并其子曰马司德司格特尔，拟暑假后至此读书，故亦延之赴宴。命妇既入，见博士积书如山丘，即与其夫点首示可。及见保罗，即问麦利亚曰："此童子亦是间学生耶？"答曰："然。"命妇问保罗曰："汝何姓？"保罗曰："孺子姓东贝。"宝星一闻其姓，即进曰："我曾与尊甫同席。今尊甫佳否？"保罗又闻宝星耳语其夫人曰："城中……富商……大有荣名……博士语我者……"语后，复面保罗曰："学生此次归省，可语尊甫：司格特尔宝星问讯，何如？"保罗曰："诺。"宝星于席间谓其子曰："巴纳。"因指保罗曰："汝当友此小友，他人不交可也，此小友必不可失。"夫人加以眼镜，视佛罗伦司久，谓其夫曰："秀发美目，风貌佳也。"保罗曰："是为孺子之姊。"宝星夫妇大悦。夫人曰："吾心方念女郎之貌与小公子肖也。”燕罢，遂同莅退闲室。博士即引巴纳及佛罗伦司跳舞，保罗旁视。巴纳似弗适，方其舞时，夫人则以小扇为之按拍，似其子能与佛罗伦司同舞，则中情美满已极。保罗以疲故，则择一温软之榻，以枕及茵佐之，令勿苦。保罗坐处，即起，行者亦无人就坐其处，知博士专宠其人，而亦无人立当其前，壅蔽其目。时来客无一不问讯保罗，师母及宝星夫人咸坐其侧。佛罗伦司舞罢，亦归坐，近保罗。保罗此时美满无上矣。佛罗伦司意固不属跳舞，但欲顾视其弟，而保罗见群客属目其姊，中心滋适，则密请其姊更舞。保罗坐处极高爽而明显，此博士谓专席以礼保罗者。保罗历历都见。惟有可怪者，乐工一接宝星，即复谈税则，而宝星则洒洒而言。乐工似不称意，即曰：“如宝星言，俄人输入牛羊之膏，吾国将如何？”宝星此时但有摇首。后此乐工见其妻独坐无聊，则趋就抚慰。宝星以为贵人也，尚随之而往，与之深谈。后此见博士，即微问曰：“此君得毋为商务中人？”博士曰：“非也。盖教……”宝星曰：“然则教授者，必授会计学耳。”博士曰：“非也。”宝星曰：“必与数学之事相迩。”博士曰：“数固也，惟非度支中之数。密司忒拉迫司者，亦可为上等人，盖教跳舞之老技师也。”保罗见博士此语一发，宝星立变其色，且盛怒，语其夫人曰：“是人太不自量，未谙贵贱之礼。”少须，跳舞略停，宝星夫人问保罗曰：“汝悦跳舞乎？”答曰：“然。夫人悦否闻歌，果乐闻者，吾姊氏歌声脆也。”夫人曰：“吾爱闻歌声，乃如吾命。”佛罗伦司以在群客中不欲歌，保罗则力请不已，佛罗伦司不得已，即近琴台。众遂让道，令保罗目光及于其姊。保罗见其姊独坐琴台，满室灯光映射其面，艳乃无匹。歌声清越，举座皆靡。保罗乐极，谓是人者吾同怀姊氏也。思深，不期泪落，后此语人吾非悲其声调，惟闻乐感吾骨肉之情，不期悲从中来耳。歌已，保罗闻满室之人均赞其美，保罗私念吾已臆料及之矣。

迨会罢，将散，宝星令其子与保罗接手，又屡嘱保罗，言归时幸勿忘宝星司格特尔与尊甫问讯，且愿后此同来，与吾子为同窗契友。夫人亦至与亲吻，且代理其发。保罗遂起，与博士言别。博士曰："小友珍重!"保罗曰："孺子向荷帡幪，无任心感。后门之狗大阿及尼司，幸告从者勿酷虐其身。"此狗初无人近，亦无人悦近，而悦者惟有保罗。博士曰："可。汝归后，吾必不苦此狗。"保罗复谢，然后复与先生、师母及考尼利亚，为状至亲稔。师母于此大典礼中，竟忘引用昔色罗古人事矣。考尼利亚坚执保罗之手，呼曰："东贝，汝为我得意之学生。直我教汝，愿上帝赐福尔躬。"众人闻保罗行，亦纷出送行，但闻互相告语曰："小东贝行矣。"故姊弟出时，众人争出，竟塞甬道，即宝星夫妇亦杂众人之中，送保罗归。侍者自纪纲之仆至于厮走，亦咸送之门。阍者亦一一纳保罗之物于车中，心亦恻然，不复作憨笑。车后，学生咸扬其冠送之，至有逐车而走，自车窗中与之接手，言曰："东贝，幸勿忘我。"佛罗伦司坚拥保罗，防为凉风所侵。保罗偶一回头，见诸人咸仰面远瞭。后此每思学堂中临别之状，即历历见无数眼睛罗列其旁。秃齿者，追至车前，可二次，呼曰："东贝，汝佳乎?"佛罗伦司微哭，即保罗亦哭。

车归辟白真家小住。至时，疲极而息，自念胡不遄归，仍宿于此，乃不知病已沉顿，长日但见佛罗伦司坐其榻前，又见一人顾视，似属其父；又闻有医生言，不审其语何人，但闻医生曰："若果移动，当立死于道陬。"初不虞其谓己也，似仿佛中谓其姊曰："姊勿行，以同归为上着。"后此遂昏昏沉沉然，似闻车声辚辚，久之似卧于佛罗伦司之怀，迎面分坐辟白真。及既归，颇辨为己之庐舍几榻。时姑母、讨克司与尼伯咸集，亦一一见之。保罗曰："我但欲与佛罗伦司一人作语。"佛罗伦司即伏其枕，问曰："汝何言者?"保罗曰："前上下车抱我登楼者，其人至长瘦，得毋为爸爸耶?"姊曰："然。"保罗曰："爸爸似哭，即翻然而去，不复至吾室。”佛罗伦司不能答，但摇首，与之亲吻，亦不之哭。保罗曰：“爸爸不哭，我心良释，然我仿佛中实见其哭状。”姊曰：“幸勿举此为问。”

第十五章

倭而忒自得远行之信，即未敢明告老人，尚冀东贝中悔，不听其行，顾久久乃无消息，自思行期且近，不宜不为老人所知；顾又恐一发诸吻，老人悲且不止。时老人新假得资，颜色方少舒展，骤闻此耗，益复难堪，而不告遄行，则又不可，计惟告之为得，惟不审其所以启齿者。矧行止之权，己不得操，东贝发令之时，度其眼光，亦足知其心绪，盖谓汝留可也，惟不能留我之肆中耳。此意倭而忒已悉之了了，且敦戒吾身曰：“汝年少，而若伯伯又非佳，汝当代其肩任。”今果不去，似我一身，专恃世父为生，稍难即怯，岂复成为男子？前此假资，已见蔑于东贝，今又退怯，将益重吾辱。倭而忒此时内怀隐忧，外仍愉悦，防为老人见而致问，转难自白。计今奉白，正其时矣，法当愚老人以善地，谓东贝之见遣，善己也；又恐词色之间少露不怡，转授老人以罅。左右思维，足为己助者，惟有船主。乃乘礼拜之辰，早餐后即奔船主家。居停主人今日赴礼拜堂，开门必不詈客，即船主亦且赴堂申祷，故倭而忒遂以晨至。

既至，见楼窗之上尚晒其衣，知必未出，则微叩其扉。船主伸首窗外，里衣已着，帽亦加头，惟未加外衣耳，俯首下问曰：“倭而忒，汝耶？”答曰：“然。”船主似惊，即曰：“孺子何事？汝伯伯无恙否？汝待之，我下启关。”主客既登，船主尚迟回却顾，似有所疑，言曰：“倭而忒，汝来何夙？”倭而忒曰：“防船主他适，故早来。此来盖有事奉商。”船主以为假物事也，即曰：“可。汝何资？趣取以去。”答曰：“非也。欲奉干丈人诏我耳。”

船主曰："第言之。"倭而忒即述东贝遣赴西印度，防世父年老伤别，今欲得丈一言慰勉老人，令弗戚戚。船主初闻甚异，后乃如愚，似灵魂已脱，衣服及右手之钩若遗脱焉。倭而忒曰："船主听之，果如东贝所言，似吾年尚少可以力争上流，矧出门之艰难，乃非吾恤。惟吾世父有不能遽释者二：一则吾未有图报之期，而伯伯乃施其奇爱。此状船主已目瞩之矣。"船主力欲奋迅而起，作慷慨之词以答，顾乃委顿，但有点首。倭而忒曰："吾行果无恙，终有还乡之日。惟伯氏年高，未卜归来能否有握手亲额之日，矧自少瞻依老人，深知老人情性，微物不见，尚长日无欢，矧童子远行，胡能自遣？吾防将因我而近死期也。"语至此，怆然欲哭。船主忽起曰："孺子勿抑抑。汝言当也。"倭而忒始佯笑，言曰："吾此行当语老人以暂别，不欲为不祥语。顾临别，恐不能自支，故请丈为我言之。此第一节也。"船主曰："婉转言之，可矣。"倭而忒曰："吾所请者，丈能否见允？"船主曰："待之。"倭而忒以为"待"者，随将发言也，顾乃无之。倭而忒遂述其第二事，曰："恐吾才望咸非东贝所悦，实则孺子奉职必慎必勤，而主人终不见录，无如何也。至爱憎之故，彼自有权，吾亦何敢过问？第今日见遣，非出升迁。尤知彼间非复佳境，直充配远地。他日不必即有量移之时。此事尤不宜告之老人。其为老人所宜闻者，但曰'是佳消息'，足矣。今之告丈以真情，正以道远人遥，若不宣言，人方以我为得意。今预白之丈，丈苟可以助我者，尚能为孺子留意。"船主曰："孺子，昔者所罗门王有格言曰：'但愿一生勿须急难之朋友'，汝检书，得是语后，牢记之。"因伸手与之为礼，隐自任以寄托之意。倭而忒以二手捧船主巨拳，颤声言曰："舍吾伯伯外，第二人即为丈。丈具赤心，吾恃丈矣。且出门之事，初何畏难？穿云入海，吾亦无忧。孺子亦欲早出图功，伯伯乃不吾允，故抛家立业之事付之子虚。若衡以今日之出，事又不同。自孺子至东贝家，今已六年，匪特贤劳弗录，情款而亦日漓。”船主忽引书中语曰：“归来灰丁登也。”倭尔忒曰：“一归再归，吾皆可，必惟若灰丁登归为府尹，正恐无是佳运。且吾亦非怨怼主人。主人固有禄以酬我，我无馁也。今当托丈人以吾伯父，丈人见许，吾心已遂。且吾遄行，转有益于吾伯氏。丈亦知东贝尚足助吾老人，但前此一贷，交情已见。吾一日在此，令彼生厌，吾去则当垂悯老人，或能蒙彼眷爱。今心中颇乐西印度，思欲以歌庆之。丈所唱水手调，何调者？噫！吾忆之矣。”遂歌曰：“巴尔巴度趁风来，乐哉！英伦背落舵楼外，乐哉！”其下应大众合声，于是船主亦大声歌曰：“乐哉乐哉真乐哉！”

时对门楼居者，亦为老舵工，方被酒，闻歌亦陡启其窗，二手攀槛，大声而和曰：“乐哉乐哉真乐哉！”歌后，复闭窗睡。

倭而忒曰：“船主肯与我同行，语吾伯伯。吾且敛避少时，待下午再归，朝老人。”船主此时初不敢自信，亦不忍峻却，盖预为筹画决娶佛罗伦司，今忽闻远行，心滋不欲，谓吾谋已为人败，且欲令吾往助其败，心尤怏怏，亦不遽行，言曰：“兹事重大，容吾少咬指甲。咬指甲者，吾五十年来痼癖也。倭而忒，汝但见我咬指甲者，即知吾舟搁浅矣。”于是回头他顾，以铁钩纳其唇际，以齿咬之，二睫半交，其状愈丑。思维者久，自言曰：“吾有老友尚不在兹，若与之商酌者，必有奇计。彼一人之聪明，抵一议院，即饶人数着，博亦必胜。彼两次坠海，乃无一伤。当其习艺之时，经其长官，以铁杵击其颅，颅乃如故。聪明无能胜者。综言之，两腋之人无彼才也。”倭而忒闻言即问曰：“是人何姓？”船主曰：“姓本司贝。实则有是聪明，无论何姓皆可，何必姓本司贝？”语至此，船主复思，倭而忒亦不敢进问，虽二目时时视倭而忒，实如不视，但有沉思。外史氏曰：船主此时非搁浅也，实则投身深渊，久久不到底耳。船主初念，以为倭而忒必误会东贝之意，盖欲驱之云路，令彼高翔。即使翁婿初不满意，但得一人居间，即和好如初耳。密司忒东贝者，吾曾见之，状至欢洽。此事吾自一行则决谐无疑。吾今且不示孺子，今日先谒东贝，以钩钩取其领，导以数言，当无不释。策定，似排却阴云，捧出初日。此时，浓眉骤展，笑眼立开，盖决策初成，面上笑点仅形三处：一为左唇之角，第一点。牵动浓眉之梢，第二点。即右眉亦微为振。第三点。及发声而噱，则由唇角而绕上两腮，直趋天庭，皱纹重重而起，直将束额之冠冲动寸余矣。此冠亦经搁浅，及船主伸眉，冠遂中流自在矣。至是，不咬指甲，即曰："倭而忒，为我取外衫，侍我着之。"倭而忒自思船主今日何为自振其衣，时时面镜，大改常度，且将其白领引起绝高，更易新履。此履非逢大典不之易也，不意今日竟着此履。着后复以小镜自照久之，即取多节之行杖，言曰："行也。"既出，而步履轻松，"倭而忒，新履宜足耳。"

行未逾时，即遇一女子鬻花于市。船主忽止。似复得策，即自篮中觅得花球，厥状如张聚头之扇，本以此物馈东贝者。行近所罗门之居未远，二人乃同止。倭而忒曰："丈人矣。"船主曰："然。"倭而忒曰："适所言，幸勿遽忘。"船主曰："是安得忘?"倭而忒曰："孺子且暂行。"船主曰："行行，逾远逾妙。"倭而忒引手作势而别。

倭而忒行时，初无定向，思必一及村庄之间，少避人嚣，亦释愁抱。顾他处则不之辨，惟汉姆司忒得为偶经之地，顾一至彼间，必经东贝之门，过时闬闳如故也，百叶之窗乃闭而不启，惟楼上窗开，初无人影，但见绣帟为风荡漾而已。倭而忒自送佛罗伦司后，此间夏屋长在心头，而最属意亦在此窗。且行且视，见有一人下车，佩绝巨之金表，徐徐入屋。倭而忒自思是名医车也，又何人卧病者。思久不获，遂怆然行。然自有此行，而心绪复陡发思：此屋中有一美人，为我生平良友，后此其弟执权，必能为我伸其所长，而尤不仅念此，尚冀美人永永念我，且念我于彼长成之时。已复更思，则又冰释。果彼弟能司肆中之务，则女亦亭亭嫁多资郎，我客穷边，何由念我？是行路绝远，道中倾听鸟声及礼拜堂鸣钟之余韵，与夫云外车马之声，但觉草香扑人。更望西方，所谓西印度为路之修，更何若者？

渐行渐远，则复遵故道而归。忽闻有女人大声呼己之名，尤有一男子助之，则回首一顾，一车向村落而趋。御者以鞭示意，令住。倭而忒趋前视之，尼伯也，厥状甚焦惶，一见其前，即呼曰：“密司忒倭而忒，请言司答格花园安在？”倭而忒惊曰：“何事匆匆？”尼伯曰：“趣告我司答格花园。”御者张手言曰：“如何此女郎于一点钟中呼声不绝，令吾车奔逐于野田之间？吾御车久矣，从未遇今日之赁吾车者。”倭而忒曰：“秀珊，得毋赴司答格花园乎？”御者曰：“然。果安在？”秀珊即曰：“我但行一遭，即同密斯佛罗伦司及可怜之马司德保罗同至者。此日即为密司忒觅得女郎之日。今日乃百觅不到，讵陆沉乎？密司忒倭而忒勿行，同我觅此园。伤哉！马司德保罗也。”倭而忒曰：“马司德保罗笃耶？”答曰：“然。彼必欲一晤其旧时之乳母。吾出觅，乃不之得。”倭而忒闻之怆然，乃先奔，四问行人，顾无一知者，盖前此秽同溷圊之园居，今乃煌煌如构华殿；前此邻家联毗，今则富商列肆，宝货隆积；前此小径弯环，今则康庄大道，行人如织；前此石桥不通之处，今则直趋贵人别墅及礼拜堂，百无不通。盖全改旧观矣，即近处居民当铁路未成，人人议其无济，今则直同基督教徒各各悔过，复自侈言：“吾卜居铁道旁也。”列肆者亦恒以铁道为商标，并有铁道逆旅、铁道酒肆。综言之，百凡皆铁路矣，甚至人家纪时皆曰铁道时刻。其最交厄运者，即泛扫烟囱之人，当日力排铁道，今则赁居三层楼上，以招牌悬诸窗外，曰“专扫火车烟囱之煤”。其余绅士及议院之员，咸坐火车。此在二十年前，苟语火车则大笑，以为奇妄；今兹执表，坐待晷刻，哗言至矣，且咫尺之间不及作书，则以电言曰“我于某时决至”。以上所言，言铁路也。所谓为司答格花园者，今乃无有。质言之，英国土地无一息仍其旧者。盖里谚也。后此详问行人，果得一人，其人即扫烟囱者也，方工罢而归，见问，言曰：“土特尔，我知之，为我旧邻。今是否在铁路事效艺？”秀珊自车答曰：“然然。”倭而忒又问曰：“今其人安居？”扫烟囱者答曰：“即在铁路公司小屋中。汝第数第二小弄向右，入之，彼家为第十一号。至时，一问即知。彼火工也。”秀珊大悦，留车以待，即引倭而忒狂奔道中。

倭而忒曰：“孺子宁久病乎？”秀珊曰：“谁则知者？天杀之伯林伯，乃苦令之读。”倭而忒曰：“伯林伯为谁？”秀珊曰：“何庸语？彼一家人，盖伐山取道者。密斯伯林伯则握巨斧为前敌。”二人匆匆中不及问答，复前趣。

既得，而门适开，则狂窜入，见一严洁之小堂，其中孺子满也。秀珊一入，即曰：“密昔斯李却子，趣随吾行。”朴娄自群儿堆中起立曰：“汝非秀珊乎？”秀珊曰：“然。小保罗病笃，云将面其旧时乳媪。密斯佛罗伦司命我传呼。幸君勿念前隙，趣随吾行，迟不及矣。”秀珊语已，大哭；朴娄亦哭，群儿亦争围其母，搴裙引袖，令止其悲。密司忒土特尔方罢工归，纳手于小盆中取食，闻言，置刀叉，立取冠，冠其妻，又为之上其领巾，拊背曰：“汝去汝去。”于是众偕行。至停车处，倭而忒纳秀珊及朴娄于车上，即同御者同坐，直至东贝家。

入门，见甬道上有花一丛。倭而忒知为船主所购，胡以在此？倭而忒本无事，欲少留，又防东贝斥其好事，不如即出为是，遂悄然行。行未五分钟，即有人追之，令还。倭而忒归时，心动不止，以为又得奇辱矣。

第十六章

小保罗自学堂归后，初未下床，静卧而听市声，亦不审时光之度过几许矣，室中举动一一印之脑中，见阳光射入百叶窗中，映壁如水光荡漾，知残阳将西入崦，瞑想外间天色必有晚霞，因复凝目壁间。余光渐敛，入夜矣。又思此时市上必已张灯，繁星满天，然瞑想之中不期恒及河水，想晚来河水必沉黑，倒浸天星，水势滔滔入海而去。迨及夜深，行人稀少，则徐徐细数来人脚步，至于遥遥不闻而止。苟不闻声，则注目烛光作团晕，直至迟明。然梦中但觉河流日夕奔注，思欲止之，顾乃不得，则大哭而醒。佛罗伦司仍时处其旁，每闻保罗焦烦，作数语解之辄止。然后以首自枕姊怀，告以梦境，厥状恒悦。迨既侵晨，则又细审阳光，心中复思及礼拜堂塔尖突出日影之中，满城之人应都醒矣，而河水又仍然奔流作波。此时似辨悉有熟人口音，渐渐趋至楼下，而楼下臧获辈方奔走治事，即见有人至门外微语问“病势佳乎”。保罗每闻问疾之人，必亲答曰：“愈多矣。为告爸爸，勿为我烦扰。”保罗者，夜中盼晓，日中又苦市嚣，滋以为厌。于是偶睡，睡中即梦河水。

一日，偶问其姊：“流水何以弗息？吾身几逐水波而逝。”而佛罗伦司必以词慰勉之。保罗心感其姊，必令与己同枕。少卧移时，言曰：“姊氏，汝常看我，我意亦必阿姊睡时，为我侍侧，观汝睡容。”遂令侍病之人扶己起坐，移病枕，令佛罗伦司少寐，自以背抵被，观之。又时时俯与亲吻，则微微语人曰：“吾姊悴矣，数夕乃未就枕。”于是每日必令其姊如是，至于晚日射窗作波纹荡漾于壁上而止。

时一日必延三医，聚议于楼下，谋定，始同登楼。卧病绝静，保罗竟能分别此三医表机徐动之声，闻而知为某医之表。三医中，保罗最喜迫伯司，以己身生时即此医为侍，送母终时此医亦在，故于心终不忘，与是医尤习。其他床前之人，来去憧憧，初不之辨，犹之乍得病于学堂时，但有一人终始无动者，即为佛罗伦司，长日咸居床侧。保罗有时张眼，明明见为迫伯司，更视之则为其父俯立，以二手掩面；有时见辟白真坐而假寐，则又易为讨克司或其姑氏。保罗自思：吾更闭目再睹，变者又为何人？然惟有二手掩面之人来去至数数，顾每入必凝伫数时，数去，入时但掩面，一无所言，人亦不与之言。保罗在神思恍惚之间，殊不辨其为人为物，则窃问佛罗伦司以何物。佛罗伦司以为见怪，即曰：“安在？”保罗曰：“在吾榻之北。”佛罗伦司曰：“非他人，吾爸爸也。”此时东贝立下其手，近而言曰：“孺子，乃不辨我耶？”保罗以目久注，自思是果吾亲耶？胡形容猝变如是？方欲引手仰抱其颈，而东贝已匆匆出。第二次又见东贝坐于床隅，即言曰：“爸爸勿为吾忧。吾初无所苦也。”东贝于是至其前，俯而视之。保罗仰攀父颈，言曰：“爸爸勿忧，吾乐也。”后此每见其父，必作是言。于是每日答人问疾，必兼及其父。

时落日映壁作波纹状不知凡几，即梦流水趋海亦不复逐宵记忆，但觉所亲日益亲己，己亦逾格感人。一夕，忽思其母及楼下之母影，想母氏爱姊必胜吾父，不然临逝时何必抱姊而亲，今亦甚愿得吾母之提挈而保抱。心思及此，即欲询问：“吾生曾见亡母之容否？”心中之逝水既日益驶，此心亦愈昏沉，遂问佛罗伦司曰：“弟曾见亡母之容乎？”佛罗伦司曰：“未也。汝何为问此？”保罗曰：“吾生少时，曾否有人爱我如吾母？”佛罗伦司曰：“有之。”保罗曰：“何人？”曰：“即弟之前乳母，其恩乃如慈母。”保罗曰：“前乳母安在？得毋死乎？”语发后，似闻房中瑟缩有人微语声。保罗曰：“汝能令我见前乳母否？”佛罗伦司曰：“今兹弗在，明日或来。”保罗曰：“敬谢姊氏。”保罗语后即睡，更醒，见阳光已高，天气晴稳而温和，初犹不言，见窗户已开，则面窗而望，罗帏风动飘飘然，问曰：“佛罗伦司，今日是否即为昨日所指之明日？”语后，目复闭，似闻佛罗伦司言已遣秀珊前去，后复不之闻已。

忽闻梯级有步履声，保罗惊醒而坐，精神清彻，一一见床下之人，咸与道寒暄。陡见一人入，即欢悦而言曰：“来者为谁？非吾前乳母耶？”人尚未答，保罗自思必为其人，盖他人决无此眼泪，且累呼“吾亲爱之儿、宝贵之儿、可怜之儿”，在理亦更无余人见我病躯即夺吾手置之唇间，又置之胸口，且一进门都无所瞩，但瞩己身及佛罗伦司。保罗曰：“佛罗伦司，此人亲爱极矣，切勿遽行。”即曰：“嬷勿行，可暂留吾许。”此时耳目聪明，即闻有人述一人名，觉曾为己所识，即曰：“汝辈不言倭而忒耶？倭而忒安在？吾欲见之。”他人都无所言，但闻其父谓秀珊曰：“汝令之登楼。”父命一发，众复寂然。保罗则静对其乳母微笑。

少须，倭而忒入。倭而忒春气溢于眉宇，保罗一见后，恒欲见之。及倭而忒入，即伸手言曰：“与君当再相见。”辟白真即奔至床前曰：“永永相见，何云再见？”保罗即视辟白真，如当日在炉次坐对之时，答之曰：“是当再见。亲爱之倭而忒，图再相见也。”语后，向其父所立处问曰：“爸爸安适？”东贝本在其侧，保罗曰：“亲爱之爸爸，当念此倭而忒，吾甚悦其人。”复引手向倭而忒，意作再见状，遂曰：“为我扶而贴席。佛罗伦司近吾前，吾将视汝。”姊弟相抱久，而斜阳复照壁作波纹矣。保罗曰：“河水奔汛，冲苍翠之芦荻，去海近矣，吾已闻浪花之声。”少须又曰：“吾趁小舟而流，催吾酣寝也。噫！两岸之绿乃如是耶？芦长而花媚，船入海矣。前头有岸，岸上立者何人？”因伸两小手作欲抱状，言曰：“佛罗伦司，嬷嬷乃类汝，吾一见已识之。我去矣。”此时屋中无一人动者，但有斜阳仍动于壁间。

第十七章

船主克忒尔自以为见东贝自陈，此上策也，沿道得意，自诩其聪明，谓为天才。及既至东贝家，即遇土林森，告以保罗将奄化之状。船主知不能更言，即以花球致之土林森，言来问候，无他事也，且曰："此病无伤，但以头向逆风，当立愈。吾明日当更来。"土林森亦不之答，即将所赍之花置之甬道，明日杂粪草出矣。而船主之策亦不效，盖雪山崩，山上草木咸随之而殒。

倭而忒午后独归，闻见既惨，竟忘晨来谆嘱船主之事，乃语伯伯以保罗死状，竟不知船主之未对老人言也。时老人状尚如故，初无伤离叹别之容。倭而忒在悲梗中，亦不之审。船主在座，闻倭而忒语，知再见东贝为难，但能质语老人，无复他术自解，自思：今日时运未佳，乃不能一面东贝，然为日尚长，先语老人，后见东贝，亦未为缓。又闻保罗临终托倭而忒于其父，似灰丁登之局尚可重温，况前此迷途，倭而忒出女于险，今复闻其殇弟之顾托，则倭而忒决为东贝婿矣，即乘此机会语此老人。乃先述西印度佳处，自云："据我之见，命倭而忒一予以数千镑，后此当大得利。惟倭而忒运佳，乃令其行，真有意提挈之也。"老人初闻此言，如被雷震，周身麻木。顾船主则洒洒言之，又杂以灰丁登事，谓必婿东贝之家，据有其产。且言："不信者，但以小保罗言证之，即为铁据。且吾常歌培格，此兆必应。"老人经彼所言，厥状如愚。倭而忒虽无是妄念，然亦不能不助船主鼓励老人。老人详视倭而忒容止如恒，更观船主兴采高烈，自问或见识蠢滞，法当怡悦以自慰，于是亦莞然而笑，以手自摩其扣，如拈牟尼之珠，言曰："我老不识时，甚欲吾儿长居吾侧，亦知此念顽固不灵。惟此子甚喜海行，闻行则甚悦怿。"倭而忒曰："伯伯若谓孺子悦此海行，吾决不往。船主听之：吾罢矣，吾世父以我为乐去老人之身，我何以自明？勿论此区区小事，即命为岛主，亦非吾欲。今吾志决不行。"船主曰："倭而忒，汝且宁静。"又面老人曰："所罗门，汝试观若儿。"语时以钩指倭而忒。老人即以目随观。船主曰："譬此子为巨舶，今且放洋，此船之名为'倭而忒'耶？或仍名'所罗门'？"船主之意，谓倭而忒即行，其心仍着老人。老人与船主故交，知其言中之意，即曰："我亦知此子心中有我，较爱己为切。适言好放洋，盖云彼当喜为此远行，勿促促念我，斯善矣。惟汝二人当同听之，此事实出我之意外。我别无所忧，惟患此子忧吾贫，力趋于外，冀得资以活我。我今问汝二人：东家果有意提挈吾儿耶？果为倭而忒进身之地，我亦甘之。若以老朽之故，甘心远行，则殊非理。"复注视船主曰："乃德，汝今日与老友诚言乎？汝决知利孺子耶？或别有他故，为汝所弗知？"船主见问，颇踌躇，而倭而忒已趋进，抗言曰："决为佳兆。"倭而忒一言，船主继进，张无数空中楼阁，而老人耳目遂为所夺。

明日，丞相卡格尔即以人来，言承嗣之船半月后且开，趣饬行事。倭而忒治行甚急，逐日倥偬，不令老人有几微之暇作闲想。船主终以不得确耗，不审此行之为凶为吉。此时忽得奇思，但一问卡格尔当立悉。计定，自以为佳，言曰："是不过一斗烟烬时，妙悟已出，然则此一斗之烟不为虚吸矣。吾今决往，测量卡格尔。"于是晨起，修整其衣冠，往造卡格尔，以卡格尔身在肆间，可以毋须馈遗，遂以小葵花缀之襟，持行杖，至东贝之肆，且即道中小饮，凝聚其心思。既饮，立奔，防道行散其酒力。既至，遇迫处于门，即曰："朋友，此间有先生曰卡格尔乎？"迫处曰："然。惟各有事。"船主曰："朋友，吾名为船主克忒尔。"语时欲以钩钩迫处，令近。迫处立避之。船主曰："但为我通谒，言船主克忒尔求见。即久待于此，亦非所惜。"语后，即进据迫处之座，自脱其冠，冠中出素巾，则置冠于膝，以巾自拭其面及颈，似至舒适，然后以钩自整其发，引目遍视各书记治事。迫处见来人怪特而从容，不期而大骇，即曰："适客自叙何名？"船主曰："我为船主。"迫处曰："船主知之，惟尊姓为何？"船主曰："克忒尔也。"迫处曰："我为客通，安知无一分之罅？"船主曰："孺子但行，我亦但得一分钟足矣。"迫处匆匆入，少须即出，曰：“请客随我。”

此时丞相卡格尔立于空炉前之氍毹上，见船主入，初无敬客之礼。船主曰：“君为密司忒卡格尔乎？”卡格尔露其银牙，曰：“然。”船主不知彼自售其皓齿，以为笑也，转以为敬客，即曰：“吾为老舵工，在贵肆之倭而忒，似即吾子。”卡格尔复露其齿曰：“客所言者，即小倭而忒乎？”船主曰：“然。”自思此人甚聪明，复言曰：“吾于小倭而忒及其伯伯，皆为知心之友。吾之声名，想贵主人已道及之矣。”卡格尔仍露齿曰：“未也。”船主曰：“我曾相识。吾曾在海滨及我小友……曾与之商略一事，大抵兹事君当忆之。”卡格尔曰：“是事实经吾手。”船主曰：“然然。吾今日冒昧通谒……”语至此，卡格尔曰：“客试坐。”船主曰：“谢先生见宠。天下谈论，当以坐谈为佳。请先生亦就座。”卡格尔曰：“毋须也。”则挺立俯视船主，言曰：“适言冒昧通谒，此何冒昧之有？”船主曰：“孺子有心。吾今日之来，为吾小友倭而忒也。彼世父所罗门为科学中人，惟不类吾老于行船、能治事者。倭而忒小子，聪明无及之者，惟一事颇累人，乃扐谦而无胆。”即低声言曰：“今日之来，特为私事，不过欲得君一言。君家主人方有悼殇之戚，吾不敢猝问，故先至而问君。所问者，倭而忒与其主人曾否有隙？此行逆风顺风耶？幸为吾诏。”卡格尔曰：“船主亦老于事者。君意以为如何？”船主曰：“我来求教耳，贵在先生一言，我何知者？且我适所问者中否？”卡格尔曰：“中也。”船主曰：“然则顺风耳。”卡格尔笑点其首。船主曰：“风自后来饱吹其帆乎？”卡格尔仍笑而点首。船主大乐，曰：“我知此船趁风水而行，顺也。已夙语倭而忒矣。”卡格尔曰：“倭而忒前程大，周世界中悉其前程。”语至此，全龈尽露。船主曰：“全世界外，尚有一美妻。”船主得意，即脱其冠，安于行杖之上，令其自转，又见卡格尔方笑，即曰：“我敢与君赌胜，刺取先生大笑之故。”卡格尔闻言，乃愈笑不可止。船主即以行杖触其门，曰："外间无人乎？"卡格尔曰："吾扃甚密。"船主曰："先生之笑，胸中得毋有一'佛'字耶？"卡格尔仍点首。船主曰："其下尚有'罗'字'伦'字，非欤？"卡格尔仍笑。船主曰："吾言中乎？"遂得意而大噱，额上为冠所束处作红痕一缕，亦暴现欲涨。卡格尔仍笑不答，但累点其首。船主遂起，与之执手甚坚，言曰："似此言之，尔我识见皆同。此事吾预料及矣。"又微语曰："此女少时，即彼自街上觅得之。自是以后，彼亦爱彼，彼亦爱彼。吾曾与吾老友所罗门言此佳偶直天成耳。"此时卡格尔牙龈之露，较之猫也、猴也、豺也，红白尤显。船主曰："即后此之事，事事均若天作之合。但观小保罗死时，倭而忒不在病榻之下耶？"卡格尔曰："此或为其佳兆。"船主曰："天实为之，人何能折？"微旨。卡格尔曰："然然。"船主复与接手，曰："先生之见，尤与吾同，且彼之前程，自今尤无所沮。主人一子不既夭乎？"卡格尔曰："然。"船主曰："少子既死，承祧者已隐有人，其人即科学伯伯之从子、所罗门之从子倭而忒也。倭而忒固久在肆中。"船主每言时，即以肘加卡格尔，鸣其得意，语后即曰："先生试味吾言如何者？"卡格尔曰："汝言倭而忒后来事，其应当如响，语语当也，且适所言，尊意得毋不欲为外人所知否？"船主曰："是安可言？"卡格尔曰："然则东贝亦不宜乎？"船主耸其唇作猪喙状，力摇其首。卡格尔曰："君意殆有所疑，故来见问。实则吾意与君同出一途，度得之矣。"船主曰："我本欲告之贵居停，以方触新丧，吾将待其悲杀后始更言之。"卡格尔不言，但露其齿而已。船主曰："吾夙知倭而忒此去名利当两全而归。"卡格尔曰："吉。"船主曰："我但知倭而忒行，无复他虑，则中心释然，亦不急急于兹事。"卡格尔每事咸如船主，无复伸驳。船主以为此人之和平，极天下之贤者矣；东贝之为人，在理宜奉彼为师。复伸其手，力握卡格尔，似以船主厚胼之手、纵横之纹理，印诸卡格尔柔肤之上，谢曰："容再相见。我之为人，恶多言，今但有一言，称君曰见识高、心意和，幸恕冒昧。”卡格尔曰：“此何足云？”船主曰：“敬谢先生。吾床非广，然甚温暖。先生果行经迫立格街，须记第九号，务以笔记之，至时直趋上楼。楼下有人呶呶，君可勿恤。”临出时，又言“再见”，遂行。卡格尔以背就炉檐，上下唇皆哆，似笑非笑，以手自摩，方之以猫，盖万肖矣。而船主一不之知，既出，以为立绝大之功，心满意得，且回东贝之肆，似已归倭而忒手中，观之至审。复中立书记之中四盼，行后尽与之点首。书记大怪其状，不审其为何人。

复至迫处座次，微语：“我延君小饮，如何？”迫处无事，遂与同行。入一小肆，每人各斟一杯，言曰：“吾今日当为一人饮寿，且贺其大喜。”迫处曰：“为谁贺耶？”船主大声曰：“倭塔。”迫处自思前此有诗家正为倭他，遂亦满饮不辞，然心中滋怪，以为无因乃为古诗人作贺，顾以船主僻怪，遂亦弗问。

船主以得意极，遂长日居所罗门家，竟日但对倭而忒作眉语，怪丑绝矣。倭而忒亦知船主蓄有心绪，或于夜中言之，顾乃终嘿不发。夜中烂醉而归，极力拳其扉。主妇本图启后申斥其人，及见其醉，则亦听之登楼。

第十八章

此时东贝家中，寂无人声，家人登楼出户，有同行窃，两三人相聚则皆微语。饭后，咸小集而谈。威勘恒述伤心之事，自言在辟白真家时即知其有今日。语次，饮皮酒多于往日，时殷忧中，语仍絮絮。厨娘亦然，其人心绪则在悲惨与大葱之间。土林森曰：“命也。人既生矣，何为就死？”方家人之叙述有似事隔多时，实则小尸尚陈于寝也。

天晚，榇至。人人咸着棕底之鞋，纳保罗之尸于棺中。此时东贝一不之省，闭门独居，舍来去徘徊外，一无所事。明日，有人言主人夜中一人独至楼上，至迟明始下楼。是日东贝父子肆中百叶窗均下，书记治事皆然烛，且亦无心治事，约以下午，出饮于市楼。迫处无事，亦为人邀入酒坊，谈论皆生死无常语。人人为之慨叹，独卡格尔不出，坐而得意，谓阻力已空，则前途恣我驰骋矣。

时东贝对邻一家，有四孺子，腮红而躯硕，争伏楼窗，窥东贝家丧子之事。门外停四黑马，马首加白羽毛。棺车之上，亦加白羽。邻人麇集。眩人方执竿转一瓷碗，眩人之妻则抱儿取钱，见保罗小棺出，则力抱其儿，以死者为童子，遂力抱其儿，用示亲爱保全之意。时楼上之四孺子，其最小者，则指棺而问其乳母。续见东贝家人人素服而出，最后则数妇人涕泣随之。

此时，东贝亦出，声色无动，但觉颜色小白。既出，即上马车。同车者凡三人，随后三数车，续续而出，白羽皆迎风而颤。行次，闻礼拜堂钟声徐动，此即保罗当时命名之所。保罗小棺即依母而葬。

礼毕，教士行。东贝曰："碑人至乎?"有人进曰："镌人是也。"东贝即以手画墙，示以尺寸，出铅笔，书数语，付镌人，令趣为之。镌人诺。东贝曰："为书无多，但年月名字已耳。"镌人鞠躬捧稿，心则滋怪。时东贝已行，镌人追及车下，言曰："请先生小驻。"东贝曰："何者?"镌人曰："请先生更读之，防有舛误。"东贝曰："是安得谬?"镌人即上其稿，以手指之曰："上书'亲爱之独生子'可否改为'独生之男子'，则与女者无碍矣。"东贝曰："可。如尔言改之。"伏线。匆匆登车。送丧之三人亦同行。东贝既登，则低首无言。

既至，即下，穷闭屋中，人乃不接其面。此三人者，一为赤克，余二人则医生也，以东贝屏居，此三人遂登楼就讨克司及罗意莎闲语。实则东贝之忧郁悲梗，无一人知者。家中人窃窃私语，以为今日甚似礼拜，及见道上行人及邻家欢笑，则又谓其人皆无天良者，似吾家之痛苦，乃一不见怜，如无事焉，是又何也？复见邻家轩窗大辟，则尤引以为异。顾虽如是伤其小主人，不得已，咸以酒排闷，如过佳节。饮时，又人人感叹。土林森以为首当忏悔，用涤吾过。厨娘则曰："能悔过，天堂之门高敞也。"迨及黄昏，罗意莎及讨克司二人咸出针线，治于楼上。土林森则引家中侍婢出吸空气。二人在深黑之路隅，致其恩爱。是晚，东贝家人梦寐极酣，盖数日以来无此睡味也。又明日，东贝家人已如常，即对邻之四孺子欢笑仍如恒状，礼拜堂中又鸣钟为人成婚礼矣，眩人之妇仍抱儿索观者之钱于他处。镌人口中噫气，以椎凿琢保罗之墓碑。

但有佛罗伦司如天荒地老，匪朝匪夕，哭亲爱之保罗。罗意莎进曰："痴女儿，汝年果如我者。"讨克司亦进曰："盛年也。"罗意莎隐中坚执其手，示伸谢意，口中仍言曰："汝至吾年，方知徒悲无益。凡人莫不有天命在也。"女且哭且言曰："谢我亲爱之姑氏，吾当极力自解。"罗意莎悦，曰："吾言固不谬也。汝弗信者，当问吾友密斯讨克司，其人大有阅历。"语未已，讨克司进曰："幸勿扇奖，令我增愧。"罗意莎曰："彼必能示汝，为人在世，勿论何时，终当自持。此女流应为之事。果使有人恨……"即谓讨克司曰："吾亲爱者，吾何为不能尽其词？"讨克司曰："恨行也。"外国斥失仪之人为恨行。罗意莎曰："非也。"讨克司曰："然则恨情耳。"言爱人而人不己爱。罗意莎曰："又非又非。汝何为思及于此？"久乃曰："恨世也。此字在我舌本间，胡格格不即出？"恨世即厌世之谓。复谓佛罗伦司曰："果有恨世之人问我天何为生人者，我即谓之曰：'天之生人，即欲其自持。'"讨克司曰："此语乃大高明。"罗意莎曰："吾家乃不幸，不能自持者悉出吾家。前此有一人足以为鉴。吾家之人，当时果能自持，则后来遂免无尽伤心之事。譬如当时可怜之番尼能自持于未病之先，则吾亲爱之保罗何至单弱至此？”语时，罗意莎亦似悲梗，顾一秒钟中立止，作自持状以示人，复曰：“佛罗伦司，吾辈今日支其果毅之气，勿过哀，以增若父之悲怀。”女此时即长跽其姑之前，仰面言曰：“亲爱之姑母试告我，爸爸伤心至耶？”讨克司见佛罗伦司如是，心亦酸痛，遂不顾赤克议其不能自持，亦回头落泪可二点，即罗意莎亦中梗不能言者久之，后此言曰：“佛罗伦司，吾亲爱之侄女，若翁性质滋怪。汝来见问，吾亦不能遽答。即我原足与彼谈论之人，顾乃不闻其音吐，自当日以来，我但两见，见仅一分钟而已。若父屋又沉黑，即此一分钟中面目亦不了了。吾对若父言曰：‘保罗，汝胡不自持其精神？’若翁但曰：‘罗意莎，汝勿近我，我一无所需，以独居静处为得。’此数语即对簿于公堂，吾亦如是言之。”讨克司曰：“噫！吾罗意莎良友，行事本有条理。”罗意莎曰：“佛罗伦司，我与若父，于今日方得少作数语。吾语若翁：‘司格特尔宝星及其夫人以唁书至，措词至妙美亲深。夫人者，素爱吾儿。’”因自言曰：“吾素巾安在？”讨克司即以其素巾与之。罗意莎曰：“书词至熨贴，尚欲延汝至彼家消遣。吾语若翁今当及讨克司各归其家。若翁亦许可。吾又问若翁：‘夫人着佛罗伦司行，汝允之耶？’若翁曰：‘许之。’吾今问尔，尔愿赴司格特尔家耶？或与我同归？”佛罗伦司曰：“我以家居为得。”罗意莎曰：“汝乃太怪，若在他人如汝之年，目睹此事……”复曰：“讨克司，吾又亡其巾矣。”语后，复谓佛罗伦司曰：“是必别赴他家。”接“目睹此事”句。女曰：“吾不欲稚弟一行，遂扃其室。”语至此，复大哭曰：“吾亲爱之稚弟保罗也。”罗意莎不悦，曰：“孺子，我亦不欲絮絮为逆耳之言。汝欲家居者听汝，我亦不与汝事。”佛罗伦司低头不答。罗意莎曰：“吾今日劝若翁易地以排闷，彼言将至村间避嚣，大抵不日且行。以若弟既亡，如遗嘱等事，尚须一改。此事非一二日不复就绪。若父为东贝，必能自持。汝勿为忧。”佛罗伦司颤声言曰："吾能否自进……"语未毕，罗意莎大怒曰："孺子何言？彼语我尚寥寥，对汝更何语者？幸勿自触雷霆，即梦寐亦不当着想。"女曰："然。吾欲归寝耳。"罗意莎勉与亲吻，挥之令行。

此时佛罗伦司但有秀珊一人称同心矣。其始母亡，继则弟夭，竟无一人与之亲爱者矣。葬后之数日，女无时无地无不痛哭，偶见保罗玩物及书卷等事，即心痛如割，伏床而悲。秀珊力劝之，不复止。果如是之悲伤者，恣数日即可立死。幸女命尚有天幸，逾日则稍静，或独坐面墙，或扶头凝思。又数日，始渐出针线理之，对窗而坐，仰对母像，且理针线，且思往事，然时时瞩及对邻四孺子家。四子皆女，亦均无母，但有父存。父晨出晚归。当彼父欲归，其状往往忖度而得。大女至父归时，则至楼下退闲室窗中，凭窗而待，迨遥见其父，则口辅已开。余三女则拍手下楼，群声同喊。大女竟出门外携其父手同登。佛罗伦司微微见其大女坐其父膝，攀颈而言，絮絮弗止。其父亦凝视其女，似云汝貌大似若母者。佛罗伦司观至此，乃不能观，遂趋走而避。少须复前，似在不能不观。又时时停针视之。此对邻之屋，本空无人居，当往其姑氏家时新居甫赁，故女未之知也。新邻既迁此间，堂宇立为焕然，有花有鸟，较之当日尘封，盛衰已殊。然女之属意初不在此屋中，而在屋中之老人及其四女。迨老人饭已，四女同下，环侍老人之侧，笑语之声直达佛罗伦司幽静之楼窗。此时老人与四女作戏，觉此老人膝前四女争翘其绛颊，如献四颗花球。老人则细谈故事以示此四女，有时群女出至门外台阶。而佛罗伦司即关窗避之，防以己之素服愁容，杀彼四人之乐趣。长女恒待三妹睡酣，尚侍老人夜话，或为之瀹茗，虽年事少于佛罗伦司，为状则类持家之少妇。夜灯既上，即拈针线与老人对谈。迨对邻灯上，而佛罗伦司即于暗中临窗窥之，迨及夜深，女与老人亲吻归寝，佛罗伦司遂不忍更视矣。读吾书者，见吾叙此无谓之笔墨，将言佛罗伦司但悦邻家之乐，遂忘一己之忧耶？在万人酣睡之时，灯光都灭，佛罗伦司即蹑足微行及其老父之门外，屏息而听，或与双扉亲吻。一人徘徊门外，偶闻其父鼾声，中心亦乐，但思吾父苟容其入，即长跽终宵亦为乐境。顾乃不能，且佛罗伦司之每夕下楼，家人无一知者，即百思亦不能及。

此时东贝严闭其关，初不辨门外之有人悲涕。盖东贝自伤保罗后，第有两次出门。据家中人言不日即往村间，然在家则长日闭关，初不视其女，而亦不加顾问，至于佛罗伦司是否家居，而亦不关痛痒矣。一日，去保罗下葬近一礼拜，女居楼中，治针黹，秀珊忽入，作欲笑欲哭状，言楼下有客奉谒。女愕然曰："何客及我？"秀珊曰："此事乃大奇，然吾亦深愿得友人访汝，即可借以排遣。吾见密斯忧郁，即往彼宝星之家，亦不为无益，盖吾不欲汝在富丽丛中，亦不愿居清冷之地。"秀珊之为此言，实忠于所事之言，但以其容卜之已悉。女曰："适不言有客耶？此为谁？"秀珊如笑如哭，言曰："密司忒秃齿也。"女初闻而笑，既而泪盈于睫矣。思保罗也。秀珊曰："女公子，吾见此客初而笑，后亦大感而哭。"语时而哭笑已参半。

正彼此互视间，秃齿已登楼，于扉间微叩，已款关入。既入，即曰："密斯东贝无恙，我亦无恙，谢君见存。"秃齿为人，其慈惠处，固无人能及，然较彼聪明者亦不多见。盖谓天下自以为聪明者恒愚，故不如秃齿真愚之尚不凿其天。今日之来，先自言其"无恙"者，意入门先慰女友之心，不令其关怀于己。惟文章虽属夙构，惜不施以步骤，一入门已倾吐无余。迨相对寒暄时，已无别语，计亦惟有更述一遍为佳，复曰："密斯东贝君无恙，我亦无恙，谢君见存。"女亦与之接手为礼，谢临贶。秃齿曰："吾乃真好，且向来不如是之佳，谢密斯问我。"实则佛罗伦司初未之问也。佛罗伦司且治针线且言曰："蒙君枉我，深佩高义。"秃齿作憨笑，又思人方遭丧，吾何为笑，即立敛笑容，继以长叹，又念良友乍逢，太息殊杀风景，重复憨笑；既又念叹笑皆非，遂敛容不语。佛罗伦司见彼惶悚，思以数语作款洽，即曰：“当亡弟在时，甚蒙将护，恒对我述及足下之盛情。”秃齿曰：“此何足云？今日天气乃太暄。”女曰：“天气晴和可爱。”秃齿曰：“此意乃与吾同。吾觉从来未有如是之疏爽，谢密斯惠我。”自发此不类之语以后，秃齿竟如坠深井之中，半日不作一语。女见其踧踖，即复与言曰：“足下今日已出伯林伯学堂矣。”秃齿若自井上探首，应曰：“然。”旋又溺矣，于是似潜于深渊者十分钟之久，十分钟后始起，曰：“密斯东贝，吾请君晨安。”佛罗伦司见其将行，始起立，曰：“足下匆匆行耶？”秃齿见佛罗伦司起立，却又归座，言曰：“吾意尚未决，惟吾犹有一事，请密斯东贝……”状至嗫嚅。佛罗伦司微笑曰：“密司忒秃齿恣言，吾无所忌讳。果言及亡弟者，请一一告我。”秃齿曰：“无伤乎？嗟夫吾东贝也！吾再不料白极司公司中——”复曰：“即我纫工也。此纫工固已述之贤弟，彼家制衣咸入时，惟工值微昂。乃不料此公司竟为我制此素服。为保罗持服也。伤哉吾东贝也！”女亦悲叹曰：“然，谁则能料及此者？”秃齿曰：“东贝生时，尚有一友，心滋爱之。吾思此友，密斯亦必心爱，用为东贝之纪念。密斯亦忆及当时学堂中有狗曰大阿及尼司乎？”女曰：“忆之。”秃齿曰：“伤哉东贝！吾亦忆之。”秃齿见佛罗伦司下泪，又默然欲坠于深井，垂及井畔，幸为憨笑之声所引而止，此时言曰：“密斯东贝，吾意将以十先零赂一童子，盗出此狗。寻知先生不欲此狗矣，果密斯念及之者，此狗尚在门外，今日专诚赍狗至此。惟此狗非闺人所饲，然前此与东贝有绝大交情，或不以其狰狞遂屏之弗纳。大阿及尼司本不欲登车，吾愚之以鼠在车箱中，始入。此狗原非璇闺所畜，毳毛而巨耳。”当二人坐谈时，此狗在车几欲起车窗而出，“呜呜”作声，顾旋起旋仆，吐舌舐玻璃，似就兽医治狗病者。狗既笨拙，声复非佳，毛被其眼。佛罗伦司固已见之，因忆及亡弟临行曾语师母善视此狗，今日相见，不期情动乎中。一闻秃齿以狗奉赠，则立引秃齿之手亲之，用示感谢之意。

遂下楼，开车门释狗。狗出，飞行如电，直上楼级，竟直奔佛罗伦司卧处床榻之下，出入者无虑数遍，而颈上尚引铁绳，绳纠于案股，则力为颠扑，二眼突出，毳毛几不能掩。一见秃齿即大鸣吠，虽狞恶如是，而女视之甚亲，亲狗即亲其弟之遗嘱，即以如玉之手抚摩其颈。此狗乃大奇，乍见佛罗伦司即帖耳，如昵其主妇。秃齿见女爱此狗，意乃大得，竟忘其行。后此狗近其前作逐客状，秃齿去志始决。既出房门，辄引首内觑，然每一内觑，狗辄作声而鸣，于是秃齿乃决然下楼。女呼狗曰："大，前，汝今与尔新主人亲矣。"复以手抚其头曰："大，我怜汝，汝当亲我。"大见佛罗伦司下泪，如有所觉，则立仰其喙向女，如许可订交者。女即命食食之，又与之以饮。狗即至窗下，即以爪按佛罗伦司之膝，舐女主之手，又以首触女之怀，力摇其尾，久乃团团合首尾而卧。秀珊者，性至畏狗，每及女室，则揽衣如涉河，见狗伸足即大呼，登榻而避，然尚念此狗为秃齿所送，秃齿者，秀珊推重之人也。伏线。又念狗为保罗所爱，亦时时视之下泪。竟日以后，饲狗之役均秀珊承之，并为狗理圈，于是与狗亦渐习。

是夜，为女叠被时，言曰："老主人明日行矣。"女曰："确耶？"秀珊曰："吾闻下令谕家众以明日行。"女曰："秀珊，知吾父安适？"秀珊曰："吾闻与老约期，先至彼家，然后同行。然与武人友，可也，惟与蓝面鬼友，则吾殊不屑。"女曰："秀珊勿尔。"秀珊曰："女公子，我安敢不言？彼鬼非蓝面耶？吾虽下流，然取人必重正色。"言次，遂奔至梯级之次，四瞭后遂作微语。读者当知秀珊此状，盖防罗意莎也。东贝之与老约同行，其事亦罗意莎主之也。秀珊曰："此等人与之为伴，而能得善果者，吾滋弗信。吾宁不善，亦决不以是人为侣。"女初不愿闻秀珊言，即曰："秀珊，吾与尔道晚安。"秀珊曰："吾亲爱之密斯佛罗伦司，且请安息。"秀珊言时，声音咸带悲怆。去后，佛罗伦司乃大痛哭。是夕，大雨敲窗有声，风亦飒然绕屋"呜呜"作响，树枝为风所动，亦如叹息之声。女悲极，不期夜深，时礼拜堂钟动十二下矣。女年甫近十四，以不得宠于父，复伤其稚弟之夭，悲郁交臻，少年人已有中年思想，若在他人经此风声雨声作于深夜，一人独坐，必且心怯空房，然此女至情，爱父悼弟之怀，转因风雨而滋其悲梗，舍此外一无所思。尤思爱弟亡后，乃不能一面其父颜，此心尤不能位置。辗转不能成寐，即复蹑步下楼。

时上下皆洞黑，女尤泪眼模糊，乃扪索下楼探父。刚以面近扉，觉扉开一线，烛尚未灭。女初着惊，将行，一近梯旁，转思不如遽入。似此一线之光，即从中生出无穷之冀望。于是却步向门，微微挨入门内，见东贝尚据案坐，清理书札，有抟者，有碎者，碎纸成堆，而雨声敲窗尚淅淅不止。东贝如无所闻，心中专注简札之上。女即步履为彼所闻，亦不即悟。然东贝之面实与门对，女即灯光中望父已清瘦可怜。女悲极，即失声曰："吾亲爱之爸爸，可对儿一言。"东贝大惊而起。佛罗伦司张腕将抱其父，东贝趣避，且大怒曰："夜深来此何为？讵有鬼物吓汝耶？"实则佛罗伦司之怕鬼，乃不及怕东贝冷涩无情之脸。此时腾沸如沈之爱情，立时化为冰块，立如石象，进退皆不知所可。东贝深绝其女，初无半星怜惜之情，前此但有冷清之态，今夕所见，则不能举其颜色之为何状，似有无穷之恨惋，一似保罗一死，佛罗伦司来为继宠之人，且保罗生时爱佛罗伦司而不爱己，是保罗之爱己若为佛罗伦司侵占都尽，因之衔恨入骨。然佛罗伦司初不知旨，但觉贡热诚于其父，而竟为父所屏，一见已觉此时希望都绝，木立无言。东贝曰："我问汝为何物所吓而来？不尔，来此何为？"佛罗伦司曰："爸爸，吾来……"东贝即止之曰："我何尝趣汝之来？"佛罗伦司以手扶头而哭。读者须知此一黑屋中，至数年后当令东贝回头省记之也。此时东贝执灯，出冰冷之手，引其女，言曰："汝罢矣，且归寝。汝殆梦呓。汝登楼也。"及近梯际，言曰："吾在此以烛送汝，楼以上，汝司之。汝为楼上之主妇。容再相见。"佛罗伦司仍以手掩面，言曰："吾亲爱之爸爸，请爸爸晚安。"行至半梯，尚欲回头，顾乃不敢。东贝仍执灯，迨见其女白衣直至于深黑之中，始返。读者须嘱东贝当记此屋中数年后之风物，凡今夕之风、今夕之雨，均当一一识之。东贝既归，反扃其门，坐而痛哭保罗不已。时楼上之大阿及尼司尚清醒，待其主人，一见佛罗伦司，立摇尾不止。女哭曰："大大，汝真怜我。"狗本爱主人，闻言即跳舞不已。及佛罗伦司睡中，梦见对门之四女正沉酣间，而狗已爬门而入，伏地而睡，或梦与他狗凶斗也。

第十九章

所罗门门外木制之舵工心乃殊很，见倭而忒远行，声色初不为动，仍执测量机器，考究其科学，人间离别，一不动心。此等人，可谓善于炎凉，值雨而淋，向阳而油光即外射，平时则铁石心肠，不闻不见。方倭而忒治行之第一日，久久注视，与之为别，复入卧内，行李罗列。倭而忒对之太息，谓今夕一眠，明日即别，或今生永不再眠于此，未可知也。

时伯伯一人独处复室，倭而忒忽思吾在此太息，宁非抛我老人弗顾。船主者，人极粗豪，然心思滋细，以为骨肉远别，必有情话，吾虽至契，终竟外人，遂屏迹不至。倭而忒遂下楼，侍其世父，以手拊老人之肩，笑曰："伯伯，孺子赴西印度，将以何物归献老人？"老人曰："吾一无所欲，但授我以希望，以多为贵。"倭而忒曰："此易耳。孺子尽数无惜。彼间有鼋及果汁，待吾有钱，必联舻麇舰，归献伯伯。"老人闭目拭其眼镜而笑。倭而忒则屡拊老人之肩，言曰：“此笑甚宜于孺子。伯伯令我笑悦，我亦以笑撩我伯伯。”老人曰：“亲爱之孺子，吾必力止吾悲。”倭而忒曰：“伯伯亦不能无物寄我。”老人曰：“我但闻密斯东贝近状如何，吾必以书告汝，然亦非多。”倭而忒曰：“吾忘怀矣，适正自彼家来。”老人曰：“然耶？”倭而忒曰：“我非谒彼，实则见之亦易，以今日密司忒东贝已行，吾但与秀珊一言，寄声为别。吾语秀珊谓明日且行，又言吾家伯伯自见密斯东贝后亦时时念及其人，祝其无恙，尽欲以力自效。伯伯思之，吾此语颇无弊病否？伯伯之意如何者？”老人曰：“可。”倭而忒曰：“吾又对秀珊言，后此女郎或及密昔斯李却子觇得密斯东贝起居，能以书与我伯伯者，吾家老人必大悦，将述二君之言示我，我亦感激无已。伯伯听之：吾夜来思及此事，至于不能交睫。果伯伯后此得见密斯东贝，幸述吾意之殷勤，至于怅别失眠，皆为彼身。且今日临歧所谈，关及密斯者，至于悲不自胜，亦可令彼知之。尤谓彼温娴之举止、柔婉之性情，吾终身永不之忘。尤有私语者，前此为毒妪所劫胁，授以破履，吾道中为彼屡屡着之，今珍藏此履，用为纪念，亦可对彼言之。”正于此时，有力人负倭而忒行箧载之小车上，赴商舶，然行箧载过木偶人之前，时行色匆匆满眼，而木人亦毫不动心，顾木人之所以不能为倭而忒悲梗者，亦自有故，此时正架测量之机远远视秀珊及佛罗伦司自远道来。

及秀珊主婢入门，舍木人外，亦无一人觉者。倭而忒此时方以背向门，与老人语，初不之觉。及见老人踊起，似有所迎，然腓触小凳，几踬于地。倭而忒始大异而起，言曰：“伯伯，何事者？”老人曰：“密斯东贝。”倭而忒曰：“有是耶？”且惊呼且回顾，然而确矣。此时佛罗伦司已越过倭而忒之前，与老人亲额，然后始与倭而忒接手，一种缠绵诚恳之意实出之佛罗伦司之至诚，非世界中人所有也。接手时，言曰：“倭而忒，汝行耶？”倭而忒曰：“此行至远。”女顾老人后，复面倭而忒曰：“君世父惜别之情如何可堪？吾亲爱之倭而忒，我心亦滋悲。”秀珊曰：“偏吾爱之人必趣行，而吾所恶之辟白真、伯林伯均不远去，滋可恨也。”语后，松其冠缨，见案上有空茶壶，即抱之叹息。所叹非空壶也，盖惜别之深，借此空壶而托其慨叹，后即挈壶入而治茗。

此时老人面佛罗伦司，太息不已，曰：“长成矣，风致嫣然矣，然其美心美意无改乎吾前之所见。”女翘首曰：“确乎？”此时明媚之眼光，却含一段幽忧不展之意。老人曰：“然。但此时对我之状已无改其故。”女笑曰：“然则翁亦记忆我矣，当时吾年稚也。”老人曰：“老朽安能忘君？且时时问君行止。君今日未来之先，倭而忒尚絮絮述盛情，尚请老朽传言告女公子。”女惊曰：“是乎？倭而忒，我至谢汝。吾初以为汝今远行，置我不念矣。”语次，复出其玉手接倭而忒。倭而忒执女手，久久不忍释。女复面老人曰：“先生，吾后此不称先生，定称为倭而忒之伯伯，先生当必许我。”老人曰：“何待言许？”女曰：“吾家居与秀珊言实以此称为当。伯伯此间屋宇一如前状。”老人先视佛罗伦司，再视其从子，闭目自拭其眼镜，曰：“光阴耶光阴耶。”自是以后人声少静，独见秀珊倾茗于瓯，为数凡四，人各一瓯。时老人以手拊案，女即以手按老人之手，言曰：“伯伯，吾有言，蓄之至久，今倭而忒远行，伯伯独居甚苦寂，汝勿谓吾弱质能代倭而忒之职，惟伯伯视我为小友，果能助伯伯者，我必遄来。伯伯能容我否？”老人喜极，噤不能语，但捧佛罗伦司之手，置之唇际。秀珊此时则以背就榻，取其冠缨，就皓齿咬之，以目仰承尘，微叹。女曰：“伯伯果许吾来，吾必常至，审倭而忒客中情状，及伯伯起居。果吾不能至，以秀珊来，则伯亦尽以言语秀珊，勿疑吾二人，且许吾二人来慰寂寞，伯伯更当见许。”语时，以素面视老人，媚目长眉柔声，在在咸似乞怜之状，又时时以手近老人。老人感极，欲碎其心，竟不能答，但呼曰：“倭而忒，为我代答，我但能道‘感激’二字。”女曰：“倭而忒，汝勿须代伯伯言，伯伯不言胜于言也。倭而忒，汝又远行，吾及伯伯恒晤谈汝，安能时时代老人传语者?”语时，状至悲凄。倭而忒愈感动，言曰：“密斯佛罗伦司，吾伯伯不能言者，小子胡能遽达情愫?吾亦仅能作简语曰敬爱。”秀珊初咬冠缨末处，至是则别易一处咬之，仰空点首，似至许可倭而忒之言。女曰：“倭而忒，汝未行之先，尚有一言，后此称我当曰佛罗伦司，勿更称密斯，目我如生客。”倭而忒曰：“我敢以生客目君耶?且我又何知礼让?”女曰：“我非责君去其常礼，吾意君尚未达。”遂哭而言曰：“倭而忒，吾弟爱汝，未死之前言当记忆倭而忒，今吾弟亡矣，汝能代吾兄，吾即以兄相事，汝毋论安适，必以兄妹之称相闻问。此吾意也。吾惟心痛，乃至不能尽言。”言后，并伸二手接倭而忒。倭而忒执手，微微以吻亲其泪颊。女亦弗拒，亦不愧赧，尚仰首似托其身于异姓之兄。此瞬息间，倭而忒一切怀疑之心都释，似立誓以兄自待，即在客边思及妹氏之影，亦尽力以保护；果不以兄职自居，则衾影皆愧。

此时秀珊合两冠缨悉之唇际，目注天窗，汪然欲涕，自思续续更谈，将至满堂同哭，乃急起而中断之曰：“茗中谁得糖或牛乳者?”众为秀珊一问，遂断其词源，争围小圆案进茗。半句钟前，倭而忒焉敢以闺讳呼佛罗伦司，至是出之玉人钧旨，乃坦然自命为兄。此时人各有心，都不宣泄，而其气味皆甜蜜无伦。众方喜乐之间，而光景消融乃一不之觉。此二女本以车来，候于途次，老人取表视之，知御人伫候已久。女知宜行，临行时复申前语。老人扶之门外，然后授女手于倭而忒。倭而忒敬谨送女登车，至于车次。女曰：“倭而忒，适伯伯在前，吾不敢问。今此之行久耶?暂耶?”倭而忒曰：“此何能定?为状似久。当密司忒东贝下令时，观老人词意，似令驻。”女沉吟久，视倭而忒曰：“此行之意厚耶?薄耶?”倭而忒意本欲言为厚，顾乃不能。而女于其未答之先已恍然知旨，又微语曰：“恐兄非吾父属意之人。”倭而忒笑曰：“我何人？能惬主人心坎？”女曰：“何也？”倭而忒曰：“肆中人多，使密司忒东贝及于吾身，其身间隔者无虑无人，至于尽瘁之事固属吾职。人各有职，断不能以己之尽职，遂仰邀赏识于主人翁。”此时女心颇疑父之恶己，或以倭而忒得己而归，遂成迁怒。顾念虽如是，然而旋灭，而倭而忒亦疑及于此。二人乃皆无言，即秀珊随行，亦微微思及倭而忒补外之故。二人语后，咸默然。女曰：“倭而忒，安知汝不早归？”倭而忒曰：“吾垂老归来，妹或已成命妇，特吾意初亦不愿羁旅长终也。”女少须言曰：“爸爸忧思少减，或能语我以家事，果如是者，我必请兄早归。”伏线。女道及“爸爸”时，音吐却含悲戚。倭而忒亦觉。迨既及车前，倭而忒力止不言，而女入车，自窗中仍坚引倭而忒之手，纳一小包之物付倭而忒，言曰：“倭而忒，我心亦如尔，向佳处凝望，后此长日祈祷，冀符心祝，或此愿可以终遂。此物吾代保罗赠兄，果长宝此物，则吾情亦在于此，必待离家以后于道中启之。今无言矣，愿上帝赐福于兄。兄勿忘我，兄为我亲爱之兄也。”非秀珊此时力为格却者，倭而忒失声号矣。幸女未及探首车外，倭而忒亦未及面及车中。二人各悲其悲，初不相觌。倭而忒不及出门，夜中已发其裹，中有钱囊，钱贮其中都满。

明日侵晨，阳光甚美。倭而忒几与阳光同醒，即起，为船主启关。船主乘居停鼾睡时，脱身而出，省其呶呶，复伪为兴趣，携得牛舌，将饭于倭而忒家。既坐，呼曰：“倭塔，若伯伯果为识理之人，则宜取所藏之马得拉酒饮之今日。”老人曰：“乃德，此酒必待倭而忒平安旋里时发而饮之。”船主曰：“然然。汝辈听此佳音。”老人曰：“此酒尚藏地窖，其上尘封网结，将来开瓶时，乃德，尔我之身或亦受飞尘蛛网也。”船主大笑曰：“此老乃语及阴骘矣。古书上有言：少年种树，后来乘凉。汝明日为检此书，得之即当载之日记。老头儿，汝更有语乎？”老人曰：“吾无他语，但珍藏此酒，静待倭而忒去其瓶塞。”船主曰：“然，后此非三人同开是瓶者，我宜饮之一分，推与汝二人分之。”船主此时虽作得意状，然此牛舌终不下咽，然握刀时尚强为兴致，且尤患三人中陡去一人，盖三人相抵尚可强笑佯欢，陡起一人则悲愁相向，正恐不能无哭，惟其防患之严，忽生急智，当老人起而着衣送行，即奔赴门外，言曰：“吾适见有奇异之车过我门外。”及倭而忒过他屋与居停为别，船主忽奔至隔室，言烟囱中有焦气，似防火炽。

及倭而忒叙别而归，见一颜色惨白之人向门中而望，倭而忒即奔出握手，曰：“密司忒卡格尔，且入室少坐。清早送行，吾心至感。吾亦甚愿于未行之先，彼此接手。今且入室。”约翰卡格尔摇手不入，言曰：“尔我再见，恐无其期，故濒行必一送君。今临别接手，似无妨碍。君前此恒欲与我接手，我乃不敢，今兹不能峻却矣。”语时微笑，然笑容中却带悲戚。倭而忒曰：“密司忒卡格尔，前此之避我，我亦知之。然君殊益我，非污我也。”卡格尔仍摇首言曰：“此世果有生机，则我亦强为善。此事盖为汝为之。吾每日见君日进于善，既为君喜，又自憾其生平。”倭而忒尚欲延其进谒老人，且谓之曰：“吾常对吾伯伯道君佳处，后此欲得吾消息，但问老人，老人必有以语汝。”然卡格尔仍不进。倭而忒曰：“前此见告之言，吾伯伯初不之闻。”卡格尔坚执倭而忒手，泪落如沈，言曰：“后此至是访君消息，或与君家长老晤面，适君所言，深包吾羞。惟后此见老父时，必举生平以告。果敢自昧，即所以负老人。且吾生平敢引以为友者，即君一人，盖以不肖之身，胡敢妄攀平人？”倭而忒曰：“吾但愿君承我为友，初念尚然，今兹益挚。”卡格尔曰：“我与君良为心交，与君踪迹愈疏而性情乃益密切。倭而忒，别矣，容再相见。”倭而忒悲极，言曰：“珍重卡格尔！愿上帝临汝。”卡格尔尚引其手言曰："后来荣归，见吾不在肆，即当问吾坟，必至坟头一吊为幸。吾临命时必思三尺断坟上定有人怜我而恕我，不以我为不肖而尽其朋旧之情也。"又言曰："倭而忒，行再相见。"遂徐徐而去。

时无情之钟已敦逼倭而忒别其亲知上道，于是老人及船主与倭而忒同车至石步之上，水浅，船不近岸，乃以小舟渡过之。石步上人咸与船主旧故，所谈事多为岸人所不解。既至，三人遂同登，船上纷纭如织，舵工衣红衣，前后奔迅。筒也，货也，充塞满舱，几无隙地。船主登舟，引倭而忒至于僻处，力出其巨表，授倭而忒曰："倭塔，此表聊以送别。汝每日晨起，必将针拨回半句钟，至下午更拨回一刻钟。此表准极矣。"既授表，将逃。倭而忒力引其裾，曰："船主是何言？吾固有表矣。"船主复自衣底出两银匙及一银镊，言曰："此物至微，汝可受矣。"倭而忒曰："吾已心领，可以勿须。"船主怒，欲掷之海中。倭而忒急止之，曰："吾意欲船主行杖为纪念。吾意久欲请此。"船主立授其杖。倭而忒致谢，且曰："幸留意吾之伯伯。"复曰："伯伯，上帝赐福于吾亲爱之老人。"时船且开，二老遂下。

行时，倭而忒伏于隅陬，不敢致送。及小船开后，遥见老人垂头，船主则以手拊其背。及船主见倭而忒尚凭舷次，则脱冠而呼，直至于不见而止。时浪花击船，水手已大张其帆，迎风而行。帆张如人皤腹，风水既顺，船行箭疾。

自倭而忒去后，船主及老人日间必张海图，算其道里。夜中，老人临睡，必推窗望星，较之舵工为勤勉。惟此马得拉酒固已身经风涛，颇知海险，然仍尘封网结，静处于地窖中也。

第二十章

东贝先延老约聚饮，及濒行时，则至老约家同饭，然后首涂。东贝既至，老约奔至梯次奉迓，一见即接手，言曰："密司忒东贝，须知老约之为人，初非湛于情感，盖老约木强人也，然颇有知觉，迨知觉一至——”语至此，即自挥去，曰：“此何足言？言知觉者咸无知无觉之人。果然。吾安能降服此自诩知觉之前而生其情感？顾吾虽无情感，然足下伤逝之事，吾身亦不觉为之悲涕。”语后，忽作声如马嚏，遂引东贝至己屋中，厥状与东贝如故交，脱去仪节，亲同家人。

既坐，即曰：“东贝，我至愿见，足增蓬荜之辉。实告公：欧罗巴中无第二人能令老约发此语。老约性钝而言肆，盖钝者吾天赋之性也。虽然，老约不为妄语，东贝之来，老约之荣多矣。”东贝曰：“少佐㧑谦，殆出之至性。”老约曰：“不然。吾又安知谦者？果使老约能谦者，久为大将得约瑟宝星矣，则我今日之待客亦不至屈此草庐之中。足下以谦目老约，不知老约者也。惟今日之待足下，不能目以常客，所以为老约之光荣者，此也。”东贝自忖势分及其家资，的为欧巴罗第一人，遂亦不加辩斥，乃深佩老约之识力肝胆均出恒人之上，益觉外间之真服我者确有其人，乃不止司账及书记、臧获诸人之畏威而怀德也。于是遂以老约为生平第一知己，虽不加以热诚，而严冰亦少为之解。前此海滨相见，及前数日延之小饮，席间痛谈，知斯人乃大有阅历，且恒往反于名公巨卿之间，为社会中铮铮有声者。他人者固有是阅历，而所患在贫，贫将累我，而少佐者非惟不贫，且倔强无乞怜态，滋尤可贵，因之择伴首推老约，遂以浅交为深交。

此时，老约忽尔四顾，作怒容曰：“我之荒谬奴安在？”此土著本无名字，但闻主人骂詈之丑语，似即为其名，乃趑趄立进。老约曰：“畜生，晨餐安在？”黑奴即出治饭，少须闻楼梯上有杯盘震触之声，琳琅而上。既至，黑奴部署食具，老约以目注视，少不当意，即伸其拳，且谓东贝曰：“吾但有炙鸡一、腰花一、巨馎饦一，聊延半饱。须知老兵延客，安有肴蒸？”东贝曰：“足矣。”其声甚泰，亦不为恭。二人遂同餐。老约食乃无艺，至于过度尚不止，想其脸上蓝色，或饮饫太多，遂成此状。

少须，老约曰："对楼女友，汝曾见之乎？"东贝曰："得毋言密斯讨克司？吾乃未见。"老约曰："貌却非丑。"言已而笑，顽痰几塞其咽。东贝曰："密斯讨克司性情尚佳。"语时，状至冷涩。老约悦甚，觉二腮为欢悦所鼓，愈张愈大，竟至舍其刀叉，搓手为乐，言曰："老约前此亦甚悦其人，惟老约佳运已尽，为时运佳者所得。实告君：此人心怀叵测，不易交也。"东贝于无意中答之。老约曰："此女眼光甚高。老约又为退休之老将，非复得其波注，然老约之眼常醒，能观人。前此东宫殿下曾许老约能识人，君亦知此人眼孔之高，高于何处，盖择婿苛也。试思彼为半老之人，乃于此时求其佳偶，遂能遽遂其心？"东贝曰："兹亦可怜。"老约摇手曰："勿怜勿怜。"东贝曰："何也？"老约不答而大啖，啖时复作马嚏，忽止其嚼，言曰："彼与君家往来至稔，其过从久矣。"东贝曰："然。彼为吾女弟之友，故获莅吾家，正吾悼亡之日。吾见其人尚知自安其分，且甚爱吾殇子，故吾恒许其入门。后来时相过从，与吾家浸稔。吾亦颇加青睐，彼亦以劳自效。厥功虽小，然亦不能过于督责。即此一次，与君订交，彼亦不为无功。"老约不悦，曰："此言不能不辩。君之识约及约之友君，孰为之介绍者？是天命奇童为之。此奇童果不死者，必为世界之伟人。此人非君之爱子为吾绍耶？"东贝闻称其子，即垂首叹息。老约复倔强而起曰："吾辈安可复为情感所束？老约决不之屈服。"此时对邻见讨克司方浇花于楼前，老约以目视之，言曰："吾非谓尔我相知，彼非无功，此微功，吾亦叙录。然而马丹心计多也。汝妄意攀高，即为失计。贵人不过小为垂青，汝乃图其分外，老约深为汝鄙。"东贝色赧，言曰："少佐得毋谓密斯讨克司不自揣度，乃欲妄想……"老约曰："吾乃未尝质言，惟老约阅历多，醒眼荧荧。此妇人居心叵测也。"东贝不回盼对邻，颜色甚厉。老约曰："东贝听之：老约生平至不喜道人家长短，顾有不能忍者，则亦不忍不言。且汝之心机安能愚我？“汝”字指讨克司也。又安能禁我勿言？”言时甚怒，痰乃大壅，几欲填咽而死。少须，始复其故，言曰：“蒙东贝不弃，约我至利明登，老约自问无长，但能侍长者清谈，而心则未尝侧媚。”遂自摇其首曰：“吾乃不审世上名公巨卿如东贝一类人物，胡必引我为伴？实告东贝：非我坚僻而拒人，即如我健硕，亦将疲于奔命而死，故立定脚根，非我素服之人，吾决不出。”东贝见老约推却无数名人而亲己，则大悦，言曰：“承君惠爱。”老约不悦曰：“君言妄也。我安有意爱君？然于静夜中若有鬼神来儆吾心，曰：‘老约，东贝汝友也，汝不能不事其人。’”

此时老约饱极，几于鼻孔眼棱中皆漏油腥之气，且火车之赴伯明罕亦将行，遂匆匆命土著以外衣至，凡钮扣之属，悉令土著为之。体既痴肥，着衣如纳筒中。随后手捧行杖及冠，一一上之老约，戴冠微偏。而东贝车停门外，老约行李至多，巨囊皮箧已纳半车，衣囊中尚纳水壶、酒罂、面包、领巾、千里镜、地图、新闻报，臃肿无度。呼曰：“行也。”车甫欲行，讨克司已见，则以巾自楼阑上麾而送之。东贝冷逾于往时，但略一点首，遂置不顾。老约乃大悦，嗽至移时，气几为闭。

既及火车站，车尚任载，二人乃闲行于月台之上。东贝寡言，老约则历历述故事，实则自述行状，而东贝初如不闻。此时二人往来闲语，乃未觑机器之旁乃立一笨人，此人见彼行过其前，即立下其冠，而二人初未之觉。东贝者，平日眼光初不注及下人，而老约方历诉其行状，亦无心及此。此人见东贝行近，复脱冠趋进，与之鞠躬，言曰：“请主人恕我，想主人平居纳福。”此人衣帆布之衣，其上油垢及煤灰所沾积，须发亦微焦，近时颇有烟熏之气。顾虽如是，然面亦时盥。此人即土特尔，所着即其本业之衣。复言曰：“主人听之，小人今日方驾此车，侍主人行，于小人生光采也。吾愿主人少杀其忧，自摅胸臆。”东贝下盼此人，似污其眼，至不屑意。土特尔以为东贝忘怀，复申言曰："小人之妻为朴娄，即所称为李却子者也。"东贝曰："知之，得毋若妻需钱耶？"语时，纳手襟间。土特尔曰："敬谢主人。吾妻初不须此。"东贝为之怃然。土特尔自转其冠，曰："请主人勿劳，吾力幸足自赡。吾妻自出主人府第，又生四子，生齿固繁，幸能饱暖。"东贝此时不屑与语，将欲登车，忽见土特尔之冠旋转不已，东贝不期注目其冠。土特尔即曰："吾亦曾殇一儿。"东贝曰："新殇耶？"土特尔曰："三年矣，余子均托庇粗健。"东贝心思此冠中有黑纱，尚属新加，心中似觉，即曰："少佐行也。"而土特尔尚鞠躬于其前曰："主人，吾尚有事奉白。吾大儿，蒙主人荐入义塾。"东贝抗声曰："其人如何？"土特尔摇首曰："彼不审主人恩意，误入迷途矣。"东贝得意言曰："彼不肖矣。"土特尔曰："然。彼与无业之伴侣，乃习下流之事，遂日趋于不善，今尚未有觉时。朴娄为此事长日殷忧。"东贝忽语老约曰："此人之子，前曾经我送之义塾，今不肖至此，其酬我者乃尔尔，足知下流人之不易振拔也。"老约曰："汝且听吾言，似此等人终无善局，置之勿恤，转无介介之时。"东贝曰："然。"遂亦不视土特尔，遂引老约登车。老约痴肥，不能遽登，土著自后推之。老约乃自车下坠，即立敲土著之首，曰："我将碎尔之骨。"及再登时，即面东贝曰："下流人万不宜加以恩意，即此黑奴，吾若少加以教育者，即自愿雉经。"东贝作色曰："然然。"此时见土特尔帽上黑纱，及其口吻，与纱之新旧，似为其子持服，此真妄加攀附，大不敬。因思自家中人起，自佛罗伦司及于家人，以至于此奴隶，皆欲争我保罗之爱，不令其悉心爱我。方保罗死时，朴娄入门，竟妄称为彼之爱子，是可忍孰不可忍。而保罗张眼即问其来与否，且对之开口而笑，其对我乃冷如冰雪，何也？即此今日煤灰中之饿鬼，乃敢为吾儿持服，竟公然直至吾前加以嘲弄，吾儿果在者，吾父子二人可以各造两层金扉，拒绝世人，不听之人。今不幸乃受此无知之丑类公然敢进身于吾前，此又何理？此次之行，仍未尝流览风物，但痛恨一身之不见爱于殇子，媢嫉之心如焚。复思及昨夕女儿奔入私居，佯哭而求爱，谓我丧子即可移吾爱于彼身耶？须知尔初生之时，吾即不悦，以为汝为女身，何济于我？且我一生只两育，一爱一憎，乃憎者长存，而爱者不见，此恨宁能遽消？果使吾但一子无女，即使不幸，吾憾尚不至此。今留此遗孽累人，此生如何可遣？读吾书者，须知佛罗伦司之爱彼，彼初不之知，大类痛绝善气之安琪儿偏容纳七情之魔鬼。

自登车后，直作此想，及于车停，恨尚未已。老约自读报纸，时时置报，面窗外作势，似空中有无数讨克司受其诋毁者。老约忽拊东贝之肩，曰：“东贝，胡为沉思不言？兹非怪癖耶？即老约亦何尝无之，特能力加排遣，故成此铁中之铮铮。且君万金之躯，胡可忧思不辍？以君地望之高，宜超妙拔俗为佳。”凡老约痛加责备之时，语语皆推崇无地，因之东贝乃愈重其人。及既下车，二人且语且行，遂入车站，顿忘前事。老约复缕缕述其阅历，初无间断，惟有时痛打土著时始少息不言。此土著耳上着环，衣欧人之衣，乃大不类，且纫工似不经意为之，宜长者短，宜紧者松。及老约拳及，土著立缩其躯如冻猴之畏冷。老约此一日自述行状无已，及至利明登花木繁丽之区，即前定皇家旅馆，夕膳已陈，饭时老约之言仍滔滔无已。至于睡时，已喑哑无声，与土著言，但示手势而已。

明日晨起，饭时，与东贝约后此起居动作之章程。老约曰：“后此检点食单及部署一切，悉归老约。”东贝不欲多面生人，但静坐无语，即偶出亦但踽踽独行。饭后，二人遂分。东贝仍独居而深念；老约则令土著执胡床洋伞及外衣，匆匆出门而去。利明登者，游客麇集之所。老约即至一大逆旅，检名籍，有无故人在此。时有故家为老约旧识，遂亦逐处造访，得之，竟在此故家老妪之前宣示东贝之富，乃与之为侣同来。此遭之标东贝至于极地，其标东贝，即所以标己也。明日晨餐后，老约遂邀东贝出游。东贝沉顿已极，思平日家居，未尝游散，遂及老约同行。

第二十一章

道中，老约意气扬扬，累作马嚏。其嚏非属天然，第故嚏以示其威武。所行未远，屡遇故人，老约少与为礼，后沿路指挥山水，以示东贝。

少须，遇一妇人，坐机床而行。床前有物如舵，此妇按之，令其左右转，亦似有物为之潜推者。妇人年鬓略高，然多擦脂粉，衣服亦如少年。车旁有少妇，执轻绸之伞，气概极骄，又作厌倦之容，力几不胜此伞，时时垂眉闭眼，似觉世界中都无意味。迨机床既近，老约惊曰："何来鬼物？"忽闻车中人呼曰："亲爱之爱迭司，来者非巴格司达克少佐耶？"老约闻声，即舍东贝，直前，引车中人之手，亲之；又与车旁少妇脱冠行鞠躬礼。时机床已停，而推车之物已出，则一侍者也。其人高瘦，似常御车而筋力都尽者，且以首抵车，故冠亦中垫。老约谓二妇人曰："今日得见马丹母子，可谓极终身之乐。"车中人言曰："伪物何来？我目中乃不能容汝。"老约曰："可否听老约荐一良友，以功自赎其过。"因曰："密司忒东贝，此为密昔斯司各登。"因指少妇曰："此为密昔斯格兰极。"东贝少举其冠，面少妇后，即对之鞠躬。老约曰："吾今日又为生平得意事，为诸君介绍。"又语东贝曰："此密昔斯司各登，几欲刓老约之心而去。"东贝点首不言。司各登曰："汝龌龊之鬼也，且极恶之人，来几时矣？"老约曰："竟日矣。"司各登此时自摇其箑，掩其伪齿及其白垩之颊，言曰："汝俗物，忽及此风雅之地，此地仿佛如……"既而曰："如何物者？"少妇进曰："娘得毋言埃田耶？"司各登曰："格兰极，此等名吾胡一举辄忘，非汝醒我者，我殆矣。”语时，扬其素巾，花露之酞扑人欲晕。司各登之衣服、脂粉、花露之属，用之均不适其年，年已望七而所衣虽在二十七岁人犹嫌其冶。然每出，必坐机床，而坐床之式则力学埃及女王格鲁巴亚妖媚之状，以五十年前曾着一名画师为彼画斜倚温榻之状，画师画既，曾言：“此象乃甚肖当日女王格鲁巴亚坐于御榻者。”当时司各登方在少艾之年，今少艾已逝而形式仍留，以此之故，仍制此机床，时演为格鲁巴亚之妙相，其心亦固以女王自命。

司各登此时言曰：“密司忒东贝大抵亦吟赏天然景物之人。”老约曰：“吾良友密司忒东贝心中固喜天然景物，惟此人为天下大都会中第一要人。”语未竟，司各登即曰：“密司忒东贝之豪富，天下无不知者。”东贝以见称于人，即鞠躬致其谦谨。此时少妇适举首，与东贝目遇。东贝语少妇曰：“马丹居是间乎？”少妇曰：“否。吾常易地而嬉，以母氏喜揽胜。”司各登曰：“吾爱迭司性不喜游。”少妇曰：“吾见累易其地，亦都无佳处。”语时，作厌倦状。老妇语东贝曰：“吾女乃喜谤我，我讵喜累迁其居？实则吾恒喜静参物理，顾能于静中悟道。人间殊不易得，果有者，我当以何物……”言次复止，曰：“噫！何物耶？”少妇进曰：“殆谓天堂耳。欲言径言，胡乃吐吞？”老妇曰：“爱迭司，我恒健忘，恃汝为行秘书，何呶呶怪阿娘不已？密司忒东贝，实告君：天之生我，实命我为隐沦，实则为势所迫，不能日走酬应场中。牛者即吾之性命，吾所深求而不得者，能一句钟居于瑞士之野，四面围之，以多牛及古瓷器，于愿足矣。”读吾书者，闻司各登合瓷器与牛为一，误会者不几谓一牛步蹴瓷器之肆耶？然东贝闻之，尚不以为非，即曰：“人能嗜天然景物，于身滋益。”司各登此时忽作妖态，以手自摩其喉际，言曰：“我所最喜者，心也。人生在世，其最乐者在听灵魂自由。须知今人恒为利禄及俗情所窘，天趣全泯矣。”东贝曰：“然然。”司各登曰：

“吾意甚欲世界中无往而不天然，斯非美满之日耶?”少妇作不屑状，言曰：“阿娘，天然景物方招吾辈前行也。”

此语一发，推车之人立低其首抵车。老妇止车人曰：“威色司，汝少待。”语老约曰：“厌物，汝安居?”老约曰：“吾及吾良友居于皇家客寓。”老妇曰：“汝果能洗心革面者，许尔至吾寓通谒。至密司忒东贝能惠临者，尤为吾曹之光。”呼曰：“威色司，行也。”老约复捧老妇之手亲之，东贝亦与鞠躬为礼。老妇自车麾手，其俏笑乃仿少年之妇人也，而少妇狃于礼法，亦不能不与二人点头，遂匆匆逐车而去。此老妇颊上粉痕为日所晒，片片几欲碎落，较诸本色之鸡皮尤为劣丑；而其女万念都寂之容光，彼此互相映射，妍媸至不可计以道里。东贝目送其行，老约亦然，直至女王格鲁巴亚之车不见始止。

老约遂挟东贝同行。老约曰：“东贝，果老约年鬓少者，天下安有第二人令老约动心如此女者?质言之，此女貌甲天下。”东贝曰：“汝指其女乎?”老约曰：“老约身非萝卜之无知，何为美及其母?”东贝曰：“吾见尔与此老妇情愫极密。”老约大笑曰：“彼为老妖，吾故以语愚弄其人。”东贝曰：“我观其举动，颇肖大家。”老约曰：“司各登果为大家，即已故斐尼克司勋爵之妹，今少勋爵之姑氏。家原非富，托钵以延，至于门地……”东贝无言，久乃曰：“吾闻尔称少妇曰密昔斯格兰极，非欤?”老约曰：“爱迭司司各登者。”语时，以伞尖触地作小穴，似此穴为司各登，即复触一穴，曰：“嫁我辈中人之格兰极。格兰极亦陆军之大佐，年刚四十一，成礼之一年遂逝。”语后，复行。东贝曰：“少妇居孀几年矣?”老约曰：“爱迭司寡居十一年，为年不及三十。其人乃俏丽无伦。”东贝曰：“有子女乎?”老约曰：“有男子一。”东贝以目视地，似不悦。老约曰：“在四五岁之间，溺矣。”东贝忽举其头曰：“确耶?”老约曰：“彼乳媪不慎，以孺子置之舟中，不意失手而溺，是以无子。爱迭司既无羁绊，应待醮于人。果老约年少而家富者，必将爱迭司易其姓曰巴格司达克。”语已，耸肩而笑，二腮坟起。东贝曰：“但此女心愿者，亦奚不可？”老约曰：“吾巴格司达克一姓，苟发声求人者，人无不允。实则爱迭司非骄傲，三年中已嫁二十回矣。然其人骄亦太甚。”而东贝颜色之间似示骄非凶德，老约即改口曰：“骄亦清高人所有。东贝，汝亦善骄者。汝老友所敬礼于东贝者，亦即在此。”老约作此谄词后，自知不必更语，遂无声前行。

又明日，东贝及老约复遇母子于名胜之区；又明日，于故处复遇之，于是可三四次。老约曰：“相见既数，在礼宜往存问。”东贝初意本不欲出，既及老约往访美人，则忍俊不禁，请与同往。于是老约命土著先报司各登，言午，主人将挟客同造。少须，土著归，挈得小柬，发之，花露喷溢，中盖司各登报书老约者。书词极简，上书：“汝为令人不可耐之狗熊，吾初意不之赦。汝果革面自新者，可许若来。”其旁作郑重之笔迹，无算其画，又言曰：“为我问讯密司忒东贝，吾女爱迭司亦然。”

此时母女居利明登逆旅中。逆旅本极富丽，而母女居处乃内小屋。司各登自道中归，必偃卧，不即起，以屋小之故，首抵火炉，足抵窗也。侍女无可更宿，则宿之柜中；威色司则宿之牛乳篷中；机床亦置之牛篷间饲鸡之地；以此略足自支。迨东贝既至，见女王格鲁巴亚娇卧于温榻之上，衣服至单薄。方其登楼时，楼上尚有琴声，及侍者通谒，琴声立止。进门时，见其女立于琴床之次，貌乃加艳，骄气凛然，如不可近。盖此孀雌之貌，美丽溢出，自欲遏之，乃不能禁其勿美。己亦明知貌美动人，顾无术自敛，则亦随之。

东贝既入，与女王周旋后，即格兰极之次，言曰：“俗人远闻雅奏，讪然中断，讵非以我之故？”爱迭司曰：“非也。”女王曰：“爱迭司，汝胡不更呈若技？”女曰：“吾欲弹即弹，欲止即止，惟吾意所可。”语时，意态藐然。女王即以扇自掩其唇，言曰："密司忒东贝，当知吾恒与爱女不合。"女曰："亦固有合时。"女王曰："果累不合者，吾心不几碎耶？世界中俗礼乃过苛，凡小节均为所格。吾辈胡为不任天而动、随机所如？"东贝立点其首，曰："然然。"女王曰："吾人果一一任天，何患力有不逮？"东贝复曰："然然。"老约曰："此万不及。世界中果人人皆强项如老约者，盖可到也，否则决不能行。"女王大詈曰："汝异端左道，不令尔饶舌。"老约即捧其手亲曰："格鲁巴亚女王之命令，莺吞礼巴格司达克但有恪遵而已。"女王即以扇自掩曰："此物无知，并不审感情。人生世间，无感情者，虽生何为？须知生机即恃此感情，犹之不得阳光则世界宁不成为枯冷？汝老顽固，我意欲世界维新，勿令尔出而搅乱之。汝闻之否？"老约曰："格鲁巴亚女王忍矣！王爱世界，求其维新，乃作践我一人，如是之酷！"女王曰："汝媚我，我殊不欲闻。此后更呶呶者，我将编管尔于尔之寓中。"

此时，威色司以茗进。东贝语爱迭司曰："君及太夫人在此，或屏居不复见客？"爱迭司曰："客中安有客？"女王曰："质言之，此间人，吾颇懒于晋接。"爱迭司曰："大抵是间人皆旧而非新耳。"意讥其母，遂莞然而笑。女王谓老约曰："恶人，吾女亦刺我矣。"东贝尚对爱迭司曰："马丹曾一经此地乎？"曰："然。吾几无日不出。"东贝曰："此间风景大佳。"爱迭司曰："人人咸为是言。"女王曰："尔表兄斐尼克司心爱此地欲狂。"爱迭司伸其懒眉，如不乐闻其名，遂复回眸对东贝曰："我亦甚厌此间。"东贝见案上有画图，即曰："在理当倦。人间佳景尽在斯矣。画此为马丹手笔乎？"爱迭司不答，但以目视画。东贝复曰："是为马丹手笔耶？"爱迭司始曰："然。"东贝曰："马丹之雅奏，固闻之矣。"爱迭司曰："小技粗谙。"东贝曰："马丹歌喉当不弱。"曰："能之。"爱迭司之作答，似有所逼而然，非复出之本心，然尚翘首以待问。东贝曰："马丹具如是绝技，在静中良能自遣。”爱迭司曰：“吾所能者尽于此矣，余则无之。”东贝曰：“吾固知马丹之有能，乃出之耳闻，未加目击，能否一广鄙人眼福及其闻根。”既而曰：“画已餍饫，若雅音者，能否令鄙人一闻？”爱迭司曰：“果客必欲闻者，可也。”语时立起，赴琴台，行过女王之前，以目视母，虽一瞥间竟有无穷之语意贯此一瞥眼中，遂匆匆言曰：“待我一易衣再出。”

此时，老约移榻近女王床前，与作叶子之戏。东贝不解，然爱迭司已出，则亦立而视之。女王语东贝曰：“密司忒东贝，须臾闻琴声矣。”东贝曰：“密昔斯格兰极，允我清其闻根。”女王曰：“此亦佳事。少佐，亦汝所赞成耶？”老约曰：“我焉敢者？”女王曰：“野人，我戏负矣。密司忒东贝，喜听琴耶？”东贝曰：“嗜之甚酷。”女王以目视叶子，且言曰：“琴中乃有新趣，借此雅乐，能达洪荒初辟之人情，为乐可云至矣。”遂清理其叶子中之人物，勿令倒立，且言曰：“密司忒东贝，吾乃不解洪荒之前何状，殊令人推测莫及，究其事如何者？”又语老约曰：“汝但斗叶子，何凝目为？”

东贝仍不解叶子之趣，正焦悚间，爱迭司易新妆出矣。既出，即取琴。东贝亦即琴次。东贝平日初不知音，亦不知所弹之为何调，但见玉指匆匆作“叮당”声。女王一眼视叶子，而眼棱所射则在乎弹琴与听琴之人。迨爱迭司弹夏迫已，夏迫，古琴也。东贝鞠躬致谢。爱迭司夷然，以为礼应如是，初不报言，即至风琴之次，又按节而弹。外史氏曰：嗟夫格兰极！汝美无度也，即琴趣亦一一通神，歌喉亦足绝世，所缺者即不能为佛罗伦司之琴及歌娱保罗者也。谓无情愫在中。东贝何知之有？彼本无情，何由知琴中之情？彼女儿情深爱父，彼尚木木无知，何有于今日之琴？嗟夫佛罗伦司！尔在万静之中，虽夜黑灯昏，汝第作平安稳睡也。谓自有天明之时。

第二十二章

密司忒卡格尔即丞相卡格尔一日坐于账席之中，案上积书如山，专俟丞相发遣。其应作票拟者，即书来函之背，遂分门别类，待发书记书之。是日书多，卡格尔颇倥偬，且书中多各国语言，卡格尔皆了了分晰，流览且疾，如习于叶子戏者，应手而落。此人居东贝家数十年，精熟无一遗漏。夫以此多才之人为辅，主人险矣，果一日反眼为仇，则尤为奇险。

此时一人独坐，阳光射入，似照其一人独为叶子戏者。后此来书，均已披发，独有一书未启，则别置一处，遂检其重要之书纳之秘处，余书则发书记。一掣铃，即有一人遽入，则其兄约翰也，即变色曰："汝胡为来？"约翰曰："迫处适不在，吾为其副，在例当进。"丞相卡格尔曰："汝副也？足增吾荣多矣。"指案上积牍示之，叱其将去。语后，遂发案上特留之书。约翰整束其书，且言曰："亚姆斯，我防又至扰汝，惟……"丞相曰："汝尚有言乎？趣言之。"听时以目注书中，不视其兄，而耳则倾听其言。约翰终不言，丞相曰："言之。"约翰曰："吾甚为哈里爱德担忧。"丞相曰："谁为哈里爱德？吾未识其人也。"约翰曰："妹氏日羸，大不如前之健。"丞相曰："彼数年前已易其状，吾尚何言？"约翰曰："请尔静听吾言。"丞相厉色曰："吾何为静听尔言？"其声甚鄙，言曰："彼前此数年于两兄中自择其一而同居，今悔晚矣。"约翰曰："汝勿误会吾言。吾未尝言妹氏之悔。吾若言其悔，是薄吾同怀之妹矣。惟如此人之高义，舍安乐而就贫贱，吾甚为悲之。其悲亦乃类汝，汝谓彼舍安即危，其心亦正如我。"丞相曰："汝安能同我？贵贱不有别耶？"约翰曰："我何敢侪贵人？惟汝悲其愚，我悲其义，所悲略同耳。我第偶尔言之，汝幸勿怒。"丞相咬牙曰："汝贱，何测吾怒？"约翰曰："即使非怒，亦云不悦。此字惟尔择之，但汝知我意向而已。我固非有心开罪于尔。"丞相曰："尔无罪耶？何事非得罪我者？请汝趣将此书出。我方在百忙中也。"丞相之言，"请"字较之辱詈为甚。约翰不得已，抱书行，近门，复回首面内曰："当哈里爱德在尔前，为我不得，其随此贫贱之兄同归，此时尚少年也。别后数年，未之把晤。设使贵人光降，观其愁病，亦且生怜。"丞相如未之闻，但露其齿而已。约翰曰："当时尔我同居时，恒谋为妹图一善地，即彼心亦恃有两兄，后此尔我睽离，乃随此贫无立锥之怀兄，数年以来，无一怨望之语。"丞相仍露齿不答。约翰曰："能否容我更言前事。"丞相曰："勿言前事，但往前行。"约翰太息，遂出。出时，丞相大声止之曰："尔适言与尔同居初无怨言，厥状乐也？汝告彼：吾亦殊乐。果彼与汝同居，永不回顾，我亦决不回顾此人。"约翰曰："吾同吾妹初未谈及尔身，惟至尔生辰，妹始遥祝曰：'愿亚姆斯安乐未央。'"丞相曰："彼既不及我，我亦无此同怀之女弟。汝与之同居，汝善抚之，可也。我又何人？"遂以手指门，麾其兄令出，然后始注目此来书。

书为东贝所寓自利明登者。丞相平日披阅公牍极疾，今读此书，则字字斟酌，露其猫齿，静对此书。读已，又翻其书，诵其书中要语。书曰：

> 我之至利明登，至有利益，故归期尚悠悠未定。汝能拨冗见我，悉以肆中事一一告我，亦佳。

又一处书曰：

> 前此忘对尔言，即小倭而忒事。彼果未行者，可别以人往，留彼肆中为得。

丞相干笑曰："不及矣。彼行万里也。吾尚记船主克忒尔告我，言倭而忒运气绝大，似小保罗之死悉为彼身，今乃不幸行万里矣，惜哉惜哉！"遂叠其书，颠倒弄之，而心中亦颠倒索书中事。

忽闻门外有叩门声，迫处进矣。偶进一步，即一鞠躬，并携得新来之柬，陈于几上，问曰："外间有客，敢问先生宣之入面耶？或以事屏之？"丞相曰："谁耶？"迫处曰："亦不可云谁，即卖仪器之老人，按月奉还借款。奴子已告以先生有事矣。"语已，微嗽，静俟丞相钧旨。丞相曰："尚有余人乎？"迫处曰："奴子亦不敢言其为人，即前此所曾至之小儿，长日前后左右绕行于是间，奴子见此子非佳品，长日执麻雀，至与雀儿对语。"丞相曰："汝不言彼欲得事而执役耶？"迫处以手掩口，他顾而嗽，言曰："彼固有是言。然彼垂钓久，谓能于石步中授予以事者，足矣。"词尚未尽，但摇其首，代示其难。丞相曰："彼来何言？"迫处又微嗽，曰："彼每来，但乞大人先生予以糊口之地。"语至此，迫处又微推其门，令固，言曰："此子尚言彼母曾在主人府中有乳哺之功，在理当令之勿馁。以我之意，以钱雇之哺乳，即已酬其劳矣，尚有后冀耶？"丞相不答，仍露齿而笑。迫处乃莫测其进止，即曰："能否传先生语告之，谓更来者即令巡捕捉将官里。"丞相曰："我欲见之，汝宣之进。"迫处即诺诺，如奉诏敕。既近门次，复曰："此人面目凶顽，衣服破裂，引见，先生不以为忘分而降尊耶？"丞相曰："第入其人，且令卖仪器之老吉而司少待。"迫处鞠躬，带扉而出。遂出门，觅取此童子。

丞相此时张其天威，见此小儿，于是上下之牙均露。少须，迫处至，似其后随一伧父，着巨革之履，橐橐作声。迫处既启扉，向后招其手，曰："进之。"即见一短胖可十五岁之童子，圆眼圆颅，并圆其躯干，周身已圆，尚冠圆冠，檐则已毁。丞相以目视迫处，迫处屏息出户。迨扉阖后，丞相立扼童子之吭，极力摇荡之。童子大惊，张目而视，但见两行白齿，摇荡于高处，即仰首曰："先生能否释我？"丞相曰："狗，今日扼吭，死汝矣。"其尖声盖漏自牙缝而来。童子巴伊拉大惊，欲哭，曰："平日未尝开罪，何为死我？”巴伊拉即朴娄李却子大儿也，一名巴伊拉，一名老柏，同辈则谓之义塾小儿，轻之也。丞相曰：“小贼，汝敢冒昧面我。”语时释手，仍立原处，威棱赫然。巴伊拉以手自摩其吭，复以手背拭泪，言曰：“我非图害先生，第欲求一啖饭之地。”丞相曰：“小狗，汝何有啖饭之地？汝非伦敦中不务正业人耶？”巴伊拉闻言，知不能辩，则张目视丞相，似为丞相天威所笼罩。丞相曰：“汝非贼耶？”巴伊拉曰：“我不为盗。”丞相大怒曰：“汝赖而求免耶？”巴伊拉曰：“生平实未为此，亦知平日捕雀，所行非正。自吾捕雀后，十阅月中回家未满二十次，以归时家人面我流涕，我乃弗悦。”语已，大哭曰：“我愿死于水中，亦佳事。”丞相曰：“缢汝之麻绳，麻已蓬蓬生于地中矣。”巴伊拉哭曰：“即使缢我之麻为干已长，吾亦仅能听之而已。吾之蹇运实肇自逃学，顾逃学亦为人所逼，非复本意。吾每日入塾出塾，道上为人所要。既至，则先生之夏楚有同杵臼之相抵。后此吾遂逃于村间，不敢面吾父母。此不肖之开场也。”丞相复接其胸前之襟，上下视之，曰：“汝得毋求吾为尔觅事耶？”巴伊拉曰：“但乞先生，予我一位置，感且不朽。”丞相力推童子于屋隅，曰：“待之。”巴伊拉不复作声，屏息归坐，然目光未尝离去丞相之面。丞相掣铃，迫处立入。丞相曰：“延密司忒吉而司入。”

迫处去后，倭而忒之伯伯所罗门入矣。丞相于是发声笑曰：“密司忒吉而司，汝佳！不见汝久，乃康健如昔。”所罗门且答且纳手衣间，出日记本，曰：“身幸无病，但年事长矣。此二十五镑之钞，幸纳之。”丞相取纸作收条，言曰：“密司忒吉而司，汝之诚笃乃如钟表，晷刻不之错也。”所罗门曰：“倭而忒所御之舟，久久乃无消息。”丞相曰：“或海上遇风，又或海道迷失，未可定也。”所罗门曰：“但愿天心仁爱，孺子得以平安，足矣。”丞相曰：“然。贤侄去后，家中颇愁寂乎？”所罗门复太息摇首。

丞相视老人曰："密司忒吉而司，吾思尔肆中甚清寂，或得一小儿供趋走之劳。是间有一童子，老人果能拓盈尺之地，容其食，吾心滋感。"语至此，似觉老人有难色。丞相即曰："吾亦知尊肆非佳，不能更容一食指。惟此儿代君洒扫，随意予以工薪。"即指屋隅之童子曰："此是也。"老人加其眼镜于鼻上视之，见此童子汗淋其额，注视卡格尔，状如迷惘。丞相曰："密司忒吉而司，果能容彼乎？"所罗门心滋不悦，顾为彼所劫，即曰："此亦细事。顾得先生之欢者，吾何为不诺？矧此人为先生所称引，必复不弱。"丞相尽露其猫齿作笑容，谢老人。所罗门起别，丞相即与之接手，曰："吾亦不能久以此子相累，行且为彼安置，惟当令伺老成之人，试其能否中程。请君驭之以严，彼品行当一一见示，考察其成败。据彼所言，吾殊不之信。今归家时，当便道问彼父母。果彼家所言同者，则明日送至君家也。别矣，行再相见。"临别一笑，牙齿复尽露。老人为之悚然。老人且行且思倭而忒海行遇风而船沉落水呼救诸状，复又思此生不见其侄，而地窟之马得拉酒永将不见天日。

丞相于老人去后，即引巴伊拉立于屋中，言曰："孺子，吾言汝已闻耶？"对曰："闻之。"丞相曰："汝敢以术愚我者，汝自当以溺水为佳。且尔言有半句伪者，后当勿接吾面。汝今在尔家左右待我，我五点钟即以马行。汝家安在？趣告我。"巴伊拉徐徐述其处。丞相即书之别纸，言曰："汝出。"孺子徐退，仍注目丞相而出。

是日，丞相治事多，即露齿向人亦夥。迨五句钟动，即坐常乘白蹄之马行，城中之喧闹，即快马亦不能恣行。丞相今日适有所思，亦信马行，四围顾盼。即见巴伊拉在于人群之中，系一碎花之汗巾，如圉人逐马而行。道行者见马上之人，忽随此穷儿，颇引目视之。丞相不怡，即趣马行，而巴伊拉亦趣行逐马。丞相极驰，巴伊拉亦大奔。丞相回顾穷儿尚复追逐，丞相自思此儿服我至矣，遂亦弗顾，直趋朴娄之家，而巴伊拉尚左右指挥道里所出。

既至，丞相令道旁小儿调其马，遂引巴伊拉曰："随我行。"巴伊拉近门，不即入，其意甚惶怖。丞相推而入之。既入，则满屋中均小儿充塞。既见阿兄为生人所引，则皆大呼。朴娄方抱一乳下之儿，颜色顿变。巴伊拉即失声哭，群儿见其兄，则咸谓生客为强人，咸与同哭，其声震天。而甫能行步之稚儿，亦仰卧于地，二足仰蹬，且呼且哭。已而朴娄呼曰："老柏，汝何事为官人所擒？"老柏曰："吾母，吾未被罪，但问此先生，自知吾事。"卡格尔曰："汝勿忧，我固欲引拔其人之身。"朴娄初未之哭，及闻有人荐引其子，乃亦哭。其次长之儿本欲奋拳近卡格尔，及闻卡格尔将荐引其兄，乃立释其拳，遂围集卡格尔而视，咸思此客不期乃为善人。卡格尔引巴伊拉，语朴娄曰："此为马丹儿乎？"朴娄即鞠躬曰："然。"卡格尔曰："此儿不肖耶？"答曰："以吾眼中视之，尚未为劣。"卡格尔曰："马丹不以为不肖者，则谁为不肖？"此时朴娄手中之儿舞手蹈足，欲投身巴伊拉之怀。朴娄拊其幼子，即面卡格尔曰："彼第所遇非人，今已颠顿至矣，或冀有回头之日。"卡格尔视朴娄屋小而精、儿多而洁，似非懒妇，遂亦心许，言曰："若夫外出耶？"答曰："彼尚在铁路中治事。"巴伊拉闻厥父不在，于心滋适。卡格尔曰："实告汝我为何人，何人力荐尔子至于何地。吾始以为此子敢冒入东贝父子肆中，欲小惩之。既思儿稚无知，且自陈其凄恻之情，吾意始少释。究虑荐之人家，恐贻吾累。吾来奉询，以免后悔。且吾之力拔尔子，非复为尔曾哺乳于主人家。此遭恩出之我，汝当知之。"朴娄者，心悲其子，夜辄失眠，且数礼拜不接其面，今忽闻大人先生为之荐引，几欲五体投地，称天下第一之善人。然卡格尔已告行，朴娄但有"荷荷"之声，声声皆慈母爱子之至意。

丞相既出贫家之门，巴伊拉即至母前，力抱其母，言曰：

"我自今以往，力趋于善。"母与之亲吻，曰："吾儿，吾知汝肯为善也。汝今送先生出后，更归，受我之言。"孺子曰："吾甚惧爸爸之嗔责。"母曰："尔父须以夜中二句钟归。"巴伊拉曰："然则吾归也。"语后，直送卡格尔出，而群弟及妹争夺门，呼其速归。丞相本闻朴娄言，即问巴伊拉曰："若父恶人耶？"答曰："否否。吾父者至慈且爱。"丞相曰："然则汝胡为不面若父？"答曰："天下至慈之父，咸不及母慈。吾即剖心自陈，父终不信。若母者，闻言即信。他人吾不之知，若吾母者，决其如是。"丞相复露其齿，以少钱授调马者，攀鞍即登。既登，见孺子恭谨为之捧镫，丞相曰："明晨，汝前，吾遣尔赴老先生，即晨来与吾语者。"巴伊拉曰："诺。"丞相曰："我与此老先生甚习，汝善事其人，即所以事我。且彼老人起居一切，尔可历历告我。我无他意，不过思有以助之耳。如有何人来与议论及行事，尔尤须留意勿忽。汝亦闻吾言乎？"巴伊拉点首称可。丞相曰："吾之令尔侦伺来人者，亦以此老有数友人与之往来，吾亦欲得其交谊如何，因怜此老人孤寂无侣，故为之当心。至于来人议论有无语及其从子事，亦当告我。来人中有少年女子，汝尤当细审其来踪及其语言。"巴伊拉曰："必为先生留意。"丞相复以马鞭之趺微叩巴伊拉之首，曰："我所命令，勿泄诸人。"巴伊拉曰："尽人均不之言。"丞相复指巴伊拉家门，曰："即汝家亦不宜轻泄。我今欲试汝之诚实与否，果为吾得其罅隙，汝无幸矣。"于是作丑状，张其巉巉之白齿示之以威力，始纵辔而去。

巴伊拉为卡格尔所慑，心魂已荡，尚步其去尘。丞相回马视之，巴伊拉仍追逐其后。路人见者深以为异。丞相见众目交集，即勒马谓之曰："汝今归也。"尚防其弗行，则勒马待其行远。顾巴伊拉虽行，尚时时狼顾，然顾时而前路为人所触，亦咸无恤。迨巴伊拉行远，卡格尔仍信马而归，不加鞭策，神思泰然，似所谋遂，故寸心泰也。口中噫气作调，自思吾见佛罗伦司时为年尚幼，今乃成人，竟亭亭出于物表。思极乐甚，不期竟过东贝所居地，方及门外，复勒其马。读者必谓卡格尔勒马弗入之故，其间盖别有说存焉。

先是，秃齿在伯林伯家卒业后，即得先代之遗产，为资既广，凡时髦所应为者，则皆为之。先赁广厦而居，顾服食起居，一皆不类。思得清客助之为理，遂物色得一浪子之师，号曰斗鸡，每至一次必十先零六辨士。技师以独力弗支，遂荐引一球师，专学蹴鞠；又引一羽林老兵，教之击剑；又引一邮差，教之乘马。此外又引百无所事之林亦，百凡皆习，则谓之总技师。秃齿既得此名师，似学问宜臻绝顶。然秃齿心滋忽忽，如有所失，无宁贴时，盖似白粲中杂以糠核，即斗鸡之循循善诱，亦不能净其心曲。每于静坐中辄生闷虫，即斗鸡长技亦不加以捕捉。其最得意者，无若每日过东贝必投一刺，至每日之投刺晷刻不差累黍，其视日收自来水火之税尤准。顾每日之来，亦不登楼，拜访之限及于甬道即止。以此之故，出必盛服，每见阍者必曰“无恙”“请君晨安”，出名刺投之曰“此谒密司忒东贝”，又出一刺曰“此谒密斯东贝”。二刺投后，似回身行，顾乃不行。阍者至习知其性质，亦不之怪。既去，必回顾曰：“恕我。彼年轻之少妇在家乎?”意在秀珊。阍者尤知其意，则为之掣铃，通于楼上，秀珊必下。秀珊下时，阍者立避，秃齿见秀珊，必憨笑起居秀珊，秀珊亦敬谢其意。秃齿尤必曰：“大阿及尼司无恙。”秀珊曰：“佳。密斯佛罗伦司爱之逾恒。”秃齿闻言，则笑声吃吃，大似皮酒之瓶去塞，酒沫冒出瓶外作声者。秀珊必继言曰：“密斯佛罗伦司亦佳。”秃齿必推却曰：“此非吾所急问者。”语后即行。秃齿之心，盖深慕佛罗伦司，自思能与之偶，则人间之奇福尽集于我，顾亦不敢放胆而前，辄介于似爱非爱之间而止。一夕思极，无可复制，忽披衣起吟一艳情之诗寓佛罗伦司。腹稿已成，第一语曰“瞥见风姿隐约间”，然执笔而书，其下尚有七句，竟格格不能复续，遂罢吟而止。但逐日过门留刺而已，舍此外，秃齿脑中初无他法足胜于此者。后此亦得一策，思但侧媚秀珊，得秀珊欢悦，然后借之传语，于计亦得。惟结好于秀珊，须降心相从，加以熨贴而已。顾计定，亦未敢冒行，乃求策于斗鸡，讳己不言，但言有一友人以书问计，吾乃不能得善策，故转以求君，遂言熨贴侍儿冀以自达于绣闼者。斗鸡曰："吾意惟有纵其胆力冒前，加以亲稔。明日一往，即与秀珊接吻。"

午后，秃齿取白极司公司中精制之衣服着之，赴东贝家。既近乃复怯，时三点钟前已至，迨六句钟方叩其关，见阍者之言仍如旧谱，一无所变。秀珊出见，叙及佛罗伦司，秃齿即言："本不为此。"平日语此后即行，而今夕则仍立而憨笑。秀珊为之疑愕，曰："客得毋思登楼？"秃齿曰："吾意欲入。"亦不向楼级，即趋前，力抱秀珊，与之接吻。秀珊曰："汝不登楼耶？何为如是？吾将刓若眼矣。"秃齿曰："更听我闻此粉颊。"秀珊力推之，曰："汝行若路。吾初以尔为善人也。"然秀珊语时非复怒容，且语且笑，至于格格不已。此时狗在楼上，闻楼下足音甚乱，俯视，见有决斗之状，且有生人在焉，遂疾下，力咬秃齿之裤，向后而裂之。秀珊逐狗，不能得，即启关，而狗尚力龈秃齿之裤不即释。秃齿力拔而脱之。狗据胜着，即颠顿于门外，大声而嗥。秃齿视裤已穿，而卡格尔亦至，即马上问曰："恕我，先生幸无创乎？"秃齿仰首见卡格尔，即曰："谢君存问，吾无恙也。"卡格尔曰："狗牙入肉，其毒滋可虑。"秃齿曰："幸未及肉，吾心甚舒泰。"卡格尔曰："密司忒东贝，我亦稔之。"秃齿立赪其面，言曰："然然。"卡格尔曰："今日密司忒东贝他出，吾为彼朋友，谊应抱歉，敢问此狗何为见啮？"秃齿见卡格尔雍容有礼，又为东贝之友，即出其小名刺，上之。卡格尔亦出刺，报之。匆匆遂别。卡格尔行次，仰首盼楼窗，视佛罗伦司曾否在上，然百无所出，窗间但见狗首作狞状，似欲下而咬人。

第二十三章

佛罗伦司独居斗室之中，岁月悠悠，咸向是中而度。空墙无物，似皆有眼，视佛罗伦司。有似古之高公古之怪物，眼光及人，人即化石者。然古书中有言美人独居空堡，毒龙为之司阍；今佛罗伦司身居冷人之家，其视空堡、毒龙初无析别。迨夜中，每户咸出灯光，而此屋中灯光独黯。屋既陈旧，为阳光所烛，亦不能生其返照，似尽人皆笑，而此屋独悲惨无伦；而又似无人居住者。街上顽童至用粉笔涂其墙壁，作大厉及他杂字之类。或为土林森所见，力驱而去之。迨土林森入，顽童复集，为土林森写照，膨胀其耳，几垂及腹。长日中，屋内渺无人声。眩人及弄猴者每过人家，恒以小角向楼而吹，及至此，则目为无人而过。屋中物事，既无照料之人，横纵如死，即窗上绣帘亦如瘫痿之人，作垂眉欲睡状。当密昔斯逝后，家具一一以纸裹之，今亦积叠如故。地衣上花纹，蹴蹈久，都不了了。地板着脚亦戛戛作声不已。莓苔被于墙壁，旧画悬挂，为苔气所蚀，斑驳不可辨认。地窖不经人行，巨菌生焉。且无一屋中不挂蜘蛛之网及扑灯之蛾。甲虫本野居，不履城市，竟有冒险阑入东贝家者，时时见形于楼级之次。护墙之板与墙不附，遂立群鼠开圹之公司。钟机亦久不开，偶有勤勉之家人略为加匙令动，然侵晨时必动至十二下，或但作孤响，如救火之警钟。镜为尘封，觌面不见人影。尤有数处空房，久久无人涉足。家人行经门外，恒疑中有鬼物蟠据。佛罗伦司深居沙漠之楼，久久不见其父面目，而冷墙努目凶视，似必欲佛罗伦司身化为石者。然佛罗伦司身在万寂之中，翘然如孤花之流艳。屋中舍秀珊及狗外，则惟琴、书、女红，用为良伴。秀珊以久侍女公子读书，渐渐习于学问，即此狞狗为书气所陶镕，亦驯善其噬人之性，每当主婢读书，则以巨喙上翘而鼾睡。

此时东贝久不归，女亦稍至东贝室中。室中素不敢流盼，今兹则仔细徘徊，思及其父，爱情为之勃发，时时拂拭。凡不整之物，一一整之。长日扎以花球，陈父坐处，垂萎则又易之。表架已旧，女则精绣其新者，易去其旧。顾今日置之，而明日则又栗惧收归，但制其相类者易之，俾勿令老父怒其专擅。余力则惟书是究，心中尚期老父偶念己身，或可以读书明理之功，自媚于失爱之父，尤思将以何书中所得，足以博爱于老父，于是长日揣摩不已。嗟夫！身为儿女，如是求媚于亲心，则诚晚近来所新发明之学问。

一日，秀珊侍侧，女方修书。秀珊颇知书中之意，即曰："密斯佛罗伦司，吾观如此闷闷，较诸司格特尔宝星家，尚不之如。"女见秀珊语气，有蔑视宝星意，即曰："宝星夫妇为人良佳。吾弟甫亡，即招余往游。今兹复以柬至，足见彼夫妇之有心。"秀珊者，终以司格特尔为冒利之人，所为不必为义，闻女赞叹，则攒眉为不屑状，言曰："宝星似洞解人事。"女曰："吾亦非必心重其人，特礼不应却耳。且吾即欲行，亦颇前却，以此时正值假期，彼公子已归，又时时有同学往来。吾亦不欲酬应。"语后，见秀珊尚有余怒，即亦改口，曰："吾久不闻倭而忒消息，未审其至印度与否。"秀珊曰："然。吾滋以为念。迫处曾至吾家言……"即复曰："彼言安足信？"女见秀珊词气吞吐，则大愕。秀珊亦踧踖不自宁，言曰："迫处好妄语，吾何为信之？"女益惊曰："何事妄言？汝又何事弗信？"秀珊曰："无之。惟迫处所戴帽旧矣，吾思胡以无人予以新冠？闻彼家有妇，胡为不念其夫至此？"女见秀珊支吾，即曰："秀珊，汝得毋闻倭而忒所行舟有事耶？所谓不信者，或即指此。"秀珊曰："不然。彼乌敢对我言此事？彼但言托倭而忒为挈印度之姜，为彼妻产中所用，顾乃未之至也。惟至时当俟下次生产用之，兹不及矣。此等语，殊足厌人。我固容人之过，然非橐驼万不足负此重载。"佛罗伦司曰：

“秀珊，彼尚何言？肯见告否？”秀珊曰：“我何愚汝之有？彼言船尚未至，船主之妇已至吾肆问至二次，心颇焦惶。实则兹事何关轻重，行舟宁有不到者耶？”佛罗伦司曰：“我必往造倭而忒之伯伯。秀珊，吾辈今兹行也。”秀珊不敢忤，二人遂易衣出，赴木人商标之肆。

佛罗伦司今日之来，其中心忧惧，大类倭而忒当时往觅船主救护索逋之状为甚，私念倭而忒惟救我之故，见罪于老亲，故令远出，苟有不测，宁非以我之故累彼老人耶？方行于衢次，亦时时作大舟破碎之思想，一一疑倭而忒身陷其中。至于秀珊，不审何思，行道之间，但与儿童争路，以用力猛，遂亦无暇于用心。

二人行近所罗门对邻，而车马续续横亘而过，乃欲乘罅入老人家。正欲入时，忽见门外有一小儿，头面皆圆，以目仰天，忽尔以二指双钩其唇令阔，噫气不已。视之，则白鸽一群适飞过也。秀珊曰：“此即李却子之大儿，不自振刷，乃令其母为之烦忧。”女思之良然，李却子曾来述其子不肖，请我谆劝其人，今当往诏之矣。巴伊拉初不之觉，但以目仰视飞鸽。秀珊近而推之，于是巴伊拉凌高追鸽之心忽尔坠落千丈。秀珊曰：“若母语我，言尔近将改行。此等举动，即尔改行时矣。密司忒吉而司安在？”巴伊拉初乃不审为何人，及见佛罗伦司，则以手近冠示敬，言曰：“主人初不在家。”秀珊曰：“汝往觅主人，言女公子在是。”巴伊拉曰：“吾殊不知所适。”秀珊曰：“此又尔改行之实验耶？”巴伊拉曰：“主人出，不告我，我何为得之？此语大非人情。”佛罗伦司曰：“尔主人行后，曾留语以何时归？”巴伊拉复引手近冠曰：“主人言下午二句钟归。”秀珊曰：“汝曾否知主人颇念念其侄？”巴伊拉不答秀珊，但向佛罗伦司曰：“女公子言然。主人心甚念之，今不能宁家，无五分钟之静坐，主人往往奔走。”语时，即引目向天视飞鸽，信口言曰：“有如此鸽。”语时，复以手近唇作呼鸽声。佛罗伦司曰：“汝尚知密司忒吉而司有契友曰船主克忒尔耶？”巴伊拉曰：“得毋右腕加之以钩者乎？吾识之。彼前日尚一至。”秀珊曰：“前日至后尚更至否？”巴伊拉仍不答。秀珊仍向佛罗伦司曰：“密斯，彼未来也。”女谓秀珊曰：“或倭而忒伯伯至船主家，亦未可定。”巴伊拉曰：“吾主人出时曾留语船主来者请其少待，似未赴船主家也。”女曰：“汝亦知船主家乎？”巴伊拉曰：“知之。”即在案上旧册中检出船主之居，读而示佛罗伦司。佛罗伦司微语秀珊，巴伊拉曾受卡格尔之言，则张目窃听。女此时言曰：“且至船主家一询，勿论老人焉在，并微侦倭而忒此行之凶吉，能同船主并至，慰此伯伯，亦大佳事。”秀珊其初惮行，至怏怏不自聊赖。女曰：“盍以车行？”秀珊始诺。主婢二人议论，巴伊拉听之至详。后此女命巴伊拉呼车于市，主婢遂代司其肆。车至，女嘱巴伊拉，言所罗门伯伯归时且少待，吾二人尚欲至此，请勿他适。

巴伊拉目送其车，遂至肆中，思以笔记主婢之言，顾屡费纸墨，即此废纸掷以示人，人亦将不解。所谓匪特他人不之解，即写后自辨其词，亦刺目不能识，似更两人书，非己书也。巴伊拉书尚未脱稿，而主婢之车已辘辘至迫立格街船主门外，下车，觅得船主寓楼。

是日，适为居停马克司丁格扫舍之期。是日三点半，巡捕已叩其扉，令起扫舍之功，直至夜中十二句钟始止。凡屋中器具，悉贮之空地中。楼之上下，均沃以水而洗涤之。迨屋干后，始入。此职本在居停，因之密昔斯着木屐治事，至于竟日。每遇此时，儿童几无坐处，恒痛哭不时，受笞亦多。方主婢至时，适居停方挟一小儿，可二岁有半，名曰亚力山大。马克司丁格以屋中无一干土，遂置之门外阶级，故顿挫之以示罚。佛罗伦司心怜之，颇为失声。居停不悦，不视来客，力摇其子，且敲扑之，怫然而入。佛罗伦司进曰：“请马丹恕我孟浪，敢问此为船主克忒尔家乎？”居停曰：“否。”佛罗伦司曰：“讵非第九号耶？”居停曰："孰言非第九号者？"秀珊不悦，曰："马丹，何孟浪至是？马丹亦知问者之为何等人。"居停侧目，上下视秀珊曰："汝寻船主何事？能否容我一问？"秀珊曰："汝问我耶？安知我即答尔？"佛罗伦司曰："秀珊勿尔。船主既不在是，究居何处？"居停曰："孰言不在于是？我但言此非船主家耳。船主克忒尔不必有家，亦不宜有家。此家，吾家也。当我赁彼以屋时，实以明珠纳之豕圈。"居停语时，声至洪巨，故令船主闻之。语发后，船主已闻，即曰："楼下何事？"居停谓二人曰："汝欲问船主，楼居者是也。"因以巨臂仰麾。女遂入，秀珊随之。居停努目狞视后，遂戛其木屐，仍沃水矣。亚力山大当二人争竞时初不之哭，及二人去，始纵声啼且哭，且观佛罗伦司来车，并视其马。

船主此时独坐而翘足，似四周皆海，船主栖身于孤屿间者。屋初经水，墙壁皆湿，胰皂之气触鼻，但有火炉干耳。正无聊间，见女及秀珊至，则大骇，出诸意外。其先闻楼下有人，必为寻己，顾此悍妇嗥声如豹，一不之闻，然颇疑为市牛乳者与索账。及佛罗伦司入时，船主哆口如遇怪物，至不发一语。迨精神粗定，始延坐。秀珊以屋中全湿，凝立不进。船主突出，引之归坐。楼居虽广，然不能容人。二客既坐，船主则痴立而笑。女亦笑曰："我来乃不为船主所料乎？"船主意得，漫对曰："此何足言？"答词竟与问词不对，似女有所赞，而船主报之以谦者。女曰："吾兄倭而忒既久出无耗，吾心至焦悚。船主为我思之，得毋有不祥之事？今消息久沉，所罗门伯伯殷忧如焚，船主何为不至慰问？"语至此，船主以手自摩其顶，顶毛已秃，然惶恐之状已露。女直视船主，言曰："船主试度吾兄是否遇险。"船主曰："我心无动，似决非险。倭塔者，殊能经风浪之人。倭塔行事，何有不成？"复大声曰："倭塔胸有美德，竟流露于外。"船主数语，以为义理已彻，而女乃无悟，尚凝目待其终言。船主曰："吾初无畏惧之心，惟海上风潮固属时有，安知巨舶趁风不自东半球入西半球？第船为坚船，童子为佳童子，必有化凶为吉之时，吾焉得惧？且希望又何尝渺？”女曰：“然乎？”船主曰：“不久倭塔必有书至。其伯伯老所罗门，吾至当心，至于吾死始已。然尚有一人为吾良友，其人老舵工，见识滋伟，名曰本司贝。果所罗门求计，我将转咨诸本司贝。”女曰：“然则急宜面此老人问策。吾有车在门，船主胡不同行？”船主又摩其秃顶，状至惭悚。此时忽闻门辟，一冠飞掷而进，疾落船主足下，门又自阖。船主检冠，以手拭之，言曰：“我本应以昨日往省所罗门，惟彼强取吾冠藏之，故戢足不能出。”秀珊大骇曰：“谁敢如是无礼？”船主微语曰：“居停主人以拭擦地板，故与吾角口，遂引吾冠而去。”秀珊大怒曰：“彼无礼至此，义当与之角抵。彼敢夺船主之冠，不听出，我亦当恶作剧报之。”船主大惊曰：“若胆力不少。须知此海道不易驶吾舟，汝尤不知彼风之起，起自何向，方饱帆时而风力复变。彼当暴怒……”言未已，力摇其首，汗出如濯。语时，复曰：“汝敢耶？”秀珊夷然不屑，果使听此二人，一怯一勇，互呈其状，则为时当久。女此时从容言曰：“吾辈今当往面本司贝。”船主始恍然悟，遂加冠，取新购多节之行杖行。船主者，幸运佳，居停方起顺风，下楼时见居停以杖荡尘灰，而亚力山大尚坐于石阶之上，周身已笼于游氛之中，但粗辨其眉目。居停专意在席，船主下，居停初不之见。船主大悦，以为今日之出，太平洋初无礁石作梗，惟口鼻触此尘灰，亦连嚏不已。

既出，即得车，船主决不入箱，乃与御者同坐，示御者直至拉忒克立佛埠头。既至，但见帆樯林立，其桅上之绳纵横如张渔网。船主下车，扶女及秀珊同下。船主曰：“我今登舟矣。”遂扶女及秀珊同行，履垢秽之地，直及本司贝船。船名克拉拉，船去他舟可两三码，不能径履其舟。船主即以双手围其唇吻，遥呼克拉拉船人。船中即出一童子，近舷问故。船主大声，似呼童子于数里之外者，言曰：“本司贝在乎？”童子亦大声曰：“在。”即从船中出板，加别船。船主即扶佛罗伦司过后，遂至而引秀珊。既至，见舱晒衣无数，又风干之牛舌及鱼干亦陈陈然。少须，见舱中出一巨颅，面作紫檀色，一眼似废，一眼有光，如常人。其作光之眼流动如灯塔，徐徐出其身。衣至宽博，为舵工衣。既登舱面，则纳两手于衣囊中，眼光不注船主，但注桅杆，默然无声，面色由紫而赤。船主即微语佛罗伦司曰："彼固不常开口者，我且少待其发声。"已而本司贝自桅杆之尖上移其眼光向海，寻又移其向海之眼及于船主之身。船主此时始曰："孺子无恙。"孺子之称，惟旧同学中始用之，忽闻有至漫至沉滞之声，不出诸本司贝之口，似来自空际者，言曰："老同伴，我健在。"语时，始出右手于衣囊中，与船主把握，立时复归原处。船主曰："本司贝，汝谋良佳，汝最能定策者。此女郎为名家姝，托我来探倭而忒消息。即我一老友曰吉而司，亦欲求计于尔。吾老友为科学中人。科学者，制造之母也。汝能否同吾登陆见吾良友？此人足为汝友，汝亦宜交其人。"本司贝者，眼光至远，十英里以内物过眼如无睹，故闻言迟迟弗答。船主即以钩指本司贝曰："此公入海时至夥，即其身上之创痕，综病坊中人亦无其杂。彼定策之佳，即从此出，其妙乃无论水陆。"本司贝闻言，似微哂，即曰："老同伴，此二女客所嗜何酒？"船主大惶恐，即引本司贝下舱，留二人暂居船上，私谓本司贝曰："汝舟居久，竟乃忘居陆之礼。女子也，乃可引之饮酒？"于是二人对饮。秀珊自天窗中瞥见。少须，二人同出。船主曰："本司贝允我同行。"即扶佛罗伦司徐徐过危板，本司贝扶秀珊，至半道则力抱之。秀珊甚怒。既登陆，船主纳本司贝于车中，己则仍与御人同坐，心中既乐，谓得此大谋士，防其羽化而去，则时时俯视车窗。本司贝坐车中，时时戏秀珊。秀珊大骇而退匿，而本司贝如不之知。

车至后，所罗门已归，遂临门迎迓。复室中列海图并地图无算，盖数人未来时，所罗门以罗盘即图上四觅倭而忒舟行之处。

女入时已见，复见所罗门颜色甚坚决，似谋略已定，心则滋怪，即与之言，答词亦不相属。女自陈已造谒，以伯伯外出，心殊惘惘。所罗门曰："吾亦往寻觅女郎。"佛罗伦司曰："伯伯之造我，即今日乎？"老人曰："然。我意欲先面汝问策，然后……"语至此止。佛罗伦司惊曰："后且如何？"遂引手与老人接。老人曰："吾曾言'然后'二字耶？果有是言者，即谓然后得见倭而忒。"女心甚悲，即曰："伯伯似有尊患，以精神恍惚，似失常度。"老人曰："吾身良佳。似我之年而尚有是，亦云足矣。"遂出手示女曰："此手非颤，筋力又何尝衰？似我矍健，宁少年人之所及？"女闻言益疑，谓所言咸与题忤。此时欲微语船主以状，而船主则专注本司贝，令其决策。然本司贝眼光殊不属伦敦，已直射到伦敦之野外，但以手爬梳秀珊之身，似即秀珊身上觅取要着者。秀珊大怒，逃去其身，距对案而立。本司贝既抓寻不着，即自言曰："吾名为约翰本司贝。"船主即亦向座人曰："彼于礼拜堂命名即曰约翰。汝辈听之。"本司贝曰："我言如何事即如何。"船主即引佛罗伦司之手，曰："去题近矣。"本司贝曰："所以我即如是而言，胡以不如是？即他人言，亦但如是。果非是者，其又何说？"于是本司贝语止，复徐徐自言曰："讵此舟沉耶？即云其沉，亦未为不可。我非言沉，亦未尝为不可耶？二者均无定。吾以船出圣乔治港中，面道翁行，距吾前者为何物？滋风顺也。顾亦莫能决其为顺风。即顺风，亦无不可，总以阅历多者为得。"复屡蹙其颊，言曰："但留心者，自无恙。"本司贝且行且语，语终，人出矣，立归其舟，言疲，即枕睡矣。

听者莫知其所以然，如猜神语，两两顾盼不已。此等语，亦为巴伊拉所闻，乃摸索不可得解。独船主迷信至深，囫囵其意，曰："倭而忒之船决不沉，留心自可免祸。且彼既言无妨，又何虑之有？"女亦私祝其言之验，惟秀珊摇首，谓与迫处同科，决不之信。所罗门殷忧念切，仍以罗盘就海图中四指。佛罗伦司悲不自聊，微谓船主曰：“试观此状。”船主即进而拊老人之背，曰：“汝应少释寸心矣。”老人曰：“徒焦吾心，似无所益。吾今日正思倭而忒第一日入东贝肆中时，即与我谈破舟事，似为预兆。”船主曰：“老友且释于怀，待我送此心中极乐之人指佛罗伦司，归后更来侍汝。吾今夕必引尔饭于庄间。”老人闻言大震，曰：“今日安能行？”船主曰：“何也？”老人曰：“我今兹大有事，似宜少摒挡，且当外出。”船主视老人后，更视佛罗伦司，两两互视后，言曰：“然则明日耳。”老人曰：“明日佳。”船主曰：“吾于明日侵晨即至。”老人曰：“容再相见。上帝赐福与君。”语时，二手坚握船主之左手，继又坚执女手，向吻亲之，言曰：“君辈行也。”厥状似逐客。船主大疑，嘱巴伊拉善事主人，期以迟明即至，且与巴伊拉一先零，言曰：“果明日主人无恙而喜乐，当更赐六辨士。”遂送佛罗伦司主婢归。临别言曰：“所罗门授我，我自司之。”问秀珊曰：“汝果有胆乎？”即复述对居停语。

船主既反，仍至所罗门门外私窥，时已曛黑，老人方作书，巴伊拉方治床席且睡，似无他事，计明日当即至与语。

第二十四章

司格特尔宝星及其夫人本筑一精舍于富兰，居太姆士河之滨。当河中斗船，精舍中凭楼阑而观最适；至水涨时，退闲之室亦时受水，园中草场亦为水淹。宝星生平随身之物，行止弗离，有二物：一为古式金鼻烟壶，一为绢手巾。每用时则抽自衣囊之中，如张旗帜，两手捧而近鼻口间。此恒态也。宝星宗尚以多结识要人为上着，余今将犯上无等，以一物譬此贵人，凡溺人必伸其手，始不骤沉；又空谷传音，据物理家言声浪所传，初无涯涘。故宝星之交游亦以张大广博为量，凡新交一友，必介绍见其故交，互相牵纠，盖其生质如是，故交道之广，亦欲人人如是。每新得一友，必延致其家一次。第一语即问以欲结识何人，其人果举一名，则或为宝星所不识，然亦猝许，作书曰：

某某亲爱之先生，久仰盛名，初未奉谒，即请以吾书为介。且吾有良友至愿瞻望颜色，即愚夫妇之渴想亦正如此。能否惠贲，为蓬荜之辉。

加以名刺投之。果此客能来，则谓之一弹贯二鸟焉。

自佛罗伦司第一日至其家，宝星亦以此言叩佛罗伦司。女意但思倭而忒，然倭而忒已不可见，则谢无有。宝星即复曰："密斯东贝，尊父为世闻人，讵无人攀交于君家耶？"佛罗伦司闻其父名，即垂首声颤，谢曰："无之。"宝星公子时已得假家居，亦加坚硬之素领。其母令之亲近东贝，公子固有奇癖，坚不可。且暑假中宝星复延伯林伯夫妇同来，公子尤不之欲。宝星以问佛罗伦司不能入，于是遂还叩博士，以欲见何人。博士曰："承公佳惠，鄙人固无所偏爱。盖四海均我知交，见可，不见亦可。古人泰伦司有言：凡有子女之人，均为吾所属意。"宝星遂又问夫人曰："密昔斯伯林伯又欲面何人者？"夫人笑而摇首，曰："宝星能为引见昔色罗古名人，已见前，则予怀良感。第古今殊途，又焉得至？今得贤夫妇为友，于愿已足。更得公子从游，吾尤无憾。"宝星词穷，但亦即此三人中周旋而已。

佛罗伦司亦甚愿其客之弗多，盖蓄念欲质诸宝星，恐人多不畅其所怀。盖夏中宝星延客至夥，见人人恒引其子女同来，情至亲密，而父母与子女之情初无间隔，可以径遂自达。佛罗伦司则欲就是中推究其何以致此之由，于是时时目注儿童之恋父母，细审其结欢之故。有时晨起，独行河堧，引首望童子睡卧之窗间，想夜来此童子为其父母所抚爱，恩意亲稔无伦。每思及此时，又以归宿故居为乐，盖人人有父有母，而我既失母，又不见爱于父，实人世畸零之女，胡足侣此福人？顾欲求解难题，则又思久留，以竟其学。惟此种学问至艰极琐，初学万不能至。及见孺子得其父母欢心，事又近于天然，初不关于人，有孩提之童而父母已爱如拱璧，此学又似出之天授。于是思维久之。迨及日高窗启，群儿下楼，佛罗伦司则极意睇观其秘诀所在，卒不可得，但觉天伦乐趣，儿女近父，即仰其腮待其父亲吻，若行所无事。自念此学问逾高，吾初学，万不能从是入手，且无此巨胆。又思及前此遇及慈善之密昔斯白老姆，凶狞已极，然一念其女，尚有顾恋之私情，我何有者？忽又思及死母惠我甚深，设果存者，能否以我不学之故而远我？即又曰决无决无，我何为存此妄念，以诬死母？虽然，父亦吾亲也，何为如是？是必吾学未精，决非吾父之过。

佛罗伦司客宝星家数日，复有一少女至，年鬓较小于佛罗伦司。父母都非，乃与阿姨同贲。姨亦慈惠之老人，恒与佛罗伦司亲稔，无事时恒静坐听佛罗伦司雅歌。至甫二日，佛罗伦司适于后园散步，见群儿聚戏，佛罗伦司在树罅观之，去树未远，忽闻此老人与其甥女坐谈，即谈己事。女曰："姨氏，佛罗伦司曾否失其怙恃，如依零丁者？"姨曰："否。彼母亡而父存。"女曰："持服者为母乎？"姨曰："否。弟丧耳。"女曰："尚有他弟乎？"姨曰："无之。"女曰："有女兄弟乎？"姨曰："无之。"女曰："伤哉佛罗伦司也！"语至此，河上适有船来，二人之语遂罢。佛罗伦司闻二人坐谈，方把握其所采之花，将起而即之，以其语停，遂踞铁榻不起，编花为圜。甫坐，又闻二人论己。女曰："佛罗伦司之在是，人人爱之，然其德性亦宜见爱于人，顾其父又安在？"姨少停，答曰："未之知也。"佛罗伦司闻言，复盈盈起立。既起，复不能前，手中执花，且颤，几坠于地。闻少女复言曰："彼父在英国，不远出。"姨曰："然。"女曰："彼父曾莅此乎？"姨氏曰："未也。"女曰："彼父曾否来视其女？"姨曰："或未必来。"女曰："然则其父有疾耶？"佛罗伦司闻言而悲，手中之花不期坠落数朵于地，余花则坚执之。姨曰："嘉德，老身告汝，此语亦得之传闻，汝幸勿语之他人，若稍播风声，实增佛罗伦司之悲痛。"嘉德曰："儿又安敢冒言？"姨曰："信之。吾之信汝，犹吾自信。我闻佛罗伦司失爱于其父，至不欲一面其女。前此第不之爱，今兹直避面而行。果其父许之来前，则其人必行其奇孝。顾乃不许，奈何？然则非其女之不善。此等遭遇，凡有人心，义当怜爱。"此时，佛罗伦司手中之花，纷落如雨矣，尚剩余花沾湿，乃非受露，盖以素面伏于花心。此时，又闻嘉德呼曰："伤哉！佛罗伦司匪特可爱，尤宜钦佩其人。"姨曰："嘉德，汝知我何为告汝以此？"嘉德曰："姨之诏我，殆欲我亲近其人，慰其勿悲耶？"姨曰："此特其半耳。我辈见彼，彼无戚容，汝当知其心非真能愉快者也。"嘉德曰："然，彼决非乐。"姨曰："汝不观彼时时向恋父依母之小儿注其眼波，是又何故？"嘉德曰："亲爱之姨氏，吾知之，可怜哉佛罗伦司也！"此时，佛罗伦司手中之花但余数朵，且此数朵之花正如败叶战于秋声之中。姨忽怆语曰："我之嘉德，此间群儿，惟汝为佛罗伦司天然之执友。汝亦孤露之身。"甫言及此，嘉德曰："否。吾乃乐甚。"姨如未之闻，即曰："汝惟孤露，与之为友，庶不枨触其悲怀，故吾欲尔分外亲爱此孝女，且汝之身与彼适相符合。"嘉德曰："我固孤露，然得阿姨爱我，恩等阿娘生也。"姨曰："质言之，汝虽无恃，其不幸较胜于佛罗伦司。须知天下无父母之苦，较诸见屏于顽亲为胜。"此时佛罗伦司之花，一一撒诸地上，空其两手，捧其素面啜泣。迨二人既去，佛罗伦司尚隐于林间，久久始出。读者须知女志之坚而向学，立誓久久必掬此赤心贡诸其父，且后此行动语言一须加慎，勿令旁观之人公然抗议吾父之短。晤对嘉德，言语步步留意矣。且谓嘉德之爱我，即所以鄙我父也。我受彼一星之爱，即鄙薄吾父之一罪。至前此无意闻彼母女之言，匪特借以自明心迹，因之保护其父之心乃加切。方其留此观摩学问之时，亦无时不用其保护之心。有时读及小说，至顽父虐女之事，则心为之痛，声亦遂低。此外有涉于顽父之故，则亦心痛如割，谓命读者之有意与之为梗。以此之故，怏怏将图归，思闭楼深居，无复更闻人间琐语。

宝星中客多，见女妙龄如花，但有艳羡，曾有几人知其挚孝，则作者不能述矣。然佛罗伦司考究事亲之学，卒不可得之纨绔之中，遂变计入穷儿之家观之，顾穷儿之家学亦过邃，乃无一人不得其亲之心。此事似关宿慧，不能及也。时有一人，晨起出门，而身后必挈一幼女。其人绝贫，似无常业，但于潮落时拾蚌及螺于河次，或即其门外空畦种植菜蔬，或牵舟上岸，补其渗漏。然其人何作，其女必坐其旁。佛罗伦司久欲与言，然行近其旁，其状愀然。佛罗伦司乃不敢发问。一日，无意中路与之值。其人亦引目视佛罗伦司曰："请密斯早安。"佛罗伦司报礼后，亦近而与言曰："足下晨起治艺，良不易。"穷人曰："密斯听之，但得有一丝生路，即午夜而起，心亦良甘。"佛罗伦司曰："钱之不易如是耶？"穷人曰："在我良难。"此时穷人之女坐于石次，以两手支颐坐。佛罗伦司曰："是为足下弱息乎？"穷人闻问其女，则笑靥回顾曰："然。"佛罗伦司亦与之为礼，懒女乃作不屑意状。佛罗伦司曰："君女固亦求艺不可得耶？"穷人曰："否。吾以艺活吾女。"佛罗伦司曰："然则君家但此二人乎？"曰："然。彼母下世十年矣。"顾其女曰："马莎，汝可对此慈惠之密斯作数语也。"马莎努唇转目而他视。盖女既奇丑且垢，衣服破碎，顾其父视之滋悦。佛罗伦司曰："君女病乎？"穷人太息曰："马莎近五年来乃无一日不病。"此时有邻右适至，助其治船，言曰："约翰，尔女之病不仅五年也。"约翰曰："然，为时似久。"邻人曰："病久，汝乃愈怜，故性质乃逾怪，人人唾弃之矣。"约翰曰："我决不之弃。"佛罗伦司决知其父之为至言，心感此穷人恩女之深，几欲至而谢之。约翰曰："似此恹恹，我不之怜，待谁怜者?”邻人曰:“约翰,汝解衣推食,而穷仍如故,马莎亦解尔苦心乎?”约翰夷然顾视其女,噫气以鼓动之,而女仍怒形于色。邻人视佛罗伦司曰:“密斯观之,彼恩意如天,乃得此一怒。彼父心甘也。”约翰曰:“嗟夫!汝辈何知?更数年者,欲得马莎一竖指之劳且不可得,矧摇首拒我耶?”佛罗伦司私出数先零,窃置其人之旁,蹑足而去,心中自念我果有病如吾亡弟者,吾父之心又将如何?能否躬至吾床,抱我而言曰:“佛罗伦司,吾今父女如初,不如前之恶汝。”或临死之时,能否恕我无学,加之怜悯?思至此,忽憬然曰:“吾至此时,吾父决怜我矣。”佛罗伦司遇穷人于一礼拜之后,历历心忆其事。

一日,宝星夫妇出而散步,挟佛罗伦司与偕。夫人并命其公子将佛罗伦司行。夫人之心,所最适者,无如见其子与佛罗伦司携手而行。然其子之心乃反对其母,恒呶呶然,私斥何为命我引此女子。然佛罗伦司但抚以数言,而此蠢蠢者亦颇悦怿。宝星夫妇对之得意不已。此日,正四人同出,行次,见有人骑马而来,马上人眼光直射佛罗伦司。既行,复勒马而回,自脱其冠。四人见其人回马,亦矗立。其人向佛罗伦司鞠躬后,始与宝星为礼。佛罗伦司似未之识,转为却步。马上人曰:“密斯勿恐,吾马甚调良。”佛罗伦司之退,非为马也,盖马上人之颜色弗善,女观之似为蜂螫。马上人曰:“密斯或即东贝,吾今日有缘,乃获觌面。”及见女低头,即自通名曰:“吾为卡格尔,如密斯东贝者何能识我?然吾名或为贵人所记。吾,卡格尔也。”天气固暖,而女为之股栗。不得已,为之引见宝星夫妇。宝星夫妇亦待卡格尔以礼意。卡格尔复面佛罗伦司曰:“吾此来,良冒昧,惟明日须往利明登,谒密司忒东贝。果密斯有书及物上老主人者,匪不效力。”宝星夫妇思佛罗伦司必当寓书其父,乃不待答词,即曰:“吾辈同归。”且邀卡格尔同归午膳。卡格尔曰:“吾乃无福,今日适为朋友邀饮。果密斯东贝欲寓书者,我愿随侍同行,虽久俟无惮。”语时，齿巉巉露，则俯麾其马颈。女似微闻卡格尔作声曰：“船之消息仍无有也。”女大惊，复退，自疑此声果出之斯人之口耶，或吾耳听乱也，即颤声言曰：“谢先生，我固无书，亦无他语。”此露齿之卡格尔曰：“无物见授耶？”女曰：“无之。惟寄吾爱情于吾父。”语时至慑，自疑为非分。卡格尔笑而鞠躬，言曰：“诺。”宝星夫妇亦曰：“见密司忒东贝时，为我夫妇问讯。”卡格尔遂以马行。宝星夫妇目送其马，羡乃不已，但佛罗伦司如冒严寒。宝星尚迷信，谓人无故发寒，必有人践过其前生之墓，而卡格尔于路转处尚引首回顾。读者当知踏墓其即此人矣。

第二十五章

船主克忒尔固言明日侵晨造所罗门家，以夜中自外内窥，而所罗门初无举动，遂亦释然于怀。起乃弗夙，六点时始开眼，视屋中及见其门，则大张其眼，以为所见者眼眯也，即以手自拭其睡睫。读者须知船主之怪，其势固宜怪者也，盖巴伊拉初不莅其家，而今日忽迟诸船主之门外，且气促面赪，厥状甚异，目灼灼视船主不已。船主惊呼曰：“汝何事夙至吾家？”语次，即斗然而起。巴伊拉方欲启齿，船主已以手封其口，言曰：“孺子勿言。”遂引至卧房复室中，自归而袭其衣，复至巴伊拉所立处，以手示意，禁之勿骤言，遂即橱中取酒，自斟其一，又斟其一授巴伊拉，遂以背抵墙而立，盖知消息非佳，防猝闻之而晕，故先以物自抵其背。既立，遂仰其酒，乃发言曰：“向前。”示其发语也，盖船主之指挥舵工咸如是。巴伊拉曰：“船主，得毋令我吐实？”船主曰：“然。”巴伊拉曰：“即言之，亦无多。”怀中出钥匙一串，曰：“船主试观是物。”船主不动，以目属钥匙，复面是童子。巴伊拉曰：“吾起时可五点一刻，枕畔已见此物，肆门已启，而主人已不见。”船主大声曰：“行耶？”巴伊拉曰：“行矣。尚有书在，船主可观此书。”船主力起，势似扑取巴伊拉。巴伊拉大惊欲逃，即以钥匙及书伸两臂当船主之击掊，且言曰：“船主，我乃一不之知。此二物均在枕边得之。我为贫儿，甫得啖饭之地，而主人猝逃，我乃受怨。此蹇运尚可言耶？”所谓受怨者，以船主二目狞视，似疑此童子之行诈。

此信先夺，取其书，拆后，中尚有封书，曰：

> 吾亲爱之乃德克忒尔，我之遗嘱即附此书中，并我手据。

船主取书观之，曰：“遗嘱必在内，而手据又安往？孺子汝言手据所在。”巴伊拉曰：“我乃未见，请船主勿疑。我百不闻知之童子。手据者，吾实未尝近之。”船主曰：“必有一日为我所得。”复读其书曰：

> 此遗嘱封中，汝且勿开，必俟一年。果一年中倭而忒存亡已悉，汝亦可开。

船主读至此复止，叹喟频频。已而复防巴伊拉轻己，即复收敛其神，努目视巴伊拉久之，复读曰：

> 果尔不闻吾耗，或不得见我，则亦不必深悲，但记我为尔之老友，足矣。此一年中，请尔为我照料此肆，亦不必为我，但为倭而忒亦可。今肆中初不负人，负东贝之金亦清还矣。钥匙者，即肆中箱柜等事，一一举以属汝。我此行，汝勿张皇，亦不必觅我，即觅亦无得。后此或无通信之期，即永别，亦未可定。

船主垂眉叹息，复观其下曰：

> 小使巴伊拉，为东贝家中所荐者，尚无大非，可用，即留用之。若不幸，仍不自支，他事勿问，但此木偶人请乃德为我藏之。

船主读已，往复者可数十遍，情状之怪特浓挚变幻，吾笔万不能书。其先执书而思，似判问罪囚，究其虚实；此时虽张目，实则观心而不属物。既见巴伊拉挺立其前，则又谓其人大属可疑。其疑巴伊拉之情状，亦显然陈诸面目。巴伊拉即曰：“船主幸勿误会，吾究何罪，乃疾视如此？”船主曰：“孺子，汝未着伤，且勿呼痛，亦勿自剖，转示其情真。”巴伊拉曰：“我一无所犯，何云情真与否。”船主曰：“汝既无罪，尽可自如，何为慑影骇声至此？”言后，自思此事一属之我，此狱不能不加严鞫，遂欲自至肆中履勘形迹，亦不姑纵巴伊拉，心中自念形殊可疑，法当加以锒铛，即不之械，亦当铅加其股，俾不远逸。顾私刑有禁，不得已力挽其肩，息息惟虞其遁，然巴伊拉亦不遁。

至时，窗尚未开。船主令四敞百叶窗，然后一一简点。先据一榻坐，即命巴伊拉仍睡柜底作苏醒见钥匙状，然后觅主人不见状，出之如演剧。演已，船主摇首，深言其非佳。此时思及藏尸之所，举室皆加徼巡，以烛直下地窖，至于阴曲之处，则亦以腕钩入，冀可见尸。复登承尘，屡以首触椽瓦，仍索无已，而蛛网已周罥其身。后及老人寝处，似未尝寝，但有褥间坐处隐隐留其洼陷之形。巴伊拉此时亦四向似有所觅，言曰：“船主，吾见主人旋出旋入，得毋自运其货物外出？”船主曰：“汝何由知之？”巴伊拉曰：“吾胡为不得其剃发之刀及治衣之刷？里衣革履亦都不之见。”船主闻巴伊拉言剃发刀，即视其颏；闻刷衣之刷，即观其衣；言履，目亦及履。顾巴伊拉年稚不髯，衣上尘尚厚积，履则久破，亦复非新。船主曰：“孺子，汝知主人以何时行？可质言，勿欺我。”答曰：“是于我打鼾时即行。”船主曰：“汝鼾发在何时？”巴伊拉曰：“睡中又奚知？但知吾初睡至酣，垂晓始轻松。想主人行时，必在吾沉酣之时。若至迟明，吾虽微闻足音，亦已觉之。”船主此时忽大悟老人决非为人所害，盖明明有书可以为凭，且其笔迹实彼所书，殆决行即行，非受人敦迫者。顾此行安适？行又何为？船主于第一节则百思莫得，至第二节则方在苦虑。忆及昨夕见老人时，语言即露逃兆，且彼何为与吾叙别。当时吾但疑骇，今日思之，乃恍然大悟。于是大惊，谓倭而忒碎舟而死，老人盖自裁也。至于他故，则人未尝逼之，彼又未负人逋，何为潜逃？是必怒极，自殊于野次。即携去衣物，亦殆掩蔽生人之耳目。船主之心盖千回百转，甫及于此，其先纷纶散漫均不得当，如议院之商酌大事，久久自以为得矣，而仍觉其无当。船主今日之事肖之矣。

船主此时谋定，谓老人之出，决然为此。于是自伯鲁格雷肆中觅取一人司此肆，己则挟同巴伊拉出寻所罗门之尸，以为死处决未远也。凡河堧、水次、火车之站，无一不至。一礼拜中，每于报阑中言人忽不见及僻处得尸，无不留意而读。果言某处有尸，虽远无惮，必奔至视之，非舵工自沉，即外国人自裁，皆非其友。船主自思：如是决无所效，遂亦不出。第思善后之事，复出其老友之书读之，忽及托彼司肆之语，则翻然曰："此亦吾责。吾当迁赴彼间居之，惟当与居停议辞此屋。然吾擅自辞宅，居停焉能允我？今惟有潜逃之一法。"决计既定，即语巴伊拉曰："孺子，吾明日长日不在此，必以夜半始来。汝凝神司此阁，一闻叩户之声，即为我启之。"巴伊拉曰："诺。"船主曰："汝恭谨率吾教，吾尚用汝。更不恶者，尚蒙升擢。汝明闻叩户声，勿问夜深，当起立启关。"巴伊拉曰："船主勿忧。"船主又至巴伊拉之前，微语曰："明日或有追我之人，果不立启此扉，行将为人所缚。"巴伊拉复诺。船主申嘱至再，始归，心中自思此为末次归寓，似有极巨之罪罟加诸其身，偶闻居停足音，即振衣而颤。顾此居停此日忽易虎为羊，状至驯扰，船主乃愈自悔其行诈。忽自临问，言："汝今夕何嗜？吾将烹炙以食汝，能否治一猪腰布丁或熟一羊心嚼汝？勿谓吾忙，但欲食即可发语。"船主战兢言曰："幸勿需此，敬谢马丹。"居停曰："汝不嗜此者，能否思及炙小鸡及牛肉？船主在理宜加颐养。"船主鞠躬曰："马丹勿为我计。”居停曰：“吾见尔日来精神未佳，宜少进补益之物。吾为尔购葡萄，即少饮，亦未为糜费。”船主曰：“马丹能与我对饮者，我即往购。”此时船主谓居停殷勤如是，心滋感激，言曰：“居停能否容吾预上三月之屋值？”居停曰：“此又何语？”实则居停夷然，而船主则踧踖，若为所觉，即曰：“吾乃不能厚藏。果居停见许者，即可云以宠礼贶我。”居停搓手曰：“听船主所为，似吾家之乏，而儿女复累人，钱至而推，即复何必。若无因求索，我亦弗敢。”船主即于庋阁小铁匣，言曰：“马丹，吾将于每小儿赐以十八辨士，且请马丹聚此群儿见我，我尚欲与之作嬉戏。”迨群儿争集，船主愈不忍，如针锋之刺其心房。亚力山大马克司丁格及周立叶马克司丁格尤为船主所爱，几不忍亲觌其面，幸尚支拄其哭。一点钟，听群儿撩发摩腮，一不之较。第一着，除船主之冠，二人争跨其上。冠固坚实，然亦少垫。又不已者，则争脱革履，力叩此冠作响。一点钟后，始善遣却，大类慈父远行，安抚儿女勿悲者。

迨夜中人静，船主乃摒挡家具，坚不能举者则悉纳之箱中，仍置楼上，思必得一胆巨之人为之取归，不尔亦留赠居停。余物轻便可携，则以绳束之。银羹匙及银碟子，则纳之衣囊。钟动十二点，街上无人，即居停亦沉睡。此大胆之船主，乃蹑足下楼，轻阖其扉，力奔而去。道中似觉居停蒙寝衣来追，乃不遑后顾，直趣肆中。巴伊拉果久待，一叩，立开其扉。

既入，即下令钥扉。既坐，气咻咻然，防为巴伊拉所讥，即曰：“吾行道捷，气乃微促。”巴伊拉大异，不知所为，即曰：“船主何事？”船主曰：“无之。惟有一言，舍密斯东贝及侍人外，苟有人询及船主克忒尔者，汝但曰吾不识其人且莫解其名，识之识之。”答曰：“诺。”船主曰：“虽然，尤有说。汝告彼：其人已赴奥大利亚，且与诸人同行，立誓不归英伦。”巴伊拉一一领诺。船主曰：“汝果能如是者，我必升擢尔。尔今且归寝。”

船主即至老人宿处。

明日，船主苟见道上有女人过，即变色，或跃身登楼而避。顾亦自知其劳，则于临窗之玻璃，加以内衾，外望遂不能入。钥匙恒纳之窍中，门上开小窦，意见女人之影即奔入内室。扃其扉，自窦中外望为何人，苟非者，始更出。然市上妇人过门者夥，而船主一刻之中竟累累奔命不已。

船主既受事，则日令巴伊拉擦拭铜器，令黄光照眼，然每物必定价值，自十先零至于五十镑为止，且大署价于窗间，令估客读。客见皆奇骇。此肆自得船主改良，船主亦皤然，谓宜少习科学，于是晚餐之后咬雪茄而观乾象，复又留意及于金银之涨落。顾市上报单为数绝巨，船主以行船测量之法推之，终不得当，乃不知数目之为何用，意谓整数宜留，此零数胡不节之？自所罗门不见后，船主即赴诉佛罗伦司，竟不之见。今兹船主舍巴伊拉外，初无伴侣，静坐乃不知时日，长日但忆倭而忒及老友，即居停亦在其意念之中。

第二十六章

少佐既与卡格尔相见，即曰：“先生，凡为东贝先生之朋友者，即我之朋友。吾诚渴欲面君。”东贝亦语卡格尔曰：“我与少佐巴格司达克共处为乐，良足消吾积痗，诚大受其益。”卡格尔此时甫至利明登，即为其主人引见少佐，乃脱冠纵其笑容，言曰：“少佐能助吾东人振刷其精神，在义宜加伸谢。”少佐曰：“功不在我，我特转相授受而已。”即微语卡格尔，然非微语，其声仍可令东贝闻之，言曰：“似密司忒东贝之为当世大人物，每至一处，实增其地之辉光，品行道德能使顽廉懦立。”卡格尔复露齿，鞠躬曰：“确哉确哉！”老约曰：“适密司忒东贝称我密司忒巴格司达克，此称非也。我特为寻常之老约，又朴啬无文之老约。”然卡格尔者，但有鞠躬，似寻常也，我服之不文也，我尤服之。老约曰：“先生与密司忒东贝或有正事相商，在理我宜请退。”东贝曰：“无伤也。安有重剧之事？”老约忽变色曰：“我乃不知耶？君为商务中之圣人，我岂妄而无知者？今待餐时相见。”语后，慷慨而行，至门而止，言曰：“东贝，汝得毋有言令我传之？”东贝肃然，视卡格尔有羞涩状，但曰：“为我问讯可尔。”老约曰：“不可，宜作热语，否则老约一至其地，胡能得彼欢悦？”东贝曰：“然则为我重致委婉之词，言我以事不能至也。”老约忽耸肩曰：“尤宜更热为佳。”东贝曰：“汝便宜为我传语可也。”老约大笑曰：“汝固晓人，老约亦晓人。汝聪明不可遽及。”复带笑而行，言佩服不已。

卡格尔见老约行远，白齿尽露，语东贝曰：“主人与此君相处，应多闻见，足称良伴。”东贝曰：“彼淹博无伦，阅历至广。”卡格尔曰：“此间或多此君之故人。吾历闻彼言，似主人翁在此，亦多与人过从为乐。”因矫笑曰：“主人翁能广交游，用涤其烦襟，吾之为乐极矣。”东贝见卡格尔关心如此，则摇其表链，喜形于色。卡格尔曰：“主人翁固宜广交游之路，以示其宏达。吾于同辈中，谓惟公之势分德性始足服人，亦足为人钦服。前此之杜门谢客，私心窃以为疑。”东贝曰：“卡格尔，前此之杜门，亦自有故，盖家无中馈之人，亦不便于延接，且性非所近，然观汝亦善于周旋者。”卡格尔曰：“若我者，安可挈举与名贤为例？”东贝此时方以手自理其领，静观卡格尔，怡然无言，少须呼曰：“卡格尔，我意欲介绍尔见我……”复易其称曰：“少佐之朋友。此数人，均上等人，足称吾辈。”卡格尔曰：“其间似有名媛。”东贝嗫嚅曰：“二者均巾帼中人。”卡格尔曰：“仅此二人耶？”东贝曰：“然。吾舍此二人外，殊乏往来之人。”卡格尔曰：“女兄弟乎？”东贝曰：“母女也。”东贝语至此，复自整其领，二目下垂，翕唇上向，亦不向卡格尔。即此片晌间，而卡格尔一团笑脸已易为恼怒之状，待东贝眼光一注，而卡格尔已立易其颜色，牙龈无一不露，言曰："主人翁能介绍见此二名媛，吾心乃至欣慰。适论人家女儿，我乃忆及密斯东贝，亦已见之。"此语一发，东贝颜色顿变，血光充溢。卡格尔曰："吾来时适遇女公子，吾问有无信札。女公子言无有，但寄声起居老父。"此时，卡格尔脸似立化为饥狼张馋吻以向人者。东贝初不欲闻，即乱以他语曰："吾贸易中近有何事？"卡格尔即出纸于怀中，言生计近颇寥落，然以我巨富之商家，即亦无觉其赢绌。据船业一部分报告，言承嗣之船大抵沉没矣，然有保险在，其价值甚足。东贝曰："卡格尔，吾语及是船，尚忆及一事，有一孺子，此孺子吾非怜惜其人，惟颇中悔，不应遣其外出。"卡格尔曰："主人翁告我良晚，顾已无及。惟以吾意论，此子去亦良佳。我为主人谋，及代彼谋，以其行为佳运。讵吾不曾语公以密斯东贝事耶？"东贝曰："何事？乃未之闻。"卡格尔作吞吐不敢言状，始怃然曰："此子终以远行为佳。果我易处主人之位者，此亦万不宜有之事。其果有者，诚以此子之沉舟为大幸。当日此子之去留，固无所可否，由今思之，乃殊公家之幸福。密斯东贝年事固轻，别无所议，其微憾者乃不如其父之尊严名贵，实则年纪稍长，亦必知悔。今且论及账中之数目。"语后，遂张其账本，置诸东贝之前。东贝不视，以目视卡格尔。卡格尔伪为不见，但两两核对其数目，盖伪示此态，亦令东贝烛见其伪，谓不尽言者，正以止东贝之悲愤也。东贝亦知其用意所在，知尚有无数之言吞咽于其后，然骄极，亦不更问。此时渐渐移目注此账上，然百忙之中时以眼光射卡格尔。卡格尔知东贝疑己，则故张皇，示其忙逼，愈坚东贝之信其言外之更有言。正宾主检账之间，东贝之心恨佛罗伦司至于次骨。

此正老约挟土著为之携洋伞、远镜等事至司各登家朝觐女王时。时方交午，女王仍娇卧于温榻，面前陈咖啡一杯，窗衾尽下，屏去日光，房中静悄，便七十美人之春睡。威色司侍立御榻之旁，深黑中乃同一影。及见老约入门，女王曰：“入者岂令人难耐之蠢物？无论何人，悉屏迹外出。”老约荷行杖于背，言曰：“马丹，汝讵具此劣心肠，充老约于边远之地耶？”女王曰：“汝耶？吾更思之，许尔入此。”老约进，及榻前，捧女王之手而亲之。女王仍娇卧，以箑麾曰：“汝坐少远，勿近吾榻，以我今日甚恹恹不欲起。汝衣上均挟骄阳之气，尔真热带中动物耳。”老约曰：“马丹，老约当日为风日所欺时，均少壮事，为时过矣。方捧上官之檄，赴西印度暖窖中，然少年之老约，人人咸目为花朵，同伍中知老约者咸称老约为人中之花。今花色略逊于前，然花根尚牢，固大类耐冬也。”且言且近榻坐。屋中甚幽暗，老约闭其一目，摇首自鸣其得意，似旧患将复发者。女王问侍者曰：“密昔斯格兰极安在？”侍者曰：“正在室中。”女王曰：“然汝且出，引其扉，有人问者，言我有事，勿听其入。”

侍者威色司既去，女王即问老约曰：“若友近如何者？”老约微嗽，痰声上下，答曰：“东贝良佳，顾有是心绪，亦不能言佳。马丹听之：东贝心动，仍为利刃所刓。”女王侧目视老约久，言曰：“少佐巴格司达克，世界中事，吾初不了了，然亦不悔其不明，以此世界均伪饰无实际。且世人又何知？有天然事，卒亦无知之者。心中之音乐及灵魂中之清气，竟为世人所不能闻见。顾我虽不明此世界之故，而汝言吾亦微觉，此语似隐隐指爱迭司，即吾最爱之女儿，此语发，吾之心弦亦动。”老约曰：“马丹，老约一种人皆钝根，然马丹之言亦中。”女王曰：“汝适所指事，归宿处必为我极感动之心情上事。嗟夫！人生于世，此心情亦万无获免之时。”老约闻言，麾手称可。女王曰：“吾于此事，吾乃不能自忍。苟欲令我以此言告吾女，一发吻，势将立晕。尔小人既发此言，吾为母之职分，势亦不能不尽。”老约见屋中沉黑，则张其怪目如龙虾二腮暴挺，乐极，而马嚏亦大作，遂周行室中久。少静，始归座，坐定。女王曰："东贝于前数礼拜至此见存。吾实告汝，吾心偶有所感，无不达之颜面，然亦不悔。讵此冷世界能冻我热肠耶？吾宁受应得之罪。"语时，以手自按其喉，使音吐少清。复言曰："东贝之来，吾心至乐，矧又为汝良友，且东贝亦有心之人。"老约曰："今东贝之心亦剥蚀，所剩无多矣。"女王作娇嗔曰："佥壬幸勿多口。"少佐曰："老约哑矣。"女王曰："后此东贝亦常来，大抵亦视吾母女为狷介清高一流人。须知人间有天然之佳趣，容吾享之。即久于富贵者亦慕我为人，于是匪夕不来，乃弗审竟有如是重任，加我仔肩。"老约曰："彼盖将一网尽尔母女矣。"女王曰："蠢物，吾意乃为汝所得，惟汝言何乃不文？"语后，女王复倾斜其身，支其左腕，垂其聚头之箑，时时摇动，以妙目观之，口中复言曰："彼来既数，微旨乃渐渐为吾所觇。汝思吾生平最爱之女儿，乃逐日观其变相，此心如受棒击。须知吾爱爱迭司如爱明珠，且爱迭司甚类我，此亦天下之公言。"老约曰："否。尔言天下之公言，乃不知尚有一人不应，其人即为老约。老约盖谓天下决无一人更似马丹者。"女王作势欲起，几以箑力劈此面谀者之脑，已乃霁容，与之一笑，复言曰："果吾女得我之性情，然亦必得我之痴心，盖女心初不易动，动且不可收拾。汝试思彼长日恹恹，不就茶饭，为母者如何可甘？"老约此时努其蓝色之唇，张其双叠之颔，作语曰："然然。"女王曰："我及吾女爱天趣，顺天心，乃大类姊妹，不类母女。"老约曰："老约之意与马丹同。"女王曰："汝昧理之人，胡敢中断吾语？须知吾既肖吾女，其中竟有微忤之事，如何释然于怀？盖吾女侍我，纯以天行，如无知识，近忽与我弗合。噫！身为人母者，其能忍耶？"老约此时更移一榻，近女王小儿之旁。女王曰："吾甚恨放纵其人，颇愿东贝对我明言，勿令我心为之痗腐。顾东贝乃不吾告。"以上均作老妪忽明忽昧之言。原书如此。忽曰："尔留意此咖啡之杯，胡躁妄至此？我爱迭司非复前此之爱迭司，我乃不知所以处置此事，亦无人足以商酌。”不伦不类之言。原书悉如此。老约闻女王言，知将问计于己，即引颈向女王曰：“马丹，胡不商之老约？”女王以箑微叩老约曰：“汝喜触人怒之怪物，胡为不预告我？我意汝不之解耶？如是附题之文，汝胡不着笔？”老约复亲女王之手，笑声磔磔然。女王仍作懒态，垂其聚头之箑，曰：“我微语东贝有心，汝谓何如？汝又观其心之真诚与否？趣言之。汝为诚顺之儿，可为我历历道其衷曲。”老约曰：“我今欲令东贝娶爱迭司，马丹之意云何？”女王以箑触老约之鼻曰：“妄哉！汝何能令东贝娶吾女？”老约仍笑曰：“吾意必欲东贝娶之。”女王此时亦笑而不答，然其笑也甚娇俏，于是几引少佐往亲其猩红之吻。女王竟以箑止之，其止老约也，盖有两深意，其一出之娇羞，其一则为其唇上之猩红保卫，勿濒于险。老约曰：“马丹得东贝为婿，佳甚！彼巨富之家也。”女王詈曰：“俗物财虏！吾几为俗氛所触而仆。”老约弗恤，直以首前趣，言曰：“东贝诚心，老约知旨，汝今以东贝付老约，东贝决不能遁，汝但如恒制度，而老约决总其成。”女王曰：“汝果自信耶？”老约曰：“胡能不信？后此尔我尚同沾爱迭司余润，时则无瑕之格鲁巴亚及莺吞礼巴格司达克可以常举是言以为快。虽然，东贝臂助之人至矣。”女王曰：“至自今日耶？”老约曰：“然。汝曾知东贝此遭胡以趣此人来？老约狡狯人，已觉其兆。今且预言，留为后验。其使之来者，意将以此事语之，然不明告，将令之从旁悉其消息。东贝骄极，万不自言。”女王曰：“骄亦美质，语骄固不能不及吾女。”老约曰：“马丹，吾已微示其词于卡格尔。彼亦洞悉吾言，然今日尚须示以要旨。今晨东贝语我曰：‘明日将以车至瓦威克古堡及克尼尔乌司两名胜之区，尚邀君母女同至逆旅。晨餐后始行。’命我赍此请柬。”遂出柬，上女王曰：“马丹亦垂青而下顾乎？”女王得柬，忽以手掩唇曰：“爱迭司至矣，勿言勿言。”立时复作娇懒沉绵之状。

而爱迭司已入，气概昂然，见少佐，但略致意，二目注视其老母，即开奁，游目于窗外。女王曰：“吾亲爱之爱迭司，汝又安往？吾思尔成痗。”爱迭司回顾曰：“母不言有事屏人耶？”老约曰：“马丹不来，老约苦矣，此心何忍？”爱迭司不顾，应曰：“吾固忍人。”老约听言，不能答。女王曰：“吾亲爱之爱迭司，少佐巴格司达克为极取憎之人，然今日……”爱迭司曰：“母何为作此婉曲之言？凡有言者公言之，母女安有膜隔之事？”语时，严冷之状。女王平日伪娇矫笑，尽皆屏匿不敢出，但曰：“吾亲爱之小女儿。”爱迭司曰：“儿今尚为小女耶？”女王曰：“爱迭司，今日胡慷爽不容阿母言？今日少佐携得东贝书来，明晨延饮，往游名胜。此为东贝盛意，汝如何者？”爱迭司曰：“女安不行？”女王曰：“吾亦知汝必行，此亦阿娘循例而问。东贝之书在此，吾儿试披读之。”爱迭司曰：“谢阿娘惠我，我可勿观。”女王曰：“复书，吾专作之矣。吾意本欲干尔捉刀。”爱迭司不动，亦不答。女王遂语少佐曰：“汝将小几至，其中有纸笔，为我将出。”少佐兢业如命。书竟，女王停笔，面其女曰：“爱迭司，汝曾否附吾书问讯东贝？”爱迭司他顾，答曰：“如阿娘意旨书之。”女王遂更书，付少佐。老约得书，纳之胸口，顾胖极，不能入之内重，乃纳之裤次。老约遂鞠躬，别其母女。女王尚为礼，女仍面窗，少点其首，冷涩之状较未点首为酷。不与点首尚可，以为未见；若不视其人而点其首，则轻蔑之意已不可以理度矣。

少佐出门，即举其轻装，如洋伞、远镜，令黑奴肩之，心中自念：彼母言彼变相，以老约观之无伤也，老约固不关汝变相如何，惟彼母子意见非洽，此事良凿凿可据。究竟我何知其他，惟爱迭司必宜与东贝合，男女皆极骄，令之相斗，亦奇观也。无论何人胜而何人败，老约必助胜者。老约心中所思，不期骤发诸口。土著以为主人有语诏，蓦然回首侍立。老约大怒，即以行杖触其胸。一路复时以行杖振其精神。

既归逆旅，土著为易衣，入餐堂。老约则尚怒土著不已，零星取物掷之，大至革履，小亦衣刷，综言之，凡为手所能及者无不取掷。盖此土著，匪特奉事老约，凡老约恼怒处，尽取其人用泄其忿。老约既尽掷所有之物，遂编述新奇之丑名，一一呼詈其人。土著闻而大奇，以为英国语言乃奇诡变化至此。迨衣讫下楼，则自言曰："吾今往面其臂助之人。"

下时，东贝尚未莅，而卡格尔已前在，一见少佐，即张其白齿欢迎老约。老约曰："先生，鄙人去后，君宾主作何消遣？曾萧散于外间否？"卡格尔曰："吾事乃大忙，未暇为此。"老约曰："然则谈贸易耳。"卡格尔曰："是均小节目，然鄙人平生落落不期，一见君子，乃如故交。"老约曰："然则足下宠我耳。"卡格尔曰："君曾否知我良友？"复曰："宜称为尔我之良朋。"老约曰："其东贝乎？至指老约者，老约固在此。实则老约之伟硕，殊不至使人眼眯不之见。且我之为人，凡东贝有事，匪不赴汤蹈火而赴之。"卡格尔曰："然以君热肠，自然至是。惟今日与东贝谈心，大类忽忽有所思，何也？"老约伪骇曰："彼何思之深？"卡格尔曰："意似有属，故闻己事，如不之闻。"老约曰："是中有美人在。"卡格尔曰："以我度之，亦似有其人。君今日出行时，语颇隐约，吾初以为戏也，尤知陆军中人均善雅谑。"老约忽作马嚏，抖身亦如马之滚尘，言曰："吾陆军中人，至达观，随时尽可取乐。"遂直引卡格尔之领，附耳言曰："此女绝美，且为年少之嫠雌，门地亦高。东贝几濡首及尾，入于情海之中。此婚姻之成，可云一对玉合子。女有艳色，有门伐，有异材；东贝复巨富。足下试思天下之配偶，尚有佳于此者耶？"语至此，已闻东贝足音。老约匆匆中言曰："明日再来，君当见之，方审吾言之非谬。"老约语时，心中意得，而每语复夹入马嚏之中。迨语竟，气咻咻然，痰满于咽，泪盈于睫，至肴蒸至时始愈。

老约食量无匹，今日中坐，左东贝，右卡格尔，食时气薄云霄也。方初进馔，老约但食而不暇言，及腹中少饱，遂出其余暇论事，言曰：“东贝，何为不食？”东贝曰：“谢尔见存，吾食已足，恨胃力不王。”老约曰：“然则胃力安往？君决不抛失其胃于良友之家，且吾今日适自其家来，然见彼人胃亦未佳。虽非二者皆劣，然亦必有一劣，至其人吾亦不更述矣。”语至此，以目视卡格尔，作狡猾之状，自鸣得意。土著以为少佐且发故疾，计非力为将护，行且僵仆。后此饭罢，宜进香槟，土著遂以瓶进。老约引杯曰：“畜生，斟满之，汝为密司忒卡格尔及密司忒东贝皆斟满之。”迨既斟，老约以目视卡格尔曰：“吾将以此酒敬一神道。此神道者，老约乃有幸竟识其人，但有膜拜，未敢亲近。神道曰仙人爱迭司。”卡格尔即起立，引杯曰：“我为仙人爱迭司饮此寿杯。”东贝亦曰：“爱迭司饮此酒。”既而侍者复以馔进。老约曰：“适所言事，但可告之我辈，惟仙人之名不当令奴隶知之。卡格尔先生，幸勿言。”老约之为此言，盖欲尊礼东贝未聘之妻。东贝亦解意，且似乐闻老约之言，不以为渎。此意亦为老约所知，曾预告女王矣，故今日乃放胆示之卡格尔。老约语时，东贝则细审卡格尔，察其意向所在。迨饭罢，老约遂述军营中故事，庄谐杂出、夷险并胪，而卡格尔若伪若真，大笑不已。惟东贝危坐无言，观其为乐。惟老约今日洪醉，醉后语渐模糊。众乃命进咖啡，饮已，老约又问卡格尔能否为叶子戏，卡格尔言微解之。老约曰：“八家猛赌名，汝亦解乎？”又答曰：“知之。”东贝曰：“卡格尔匪事不能，能而且精。”老约遂入局，乃大负，即曰：“能弈乎？”则又答曰：“知之。此特小技。”老约曰：“奇哉！君乃大异于东贝。东贝于蒲博一不之解。”卡格尔曰：“我公焉能留意此小技者，似吾侪小人习之，用为酬应之具。譬如今日，少佐强我，我即可以承应。”语时露齿，似将东贝高高位置，实则阴鄙其无能。似此阴险之状，老约粗疏，本不之觉，而东贝则二目若瞑，而亦无觉。二人博弈直至于临睡始罢。

第二十七章

明日，卡格尔乃与云雀同醒。既起，即出散步于外，且致其思。顾卡格尔之思乃异于云雀。云雀之思，思在高飞；卡格尔之思，乃深入云雀之巢穴。信步而行，眼光注地，如觅虫豸。读者须知云雀之高，仰面尚可见，而卡格尔思路之曲折，乃无人能尾其踪。时面容则似笑非笑，喜怒莫测其所以。当云雀愈飞愈高，而卡格尔之心乃愈沉愈挚。云雀鸣声清越可人，而卡格尔之思想则愈幽愈酷。已而云雀归穴，卡格尔如睡乍醒，四顾后复笑，似其旁有人，阳欢与之为礼者。笑已，额上尚有皱纹，防为人觉，则摩而平之。卡格尔平日衣饰甚佳，今日则尤加整肃，有数次力学东贝，第如其坚挺。其所以不同者，或病其坚挺，不适于观耶？或隐示不敢以贱凌贵之状。此时，卡格尔信步草间，方夏而万绿欲滴。行次，自思晨餐将具，于时宜归，因思今日见新密昔斯东贝矣，遂采捷径归。

刚及乡镇交界间，见林树葱郁，阴森可人。树下列铁榻，备行人假息。顾为时过早，地又偏僻，乃无人过。卡格尔独自徘徊，似此地即为其人所专享，虽面寓而行，而为时尚夙，则从容雅步，流盼景光。读者当知此地非复卡格尔一人行也，彼绕过大树之围，其中有铁榻，已先坐一女人，衣服绝佳丽，风貌如之，二目注地，心中似抑郁牢骚之气发现于外。坐时，以上齿触下唇，胸口起落如嘘气，且速，颊上尚有泪斑。卡格尔见此女时，此女亦适盈盈而起，顾盼间似一无所屑。及见此少女者，亦不止一人，其次尚有老羸干枯丑陋之老妪，衣服大类极迫守人在市上乞钱盗物者同。彼亦方注目此女，迨美人起立，此妪亦起自地，遮美人去路，言曰："美貌之夫人，我能预知人生休咎。"少女曰："我命乃自知之，无劳推算。"妪曰："美貌之夫人，虽能算，然必非准，果准者，则踞于座间时亦不至于抑抑不怿。夫人予我一先零，我为夫人推步。夫人面上已呈大富之象。"少女不答，但曰："我已夙知之矣。"妪曰："夫人终不吾施耶？我为夫人推步，乃亦不值一钱。我若不为推步者，则能予我以几微否？夫人须施我，不则我将尾夫人而哀乞。"此时，少女行经卡格尔之前。卡格尔脱冠让道。既过，即谓老妪曰："汝勿前尾贵人。"少女见卡格尔为斥寒乞，即略与点首而逝。此妪见卡格尔见遮，即曰："先生当予吾钱，否亦尾随不置。"既而面卡格尔曰："汝当予我，不则将随汝矣。"卡格尔纳手襟间，言曰："汝何为逐我？"妪仍对之凶视曰："我深知汝。"卡格尔掷与一先零曰："汝何知？汝知过者为谁？"老妪俯拾先零后，斜施作蟹行，踞树根坐，自帽间取烟斗，以火吸之，且视卡格尔。卡格尔大笑，以为风人，且行。妪曰："佳哉！一子死，一子生；一妻亡，一妻至。汝行往面美人矣。"卡格尔闻言怪极，即驻其足。妪仍噙烟斗，呶呶如与蛊鬼语，引手指美人去路而笑。卡格尔曰："妖人，汝适何语？"老妪仍遥指而无言。卡格尔唾之而行，回顾时，尚见此妪引手遥指，且曰："汝往面其人乎？"

迨卡格尔至逆旅时，见餐品已陈，东贝及老约咸端立，待此女客。东贝冷气森然，老约则嗜食欲狂，迫不能待。已而土著推门，少须见有脂粉至酡、年鬓弗少之女宾，盈盈而入。既入，即曰："吾亲爱之密司忒东贝，我来晚矣。爱迭司晨出取画料，嘱我坚待其身。吾不能久候，遂至。"既见老约，即伸一指曰："汝至伪之人，晨来佳乎？"东贝曰："密昔斯司各登，吾引吾友卡格尔面妪，以苏其饥渴之思。大抵妪久闻吾言及密司忒卡格尔矣。"女王即曰："吾见君，神为之夺。"卡格尔初以为仙人爱迭司也，亦大异，夺其神，自思顾乃此等人乎？既闻女王言，方知其为仙姥。仙姥曰："吾女爱迭司胡珊珊未来？讵仍在门外？东贝为我觅之。"东贝不待其词之毕，已立出，少须，将美人之手而入。

卡格尔观之，即树间所见者。东贝方欲引见，见二人已互相致意，东贝愕然。爱迭司曰："吾适得此先生为我遣却一贫窭之丐妇。"卡格尔鞠躬曰："吾乃有幸能为马丹少效其劳，如能趋走于仆人之列，则为幸尤深。"爱迭司此时以眼少视卡格尔，遂复注地。卡格尔已见美人眼光中有疑骇稽察之状，而女王已加以眼镜视卡格尔，微语老约曰："此人良有心。"遂又大言曰："天下固有巧遇，为吾生平所未闻。吾亲爱之爱迭司，由此观之，凡事莫不有定。吾几欲效作恶之土耳其人，合十诵上帝之外无神道。"遂曰："其下何人为之先知，意欲令爱迭司作补义？"顾爱迭司不欲诵《可兰经》，而东贝即进曰："事固大奇，吾所亲信之卡格尔何为适代密昔斯格兰极效劳，而余转无此福分？吾心滋妒卡格尔。"东贝语已，即与爱迭司鞠躬。爱迭司微哂，不为礼。老约者思食欲狂，乃不作语，及见侍者将肴入，即大言曰："吾乃不知朝廷定何法律，在理此行乞者宜格杀，乃杀一丐者亦定吾罪，此又何理？密昔斯格兰极，汝施恩礼于老约，许老约扶将赴席。"语已，将爱迭司归座，东贝则扶女王，卡格尔随行，面人皆作笑容。女王又视卡格尔曰："密司忒卡格尔，君来正巧，吾辈今日方欲揽胜天下，游览风物，最足赏心而娱目。"卡格尔曰："君辈雅人，不待名山大川已饶胜趣矣。"女王曰："古堡乃妙不可言，一观即思及中古时事。密司忒卡格尔，君之于中古时世能毋倾心？"卡格尔曰："鄙人倾心已极，如马丹言。"女王曰："当时真盛世也，人人言信仰、论权力、讲风雅，安有几微俗态？天何为不留中古之遗风，付之我辈？"女王语时，微睨东贝，而东贝则睨爱迭司，爱迭司则睨案上。女王曰："密司忒卡格尔，近代之人病在太实。"读者当知凡人皆可以实为议，惟女王不可。女王面目病在无处不假，乃无一处能得其实，面容悉脂粉堆积而成。若论实，则殊无一实，则不当以实为病。然卡格尔亦太息，言今日正为着实之累。女王曰：“堡中之画乃同仙笔。密司忒卡格尔亦嗜画乎？”东贝曰：“密昔斯司各登，卡格尔亦能画，且精于赏鉴。果见密昔斯格兰极手笔，当大喜欲狂。”老约曰：“由此观之，卡格尔乃无所不能矣。”卡格尔鞠躬曰：“少佐过奖矣，我有何能？密司忒东贝好宏奖，见人小艺，辄加鼓励，正以位置与我不同，不屑为耳。若以天资论，我安足言？”爱迭司此时不复举首，但闻其母喧豗时微微注视而已，及闻卡格尔称东贝，则疾捷举目视东贝，一瞥即下，作微哂，然已为露齿之卡格尔所见。东贝语爱迭司曰：“堡中马丹固已累往矣。”女曰：“然。”东贝曰：“今日复行，马丹似至厌倦。”女曰：“否否。”女王曰：“吾亲爱之爱迭司，汝爱名胜，乃同尔表兄斐尼克司有爵者。若兄至堡中已五十次，今日甫归英国，明日则又来。”女曰：“阿娘，吾辈皆如是与风物亲耶？”语时干笑。女王曰：“惟其太亲，故尔尔。然吾亦累行无惮。天下睹物感怀，即屡至亦不为渎，盖酬我厚也。”语至此，复斜倚其身，如格鲁巴亚女王懒状。爱迭司自得东贝之问，虽不与言，然玉面咸向东贝，似专伺其发问，然面虽向彼，仍有不屑不耐之色。此状亦默为卡格尔所得。

时饭已罢，东贝曰：“行矣。”时有船式马车迟于门外，东贝、老约合彼母女均坐车上，土著及威色司与御者同坐，卡格尔以马随，留土林森守寓。卡格尔之马，去车可一百码，时时注目车中，厥状如猫，车中人似鼠也。虽目游远山遥林、野花村屋，或仰瞩流云，及蛱蝶杂燕雀而舞；或俯观林影，草地如毡。四顾中，必留一瞥之眼光觇车中士女。及垂到时，始纵马越车而过，下马以待，扶掖车中妇人。但此瞬息中，未尝注目。

方其扶爱迭司下车时，爱迭司媚眼偶一及之，旋即他顾。女王则愿与卡格尔同行，以卡格尔甫莅是间，将指示名画，以诏卡格尔。又令老约随行，谓老约者庸陋不堪之异端人，今将一一示之以风雅。所余者，但东贝及爱迭司，于是二人扶将同行。彼此皆严冷清寂，初无一言。女王忽谓卡格尔曰："密司忒卡格尔，我观可爱之古迹，及可亲之地牢、赏心娱目之刑场，至于仇复攻剽之事，如是种种，方于生人大有乐趣。其言如粪土。须知今日之局，安能如前？直每下愈况矣。"卡格尔曰："然然。"此时女王恣言，卡格尔恣听，似皆津津有余味，然二人眼光实专注前行之二人。女王及卡格尔固皆善言，然心已别属，有时语多枝忤。女王此时复将有言，然闻其女与东贝言，不期耸耳以听，口中仍谓卡格尔曰："我辈信仰之心，今渐消归无有。前此分茅之诸侯至佳。"语时，目光侧注东贝，则又言曰："教士殊能战。"而目光则仍注东贝，不少瞬，复言曰："女王伊里莎伯时，尚是黄金时代。其人周身皆心也。"此时直面视东贝，口语卡格尔曰："亨利第八暴君殊令人爱杀。君亦心服亨利第八乎？"卡格尔曰："吾乃钦服其人。"女王曰："彼仪表魁岸，眼小而丰下，状至慈祥，登之画图，殊足生人景仰。"卡格尔因指东贝及爱迭司曰："马丹论画，天下名画手笔，安能肖此二人耶？"此时，二人携手而立，似绾同心之结，然两心之间如隔万里重洋，初无一语亲昵。二人皆骄，而骄态咸有不同。男子自尊居于极地，未尝俯首而从人，且严厉无有伦比；女子端庄，亦人间无人能匹，然空藐一切，无复挂眼，至于周身躯壳亦视为不值一钱，且自憾其美，谓为此身之累。二人之见地，盖万年不能一合，然天上铸错之神乃加以长绳，系之一处。顾虽如是冰冷，而女王见此二人骈立，则心惬不可止，失声赞曰："美哉玉人！二妙殊笼络以精神，不能显觅其痕迹。"爱迭司闻其母作赞词，则大怒，至于缕缕鬓发之根皆为血光所沸，作绛色。女王语卡格尔曰："吾儿乃觉吾作词赞美其身。"然卡格尔见爱迭司咬龈，如树间所见时，已而摇首干笑，而掩其怒。此时卡格尔深注爱迭司，而爱迭司屏不之顾，乃微示意其母，请之使前。女王遂前，立近其女。而卡格尔无事，但指名画，论其奥妙示东贝；或为整眼镜；或指示题款。有时东贝舍其行杖，卡格尔则代之挟持。东贝亦乐有人听之指挥。卡格尔已望风承旨不暇，东贝每有所事，即语卡格尔，卡格尔立趋走如奴隶。

读画既竟，遂登堡顶，高瞻远瞩，万有尽收于眼中。老约者，方极饱，既不知画，亦不解名胜，但运用消化之力，且行且盹。则专逞其词锋者，推卡格尔矣，初与女王语，而女王胸中古事已尽吐于前，半句钟中，此时古人已往，睡魔遄臻，欠伸不能自止，故卡格尔无聊，乃寻东贝而语。东贝贵人，词寡，第能为简括之答词，然甚乐其旁之有家客，用破寂寞。卡格尔精神四照，然至聪明，乃不敢撩及格兰极。爱迭司但有倾听，然初未尝赐以眼波。已而堡中风物一览无余，女王及余人皆倦，复登车，更揽他胜。寻至一处，东贝曰："如此胜状，为吾辈所流览，不能不请密昔斯格兰极作一妙画，用为同游之纪念。"威色司本为爱迭司肩画具，女王宣敕曰："汝出之。"于是车停不行，爱迭司即车箱中作画。东贝曰："吾乃太烦马丹矣。"爱迭司曰："此安足论？君今欲图何景者？"东贝鞠躬曰："仍请马丹高选。"爱迭司曰："不如请君择之。"东贝素昧于画理，即曰："画车前风物，可耳。卡格尔，汝谓何者？"卡格尔一望多林木，其下细草如毡，则大类晨来铁榻中见爱迭司处，即曰："我观其地良佳，但未知密昔斯格兰极如何？"语时，以鞭遥指林端。爱迭司随鞭而注其远目，视后，即瞥眼观卡格尔。此眼盖为二人第二次之对面，此遭较前愈加轻鄙，益深辨其为枭险之徒，因问东贝曰："写此能惬君意否？"东贝曰："无加于此。"于是驱车近林木之次。

爱迭司即踞车下，出铅笔，勾勒远势。少须，视笔曰："笔锋钝矣。"东贝鞠躬曰："我为削之。"复曰："卡格尔较我良佳。"因曰："卡格尔，汝前，为密昔斯削笔。"卡格尔立纵其马，加缰绳于马颈，立马，为美人削笔。笔锋既利，复言曰：“我为马丹司笔，需时，再一一抽献。”于是卡格尔立于车外，且观且赞美不容口。东贝僵立车中，浑然一上等社会之魂，然亦云读画也。女王、老约则相对而假寐，彼此之首时时下垂，如老鸽一双饱食后向阳而寝。爱迭司画已，付东贝曰：“此足耶？或仍当增减。”东贝曰：“增之太繁，减之遂阙，此盖至美满至完全之俊笔也。”卡格尔尽露其满口之牙，言曰：“吾再不料有如此之美。”隐指其貌。此语发，称画可，即称作画之人亦可。语后，为检画笔，理缰，复随车后，自思爱迭司画竟，付东贝时，为状甚懒，如不得已之交易，心中滋疑，然仍露齿作笑状，而眼光则专注车中。

已而更历数处，遂同归镇上。母女另以车归。三人将入寓时，女王坚约东贝、老约至家晚餐。寓中午饭，一如平日，惟老约仍起，酌爱迭司之寿杯。东贝乐甚，而卡格尔则极道爱迭司之美。是晚，女王延客，但延东贝、老约、卡格尔外，初无他人。饭后，至爱迭司屋中，见画稿纷披，较前日为夥；风琴及铜琴咸列于壁间。茗罢，女王曰：“吾最爱之爱迭司听之：密司忒东贝嗜尔琴如命。”爱迭司曰：“果密司忒东贝宜琴者，胡再不言？”东贝曰：“不敢请耳。”爱迭司曰：“欲闻何调？”东贝曰：“铜琴何如？”答者已错。爱迭司曰：“听君所择。”语已，即奏铜琴，然声调皆严冷无情，至于作歌及风琴，亦一一无复缠绵之调。他人初不关心，惟卡格尔虽注目叶子戏，而耳听常了了。卡格尔先斗老约，后斗女王，皆占胜着。女王见卡格尔优于叶子戏，则尤契重其人。临别时，卡格尔自言无福以侍马丹，明日将归伦敦。女王则恋恋，谓当时时把晤。卡格尔视东贝及爱迭司后，始报女王曰：“我辈必常晤面。”东贝别爱迭司，复至女王之前为别，则微语曰：“适吾与密昔斯格兰极言，有密言相告。密昔斯允我以十二点钟至此相见。惟相见后尚须禀白马丹，不审马丹有一隙之暇否？”女王闻言，噤不能声，几几欲晕，但闭目伸手示东贝。东贝不知所为，则挽而置之裙上。老约已出，呼曰：“东贝趣行。”复拊肩言曰：“我意欲改皇家旅馆曰三鳏，尔、我及卡格尔，不诚三耶？”微旨。语后，则回面视母子，挤眼而去。

女王仍娇卧，女则坐于琴次，嘿不作语。女王时时偷眼视女，女引目注地，初不之顾。移时，母女均无言，至于侍婢来时。在例，饭后婢至为女王卸浓妆归寝，然每至夜半，此婢似能为眩人术，一经其手，乃绝代美人顿成槁木，明明一艳冶之人，一去妆饰，立化为皱纹偃背不堪寓目之老妪，短发垂额、双弯之黛蛾又立变为稀疏灰色之毛；红颊樱唇，立时折叠；二目绝黑，今则化为红睫天然之格鲁巴亚。此时直一荷兰绒包裹之皮骨。侍婢既去，此老妪语其爱女，厥声亦不如前之娇娜，忽作狠声曰：“彼明日来，汝胡不告我？”女曰：“母已知之，又何为语母以此？母岂不知彼以资购我耶？彼购我时，亦至精细，先以明人莅观，想此货物尚当市侩之眼。嗟夫上帝！讵生我即如是收场耶？”语至此，以手捧头而呜咽。妪大怒曰：“是何言？汝自童孺之时……”女曰：“吾何尝有童孺之性情？且母亦何尝命我为童孺者？方我稚弱时，母已教我以媚人之术，直以我为勾栏中人，钓男子也。母可云未生女儿，但生女人。今且观我，我已交佳运，得大商家购去矣。”语后，以拳椎心，言曰：“母今观我，自少及大，未尝用心，亦未知生有情爱。方他孺子天真烂漫时，母已教我以饵人之术。吾年方稚，即已嫁人，且其人与我一无感情。母谓其家有产，后此可得而享，乃大业未归，而稿砧先殒，吾遂孀矣。在天道言，此亦好还之理。人言知子莫若母，今问慈母：吾十年来所处者，究在何地？”妪曰：“吾亦不过使尔事得其人，今其人不已得乎？”女干笑曰：“美洲之奴，市上之马，为人峻选，咸未如吾被选之苦。试问吾名不几喧传于上下社会之间耶？上至纨袴，下至无赖，不论老少，均逐车尘。后此见阿娘为术过精，乃人人嗤鄙而去。吾行半英伦矣，双手均为人所接，似人人均有与儿接手之权利。至于东南西北行贾之人，匪不知我。似此为人，能谓之稚子全其天真时乎？”妪曰：“十年以来，富贵之人相遇匪鲜，汝均以骄自败。”女曰：“孰图我者？我固如是。即如方才所以处此巨商者，彼在拍卖场中见我而爱我，价值既足，我卖之矣。彼且欲觇我之长，亦一一听彼寓目，后此欲索吾画，令彼朋友检校吾能。此吾奏技之时，更苛索者，亦不能应。彼侩善于转运经营，购货固应如是，非确见确闻，后且生悔，无为也。吾身已同一物，不能自言。买，听之；不买，亦听之。但阿母之心幸未对彼商人自陈其藏货之美，此吾幸也。”妪曰：“爱迭司，汝今夕乃大诡异。”女曰：“吾亦深以为怪，惟锢癖万不能更，以多年教育入人至深，似蠹心之虫已蚀我无余，爱心全为之泯。吾亦深以为病。”语至此，悲极，不能更言。妪曰：“如尔所言，汝不悦其人乎？但曰商家，不称所爱。”女曰：“母尚以我为爱之耶？母尚不觉吾之窘状耶？彼中尚有一人观我甚悉。吾面之殊无地自容。”妪曰：“汝所指者殆卡格尔乎？事乃大冤，顾汝恕己而不恕人，无因构此飞语。且汝何为如是目我？讵有病乎？”女此时如中隆寒，推琴归卧。

此时眩人之婢女复入，以手挟其主母起立。此时婢收拾女王格鲁巴亚残灰，裹之荷兰包裹之中，备明日将髑髅再加粉饰也。

第二十八章

此时，佛罗伦司在宝星家，谓秀珊曰：“吾今将检点，归我清冷之家矣。”秀珊曰：“清冷固也，所恨者过清过冷耳。”佛罗伦司曰：“当吾少时，见此马上之先生曾来视我，合前日计之，可三次矣。”秀珊曰：“约三次也。”佛罗伦司曰：“当日宾朋来往时，汝曾否见有是人在内？”秀珊曰：“吾甚模糊。方夫人捐馆，吾亦初至君家。吾所职者，悉在地窖之间。”佛罗伦司曰：“然。吾乃弗忆及此，宜汝之不能面客。”秀珊曰：“吾虽不面客，亦时时闻之同侪。时李却子未来，前此之人以醺酒而见屏。”时佛罗伦司凭窗坐，心有所思，几不闻秀珊之言。秀珊曰：“吾闻同伴言，当时卡格尔已铮铮有声于主人之前，言肆中事，实彼一人总揽之。若父亦于稠人中特推重卡格尔。卡格尔自是以来，但有上趋，无复旁落，以迫处来时恒絮絮与吾作语，谓肆中事主人一无所知，凡事尽属之彼。但卡格尔发言，即着为令，主人亦遵守无失。迫处又言舍尔父外，将来印度之王，即属卡格尔未生之长子。”语及后来语，佛罗伦司遂不外盼，注意秀珊之言，遂曰：“秀珊言然。卡格尔果为吾父所信任之人。”此时佛罗伦司亦颇心疑卡格尔，盖卡格尔计自宝星家相见外，共觌面二次矣，每来必微语以海舶已无迹兆，且言词至诡秘无伦。佛罗伦司为之怃然者久。佛罗伦司于人情鬼蜮之局，初不经历，见此奸状，亦知其非。顾但有面赧，不能答以一语。且自思彼为路人，何由知倭而忒于我之有恩？即知之，亦但伯伯及船主而已，此人又胡知者？卡格尔见佛罗伦司不安，则又着眼其人，如有所侦，然亦知不为佛罗伦司所重，外貌则仍和蔼，时时露其猫齿。而佛罗伦司之心，因是又增出一团疑虑，以此人固为老亲信任之人，果不之礼，则谗言愈讧，吾愈将失欢于吾父。后此当密为尝试，侦其善恶，或出意料之外，亦复难言。此时，佛罗伦司已成孤立，心绪忽明忽昧，不能自决其人之贤奸，因之愈思回家，谓家中闭门而居，何复有人牵扰至是？静中亦甚念倭而忒，每逢夜深风黑，则思倭而忒在海中沉没状。惟少年气壮，尚不委倭而忒于死乡，时时生其冀望，又时揾其酸泪。此泪非哭死也，悯倭而忒一身远出，涉此重洋，为可悲耳。亦曾以书问伯伯，顾不见答。以上种种之苦况，正佛罗伦司准备回家之一日，作如此思想。

此时，博士伯林伯夫妇已携马司德司格特尔归学堂。时暑假已终，行上学矣。海濒避暑之童子，多半为学生，亦一一归去，故佛罗伦司亦整顿归装。惟此间常有一客，虽非久住宝星之家，仍时时造门而谈。其人即秃齿也。自博士家放假时，与小司格特尔把晤，亦与宝星联为通家，每间一日必至一次，于是名刺几积一小叠。阍者几用此名刺代为叶子，而秃齿忽生一奇计，制一小船，以六人荡桨，水手则均斗鸡之徒党。斗鸡为之把舵，衣猩红之衣，以一眼受创而黑，用物为蔽阳光，遮其黑眼。方制船未成时，与斗鸡商略曰："譬如尔心中有爱宠曰马利亚者，苟新制一船，欲将美人之名，隐名其舟，汝意欲何名者？"斗鸡思久之，答曰："此舟果属我者，我应名吾舟曰斗鸡之快乐。"秃齿亦即此自名其舟曰"秃齿之快乐"，盖隐藏佛罗伦司于其中。此义亦但秃齿知之，旁人恒不审其所谓。舟成，秃齿于舟中坐处作一红茵，时卧茵间，以足上翘，且命舵工长日划船，时时绕过宝星临水楼阑之下，趣水手力荡其桨，俾楼上美人注意。果见宝星家人立于岸上，则伪为无意行过是间者。然有时遇宝星自立河濒，与之为礼，挥手呼秃齿问讯。秃齿必伪惊报礼，曰："宝星何为在此？"似此间初不为宝星之家，乃在斐洲之尼罗江、印度之恒河相见者，且曰："吾乃异甚。今密斯东贝仍在此乎？"有时佛罗伦司闻声亦至者，则秃齿必惊惶失措，曰："大阿及尼司极佳。吾今日已往视之矣。"佛罗伦司亦伸谢以数语。宝星必曰："秃齿，胡不登岸，至吾家少坐？"秃齿面赪，即谢曰："可以勿往，敬谢先生。吾防密斯东贝心忆此狗，故往视之而已。行再相见。"遂鼓枻而去。秃齿者，极思登岸，顾乃胆慑，不敢舍舟遽登，但忍心挥手，与快乐同行。

方佛罗伦司回家之早晨，秃齿已至，此次则公然登岸矣。女甫饬行事，下楼，已见秃齿。秃齿一见，即悚息言曰："密斯东贝，晨来佳乎！谢密斯，吾亦甚佳，大阿及尼司亦佳。"佛罗伦司曰："深费足下之心。"秃齿曰："此何足言？吾思今日天气良佳，胡不趁吾舟而返？吾舟尚宽绰，并可容尊侍。”女踌躇久，言曰：“谢君盛意，惟吾……”秃齿即曰：“此可罢议，图再相见。”女曰：“胡不少坐，见宝星夫人？”秃齿即曰：“可以勿见。谢密斯见教。”正于此时，夫人入。秃齿惶恐万态，与夫人接手久，竟忘释手。已而宝星继入，秃齿愈窘，即舍夫人往执宝星之手。宝星面佛罗伦司曰：“今日寒舍少一妙人矣。”秃齿曰：“此无关紧……”“要”字未及言，即改口曰：“然然。”复继言曰：“图再相见。”告辞后，乃不敢行，立而四顾，愧赧万状。佛罗伦司遂进与接手，回面谢宝星。宝星遂扶出，登车，且致意曰：“归面尊甫，为鄙人再三道意也。”佛罗伦司噤不能声，但有点首领诺。时宝星家人，无一不爱重佛罗伦司，出时倾府以送。佛罗伦司自车窗中顾盼送行之人，忽忆及亡弟放学时送者亦复如是，不期凄然泪下，尚见秃齿亦凝目遥瞩也。

既至，思家中固寂寞寡欢，然生小所依，固不能不加恋恋，且所亲所爱无一不与此楼关系。父固失爱，实居此中；母弟虽亡，亦在此楼中奄化而去，在义不能无情。且倭而忒固不同居，然亡弟弥留，亦徘徊悲哭于床外。此时不但佛罗伦司思归，即秀珊久住此楼，亦不能无所恋恋，即在车中言曰：“此间虽冷似地牢，吾心良不忍焚而折之。人心念旧，固如此也。”佛罗伦司曰：“秀珊，汝归此阴房之间，或亦不至于悒悒。”秀珊曰：“然。惟逾日又将生憎。”及车近所居市上，佛罗伦司坐处适背己之楼居，秀珊所坐则与高楼遥遥迎面。车行垂及，佛罗伦司即车窗中引领望对邻孺子曾否尚倚窗间。

正凝伫间，忽闻秀珊愕骇声，回面视之。秀珊曰：“吾家安往？”女曰：“何谓也？”因亦注视，见门外间架插天，如拆屋重修状，道途虽广，为木石灰土所积，几蚀其半。工人上下如织，髹漆之匠仰头执笔而画。门外载花纸盈车，用为糊裱之用，逐梱委卸而下。窗门尽去，家具悉移，一无陈设，但见工人如泥水、木匠、髹匠、纫工、作地衣者续续往来。佛罗伦司下车，几不敢入。斗见土林森自内出，风尘之色满面。佛罗伦司曰："拆屋何为者?"土林森曰："初无他故。"佛罗伦司曰："然则改作耳。"土林森曰："然。"女入时，如履梦中，趣步登楼，先至退闲之所，见雕刻之匠方高镌藻井，母氏之影已移，但见髹漆匠画此藻井。顾视己室，尚未毁拆，而门外亦已有匠氏施其黝垩。遂奔至亡弟死处，一窥门内，即见一肥硕之人坐地而吸烟。此时秀珊忽匆匆而至，言曰："若父命汝下楼，吾乃久不得汝。"佛罗伦司大震曰："爸爸归耶?乃命我往朝乎?"秀珊曰："然。"佛罗伦司肺叶动不已，力奔而前，自思今日见父能否行亲吻之礼，既而思之，父果见召，吾安可自淡其爱父之心。

既一入门，见屋中已有二妇人。佛罗伦司愕然却立，此时果非家狗恋主而跳舞者，几欲晕仆于地。二妇人中一人见狗而失声。东贝见其女至，防其近身，即伸彼木强无情之手以待，口中言曰："佛罗伦司，汝佳乎?"佛罗伦司引手将近其唇，东贝已缩手而去。东贝缩手后，即回手掩其扉，然东贝之以手触扉，与触其女之唇，初无别其为人为物也。遂作色言曰："狗为何人所畜?"女曰："爸爸，此狗从白拉登来。"东贝变色曰："知之。"女遂面二女客曰："狗虽狞，不噬人，尊客幸见恕。"此时佛罗伦司视此二客：畏狗之妇人方坐，则妪也；尚有一妇，风神殊绝，乃与其父同立。东贝先向老妇人曰："密昔斯司各登，此为吾女佛罗伦司。"妪加以眼镜，言曰："佳哉！此女风韵天然，姑娘宜与我亲吻。"佛罗伦司遂如言为礼，遂回身就此少妇。东贝曰："爱迭司，此为吾女佛罗伦司。"又顾其女曰："佛罗伦司，夫人将为尔母矣。"佛罗伦司愕然，以目注此少妇，盖"母"之一字，因追忆其母，泪随声落，眼中视此少妇，始惊而终慑，然亦羡其风貌之佳。忽忆及既为吾父所娶之后母，宜伸贺词，即曰："儿愿爸爸与母氏白头偕老，永永和翕。"语已，不期立扑爱迭司之怀，恣情而哭。此美妇人初见佛罗伦司，亦不敢遽进为礼，及见佛罗伦司投怀，则亦抱而抚慰之，一言不发，但俯而亲吻。东贝此时面女王曰："我今先相屋宇，密昔斯宜何地者？"于是二人同出，亦不更顾其女及爱迭司。

时佛罗伦司尚在爱迭司之怀，忽闻门外言曰："此宜问爱迭司，探其意向所在。"又闻老妪呼曰："爱迭司安在？不闻吾已在此耶？"爱迭司复与佛罗伦司亲吻，匆匆自出。佛罗伦司此时不知所为，或乐或悲，泪仍续续而下，凝立不知几时。而继母复归，语佛罗伦司曰："佛罗伦司，汝不悦我乎？"女以手抱爱迭司曰："嬷嬷，我何为不悦？"于是四目相向。爱迭司曰："佛罗伦司，汝当信我之爱汝，且能助汝。少须当相见，此间非聚语之所。"则又紧抱佛罗伦司，匆匆复出。女见状，自念吾新得美貌之继慈，即可从学事亲之道，亦足因之乞父之欢。是晚，即梦其死母与之凝笑状，若未死时也。

第二十九章

密斯讨克司初不知东贝家中修盖屋宇，以迎新人。一日饭罢，登楼整理家具，及浇花、卷帘，拂拭几案。先自隐处出绝旧之手套，往理鸟笼。鸟为垂老之黄鹂，双肩已耸，然鸣声尚锐。次则擦其瓷器，百事皆备，始留意盆花。花之枝叶枯败者，一一宜修。此为讨克司擅长之技，乃不知此日执剪刀于手，神志昏昏，若无所属。时天气和融，风起自南，尚带夏末之微炎。野风一来，颇挟花香而至。街口有一线阳光，自远射入。瓦雀横飞，绝此阳光而逝，背上之羽作灰色映眼。讨克司坐于花盆之次，且置花勿剪，思其亡亲，尤思少时身居海濒，颇领略野景，尚忆细草芊绵中生野菊，黄密如繁星。忆曾采此黄花，作为同心之结，乃未逾两三日，而花萎结松。已又复思其母，而眼中则注视阳光及翻飞之瓦雀。盖亡母逝后，己身所住之小楼，即舅氏所贻者也。正于此时，见街上有卖花之人，载花一巨箩于顶上，冠为之垫。讨克司愈闻花香，乃愈动伤春之怀，太息曰：“悠悠年光，吾又增一岁，顾乃不自知也。”则又委委宛宛游心及于东贝。其思及东贝者，因对门之少佐与之点首，复因少佐而及此富翁，不尔回思少年以野菊结此同心，于东贝又奚属者？此时思及东贝悼儿悲怀曾无少减，此后能否续弦？所续者又系何人？思时脸忽飞红，实则此一阵飞红，读吾书者幸勿误会。余炎未退，残暑逼人，固宜其有此也。第一阵之红未祛，而第二阵之红复潮至矣。

此时，门外闻有车声，讨克司仍伪为剪花。及赤克至其楼间，而讨克司尚注意花间，如不之悟。既见其至，即张手曰：“吾良友临矣。”惟今日赤克之来，状至冷涩，曰：“谢尔见存，吾幸清健。”语时微咳。讨克司曰：“汝今日之来胡早？已晨餐乎？”赤克曰：“今日夙兴，亦已进食，实与吾兄同饭。兄自胜地中归矣。”此时神气甚不属，如初履楼间者。讨克司曰：“阿兄归耶？或不如前之悲怆。”赤克曰：“愈多矣。”复又微咳。讨克司曰：“吾亲爱之罗意莎，如是咳嗽，须自卫摄。”赤克曰：“无伤也，特天气改，肺气遂因之弗舒。吾辈之所宜防者，正防改变耳。”讨克司曰：“防天气之变乎？”赤克曰：“匪特天气，百物皆能改变。此世界固变迁之世界也。果有人告我，言世界不变，吾当钦佩其人。天下又何物不变者？即以蚕论，蠕蠕一物，何为变相？乃逾时而蛹，逾时而蛾，变之无已，何也？”讨克司曰：“罗意莎，汝乃好言哲理，亦素性使然。”赤克曰：“谢吾友见誉，惟吾所望者，尔我交期亦永无变。”讨克司曰：“此安得变？”赤克复咳，则以手中所执之伞，以尖抵地作画。讨克司素悉赤克之性，每见心有所思及罢茶时，恒为此状。乘此无言之时，遂易以他题，曰：“罗意莎，吾适见车中尚有密司忒赤克在也。”罗意莎曰：“听之勿问。彼有报纸在中，此二句钟足以供其消遣。汝亦恣往剪花，让吾假息于此。”讨克司曰：“尔我交情原不拘以苛礼，所以……”语未竟，即加手套，取剪理花。

赤克少坐，言曰：“佛罗伦司亦归矣。以我思之，佛罗伦司年亦侵长，不宜孤另而居。第吾意，谁则听之？”讨克司亦不审其何言，但漫应之。赤克曰：“果此女怪癖，则吾兄决不能与处，此事作何答词？则决无他语，但有自持而已。彼生已孤另，若不自持，孰为持之者？我固女流，不能主东贝家事。”讨克司曰：“吾最亲爱之罗意莎，汝何必如是怏怏？”赤克忽自拭其泪，言曰：“自持义所应尔。惟此次之自持，乃出人意表。赤克之自持，乃终始不明其所指，非吾译者之谬，原书实如此。须知吾之为人柔也愚也，但愿吾心亦冷如顽石。”讨克司曰：“吾亲爱之罗意莎，万勿自贬如是。”赤克曰：“彼之能自持，亦不愧为东贝之姓。此亦吾所深喜。第此一身不愧为东贝，吾信之，第未知彼女人者，能否不愧东贝门地，则不敢知矣。”讨克司方以壶水灌花，水尽，思更取，闻言骇极，遂与并坐，言曰：“吾亲爱之罗意莎，适所言者，吾不了了。君侄女不恶，何为愧东贝之姓？”赤克曰：“汝何言？汝言得毋应我前语？实则吾言固两节，汝应其第几节者？”讨克司曰：“汝不言女人能否不愧东贝门地耶？”赤克曰：“噫！果吾言未了了者，咎良在我。实则此语可勿发，惟尔我交谊厚，非同薄俗，故亦忘分而言。实我与其间初无肤寸之功。适吾所指者，当为尔质言之。所云女人，非佛罗伦司也。”讨克司曰：“非指佛罗伦司乎？”赤克摇首曰：“然。”讨克司曰：“亲爱之人，我乃愦愦不审尔言。尔究何指者？”赤克以目视花及鸟与浇花之罐，百物皆周瞩一遍，独不视讨克司。已而眼光自上而下，便道一视讨克司，遂注视地衣之上，久之始伸眉，凝目不瞬，言曰：“吾所指为不愧东贝之姓氏，人即保罗续娶之妻也。实则虽未明言，然言已宣其意。”讨克司此时猝起而浇花，信手下剪，大类剃发之匠为贫人效艺，随手所之，无复顾惜。赤克此时正色言曰："此女为吾兄所娶，能否有福能消，吾不敢必。然吾颇愿其能如此。且此次保罗行事，乃未商略及我。果见商者，正言奉干，亦未必听，反不如专断之为愈。"讨克司仍俯首而治其花。赤克则昂然不计其甘听与否，仍衎衎谈吐，旁若无人，复言曰："保罗果商及我者……虽然，亦少有商榷，不能言无，惟所云少有商榷，亦属大误。盖商榷者，前日事，非今日也。想此遭续娶，房中有人，断不咨谋及我。我正可借是以卸责。"即唏嘘曰："我非嫉妒也。果彼能婉商于我曰：'罗意莎，汝观必何等妇人始足偶我？'我则必对之曰：'汝必选门地高、颜色美、有自持之能力并多贵游之亲串。'果问者，必以是答之。即使引我刑场，我言亦正如是。言如粪土，却怪迭更先生能如此下笔，令人哑然失笑。且我即至刑所，我亦必曰：'保罗，汝娶非得门地高、颜色美，无贵游亲串及自持能力者，苟非狂易者，孰能相信？'"尤无味。讨克司此时不治花叶，但侧耳花间而听。此时希望之心未死，尚谓赤克絮絮作泛论也。此时能自持之贵夫人复发言矣，曰："我如是命意，自云断非愚昧。吾亦不敢侈言识高于顶，乃不意无识者多，竟以我为有识，盖我虽无识，亦断非愚。凡文章言高超者、言卑鄙者，皆有实际可以着笔。若此等语，意味全无，即上下亦不贯属，却摹写得滔滔不穷，体物之工，乃至于此。今使有人告我，尔兄所娶之人初无门地、初无颜色且无贵游之亲串，又不能自持，则真视我为愚，污我而蔑我矣。直可云我之生也，直一象，非人也。吾之骇异，亦不过如此。"读者须知原书之有意为杂遝冥顽之言，直是作弄译者。译者亦只好随他而走矣。此一篇文字脱稿后，乃少息，但闻讨克司剪刀之声似渐渐无力。然讨克司之面已全埋花中，只望见其衣裙时时伸缩。赤克斜目自叶底睨讨克司，口中言曰："我初料吾兄之必不为此无见之事，今果如吾所料矣。惟此段因缘固为美满，所恨太疾，令人不备。方保罗之赴利明登时，初无此意，一言乃不泄之我。虽然，此亦可意之事。彼母为通文知礼之人，惟母女同居，吾诚无力干与其事。事为保罗之家事，非我之家事也。至于新人，吾亦但见其小影，貌乃绝佳。其名亦不俗，汝听‘爱迭司’三字，其声甚清越可听。吾友，汝听之，或赞成其事，且汝与我兄家中颇有交谊，闻彼续娶佳人，中心必滋为慰也。”讨克司不答，以半颤之手举灌花之壶，乃不审其宜灌之处。其人似犯风眩。

正于此时，门启。讨克司始大惊，旋复大笑，直晕于地。入门之人适进而捧之。此时讨克司乃有天命，晕中不见赤克之怒容及对门少佐执远镜而窥、作喜悦欲狂之状。惟此无有国度之土著，手中适捧晕人，不知所怒，亦不知所悦，但战兢不能自止。土著本奉主人之命，与密斯讨克司问讯，适推门而进，而讨克司即晕其怀。讨克司手中灌花之壶，乃不浇花，而浇此土著之股，似灌异国之奇卉。顾“异国”二字，则此土著固足当之，惟其人奴也，非花也。土著心中之战栗，不特彷徨无主，尚见主人以远镜相窥，果一忤旨，则归时且受主人之抛掷蹴踏无算也。已而赤克骇愕之心少定，即命土著置之榻上，麾土著令出。土著遂置讨克司于榻。赤克遂力呼之醒。方其近榻抚摩时，乃非复夏娃女子温存之状，脸上神威凛然。既以凉水浇之，复闻之以花露，讨克司积渐而苏。赤克作不屑状，去榻而远立，但有愠怒，无复哀怜，言曰：“讨克司，我今明目矣。此事吾焉能悉？即神道诏我，我亦弗信。”讨克司曰：“吾不期而晕，今兹愈矣。”赤克作鄙状，曰：“汝愈乎？汝以我为盲人、为孺子耶？吾皆非是。劳君勿尔。”讨克司仰面哀乞，旋以素巾自拭其泪。赤克曰：“果昨日有人语我者，即不昨日，但在此一句钟前有人告我汝蓄此心，吾尚立批其颊。讨克司听之，我乃清晰无伦，平日恃汝为善人，汝乃一意愚我。汝今无可更饰矣。”讨克司泪被其颊，曰：“吾亲爱之良友，何为以峻词责我？”赤克曰：“讨克司，汝当自明其故。汝适称谓，亦宜检点，幸勿如是。我本有位分。”讨克司曰：“罗意莎，何事至此？”赤克者，不能道其罪状，但曰：“我作此言，在理应为此言。”讨克司大哭极悲。赤克曰：“汝乃类蛇，由我介绍见吾兄，即炉次取暖，暖后乃蜿蜒盘纠吾兄之身。汝自忘其贫贱，乃为非常之干求。噫！此策既猾且妄。猾与妄皆造峰极。”讨克司曰：“罗意莎，勿为此恶剧，使人莫堪。”赤克曰：“汝云难堪耶？顾我言我兄事，与若何与？乃至于晕。吾固了了于中矣。”讨克司曰：“我有何言开罪于尔？即使闻言而动，尚希望密司忒东贝以特恩待我，固我罪也。汝亦何怒之深？”赤克忽回头视几席，言曰：“我固知彼有是言，似我怂恿其为是想者。”讨克司且哭且言曰：“彼此互相辩驳，吾亦何忍揭尔前此之言，力证尔短？惟逼我至于极地，则不能不用是言以自辩护。”赤克笑视墙壁曰：“汝听之：彼果有是言，吾固逆料及之。汝今恣言之，勿吝勿吝。”讨克司曰：“汝不逼我，我亦无言。我今试问汝：汝前此曾否夙有此言，谓阿兄念我？”赤克大怒而起，曰：“凡人容人之量，亦有涯畔。我固能容，盖亦有不能容之日。我今日造汝时，似有预兆，知今日必有讼阋之事，已凛凛作寒噤。天下乃真有预兆，不期许久交期决于今日，预兆固极美哉！讨克司听之，吾惟愚妄，为尔所欺，至于累年之久。今此事决矣，彼此可勿再言。吾请尔早安。”此言盖至冷毒。

语终，人已外出，匆匆下楼，登车，投其夫怀抱，觅取抚慰之词。顾此语乃英文中常用之语，吾用之于此，乃枘凿不入。此时其夫怀中悉新闻纸，初不慰藉，且读报且偷眼视其妻，目视报章，口中“嗡嗡”作虫鸣。罗意莎时时摇头耸目，作百种威棱，而其夫懵然如无觉。后此但长喟曰：“吾眼辟矣。”夫曰：“吾亲爱者，汝开眼果见何物。”罗意莎曰：“汝勿语我，汝见我郁怒至此，乃一不见慰，在法宜缄默长终，尚不怒我。”夫曰：“亲爱者，究何事？”罗意莎自语曰：“天下安有如是不自量度之人，乃欲攀高务远，求为吾兄之后妻。当时弄小保罗，即怀此阴毒之念，吾已立斥其非正。”夫以报纸自拭其鼻，言曰：“亲爱者听之，此语似曾告我极力赞成其事，汝不言彼二人果偕合，于尔身不有大利耶？”罗意莎立时大哭曰：“汝欲以靴蹴我立死者，恣尔蹴之。”因呜咽者久。密司忒赤克意大悚惶。逾时，罗意莎言曰：“我与讨克司已绝交。保罗自能得人，为家中主妇，我亦容之。即彼自择，不商之我，事后始知，我亦容之。惟讨克司之欺我而侮我，我决不容。虽然，绝交亦佳事，不尔，保罗贵矣，我却引此贫妇面彼新人，于我势分亦鄙。因知天下事固有天意在焉，万不令人行其难堪之事。此绝交事，吾万不悔矣。”语后，罗意莎似心安而理得，坐而自维，谓为人所冤，听之可也。密司忒赤克同居车中，背若芒刺。刚至一转折处，两车相触，马不能前。密司忒赤克即突然下车，纳两手于襟间，口中噫气作调，徜徉而去。独有一无依赖之讨克司，神志沮丧。读者须知讨克司虽工于逢迎，然尚有恒性。赤克绝彼，彼不绝赤克也，即契重东贝之心亦终始一致。迨赤克既远，顾视花叶初无夏意，一一皆上秋容矣。

第三十章

东贝家此际已轮奂一新。斧斤椎凿之声，终日不断，而大阿及尼司至于终日嗥吠不已，东西隳突，无有停趾。此时百物维新，独佛罗伦司起居容止一无所改，每日晚中见工人罢役归，屋宇萧然无声，即思此工人归时，家中儿女必临门而俟，骨肉欢乐无极。然心亦稍有希望，谓此后母一见垂怜，或且足为胶合我父女恩情之一助。又面对邻小儿，自思见彼固有愧色，苟吾父回其霁容者，则我决至与彼订交。甫思后母之恩，则尤思死母之厚我，因后母而感怀死母，心乃如裂。尤念后母之拳拳，即如闻死母之百般抚爱。

一日，女独坐凝思后母言将见我，何乃久久未贲？引目，已见后母立于门外，即起立，迎于门次，曰："嬷嬷来耶？"爱迭司微哂曰："尚非嬷嬷也。"语后，即拢抱女颈。女曰："虽未成礼，然亦近矣。"爱迭司曰："然。"语时，倾首，以己颊偎女之颊久之，无言。此时，女心感后母之温存，较初见为尤挚。引女入室，二人并坐。女注视后母，心慕其美，手为后母所引，乃不思徐缩而归。爱迭司曰："佛罗伦司，自予乍见尔身后，汝即独居至今乎？"女笑曰："然。"语后，垂目注地。此时后母眼光射注其面。女至腼腆，不敢正视，低首言曰："吾幽寂惯矣，乃不觉独居之清寂，时时及大，同度此悠悠之日月。"爱迭司曰："大非若婢乎？"女曰："非也，狗耳。秀珊者，始为女之奴。"爱迭司周视屋中，曰："此为尔居乎？吾当时周行屋宇，乃未涉足及此，在理应令匠人为汝修之。吾意欲整治汝所居屋，令极丽美。"女曰："嬷嬷听之：果允儿移徙者，儿愿迁更上之一层楼。"爱迭司笑曰："汝谓此楼非高耶？"女曰："楼上有屋，为亡弟所居，女至眷恋。女乍归时，本欲面禀爸爸，惟……恐爸爸为我费一层苦虑。嬷嬷今即为此屋主人，女亦能面乞嬷嬷恩赐此屋。"爱迭司久视佛罗伦司之发，时女方俯首也。及女举头，而爱迭司即移目他视。女思第一面见此夫人，何以与今判若两人？吾第一次觌面，以为此后母骄绝，今日同坐，亲爱乃同兄弟，非复母女；即有时微露骄容，所云尚非嬷嬷者，状颇严冷，及闻尊称为屋中主人，则又复凛然动色。舍此二者之外，均和蔼如春。及女请移高处，爱迭司亦允，曰："我将亲授匠人，令彼修治。"然后爱迭司又问及小保罗事，谈久之。爱迭司曰："我今日之来，引汝暂至吾寓。吾今与母已移居伦敦，吾甚愿与汝同居。待我成礼日，并归此间。后此汝有何言，恣告我，我固信尔，尔亦当信我。"佛罗伦司曰："亲爱之嬷嬷恩深义重，感极无言。"爱迭司四顾无人，即微语曰："我尚有言，此言固可缓语，恐无其期，不如早言为得。我嫁之后必外出度密月，惟我出，汝当即归，决无留吾寓。待我归时，再与尔亲爱也。汝惟独居于是为佳。”女曰：“嬷嬷成礼之日，吾即告归，决不待嬷嬷荣行时始发。”爱迭司曰：“此真佳儿。汝今易衣，随吾行。吾在楼下候汝。”

爱迭司一出，即易其冷涩之容，见鬃垩之繁、匠人之盛，心殊恨恨，每见一珍物，即私憾曰：“此即买我之价值也。”自思身至此间，何人不知吾之生世，吾之羞耻无地自涤，但有以冷涩之容自蔽。至后此能否以骄自终，尚未可必，伏线。然今姑以是自掩其羞。以此女论，适与佛罗伦司并坐者，讵同一人？今并坐车中，过此极短之时光，二人亦不忍割弃，以手坚挽勿释。外史氏曰：爱迭司，汝能于此时死者，正为其时，盖眼前尚有一人足施其爱。若求以天年终者，则前路均严冰矣。伏线。

女王者，中心初不着一“死”字，决计可以齐年天地，且并不令言一“死”字。此时，在白鲁克街假得一屋而居，居停即为斐尼克司同族之贵人。其人亦不居英伦，其假女王也，为嫁女耳，知此遭其女遣嫁后，将不复相累。然既为望族，则亦不能不大为铺张，于是大赁物事，恣其陈设。盖英伦中固有巨贾，专蓄家具，赁与中落之荐绅，细碎至于盘盂，动物至于臧获，一一皆堪出赁。女王竟赁得一白发之纲纪及壮硕之奴子二，下及趋走之人、厨子咸备。威色司此时乃得小闲，长日中可以少苏其困，酣睡以补其不足，盖不类利明登寄宿牛篷中苦况矣。女王复从赁物之巨商，赁得马车及骏马二，于是女王以高车出，归则偃卧锦衾，竟在此蜗庐之中立繁华之别苑矣。一日黄昏，见其女引佛罗伦司至，即曰：“佛罗伦司，汝迩来佳乎？礼当及我接吻。”女欲就亲其颊，女王避之，令亲其耳，盖耳轮不加此白垩也。女王曰：“爱迭司，我目恶灯光生缬。佛罗伦司，汝背灯坐，为我蔽此光力。”盖防灯明烛其面上皱纹也。佛罗伦司不审用意所在，如言而坐。女王曰：“爱迭司，汝曾否忆及妙年如佛罗伦司时耶？”爱迭司曰：“久已忘之。”女王曰：“吾亲爱之人，吾见佛罗伦司，乃大类尔之少时。汝今年鬓多，又不之类，可知教诲居养之不可不讲也。”爱迭司厉色答曰：“然。”女王凝视其女，知更言者，必无幸，乃易其词曰：“佛罗伦司，汝更宜亲我。”于是佛罗伦司则又以口亲老妪之耳。女王曰：“吾亲爱之佛罗伦司，汝曾否知尔爸爸于下礼拜之今日，与我亲爱之爱迭司成礼？汝当夙闻之矣。”答曰：“吾但知其事，不知其时。”女王顾爱迭司曰：“此事，汝乃不告佛罗伦司耶？”爱迭司复厉色答曰：“我何为告之？”佛罗伦司自思后母何乃如出两人。此时老妪知风力未顺，又力转其舵，谓佛罗伦司曰：“今夕尔父欲就饭于此地，见汝当大异。以昨日之约，若翁乃不知爱迭司挟汝而来。汝来，彼乃未知。”佛罗伦司闻其父至，则大惊。迨去饭愈近，则惶悸愈深，思欲潜遁而归，则又无词可借，几谓宁赤足徒跣归家，断不愿以可憎之面目使老人弗怿。及饭时愈促，佛罗伦司气咽至不能呼吸，不敢临窗而坐，防为其父所见，踧踖几欲痛哭，又不敢潜行出户拭泪，防出时适触老人之锋。正忐忑间，女王仍絮絮不已，佛罗伦司但能漫应之，不复了了。

此时，闻其父履声矣。佛罗伦司微微失声曰：“爸爸来矣。”女王从容纳佛罗伦司于榻背之后，以毡加之。方位置讫，已闻东贝入门。东贝既入，与岳母为礼后，并及新妇，而佛罗伦司则战栗如犯隆寒。女王曰：“吾亲爱之东贝，汝前，吾将问佛罗伦司如何者。”东贝曰：“佛罗伦司尚佳。”女王曰：“处家耶？”东贝曰：“然。”女王曰：“亲爱之东贝，或不愚我。实告汝：汝适所言，伪也。想吾女闻之，必不吾悦。”语后，去毡，引佛罗伦司出。佛罗伦司面无人色，战兢不已。东贝亦赫然。方疑骇时，佛罗伦司鼓勇直前，抱东贝而亲之，力奔而出。东贝骇然，似于无意中为游蜂所螫，张目愕视。爱迭司见佛罗伦司出，亦起随之。女王曰：“汝今实告我，生平所遇，此非第一次奇骇及第一次得意事耶？”东贝曰：“第一次奇骇，良有其事。”遂置“得意”二字不对。女王引手言曰：“此第一次得意乎？”东贝沉吟久之，强力答曰：“亦良得意，亦良得意。”女王曰：“汝能否知此女之所由来？”东贝曰：“大抵爱迭司引之至此。”女王曰：“汝真狡狯之人，乃一度即得。智哉男子！女流何为能及？”忽向外言曰：“可即展……”此时适有奴子推扉入言曰“饭熟矣”，故女王乃突接是言。奴子既行，女王则低声言曰：“爱迭司必不能得汝常居其侧，故必得汝一亲属为伴，此亦佳事，故今日自以车引女公子至此，亦情爱之故。”语时，欲待东贝报章。东贝复强力答曰：“然然。”女王曰：“此足见尔周身皆心也。尔来扶我下赴餐堂，观此新厨子烹调何似。”女王此时衣丽服，纳手于东贝之腕，轻盈婀娜而入。

二赁奴侍立，相对作色。此时爱迭司及佛罗伦司已并坐于席间。佛罗伦司以为席间宜父母并坐，遂急起，而爱迭司则立按之。东贝无术，但能与爱迭司对面而坐。饭时作声者，但有女王一人。佛罗伦司座间至不敢举首，举首防人见其泪眼，至于言语则万无敢出口。爱迭司有问始答，亦不多言。于是女王大窘，盖此次之大贸易均属此老妪一人之力，以此等之巨商入门揽之，良不易易。既已揽得，遂亦不觉其劳。饭罢，果品已陈，白发之纪纲亦出。女王语东贝曰：“汝事略就绪乎？律师之定合同，亦旋得乎？”东贝曰：“月钱之区划已定，拟于成礼时付与，然亦问爱迭司以何时交也。”爱迭司坐如石象，不答。女王谓爱迭司曰：“吾亲爱之爱迭司，适东贝所言，亦闻之乎？”爱迭司始答东贝曰：“何须问我，惟汝所命。”东贝曰：“明日乎？”爱迭司曰：“此无不可。”东贝曰：“明日尔若有事，则后日亦佳。”爱迭司曰：“我乃无事，但只如尔所言。”女王曰：“爱迭司，汝焉无事？此数日中宜购物事，何为言无？”爱迭司曰：“购物之事，母司之，但与密司忒东贝决言可尔。”女王曰：“可。汝乃先意承志，佳女儿也。”遂返顾曰：“吾亲爱之佛罗伦司，汝来亲我。”外史氏曰：事之尤奇者，女王凡与其女语格格不相入时，即呼佛罗伦司亲吻。佛罗伦司生平未有如是为人亲爱，亦无有身为人用如今日之忙碌者。

然爱迭司之冷淡骄蹇，东贝初不谓忤，以为骄者美德，此我之同志也。且观爱迭司倔强对其老母，而对己乃恭顺无匹，此尤得意之事。以此人为吾妻，后此延客乃以淡泊冷寂之貌向客，自表其尊，此真吾东贝富人家之主妇。以后东贝父子之荣名，乃得此美人为助益，当继长而增高。此种心绪，东贝于独坐间辘轳不已。屋为老屋，处处皆作暗棕之色，壁间画亦陈旧，二十四紫檀之榻，色本黯黯愁人，而又位之沉黑之房，鬼气森然。屋乃大类桐棺，苟得一尸，位置其间，则尤配合无间。实则有东贝在，亦可为死尸之代表。所分别者，东贝坐而不若陈尸之卧耳。试思东贝此时何思，盖一思即及爱迭司。既及爱迭司，又瞥见不悦之佛罗伦司，是二人乃竟联络一处。此境已瞥过，复又瞥见小保罗距小榻坐，作少年老成之态度，而其旁乃又有一不遂意之佛罗伦司，心中自思胡以我所属意之人而必有一佛罗伦司间我，是人直夺我之宠，滋可恨也。

夜色已深，女王始呼上灯，以平时女王恶灯，故不令上。女王闲坐，则时时诘问佛罗伦司，复时时令其亲耳。顾亲时，又恒在与爱迭司言论之后。已而东贝起，辞行时，却微微与佛罗伦司接手。佛罗伦司送父后，即辞归寝。寝处却在爱迭司卧室后之复室。今日归寝，却极得意，乃回念前此之吾胡为不得父怜，其人滋可悯也，似此时已化身为二：其一受爱，其一受憎。悲喜为之中划，然得意殊多，遂酣然入梦。

此一礼拜中，为日甚迅。女王无日不以车出，如纫肆、估衣肆、珠宝肆、律师家、花厂及饭庄，预定酒席，然每出必挟佛罗伦司，且令佛罗伦司释服。女纫工者，其人亦甚类女王之风骚，为爱迭司制衣，节节入时，务取极俏丽之锦绮。女王心动，亦令如式更制一袭。女纫工曰：“必得此衣服之，则观者必不以马丹为新嫁娘之母，直姊妹花耳。”然所购物，爱迭司均漠不之视。纫工赍衣至，则与女王交口称誉。爱迭司仍不之顾，有时亦稍同行，则据车不下。及为女王所逼，间亦一入肆门，然皆其母专制。爱迭司侧坐，如不己属。佛罗伦司见状，以为骄蹇已极，然其视己则恩礼殊加，初未尝为是蹇态。以此之故，遂举其感激之心，掩其骇愕之意。

一礼拜已尽，去成礼仅一日，女王屋中仍不上灯，防照眼生棱。其中但女王、爱迭司及东贝。爱迭司临窗外觑，女王娇卧温榻，东贝则近榻私议己事。夜已渐深，佛罗伦司已先归寝。女王谓东贝曰：“吾亲爱之东贝，汝将吾女夺去，当以尔女留此伴我。”东贝曰：“可。”女王曰：“汝明日礼成，同赴巴黎度密月，留佛罗伦司于此，我将示以为人之道，庶不至令我寂寞。”爱迭司游目窗外，初不属意，至此竟回其头，倾听二人谈论。顾二人在黑影中深谈，亦不见爱迭司之作何状。女王曰：“然则汝尚有心，吾初意谓尔夫妇团圈，留我一人耐此凄寂。”东贝曰：“马丹亦何至斥我无情至是？”女王曰：“吾言固有因。尔女告我，极言明日将告归。吾思女心如是，必尔所命。”东贝曰：“马丹，吾乃未有是言。即有之，则马丹之言，即为吾之法律。”女王曰：“吾亲爱之东贝，汝口给如是，直可作朝廷侍从之臣。实则以汝拟廷臣，尚不之肖。廷臣无心，汝周身皆赤心也。”复曰：“汝行耶？为时尚未晚。”东贝曰：“行也。”女王作悲声曰：“果吾梦耶？或有其事。汝明日果夺吾爱女去耶？”东贝生平未达曲折之言，但曰：“然，实有其事。明日礼拜堂相见。”女王曰：“身为父母，以爱女托人，即佳婿如尔，吾心亦滋隐痛。自是以来，女儿既行，吾又娇弱，而厨子又不能为美膳，宁非苦我者耶？虽然，尔勿为我忧，我明日必支撑，不至晕仆。”复曰：“爱迭司，有人欲行矣。”爱迭司以二人不语，复回面视窗外，一闻母言，亦盈盈起，近东贝之侧，但默无一言。东贝鞠躬，引爱迭司之手，纳之口吻，言曰：“明日有幸竟能引此佳人之手，为密昔斯东贝之手。”复又鞠躬而出。

东贝一行，女王掣铃，命上灯。灯至，侍婢即入，捧新衣一束试之。衣服绝艳，着女王之身，尚未抵包裹女王瘦骨之荷兰绒为称。顾女王既易丽服，则临镜自度能否出其媚人之力，制老约之死命。衣讫，侍婢复为卸之，大类以五采之叶子戏叠为采楼，一时圮塌都尽。此时爱迭司一不之视，仍面窗外。侍婢既出，屋中但有母女二人。爱迭司始起，至女王榻下。女王方欠伸思睡，引目见女，二目如闪电光，则大震，以为将有督过之言，不如先发制之为佳，因曰：“我疲欲死矣，汝乃一语不发，较一孺子乃不之及。天下安有如是孺子倔强显违母训？”爱迭司如不之闻，即曰：“母听之，吾有直言奉谏。明日吾去后，母仅能一人在此。”女王曰：“此何谓也？”爱迭司曰：“果吾母不听者，吾明日至礼拜堂，决不认东贝为夫。若心口相违，即死于礼拜堂之下。”语时，刚很沉鸷。女王已大惊。爱迭司曰：“吾身至此，固无可如何，决不愿更见天真未凿之女儿，乃苟贱如我。此语，母当知之。佛罗伦司当听其归。”女王大怒曰：“汝乃大愚。吾若不动此女以嫁夫之心，遣之远去，则汝何能自安于彼家？”爱迭司曰：“今无问其他，但母欲我嫁东贝者，吾但有此一着。”女王曰：“吾费无尽心力，为汝图立身之地，汝乃以丧心昧良者答我耶？今似视我为疫人，势足染人令死。汝意且谓吾身不宜与小女郎同居，然则汝身非女郎耶？胡为从我至于长成？”爱迭司颜色如灰，言曰：“母问我以此耶？我自问亦如是，已得答词矣。嗟夫母氏！嗟夫母氏！果吾生少无母，教我率性而行者，我尚为今我耶？适母所问我何以长，殊不敢答，答之且将心痛。”女王知用武必且不胜，即自絮絮言曰：“我但生此女，既长成如此，乃蔑视我矣。此种世界，‘孝顺’二字乃消归乌有，无一知者。女儿之忤母，不情如是，吾命尚何为生耶？如此长日漫漫，不如速死为得。嗟夫爱迭司！乃不料汝为吾女乃作是言也。”爱迭司曰：“母听之，母女幸勿各为怨讟之言。”女王曰：“汝既不言，何又言之？汝尚不知适所言者，乃使我容身于无地。汝曾否知吾身日臻疲茶，少触恼怒，即不自支，况当此时心绪潮涌，而明日方欲以盛服美貌炫诸稠人之中，若气忿成痗，明日又胡以面人者？爱迭司，吾乃不知汝之用意，欲使我化妍为丑，震恐群客乎？”爱迭司此时方唏嘘，以手自拭其泪，从容答曰：“必令佛罗伦司归家，勿留于此。”女王怒曰：“即遣彼归，可也，我何为留之？留彼亦胡益于我？”爱迭司曰：“佛罗伦司无涉于母，乃有涉于儿，果使以我之罪恶，少沾染于此女之身，吾宁明日在礼拜堂中不认彼人为夫，用为酬母之具。总言之，女一日不死，必一日保护佛罗伦司不为游氛所染。且母所得者滋多，女之所求者亦恕，母又何靳我之为？”女王曰：“果汝作恭顺之言，吾亦何所不允？惟所言如针锋，令人如何可耐？”爱迭司曰：“此言可以勿述。母平日所图度之事，今遂母愿矣，但放手坐享豪华，何复计及琐琐？自今以后，母不更言，吾亦不举前事。明日之事，吾心亦不咎母，亦愿上帝赦我忤逆之罪，足矣。”语后，直趋己室而去。

顾虽归，仍未睡，千头万绪一一抽自胸次，徘徊房中，却见满目琳琅，均嫁时之物事。爱迭司愤郁既深，发皆四披，坦胸瞠目，自恨其身不已，往来屋中可数百遍，至于夜深。偶过佛罗伦司卧室，门尚未阖，见佛罗伦司偃卧，则俯而视之，觉其容颜一皆天真，娟然如仙子，不期徐步向前。见佛罗伦司伸其皓腕于榻沿，则举而亲之以吻。自有此亲，竟似摩西以杖点石，涌出甘泉，觉眼泪如绳而下，遂跽于地上，以脸就佛罗伦司之手，至于迟明。

第三十一章

晓色甫动，似窃窃穿入礼拜堂。堂即小保罗葬处，觉夜色尚潜伏隅陬，未尝尽遁，而晓色似流涕，自悲命运之短。盖太阳之升，即云昼，不云晓，故晓色乃自知其迅短，泪痕即一一漏诸扉罅之中。顾晓色一穿，而夜色即大恐，遂潜藏于坟间及诸深黑之地。迨阳光一发，而扉罅中晓色之泪痕立干，深黑中之夜色亦驱除都净。惟堂中鼠子却倥偬一夜，往还于牧师衣笥及祈祷文之卷上，至此一闻门辟，即狂奔入窟，鼠肝叶叶跳动不已。

时公差与司堂之人已同入，尚有司拂拭讲座之老妪曰密昔斯密佛者，则瘦如枯腊人也，衣又单薄，周身体干，无有微腴之处，盖已拥帚待于门次半句钟矣。此妪盖于此时乞听讲贵人数辨士或一先零为生，往往留其完备弗裂之坐茵，以待贵人，乞钱自赡。其夫已下世二十年，此妪初未叙及其夫之名，盖彼夫生时不以座茵求钱为得计，力斥其妻之短。妪乃大佛，心中颇愿其夫灵魂上升，然以宗旨不合之故，终不及其名。今日密昔斯乃大忙，举地衣座褥，悉至门外，振去其尘灰，口中则论婚姻之事。据妪所闻，此次东贝家修治楼宇、购取家具，所费可五千镑；又闻确切之人言新嫁娘之奁资乃无半辨士。密昔斯记性复佳，叙及东贝前妻之合婚及其悼亡，又叙小保罗之命名及其夭逝，历历言之，如昨日事。既而曰："吾今且抹拭祭台，加以浣濯，俾贵人至此，适其观瞻。"公差曰密司忒宋池，坐于礼拜堂墀上，闻密佛语至有味，乃曰："妪曾否知新嫁娘之貌云何者？"密佛曰："老身所闻者，但有貌佳。"宋池者，固崇尚道德之人，然亦不能忘情于艳色，即言曰："以我闻之，新嫁娘下体丰于上体也。"此语至污秽无礼，在他人言之，密佛必怒，顾出诸保正之口，乃嘿不敢抵。

此时，东贝家锦天绣地，人亦纷纶。家人于四句钟起，至于六句钟，衣妆皆竟。土林森及侍婢今日忽呶呶，伪为口角状，然皆俏语，非复愤争。其故皆起于厨娘。厨娘谓以家中一人娶，遂累及群人如皆娶者。侍婢则不以为可，力与抗辩。土林森独怏怏，以主人之度密月，竟雇一外国人同行，乃不己属，忽大言曰："凡为外国人，皆非善人。"意专主涉国人。厨娘及侍婢均不谓可，斥为偏见。土林森弗服，抗言曰："外国人之最有力者，无如拿破仑波奈巴。汝观其脑力何如者？"他人均无言，侍婢即曰："汝言良然。"而外雇之厨丁方倥偬于灶下，而女王所倩高大伟硕之两纪纲亦正侧立而注目。中有一人方漏其酒臭于口鼻间，二目上仰，如视一物，实则初未之睹，口中呼醉，乃不了了。盖醉中欲专发一言，亦复不能自主。而门外奏乐及奏技者亦已闻知，则阴赂土林森，示以时刻，争来乞赐于东贝。

凡热闹之事初不止东贝家之内外，为之牵连而及者尚多。迫处者，亦预迎其妻，杂于女仆中观礼。秃齿亦盛服如新郎君，挈同斗鸡，至于礼拜堂，观东贝夫妇成婚，即于今日指示佛罗伦司之美示斗鸡，言前此设喻之美人即为彼，而相思不已者即为我。尚欲问计于斗鸡，得勾取美人之术。而公主街之讨克司亦晨起，以一先零赂密佛，即高楼秘密之地，得一坐处，观此新娘。至于木头人肆中之船主，亦易其谒东贝时之盛服，晨餐后遂翻圣经，演习与牧师对答之仪节。以上皆与东贝家有连者也，其下尚有二十余之乳母，允其乳下之二十余儿，决以今日亦同莅礼拜堂。天下有如是之大典，宜乎宋池之夙至，密佛之驱逐市上小儿。时女家贵戚如斐尼克司勋爵亦自他乡回国，观此典礼。勋爵在四十年前亦风骚场中之领袖，即今日老苍，而举止尚佻傥如狡童，惟额多皱，眼尾有鹰爪纹，与少年略异耳。且行路间欲面直而前，又往往至于斜施，盖股病也。

此时东贝亦已盛服下楼，至于梯次。家中女客及家众立分一巨弄，但闻衣裳猝㵾之声。惟迫处妻甚痴肥，艰于让路，回避主人不及，适与东贝迎面，则惶怖不堪，鞠躬为礼，自念此罪状或惟上帝肆赦之耳。东贝高视阔步，至退闲室，待吉时。衣蓝色礼衣，微赭之下裳作小鹿皮色。各家女仆咸私议主人今日之发亦旋螺矣。忽闻门外有叩扉声，作二响，知少佐已到，衣上聚海棠花一簇，发亦螺旋。读者须知少佐今日如是盛服，而家中土著之奴受笞盖非鲜矣。少佐既见东贝，则并伸其二手，曰："东贝，汝佳。"东贝报言曰："少佐亦佳。"少佐即以巨掌拊东贝曰："东贝，老约见尔新婚，心中滋慕。吾意今日欲成双喜，欲嫁新娘之母，汝意云何者？"东贝固笑，然颜色仍冷，自念今日既嫁爱迭司，则女王即为其外母，不能用为谑浪。老约知旨，即改口曰："东贝，老约深为君贺。今日之事，令人健羡，即合英国言之香福，亦不如汝。"此语一发，东贝虽许可，然尚未快意，盖自谓以极贵之身加恩于一贫女，可羡者宜在于爱迭司，己则施恩之人，何云羡者？而老约即亦知旨，则又言曰："以我观之，举欧罗巴之美人，宁弃其珠宝，争愿与爱迭司格兰极易地矣。"东贝此时方有喜色，始曰："君乃过奖。"老约曰："东贝，汝亦自知之明，我何为贡谀？况尔我交期，何待如是始笃？"东贝曰："如是言之，愈坐实我矣。"老约伪怒曰："东贝，汝是非初不了了耶？汝究竟许老约为汝知己否？果许我为良友者，当承此语，否则即于今日绝交。"东贝曰："我亲爱之少佐巴格司达克，汝勿怒我也。"老约曰："老约今日果怒，不敢奉欺。我心中所有，口即宣之。前此东宫殿下语其弟公爵即云心口如一，我今日亦云。东贝，汝今信我乎？"东贝曰："少佐，吾乃承君偏爱耳。"老约仍怒曰："此语我愈弗承，我何为偏？"东贝曰："非也非也，直交情笃耳。即今日之事，亦决不忘君。"少佐曰："既云如是，老约之手在此，上帝赐福于君。"

正于此时，卡格尔则华服笑容而入，见东贝，接手几于胶固莫释。礼讫，始回面少佐曰："天公亦为主人翁做美，试观累日以来有佳天气如是否？吾来未晚乎？"少佐曰："未晚，正适其时。"卡格尔曰："果尔者乃大佳，吾道遇笨车，乃不克进，又先至女家送密昔斯东贝花球，因而迟迟，中心惶恐不自已。且今日为吾主人翁大喜，且加宠贶，我安可无物以表小人之悃忱，识主人之恩宠？"遂向东贝曰："吾馈密昔斯东贝以花者，以密昔斯何宝不储，即亦无物足以比偶，或且以野人一片丹诚，贡此名花，转蒙贵人青睐。"东贝曰："物微意重，吾决密昔斯东贝必喜无疑。"老约方饮咖啡，曰："汝云密昔斯东贝者，其人尚未证实，若证实者，为时近矣。"于是东贝、卡格尔、老约三人同车至礼拜堂。

保正见车来，则脱冠远立而迎迓。密佛则恭延入诸精室，拂座茵，请坐。东贝不可，欲流览于堂中。刚注目及于风琴之侧，讨克司即潜身石象之后，避之。船主见东贝，即出其袖中巨钩，挥而贺之。秃齿以手掩口，语斗鸡曰："中立衣赭色之裤者，即吾所爱美人之爸。"斗鸡曰："斯人何倔强至是？吾辈拳技中，但予之以一拳，当立时折而为两。"而保正及密佛则远立，觇东贝。忽闻门外车声，知新人已至，即狂奔而出。

少须，密佛先入，与东贝为礼，言曰："新人已贲门外。"即闻司礼者作声，止众嚣。新人盛服入门，昂首九天，履声亦挟傲兀之气，然颜色仍华好，不类昨夕之失眠。其旁为佛罗伦司，娟淑妙美，状至可人。二女固皆美丽，然至不同。保正已入内室请牧师，密昔斯司各登即女王言曰："吾亲爱之东贝，吾自思不如听佛罗伦司自归尔家。以我今日爱女为汝所夺，心中焦烦，恐此幼女之在吾旁，亦滋不乐。"东贝曰："吾女与姥同居亦善，何斤斤恤此女儿？"女王曰："仍听归为佳，吾亦乐静，俟爱迭司归时，此女归其抚育，吾不应力夺其爱，防爱迭司妒也。"面爱迭司曰："儿以吾言为当乎？"乃坚执其手，令其放怀。复语东贝曰："吾已商之吾女，吾女知也。”

语至此，牧师已出，密佛领女客至左，保正引男处右。牧师曰：“谁为主婚嫁此女与此男？”斐尼克司勋爵遂出，此时盖从德国新归，为婚主，答曰：“我主之。”前引爱迭司，顾足疾行微偏，乃误引喜娘。密佛即立前，扶勋爵，近爱迭司，遂相将而前，就牧师。牧师曰：“汝今日在天主前，许尔为夫妇，汝愿耶？”此时东贝点首称可，爱迭司亦然。牧师曰：“从今以后，或贫也病也，及不贫不病，咸在一处，永永勿离，惟死始别。”二人亦皆诺。新娘即在簿中签名，密佛旁视，言曰：“我自观历来贵人书法，咸无若夫人佳者。”佛罗伦司亦签名，乃手颤不自已。时男女家皆签，勋爵所签最后，乃误签别处，在生时之下，似此六十老翁今日生也。少佐既与新人作贺，且与女王亲吻。女王力避。少佐必强而亲之，女王几失声而呼。少佐既开端，勋爵亦起作贺，卡格尔随之。卡格尔牙齿尽露，似作啮新人状。新人见卡格尔眼光中已示以拒绝之意。卡格尔伪不省，行礼后且致颂词，且曰：“似夫人一双佳偶，可以弗加贺词矣。”其意隐言后且凶终，无须贺也。爱迭司漫应之曰：“谢君见贶。”卡格尔曰：“我送夫人花球，竟蒙把握，不胜荣幸。”爱迭司几欲力掷其花，顾乃不可，遂近其夫之前，纳手于其腕中，示意欲行。

而车已停门外，东贝挟新人登车。既出，二十余乳母引二十余雏，咸加目注，见新人穿着，即归将木偶人如法装之。女王及勋爵亦与新人同车行，另有一车，少佐则将佛罗伦司之手及喜娘登后。卡格尔亦入车箱。马既神骏，昂首向天。御者均锦衣，作花绣行过时，衢之左右可数千人皆引目而观。男女之未婚者，望之咸有妒容，则私叹人生得意亦只此须臾，久久言之，能悉乐如今日耶？讨克司于群人散后，始怏怏下楼，二目尽赤，素巾皆湿，中心虽悲，然尚弗怨，但祝其夫妇之齐眉，自知新娘貌胜于己远甚，则亦义命自安，无复尤怼，第思及东贝今日身非吾有，则又泪承睫，不可自禁，归途仍簌簌而落，幸面幂厚，不为人所见。船主克忒尔于此次祷告时，应呼亚孟者，则皆一一答之，觉经此忏悔后，天良之舒泰愈多。迨礼毕后，尚执冠周行堂中，亦至小保罗坟上，读其碑碣。秃齿既见佛罗伦司后，出礼拜堂，情乃愈浓。斗鸡此时决策亦未定，惟思以一拳折叠东贝为二，则为法最良。东贝家人多潜来观礼，礼未毕时，已狂奔先赴女家。乃密昔斯迫处忽尔病作，状至危险，纷乱中以水沃之，既愈，遂误晷刻。保正与密佛无事，则分据台阶，各出钱数之，并考核今日之事。司钟者则又撞钟不已，以喜事方过，葬事来也。

此时东贝婚车已造外氏，奏技者辐辏门外，木偶戏者亦演为寿星之象，鞠躬与新妇为礼致贺。观者四集塞途。此时密司忒东贝挟密昔斯东贝，昂然入斐尼克司大屋中。观礼之人陆续而至，惟卡格尔下车时仿佛似见树底之老妪亦在人丛。佛罗伦司则见所谓慈善之密昔斯白老姆者已挤到门外。此时，东贝入，贺者填门。男女两家亲串骈列满堂，惟人数不多耳。已而席具，众均入餐堂。贺客中，密司忒赤克及其妻罗意莎已前在。罗意莎曰："爱迭司者，不愧东贝家主妇。"遂进与女王为礼，其意至亲密，谓何以生此贤媛。女王大悦，遂互饮寿杯。晨来被酒之仆人，此时已醒，咸侍席间，传递杯碗。顾席中恒无语，但有斐尼克司勋爵及少佐最有词锋。卡格尔亦最善笑，笑时恒对新人，新人都不之顾。饭罢，勋爵起立为颂词，袖覆其手，颜色酶然，言曰："老夫今日为倡，请诸公贺贤夫妇以寿杯。"语方出口，而少佐已大声赞美，卡格尔鞠躬点首，深以为可。勋爵曰："此次……亦不能谓……"语至此，格格不能下。少佐即四顾曰："众勿声，听勋爵言。"卡格尔已微拍手，似已心醉此演说者之工。勋爵曰："此次大喜，若稍不拘仪节者，亦不为违礼。老夫虽非善于词令之人，当在下议院时，往往于名流演说之后，老夫亦继踪而前。惟既演之后，半月恒怏怏，以为未善。"少佐及卡格尔已拍掌雷动，深佩其扮谦。勋爵笑而致谢，后复言曰：“我虽无演说之长，然义在莫辞，则亦不能不尽吾分。君辈亦知英人之特出于群雄，即以能尽分见称于列国。老夫之意，凡本分所在，匪不努力而为。今日吾心滋乐，盖吾家德容工兼备之至戚，同……”语至此，满堂拍手，声震屋瓦。勋爵不知座人之媚东贝也，以为“同”字之妙，则又大声言曰：“同……”众竟无声。勋爵不得已，又言曰：“同一人并肩而坐，今痛快言之，即同我宜敬宜爱之东贝同坐也。”语至此，与东贝鞠躬。东贝亦起报礼。众见二人行礼，皆肃然起敬。勋爵曰：“老夫前此未与良友东贝把晤者，以老夫不幸……此不幸者，盖谓老夫在议院中开会，贵族未尝周集，以昔日院中规模较近来为肃。总言之，老夫不在家也。”少佐大欢，以为名言，竟拍手不已。此拍手不知所谓。勋爵又言曰：“我虽不曾仰接清尘，然深知吾良友东贝之盛德。东贝本一商人，实为英国之商人，且实为人，妙极。老夫虽流寓他国，或将来东贝及座中人至巴登欲面大公者，老夫可以引见。与贺喜一不相涉。惟老夫虽久客，而此德工容兼备之爱迭司，吾深悉其佳，以女之德工尽足相夫而理，果有福婿之，必终身享有齐眉之乐。今吾至亲及我良友，两美合矣，宁非人生喜庆?”卡格尔尽力而笑，竭力而点首。勋爵曰：“吾今贺爱迭司得快婿，又贺吾良友东贝得赞助。诸君听之，今日盛会，敢冒昧请诸君勉进一觞。”此演说竟，大家无不拍手。东贝乃自鞠躬，并为新人向众致谢。老约复倡议请众公贺密昔斯司各登。

贺酒既进，众宾余兴已尽。爱迭司先起易衣，备出行度密月，而家人争集厨次，饮酒，香槟如流水，炙鸡及牛羊肉排、龙虾、生菜竟如山叠，无人注目。所赁之仆人，此时眼复上仰。其同伴亦然。女客满堂，皆赪其颊，以密昔斯迫处为最。盖乐极，并其家事乃一不之忆。此时果有人问以自是抵君家道里若何者，正复不能记忆。土林森亦对众言为主人主妇饮寿，众亦大赞。酒阑，兴尚未已，女客中以厨娘为领袖，建言必乐至竟日，抵暮当观剧。众亦赞美。至于土著，亦在赞美之列，惟以黑人被酒，二目作白色向人，女客无不慑者。仆人中尚抗言观剧后尤当跳舞，议发，众亦无沮之者。时土林森与侍婢忽复角口，婢主旧学，言曰："婚姻者，天所命也。"土林森主新学，则委之人力。土林森谓此婢："汝之言此，殆欲嫁耳。"婢女流涕抗辩，谓即嫁者亦决不归尔。所赁白发之纪纲则出而平亭曰："君二人实佳耦，我辈引满，为二君祝其团圞。"土林森气平，复迁怒于随行之法人，骂曰："吾后此决不见外国人之面。"语时愤极，目中凶光呈露，欲伸拳往殴。婢大惊欲晕，甫欲晕时，忽闻楼上传言："主人主妇将行。"婢亦不晕，哄然登楼矣。

车停门外，新人已盛服，盈盈过甬道。东贝则迟之车次，恭候新人登车。佛罗伦司亦已摒挡将赴车归。秀珊执女公子物事，待与同行。爱迭司甫出，佛罗伦司将与亲吻送行。爱迭司见之，忽尔起栗，如不胜愧者，遂匆匆登车，微挥其手，车轮即发。女王闻车声已远，慈母之心斗动，卧于温榻，落泪数点。老约亦劝慰数言而别，勋爵及卡格尔先后告别。客散都尽，女王亦睡，以头岑岑，不胜酒也。楼下人亦多沾醉，密昔斯迫处则心烦，欲呕且哭，其哭为迫处也，告厨娘曰："当日才生九子，尚尔恋家，今兹子多，乃复不恋。"土林森耳中似闻歌声，而头颅乃若风轮之转。婢女醉不能支，谓自裁不得罪于上帝，亦甘早死为得。然人人皆忘其时，谓至早者必为夜中之十句钟，实则表中尚未至下午之三句钟。于是，无一人语及观剧跳舞事。女王之睡亦正酣，而楼下人鼾声直与之酬答。餐堂中，剩肴余核及酒，污于案幂之上，杂冰棱、鸡骨、虾须，狼藉如山，直与兴尽之人同其残废。至于八点，众始苏醒，人人太息，以为过于狂妄，乃迅扫门宇，洗涤盘碗如恒状。迫处肆中事讫，亦至女王行殿，将护其德配登车同归。

天已垂暮，佛罗伦司至家，遂入己室，见其后母为之华饰，寝室灿然一新。入时，去其华服，仍着素衣，遂执书读之，而大狗即卧其足下。女此时读书，神不能凝，以居室虽华焕，然屋多人少，声骚骚然，而无为之忧思不省来从何处，至忧烦不能已，遂掩其卷。狗以为主人舍书，将与之戏，则以前足置女之膝下，以首触女怀为乐。女如不之见，以眼中若为雾蒙，盖泪承其睫，思母及亡弟也。尤有系怀之人，则倭而忒，盖知其舟沉，不审人存与否；即未死，亦不审飘流何乡也。

老约既归，即睡，睡后赴俱乐部晚餐。盖已酒醒，遂与座人谈今日事，且言新得一良友，为斐尼克司勋爵。勋爵者，本日应宿逆旅，顾乃入诸博场。勋爵或非好赌之人，以足行弗正，遂至误入彼间。

第三十二章

船主移家木偶人之肆可数礼拜矣，然不因仇人之弗至遂疏于防患。指居停妇人。己恒自怼此地非天险不可飞越，尤知居停之为人凛凛然为女中英杰，必不以赁客之潜逃不加追摄。为是之故，恒杜门不复轻出。有时偶出，必待薄暮，沿僻处行，若于礼拜日尤深匿无影，以是日居停无事，易于相遇也。无论家居及外出，偶见妇女冠笠，必逃匿敛避，不敢觌面。尝思道中若为居停所得，则力量万不足抵，思极时或虞一身见获，载以广车，纳之黑屋之中，则永无重见天日之候，将何自聊。又思及百端骂詈，斥我潜逃，亦无颜对彼童孺。人之见船主无故汗沁沁出，即知其畏慑居停也，故每一散步，必汗渍一次，且未出之先恒防不测，必坚嘱巴伊拉如传遗命，言曰："果不审吾行踪者，汝当治事如恒，勿坠道德，磨治器物必精必亮，如我在家之时。"尤防见捉后无宣通消息之人，乃思得一妙法，授巴伊拉以口号，纵不之见，尚欲其传播外人，知其行止，则仍用舵工之歌曰“乐哉乐哉”四字。此歌巴伊拉习之数日，声容皆肖。

一日，船主遂谓之曰：“孺子，吾果受禽于人。”巴伊拉大惊曰：“船主何为有此？”船主曰：“譬如我本约以夜归，卒乃不归，汝明日必至吾旧居之前，幸勿示人以有意，口中高唱‘乐哉’。苟闻窗中有人答歌，则我仍在其中。我知有策应，汝即远行。更一日者复至，复作此歌。汝即街心立前立后。”巴伊拉曰：“吾应立何处？”船主大惊曰：“汝年已长，胡乃不通本国语言？立前立后者，即往来于街心。汝何昧昧？”巴伊拉曰：“知之。”船主曰：“今且试习其事。”乃入诸复室，自窍窦中言曰：“汝外坐听吾号令。”巴伊拉即如言作歌，复往来闲行。船主大悦，赐以六辨士，旌其功能。此策既定，船主泰然以为无后顾之患，然仍深居简出，无敢招致祸患。至东贝之行礼，船主自以为世交，宜往伸贺，不能不行，行时倩一篷车，车窗严闭，且以侵晨行，想此时居停方入礼拜堂，非险巇之时。幸以一身出去，仍一身反，不遇灾殃，然尚抑抑不乐。

时倭而忒之舟犹无迹兆，老友亦久久无书。佛罗伦司不知老人远出，船主亦不以消息予之，久之渺然。船主已料及不祥之事，又念既无佳消息奉白，身何必往？而又深防其来。一日，为秋暮黄昏，船主命巴伊拉于复室中然炉火。雨风方交逼其肆外。船主自楼窗登屋顶观天，见秋风秋雨萧飒可悲，心绪尤为之死，非谓今兹之风雨足败倭而忒之舟，即倭而忒舟沉亦不关今日之风雨，第见景而悲，悲秋遂兼悲倭而忒。时风利雨急，船主亦不之顾，仰见飞云捷如奔马，自云中觅取，不能得其自慰之思力。天既黯黯，自顾尤无好怀。其旁有破坏茶箱，即巴伊拉饲鸽之所，鸣声不已。尤有已旧之风标，亦作一水手之形，手中执远镜，当时道过之人咸见此物，后为一烟囱所蔽，遂不之见。今日风迅，木标为风旋转，无有已时。雨点扑衣，如水晶之珠着物而遁。船主几为风仆。既不得当，遂下室中，思得一慰解之物，则面炉而坐。火烘烘然，则实烟于斗。烟焰宛宛上飞，对之乃愈增其闷。既而调酒，甫饮即置，而忧心仍自中来。时窗上雨扑风鏖，船主直至柜台之上，见木偶周身淋漓，则以衫袖为拭去之，且拭且思此数十年来木偶眼见肆中家人欢聚，今日人亡家亡，他人入室，宁非可伤？即使更歌培格，而听者亦无人矣。然以殷忧之故，遂辍不歌。顾一己不歌，即亦无歌之者。嗟夫！和蔼可亲之倭而忒，今落何所者？于是以拭木偶人之衫袖，即用自干其泪眼，而灰丁登之希冀至是亦空。凡前此已定之策，乃类不舵之舟，飘流于巨海。

方船主忧念，巴伊拉对立无主之时，忽闻有叩门声。船主曰："此何声？"巴伊拉曰："似有人屈指以叩吾扃者。"船主变色，入复室，钥其扉。巴伊拉启关，果见为女人者，则即谢客。顾来客乃非女，男也。主人命令但拒女宾，勿斥男客，故亦启关延礼。其人似急于避雨，扉启即闯然入。既入，则自顾其后襟曰："白极司纫肆又多一交易矣。"时来客裤中为泥涂所沾者半，而船主自门窦外窥知非仇家，则亦启关而出。客见船主即曰："密司忒吉而司无恙。谢先生，吾亦无恙，勿劳眷注。我名秃齿，即密司忒秃齿也。"船主顾忆此人为东贝成婚之日在礼拜堂曾与一面，因亦与之鞠躬。秃齿憨笑不止，笑后作惶怖状，与船主接手不遽释。既思此手不能不释，于是舍船主而执巴伊拉手，为状愈恭。少须，自镇其神，言曰："密司忒吉而司，今日之来，固有要言奉白。密斯东……君亦了了乎？"船主知来意，即以手招秃齿入复室中。

船主先行，秃齿随入。船主移榻近炉延坐。秃齿凝视船主久，始坐，言曰："吾有冒昧之言，敬叩先生。吾家斗鸡，密司忒吉而司识之乎？"船主摇首曰："谁为斗鸡？乃未识面。"秃齿曰："斗鸡者，驰名之老拳师也，前此曾与勇士诺贝行一斗力，胜之，举国皆闻其名。先生当知之矣。”船主仍曰：“未也。”秃齿曰：“他事可勿论，惟彼尚立雨中，或不至于沾湿也。”船主曰：“即延之入。”秃齿曰：“果先生推爱，能令居外间与纲纪同坐，则感且不朽。以其人善怒，且霉湿不宜其躯命。密司忒吉而司，我自起迎，无劳玉趾。”语后，开门噫气为口号，立见一人昂然入，意态钝健，衣垢腻之外衣，冠广檐之冠，发短而鼻凹。秃齿曰：“汝姑坐此。”斗鸡不言，口中唾出嚼断之草根，而手中尚把余草也。既坐，似自言曰：“何物足解吾渴？似此雨中苟无物自遣，以我能饮善嚼之人，殊不自聊。”船主知旨，即倾冽酒予之。斗鸡张吻如泻酒于碗中，其状大不类饮。

船主及秃齿仍入复室。秃齿曰：“密司忒吉而司。”船主曰：“非也。吾名为克忒尔船主。克忒尔为吾名，英国即为我祖国，此间即我卧所。”秃齿闻言大惊，曰：“然则吾不得见吉而司矣，盖吾……”船主曰：“少年郎，汝能以目见所罗门吉而司，则我之悦郎君，较行舟迟滞中遇顺风为乐也。郎亦知所以不能见所罗门之故，以所罗门不能见也。”原文作傻语如是。秃齿在百忙中几欲言曰：“此不关紧要。”已即知误，乃改口曰：“噫！此何故耶？”船主曰：“所罗门留笺招我司其肆，彼之厚我，有如弟兄。顾吾乃不能定其何向，亦不辨其踪迹之所由出，或且往寻其从子，或又遁世而长隐，吾之不知所罗门踪迹，即由郎君之不知所罗门踪迹也。彼于一日侵晨居然下坠，乃水上不见一旋涡之形。盖以人之坠水喻老友之外出。吾登车临下，往觅吾友，眼中一无所见。”秃齿曰：“然则密斯东贝未知其事乎？”船主曰：“此事告之何用？吾必得确耗，然后语之。汝知密斯东贝亦礼重吉而司，闻此讵能排遣？且密斯爱我老友……”语至此，复曰：“是何足言？置之可也。郎君亦识此闺秀耶？”秃齿色赧，言曰：“然。”船主曰：“郎从彼间来乎？”秃齿憨笑曰：“从彼间来也。”船主曰：“我无他言，但一语蔽之曰：郎识得安琪儿矣。”秃齿闻言，即引船主之左手，言曰："我与先生决当定交。吾此时方在求友，小保罗前此在伯林伯时，是我旧交。果尚在人间，亦决为吾友。即此斗鸡，亦不为劣，然其人甚枭侠明达，无一事不解。人人言咸如此，而吾仍不敢谓为全才。"复作笑靥曰："先生谓彼人果安琪儿乎？然天下无安琪儿，则已有者则必属密斯东贝。此吾夙心，非复妄语。适吾所请于先生定交之事，吾意决矣。"船主意甚恭谨，然尚未即答，但曰："孺子俟之。适郎有言告我，实则何言？"秃齿曰："质直告君，此事即尔尔。原文所有。彼年少之女人，君亦识之乎？其人非密斯东贝，盖秀珊也。"船主点首。秃齿曰："质直告君，此事即尔尔。君亦知吾时时造谒密斯东贝乎？固非专诚，以长日徘徊于其家之左右，往还良便，既云便，自通谒。"船主曰："此亦自然之势。"秃齿曰："固自然也。吾今日又造其家矣，又安知今日却交佳运，能把晤密斯东贝。"船主点首。秃齿曰："吾自彼家出时，彼少年女子突出不意，引我入诸秘室。"船主骇然，以为嫌疑。秃齿曰："引我入时，乃出此报章，语我曰：'此报已秘藏，不令女公子观之，以报阑中载得一事，其人曾为女公子所识。'于是读其报中记载以示我，且嘱我……"复曰："少待之。彼嘱我何事者？"因以手搔发，凝目视船主。及见船主颜色沉肃可怖，乃愈思不可得，久乃曰："得之得之。彼又言报中所言或不质实，自欲来告，又防为女公子所疑，乃托我便中至此间觅老人所罗门吉而司。吉而司者，即报中所记人之伯伯。命我问吉而司，报言如是，外间曾否已有所闻？尤言果吉而司不可得，亦当觅得船主克忒尔。噫！船主克忒尔即为先生矣。"妙绝。船主以目就秃齿手中观报，秃齿尚言曰："我固欲早来，因见密斯东贝鸟笼中小米已罄，吾因为之购小米。小米在丰侧利街列肆者为良，故往索之，即由彼间绕道至此。此报先生或已见之。"然船主近日并不观报，防居停于报中作告白提取赁客，故不之欲，屏去勿观，因摇首曰："我乃不读报。"秃齿曰："然则我读示先生可耶？”船主点首。秃齿读报之标目曰：“航海新闻。其下言海船治华恩司船主亨利亚摩司今日到埠，自西印度载至糖、咖啡及酒，言彼西印度开船之六日，海中无风，船止不前，在纬度……”秃齿恶数目，即曰：“勿烦言此，但某度某度可尔。”船主曰：“此细事勿述，且述其下。”秃齿曰：“经度……某度某度，船中守望人在落日中忽见破船之板。是日天气佳，船主下令以舢板入海，检取船板，辨为何船。既而得断桅，以断桅决之，此船可载五六百吨。尚有船腰之板，书曰‘承嗣’二字，书极清泠可辨。初不见有尸身及船主器用。治华恩司之日记本言，是晚风乃大起，明日并此断桅亦不之见。主笔人以为此船本由伦敦赴西印度，久无迹兆。据治华恩司船人言此船决破矣，全舟之人或尽沉溺。”船主初念尚冀倭而忒尚有一线之生机，听至此，乃始绝望。

方秃齿读报，至一二分钟间，船主眼口皆张，如为鬼物所附，忽尔起戴其冠，奔至炉檐之侧，加肱于炉上，伏而似哭。秃齿大窘，言曰：“世界中如此等事，胡能遽免者？我果知世界恶者，吾宁永永居伯林伯家，辞谢遗产弗受。”船主仍伏而答曰：“郎勿为吾忧。”少须，起而回面，推其冠于脑后，以手自擦其目，曰：“倭塔，吾孺子，图再相见矣。倭塔，吾固爱汝者。”因面火曰：“汝虽非吾儿，然吾固无儿，但汝今日之死，吾伤汝如伤己子。且汝之死，非但一倭塔，直十余倭塔皆死矣。当汝年少在学堂时，面绛而发蓬蓬然，每礼拜必一归，此肆中儿成一俱乐部。此群儿今安在？今同尔瘗诸海中矣。迨及尔稍长，情窦稍浚，吾以心中所乐之人与尔调诙，汝乃羞涩无伦。此羞涩之孺子安往？又同尔瘗之海中矣。后此汝将远行，义气凛凛，谓将得资助尔世父，此直丈夫所为。今此丈夫安往？又同尔瘗之海中矣。实则尔一人溺，有无数之佳儿与尔同逝。伤哉伤哉！”秃齿无言，但将此新报纸叠之又叠，至为极小极高之方胜。船主又对火言曰："可怜无儿之所罗门吉而司，汝奚适耶？若侄行时，乃以尔托我，谓我曰'幸丈留意孺子之伯伯'，汝胡不告我，遽尔潜行？彼孺子之灵以目问我，我将何词以对？"因长喟不已。忽见秃齿尚坐其侧，因曰："孺子幸归，告少年女人，言此消息确，船家日记本至可信。船家云然即然，无可议者。明日侵晨，吾将出侦，实则无须，船破矣，侦又何为？尔明日便道或仍至吾肆，果有他耗，必以奉白。"遂脱冠，取冠中素巾拭泪，后复掷诸冠中而戴之。秃齿曰："我心至怏怏，实则吾与死者虽不相知，然亦至悲其死。船主吉而司——"妙。复曰："非也。君为密司忒克忒尔，试思此消息为密斯东贝所闻，心亦滋痛耶？"船主曰："是何待言？彼密斯小时与倭塔两两齐肩如斑鸠，讵有弗爱之理？"秃齿闻言大骇，曰："确耶？"船主曰："天生倭塔，即为密斯；天生密斯，即为倭塔。二偶盖天作之合。今又何言者？"秃齿欲笑欲哭，言曰："由是言之，我愈耿耿不能自已。船主吉而司，妙。我实告君……"语时，已作啼声，曰："我……爱东贝，爱极……此心已碎。此次果彼闻言而心痛，我虽弗怿，然亦不能不代密斯痛也。盖吾之爱彼，正非私情。船主吉而司，妙。吾身若为彼之故，自高而陨，为车所碾，此事为彼而然，心皆至乐。"语音至微，严防为斗鸡所觉，然痛极至于周身血沸，耳轮亦为之绛。船主怜之，拊其背曰："尔勿如此，且释悲怀。"秃齿曰："船主吉而司，妙。愈足见君雅意。君正在哀悯之交，乃复及我，此足感也。吾方在求友，苟能下交，则感激无已。吾虽多金，心中之窘乃万状。凡彼寻常之人，见吾长日引斗鸡，衣食皆美备，实则吾心长不宁，均为密斯东贝也。吾今御饭不馨、御衣不温，长日于无人处恒自啜泣。吾当于明日更来。"遂与船主接手为别，出外室，引斗鸡同行。

秃齿一行，船主悲乃愈深。巴伊拉则大悦，谓打胜诸贝行一之英雄，乃为我平视至于半句钟之久。及巴伊拉睡熟时，船主尚对火默坐。火已久灭，船主尚视余灰，心中往来于倭而忒、所罗门之间，遂登楼，亦不能睡。

明日晨起，头岑岑然，遂至东贝肆中。是日，木偶人之肆百叶窗均不启，以船主下令闭户，以志有丧。当船主至时，遇卡格尔至肆。船主无言，直随之入。卡格尔仍矗立炉前，不脱其冠，一见即曰："船主克忒尔，兹事乃非佳。"船主曰："昨日报中所言，先生想已夙知之矣。"曰："吾已得信，报中语乃无一讹。船主固悲，然究何术？人生于世，亦尔尔耳。"语后，以刀自修指甲，齿乃豁露如猫，且言曰："吾至为倭而忒伤怆，且同没者尚有吾肆当要之人，其中人又多有室家之累。倭而忒无家，尚为万幸。"船主自摩其颏，不能作答。卡格尔示意逐客，即取案上信件观之，向门言曰："船主尚有何事，令仆效劳？"船主曰："吾心中尚有一事，初未剖悉，欲就君解之。"卡格尔曰："何事者？吾冒昧请君趣言。今日吾事集也。"船主稍前，言曰："当吾小友未经覆舟之先……"语未竟，卡格尔即止之，曰："船主勿言前事。天心不测，吾焉能管？汝亦知出门人，无论水陆，其事匪不险者。君讵以倭而忒之沦不测，咎乃在我耶？噫！船主，我思尔之弗安，可多睡、多饮苏打水，心神自定，勿问我可耳。"船主曰："孺子，以我之年视尔，即可云孺子，亦不必鸣谦。实告汝：当吾小友未行之先，曾告我肆中人初非善意，我乃弗信，力劝其行。后此欲至此试探主人意之向背，当时尔之答词皆完美无他意。今其人已横死，别无他法，然吾此来问君：倭而忒言当耶或吾言非谬？必一证之足下，用释吾疑。倭而忒嘱我勿宣之老友，言此行佳也，若本意非善者，则吾殊无以对我老友。顾前此之来，蒙君厚款，今日以心绪悲恻，或容止及言论皆近唐突，幸勿见罪。"卡格尔曰："船主克忒尔，吾尚有事劳尔。"船主曰："吾力苟胜，皆力任之。"卡格尔以手指门曰："请船主载此游词出门外，向他人言之，我无暇听汝矣。"船主之面本多瘢纽，至此则尽化为白色，乃不料卡格尔出此恶言，而额上为坚帽所束之红痕，至是亦退红矣。卡格尔尚带笑曰："船主，汝前此初来，吾乃礼尔逾格，不知汝之为人乃矫伪无耻之伦。前此吾以小童无家之故，谬加礼貌于尔，然吾之容人，仅能得此一次。今请尔趣出此门。"船主此时气极，几于不能举踵而行。卡格尔力抠其衣，张其二足，言曰："趣行勿迟，迟者我将无礼。果东贝在是者，且得奇辱。我则但趣汝行，无他窘汝。"船主以钩自按其胸，助其噫气，以目上下视卡格尔，乃不自知身在何许，似二目已昏者。卡格尔曰："船主，汝城府虽深，然尚能测，即尔外出之朋友亦深沉不露，而我皆能测。我今问尔：汝之朋友，汝究以何术处置之？"船主又以钩自按，力言曰："汝勿妄言。"气壅乃不能出。卡格尔曰："汝预决一小计策，与人密定一小事局，且与人订一小约会，以待小客人，斯亦已矣。今乃敢公然至此，汝胆何其巨耶？我但知谋为不轨之人，均小心藏匿，汝独不然，何也？且汝事，我悉知之。汝今行矣。"船主气极，力转其拳，言曰："孺子，我颇有言论诏汝，今乃不知遁归何所。我昨日始闻小友死耗，记性全隳，重忧在抱，乃不能与尔驳辩。"以钩向空，言曰："但冀尔我未死，终有把晤之期。"卡格尔仍恭谨言曰："然，但望尔能生，必有一日揭举尔事宣之于众。我虽无道德，然身事主人，凡主人家为人所陷，我决不之恕。"船主无言，且视卡格尔，且引身出。卡格尔仍立原处，张齿如猫，仍如无见。船主之出，郁怒已极，行经倭而忒所坐，已另易一童，物是人非，不期凄然泪下。然幸有此一悲，而气立为释，不尔，遏抑死此老人矣。

寻入肆中，一人隅坐，悲心乃遏过怒气。外史氏曰：凡人遇一横逆，为之楚辱不可堪，气咻咻然欲死，苟闻一亲知噩耗，则将化怒为悲，伤亲知耶？抑尚勃勃念仇而不置？船主今日但太息痛恨己之无见，助倭而忒愚弄老人，俾其外出，今日少者云亡，老者无耗，厥咎均一身任之。愈思愈悲，以目注地，而地板之上若化为大海。当日所定之策，欲倭而忒身娶佛罗伦司，今皆一一化为破板，东荡西流而已思极，忽尔自振其神，谓倭而忒已亡，吾不能不加以纪念。

时巴伊拉方酣睡，趣起，携之入市，反扃其扉。先至估衣肆中得两素服，一授巴伊拉，一自服之。然巴伊拉固小，而衣乃尤小；己身固博，而衣尤博。尚为巴伊拉购素冠，即当时所称为西南帽者，冠作直方形，至不通用也。二人即于肆易衣。既出，巴伊拉缩小如猿，船主则宽博如象，市人无不属目。今日本约秃齿来会。既见，则曰："吾欲探消息，乃一无所闻。倭而忒死，确也。汝告彼妇人，徐徐以噩耗示密斯，我亦无颜见彼，但告密斯勿以我为人类，足矣。"秃齿欲求订交之事，船主亦无暇及，置之不论而别。是日，船主奋不求生，亦弛其防备，坐待居停之弋获。迨晚略定，则举倭而忒生平佳处一一语巴伊拉。巴伊拉亦伪为悲悯之状，尤一一忆之。及巴伊拉睡，船主剔灯加以眼镜。盖船主平日本不需此，以新主此肆，肆主非眼镜莫壮观瞻，实船主之眼光锐如健鹘也。船主遂翻大圣经，检送丧之礼节诵之，以倭而忒死时无牧师，故挥泪提诵，以济幽冥耳。

第三十三章

今吾书眼光当分注两人家矣。此两家本非同居，特共在伦敦范围以内。其第一家所在，在万绿上下、水木清华之地，曰脑武得。屋非大厦，亦无壮丽之观，位置既佳，泛扫亦严净温雅。抱屋有草场，织细而软丽，小园柳线垂青，榛树作青绿色，其中列一花窖。屋之四围皆游廊，廊柱均藤花抱之，葱茏可悦。但观外象，知屋中人必且舒泰而安闲。顾以理度之，亦非无据。屋中颜色调匀，家具多精小一派，尤称此小屋。墙上有画，地上铺氍毹，玻璃悉加淘炼，光气不致触人。屋隅书盈其架，案上博弈蒱博之事亦皆备。顾虽富丽至此，而神情颇萧瑟。顾此萧瑟令人无欢者，讵氍毹不厚、屋宇不精耶？曰：否。抑或壁间名画皆赝，观之无复兴趣耶？曰：否。其所以不欢，即在此富丽丛中坐而进饭之主人，以主人在，遂觉经其人之呼吸，佳境亦因之而减色。主人非他，即丞相卡格尔也。身踞绝大之温榻，顶上悬一精铜之鹦鹉架，栖一五色之鹦鹉。乃鹦鹉若不安其生，以利喙喙其爪上之链，口中格格作声，架亦为震。丞相初不观此鹦鹉，注视壁间之画象，久乃言曰："一何其似"画此？殆画师信笔所作仙子之图，非神肖一人，其人乃为女象，厥象至美。象身似内向，首则微偏而外顾，俏状大类爱迭司也。丞相语后挥手，其状似类威逼其人，而亦可言得意也。挥手后，复进盘飧不已。

其所谓第二家之人，则相距滋远。其地即为伦敦之北大路，前为繁丽之区，今则萧索无伦。当火车未兴时，尚为孔道；今火车既成，商务争趋，但有徒步之人方出是道。屋为小室，仅蔽风雨，亦严洁无伦。门前列草花数种。地虽冷僻，却非村间，无田畴桑柘之属，仍非商旅所出。但见老屋墙基，瓦砾壅积，满目荒凉，既无草木，而坏墙之罅，荆棘丛生，触目生厌。居此屋者，有一女郎，以爱此怀兄，故从第一家富丽之区移随其贫薄之长兄至此。其出自第一家也，此第一家中之善人遂去，自彼一出，而第一家主人心中之安琪儿亦自是而逝。盖其妹氏与丞相相隔有年，然进观第一家中尚有女郎遗迹，盖所谓小园者，即妹氏之所开拓。虽屋宇全更，园仍留也。丞相为人，但知有利，性质与花初不相近。哈里爱德卡格尔自迁居至是，而玉容亦都清减，如花之貌，固戕贼以光阴，即家事之贫薄亦足减其妩媚。顾以一人之身，既被两事摧残，而窈窕可怜之状仍然弗改，且幽娴贞静，女德至优。似此德容，本不搴帘自炫，非加以考求，则才美亦不外见。衣既粗率，又内敛其女德，一如常人，无复宣著。世固有心摹力追、力为有德之容者，然以此求哈里爱德，失哈里爱德矣。

今日所见，正同其怀兄引手同出。兄弟相爱之情，流露言表。呼曰："约翰，今日之出何夙耶？"约翰曰："初亦非夙，第较昨日早耳。果我有暇者，深欲至彼人之家一视。盖我与为别后，实未尝一莅其门。"妹曰："我亦深愿得见其人一面。"指倭而忒。约翰曰："不见为佳。彼人既遭不测，果当时一见，将生其悲。"妹曰："兄为之悲，我即未见，亦胡能不悲？兄之所悲，即我之所悲也。脱吾曾见其人，经兄提及，尚足与兄谈论，则惋惜此友，不几与兄同等乎？"约翰曰："吾亲爱之女弟，奚为是言？吾所忧喜，深与汝同，复何区别？"妹曰："在穷馁中得此尚足为乐。"约翰曰："倭而忒事，汝大有心，悲其遭遇。即使见之，亦第如此。"妹曰："不然，为我所见，则悲梗当不止此。"约翰曰："女弟，惟汝知我。人人咸言我友倭而忒，必以我之不德沾染及于其人。妹独不然，谓我必无害于倭而忒，殆所思如是乎？"妹曰："岂特思及，固深信之。"约翰摇首曰："我固自知，人则孰信？惟吾女弟能为此言耳。今其人已死，幸吾未致其深情。脱其人中道变节，则吾罪乌能自涤？人必以我为濡染之矣。尚欲有言，即曰归时更相见。"妹曰："约翰，早归，吾当迓阿兄于门外，即与亲额为礼。"读者须知是人也，即约翰生平身家性命之所属，第每对其妹，即自腐心而引疚，谓妹之苦况，一皆为我，我惟不肖，不齿于人，而妹仗义从兄，则不肖之罪累及骨肉，万死不可沾涤矣。

约翰既行，哈里爱德犹目送之。既不之见，泪因而落，然亦不能无因而延误此晷刻，遂入操家政。嗟夫！大家风范，乃操及细微，宜乎俗眼之中谓此女郎无大家风范也。女此时摒挡家具，一一得所，然后数其余钱，反钥其扉，入市购食。沿道中深思何物贱，且于何市中始能购此贱物，足省吾钱者。外史氏曰：嗟夫！此女郎计画，一何陋耶！既不驱遣奴星出而购取，使沾溉余利，兹乃并一奴而不用矣。

此时女既出门，即有一人自南而北。其人已过中年，然尚壮健，腰膂至直，人颇和蔼，眉黑而发已星星，额角眼棱均挟慈祥之气。叩扉者再，应者无人，遂坐阶而俟，以指即阶上击节，口中噫气作调，大似乐工。闻其噫气之声，其意似得。其声未已，女已遄归。其人脱冠起迎。女曰："先生又至耶？"客曰："吾乃冒昧，密斯今日乃展拓此五分钟余闲见待乎？"女少沉吟，遂启户，延入。客即归坐，其与女谈论均和平无所矫饰，言曰："密斯哈里爱德，第一次吾来时，密斯自承为蹇，吾观之，已谓其非蹇。及观密斯谈吐，已晤其非。即今日之来，而'蹇'字之名词已不知坠落何所矣。"女为愕然，不知所对。客曰："密斯之神宇表里通明，一见即知其诚实温靖，无他物也。"客语时，甚恳笃，似非谀词。客又曰："女郎及我年鬓相距甚远，言虽过质，亦即无碍，心有所见，即宣于言。所谓诚实温靖，此吾纪实之言也。"女曰："天下固有骄蹇之一种人，实则非骄与蹇，但其志坚耳。前此之所谓蹇，特从世俗之称，吾实非是，且吾亦不愿以骄蹇上人也。"客曰："女郎志不苟取，将为一人计耶？或尚有余人？"女曰："我一人耳。"客鞠躬曰："密斯不尚有怀兄约翰乎？"女愕然曰："我得怀兄之怜悯，因用是以自恃，惟先生萍水无交，何由知吾兄之为人？客凡两次告我……"语未竟，客曰："吾无他意，实则深知昆玉之家世。女郎幸勿以我为……"女曰："知之。客重吾兄弟耳。"客即与女接手，曰："谢女郎见许，能曲谅吾心。"女曰："吾惟以伯兄落魄，力卫其人，终不降志以仰人颜色。此等骄蹇之心，容亦有之。即吾伯兄前此颇有……"旋曰："是何必言？伯兄近来日进于自新之路，隐德又何人知？亦惟吾知之耳。匪特悔过，且为藐躬之故，日抱歉忱。谓我之食贫，均伯兄贻我者也。实则我之乐天安命，又焉有几微怨尤者？"客曰："吾亦知贤兄修省矣。"女曰："伯兄固佳，惟其失足时偶然昏愦，今又立复其初矣。”客曰：“世界中人忙如机器，但闻其人失德，即引以为污，安能复拓余闲为之省察？盖改过，性理中事，而世人之见则贸易中人，安能管及性海中改过迁善者耶？凡人熟于其事即习焉，与之融洽，以外之事一无闻见。惟先入为主，一闻即识脑中，不更察也，因之优劣初不了了，但主其习惯者为定其优劣。想吾身委化以后，面质上帝，帝果问以秉彝之懿，我决不敢承，但承以习惯而已。吾惟狃于积习，甚至耳聋口哑，四支不仁，百事均不明其真相，直往来贸易如贾人。”语时，至忿忿起行，复坐，复面女曰：“密斯，吾惟多言，至无归宿。今但有一言奉白：密斯当知我为诚笃之人，能否少为君家效力？”女曰：“敬谢盛情。”客曰：“密斯有言，吾必深信。实相告：十余年吾时时见君，竟聋瞶不来造访，已昧贤女之懿德。其所不来造谒，亦以习惯之故蒙我耳目，后乃不知所以能造此间，自问亦莫知其故。今既已知之，深佩君家，故敢自陈其悃款。”女曰：“我殊知足，不敢妄沾大惠。”客曰：“何家无缺？安能尽足？鄙人必为图一苏息之地，俾君家兄弟得以小安。鄙人前此谓贤兄生平可以勿助，今兹乃自知其非。盖贤兄者自新之人，义不能弗顾，即密斯者为世贤媛，亦宜自卫。密斯即不自为计，亦当为伯兄计。吾观密斯弱不胜衣也。”女举首问曰：“未叩先生姓名，中心感愧无已。适先生所言，无一不加惠及我同怀。第吾与伯兄安贫有同宿习，无复觉苦，逐日以兄之佣金度此时光，于义命殊无忝。若取助于人，转形踧踖，是穷不自立、倚赖他人矣。敬谢先生之情，口不能辞，但以酸泪敬答先生。幸恕我寡情。”此时，女伸手与客作别，而客闻言肃然动容，即取手就口中亲之，竟类老父之爱女。女曰：“果一日吾兄能复其故业。”客惊曰：“是何能者？密斯当知复贤兄之业，其权力操自何人？贤兄大伤次公之心，胡能平其旧怨以全骨肉？”女曰：“先生所言，适为吾与伯兄所不忍道者。”客曰：“幸恕冒昧，吾观密斯笃于天伦，即不待密斯正言，我亦知其唐突。敬请密斯屏我所言如未入诸耳者，可尔。今亦不敢敦迫密斯允我少效微劳，但有二事，尚欲要约，不审贤媛能否俯允？”女曰：“何也？”客曰：“果密斯后此宗旨偶变，则此贤劳当令鄙人独之。吾之姓名，语君亦无所益，今兹可以勿言。”女微哂曰：“先生当知吾家过从尚有何人，有迫非请于先生，当更谁吁？此情尽足拜领。敢问其次？”客曰：“尚有一节，每逢礼拜一侵晨九句钟，鄙人必经此地，密斯必在窗间容我一晤，吾亦过门弗入。想此时贤兄必不在家，鄙人初亦无言，但一面尊颜，悉其无病，足矣。且使密斯记忆得穷途中有一白发苍颜之老友。”女仰面观客，感激直达之玉容，遂鞠躬许可。客曰：“前次已言此次之来，万勿令贤兄知之，良不欲使贤兄愧我悉其生平，尤当恕我行踪鬼蜮。须兹事亦只能归之习惯耳。”语后，执冠告别，惜别之容溢于言表。

客既去，女心绪忽潮起，盖贫家蓬荜，初无款关之人，乃抚慰劝勉之词因亦不通诸耳，不期太息者再。既而坐而治生，而老客言论形容，时时识之心坎。忽又停针而思，日脚不期渐缩。午后，乃大风雨，远望伦敦城阙，均在烟雨迷漫之中。女每遇风雨之晨，辄私怜徒行犯雨者，衣湿而足疲，凄凉万态。且伦敦又多雨，行旅辄颠顿而行。然但见其趋赴城中，恒不见城中人之过此。且旅人之入城，正如雨点滴之江河，无复更见之日。凡此等人入城，不在贫院之中，即归丛冢之内，或急病赴医、犯科受禁，入者均其材也。

此时寒风四吼，雨点如轴，天复昏昏如醉。女自针凿箩中引目外瞩，见有一人冒雨而前，女也，年约三十左右，躯干颇高，貌亦隽美；衣独敝甚，既为雨沾湿，而泥滓复满其袪；黑发不冠，但以破巾裹之，风自后来，而破巾之角及其秀发为风所荡，满被其面，女则掠而复之。正掠发间，适为哈里爱德所见，虽面貌见欺于风雨，而娇媚尚存，似有抑抑之隐衷达诸眉宇。哈里爱德观之恻然，自思此等人必非自爱之人，故沉沦至此，是必天予玉颜为得祸之由。顾虽设想如是，而怜悯之心亦不用是而杀。女渐行渐近，则凝目远盼，辨认城廓，而又时时狼顾，如经异地。虽尚迈前，而精力已惫，特支撑为之。左顾有乱石丛叠，不择干湿而坐，露顶受淋，若不之觉。坐处适与哈里爱德相向，先以两手自掩其目，后乃举首，与哈里爱德平视。哈里爱德见状，即出户招之。贫妇亦徐徐自雨中就女。女徐问曰：“客何为息于雨中？”贫妇曰：“吾乃无地避雨。”女曰：“足避雨者亦多，即吾家廊庑，较客坐处为佳。客欲息者，息此可也。”贫妇初无感谢之忱，但以为异，不言而坐，去履下沙土及细石。女见贫妇去履，而足心已破，血沁沁出。女曰：“伤哉！”女反顾而狞笑，状若弗信，言曰：“似此等人，创足何害？且君即怜我，于我何裨？”女曰：“客胡不入门？吾为燂汤，少涤其创，更布裹之，不宁佳耶？”贫妇似动，即取哈里爱德之手掩其目，哭甚哀，然哭声乃大类男子穷途之雪涕，且耸肩，极力以自抑其悲，悲乃无尚，遂亦听哈里爱德引之入门。

既洗其足，裹之以布，皆不屑屑，意似姑徇请者之意，己心则一无所悯矣。女遂自出其粮，恣请之食。食亦非多。食已，哈里爱德请去其湿衣，为客烘之，待干而行。贫妇亦若作不得已状，自除其巾，绞去其水，然后握其秀发，咬齿，以手引之，水淋淋下，发水略尽，即以发反掷其背，状如握蛇掷之，非握发也。哈里爱德曰：“客至此，为履生路乎？”贫妇作色曰：“生客耶？然吾十余年不在此矣。吾所居地，乃不知有日月，非十年者或十年以外，此地如非我所习。吾出后，景物变矣。”女曰：“客似远客于外者。”贫妇曰：“诚远诚远。吾海行可数月。吾所居地，则流人所居，吾亦流人之一。”女曰：“上帝助君而恕君。”贫妇点首，作冷语曰：“上帝助我而恕我，然上帝诚助诚恕，特人不诚助而诚恕，与帝心无涉也。”然颇见哈里爱德精诚恳恳，遂亦少霁其怒，言曰："女郎与我年鬓殆相若，即我痴长，或亦一二岁耳。女郎试思：汝尚为人，我如何者？"语时，张二手如示以心肺，立即下其腕，垂于膝外，俯首无言。女曰："无论何事，终有补过之时，而补过又何惮晚？但得一忏悔之心，足矣。"贫妇忽大声曰："我何忏悔之有？彼人罪恶已盈，尚优悠无事，我何忏悔之有？试思何人煅我至此，沉冤莫伸，尚何忏何悔？"遂起，束其湿巾，将行。女曰："客将安适？"贫妇引手曰："将赴伦敦。"女曰："伦敦尚有家乎？"曰："吾尚或有母，惟以此等之母母我，即类母所家之陋室，亦可称母之家矣。"女出数辨士，赠之曰："兹或非多，然一二日中尚不至馁。"贫妇始顾哈里爱德曰："汝嫁乎？"曰："未也。今与伯氏同居，恨无余钱，不则定努力为助。"贫妇曰："许我接吻乎？"问时，见女初无峻拒不屑之容，且垂其首，贫妇即抱女而亲其额，复以女手自按其目，匆匆遂出。其出也，直犯盲风澌雨，向大雾漫漫之中而前，黑发与破巾受风而颤。莫色渐起，而人亦不见。

第三十四章

在一极黑极陋一矮屋中，有一老妪，状亦极黑极陋，蒲伏一炉火之旁，侧耳听雨，然向火之心较听雨为浓。乃久坐不易一地，但迅风一撼，始微仰其首，既复渐摇渐俯。门外初无行人，妪坐风雨声中，乃如听海涛。屋既无灯，即假炉火之明以为明。炉火稍爆，即暴见室中破布数积及牛羊残骨而已。破榻一，两三断股之凳，壁皆沉黑。妪以伏身火次，火为身遏，射影甚巨，几蔽屋中都满，而头颅之影则上触承尘。果非口吻微动者，则不辨为人，但视为炉中之幻影，果佛罗伦司在此，但辨此巨影，即辨悉为慈善之密昔斯白老姆。顾佛罗伦司不在，故此慈善之白老姆垂头火次，渺无人知。

已而忽闻雨声如触湿布之间，其音至怪，妪复引首外盼，见有一人推门而入。妪曰："何人？"觉有女人答曰："有人赍书至此。"妪曰："何书？书自何来？"女曰："外国也。"妪曰："海外来乎？"则起立。女曰："然，固自海上至也。"妪即拨火，自掩其扉，而女已至室之中心。妪则扶此女面火，辨其为何人，顾乃不能了了，意至不怿。女曰："何事引吾面火？"妪曰："噫噫。"女曰："何事絮絮作语？"妪曰："兹非吾女，吾爱立司焉往？吾美貌之爱女又焉往？迨为所扼而死矣。"女曰："果汝姓马乌得者，则马乌得之女未死也。"妪曰："汝见吾女乎？或吾女请尔挟书示我。"女曰："彼以汝不识字，故亦不书。"妪曰："然。我固不之辨也。"女四顾曰："屋中有灯乎？"妪摇首，口中呶呶不已，即墙坳中出残蜡，即在炉中燃而置之几上。蜡心为尘所涴，燃乃无光，已而油融光炽，妪见来人已自抱其臂坐于破凳，以目视地，头上所束之巾则置之几上。妪曰："既无书矣，有口语乎？"女曰："汝观之，我为何人？"妪以手掩目，复再三瞩，仍不之辨认。爱立司曰："母更视之，我为何人？"妪大惊，以残蜡近其面，即置烛大呼，抱而亲曰："此即吾之爱女、吾之爱立司，汝生存归耶？"即踞于地上，抱女膝而摇，言曰："是果我女！是果爱立司！"爱立司曰："母也，果为母之爱女。"亦屈其一膝，与妪亲吻。顾虽相亲，即请其释手，时膝仍为妪所抱。言曰："母且归座，踞地何为者？"妪仍抱不释，言曰："汝归矣，较诸行时乃异其状。悠悠岁月，汝乃不曾顾我？"女曰："母起。母受苦十余年，女亦如是，未尝逊也。母起母起。"于是，妪起，大哭，自扼其腕，又引蜡四照，作"嗡嗡"声。置烛归座，仍扼腕而自摇其躯。

女起，去湿衣置之，仍坐而观火，闻其母仍作呜声，滋弗乐。少须，言曰："母乎！得毋谓儿之归也，当如昔日流配之时，无改其风貌。谓配所如仙境，居之可以反老为童，貌乃更美耶？

观母之不乐，母似有此心。”妪曰：“我非如是。汝当自知，何乃诘我不已？”女曰：“母意安属？欲言者趣言之，不尔，吾入门易，出门亦复易易。”妪他顾，言曰：“听之，吾十余年望女归来，乃旋归而又出，兹何理者？”女曰：“母乎！儿亦十余年痛苦，归来顿易其貌，此理势之所必然。母复何疑？”妪曰：“非谓此也，吾乍见尔归，非复婉娈之态，对母乃绝凶顽。”女曰：“令我如是者，非母而谁？实告母：母子果彼此相知，则可相安于不忤。方吾之出，尚在髫龄，今年则为中年之妇。其出也，未尝致孝于母，今归亦但有故状。母今谓我凶顽，母果尽母职否耶？”妪曰：“汝责我尽职，天下乃有母职耶？”女曰：“此语良格格，实则我居配所十余年，闻同罪之人论尽职事，盖我宜尽职于人，不必人当尽职于我。究之人之对我果有职否？”妪仍摇首，絮絮作语，乃不辨其可否。女狞笑，言曰：“前此有女婴曰爱立司马乌得，生于寒门，无复教育。惟其失教蒙贫而长，亦无人授之以书。既无所助，亦无顾复。”妪自指其鼻，拊其胸，曰：“顾复无人乎？我又焉往？”女如不闻，复言曰：“此女少无所事，但求避詈责，白日浪游于外，与此女程度相若者同游。顾虽如是，而风貌殊美，此乃逾坏，较之受人见丑而唾者为下。”妪曰：“汝更言之。”女曰：“母也，吾正欲言此。尚有一女郎曰爱立司马乌得，其貌甚美，所授之教育舍淫贱无他言。其时殊有人顾我，有人逾分而教我，极力而助我，即复有人昵我。母亦甚爱其人，得钱而恣挥霍，其收局也，毁敝其身而已。”妪曰：“嗟夫！如是悠悠之岁月，相见乃为此言。”女曰：“语无多矣。此时有罪人曰爱立司马乌得，其年尤轻，以无人顾视，视为蛮野之人。问官定谳，罪当流配。嗟夫上帝！彼高坐堂皇，良孝子，乃能为孝子之言，斥我躬自暴弃，又曰国法莫容，处我流配，尚为救我，至公且允。哈哈母乎！罪人爱立司马乌得充配学孝顺去矣。至时，孝顺竟无可学，所学者罪恶乃长逾二十倍。今爱立司已归，顾今日之爱立司，结果乃即当时爱立司之造因，安知后此不更见孝顺之官长、堂堂之公堂、永永之流配？然而吾生毕矣。顾此长官亦无虑无事。凡数千数百之男女，悉在市上长养而成，后此悉为贻累长官之具，长官又奚虞无事？升官发迹即兆于此。”妪闻言，以手自掩其面。女气极，不能自伸其状，至愤，后掉头曰：“吾语尽于此矣。母勿责我以孝，吾亦不望母以慈，大抵母年方稚，亦正如我，盖亦遭遇使然。吾亦不敢自护吾短，咎母之不仁，怨母之事，吾已化如风烟。今身已长成，非复闺女，以前事可以勿论，彼此相知可尔。”爱立司至此，已沦于至窘之乡，而姿容尚姣丽，亦且有态。语后，复垂首，以目注火。

老妪对视久，则徐徐伸手，将拊其女，顾乃弗敢，及见其女无拒绝之意，始为理其发。女仍坐弗动，妪胆略壮，遂拢其四披之发，挽为椎结，去其湿履，以干布围其领。女左右顾曰：“母近状似极穷矣。”妪曰：“吾亲爱之女儿，吾穷至于无可如何矣。”语次，甚欲结欢其女，而又栗缩，处处承顺，惟防更出怨词。女曰：“母何以自生？”妪曰：“行乞耳。”女曰：“尚行窃乎？”妪曰：“有时亦间行之，但年耄而胆怯，即使行之，但夺诸小儿之手，今亦无能为役矣。近来长日行于市间，然亦颇留意。”女曰：“母言留意又何指者？”妪曰：“有一人家，我常盘旋其门外。”女曰：“谁氏之门？”妪曰：“吾亲爱之人幸勿急剧作怒容。吾之为此，亦爱汝耳。吾恒思海外可怜之爱女，故冒为之。吾前数年巧遇彼家之女。”爱立司作色曰：“谁女耶？”妪惊曰：“勿怒。彼安有女？”爱立司曰：“然则谁女？母适不尝言彼耶？”妪曰：“爱立司勿暴怒而震吾胆。吾言女子者，东贝女也。自此次后，吾亦常见其人，即彼吾亦见之。”妪刚言“彼”字，爱立司已深悉其人，则切齿握固。妪以为殴母也，立却退，不敢近，细观爱立司乃非殴己，而双拳尚坚握，嚼齿有声。妪曰：“彼固见我，乃不知我为谁。”女切齿曰：“彼即知母，又何患之有？”妪曰："然我尚与彼作语，彼亦曾答我。后此我坐于林间，见其出林而去。彼每行一步，我即咒以一语。"女曰："母固咒之，彼豪华平安仍如故。"妪曰："彼今果日盛一日。"女闻言怒极，大失其形。妪震慑，乃不敢更语。胸既不掩，似郁怒之气欲炸裂而出。似此残险之状，想一遇仇家，仇且碎裂。此时幸能自遏，不发狂易，顷之，言曰："娶乎？"妪曰："未也。"女曰："彼曾有更娶之图乎？"妪曰："吾亦未知。惟彼主人娶矣。此次之娶，吾辈正可致贺。"妪语时，以手自抱其胸，大笑曰："彼辈此等婚姻，正足快吾之意。"

女不解所谓，若待妪辨析其语。妪曰："汝衣湿，而吾亦饥。"近橱次言曰："是中乃无物。"复引手自索空囊曰："是中亦空无所蓄。"已出数文半辨士，置之案间，曰："此不足图半饱。爱立司，汝有钱乎？"女即摸索哈里爱德所赐钱，而妪已张其馋眼，引颈作丑态以盼之。及见出时，亦但数辨士，即曰："仅此已乎？"女曰："吾固无有，即此区区，亦人所惠。"妪不能攫取，则张眼注视爱立司掌握中物，馋涎几出于吻，言曰："此亦为人所惠乎？"遂曰："以六加六，为十二，更加以六，则十八矣。钱固非多，姑图一饱。"女曰："适母言尚未已。此段婚姻何为有利于我？"妪方取破冠戴之，拾破布为领巾，而二目仍注爱立司掌握之钱，口中言曰："彼二人都无情爱，互相骄抵，不复相下。后此必有争斗之事，且尚有可危之事。此吾所以得意也。"女曰："何危？"妪曰："我知之至审，但待之而已。后此吾女尚能与贵人相处。"

此时见其女尚坚握其钱不授，即低声曰："且与我出购食物用。"伸手乞其钱。女忽忆及，即出钱，亲之以吻，始授其母。妪笑曰："爱立司与钱亲吻，乃极肖我，我亦常常如是。"因握钱，自置其颈摩之，言曰："直俊物，乃不肯作队而来。"女曰："吾实未尝为此，今与之亲吻，实亲其与我之人耳。"妪曰："汝非亲此钱，亲此赐钱之人。果其人更赐我者，我必时时以吻亲之。今行矣，少须即归。”女随而闭户，言曰：“母也，吾在配所久，今归而侍母，母耳目转聪明，又何也？”妪回面其女曰：“吾所知博，汝尚莫知其一二，即彼亦不必知。我能洞彼事，归后更将告汝彼事，吾无一弗知。”女笑而弗信。妪自整其破领巾，曰：“汝不吾信，彼兄事我亦知之。彼兄几于同尔流配。彼流荡，乃盗用主人之钱，今与其妹同居北大路。”女骇曰：“彼居何也？”妪曰：“伦敦之北大路也。明日汝得间，我可引汝观之。此间无邻屋，亦非大。”妪见女整湿衣欲从之行，妪曰：“今夜乌能往？为路修也，明日决行。今且出购食物。”女忽引其母曰：“母且住，彼妹得毋美丽、发作棕色者耶？”妪大惊曰：“然。”女曰：“我观彼貌甚肖其兄。屋得毋为红砖所砌，四皆无邻者耶？门外尚有朱藤蔓生。”妪点首。女曰：“然则吾今日行道，休于其人之门外，即为彼家矣。母趣还吾钱。”妪惶恐曰：“爱立司，吾亲爱者，何为索吾钱？”几引身缩于门外。女曰：“母趣见还，不且用武。”遂夺其母手，掬出其钱。妪茫然不知所以。

女既得钱，即披湿衣，夺门而出，其行如飞。妪纵步随之，口中哀之不已，然其言乃如语风雨，而爱立司都不之听。爱立司但有盛怒，竟不计风饕而雨骤，直奔今日避雨之人家而去。行可半句钟，而老妪几力尽而仆，气咻咻然，幸得引其女衣，与之同行，不敢更言，防为其女所仆，但有喘息随之，去繁华之区，及北大路。路上本无行人，益以雨夜，乃沉黑如漆，女顾而言曰：“此间与我殊称。”妪引女衣曰：“爱立司。”女曰：“母尚何事？”妪曰：“汝幸勿还钱。此时安讲节概？我于今夕尚未一餐，钱勿论得诸谁手，均名为钱。汝恣骂詈，钱终勿还。”女如不闻，言曰：“此屋是乎？”妪点首。更行，已至门外，见门中有灯及炉火之焰。

爱立司叩关，约翰卡格尔出问，一见此两人在深夜中狼狈骈立，即曰：“汝何事者？”爱立司曰：“我欲见尔妹，即日中予我数辨士者。”哈里爱德闻大声发于门外，欲索见其人，即奔出。爱立司曰：“汝尚在此，且识我乎？”哈里爱德愕曰：“识之。”白日中尚和蔼，今兹见诸灯下，则二目凶露，二拳坚握，似欲殴人。哈里爱德大惊，隐诸约翰身后，避其凶殴。爱立司仍握拳言曰：“我今日乃同尔款语，竟不知尔为何人。似尔我深仇，宜有警兆告我，何为漫然不知，至与尔言？”哈里爱德曰：“客何怒之深？且客与我何仇？”爱立司曰：“汝无事耶？汝何为坐我于炉次，食我饮我，予我以钱？此即汝之罪。以理言之，汝卡格尔一姓，吾闻之宜立唾，以清吾耳。”老妪亦作丑状，伸其干枯之手向约翰兄妹作势，顾虽如是，仍引其女之衣，俾勿还钱。爱立司曰：“吾果有泪落尔手者，愿尔之手立断；有善言入尔耳者，愿尔之耳立聋；苟曾与尔接吻者，吾唇吻所至，即为奇毒毒汝。此为我避雨之屋，即为至凶之宅。”语后，掷钱于地，以足蹴之。哈里爱德大惊，约翰尚欲与较，哈里爱德立引其兄入室。爱立司曰：“我乃奇窘，第一日赦归，即遇尔一姓之人怜我而饭我，且予吾钱。吾死后然后谢汝，且为尔一姓祈祷。”语后，以双手互推，似推其灾殃不祥之事纳之此屋之中，翻然而去。妪则尚牵女衣，复又欲在此雨中摸得散钱，再行。女则已知，立逼妪归。老妪且行且微语曰：“吾女良不孝，乃不予我晚餐。”而爱立司亦忍饥而睡，而妪仍据火次唧唧不已。外史氏曰：似爱立司母子之为人凶鄙交杂，岂仅下等社会中始有此乎？然吾觉世界中但有时地之不同，人情则无不同。绸之与布，材不相肖而工女机头经纬如一。读者不信，则但观爱迭司东贝及女王即其影也。

第三十五章

东贝门外此时非复前此之清寂矣，前此邻毗皆有生气，独东贝之门阒寂如幽栖，今则轮奂一新，似此毗舍中独有此楼耀眼者。今日之晚，屋中灯烛灿然，炉火熊熊作焰，即窗奁地衣咸带冲融之暖气。餐房中，杯盘罗列井井，专候主人遄归。虽食者仅有四人，而杯盘之重叠，几供数十人之馔。自故宇一新，此亦第一次整齐作家燕。屋中人屏息隅立，争盼此新郎新妇一对之福人来归。而奴子之倥偬，亦等诸当时成礼之日。密昔斯迫处亦宿至，见陈设之美，几欲将文法中赞美感叹之名词一一取用都尽。下至厨娘、侍婢，土林森亦群聚厨间，开一议院。厨娘曰："吾主母乃大有福。"侍婢驳曰："非福气，盖运气。不尔者，将成晦气。吾意以不嫁为上，择人而嫁，如赌采票，失者将万倍于得。"土林森仍恨法国人，言曰："无怪英法时时开仗。法人者，天生之恶人，其恶实蕴自先天。"顾议论虽纷如乱丝，一闻轮声，即倾耳而听。屡言此声是矣，已终不是。厨娘曰："更不至者，吾肴坏矣。"佛罗伦司此时亦肃恭祇待其父及其继母。今日乃不知为喜为惧，心绪潮上不已，二颊皆绛。女王则新迁至此，易时样之衣，袖短才及腕，备与佳婿佳儿抱见，然尚深居未出。其略不悦，以晚餐迟迟，老腹已枵。女王之侍婢者，其术似能变易女王，立时化为老丑，实则非术妇，特一少年之女郎，见新居华好，心中滋乐；又觉工资足恃，食息皆佳。惟此时一双福人胡久姗姗弗至？讵水汽海潮风力马力皆体此主人主妇新婚，故缓缓令归耶？讵情爱道中有玫瑰花丛之刺，钩绾锦衣？顾不问其如何，而二福人之车已到门矣。

车声自远而近，卓然止于门外。铜镮微动，土林森已大启其关。东贝挟新人入门，女王匆匆下楼，大呼曰："吾最爱之爱迭司！最亲之东贝！"伸其短袖不掩肘之腕，抱此二人。佛罗伦司亦至客堂，见女王亲吻，始敢近前致词。而爱迭司已望见佛罗伦司，乃草草与女王作数语，即奔凑佛罗伦司，抱之曰："佛罗伦司，汝佳乎！"佛罗伦司举头适触东贝之眼，而东贝亦正注目，此次虽极严冷，然佛罗伦司觉于眼光中微有眷注之意，又似见其女暴长，少有惊骇之意。女不敢举目，似觉其父时时注目及己，心中乐不可支，自问承欢之路已开，必吾继母先容之力。少须，东贝言曰：“密昔斯东贝，汝易衣想无多晷刻。”爱迭司曰：“俄顷即下。”东贝曰：“趣传餐。”语后，自入屋中。爱迭司亦登楼易衣，仅有女王及佛罗伦司已夙备，故先入退闲之室。

女王此时忽动心思，流泪二点，则以绢素徐觅其泪痕所在而拭之。方细拭时，东贝已入。女王曰：“吾亲爱之东贝，汝至最名胜之巴黎，以为如何者？”东贝曰：“冷也。”女王曰：“繁华或不减于当时。”东贝曰：“吾观之，尚寂寞。”女王作态曰：“那能寂寞？”东贝曰：“马丹，特我意以为寂寞，密昔斯东贝亦然，曾数次语我巴黎无味。”正于此时，爱迭司已至。女王曰：“孺子无知，乃言巴黎非胜，不几唐突巴黎耶？”爱迭司作倦态，亦不之辨，且无闻见，自至佛罗伦司之旁同坐，终不答其母。女王语东贝曰：“吾亲爱之东贝，吾国匠氏殊可人意。吾略指示，竟涂饰此屋如离宫。”东贝左右视曰：“尚佳。我曾下命令勿恤金钱，凡金钱之所至者，恣为之。”女王曰：“足知金钱之为力伟也。”东贝曰：“然。金钱固有力。”语后，目其妻，而爱迭司终不一言。逾时，东贝复面其妻曰：“密昔斯东贝，如是营构，汝意当乎？”爱迭司若不屑意，答曰：“以我思之，或当也。”爱迭司平时固如是，而今日更益以不屑状。东贝乃未之觉。此时侍者言肴蒸已备，东贝扶女王先行，爱迭司及佛罗伦司继之。一路金翠辉焕，爱迭司一不之顾，坐于席间，挺然如石象。东贝固有石象之质，则深乐，以为得一同志。东贝所求者美貌及举止大方而已，今日第一日东贝为主人，在严冷静肃中少执主人之礼。既罢席，女王以困惫，时时欠伸，遂先赴寝。佛罗伦司饭罢，亦先归。爱迭司亦归楼上。

佛罗伦司与狗少弄后，即持针黹来侍后母，至时乃不见母，而但见父。女肃然不敢入，然已为东贝所见。女曰：“爸爸，无一事吾且退。”东贝曰：“汝可入，此非吾专居之室，来去恣汝。”佛罗伦司遂入，遥遥据小几出针黹治之。此为佛罗伦司生平第一次与其父同此灯光者。女心既爱其父，而又戒惧，手颤至不能拈，热泪竟蒙其睫，自泪睫中观其父，直如丈六金身，巍然照眼。几欲行近其前，则又自怯，复防其父见其悲涕，将生郁怒，则立时拭去，仍静坐理针。东贝行可数转，遂至于灯光不及之地、一温软榻之上，以手巾蒙面而睡。女时时偷眼窥其父，即目所不接，而意亦及之。心中自念平日父亲见我如触怪物，今乃对我而寐，则父心安也。实则东贝之蒙面，非睡也，正侦伺其女，眼光初未他瞬，亦时时见佛罗伦司眼光所到之处，默默露其孺慕之心，亦颇自咎其无情，寸心深为忑忐。待其女垂首理针，而肺肝始为宁贴。天下无论忍心害理之人，亦终有天良流露之一刻。此时东贝之所以陡发善心者，以心眼中忽忽如无此人，而一旦暴长增高，置诸其前，则亦不能无骇。似家庭本欢聚之场，我自屏除都尽，且平日无此留意，今夜忽从其女眼光中漏泄问寒道暖之情，婉娈至为可人，愈观愈增心绪。而佛罗伦司乃又仿佛已死之小保罗，此时思欲与言，而“佛罗伦司汝前”数字，已自心坎中徐徐上至喉际。惟平日喉间无此条道路，故亦久久不能发诸唇吻。

刚欲发言，而梯级上已有履声，立复中止。来者即新人爱迭司也，已易赴餐之衣，袭以燕居之服，秀发四垂其背，然能使东贝一时愕眺者，非复爱迭司之易妆也，此时闻爱迭司曰：“吾亲爱之佛罗伦司，吾何地弗觅者？”语次，即与并坐，将其手亲之以口。东贝此时见其状之温婉柔媚，几乎不辨其为爱迭司，如此巧笑乃为东贝所未见，匪特笑也，即柔声媚眼在在露以精诚，向佛罗伦司之身，状态全非，若另为一人，非爱迭司也。佛罗伦司曰：“亲爱之嬷嬷幸勿声，爸爸方假寐。”而爱迭司立变其容，努目向暗陬而视。此貌东贝固至稔熟，决为爱迭司本来之真相。爱迭司曰：“佛罗伦司，吾乃百思不到汝竟在此。”语时，爱迭司复易为笑悦之容，其变乃迅如电剽，言曰：“吾今夕早出餐房，本拟登楼与尔深谈。及至尔屋中，而小鸟已飞，乃枯坐以俟汝，汝终不至。”复抱而纳诸怀中，口亲手拊，大似饲鸟而不类抱人，言曰：“亲爱者，可随吾行。”女不敢行，即曰：“不知爸爸醒时能否呼我？”爱迭司曰：“汝自思若父能呼尔耶？”女闻言，垂首不敢答，盈盈起立，纳针线于筐中。爱迭司以手把佛罗伦司之臂，相将而出，如姊妹行。此时爱迭司所行之纤步，亦似为东贝所未见，即素巾中目送其人。礼拜堂钟已三动，东贝始起就寝。此三句钟中，东贝仍注视佛罗伦司坐次。烛既见跋，旋即灭熄，而东贝额上之黑较此深夜为尤黑。外人状怒容为额黑。

佛罗伦司及后母此时方同坐火次，即保罗死处，谈乃极久，而狗亦蹲踞为伴。其初大狗恒不欲此屋中增一生人，即经佛罗伦司时时叱止而仍狺狺作狞状，后此转入复室，似含愤而出。既似知悔，复归。外史氏谓天下纵有贤狗，亦不无负咎之时，所幸者能悔耳。移时，即入踞二人之中，用示抱歉之意。时炉火盛，狗不耐热，则时舑其舌。

二人所言，爱迭司盖询出门后汝所读何书、所治何艺及家中何事、曾否遂心，此语发，而佛罗伦司心绪勃发，忍泪言曰：“嬷嬷去后，吾有酸心之事。”爱迭司曰：“何事至于酸心？其事确乎？”答曰：“倭而忒死于海中矣。”语时，以手掩面而哭。佛罗伦司之为倭而忒哭也，屡矣，今但闻其言，犹酸梗不可自止。爱迭司曰：“亲爱之女，试告我倭而忒为何人、何事溺于海中。”女曰：“嬷嬷，彼吾兄也。自亲爱保罗死后，吾二人订为兄弟，且自小识之。倭而忒亦识保罗，保罗尤爱其人。保罗弥留时，尚曰‘亲爱之爸爸须留意倭而忒，我固爱倭而忒也’。且死时，以人呼倭而忒至，俾送其终，亦即在此楼中。”爱迭司曰：“若翁果留意其人乎？”女曰：“爸爸令其远行，船碎而死。”语时复哭。爱迭司曰：“倭而忒之死，若父知耶？”女曰：“吾乃不能知，亦无从得其消息。”语时，引爱迭司之袖，以首抵其胸，言曰：“大抵嬷嬷亦悉……”爱迭司曰：“佛罗伦司缓之，且先示我以倭而忒身世。”女遂一一语状，至于秃齿之事亦无遗漏，惟语及秃齿憨状，亦不期破涕为笑。女语，爱迭司听之至详，语终，咸默然久之。爱迭司曰：“汝言嬷嬷亦悉，吾所悉者果为何物？”女复纳首后母怀中，曰：“嬷嬷当知儿非爸爸心上之人，自少至此，不蒙父爱。儿亦不知将用何术能致堂上之欢，是必儿所行大误，亦无人示我以周行。嬷嬷能否教儿使爸爸亲我？”语时，攀后母之颈，一一述其失爱于老人处，悲凉呜咽极矣。爱迭司闻言，面如死灰，至朱唇亦退其绛，俯视佛罗伦司，与之亲吻，抚摩其发，令坐，抗声曰：“佛罗伦司，汝乃不知我。汝如学我者，将不见答于上帝。”女大惊曰：“嬷嬷何为不足学？”爱迭司曰：“汝不言请我授尔以爱亲之道，又使亲亦爱尔耶？此道惟尔足以教我，我师汝也。嗟夫晚矣！即汝能教，时亦不待。然佛罗伦司，汝真为我挚爱之人。不图彼此匆匆数日之聚，而爱情竟敦笃至此。”此时，见佛罗伦司欲发吻，则立止之，自言曰：“我永永为尔精诚之良友，汝且放怀，即我亦知尔决不疑我，然我固足永为汝恃。汝父之娶后母，舍我外，贤者固不乏人，然在群贤之中能如我之爱汝者，敢决其无有。”女曰：“嬷嬷，儿知之。第一日相见，固已深悉慈怀。”爱迭司曰：“我素非爱人之人，当与尔父定情，亦固闻其有女，然亦忽忽置之，乃一见尔身，而爱心不期勃发。今日为我第一次居此，亦第一次语汝以是言，后绝口矣。”女闻言大骇，防其再言，则以目注视母面。爱迭司以手拊心，曰：“我此中本无‘爱’之一字，何为求教于我？然亦勿谓我之无爱，后乃决我。惟彼此初交，亦不能倾其底蕴，久久当能知之。待尔洞烛吾情，乞汝宽洪而恕我。我之交尔为我生平美满之纪念，幸勿并此一事而亦屏除，则吾心滋悲矣。”爱迭司语时，泪簌簌落。女亦知后母之抗爽，其容亦特矫饰，度其中亦必有万种难言之隐。爱迭司曰：“领尔履此亲爱之途，尽人皆胜于我。我初不了了，汝亦不当问我以何故，亦不当对我语若父。尔我固别有交期，不关为尔后母，而始加此一层亲爱。”语后嘿然。女闻言茫然，不知其语之所从发，辘轳于心，无从得解。爱迭司语后，少静，徐徐变其严冷无情之状态，复其和蔼之容，起立与女搂抱，请其安息，遂掉头而去。

女就枕，辗转不能交睫。残灯既灭，炉火尚扇余明，复见爱迭司款门入曰：“我亦不复人寐，彼此更续前谈。”遂近炉而坐。佛罗伦司卧床对视其后母，已而朦胧不见其后母之影，遂入梦矣。睡时，即梦爱迭司怒状及其愤词，零落不成片段，然节节皆可惊咤。复梦在荒寒之野寻其父亲，或登高，或临深，四觅都不之见，仿佛其父似在困苦之间，而己身则挟有秘宝，云足以救其父。顾乃不可得，已而得之，则死于榻上，于是大哭，谓失爱于父，父死仍不见爱，则终天之恨初无已时，遂伏户凄咽不可止。已而梦境复变，大江前横有至稔之人，呼曰：“江流不已，汝亦沿流而行。”举目即见保罗举手遥招，其旁尤有一人似倭而忒，乃嘿无一言。然乱梦重叠中，而后母仍时时在侧，纵横变幻，皆不离其人。已而见已身同后母共立三尺断坟之下，后母指坟中之尸曰：“汝视其人。”佛罗伦司果下盼，则后母之尸赫然卧于圹中矣。女大呼，似醒，似闻有人即枕畔呼曰：“佛罗伦司勿骇，汝殆梦魇也。”女果醒，见为后母立其床下，俯首亲已。已亦仰吻亲之。时东方渐白，爱迭司亦去。女起坐，自思吾其果梦耶？然后母适尚在此，更视炉灰亦已垂冷。

吾书以上所书，为东贝新婚夫妇第一夜情状也。

第三十六章

归后可数日，家无他事，以贺客填门，夫妇出而报礼而已。女王居于宫中，接见平日臣庶，而少佐老约其来频频。佛罗伦司虽日面其父，然于初见时慈祥之眼光已销归无有，即亦无复与其后母深谈。而爱迭司家居，舍佛罗伦司外，无论何人，咸抗颜相向，态至傲兀，然每日归家必一面佛罗伦司，面时相对，亦无他语。女心以为得后母来嫔，则家庭之乐当无涯涘，乃仍冷落如平时，但觉厨娘少为忙碌，以增数人食饮，究之家庭景况仍幽闷如山居。既闻后母言平生无爱，则知一身不特不见容于父，即后母待父亦终无好颜，滋非家庭之福，然尚望为时既久，或得倡随之乐。至己之一身，亦不敢为分外之希冀，冀得矜宠于其父。

一日，东贝言大礼成后，尚未燕会亲宾，于是投柬，部署筵席，均东贝与女王筹画。东贝之客，则多延东方巨商；女王则亦自延其所亲之人。女王盖谓此任盖代其爱女任之。时勋爵斐尼克司亦已归，亦在客座，尚有无数纨袴子弟追随彼母子之后者，今亦走柬延致。独有一人，为爱迭司命令，令请佛罗伦司。而女王滋不谓然，佛罗伦司防父之怒，则栗栗危惧，进助女王部署，听其号令。

是日，东贝易坚硬之素领，徘徊退闲室中，威仪凛然。时来客先至，为东印度公司总理，国中最富之人，所衣紫布之半臂，似木匠所制，非出诸纫工，坚挺极矣。来时，但有东贝出迎。客至，始以侍者延主母。然首出，则其妻母。总理以为新妇，则致贺不止。第二客为银行总理，其富能遍市万物，即人之性质亦足以多金购得之，第不欲购耳，顾虽如是之富，而谦恭至于不可耐，似反谦为骄以傲人者；家居金司登泰姆士河次，然每称其家则曰小坐落也，果密昔斯东贝惠临者，则供以一榻一牛排，为力尚能至也。惟女客固不敢延，果密昔斯司各登及密昔斯东贝顺道枉顾者，则可以见吾家极小之花园、无多之野景，果惠然肯来，则叨光多矣。语时，无地不见其低微贫困之状，即叩领之带亦以布为之。女王问以剧场去否，则答以身无一钱，不敢僭越为富人之事。每发谦词，心中滋乐，眼光流盼座人，如有德色。

此时，主妇始出，出时眼中如不见客，其旁侍以佛罗伦司。二人入时，东贝之额复黑，怒也。然东贝之状，二人均不之见，以佛罗伦司垂首，爱迭司昂头也。已而客续续至，若大公司之总理、银行之命妇，斐尼克司勋爵、少佐老约，及女王之女友均白粉如垩，颈上鸡皮皆饰以金钻。中有六十五岁少年之女郎，虽天气凝寒，而衣仍单薄，胸背皆露，无齿之唇仍为俏状，二目之帘非以大力举之，亦不即开，媚行烟视，直类风眩。综言之，东贝之客咸寡言，女王之客又滔滔谈论不绝，于是判然若二国。女王之客联盟，不与东贝客周旋，以故东贝之客东西散立，或避榻后，或隐扉间，扉启，即触其冠，冠亦坠落，然皆踧踖不可自安。迨席具，东贝引一衣红之老命妇，此人盖于红锦裹中为钞票填满，故顾盼自如，不复视人。勋爵则扶爱迭司，少佐则扶女王，而六十五岁少年之女郎则与东印度公司总理并肩行，余人各适其适。但余七男客不挟女友同进。众既同入，此七人始张皇觅位，中有一人觅位不得，土林森引之绕案数匝后乃得之，即在爱迭司之左。刀叉之声立时纷乱，刀光如雪，上下翻腾。勋爵兴致绝高，衣服亦雅，谑浪间出，惟多触忌讳耳。盖勋爵之脑亦如其足偏趣斜行，均不之觉。所谓触忌之事者，盖袒肩六十五岁之女郎不审何见，乃与勋爵有情，本与东印度总理并坐，既而彼此互易其座，遂联勋爵。一易位后，即弃置总理于不顾。总理既不见答于此女郎，而隔坐者又为胖硕之老妇，终席以扇自掩其玉容，默不发语，于是总理遂义命自安，无复攀高之想。

此时勋爵与女郎笑谑至酣，不审勋爵述何故事而此女郎儿齿皆露，笑不可仰。女王坐少远，见此女郎狂笑，乃起立，隔座问曰："二君所谈能否公诸同好?"勋爵曰："实则非佳，可以不烦更述。质言之，即为约克亚丹之故实。"大众遂尽属意勋爵，听其更述。勋爵曰："大抵吾友东贝或省记其人。我所言者有两兄弟，一为约克亚丹，一为周亚丹。我所言者约克亚丹，非周亚丹也。君辈曾否忆及小约克，二目斜视，又口吃不自达，为冒籍之议员。前此吾在议院时，曾称之曰汤婆子约克，以此人惯为人汤婆子。此人东贝或能识之。"东贝肃然曰："我乃弗知。"此时七客中有一人答曰："此人我识之，是否着短筒之靴?"勋爵引领视此人曰："然。穿短筒靴者果约克。若周者，所穿……"少年曰："长筒也。"勋爵曰："然。君辈与之莫逆乎?"少年曰："两昆玉皆识之。"勋爵曰："其人良有姿态。"少年自思末座发言乃有人见录，意气大张，言曰："佳。吾所识者匪不佳。"勋爵曰："此故事，君亦当夙闻之矣。"少年曰："爵爷试言之，我或了了。"即以背抵榻，以面上仰而笑，言曰："我匪不知，静待爵爷叙述。"勋爵曰："此亦不为典实，但其中有足解颐者。一日，约克为彼亲戚邀赴喜筵，其地大致为巴克歇埃。"语时颇沉思，即视少年。少年见视，即答曰："非也，在歇洛迫歇埃。"勋爵曰："在彼耶?实则何歇皆可。吾友既为其戚党邀赴大致之歇埃饮，一邀即行，即类我今日席间之贵客，不待再三请者。此家新嫁娘绝美，所事者则中年之郎君，本无爱情，视之一钱不足值，直以多资之故，降心事之。迨喜事既竣，约克入城，有人问以彼家恶因缘，汝曾与其席，后此复何所闻。约克曰：'不为因缘，直曰交易。新嫁娘固买得之，而新郎君则卖与矣。'"语已，大笑，然周席闻之咸骇，以为直刺东贝，默然无声。勋爵笑已，见众不之应，觉发言之无状，遂立止，而众中争以怒目注此少年，谓此少年实肇其端，实则少年初不识约克也。东贝既不为动，亦如不闻。爱迭司捷视佛罗伦司，见佛罗伦司颜色不变，亦无言。后此肴蒸续续而至，走者、飞者、潜者，烹炙绝精，贮以金银之器。最后为水果，尤后者则为冰。惟冰之为物，良不称于东贝家，东贝之冷逾冰百倍也。

饭后，续至之客但嗅余馨足矣，不与席也。此时，爱迭司先起，赴退闲室。东贝亦近门次，让女客同入。女客既去，男客仍留饮酒。东贝对客初无一言，印度总理左右已空，则仰屋而视。老约此时与六少年谈论当时与东宫交际，彼多言之少年已潜避矣。谦恭之银行总理方以刀剥果，即以刀指挥养花之术。勋爵自知无聊，亦不更言，整冠理衣不已。时亦无人纵饮。咖啡既至，遂散。退闲室中此时至喧阗矣，女客满坐，男客继入，然仔细观之，谁为密司忒东贝客，孰为密昔斯东贝客，可一瞭而知，盖畛域至井井也。仅有一人，周旋于二党，极为融洽。其人即卡格尔，时时植立于新妇与女客之间。佛罗伦司终以此人为未善，背上若加芒刺，以惧恨之故，亦时以目及之。佛罗伦司此时非在人群之中，离坐隅陬，然亦有人至而称颂其美好，而女意初不属于余人，但属其父。虽身为主人，实落落无偶，似皆不特意。有时贵客至前，略引见后母，后母舍寒暄外，初不与父交言，然尚不知其父之抑抑究因何人，果知其恨已及其后母者，则为情当更难忍。于是不敢窃视其父，以父方在无聊之中，一为目光所接，转增老人之怒；亦不敢视其后母，防后母疑其为父不平，一迁怒其身，转无以自解。心中但恨多此酬应，果家庭不睦之状不为外人所知，亦不至生无穷枨触。

姑氏赤克亦以为然，第公私之意歧耳。赤克之意大不谓然，以第一次延饮初不及彼，彼盖自来，虽事隔经月，愤气略平。今日之来，本欲结欢于新妇，乃新妇冷如冰雪，因复大怒。既怒其女，遂及其母，乃并女王而亦怒之，遂语其夫曰：“汝试观吾身在此，并佛罗伦司不如矣。孰则见盼及我？”此时密司忒赤克方坐其妻之次，虽无人见存，而口中噫气，良足自排其闷。及闻其妻言，即曰：“果无人存问也。”密昔斯赤克眼光怒射，言曰：“汝观曾否为彼所延之客？此间实多我一人耳。”夫曰：“然。果多尔一人。”密昔斯赤克曰：“保罗狂易发矣。”密司忒赤克仍噫气而他视。密昔斯大怒曰：“汝诚怪物。果非怪物者，则不应对我而噫气。天下果名为人者，见彼保罗之外母以老耄衣少年之服，与少佐作媚态，此何为者？胡以不怒？少佐本小人，吾之识彼，即由尔友讨克司介绍而来。”密司忒赤克曰：“讨克司何名为吾友？”妻曰：“吾偏言为尔友。吾适言无论何人见保罗之妻母及其妻之傲兀，且彼所引之女友均袒肩之老怪物、老丑妇，竟能容之，我心殊不了了。”密司忒赤克亦不噫气，但缩其二颊，锐唇作鼠吻，莫悉其喜怒所在。密昔斯赤克愈怒欲臓，言曰：“保罗忘其同怀，不义也。吾亦不必降格与争。我今亦不居此矣，使人观之，身为至亲乃无人见存，何以为情？且我非密昔斯东贝足下之泥涂，我行矣。想此间人少我，亦不至于无欢。”语后，立起，引其夫同行。嗟夫！赤克殊有先知之明，去后果无人问也。

惟今日群客中，不适意者亦不止一赤克。密司忒东贝之朋友，均贸易中人，自其眼镜上窥见女王之友，咸大惊讶，以为安从得此鬼神。而密昔斯东贝之客，则深恶此贸易之人，如冰雪堆成之怪物。彼六十五岁之女郎，今日尤为不乐，以所属意之勋爵饭罢即行，无复可伸其风骚之吐属，谓其女友曰：“吾今日乃抑抑死矣。”然女客中大半均以新妇为骄。银行总理自思，谓东贝欲娶，应得年齿相若之人，何为娶此木强之美人？而外戚复怪特如是。余人亦均以东贝为误，行且致悔。诸客既行，咸谓为主人所辱，怏怏而去。即客之侍者亦以为怪，谓如是慢客，实所未见。至于执炬之人亦自思此局乃类食于有丧之侧，而此吊客者又似死者遗嘱中初不与以一钱，故愤郁至此。客既尽散，道上车马立空。

此时退闲室中灯烛无光，但有东贝及卡格尔坐谈贸易之事，母女则远远同坐。女坐温榻，母则斜欹别榻，如女王，似待其侍儿至，扶之登车。卡格尔与东贝谈已，遂至主妇前为别，言曰："密昔斯东贝，今日太忙，幸自卫摄，防尊体疲也。"东贝曰："无伤也。密昔斯东贝幸能保啬神理，万不至疲，特以我私意，密昔斯东贝宜少劳其筋力。"爱迭司不屑与辩，以目他顾。东贝怒曰："马丹，似吾家新婚燕客，例应新妇为主。"爱迭司复侧视，仍不作一语。东贝曰："待客以礼，责归主妇。今日有数客人，其来宠我也，马丹乃忽而慢之。"爱迭司曰："汝言宜慎。是间尚有外人。"卡格尔闻言，即思敛避。东贝曰："勿行。"顾其妻曰："马丹，此为吾腹心之人，即此言为彼所闻，亦无梗于事。我实告汝：今日贵人下贲，宠我也。"爱迭司以目视东贝曰："先生，我不言有外人乎？"卡格尔曰："密司忒东贝，幸释吾行。家庭口舌，事属细微。仆终外人，未敢僭与。"此时女王发言矣，呼曰："吾最爱之爱迭司，最亲之东贝，最敬礼之密司忒卡格尔。"卡格尔鞠躬曰："承马丹惠爱。"女王曰："密司忒卡格尔之所言，正吾之所欲言。家庭口舌，良细故也。想尔夫妇固肺肝可证，此等区区冲突，何关于事？"忽摇手曰："花儿少待。"花儿者，女王侍儿也，见男客在，久已缩身而出。女王曰："汝二人一恩一情，良贤夫妇，此几微之不协，胡足记数？以我观之，初不属意。若在他家为妻母者，见女婿与爱女不协，则出而干与其事，兹太恶俗，吾深鄙之。吾意转觉此小冲突，特爱神之斗力，故不出与。"外史氏曰：女王数语虽不伦类，然足见女王之高识。女王岂不知如此夫妻来日之事方长，此特开宗而明义，故先立此基，横斥为爱神之斗力，后此遂以糊涂了之。东贝曰："我为人夫，应告妻子以礼节，彼能知而能改者，我又何求？卡格尔，汝行，越日再见。"卡格尔遂与新妇鞠躬，而爱迭司注目视东贝，亦不之顾。卡格尔遂至女王座下，女王已伸手以待，卡格尔捧而亲之，遂出。女王知卡格尔行后尚有波澜，亦潜逃归寝。屋中但有夫妇二人，此时密昔斯东贝果再有言说者，东贝即立肆其锋，而爱迭司竟作不屑之容，回首不顾，如待奴厮。而东贝经济乃不能展，即亦潜出。一句钟后，东贝无心行经梯次，见爱迭司执烛，自佛罗伦司屋盈盈而出，其颜色之悦怿，乃不类退闲室中之爱迭司也。

第三十七章

明日，佛罗伦司、爱迭司及女王同处一室，门外有车，似待此三人同出。女王此时亦购得车马，威色司亦易新衣，不类前状，刷发而加羊皮之手套，微微尚闻花露之馨。此时三人方共坐，女王仍偃卧饮食，花儿则为女王妆饰，加以盛年之服，冠桃红之冠，上以红锦为玫瑰花。此花加之女王顶上，乃无风而颤，状至可爱，以女王年老之风病，即可代一阵之东风。女王曰："花儿，吾今日乃无因而颤。"花儿曰："马丹，昨夕酬应乃过劳，故今日疲耳。"爱迭司此时方同佛罗伦司伏窗而外望，背向其母，忽尔回首内盼，如有所触。女王曰："爱迭司，汝何事者？讵亦疲如若母？威色司，汝往观何人叩扉。"威色司既去，即以名刺入，上爱迭司。爱迭司亦不之视，言曰："汝告彼，吾将出行矣。"女王曰："吾亲爱之儿，礼衷岂应如是？威色司，汝以名刺授我。"言曰："爱迭司，非他，即密司忒卡格尔，趣人也。"爱迭司厉色曰："我实将出。"威色司即以刺授阍者，曰："汝告来客，主妇且出，趣谢客，弗听入。"少须阍者复入，微语曰："彼言有秘事必奉白。"威色司曰："密司忒卡格尔请间，言彼有事关白。"女王见爱迭司盛怒，即曰："吾爱女，视吾面，姑容之入。"爱迭司曰："汝肃客至此。"威色司行后，爱迭司曰："母欲我见彼，我今即在母氏屋中见之矣。"佛罗伦司曰："嬷嬷，吾避之为是。"爱迭司点首称可。佛罗伦司刚至门，卡格尔已入。

卡格尔即让路，令出，鞠躬言曰："昨夕不见女公子，乃长成如是矣。"语时至谦恭，而眼光若自示已有能力足以害汝，顾极力行伪，乃不自掩其丑。

既入，与女王为礼，复与爱迭司鞠躬。爱迭司报礼，目则他视，自亦弗坐，复不让坐，立待其言。爱迭司虽骄，然亦中慑，谓吾母子之事彼咸了了，故外虽骄而内实惮，虽主客分殊，实则相反。卡格尔亦深知之，言曰："吾适冒昧，所云要事，实为……"爱迭司曰："勿言，知之矣。大抵东贝以汝前来谴我，我亦知君为东贝腹心之臣，我亦夙戒之矣，初不谓异。"卡格尔曰："密司忒东贝初未命我，今日却为己意而来，禀白一事。马丹当视我为苍头庐儿，赐予颜色，且我尚来抱歉。须知宵来之事，下走实逼于不得已，非敢干预尊事，乞马丹肆赦吾眚。"女王侧坐，闻卡格尔甘言，即斜掀其眼镜，睨爱迭司曰："吾亲爱之儿，此君何名？乃谦恭有礼至此，直满腹中皆心也。"卡格尔即对鞠躬曰："昨日之事，惟下走旁立，始见家人之芥蒂。实则主人主妇虽阴阳异位，而肺肝则一，微有口忤，无梗于事，此密昔斯司各登所以力判其无伤也。"爱迭司仍不之视，但曰："先生不言有事属我耶？请质言之。"女王曰："亲爱之爱迭司，胡为不延密司忒卡格尔入坐？先生且坐无妨。"卡格尔仍不即坐，以目视爱迭司，取进止。爱迭司此时不期自坐，即以手挥卡格尔命坐，实则一挥手之劳，亦不自屈其尊，惟主客分在，似有所逼而然。于是卡格尔亦坐，坐后谓女王曰："马丹为女中灵慧之名姝，可否容下走面对密昔斯东贝禀白一事，然后由密昔斯东贝转告马丹。惟下走则不敢在此质直而言。"女王闻言且行，爱迭司止其母勿行，面卡格尔曰："足下有言，可公言之，否则不言可也。"卡格尔则少移其榻近爱迭司，猫齿亦微露。此时爱迭司怒极，几欲拳而死之。卡格尔曰："下走所言者密斯佛罗伦司事。即适间所出之女郎。密斯乃非佳运，令人生怜。此事果言，殊有忝于密司忒东贝。我为主人之书记，而夫人又为主妇，质言之恐徒取罪，则进退为难。惟区区忝在主人帡幪之下有年，主人家事刻刻皆当吾心。夫人初至，或不留意。密斯东贝恒为主人所不容。”爱迭司曰：“知之。”卡格尔伪为放心之状，言曰：“若此者，吾仔肩释矣。夫人亦知女公子之所以不得于父乎？尤能知密司忒东贝是何骄气……”即改口：“是何性质，乃不悦其女公子？”爱迭司曰：“先生，兹事可以不论，但简直言君之事。”卡格尔曰：“密斯佛罗伦司自少长于佣奴之手，佣奴何知？与之亲昵，安有上流之人格？故不期有弗自检束之处，失其尊贵之分际，竟同一人曰倭而忒者订交，滋大谬也。倭而忒，窭人子耳，天幸其人已死，然尚与一舵工及一破产之逃人密相往来。”爱迭司曰：“兹事我亦知之，且知足下与此等人有耿耿不平之处，或足下自镜不之知也。”卡格尔曰：“夫人恕我，非敢挟嫌而来，然知之有素矣。夫人之言，原不敢斥，但有钦服。惟其中情节，以事关密司忒东贝，故不敢不详加侦取。吾既留意，且密令一人即隐中侦伺，已确得其证据。”爱迭司微引其目视卡格尔，甫及其唇，已觉其豺牙宓厉为噬人状矣。卡格尔曰：“夫人，吾今日之来，即与夫人密商。我知之，能否直诉之主人，以夫人甚爱女公子，故来此敬取进止，言耶？或不言耶？”爱迭司以齿自啮其唇，似示以甚爱佛罗伦司者。卡格尔曰：“以上之事，密司忒东贝均未之知，在义应言。果夫人不令言者，我虽贡其忠，亦敬遵夫人之谕，不即语。”爱迭司昂首张目视卡格尔。卡格尔微笑曰：“夫人似云下走与彼有耿耿者，我自问实觉其不然。即使与此辈有隙，然密斯东贝竟与此小人来往，主人一知，尽可驱之出门。主人本恨其女，以无罪状可言，故不之逐。夫人果不信吾言者，须知吾在幼时已居肆中，主人情性吾一一知之。主人意向一定，百折不挠。吾辈身居其下，但有仰承，无复微抗。”爱迭司闻“吾辈”二字虽极力自制，而脑筋亦动。卡格尔观之了了，即曰：“吾适言主人性质之刚，夫人但于宵来事证之，较我千言，尚为确切。东贝父子者，固不许有人当其前而居其上。惟昨日之事，尚有益于下走，故得间可告夫人以筹备之方。今日即得罪夫人，亦属无术。自主人命我至利明登，我即知夫人后来为我主妇。彼时即欲有言，以为时太早，故必待夫人来嫔以后始披沥言之。今日之言，自问于主人之家，不为不尽其职，以主人主妇天作之合，吾对主妇言，犹之对主人言也。今亦不欲更延，适所言者，夫人能否允我？但得夫人一诺，而吾责即卸。”爱迭司此时酙酌久之，曰：“我悉知之，毋容再言。”

卡格尔鞠躬立起，敬谨，却退而出。威色司在梯次见卡格尔下楼乐乃不翅，白齿全露，如蒙大喜庆之事。及上马而去，路人见之，以为此牙医也，故露其白齿以为幌。至爱迭司登车出门时，邻右复啧啧惊其艳而谈其富，然实未见其未上车时密作伤心之语曰：“佛罗伦司，伤哉汝也！”方二人作语时，女王方偃息饮茗，理衣观金刚钻，实未闻其作何语。卡格尔行后，女王亦不之问，但顾首饰之类，以全力管之，以是日微风，女王头上之花及帽防为风翻，则以手承之。及登车，窗闭而花冠尚颤不已。

是日虽出，女王殊无乐，时时作寒噤。归后，寒乃愈甚。爱迭司易衣后，将入餐堂，伺女王可半句钟。东贝亦徘徊不已，忽见花儿苍黄下楼，曰：“请恕我，密昔斯惫甚。吾无术能扶掖之。”爱迭司曰：“此何语？”花儿曰：“密昔斯方作异状骇人。”爱迭司疾登，见女王尚盛服，而风病已大作，二目上仰，口鼻皆动。于是大众协力，争去其伪者，留其真者。少许，置之榻上。医生亦旋至，追风之药立下。医言此次或可止，若更发者莫救矣。

女王仰卧可数日，侍疾者，造问则答，语不可辨，而眼如鱼目，彻宵皆弗阖。逾数日，乃略动，而仍不能言。一日，右肱愈动，示花儿，命取铅笔及纸。花儿以为署遗嘱也。女王执笔，触纸作数字曰“玫瑰色粉红之幔”。花儿莫悉，女王又力疾书曰：“备医生来时之用。”花儿知旨，谓医生视疾时主母腮上为幔所映作玫瑰色耳，即立购得幔材，缝而悬之。女王精神亦微苏，逾数日，竟能起坐。虽在病榻上，仍加假发，冠以翠羽之冠，衣净洁之寝衣，两辅无车，牙凹深如山洞，凹处填以胭脂。此时老妇与死作媚态，殊大观也，似以勾魂之鬼视为少佐，乃娟娟与之流波送媚，直出人意外。且尤有变相处，或病笃顿忘前事耶？或人死而言善耶？此时至盼爱迭司亲爱其身，乃自谓吾之为母，爱女可云臻至，人苟与爱迭司善者，则旋生媢嫉之心。前此与其女订约，勿言嫁人事，病中乃时时及之，谓此次得婿如东贝，实已莫大之功。又尝问花儿以密昔斯东贝，花儿苟告以外出，即曰：“彼出而避我耶？”花儿曰：“安有是者？密昔斯东贝盖挟女公子佛罗伦司出而游散。”女王大怒曰：“谁为佛罗伦司？讵吾之恩意乃不及此女耶？”则流涕太息不已，而花儿则出花冠金钻等事为之妆饰，悲乃立止。妆已，对镜徘徊，尚得半日之静谧，以待其女。然既见爱迭司，则蕴怒复发，言曰：“爱迭司，汝太不情。”爱迭司曰：“母何事不乐？”女王曰：“吾亦弗知，但觉世界中人逐日下趣，无复知恩之人心，无有矣。威色司较吾女尚尽职，彼终日在旁，不类吾女一瞥即逝。吾自恨生质娇嫩，不类老人，若果老态颓唐，则尔知我来日无多，或不忍舍我而去。”爱迭司曰：“母曾否有事不称其心？”女王曰：“不如意事宁八九可尽？”爱迭司曰：“果母不特意，一发言咄嗟可办，今当乐而忧，宁非自苦？”女王大怒曰：“然则吾过乎？吾力抚鞠汝成人，在摇床中已曲尽心力。今尔长成，乃不顾我，且尔之待我能如待佛罗伦司十分之一耶？今我触汝生厌矣。汝处佛罗伦司，自有至情；我若爱之，余腥即染。天下之曲，固在母也。”爱迭司曰：“我何尝怨母？幸吾母勿作是言。”女王曰：“吾安能不言？以我之爱尔，尔对我初无好颜，则我不言此，又将何言？”爱迭司曰：“母不忆前此有约不提已往之事耶?”女王曰:“然。已往之事不言，则感我爱我之心亦息，我但得此空楼而居，汝则长日觅取新亲为乐，我何以堪?嗟夫爱迭司!汝能至今日，又谁之赐?”爱迭司噤不能答，但有摇手示意。女王曰:“彼宜怜宜爱之东贝，公然为尔夫矣。且律师为定尔应得之产，入享华膴，出有车马，又何物不备?”爱迭司曰:“儿知之，果有是事。”女王曰:“即前此吾为尔谋，又奚不善?彼何人耶?忆之忆之，非格兰极乎?果不即死者，则家产又谁之物?我为尔效忠，汝当谁谢?”爱迭司曰:“无他人，母也，义应谢母。”女王曰:“汝既知之，当以手抱我，与我亲吻。汝尤当知世上人母善为其女谋者，莫我若也，幸勿令吾伤感，毁我玉容。果毁容而死，则忆我何人?即可恨之畜生如少佐者，亦将忘我。”

自是以后，有时爱迭司偶与亲吻，即又大号，然又令其旁坐，以老丑之目注视，苟非其所生之女则毛发且耸，即玫瑰色之幔亦复不能为力。于是数日，病势渐苏，遂大加脂粉，补病中消耗之容色，镶以伪牙，加以浓鬓，上以金钻。凡前此病中所屏除者，则一一加以膏沐。顾粉饰虽俏，而气力之微，仍时漏出病态也。

第三十八章

此时无人顾视之密斯讨克司，既与赤克绝交，复屏迹不近东贝，以新婚以后初未见夫妇双行之名刺投诸其门，精神亦因是委顿，寂寥至不可耐。凡行经公主街上者，久久不闻密斯琴声，即花草亦无人灌沃。舅氏之小照，玻璃上亦厚积灰尘，顾以密斯之年，尚不以殷忧沦为长恨。琴中但有二轴，久不之按，遂不成调。花中亦但枯却一枝之海棠。镜中舅氏小影，面目模糊。亦仅六礼拜，后此琴声闻、花枝颤，舅氏之眼亦开，顾虽如是，而寂寞仍然。惟讨克司尚有恒心，赤克虽与之绝，而仍念旧不已，每思其人，但有痛哭，无复痛恨，以讨克司生平乃不知有恨。一日于市间见赤克远道而来，则趣入牛肉肆中，掩面而哭久之。即东贝家，亦不之恨，终谓前承引重，今日尚有余怀。盖讨克司之礼重东贝，谓即绝世佳人，苟嫁东贝者终不谓屈。因忆及前在东贝家时出入无禁，则诚一生之佳遇。今则赤克既绝，又怀惭不面老约，故东贝家消息如城郭十重，若在他人则一撇已空，而讨克司者谓东贝之为人实乾坤之枢纽，势在不能不知。左右思维，可以微闻东贝消息者则惟故人李却子，以李却子于小保罗死时一见后则常与其厮仆往来，于是决计往访李却子，谓虽友彼下人，而较消息不知者为愈。

一日，信步至土特尔家，适密司忒土特尔满面皆煤，在群儿中饮茗。凡人造土特尔家，所见不过三事：一则饮食，一则于一句钟中行二三十咪之地，火车中也。一则疲而张口睡耳。盖土特尔之为人，非扇大飓者，则微飓不生，盖安分守己之平人，与世无争者也，“喜怒哀乐”四字之禀诸先天者，人人所固有，而土特尔但留“喜乐”二字，而“怒哀”二字则付诸火车之机器，听其骂也、哭也，一不之管矣。此日方饮茗，一膝之上坐一小土特尔，两大土特尔为之治茗，地上累累尚铺陈无数小土特尔。言曰：“朴娄，吾之女郎，汝数日来见巴伊拉乎？”妻曰：“未也，惟今日晚中必归，归时甚准而无谬。”土特尔口嚼面包滋甘，且言曰：“吾之巴伊拉似渐趋于善。”朴娄曰：“近乃大佳。”土特尔曰：“彼近来得毋仍为鬼蜮之状？”妻曰：“否。”土特尔以刀切面包，言曰：“鬼蜮之状殊憎人。朴娄以为如何者？”妻曰：“爸爸，孰则愿其为此者？兹何待问？”即谓众土特尔曰：“孺子辈听之，凡人须精实，鬼蜮无为也，即使车入地洞，亦须吹其叫筒，若一声不喧，必且生祸。”众土特尔即应声而吹。朴娄曰：“爸爸，今日何为问巴伊拉耶？”密司忒土特尔曰：“朴娄，吾亦非专为是儿设想，以我一团之心绪，自是儿发端，盖我脑力所及，即不期而发言。天下之心绪，何由妙如转环？此乃大奇。”语已，复尽其茗。茗力太虚，入胃弗实，遂以面包填之。复命其女多煮茗，若父干甚，需饮多至数壶。顾虽饱食，亦未尝忘其子女，实则子女已饱，尚逡巡案侧，冀得分外之赐。土特尔切一巨面包置之案侧，听其幼子近案咬之。至茗碗，亦加匙，一人一瓢，循雁行而予，昭穆之序弗乱也。小土特尔既得赐，则各跂一足，相扶而跳舞，表其欣幸之情。跳舞之后，则又团聚父侧，张口引目，各蕴馋涎，以俟后命，然已不敢复望，则先者斥后，各令静谧，亦复矫为私语，而意则仍属面包也。

此时土特尔方抚爱膝上二儿，而巴伊拉已归，仍着素衣。群从见兄，则挤门迎迓。巴伊拉直前与母亲吻，母即力抱其颈，呼土特尔曰：“爸爸言儿作鬼域状，儿焉有是者？”朴娄之言固语其夫者，而已为巴伊拉所闻，则私心自谓宠于母而憎于父，即曰：“爸爸又揭举吾无状矣。小儿即有误，爸爸何为久置念而不释我？”遂以袖自拭其目，曰：“尽如是者，令人子何由向善？”朴娄曰：“孺子，尔爸爸安有斥汝过失？”巴伊拉曰：“爸既不饶吾过，何为以鬼蜮加我？他人咸不吾过，咎我者惟爸爸耳。吾亦果愿有人趣将吾头去，吾头想非爸爸所惜。”小土特尔闻其兄将断头，立应声哭。巴伊拉哂曰：“此何伤？在理仍恨我，惟恨我方为能孝之人。”密司忒土特尔曰：“孺子勿忿，汝能学好者，我何为不爱？”此语发，巴伊拉气平，乃与其父接手，一家复敦睦谊矣。老土特尔饮已，言曰：“巴伊拉，汝饮乎？”巴伊拉曰：“谢爸爸，我与主人进茗足矣。”朴娄曰：“汝主人近何似？”巴伊拉曰：“主人无可言，肆中亦无贸易。船主乃不知贸易之事。一日，有一人入，欲购某物，其名甚艰琐，不可出口，船主乃不之辨。其人又言之，船主仍不解，则曰：‘客果需此者，请自向庋阁中辨之。’其人曰：‘肆中物已周览。’船主曰：‘客所需者，果在中乎？’客曰：‘未也。’船主曰：‘汝果预识此物之形式乎？’客曰：‘吾亦未之解。’船主曰：‘孺子，汝归而问诸识者，实则老夫亦非个中之人。’”老土特尔曰：“朴娄，似此言之，贸易焉得钱？”巴伊拉曰：“钱安可得？即其人之怪特，亦吾所未见。惟其人殊不恶，雅有天良，实则主人之贤否，良无关吾事。吾于彼间亦不久居矣。”母骇曰：“何也？”老土特尔亦张目视其子。巴伊拉曰：“大抵必不在是。彼人欲得我。母毋问其人，我自不馁。”老土特尔作色，方欲詈议。果詈议者，巴伊拉又将涕泣，幸此时有客至矣。

其人在门外，与门中夫妇笑而点首，且行且前曰：“密昔斯李却子汝佳！吾今日特来造访，能容我入门耶？”朴娄始见而惊，既乃大喜，迎客命坐。讨克司遂坐，去其冠，言曰：“我将及诸郎君及女公子亲吻。”他人均如礼，惟彼第八之儿方以巴伊拉之帽裹其头，至于唇际，力掣不下，以为不见天光，则终且不见矣，即大哭不已。及朴娄为去其帽，而孺子二颊尽红，汗淋其额。讨克司加诸膝间，谓老土特尔曰：“先生忘我矣。”老土特尔曰：“马丹，否否。惟尔我此时相见，各老苍矣。”讨克司曰：“先生近状佳乎！”土特尔曰：“谢马丹，吾家幸平安。马丹近亦无恙。尔来痱病如何？我辈年事更增，此病万不能免。”讨克司曰：“谢先生惠存，我尚无此病。”土特尔曰：“马丹良佳。天下人及于马丹之年恒有是病，此中年人病也。前此吾母——”语至此，见其妻作色止之，即举茗碗曰：“无之无之。”欲出之言乃为杯茗所压而下。讨克司见巴伊拉，即问曰：“李却子，此为冢君乎？今长成矣。”朴娄即为是儿故，见斥于主家。土特尔曰：“马丹，此儿即短服之儿，前承密司忒东贝为送入义塾者。”讨克司闻言，旧情勃发，泪几涌出，土特尔之为此言，正与今日来意相触，于是引巴伊拉与之接手，言曰：“李却子，汝终福人，儿子长成如许，吾观其面则伉爽而聪明。”巴伊拉闻客誉其伉爽，即为伉爽之容，以符称者之意，顾其状乃大反于伉爽。讨克司曰："贤夫妇听我来意，二君亦知我近来与前交之朋友已生疏矣，有数处为吾所屡经者，今亦屏迹弗往。"朴娄尚聪慧，已解意，微微以目示意，而土特尔一无所知，则张目骇听。讨克司曰："我与故人谢绝往还之故，今可勿问。今日之来，但欲一问东贝家事。其人吾所敬礼，故颇注意其人。"语至此，声音皆颤。老土特尔至此，始悟言中之意，摇首言曰："以我观之，东贝之为人，不易事也。"讨克司曰："先生勿轻诋其人，我闻之，殊戚戚不自聊。"似东贝为当世大人物，其不能随地得人之欢，亦意中事。老土特尔万不料发语为客所斥，即默不作语。讨克司曰："今日敬造贤夫妇者，果能悉东贝家中人安耶？或有不特意事？能少举一二见告，感且不朽。吾尚欲乞君允我时来承教。我与李却子交情至稔，初无间言，或李却子不至拒人于万里，惟时时过从，幸勿以客遇我。"朴娄大悦，而老土特尔不审喜耶愠耶，终不作语。讨克司曰："二君听之，果二君允我常来，我为君家效一微劳，譬如孺子辈，吾尽足授之以书。黄昏后无事，我则携书及针黹授君家子女。以我观之，君家子女亦大可儿，果少得学问，我亦与有光荣。"老土特尔生平至重学问，闻言示意其妻，似许可。讨克司曰："君家既允往来，则宾主之礼全废，直以家人相处。李却子尽自缝纫洗浣，即先生亦恣吸其烟。此节或能相许。"老土特尔曰："谢马丹条约宽广，吾尚何求？"讨克司曰："此议既当，即效劳君家，较即束脩以上为佳。"

二氏之交既成，讨克司立时任此师保，遂聚群儿叩其所学，出铅笔书其年龄及其所业。事竟，复闲谈少时许，已逾土特尔家眠寝之时刻，且夜已近午，讨克司不能独归，巴伊拉遂自承送讨克司，且云可以顺道归肆。讨克司悦，与主人别，与稚子亲吻，匆匆出门。既出，觉夙愿将偿，心适，体亦轻便。巴伊拉言当随行，不敢前导，讨克司则令其并行。后此巴伊拉告其母，言密斯沿路诘问。实则讨克司果诘问也，而巴伊拉竟应对如流，讨克司尤悦。既至，言曰："吾今日道中与尔言最适，后此但视我为良友，果便道者，可时至吾家。汝曾否有积钱之合？"巴伊拉曰："有之。我所得钱已攒积，俟少盈满，即寄银行。"讨克司曰："此乃大佳。此半克郎，汝亦为我纳之合中。"巴伊拉曰："谢马丹，我焉敢无因受赐！"讨克司曰："汝勿谦抑，谦亦美德，然在我初不谓费，汝必为我留之。此为区区之意，弗受，转拂吾意。行且相见。"巴伊拉曰："谢马丹，吾为马丹道晚安也。"巴伊拉得钱，即易而购物啖之。此节固非童子之过，盖义塾之中所培植之子弟，人人均作妄语者也，间有矫激之人言自义塾得如是学问不如不学之为佳，而善于干事者则但曰宜改良。实则恃义塾以自赡者，良不谓然，亦间举义塾中晚盖之有名人，言曰"斯人学问全赖义塾陶镕也"，而反对者无言，故义塾尚足自支于国中。

第三十九章

光阴之步履至稳又至恒，坚定而向前趋。老所罗门所留之书，言俟经年开之，为时届矣。船主时时于下午后辄对其封皮观之，既骇且忧。船主之为人，锢而守旧，初不敢未及时而猝启之，每日吸烟，相其封皮可二句钟，有时不禁而思启之，则力移榻避此书函，直至榻背触墙，而目光尚注此函之上，然心中所乐之人爱之敬之则始终无变。惟自见卡格尔后，心中颇不自信，谓平日将护佛罗伦司，乃适为彼二人之害，则回咎己身数奇，助人转以毁人，不如跧伏为愈，于是杜门不出，可数月不至密斯东贝家与女及秀珊小聚一谈，甚至迫处亦不晤面，防晦气中人，不为其人之福。数月中，舍巴伊拉外，初无晤谈之人，又谓巴伊拉诚悫无他志也。船主每及黄昏时，辄坐思老友及佛罗伦司、倭而忒，谓老友父子者死于外矣，若佛罗伦司不能一面，亦可谓之死。然在百忙中，初不抛撇应为之事，置巴伊拉教育于不问。每日八点，必令巴伊拉读书娱之。船主谓世界中匪书不佳，于是无择善恶，皆曰开卷有益，惟礼拜日则诵圣经。巴伊拉与书相距最远，谓在义塾受苦已酷，今不再受矣，每逢课诵，则二睫轻交，每遇姓名则私拼字母足成之。

读书外，船主尚属意日记。日记本无可登，但登晴雨并门外之车马，谓上午多西行，下午则东行。竟有一日之中有三人入门购眼镜，皆不遂议而去，言明日且更来。船主以为此佳兆也，则载诸日记，记为兴隆。然船主有不能遽决者，则秃齿订交之事。秃齿似谓此肆中宜为彼纵笑之地，故每来必一笑。船主一经卡格尔痛斥之后，觉卡格尔初见美善，胡乃前后判若两人？人心难测，故亦移此虞心注彼秃齿。又闻时言东贝，则情迹又极可疑。惟见秃齿颇有依托于己之心，心尚释然，计当时时观其行止，以尽知人之明。

复一日，秃齿至，如例笑竟，言曰：“船主吉而司，吾前此言订交事，船主曾否筹维已稔？”船主扬其钩曰：“孺子，吾颇以此事为辘轳。”秃齿曰：“船主吉而司甚有心，吾至钦佩。公果与我订交者，即可云善举。”船主曰：“吾乃与孺子无素。”秃齿曰：“船主，尔不与订交，何由识我？”船主知不能解，自讶曰：“吾以孺子为无知，今乃有知。”即曰：“孺子言然。我今问尔，尔不曾言属心一女郎耶？”秃齿曰：“船主吉而司但言属心，尚不能尽我倾倒密斯东贝之心。我心，汝殊不了了。实告公：果使黥我身为黑奴于密斯东贝之家，此尚为我生平得志事，否则尽丧吾产，周身生毛，为密斯东贝之狗，则吾一生将永永力摇其尾无已时。”秃齿语此，眼泪满眶，以冠自抵其心，似抵其情绪，勿令勃动。船主怜之，言曰：“孺子果诚意……”语未竟，秃齿曰：“吾焉敢不诚？吾尚欲以膝跪烈炭，以口纳红铅，表我向往之心。我甘之也。”语次四盼，几无烈火可以加膝，亦无红铅足以入口。

船主曰："孺子果竭诚者，我转难处。何则？汝惟恒言是事，则与我订交亦殊难。以我偶提其名，即防于是人不利。此语汝亦知之乎？"秃齿曰："大致知之，即有一二语不了了者，幸船主吉而司恕我，第所言勿令举密斯东贝之名，则于我滋苦。"因两手自拊其胸，曰："是间如有人据我心肺之上。"船主曰："吾约万不能易，果不适于足下者，则尔我各转其舵，勿并舟行也。"秃齿曰："船主吉而司，吾乃不审于第一次闻君语我后，我在君家思密斯，较诸他处谭密斯者为熨贴。但乞船主俯允所请，吾请一一如约。惟吾行事贵诚，言密斯者为违约，若怀密斯者，君亦不能禁我。若不听吾思，则吾亦不敢攀高而援峻。"船主见秃齿出言诚悫，亦颇怜之，曰："孺子，天下人之思想，直飘忽如风，无有定处，吾安能禁尔之不思？今但问不言之约，汝能遵守与否？"秃齿曰："以我思之，决能遵守。"于是二人接手。船主似以恩眷加秃齿，许为相称之交。秃齿既得船主订交，憨笑之声竟无断绝。船主亦自谓今日乃实加惠于人，尤自服一身行事不流卤莽，必夷犹再三，事或不误。

顾船主虽负先觉之明，不期即此日中竟为一蠢蠢之巴伊拉所劫持，而船主乃不之觉。是日，巴伊拉方与主人同茗饮，船主且饮且读新报，似极力钻研其义解。巴伊拉则伏而注视，可竟时，忽脱口言曰："船主恕我，我扰主人至矣。我有数鸽子，不审船主肯留之否？"船主曰："吾留此何用？"巴伊拉曰："此鸽，吾终须卖却。"船主愕然曰："卖之又何为？"巴伊拉曰："吾将行矣。"船主自眼镜之上平窥巴伊拉，曰："汝安往？"巴伊拉伪为弗省，曰："船主乃不知吾将行。"船主立置其报，下其眼镜，以目注巴伊拉。巴伊拉搓手曰："吾本欲告公，意公夙已知之矣。果欲得人，则宜夙备，不然，吾行，船主转左右需人，滋苦事。明晨或不即得人乎？"船主曰："汝欲逃旗乎？"此船人谓叛去之水手者。巴伊拉伪哭曰："船主待我良酷，我以善言禀白，船主似竟斥我为叛徒。船主听之，我惟窭人耳，亦不能受兹无耻之称，讵船主为主，我乃为佣，即可加以凌践？船主当明言我果何罪而得此？”语时仍伪哭，则以短袖自拭其眼，且哭且言曰：“船主言之，我所犯为何法？果偷物耶？抑或纵火？果蒙二罪，胡不讼之于理？吾惟穷不自立，故行佣于此，船主何为毁我名誉，以此恶语用为酬庸？似此不解事之主人翁，宜乎孺子之不能不遁入于邪僻。”巴伊拉语后，徐徐向门而出。船主曰：“我知之，汝殆得一好舱，迁行李以入矣。”巴伊拉曰：“汝言易舱者，果如汝言。彼舱较此舱敞也。幸此新主人不待船主保证之书，不尔，汝下我以考语，我何以自生？今我果得枝栖，非怜尔趋走无人，久已远扬，胡为坐听骂詈？船主可谓欺蔑贫弱，用心至劣。”船主曰：“孺子勿喋喋。”巴伊拉此时已出外厢，即曰：“船主禁我勿言，即尔亦当噤口。杀身可也，毁名我决不承。”船主曰：“孺子，汝亦见麻绳乎？”刑也。巴伊拉曰：“此物我乃未闻。”船主曰：“噫！前此未闻，后将与之亲稔。汝终不改过，吾知尔必有此一日。汝行矣。”巴伊拉悦曰：“然则我即此行矣。此遭为船主驱我，我初念尚恋恋于此，后此不能谓人我辞谢去也，然月薪亦决不汝短。”船主即取小铁匣取钱，尽一月予之。巴伊拉呜咽，似甚遭横暴，则拾钱裹之，径上屋顶，纳鸽子于衣囊，倒其冠，亦存数鸽。更下，则束其卧具，仍伪哭如不之舍去，面船主曰：“请主人晚安。此遭可谓判襻无恶声。”既出，作丑态，捻木偶人之鼻，匆匆奔迅而去。

叛奴既去，船主萧然，仍观报纸，然口中恣读，而字实无睹，但见巴伊拉跳越字里，忽上忽下。船主前此居肆，虽无老友及倭而忒，尚非寂寞，平日谓巴伊拉良忠笃，犹之行舟之伴，尽皆沉没，但余此人相伴于小舟烟雨之中，谓为同船共命之人，今亦叛去，觉人世之间留此空肆，直破舰遇风，百无救援，势当立沉。以此之故，故观报初若不解，心中尚言我决不思巴伊拉。是晚饭后，遂至来登贺尔街，雇一小工，晨夕助其启闭。至熟食之肆，令减去一人之食。又至酒肆，令勿为巴伊拉送酒，语当炉之女曰："密斯，亦知吾趋走之奴今高迁矣。"既归，乃不居楼上，移其卧具，卧巴伊拉所宿处，谓此肆吾独任之矣。自是以来，力仿鲁滨孙所为，然鲁滨孙之所惧食人之野人，而船主之所惧者亦有肥硕之居停，虽为时既久，戒备少懈，然时时尚有虞心，每见街上女子之冠，即潜入户，不敢自露其面。后此数礼拜，肆中竟无一人往来，即秃齿亦适有远行，以书告别船主。船主之静，至于闻己声而亦骇，每日但拂擦铜器及观报。船主读报至漫，一张报纸足生其竟日之娱。

时一年之期已过，所罗门所遗之函在理宜发视矣。其初发书时，欲觅得一人为证，欲即巴伊拉之前折之，今巴伊拉复行，船主至以无证为患。一日报中言克拉拉之船到埠，船主约翰本司贝亦归，乃大悦，立时以书付邮，请约翰以晚中来，且嘱约翰勿以所居地告人。本司贝者，如上古之贤圣，每行一事，必费数番思索，得书后果思索至于数日，书中字一一记忆精熟，于是决计行之，遂命船上小儿将口语告船主，言今日晚中到，语后即归，勿得延伫。顾本司贝行事，船主独知，若在他人者，则一无名之人述晚中到，又焉知其为本司贝者。船主此时备烟及酒，延候本司贝。八点后，闻门外有声如水牛，即以行杖叩门。船主知本司贝至矣，扉启，本司贝入，眼直注至高远，属心天外，眼前乃不见有物。船主即与接手曰："本司贝孺子，佳乎！"本司贝曰："同伴，我为托庇。"船主大悦，且敬恭无上，言曰："本司贝，汝果归矣。汝决策之善，其光明乃胜金钻。前此预言之事验矣。"本司贝曰："验乎？"此时始移目视船主曰："其验如何？实则有何不可应验？"其语仍莫能解。语后，开其衣钮，伸臂，令船主助脱外衣。二人同入复室，引手近壶斟之。第二事，即饱满其烟，然而吸之。船主相对至谦谨，用待本司贝发问，即恭对以己事。惟此圣人用心不出烟斗之外，即使少变其状，则去烟斗而进酒杯，忽曰：“吾名为约翰本司贝。”仍无理解。船主即乘机贡谀，后遂述以所罗门行后肆中实己司之，最后出所罗门之书。本司贝久久始点头。船主曰：“我发此书矣。”本司贝复点首。船主发书，书中有两纸同叠，其上书曰“所罗门最后遗嘱”，其一则标曰“乃德克忒尔取观”。本司贝侧耳，似欲闻书中之言。船主读曰：“吾亲爱之乃德克忒尔观之：当吾束装赴西印度时——”读至此，忽停，取进止于本司贝，然本司贝神注北极，不可得解，则又读曰：

我行欲觅吾从子，果欲先期告汝以状，汝必沮我，且必强我同行，故不汝告。迨汝见书时，安知非我死时？此时当恕尔老友之冒昧，乃不告而行。即吾往寻此儿，未必即得，即汝亦讵能晤此欢乐未央之小儿。

船主曰：“然。是安得见者？以势言之，必在海中。”本司贝忽高吟曰：“总在毕斯格。毕斯格，古之海湾，此间沉舟多也。”船主素服本司贝神圣，以为决死，遂大哭。本司贝仍面北极，言曰：“此时名医亦难为力。”船主曰：“千尺之渊，医人何术？”复读其书曰：“果使发此遗封，倭而忒已归。”船主四顾曰：“无之无之。”复读曰：“即不在者，后此或闻其消息。”船主摇首曰：“未必。”又读曰：“但使其生存，则吾极小之产悉以予之。果死者，则此物悉归乃德。”船主曰：“本司贝，我何能受？乘尔在此，幸为我决策。汝少时脑为物裂，然每一脑筋中皆有妙策，幸为我决之。”本司贝曰：“以我观之，但有一言：彼不死者终归，死则决不归矣。”原书如此，不能不照译之。船主大悦曰：“得汝一言，吾疑团释矣。惟遗嘱中所言以产授我，我决弗承。若命我代司此产，力尚能为。我思倭而忒即死，所罗门或尚生存，待其还而归之，未暮也。吾今将标其上曰‘年月日乃德克忒尔及约翰本司贝同阅’，签后，仍加封而藏之，汝以为何如？”本司贝似允。

船主乃如言行之。本司贝亦自签其名，第不用庄书，其第一字均作小草书。船主亦以左手书之，仍封簏中。二人各含烟斗，论所罗门事。

此时忽有震天之事出，非本司贝预在者，船主已矣。外史氏曰：吾乃不审船主如是精审之人，胡以今日迎迓其良友，乃忘拴其门，得此巨祸，良天意也！惟其忘拴，而旧日之居停妇人至矣，左手抱亚力山大马克司丁格，身后尚随周立叶、却而司两马克司丁格，入门无声。及与船主觌面，而船主沉思之面忽易为惊皇失措之容。其始但震恐，后乃自顾其性命，遂夺门而逃。复室中有小门通地窖，船主启之且下，然后襟及股咸为周立叶及却而司所执。盖此二童子甚爱船主，力引之而号。密昔斯马克司丁格手中尚抱一子，平日欲下之地中，必批其颊数下，童子大哭，密昔斯立进擒船主，幸为本司贝所沮。此时两马克司丁格号，一马克司丁格哭，肆中凶势百出。迨声止，船主汗淋其额，立如死囚，听居停发遣。居停曰："船主克忒尔。"语时，切齿，作挥拳状。读者当恕著书人之卤莽，此语一宣，似置妇人温柔之态于无地，然纪实之言不能讳也。居停切齿言曰："船主，汝尚有颜容见我耶？我惟狂愚，收汝于我之宇下。我之待汝如何？并令吾子事汝如父。吾邻右孰不知吾为尔糜费已不赀者，须知吾寡居，管此数子，良非易易。然洗涤屋宇至严洁，至于地上均可食息。吾如是供亿，汝乃如是报我耶？逃亡十二月都不归家，负我妇人，汝心忍乎？汝今不敢面我，天下人心不虚者行事尽落落，又何避为？果使此子逃者，吾为母之责，得之，将悉予以鞭痕。"亚力山大闻言，卧地，以足仰蹴而哭。密昔斯取而力撼之，复置之地，曰："汝真佳船主！乃令我废其眠，且晕至数次，至于遍询城中，厥状如风魔。汝良善人，今将图归家否耶？"船主自视其冠，不语，意但加上其冠，授此应罪之身与居停，足矣。居停复大怒曰："船主，汝究如何者？"船主无主，欲随之行，但曰：

"微语之可尔。"本司贝曰："女孩子，汝勿烦言。"居停曰："先生为谁？汝曾否一寓我家者？吾记性虽未佳，想尔必不曾赁吾宇，或则吾屋未迁入时，主者为密昔斯约而森，先生或以约而森为我也，不然，何以能略分至此？"本司贝曰："女儿，汝可勿言。"船主见状大惊，盖本司贝者为己所钦佩之人，今能如此放胆，即本司贝者亦似不能殊此绝诣，但见本司贝至居停前，拊肩附耳作数语，而居停之锋立铩且泣，似童子亦可胜之者。本司贝即引之出复室之外。既出，即移灯取酒及烟。外出，待此牝虎，不发一言，而牝虎柔服。少须，着衣加冠，复入，谓船主曰："汝少待，吾送之归。"船主战栗无言，见本司贝如大帅率此劲兵而去，船主至于不及以钱犒周立叶及却而司。

船主于大祸息后，遂合其扉，一人自思，如入梦寐。既而更思本司贝之神技，则佩仰无已。如是者久，而本司贝尚未归，心中又疑本司贝或为居停所执，闭之高楼，用为劫质，命其取已。果有是者，吾安能坐听良友趣祸？在义当赴救其人出险，宁牺一身无惜也。既而又疑道间为居停所掊，无颜见己。果如二事有一合者，则当奈何？万绪起落，本司贝弗至，则展卧具待之。本司贝仍渺，船主以为今夕本司贝必弗至矣，且脱衣睡。忽闻轮声辘辘，至于门外，即闻本司贝呼门声。船主闻车声，疑居停不释己，且与本司贝同来，鼓勇开门。车中不见有妇人，则载一木箱。本司贝负之以入，遂坐于箱上。船主识此箱为己笨重之物，方其出时留于居停家者，则以烛照本司贝，颜色已酶。至本司贝之醉醒，惟老友知之，若在他人则不复能辨。本司贝忽起其箱盖，言曰："克忒尔，此物非属汝耶？"船主伏而细检后，答曰："然。"本司贝曰："同伴，汝视我为汝勾当是事，可称能乎？"船主此时几于五体投地，将执手为礼，而本司贝曰："我醉欲眠。"遂启关，驰骋而去。船主知本司贝懒而高尚，屡渎且怒，故亦不敢更邀其饮，意逾数日更造其船。

明日晨起，复独坐，瞑想所罗门，则咀嚼本司贝之言，似老友尚有生还之望。每日拂拭肆中物事，防一旦老友猝归。因亦每日至市上远瞭，复室中尚留倭而忒小影，则亦收藏秘处，防老友归时见而增感也。船主尚似获有预兆，决某礼拜必归，至于晚餐亦夙备二人之食。既届，则仍弗来。于是逐日黄昏时，船主必加缨帽，四出盼瞭。

第四十章

读吾书者，当知东贝之骄，决不因时日推迁遽杀其焰；长日披骄人之冷甲胄，亦不因有同等之骄妻与之抗抵，乃少挫其锋。须知骄之为物，不遇阻力，固可以暴长而增高；即有挠沮之人，而其暴长增高之状亦复如故。惟顺彼之人则骄者乐，抗彼之人则骄者怒，喜愠殊而骄则不殊。似此败德，无论境之苦甘，皆如饮食之不能去口。惟其报应，被苦亦较常人为倍。东贝之对前妻，则独往独来，初无阻力。前妻亦甘伏肘下，自承为奴。方前妻在时，家庭之中，东贝之高矗天，前妻之俯入地。至于续娶之人，则亦深悉其骄，初谓夫妻并骄，则骄力益为之涨满。自谓己固骄贵，又得一至骄之人伏其腕下，则吾骄乃愈尊贵。一生妄自尊大已久，乃不梦见世间竟有抵御之人，今日果遇大敌，竟如奔逝之长河，忽为巨坝所断，则溢出乃更暴烈。大凡以骄为甲胄者，则万万不纳骨肉之情爱，顾甲胄虽坚，而骄心初不能任一针之痛，少触即省省不安、愤愤不平，非将抵抗之人践之地上，此心万不能释。东贝今日之中伤，即中于此，长日枯坐暗室中，即思此奇痛。在昔本好独居，至是乃愈不近人。所怒盖谓家中我为至尊，胡乃动受人抗？抗我者果肇自何处？今日力夺吾妻之爱者，曾否即为前此夺吾子爱我之人？吾初次归自巴黎，竟能转换吾妻冰雪之容易为笑悦，此又何人？以吾绝大家私买美人之笑而不得，彼乃能一语回春，此又何人？且我绝经营培植之爱子，而竟奄化，吾所不屑而鄙夷之人竟成立而姣好，此又何人？宁非我所不屑见之女儿耶？愈思乃愈痛恨。方巴黎初归，偶见其女温文有礼意，心为一动，谓此女虽可憎，而尚非丑，今既成恨，乃并其美而亦恨之，谓夺吾妻之爱我，正彼美貌有以召之。东贝半生之独尊，是非曲直初不了了，凡心中所蕴之理颠倒荒谬，匪夷所思，故奇孝如佛罗伦司，自东贝观之，直以为人间之忤逆，谓此女自少至长，事事均为我沮梗，大似与人联盟，出死力以抗我。至于后妻之抗我，乃敢明目张胆，非类吾女之隐慝。此时决计欲伏其妻，至加以强力亦所弗惜。顾爱迭司之性质，虽东贝枭镮其身而临死眼光尚流露其嗤鄙之状。读吾书者，当知东贝欲伏爱迭司，直可云不揣冒昧者矣。东贝初意谓自贫薄中拔起爱迭司为妻，直同册立皇后，而爱迭司则谓此等谬妄如禽兽之东贝乃加我以“妻”字之名，则终身之僇辱极矣。然东贝之志至决，谓天下人安得有主意，主意即归之予一人。其初稍重其妻，亦正取其骄，然意在媚我而骄人，不能以骄人者骄我。每日静坐，闻其妻以车出入，初不禀命于己，似我可随其左右，视己直同御者。且彼之蔑我，较诸抵我为烈，于是伤心尤甚。

一日夜深，闻其妻车至，匆匆登楼。东贝随之。既至，爱迭司适自其母室中归寝，临镜卸妆。东贝入时，已望见其镜中之面。彼此互见，一见面，镜中颜色立变。东贝曰：“密昔斯东贝，今日之来，请拨冗为议数语。”爱迭司他顾，答曰：“明日。”东贝曰：“马丹，天下行事，以现在为当。汝殆误，尔所居之地位，凡事皆我自定，无有他人敢为我定其时者。密昔斯东贝，吾谓汝实不识我之为谁。”爱迭司曰：“我深知汝之为谁。”语次，微以目睨之，叉手于胸而他顾，臂上及其胸次宝石之光灿然。爱迭司果风貌不扬者，亦不足生东贝之郁怒，顾乃有之，而东贝之痛恨愈深。此时东贝四顾，见榻上、几上贵重之物，纵横无有伦，弃掷如沙砾，初非其人之疏忽，实则蔑视此珍物，漫不之贵；至于花圜、鸵鸟羽首饰、锦衣，随地抛掷，初不一惜；即定情钻石之项圜，已落于几下，初不一顾，亦似不屑一顾者。东贝至此，亦为失色，觉一生仗此以骄人者，乃不足骄爱迭司，亦颇中沮。怒极而坐，言曰："密昔斯东贝，尔我中必有隔膜之物，今当去其隔膜，两心方足相印。以汝平日行为，于吾意良未惬。"爱迭司他顾，其顾也蔑之极矣。东贝又曰："密昔斯东贝，我当申言曰：汝之行为，吾意良未惬。前此稍语汝，请尔改过，今兹当督责尔行。"爱迭司曰："汝前此训我，真能相时，而又善为说词，乃大不类男子对妻之言。汝言督责乎？督责之言，亦对我而言乎？"东贝大怒曰："马丹，吾以汝为妻，姓我之姓，平分吾之佳处及名誉，其在世界中，汝良佳运，得事我。我亦不言，我今所必言者，必督责汝改过。凡我亲属及吾奴隶，务必遵行无忤。"爱迭司曰："汝视我亲属耶？奴隶耶？"东贝曰："吾以为妻我者，两者兼备。"爱迭司怒张其目，唇吻皆颤。东贝见爱迭司胸次起伏，颜色绛皓变易，以为爱迭司惧己也，然外状耳，乃不知爱迭司胸中因蕴有一人，即佛罗伦司，乃不敢决裂。东贝又乌知之？天下瞽人沿石壁危崖而盲进，祸乃俄顷，而瞽者不知也，此其东贝之谓矣。则又言曰："马丹，汝又太奢，汝费吾资夥矣。以巨资友此无益之人，均吾所不屑。诸如此类，尔当立改。吾亦了了，天下女人，勿论汝运佳，拥此巨资，彼委巷之小家女得汝富硕十分之一，亦往往自忘其分。若母者，甘苦中人，在法宜加训迪。"此时爱迭司仍张目怒视，而心中则仍念念佛罗伦司，用自遏抑其气。东贝愈见愈信其畏己，乃大放厥词，一无顾忌，言曰："马丹，汝当知我身宜加礼，且宜恭顺，百凡尽屏之后，当奉我为先，盖我之性习皆然，久为人上者也，觉天下之敬我，实我应有之权利。汝由贫而富，即敬我畏我，亦不为过。且我之责汝以敬礼，及尔之敬我礼我，即语之天下之人，天下之人亦尽为天经地义所在，初不疑怪。”爱迭司仍无言如恒状。东贝曰：“吾闻若母言将至白拉登养疴，卡格尔往为……”爱迭司闻卡格尔名，复大变其色，如夕阳将落，红光四射。东贝如不之见，仍言曰：“卡格尔往为尔母赁宅，至归时，我家部署将一一改其故步。中有一言，吾命卡格尔往延一善于理家之人，曰密昔斯辟白真，前此亦为吾家故人，似我家虽有主妇，亦但存其名，非得一善持家，莫能救药。”爱迭司此时已复其故，以手自转其钏，用力猛，而玉腕上已生红晕。东贝曰：“尚有一语，早欲诏汝，今乘此时言之矣。我适言卡格尔，汝似弗怿，即延客时吾在其人面前斥汝，汝亦弗承。然此事我后此将常为之，汝当受为习惯。汝若不如是者，则自解之方，尚属于汝。能改即不如是。卡格尔为我心腹之人，吾无事不示其人，即斥骂妻子亦可与闻。后此我有所言，即令彼传言，斥尔，我不亲临矣。惟第一二次，吾以奴子斥我加恩之人，于我之荣名有梗耳。”语后，以为快心极矣，起立且行。爱迭司曰：“汝止，我尚有言。”读吾书者，须知此等暴戾之夫、丧心之言，吾书若恣之得意，则读吾书者将不满意于我。爱迭司于数分钟前之不语者，为佛罗伦司也，岂能容此猛犬之咆哮，不加以惩创。此时发言曰：“汝当日之娶我，我曾以术牢笼汝耶？当时之冷面相看，前后讵有增减？一言以蔽之，曰：我未嫁已嫁，曾作两番面孔否？”东贝曰：“此语无属，可以不论。”爱迭司曰：“汝以我为爱汝耶？汝亦明知我之弗爱矣。似汝天良斫丧之匹夫，何知人世之有爱情？当时之求我，汝何尝示我挚情？我亦何尝加尔青眼？初不尝以情爱相易也。”东贝曰：“语乃逾谬。”复欲起行。爱迭司以身抵门，不令出，仍以怒目视之，曰：“汝适以凶力劫我，勿论我不汝爱，即爱汝者亦可铲除此爱，盖尔已不以妻道处我矣。汝果有人心、明人伦，亦断不出此语。汝适云以吾母制我，汝谓此能屈我而奴汝耶？”东贝干笑，然已不能措词。爱迭司曰：“汝我情爱已绝，然尚有正言，汝能听之，尚名为人，不则我亦无术。我之忠告，初不屑加汝之身，然心中尚有一人不容恝置。”东贝曰：“是为何人？”爱迭司曰：“勿问勿问。吾今日之破格肯与汝言者，即为此人。为此人，即所以为汝。自我入汝家，汝骄恣极天，令人莫近。吾亦如例报汝，一无所让。汝谓汝以荣名加我，我直视汝不值一钱，用行其报施之理。我谓汝当知趣，不图今尚狺狺如狗吠，则直蠢蠢一无知之动物。我之无恩加汝者，正以汝乃不知人间之有善人。隐指佛罗伦司也。惟尔我已结婚约，而恶姻缘已为外人所认，顾既如是，彼此不相情爱，至于死后各各分散，亦大佳事。”东贝愤极，仍不能报言。爱迭司曰：“此言告汝，汝尽有弥天之产，亦不能买此至言。幸我已加权衡，与其决裂，不如忍耐，用待老来或有微微相知之日。虽无有爱，或尚有彼此相关之一人同注吾爱。汝今能自持重者，我不轻犯汝，各各待此所定之一日。意指佛罗伦司长成，东贝回心爱女也。我虽忘情，尚有此望，谓老来光阴或不如今之龌龊。吾约，汝亦甘受之乎？”东贝曰：“马丹，此约吾决不行，匪特不行，且闻如未闻。我最后之言，已语汝矣，汝当再思。”爱迭司此时立转其头，如遇不屑睹之物，挥手曰：“汝出，我授汝以善机，此亦最后之决词。从今以后，我视汝为路人矣。”东贝曰：“我欲行者，务在必行，汝不能抗，亦不能以汝言为动。”爱迭司不视，仍对镜卸妆。东贝曰：“马丹，我适所言，甚望汝思之。”语时，尚即镜中望其面，觉爱迭司之视己如蹴已死之蜘蛛，唾弃不顾，直同无物。东贝无聊而出，至于己室，独坐而郁怒。

自是以来，东贝长日无言，而主意尚无改。白拉登之行，东贝不往。方女王动身之一日，东贝对女王曰：“吾得间者，亦或至彼。”此时女王养病之事，日亟一日，盖自第二受病后初不再发，惟瘦极，脑力亦疲，语多模糊不可辨，常常呼东贝为格兰贝，或呼为东极，以一生一死之婿纠缠弗清于脑间。顾虽如是，而华妆仍不改，即今日起行而衣着仍如少妇旅行之衣，周身皆花绣，冠亦异制，然亦时时坠落。花儿侍膳，则常常扶而正之。女王曰："吾最亲爱之格兰贝，汝可长……且快……吾寓……到……"东贝知之，曰："吾已告马丹必来小住一二日。"女王曰："赐福东极。"时在座尚有老约，知女王行，来送，即曰："马丹，胡不延老约同行?"女王尚为娇态，言曰："谁为老约?"花儿在女王之后，为扶其冠。女王忽悟曰："汝耶?"少佐微语东贝曰："先生，此非佳兆。彼惟坦胸，肺分为风所中，此不谨于包裹之过也。"又语女王曰："老约一而已耳，即为约瑟，汝之奴也。"以指自点其鼻，曰："马丹，我在此，此即老约。"语后，以手自拊其胸，示信。女王语爱迭司曰："吾亲爱之爱迭司。"又语东贝曰："格兰贝，天下固有甚异之事。此少佐……"老约即曰："巴格司达克。"女王曰："此不关紧要。爱迭司，吾最善忘人名，适所言何事者?噫!忆之矣，吾殆言甚异之事也。不解亲朋何为顾我，我此行，不久即归。彼待我归时，见未晚也。"语时甚戚，状至恐死，又曰："我至彼间，无须多人，第静摄，自愈。一至海滨，苏其麻木，疾立间，第勿令可憎之畜类猝近吾前。"指老约。此时女王春心盎然，故以肩扑老约，竟误触东贝茗碗，立翻。少顷，令威色司曰："吾行后，房中宜应何修整?且令工匠趣治之。吾不数日且立归，吾殊不久留海上，以城中茶会多，并宜投刺问候，亦未悉往，心滋急急。"威色司唯唯，少却，则微作轻鄙之状，并以颜色示老约。老约即以颜色示东贝，东贝亦不期以目视女王。女王不期冠复落，覆其额，而刀叉二事乃颤不可止，敲诸盘上，锵然而鸣。而爱迭司独正坐弗旁视，闻其母不经之言，夷然如故，初不愕骇。每逢其母与之语，爱迭司虽不正视，然素面亦长向其母，有时宜作答词，亦寥寥作简语；有时其母语气支离，爱迭司则出一二语正之。女王记性言词虽走失迷乱，然目光仍常注其女，或惊其美，或怒其骄，顷刻喜怒交作。视爱迭司后，亦间及佛罗伦司，然一瞥眼后则仍视其女。女王之对爱迭司，似畏似怜，初亦转眼他顾，然少时又复移注其身。而终席间，爱迭司未尝正视其母。

及饭罢，女王仍力矫其媚态，斜倚老约之肩，至门外登车，而花儿已以死力支其左，威色司更以死力支其后，不尔者，前仆而后仰矣。实则三人或支或抱，纳诸车中。车遂载女王、爱迭司、佛罗伦司赴白拉登。老约既送女王，即言曰："马丹，汝遂充配老约至极边，不听相见乎？格鲁巴亚乃如是忍心，不听莺吞礼巴格司达克近而致其亲爱耶？"女王曰："汝趣行，吾不乐见汝。汝第不狂妄，吾归时许尔来面。"老约曰："马丹，尔当许我，留其希望，则我尚可生。不尔，则失望，亦必死。"女王闻"死"字，则身颤不已，即谓其女曰："爱迭司，汝告彼，吾不许……"爱迭司曰："不许何事？"女王曰："不许言此可怖之字。"爱迭司即挥手令老约去，复示意御人启行。此时，门外但有东贝及老约，同立已，亦入室。

既入，老约负手张足而立，言曰："东贝，吾此佳丽之老友，将赴异地矣。"东贝曰："是何指？"老约曰："吾谓尔俄顷间将成为有丧服之女婿矣。"老约初以为趣，窃见东贝不悦，则又为马嚏，以自掩其失言，顷之曰："先生，老约臃肿颟顸，殆天性使然。果与老约订交者，当照是而行。东贝听之，君之外母趋入地底矣。"东贝曰："我颇虞密昔斯司各登老础动摇矣。"老约曰："何言摇动，直破碎耳。"东贝曰："或换天气，加以保养，可得一日之瘳。"老约曰："先生，可勿守是言。老人之病，由于不加包裹而然。"语后，即自加以钮扣，曰："若不谨严，一得病者，即无挽救之地。今无术，但有死而已。老约言或蠢钝，然坚直，不愧为英人。果世人信我，则为幸必多。"语后，见东贝心绪恶，即将其龙虾之眼、风瘫之病躯，移驻俱乐部，假寐至于竟日。

女王之居车中也，或乐或怒，时醒时睡，即于是晚至白拉登。据例，花儿进，分其真假二物，去其所假之衣锦，置其真病之骨头于榻上。时名医来诊，言老人每日必以车出，吃取空气，若能自行则更佳。然女王每行，爱迭司必侍，出时如循故例，无复情致。惟不携佛罗伦司，但嘱其居守。一日，母女复出，女王忽不乐，在车中坚捧爱迭司之手，亲之。爱迭司如不之觉，随其母所为。女王不悦，呶呶詈曰："吾为若母，恩勤备至，汝乃忘我矣。"下车后尚絮絮不已，左手执杖，右手扶以威色司，爱迭司旁侍。所御车离可一码之远，徐徐随女王行。是日云结而风迅，母女沿海而前，天水无垠，尽收入眼，前无翳沮之物。女王仍时詈爱迭司，爱迭司仍如无闻无见，嘿然弗答。

忽尔迎面行近二人，爱迭司止步，大骇，以为似其母女化身，居然一老一壮，相挟同行。当爱迭司止时，来人亦止。爱迭司见所类已母之人则遥指己身，似诏示其女，令之回身，而似己之女人昂然弗之答，仍与同行而前。爱迭司之止步，特一瞬息之延，已而前趣而上。迨近时，则二人所衣者至破烂，有类行乞。少年妇人臂上有围巾等事，似待售人。老癃之妇人则偻行，无所事。此时四人衣服华素之不同、人品贵贱之悬绝，然爱迭司心中深以此少妇为肖己。爱迭司之引丐妇为比者，盖觉此少妇目光之含恨，实与己不谬毫发。当爱迭司之视少妇时，而此少妇亦注目视爱迭司，似露其胸中之言，以为爱迭司身世亦肖彼也。既相见，老妇即伸手，向女王乞钱，而少妇即侧其目，注爱迭司，四目相射者久。爱迭司问少妇曰："汝所鬻者何物？"少妇仍以目视爱迭司，自以臂之围巾出示，曰："所鬻者止此。若吾身者，久已贱售矣。"老妇语女王曰："老夫人，勿听吾女之言。彼好为此牢骚之语。彼为我美貌不孝之女儿，我为彼谋，无微弗至，彼乃舍怨我外，无有好语相酬。夫人试观其状，当此凌夷之时，彼尚以努目叛视。"女王即襟间出皮囊，将予钱。爱迭司即进曰："老妪，吾似已见汝者。"妪曰："然。曾一日侵晨在林间，曾向夫人乞钱。夫人不与，而彼先生者幸予我以钱。”因握拳凶视其女曰：“我至谢彼。”爱迭司此时微引其母，令勿予钱，而女王曰：“汝勿更沮我，亦不解我之心绪。此老妪善人，亦善为人母者。”老妪曰：“老夫人更与我六辨士，老夫人亦善为人母者。”女王曰：“吾善母人，而女我者亦不云孝。汝来汝来，二人遭遇既同，可彼此接手，互相慰藉。大抵吾心，汝或知之，汝心吾亦了了。”语后，面此少妇曰：“实告汝：汝当孝若母，若母之爱尔至矣。爱迭司行也。”女王既行，因出绢素拭眼，防拭泪并拭及其脂粉，虽手颤，仍不已。此时丐妪已背此二人而行，妪则伏而数钱，而少妇仍立，观去人于百步之外，私语曰：“汝固美貌，然貌美亦不足以拯我；以状度之似骄，然骄亦无济于我。下次再逢者，则彼此当相知心矣。”

第四十一章

白拉登之地，风物如恒，后浪推彼前浪，海滨之沙土仍作数十积，海鸥仍盘旋空气之中，大风密云亦不审起自何时、落于何所，而海上似有白臂遥遥招人遄往。佛罗伦司闲中，仍至小保罗前此同行之地，风景一无所变，闻海涛之声，似覆述其亡弟之言，申申不已。秃齿本自潜随而来，亦至于海上，特不敢冒昧而进，久之壮胆力前，近佛罗伦司。一见佛罗伦司，即故骇曰：“密斯东贝，何缘在此？殊出意表。”实则秃齿之步随而来，车后飞尘几壅遏秃齿之咽而死，至是乃伪言见出不意。女与之接手，秃齿觉温香之气自臂直达心部，言曰：“君亦并携得大阿及尼司至耶？”秃齿之目，固已见狗，以执手之时狗方凶抵秃齿之服。女斥止之，曰：“大，汝行，汝忘所携带之人乎？”狗闻言，即近佛罗伦司之前，以首麾女之裙幅，直奔而去，旋又来复。此时果更有人至者，狗即狞吠拒之。而秃齿之心，此时亦正如狗耳。此时即有衣甲之壮士来前，秃齿与之迸命，似亦无惜，以佛罗伦司初不容有第二人窥伺也。秃齿曰：“密斯东贝，此狗归母家矣。”女点首曰：“然。”秃齿曰：“密斯东贝，能否同至伯林伯博士家？”女曰：“可。”于是秃齿扶女同行。狗即先奔，秃齿以手引女郎，二股战不可止，虽盛服称身，然尚恶纫工之非良，又悔匆匆间不曾穿黑光之靴而出。

时博士门外仍氤氲有儒先之气，小保罗昔日招手之小窗，窗门仍然半启。司阍者仍短视之奴，引二人至博士书室。甬道上，老钟机声亦如故，地球仪所置处仍无改故地，一似博士家之地球初无转旋之日。物理上之公理，凡物皆有毁坏之时，惟博士家乃不能律之以是理。博士及其夫人与考尼利亚，衣服也，眼镜也，头上旋螺，仍一一无改故状。博士见秃齿，即曰：“秃齿，汝来，吾至愿见。”秃齿仍憨笑莫答。博士曰：“吾见尔能与密斯东贝为友，尤可申贺。”秃齿面赪，言曰：“我与密斯直偶遇于是间。我本诚谒吾师，而密斯亦伸其积愫，故与同来。”博士曰：“汝殆欲见尔之朋友，前此均尔同学耳。”问其女曰：“考尼利亚，自秃齿行后，有新来学者耶？”考尼利亚曰：“但有别色斯东一人。”旧在辟白真家者。博士曰：“然。别色斯东，实为秃齿所未识。”实则别色斯东亦不识佛罗伦司矣。此时别色斯东白领灿然，胸前亦悬表矣，顾虽如是长成，然墨花点点，仍沾襟上。不自重也。所用之字典，以屡翻之故，忽生臌病，不能并合，时时张吻鸣劳，似拒人勿再翻检。顾用此字典之主人，何尝非劳，然其张吻鸣劳时，却含毒念，谓先生异日果至印度，即将令我佃夫缚先生缢之于林间。至于伯里格司、土色、穹生，合诸同学，咸在学问墓中，颠倒不知昏晓，而年代多之学者，则劳劳扰扰，求忘其前此之所学。以新书多，不期忘其旧读者。大抵诸同学仍温温有礼，颜色灰白。助教斐德伸其多骨寡肉之手指挥群童，笛子尚悬壁间。此时诸同学见自由之老同学至，皆大感动，以为彼已出此鬼门，无复再履吾阈。且密觇其衣服之雅丽、戒指宝石之光芒，心为惬然。而别色斯东意独不然，谓汝辈恨不至印度，果至印度，见吾母指上之绿宝石必大惊讶，此石盖得自印度皇帝者。诸同学复见佛罗伦司，则又人人生其情愫。而别色斯东复抗议，谓其非佳。秃齿见同学注目佛罗伦司，乃大生媢嫉。伯里格司曰："汝出学多年，乃仍故时性质。"彼此几欲争论，幸斐德出，彼此问讯，遂平其争。秃齿且延斐德至贝得福逆旅中饮膳，并话阔愫。时大众接手鞠躬绝忙，而旧同学亦争附耳祝秃齿，言与佛罗伦司后必成功。此时博士及秃齿诸人同出讲堂。博士之行最后出，引扉时复面内言曰："诸君已见老友，当读书如常，勿复谈议。"女既出，遂同考尼利亚登楼，观保罗故时宿处。秃齿不敢从，即与博士立谈。盖秃齿不作语，但听博士谈耳，心中私异前此胡以视学堂为圣地、尊先生如圣人，实则人地如故，吾何为慑之？少须，佛罗伦司下楼，告别，秃齿亦行，而狗则与短视之阍者为戏，一见主人出，即跳越先奔。麦利亚及他女侍争集楼窗下盼，见秃齿之憨状如恒，则吃吃而笑，其谓佛罗伦司乃甚肖保罗，貌亦愈胜。秃齿见佛罗伦司下楼，泪满其颊，则大悔恨，咎己之不善，增此美人伤感。及见佛罗伦司颜色少平，始释，遂相将沿海岸而归。

及分手时，佛罗伦司与之为别，秃齿引手不能释之使行，面赪口哆，言曰："密斯可否允我……"乃格格不能出。女笑，如不之觉。秃齿尤不能口，久乃曰："可否允我……不以为放肆……听我有希望……"女仍不解，立而听之。秃齿又鼓动其气，言曰："吾乃爱密斯极，自亦不知其所以然。须知吾为极可怜之人，今果非在大道中者，直欲长跽于地，但求密斯允我有希望，后此可以……"佛罗伦司大悟曰："密司忒秃齿幸勿言此，但云友我足矣。"秃齿眼张而口仍哆，久不能答。女曰："君待我良厚，我亦至感，惟以朋友相处者，则中心滋以为至交。适君所欲言未言者，初无他意，殆言图再相见耳。"语时微笑。秃齿曰：

"然。我适欲言再见耳，滋不关乎紧要。"女曰："如是者，小别矣。"秃齿答言亦格格，曰："适所言事，滋不关紧要，幸勿置念。"此时可怜之秃齿精神颓敝，至不能举其首，入室键门，僵卧床上。秃齿之所云不关紧要者，正至紧极要之时矣。

而助教斐德届时已至，此来乃绝佳，不尔秃齿卧床几不能起。助教既来，秃齿遂起，执主人之礼。二人本为故交，益以烟酒为之助劲，秃齿遂能言矣，然亦不告助教以佛罗伦司拒婚事。后此，斐德问以何时与佛罗伦司议婚，秃齿曰："尚有余波未靖。"斐德立时审其未济，即不复问。秃齿曰："伯林伯适贺我得此女伴，此语亦太唐突。"斐德曰："然。"斐德者，究为秃齿老友，遂以图娶佛罗伦司告之，坚约勿示外人。饮次，秃齿仍举酒为佛罗伦司饮寿，引杯时，秃齿拊胸曰："斐德，今日饮寿之杯，此中乃有无穷悲慨，汝何知者？"斐德曰："老友，我焉弗知？汝果欲问计者，请以书至，我尚有语奉干。汝当习乐笛，即小技亦须精之，须知女子之心均嗜此也。吾一身实深得其益，行之乃有明效。"遂语秃齿，言："吾已属心考尼利亚，且云人憎眼镜，我却不尔。博士夫妇老矣，一旦委化，此学堂必属我，我或不至于饥寒。学堂果属我者，考尼利亚亦必能助我，此亦人生得意事。"秃齿不即服，亦大称佛罗伦司以相抵制。斐德遂出考尼利亚小影，用为凭信之物。如是酒阑夜深，秃齿送斐德至于学堂之外。斐德初未入门，待秃齿去后，则沿海堧行，思后此身世之事，似闻海上潮音再三抚慰之曰："汝决勿忧，博士必以遗业奉属。"又见楼窗高耸，谓异日得志，必修整其破坏，加以黝垩，以壮外观。秃齿亦不即归，竟至佛罗伦司寓次，伥伥于门外，盼其窗间灯火，谓此中美人必未成眠。

实则灯火明处，非佛罗伦司寓楼，则女王之寓楼也。床上岂复玉人春睡之图，直一枯瘦老丑之妇人辗转床箦之间，不复得少时之息。床前女儿侍坐，女王曰："爱迭司，汝试观有顽石如臂，张而扑我，汝见之乎？”爱迭司曰：“无也，殆母之眼眯。”女王曰：“我眯耶？”答曰：“此间实无物，有之或吾之影。吾果弗动，或即无见。”女王曰：“今果无矣。实则非女之影，我亦非眯。爱迭司，汝侍吾侧，吾心滋慑。”爱迭司曰：“母也，吾见母状，心滋怵然。”母曰：“汝怵乎？即怵，亦不属我。”语后大哭，以首左右转于枕上，曰：“汝不视我，我之待汝，又如何者？即前此所遇之贫妪，其视女亦有恩。惟彼我均有不孝之女，故令老亲怏怏，不可自聊。”方呓语时，即以手掩目，曰：“败矣。吾精神惫矣。”爱迭司怆然，俯与母言。女王抱爱迭司之颈，目中作惶恐状，曰：“爱迭司，我欲归矣。汝试观我能归与否。”爱迭司曰：“焉不能归者？”女王曰：“他何言？他又何名？”曰：“忆之忆之，彼为少佐老约也。吾临行时，彼语我可怖之字。爱迭司，此语弗确乎？我决不至是乎？”如是可数夜，母女一卧一坐，至于终宵。佛罗伦司亦不再面女王。女王见佛罗伦司恒不悦，爱迭司亦力沮之，不听入，入且取憎，即臧获亦不听入，一身独侍女王，无复言劳，自谓此时情状必勿令外人观之，令增母丑。然女王之脸本已深黑，今在病中，益凹凸如狞鬼，二目皆昏。

一日，语已嘐嘐不能出，但曰：“吾养尔长成。”似自承其短处。爱迭司亦无泪，但俯首附耳言曰：“母闻吾言耶？”女王张目，似点其首。爱迭司曰：“母亦忆儿未嫁之第一日乎？”女王不动，而目中之意似云知之。爱迭司曰：“我不云母之所为，儿皆恕母，惟上帝当赦我无穷之罪恶。我不言已往之事，一置弗言，今兹更为母氏重言，以申明之。请与母接吻。”爱迭司于是以吻近其母惨白之唇，而女王已无动，少须微笑，仍为媚状，而女王升遐矣。爱迭司遂去其粉霞之幔。

死耗即报东贝，斐尼克司时尚未归德国，亦得讣闻。东贝以勋爵为外戚，则不能不即而商榷。勋爵曰：“东贝，汝遭此大故，吾心戚然。吾姑氏滋可悲，惟姑氏似少年，乃不期其如是之速逝。”东贝曰：“然。”勋爵曰：“以姑之年鬓论，殊不见老。汝成礼之一日，吾视吾姑尚有二十年之寿命，曾与别娄约伯言。噫！小别娄，汝当能识之，即加眼镜者。”东贝曰：“我乃弗辨。今日之来，特商葬事，勋爵何以教我？”勋爵以手自承其颏，曰：“我乃无计。吾家固有先茔，今残敝极矣，欲往修治，已无暇。闻铁阑已毁，春来游士恒在茔次野饮。”东贝曰：“此焉能葬？”勋爵曰：“村间尚有一处甚佳，彼礼拜堂尚为安格鲁脑门旧式，前此迦茵芬七白雷夫人曾画彼间风景，今闻已加白垩，古画遂泯，成陈俗矣。”东贝曰：“既如是者，不如即葬白拉登。”勋爵曰：“大佳大佳。既静，且风物殊美。”东贝曰：“勋爵自思以何日葬者？”勋爵曰：“此仍汝决之。我长日闲也，且吾姑下窆之日，吾当从之。”既而曰：“非也。吾当送殡。”东贝曰：“礼拜一如何？”答曰：“尤佳，亦适宜我。”

迨及礼拜一日，东贝遂同勋爵至白拉登。此二人者，即为死者之亲属。二人同车，勋爵于道中遇相识多，时时为礼，每见一人，即语东贝以名。既至，勋爵曰：“每遇此事，令人辄思令终之日，我身亦不自持。”既下窆，而勋爵眼中亦果有湿痕，惟一瞬即止。凡女王一切之挚交，亦人人如是。老约恒在俱乐部中语人，言女王皆坦胸之过，所以易逝。时六十五岁之少妇亦坦胸者则力争，曰：“非也，其人为年果老，然勿再举是事，令人心痗。”

第四十二章

巴伊拉去其素服，易奴仆之长衣，侍卡格尔家，心中亦殊不忆故主，思及但有一笑，自伐其能，然其面新主人，则日戚戚然忧，恒以巨眼向主人之白齿。每见主人，如厉鬼之遇术士，如有幻术足以禁勒，偶有命令，靡不承顺。凡不在主人之前，亦不敢遽思主人，防一思及，即为主人所擒取。迨既见，则觳觫不堪，防隐中所怀若为主人射覆而得。综言之，卡格尔之力，实能伏巴伊拉于极地，侍立倾耳待命，有时先意承志，恒欲因其目光所注，立供奔走。盖巴伊拉匪特惊畏卡格尔，尤倾服以为匪所不能。

方舍去船主家时，即贱售其鸽。既售，立奔卡格尔，气促汗淋，以为主人称其敏捷。卡格尔则呼曰："逃虏，汝舍旧人事我耶？"巴伊拉格格言曰："先生，前此奴子来时，非先生诏我……"语未卒，卡格尔曰："我诏尔何事？"巴伊拉即曰："先生初无诏我之词。"卡格尔露龈，以手指之，曰："汝必无好果，蹇运方待汝于后来。"巴伊拉股栗，言曰："先生勿怒，我本欲效顺而来，惟主人言是听，无敢不忠。"卡格尔曰："汝事我非忠不行。"巴伊拉曰："我知之。先生试之立见，后此敢微忤先生者，请杀我无怨。"卡格尔以背就榻，仍张其猫齿，作凶视而他顾，曰："汝敢欺我，厥罪至轻，亦得死。"巴伊拉曰："我知之，先生刑法至严，人即以金几尼赂我，我亦弗受。"巴伊拉本欲贡媚，乃不得当，则蛇行且退。卡格尔曰："汝今抛去故主，欲我录汝耶？"巴伊拉不敢言卡格尔招之，即曰："然，特来自效。"卡格尔点首曰："汝当留意。"巴伊拉以为主人语已，可以潜出此门，当欲出未出时，卡格尔曰："止。汝闭此门。"巴伊拉即立时闭关，防少缓即不得良死。卡格尔曰："汝平日喜窃听人言，汝亦知我意乎？"答曰："知之，即欲侦取他人私语事。"卡格尔曰："汝尚能窃窥人之行事。"答曰："先生，惟至是间，则不复有此，宁死不复为此。舍主人命我外，我决无是事。"卡格尔曰："汝尚好妄语，此间汝当慎之，一违吾法，初无恩赦之令。"巴伊拉本欲自明心迹，则不敢更辩。卡格尔发令曰："汝出，吾今奴汝矣。"此巴伊拉至卡格尔家之第一日情状也。若在他奴，初来恭顺，后乃纵恣，今巴伊拉为卡格尔猫齿所慑，至终无复戏豫。

时巴伊拉执役已数月。一日，闻敲门声，则东贝至，盖豫约至是午餐。主人同时奔出，张其白齿，欢迎东贝，恭扶东贝下马，言曰："密司忒东贝，吾万不料贵人至此，此为吾流年中一大吉日。夫以主人行云流水之风概，即至皇宫，亦不为荣，惟在蓬荜之中则景状大异。"东贝无言，在草场中少立而顾盼，言曰："汝家亦大不恶。"卡格尔曰："谢主人惠奖。"东贝正色曰："非我奖汝，此亦恒言。汝善部署，亦颇有山林雅趣。"卡格尔曰："即寡雅趣耳。主人特赐我以颜色，故尔言此。勿论其誉我恩我，吾得高贤一奖，即奉以为真。今且入室乎？"

东贝既入，观室中甚精洁，无地不足安贴其身。卡格尔微笑曰："物虽非佳，然如小人居此，亦颇云僭。吾常闻人言身为帝王恒慕乞儿之放旷，今日主人赞我，不如是耶？"东贝悦，已而属目及于炉檐上美人之画。卡格尔眼光亦捷追之。东贝见画颇注意，卡格尔大惊，屏息潜窥东贝作何状态。此画即前篇所叙貌肖爱迭司者。东贝观画无言，侍者言席具，于是卡格尔引东贝背画而坐，己则与东贝对，即与画对也。微旨。席上东贝较平日尤严肃，一语不发。鹦哥虽跳跃媚人，东贝初如无见，以卡格尔亦专注东贝，无意及于鹦鹉。东贝别有所怀，二目注其襟上，至于己之盘匙亦不属目。巴伊拉聚精会神于主人之身，勿论鹦鹉，即主人之主人亦未尝敢一寓目。卡格尔曰："迩来密昔斯东贝佳乎？"问时，偻身伏案，同时窃视壁间之画，欲从东贝胸次抽取其所欲言之隐。东贝闻言色赤，答曰："密昔斯东贝良佳。经汝此问，却撩吾欲告汝之一言。"卡格尔曰："巴伊拉，汝出。"巴伊拉一奉纶音即逃，然其出时，目光仍注主人。

巴伊拉去后，卡格尔曰："主人似忘此童子矣。"东贝傲然不屑曰："安能忆之？"卡格尔曰："贵人一日万机，如何能识？惟其母即当时在主人家为乳媪者，其人之身尚蒙主人教育。"东贝曰："彼耶？此子我即拔诸泥涂，亦不见愈，恐徒负吾之恩意。"

卡格尔笑曰："此等人焉值贵人之属望？彼无地自容，大抵彼之家人告彼，谓主人有旧恩于彼，彼以为我亦隶圉于主人之家，故夤缘攀附，请我以主人之故录用其人。实则我虽受主人豢养，主人家事胡敢与闻？不过宣劳于商业之间，然亦不敢蔑视主人家之有旧恩者，概置勿念，所以……"语时，断而不言，取东贝进止，则又属目画中人。东贝曰："卡格尔，我深知汝之忠，初不仅为我专治商业。汝平日为我分忧，尤知我家事，但以用此僮厮，亦足见与吾家之有关切。卡格尔听之，吾甚信汝而感汝。"卡格尔微微搓手，自鸣得宠，防太卤莽，转失主人欢意。东贝曰："汝适言吾家事，其机甚洽。惟有此言，竟使吾言易为凑泊。吾家事素亦语汝，今日之事，实为前此所未经。"卡格尔曰："主人倚我为心腹，我诚足用以自豪。"东贝不答，徐曰："密昔斯东贝与我有时恒不协，似彼此之间初不相知。密昔斯尚须加以学问。"卡格尔曰："密昔斯托身如是之高，似熨贴主人之功亦未必稔，惟我以为主人之待主母，恩意如天，即有小过，亦不足言。"东贝一闻"恩意"，即思及当日哄竞之时视我不值一钱，又安有恩意？于是颜色顿变。卡格尔则一瞭已知。东贝曰："密昔斯东贝及我在司各登未死之前，已多口舌。汝前在吾家见时为第一次，适所言第二次也。"卡格尔曰："偶思前事，至今犹复耿耿。实则主人恩重，视我如家人之亲，而我心终不之安。"

东贝者，生平命人行事，虽苦乐皆恩，初不许人敢戚戚于心者，即变色曰："汝所谓不安者，何故？"卡格尔曰："密昔斯东贝素不然我，及为主人嗔责，为我所睹，则恨我尤深。"东贝愕然曰："彼之喜愠何属于汝？汝当专心于我之喜愠为喜愠。"卡格尔曰："此何待言？"东贝曰："舍我外，则密昔斯为最贵。若与我并立者，则仍我主而彼奴，汝谓然乎？"卡格尔曰："此何必言？主人当知我为承事多年者也。"东贝曰："卡格尔，尔受彼之詈、得我之欢相抵，当有余荣。"卡格尔曰："能两处均得欢心者为尤佳。今不幸招嫌于主妇，但未知主妇曾有微词及我乎？”东贝不屑曰：“彼言嘐嘐，我何能识？今且勿言此。我一日必欲密昔斯服我，顾言之如不吾闻。吾曾告彼后此有言者，吾不自言，命尔言之。”卡格尔既视东贝，复微瞥画中美人。东贝曰：“卡格尔，吾言如律命，万不令人改之。吾既命汝，汝当遵率，必令密昔斯知我一言即为定法，断不能因彼一人遂干吾宪。即汝代我宣劳，亦不当介介于恩怨，即密昔斯有违言者，汝亦当审此言为我所命。汝平日尚忠悫，今当无改故步。”卡格尔曰：“主人但有命令而已，我几曾有几微违忤者。”东贝曰：“吾滋信汝之忠。吾令固不可违者也。密昔斯东贝之为人，但能服我者，即为上等之人，而学问见识尽足相我。惟倔强之气，殊辜负其才。今先去其病根，伏其骄气，始可。且密昔斯亦愦愦，乃敢与我反抗，实大背乎经常。”卡格尔曰：“生意中人咸凛天威，妇人恐未之知。”东贝曰：“我固知汝畏我。今尚有一语，密昔斯尚为聪明人，经我开导，彼颜色陡变，似吾言中也。汝今告彼，彼仍恃恶不悛，则我申饬之言当再三而至。汝明明告彼，言彼行为我大不称意。果自知者则诚善，不尔则我之骂詈后当愈烈。且彼之取法，无须另学，但以原配密昔斯东贝为师资，足矣。”卡格尔曰：“前夫人一生为人，得主人覆育，为乐甚至。”东贝垂目作骄态，曰：“吾前妻尚知向背，无敢逆我。”东贝此言，盖加恩于死者，以为此言一出，恩意直同天地。卡格尔曰：“密斯东贝事其后母如何？”东贝作铁色不答。卡格尔默然静观，中心了然，即曰：“幸主人见恕，小人冒昧竟干主人之怒。”顾虽如是，而私意自忖汝浅狭骄恣之心胸，吾更当拔取而出之。东贝闻言，即曰：“卡格尔，汝勿抱歉。汝以为闻密斯东贝即感伤吾之保罗，不知吾心乃非悲而实愤，即密昔斯东贝与吾女亲昵之状，吾心亦殊不然。”卡格尔曰：“主人幸见恕，纶音所发，吾乃未了了。”东贝曰：“汝弗知耶？吾当诏汝此事，汝见密昔斯东贝时，亦质言之。汝告彼曰：‘彼敢私爱吾女，吾心滋恨。’彼冷眼视我，为热肠待彼，在人则生骇，在理则反常。实相告：身在吾家，当尊我如天帝，然后再及余人。彼爱吾女为真意者，吾已不取，矧将用是以撩吾妒，并阴以傲我？凡诸一切，吾皆弗悦。即彼自云出之本心，亦趣告彼，急反其所为，远之可也。盖违吾意而爱此人，须知此人受爱者即亦不利。果能先意承志事我，然后微加意于吾女，吾大度尚能容之。一言以蔽之曰：我较诸人为最先，亦最上，不能越我而妄肆其意。此节须明语，万勿模棱。即汝亦当奉令惟谨，不宜唯诺将事。”卡格尔鞠躬承旨，而眼光之冷锐，却含无限危机。东贝大伸己意后，怒气稍消，此时却注目及于鹦鹉。卡格尔少息言曰：“请主人恕我，密昔斯东贝曾否闻主人之言，命我为传宣之吏。”东贝曰：“吾已口谕之矣。”卡格尔曰：“何为语及于此？”东贝亦愕曰：“特我偶告之耳。”卡格尔为侧媚之容曰：“我今试问主人何为及此？惟欲穷底细，庶几行事得少尽吾力。吾固略测而知，未审能当与否。大抵主人知密昔斯之恨我，故特遣我令密昔斯不可自聊，此言近乎？”东贝曰：“密昔斯或不深知此意，惟我与尔所料同也。”卡格尔曰：“然则吾得之矣。主人意殆谓以吾为使，主妇不堪其辱，当即回心以事主人。此亦投以峻剂之意。”东贝曰：“卡格尔，吾令出即行，不欲多所诠释。惟汝言亦微中，想汝多方之问，或不特意而然。果有是者，可恣言之。”卡格尔伪惊曰：“吾代主人宣力，乃有不特意事耶？”东贝曰：“即非不特意，或有畏难之心。”卡格尔曰：“何难之有？即难处，义亦应为，矧吾又凛凛然，惟患主人之不遣我。质言之，此举非出之主人者，则密昔斯实为主人之妇，吾即伏其履屦之下，亦无敢少加声息。惟今既为主人所遣，则他事亦不能顾。矧密昔斯能祛其小过，则应悦使者之来。事实出于万不获已，则密昔斯既顺主人以后，必曲谅小人之唐突，亦正曲意顺主人者也。”东贝闻卡格尔言其妻顺己之意，中心悚然，思及夜来伸拳眨眼之状，状至鄙夷已身，则顺之为言亦滋难恃。然既已侃侃示卡格尔以雄直，即亦不复改口，但曰："然。"卡格尔曰："下此似无余言，请主人更进少食。"时二人谈家事甚久，竟忘进食，于是主客复引刀叉。东贝且食且言曰："汝告吾妻，此为最后之言，无再商酌。"卡格尔曰："诺。"是时食亦弗甘。巴伊拉亦已入，挺身侍立。

饭罢，东贝及卡格尔均上马入城。卡格尔道中精神勃发，言刺刺无已，而东贝高抗无伦，垂鞭不答，盖自念一身尊贵如此，门客宜恣言，至答与弗答，此事固无涉于门客也。道行之人一望即知其贵贱所在，盖有显然之状为人所瞻也。东贝之坐马上，垂鞭委辔而行，但知一身之尊似马力及地之平洼皆当效顺于己，己亦不当留意以自降其尊。时马蹄行道甚迅，不期践及碎石，石散而马蹶，东贝翻落马下，马欲起立而蹄铁竟践东贝之股，股创。微旨。卡格尔眼快手敏，下马，立引东贝马缰。马遂起立，果少迟者，则东贝今日席上之谈，一一皆成临终遗命矣。卡格尔伏于东贝身上视之，而东贝已晕。卡格尔露其猫齿，向已晕之东贝言曰："果尔妻知我今日救汝者，当更怀恨。"此时东贝头面皆血，卡格尔令人舁至最近之酒肆中，立时数医生皆至，均不请自来，似雕在沙碛之中，一闻尸气及死槖驼之臭，虽数百里皆振翼而至。医生既醒东贝，然后一一察其伤痕。中有近处一医生言东贝腓上大小二骨均碎。语后，店人亦以为然。有稍远之二医生则力言未碎，一创在胁骨上，虽重无伤，今日宜赍送回家，已而严裹其创令安息。

卡格尔以马先归，告东贝家人。卡格尔平日奸毒之相，固已无伦，今日马上乃更形其奸毒，心中本蓄丑图，谓东贝此时生死未判，果如是如是者，我亦如是如是。身虽据鞍，意殊不在马，大类独居深念之时。既至闹市之上，则按辔徐引，仍露齿作得意状。

既至东贝家，令阍者传言，有要事宜白主母。阍者延卡格尔至东贝寝室，坐，少须报言此非主妇见客之时，客曾否有约，若无约者，决不之见。卡格尔即取名纸，书曰：“此遭有要事，非复前此之请谒，必恕吾罪，幸赐一面。”少须，阍者下，延卡格尔登楼。爱迭司仍与佛罗伦司同坐。卡格尔见爱迭司较往日为尤美，实则爱迭司之风貌，卡格尔无日不往还于胸中，惟今日所见则较往日佳耳。甫一入门，即见爱迭司目作凶光斜睨。卡格尔仍从容为礼，如不之见。爱迭司色亦微霁，不得不盈盈而立，虚与为礼。卡格尔曰：“吾今日不幸乃赍不惬意事至此。马丹请宽怀，性命初不妨碍，密司忒东贝……”语至此，佛罗伦司已放声哭。卡格尔漠然不视，眼光仍守爱迭司。爱迭司夷然，无半星惊扰，转回身抚慰佛罗伦司。卡格尔曰：“今日密司忒东贝与我同以马入城，马蹶，东贝被创。”佛罗伦司曰：“天乎！吾父创矣！实则危险与否？”卡格尔曰：“未死也，少晕即醒。创固重也，惟不至死。果死者，吾尚敢将此噩耗来耶？”此语非答佛罗伦司，答爱迭司也。爱迭司不问，而卡格尔声音笑貌皆专注爱迭司。卡格尔又曰：“东贝主人尚卧酒肆中，幸以车迎主人反。”佛罗伦司鸣咽曰：“嬷嬷，我可同行乎？”卡格尔闻言，以色止爱迭司令勿往。爱迭司见状弗悦，然又不能不如其言，即力止佛罗伦司勿行。卡格尔曰：“主人命我新招之司家妪曰密昔斯辟白真。”爱迭司闻言，色复变。卡格尔知此着亦东贝所为，为爱迭司所不屑，然则故言以挑之。卡格尔曰：“主人令辟白真将主人卧具移陈其书室中，吾瞬息即行，不能久延。至主人之创，马丹且放怀，绝无意外之变。”因鞠躬而退，下楼后，即至东贝室中指挥家人以车至酒肆，匆匆出门而去。道中，心绪潮涌，直至东贝之侧，始仍为谄容。

黄昏车至，数人舁纳车中。东贝则痛不可忍，卡格尔仍以马从。病人在车，车行徐徐，至家已曛黑矣。辟白真仍肃穆其容，似不忘其故夫，乃怏怏迎主人于门外，时时以言中之醋浸灌家众之口。作尖酸语也。卡格尔躬视东贝贴席。东贝发令不准家人近榻，近榻者独一辟白真。卡格尔复登楼述病状，至时仍见母女同坐。卡格尔则露其猫齿，百端劝慰爱迭司，似其主母果悲哀其主父者，又伪为关切之容，临时俯亲爱迭司之手而去。爱迭司虽气咽面赪，亦未尝缩回其手，直至人退后，自以纤葱之掌力批炉檐，指破血沁。爱迭司仍伸其手，似弃掷不之顾者。是夜至于更深，爱迭司仍不睡，背灯自视其影，思历来东贝与之为难者，此时百种幻形皆渺，独其夫之丑态、骄状、忍心三事，若抟结为人形，现之壁间者。

第四十三章

佛罗伦司当父母初归，以为从今可以和平度其时光，乃好梦一醒，眼见其父母仇恨日深，每逾一日而深仇亦增一度。女性至孝，较之独居尤为寡欢，又见其父威加后母，若有意作难，而后母仍倔强不言降，因思死母亦见困于父，故抑抑抱恨而终，然后母以恩意加我一身外，余人则尽遭白眼，且无一词之假。当巴黎归时，语至终夕，因思吾后母违抗吾父，而吾与后母独亲，果爸爸知吾亲此后母，不几谓我为忘父亲母之人耶？既而又思后母之恩，何可背恩而生异想，自问殊寡天良，于是两爱交争。少时近父，又少时近母，两皆无当，匪所适从。佛罗伦司今虽依恋后母之旁，较诸后母未来寂寞凄凉之况，乃远过之。幸有一事，为佛罗伦司所未觉，一觉乃更不可自支。果知后母为爱己之故，失爱于父，则此孝女不知为地矣。读吾书者，当知孝女之情可泣神鬼，果知后母之为己而屈，则又何惜此纤纤之身，短刃、长绳二事，正复难料。顾懵不之知，此亦彼苍之眷。时母女相对，初未语及家事。爱迭司坚嘱佛罗伦司勿言，佛罗伦司亦深韪其说。

此正东贝创卧之时，东贝穷闭屋中，但许臧获入门，不听骨肉临视，即朋友中亦但许卡格尔一人，他人悉为谢绝。第一日，卡格尔侍至夜午始归，秀珊观之怏怏，即在佛罗伦司前作冷语，谓择交至此，无复加矣，此等人之鬼蜮，在理万不能向我索保证之书，保其为人。佛罗伦司曰："秀珊，汝勿尔尔。"秀珊曰："女公子言之易易，乃不知热肠人观之，血轮中皆化为毒针，针人生痛。女公子勿误吾言，吾非谓继夫人之不善，继夫人待我亦不薄，惟位置高，吾身处仆隶之间，亦何敢望？然以辟白真猝临吾上，今日乃据爸爸之门，张吻如鳄鱼。幸此鳄鱼不能卵育，不尔，足令人死。"佛罗伦司曰："秀珊，爸爸悦辟白真，家主有用人之权，汝何为怏怏？"秀珊曰："女公子命我不言者，我亦终嘿。惟辟白真待我如未熟之黄梅，其酸震齿。"此日秀珊怒绝，以佛罗伦司遣问辟白真询其父亲病状，辟白真不听入。既不听入，且自不入问，斥令归楼。秀珊大怒，以为辱其女公子，恶乃不翅。且秀珊自其主人续弦后，目触家政陵夷，心至不平，谓自爱迭司挟其外家人无数，而平时旧人转落新人之后，心滋弗平。顾为女公子计，得后母为良伴滋佳，惟回顾一身，乃无寸权足握，故时时以微词加爱迭司，斥其为骄。且所司之事，尽已委卸，则冷眼旁观，讥其无济，惟对人言则自承其非忮。佛罗伦司曰："秀珊，为时晚矣，我亦无事，尔可归息。"秀珊太息曰："女公子，吾今但愿恢复旧时之观，尔我主仆同坐深更，亦不无滋味。今幸得继夫人作伴，吾心至感，未尝轻议新人。"佛罗伦司曰："秀珊，尔我交情，胡能遽已？"于是抱而接吻，与道晚安。秀珊呜咽曰："吾亲爱之密斯佛罗伦司，吾更下楼为观若翁如何。吾固深知女公子之悬悬也。此一行，当自往叩其扉，不待此孀雌传语。"女曰："勿行，明日当知消息，即吾明日亦自行。大抵嬷嬷亦曾下问，或且尚在老父病榻之前。"佛罗伦司语至此，面亦大赪，盖自知为妄语，父榻决不能亲，即继母亦万不往。秀珊知旨，顾乃不敢明斥，遂曰：“唯唯。”萧然自行。

秀珊既行，女乃大哭。此哭盖佛罗伦司所时有者，盖家庭乖忤，必无善果。其始尚望后母一来，因之得解父怒，可以隐衷自达于庭闱。由后思前，死母、亡弟一一潮上于心，而老父威严又不可近，则此身已成孑立。复思后母深恩，竟与父亲不合，则我爱情所向，其人即交蹇运。万种心绪，起落如潮汐，通宵乃不成寐，在万难中悟及一事，谓老父见创，安知不即濒于死，身旁皆外来之人，无有亲属，一旦不讳，此心如何可安？昏惘中即似见其父亲弥留中呼己不至者，于是战栗如中隆寒，自思当潜踪而下，至父门次，少窥动静。室中似无声，灯亦垂灭，遂蹑步而前，至于父亲寝室之外。中果无声，扉尚微开，以通空气，万景都寂。炉中尚有微炭，钟机徐动，一一可闻。外厢则辟白真裹毡而眠，复室则病父所居，门亦半开，朱帘蹍地，灯光射出帘角，尚见其父卧榻之趺，闻其父有呼吸之声，则放胆径入父寝，陡见其父之面，则大惊，凝立不能动。

时东贝额上有跌破之创痕，血黏乱发，而血发复黏于枕。一手受伤，裹之以布，张于床前小榻之上，面容惨白。佛罗伦司亦初不为状而震恐，盖自少至长，均不见其父作好颜容，凛凛然如鞫重囚，今额上虽创，人方酣睡，却无傲兀惨厉之容。自思父容如是慈祥，安知于睡梦之中不为女儿祝福耶？外史氏曰：人面兽心、不慈之人父，汝今可以醒矣。光阴迅逝，大限垂及，汝不趣醒，又坚忍到几时耶？此时孝女注视其父，仿佛有微肖其亡弟者。孝女之心大动，潜至床前，屏气微亲其病父之颊，以手作势为虚抱状，然不敢偶触之也。外史氏曰：畜生无良，汝不于此时醒耶？孝女在侧，汝仍昏忽不知光阴迅逝，祸水到门，汝其醒乎？孝女既亲其父后，则默求上帝赐福亲身，并乞帝力挽其亲心。顾此无母之女，祷祝之后，泪封其睫，更视其父，瞥然遽出。外史氏曰：无心肝之蠢畜，汝能睡者，恣尔睡也。迨汝醒时，欲得此奇孝之女儿，已不可得。即得之，而汝之死期近矣。

佛罗伦司既归寝，肝肠寸寸欲断。既痛且悲，觉登楼时较未下楼之始尤极荒凉，但觉悲从中来。且不归卧，竟至退闲室中，开窗外望，夜深风冷，市灯皆微颤于严风之中。东方之天已微微作灰色，去晓未远。孝女少立，移时闭窗遽入。平日后母常至己室，今夕乃不之至，其先尚坐待，后乃觉满腔有无穷酸心之语，无可伸泄，径造后母之寝。门乃未钥，一推已入室。灯光奇灿，炉火已熄，后母之衣半卸，尚枯坐炉次，以目向壁，二手坚握榻臂作欲起未起状，面上蕴怒之容却含恨恨。孝女大惊曰："嬷嬷何事者？"爱迭司初不觉孝女之入，既闻声，始愕顾。孝女尤惊，即而呼曰："吾亲爱之嬷嬷，究何事者？"爱迭司颤极，言曰："吾似欲病，乍得恶梦，中心滋扰。"孝女曰："嬷嬷不眠，何从得梦？"爱迭司曰："吾果未睡，而噩梦乃来自半眠半醒之间。"爱迭司惊定，抱孝女曰："吾所爱之莺儿，夜深何为至此？"孝女曰："今日嬷嬷不至吾许，乃不审父创之轻重，中心兀然，故未有……"语至此止。爱迭司柔抚其身，以面自抵孝女之发，言曰："夜深乎？"孝女曰："垂明矣。"爱迭司曰："明耶？"孝女见爱迭司掌破，即曰："嬷嬷，何为至此？"爱迭司立缩其手，神情又慌惚如孝女乍入时，即曰："无之。适误触一物创也。"又言曰："吾至爱之佛罗伦司——"语未卒，已呜呜而哭。孝女大惊，言曰："嬷嬷，果何事？能使女儿效力耶？"爱迭司曰："无之。"孝女曰："必非无事。前此嬷嬷曾言不提前事，今母女至爱，何妨更将前事一提，互相慰解？"爱迭司曰："言亦何为？吾之所梦，必且奇验，无可幸脱。"孝女曰："吾乃不明母氏所言。"爱迭司曰："吾质言之，吾梦一极骄之人，此骄人为恶乃有全力，初不见其一丝之善，骄恣之凶锋，近似为人沮梗，则大怒不可止，欲图报复，乃两败而俱伤。则又梦见一人亦至骄者，相遇初不为屈，惟其如是，故躬遭苦况至二十余年，无论何适，均格不相人。嗟夫！吾母乃料我有今日之日乎?”语时，如忘孝女之在其侧，握拳几欲透爪，衔愤已极，呼曰：“佛罗伦司，吾于今晚几发狂易。”语时，则力抱孝女而哭，且哭且言曰：“佛罗伦司，汝勿舍我而去，我都无希望，所望者汝。”于是回环者三数次，少须气乃稍平，见孝女哭不可仰，则又易暴怒为抚慰，扶之归寝，拊之令睡，身则坚坐其次，言曰：“亲爱之佛罗伦司，汝既悲且倦，宜睡矣。”孝女曰：“女儿固悲倦，母不然耶?在时亦宜寝。”爱迭司曰：“有汝在侧，吾竟不知其为悲为倦。”二人亲吻。孝女疲极，渐入睡乡，顾眼帘一闭，不见其母，而心魂悠悠直造楼下，旋绕其病父之榻，几回环数匝矣。不期睡中伸手向爱迭司，意求母助己者。当伸手向母时，梦中忽又自思吾近母者远吾父矣。梦魂颠倒中，几欲乞和于父母，冀其敦睦，顾亦自审其难，于是醒时之悲惨一一挟入梦中。爱迭司坐而观之，见孝女之泪浸湿其枕，心中了然，领其至孝，顾亦竟忘其睡。

红日已升，爱迭司尚坚坐孝女榻上，时时视孝女之面，默祝曰：“汝勿舍我而去，我绝无希望，所希望者汝耳。”

第四十四章

天甫迟明，秀珊乃与日同起，以秀珊眼中之神卜之，似亦通夕未睡，且眼皮尽肿，似哭至通宵。顾虽倦容满面，神气勃然，似有戒备将行大事者，而且衣服结束至严紧，时时挺其头颈，类人定策务在必行。然而果有一事决矣，思直至东贝屋中，以正言弹其忍心害理，遂自言曰：“我蓄意欲宣，今日决行吾策。”

秀珊成算既定，则故意闲行于甬道间，思得罅而进。虽未得间，仍盘旋未已。迨晚机至矣，辟白真以前夕未睡，坐而假寐。东贝方卧温榻，未有侍从之人。秀珊遂坚挺其身，径造东贝门外，微叩其扃。东贝曰：“入之。”秀珊挺然直入。东贝见为秀珊，大惊，几欲强起。秀珊先与为礼。东贝曰："汝来何求？"秀珊曰："先生，我乃有言。"东贝大骇，以为卑贱之人胡敢直面尊贵，气鲠至于不能出话。秀珊曰："先生，吾执役府上十二年，专侍女公子起居。方我来时，女公子才牙牙学语。我非保姆，亦非女娃。"东贝仍欲起，若不信秀珊讵敢对己出言。秀珊曰："若论吾之女公子，世无及其聪慧宏厚之德性者。十二年中，一忧一喜，吾匪不闻见，故观女公子较他人为精。吾见悉力友爱其弟，又累甘无数之寂寞，均我侍之，乃无一人能知之者。"语至此，挺颈顿足，言曰："佛罗伦司者，世人焉及其孝友？即使吾身遽殒，亦在必言。"东贝既怒且骇，颜色之白较诸坠马为甚，其面秀珊，几不信耳中、目中乃与臧获对面，无因失其尊贵。秀珊曰："汝勿谓吾私女公子，为铺张其美，实则凡有人心者，莫不知之。我侍女公子十二年，勿论是非，我终不能容忍不言。"言时，复顿其足。东贝曰："女人，汝究何意，乃放胆至此？"秀珊曰："先生，我初无他意，亦非有意开罪，特欲尽吐我胸中之所欲言。至云何为放胆，则吾胆固自放也。嗟夫先生！汝实未知若女之奇孝，终懵懵如坠深雾，即使知之，亦不如我之精审。"东贝大怒，欲掣电铃，顾乃坐远，不能及；欲立，乃无相，亦不能起。秀珊大悦，自思此时必无术制己，复抗言曰："密斯佛罗伦司者，笃于天伦、知礼分者也，勿论区区一富人，即合全国之富集于一身，苟生此贤女，已为人间之奇福。彼父果知其女之贤，即寸裂其家产，归于渐尽，沿门托钵，亦所甘心，断不令其女有几微之伤感。"语至此，不期而哭。东贝曰："女人，汝出。"秀珊曰："请先生恕我，即使驱我不听使令于先生之家，而吾所应言者，仍凿凿言之。吾思先生或不至以此小过逐我，不令女公子无人承伺。我虽非印度寡妇，然决为是事，必竟其志始已。先生听之，于群仆中，吾最畏汝。试思今日敢公然苦谏，可知吾言之非谬，且蓄意非复一日，至于昨日始决。"东贝怒极，欲起掣铃，铃不能及，则自掣其发。秀珊曰："女公子年少之时，吾观其不得父之欢心，恒自戚戚忧恋，以彼之奇孝，即使成人已嫁之妇人尚须奉之为师。吾亲见彼夜深读书，助其幼弟之学问，又见其弟卧疾，无昼无夜，不解衣而侍疾。想彼一人，或且知之。吾见女公子初无人管，亦不之怜，竟能长成如许，似得天厚也。凡女公子踪迹所至，匪人不怜，而女公子终以不得亲心为快快，初不示其怨恨之意于人。即使异端拜偶象者，亦当感动，况天属耶？"东贝曰："外间有人承值乎？男仆女侍均安往？"秀珊如不之闻，仍言曰："昨夕别吾女公子，为夜已深。女公子终不寝，想先生卧病，彼不成寐。我虽非孔雀，亦自有眼。吾归房，亦不睡，防将呼唤。果窥女公子下楼，入此室中，本潜入侍父，厥状乃类行窃。及既登楼，则开窗向天而哭。我不忍闻，并不忍睹。"语时呜咽，自拭其泪，言曰："此哭非第一次为我所寓目，盖不知其几许矣。先生昏昏，既不知其女，并不自知，论状不惟可耻，而亦负罪于天。"

刚至此，忽闻辟白真大呼曰："何人何人？"秀珊久已夙备，作不屑状。东贝曰："汝今始出问耶？"语时，沫封其口，骂曰："辟白真，我本用汝司家，上下皆有礼节，实问汝：汝识此佣妇乎？"辟白真曰："我但知其非善人。"语秀珊曰："汝何为入此，不迅行耶？"秀珊藐之弗动。东贝仍骂辟白真曰："汝如是名为司家耶？何为听此人浪入，敢与我接谈？我一人独居，乃听佣妇入此辱我？"辟白真怒气崩腾，即曰："先生，我殊无礼，惟此女子初无礼衷，为密斯东贝纵容所致。"又面秀珊曰："汝听谁指使？尚不行耶？"东贝曰："辟白真，汝司家务，见吾佣人不奉法者，当审知所处，亦知吾命汝司家之意如何者。汝胡不斥之令出？"辟白真曰："先生，吾知之，当执法行。"即曰："秀珊，吾授尔一月之豫告，汝行。"秀珊作不屑状，曰："然耶？"辟白真曰："狐魅勿对吾笑，即出此门。"秀珊曰："我决计立行。我承值十二年，乃何须姓辟白真之寡妇假主威而速我行？”辟白真曰：“汝不行者，我将以人扶去。”秀珊视东贝曰：“我行良佳，惟此一番之语，夙宜言之，此时告汝，在我尚以为晚。吾今日已至得意，盖中情之郁郁已尽吐，虽千万辟白真不能救矣。”

语后，岸然而出，直至己室，坐于衣笥之上大哭。忽闻辟白真在门外言曰：“此巨胆之奴，或即行耶？或守我经月之豫告耶？”秀珊曰：“门外出话之人趣行，此间非汝发言之地。”辟白真大怒，然不敢进，但曰：“汝行勿滞。汝乌敢对此曾经享福之良妇人，作此无礼之语？”秀珊曰：“汝曾享福耶？吾颇为汝所过享福之时光痛惜。以我思之，一年之中检其最恶之时光度汝，吾尚以为靳。汝勿在此咆哮，亦不必以汝浊眼污我门窦。我方在此治行事也。”辟白真闻秀珊告行，则曰：“汝行良佳，勿令密斯东贝为汝所诱。”于是先行，往核秀珊之赁值。秀珊立检箱簏，思及女公子，则唏嘘不自已。

此消息已传遍臧获，但谓二人口舌就质于主人，又闻两造争执久，秀珊讼不见直，行矣。佛罗伦司闻言，即奔视秀珊，见行李已具，即曰：“秀珊决我去耶？”秀珊哭曰：“密斯佛罗伦司，幸勿语我以此。吾见汝，必不能止吾悲，转令此孀人笑我。”女曰：“秀珊，吾最爱之老友，汝去，我将如何？汝果忍心抛我耶？”秀珊曰：“最亲爱之女公子，我恶敢尔？今日之事，吾可谓克尽吾职，且今日过不在我。彼老佣妇予我一月之稽留，我安能郁郁留此一月？况一阅月，我仍欲行，则经月之悲怀更难恝置。与其终始一行，又何必延长此一月之悲梗？女公子幸勿即吾言，虽我幸能自持，然非木石，安能勿恸？”女曰：“秀珊，汝可告我以事。”秀珊曰：“无之，幸勿再问，即女公子亦切勿以人挽留，留我不住，徒增尔辱，且伤尔心。今无他语，但求上帝赐福女公子，即吾平日唐突无礼，亦乞女公子见赦。”语次，即坚抱佛罗伦司，言曰：“吾亲爱之人，吾行后，汝亦不必无人承值。女公子德性，人人咸愿效劳，惟吾敢云后来之人必不如我愚忠。行再相见，吾甜蜜之密斯佛罗伦司，勿念我也。”女哭曰：“秀珊，汝出安之？”秀珊曰：“吾有兄耕田于野次，兄为厄塞克司农夫，育数牛及豕。吾今日以公车至彼家，小住，尔勿忧我。我于储蓄银行中尚有数金在焉，可支一二年。惟此一二年中，万不能舍汝而别事他人。”语至此，纵声而哭。忽闻辟白真有声，即立忍其泪。闻辟白真曰：“土林森赁市车，将其笥箧下楼。”女此时悲塞于怀，然无敢挽留，即后母于不言中亦示以颜色。女不明秀珊所以行之故，疑亦为己而然。

秀珊既下，女亦随下，至爱迭司更衣之室。秀珊进与主母为别。辟白真亦至，曰：“车在门前，汝趣以行李登车。”语爱迭司曰：“马丹，恕我无礼，我奉主人之命，不得不尔。”爱迭司今日本欲出行，侍婢方为簪花，夷然如不之闻。辟白真出其手，曰：“工钱在此，汝早行为妙。”秀珊此时亦无心视此悍妇，但与主妇为礼。爱迭司微点其首，亦不之视。秀珊复回身抱女公子，在势欲哭，然极力遏之，而气壅其喉，面容乃作无穷变相。土林森入，谓佛罗伦司曰：“密司忒秃齿方在客座，使奴子问大阿及尼司及主翁之病状。”女闻言，忽思不如往面秃齿，以避送行之悲涕，于是径赴退闲室晤客。

秃齿既见，即曰：“密斯无恙。”忽又曰：“何为有是？”此语盖为女泪被其颊而发。秃齿方憨笑，亦立敛其容。女曰：“亲爱之密司忒秃齿，我重君诚笃，能否为我分任一事？”秃齿曰：“但密斯一语，即足增我胃力。须知吾胃力久久销耗矣。”女曰：“秀珊为我至旧之女伴，今兹舍去是间，孤行踽踽，滋可悲慨。吾闻将往投其怀兄于村间，意欲请君为彼将护登车。”秃齿曰：“密斯之谕我，为荣多矣。前在白拉登时出言无状，中心省省然忧，不图今日仍得供奔走于左右。”女曰：“勿言前事，请君即为我一行。吾身方在万难之中，不送秀珊，恝也；送之，又滋不忍。君来适当其时，感乃不翅。”女此时感极言谢乃至屡屡。秃齿闻声即出，出时尚回顾女。女仍伏处退闲之室，不敢窥足户外。少须，秀珊行，辟白真后随，如监视其出，而大阿及尼司亦出，似欲力咬此孀。凡辟白真一动喙，狗即大嗥。佛罗伦司在门中窥见秀珊与诸人接手，盈盈登车，大狗几欲随之而去。女此时泪满其颊，思此良友一行，再无第二人知我者。

秃齿不特将护秀珊登车，车行少远，尚力追同行，告秀珊言尔女公子命我送君也。秀珊复大哭。秃齿曰：“汝以为我不知汝耶？我非无知觉之人。天下之最悲者，有逾于与密斯东贝别耶？”秀珊闻言更悲。秃齿颇怜其人，即曰：“汝勿哭，我尚有所求。”秀珊正色曰：“何也？”秃齿曰：“汝胡不至吾家一饭而行？吾厨娘甚庄严一老妪，见君必能承应。彼子为舵工，因火药舱炸而死。”秀珊允其请。秃齿即命车赴其家，厨娘及斗鸡咸出迎。斗鸡初以为密司忒果折其坚挺之胸，女儿竟为秃齿所得，故同车来也。饭时甚饱，秀珊又别以车行，秃齿仍同行，斗鸡则与御者同坐高处。既至公车之站，为时已晚，秃齿安置行箧于公车中，尚徘徊车外。及见车行，即纳首窗中，言曰：“秀珊，密斯东贝……”秀珊曰：“何也？”秃齿曰：“汝思彼能否……是乎……”秀珊曰：“吾乃不了了。”秃齿曰：“汝思密斯能否……”又曰：“非俄顷事，能否缓缓……”复曰：“能否爱我？”秀珊摇首曰：“决无其事。”秃齿曰：“谢君，此莫须有事，且极莫须有也。”

第四十五章

爱迭司是日一人独出赴会，十句钟即归，其状与晨来同，一无所问，头上花翠珠宝却压一冷面之美人。果使归时抛掷其首饰如掷泥沙，则尚显其骄恣，惟此际以花团锦簇之身作冰霜之面孔，乃愈觉其不称。下车时，门中忽出一人，脱冠扶之入室，余人均落后。爱迭司不得不引其手而下，视之，则卡格尔也。爱迭司曰：“尔之病人稍愈乎？”卡格尔曰：“日来受药多奇效，下走适将回家。”爱迭司不答，岸然将登楼。卡格尔随之，曰：“马丹，能否许我以数分钟中一晤面？”爱迭司曰：“先生，为时暮矣，汝究何事？且我躬亦罢。”卡格尔曰：“为事甚要。我乃交佳运，适出而遇马丹，能否容我在此进言？”爱迭司立而视之，且少凝思。卡格尔仰面观爱迭司，丽服而端庄，较往时尤美。爱迭司抗声问侍者曰：“密斯东贝安在？”侍者曰：“在东向之楼。”爱迭司曰：“即至东楼。”复回顾卡格尔点首，令之随行。卡格尔蹑步近爱迭司曰：“幸马丹见恕，此语似不宜为密斯东贝所闻。”爱迭司愕然，未及答。卡格尔又微语曰：“吾所欲言者，万不宜使密斯东贝与闻。至于告与弗告，则一听主妇，此时且勿与闻。”爱迭司曰：“更易他屋。”侍者遂引客至楼上退闲室，然灯而出。

爱迭司先至火次坐，卡格尔远立，脱冠而侍。屋扉既阖，爱迭司曰：“先生，吾乘汝未宣言之先，吾先有言奉白。”卡格尔曰：“得密昔斯东贝训示，为荣已多，即加斥责之言，然身在使令之列，亦宜恭听。”爱迭司曰：“果使来自彼人之侧，令汝传言，汝即勿言，言亦无听。想汝之来，必复为此，已在我意料之中。”卡格尔曰：“我乃无幸，果属奉命而来，然奉命通词，特其一节，吾尚有余言。”爱迭司曰：“汝奉命之词且勿通，但言汝事。汝必宣彼之乱言者……”卡格尔趋前，言曰：“密昔斯东贝胡不谅我之甚？我即愚妄，何敢复言？密昔斯东贝讵谓我但听主人之言，遂轻主妇，则冤我多矣。”爱迭司曰：“既如是，胡为前此直至吾前，谓吾宜尽职，言吾嫁彼有福且宜爱此凶人。汝明明以词凌我矣。汝亦明知吾夫妻不睦，尤知吾之恨彼，亦如我自恨其失身于贼。今乃谓我不量耶？果如汝唐突吾身，在我当时之性质，立将剸汝以刃。”外史氏曰：爱迭司之问卡格尔，谓明知夫妻之不睦数语，实则爱迭司不为骄傲羞愤怨恶之气所蒙，亦当早辨卡格尔之奸猾，顾于盛怒中竟不之觉，但知其人之来即东贝令之辱已，于是怒目凶张，而胸前金链所引之鸟翼扇逐根拔之，掷于地上。卡格尔屏息隅立，待爱迭司盛气少平，即曰："吾乃早知马丹之轻我，我亦夙知之。今既明明语我，亦省我吞吐不敢明言，胸中转为廓然。今亦不为絮絮之言，须知马丹与东贝定情时，我已预料其不协，二刚相抵，谁则能下？大礼既成，主人主妇之勃谿，我虽知之，又乌敢质言？"爱迭司曰："汝惟不敢质言，故伪为此状，终日聒我。"卡格尔曰："吾何尝甘此？顾无法也。主人命我如是，吾尤知主人之意，盖欲主妇俯首承顺如彼前夫人，则主人心中方适。此吾何敢言？亦但有劝慰而已。"爱迭司干笑，自思何为令我如彼前妻。卡格尔曰："马丹既知主人之性，尤当曲谅小人，小人焉敢以逆耳之言冒进？"爱迭司曰："汝为主人心腹，一生曲谨，承望颜色，胡为亦有后言？"卡格尔曰："言心腹，当也；若云曲谨承望颜色，则小人亦自有其隐衷。天下人为饮食衣着之事，亦但有柔声下气而已，胡敢有触辄怒？所以同事一东人，小伙亦降心以事大伙，即与贫家之妇攀附富翁一也。今如小人者，亦所云小伙耳。"爱迭司切齿，仍目注卡格尔。卡格尔此时亦小坐，言曰："马丹及小人，难处彼此均知，今当坦坦言之。马丹之意，恒愿主人少霁其威，略变化其气质。"爱迭司曰："我安有此心？亦万不愿其洗心而革面。"爱迭司之为是言，盖深防卡格尔之仍为饰说，故痛切拒之。卡格尔曰："马丹虽不欲主翁降抑，然相安于无事之望则必有念及。虽然并此一节，主翁亦不愿为。主翁者，傲兀无上之人。此着马丹或未尽悉。主翁之视骄如火车，勿论高山平原，必长驾远御而前，无复顾恤。马丹但知与马丹为梗，然而视我亦然。我固不敢比并于夫人，而东翁之奴视固无歧异。一日饭于小人之家，即令小人达其威严之命，言曰：'胡为命汝传宣？正以马丹蔑汝不值一钱，吾故令汝以威临之而示辱。'其所以迟迟不发者，以我身列奴星，不应用为使者，以辱马丹。此亦非惜马丹之身，所顾惜者主妇之虚位空名而已。嗟夫！主人之专使遣我，亦并未尝为念吾之艰难，且曰小人之将命，主人固已对马丹言之矣。此语曾否属实？夫敢以此语语马丹，尚有马丹在彼眼中耶？”爱迭司仍不语，视卡格尔，而卡格尔亦憕视，知爱迭司之受此语如中毒弩矣。卡格尔徐曰：“马丹幸勿怪我用此离间主人主妇，果有此心，上帝定不见容。况主人夫妇不睦，于我奚益？小人之吐实，特自表其无术自逃主人命令而已，非有他也。果吾不听命而违之，则继之者亦有他士。综言之，无论何人依于密司忒东贝宇下，即当婢膝而奴颜。主人生平盖未知天下有反抗之事。”爱迭司益切齿，力掣其羽扇，而领巾为胸前怒气所冲击，时时涌动。卡格尔知爱迭司怒极，于是更益其毒，言曰：“密司忒东贝虽为正人，然盛怒之时亦颇昏愦，尚言曰：‘在密昔斯司各登仙逝后，以语责马丹，马丹似颇栗惧。’”爱迭司大笑，笑声磔磔然，非复常态。卡格尔闻笑，中心滋悦，因曰：“马丹，今日之事，吾亦不能更言，吾知马丹志气干云，言之适以增恨密司忒东贝者。吾自少敬其为人，此意乃与马丹相反。惟主人既命我以此，则亦不能不自摅胸臆。”此时爱迭司仍以目视卡格尔，而卡格尔曰：“天时已非早，马丹亦罢，然所云第二事者而亦不能不言。吾极力奉劝马丹顾恋女公子之爱情幸加撙节。”爱迭司曰：“此又何谓？”卡格尔曰：“谓马丹爱女公子，幸勿过于眷注。”爱迭司曰：“谁则知吾过者？其造此言者，汝耶？”卡格尔曰：“小人胡敢与马丹之爱憎？”爱迭司曰：“然则谁耶？”卡格尔曰：“讵马丹尚不辨析其人？”爱迭司曰：“我生平不喜逆亿。”卡格尔曰：“马丹又令我进退维谷矣。马丹已预令我勿宣密司忒东贝之言，惟此第二事，我欲质言，即犯马丹之禁令。”爱迭司曰：“汝性自由，何知禁令？今且恣纵言之，又复奚恤？”此时爱迭司颜色顿白，身颤如冒寒。卡格尔私谓此言之效力乃弗小也，即曰：“主人命我告马丹，马丹爱女公子，主人深不谓然，且云令外人观之，主人乃不如其女之得宠于马丹，且令马丹趣改其过。主人言曰：‘马丹若爱是人，后来即为其人之不利。’”爱迭司曰：“此恫喝我也。”卡格尔曰：“然。惟后来泄愤不泄于马丹之身，将别有所泄。”爱迭司虽倔强，矫作不屑状，及闻是言，天地亦为旋转且晕。卡格尔进而抱之，爱迭司一触卡格尔之手，立醒，即挥去之，远立言曰：“汝且出，今夕勿更对吾言。”卡格尔曰：“吾岂喋喋者？顾不言，而祸且无极。吾亦知今日密斯东贝之侍者见逐，亦即为密斯东贝之故。此为主人泄愤之开端，故吾求谒马丹时，不敢令密斯东贝闻之，即复为此。此等苦衷，或为马丹所谅。”爱迭司曰：“我不汝怪，汝行矣。”卡格尔曰：“我尤知马丹极爱佛罗伦司，果以爱之故而转令其见仇于彼父，度亦马丹所弗欲。”爱迭司不答，但曰：“汝行汝行。”卡格尔曰：“吾主人病，吾逐日必来，主妇能否许吾进见，商所以弥缝之法。”爱迭司但指其门弗答。卡格尔曰：“小人往覆主人，无以报命，似但能作妄语，言未之见耳。惟此命必须一覆，故欲再面马丹。”爱迭司曰：“后许尔来，今夕可以无语。”卡格尔曰：“后此通谒，仍希独对，以吾意甚欲以和平了之，勿令女公子失爱于老人。”爱迭司曰：“可，汝出也。”

卡格尔鞠躬而退，至门复入，言曰：“我言既白，马丹或不恨我。临别之时，能否视主人之面及小人之苦心，降尊与小人接手？”爱迭司即伸其受创之手，加以手套，授卡格尔。卡格尔鞠躬致敬，捧而亲之，始出。既出，卡格尔即将捧爱迭司手套之手纳之怀中，以示温存。

第四十六章

此时卡格尔视前乃大异，其治肆中事益加奋勉，虽细小亦必躬亲。躬亲固卡格尔之故态，而今日竟增至十倍，匪特目光所及，洞烛见行之事，即陈档旧册亦时时抽取批览。迨书记行，大门闭，卡格尔尚独坐案中，一一分析甚精勤。迫处者，以卡格尔未出，亦不敢出，时在门外然烛，观积年旧报或假寐，以待卡格尔不时呼唤。然平日恒语其妻，称卡格尔之德行才艺一时无两，且精勤实兼数人之力，匪但为主人宣劳，即己事亦未尝少懈。东贝父子肆中，初不令他人与股，惟卡格尔先生宣力久，故亦少分余润。彼又私为买空卖空之事，因之同类咸称其富硕，至有人造言谓东贝家之司会计者，或觅得富孀，行且娶之，成素封矣。然卡格尔如是辛勤，而顾视其肆主人之疾，日夕未尝一闲。此在他人观之，初无所异，盖卡格尔才力有余，初不见其张皇状态，其为外人所觉者，但有马上沉思，似有所窘，信马而行，耳目如无闻见，直至到地，始恍然若醒也。

一日，以马出赴肆中，亦如前状，顾乃未见有二妇人目光射注其身，并未见巴伊拉张其二目追随马后，时时脱冠示敬。巴伊拉者，长日随行，备至时扶之下骑。此两妇人中有一老迈者，以干枯之手指示一少妇曰：“汝不观彼以马行耶？”语时，引少妇隐一人家门宇中避之。此少妇即爱立司，闻其母白老姆言，恨恨之容立显，言曰：“吾以为永不相见矣，顾见之，亦佳事。”白老姆曰：“汝见彼状亦稍异于前乎？”爱立司曰：“彼焉能变？长居安乐，一无所苦，初何变异？”妪张其赤眼视女曰：“汝观彼马上神采扬扬，而吾之母子堕泥中矣。”女曰：“吾本处泥中，且为彼蹄下之泥，何复言人？”语后，复以恨恨之眼光斜睨卡格尔马背，其母欲与之言，女以手止之，防对答母言，即壅蔽其眼光。然其母乃不视卡格尔，转视其女。至卡格尔渐远，爱立司始长叹而行。老妪微引其女之衣，言曰：“吾亲爱之爱立司，可以得钱，汝乃坐听之去，讵非坐困？”女曰：“吾不尝告母不向此贼陈乞耶？彼妹之与吾钱，吾曾受之否？行也，吾母幸勿呶呶。”妪尚啧啧曰："彼富不翅，吾穷乃亦不翅。"女曰："吾穷不在无钱，而穷在不能复仇。"妪尚回顾卡格尔去路。女曰："徒望其马，于事又复奚益？"

此时妪见巴伊拉控马向己而来，妪不舍，尚注目其马，忽作势止其女，令勿声，即出拊巴伊拉之肩曰："吾胡为久不见汝？汝近日乃益高华。"巴伊拉回首见妪，则瑟缩如遇异物，几失声而哭，曰："密昔斯白老姆，听彼童子自为生活，可也。童子方才得食，妪胡为近我？且大道之中拊肩语我，不知者将损吾名誉，谓与贫妪结纳。吾今将引主人之马入厩，且吾以为妪前死矣，胡为尚在人间？"老妪语其女曰："汝观之，此子方饲鸽，与群不逞小儿追逐时，几于骑月住吾家。今稍得意，乃鄙我不值一钱。"巴伊拉曰："足矣，幸妪勿言。吾饲鸽之时代，吾负累深矣，请妪早安。妪究何事觅我？"妪复面其女曰："听之，彼对老友乃不耐如是。惟彼尚有数友人，非醇善如我，我将赴诉，令彼赴其窟宅中取之。"巴伊拉闻言四盼，防其主人，即曰："密昔斯白老姆，胡为与一贫薄之儿计得失至此？况以姥之年，语应慈善，胡必凌蔑贫儿？"妪以手拊马颈曰："此马殊神骏。"巴伊拉即推去其手，曰："勿扰吾马。吾为觉后之人，汝如是纠缠，令人将生狂易。"妪曰："我少近马，与马何害？"巴伊拉曰："是固无害，然马之主人明察如神人，苟以枯草触其马，吾主人亦前觉之。"即于老妪手拊马颈处，以口吹之，似恐留其手印为主人所觉。老妪则回顾其女作色，女亦潜出，随巴伊拉行。妪曰："巴伊拉，汝所得地良，为运亦佳。"巴伊拉回首曰："姥勿称吾佳运，果姥不苦苦随我者，吾运方云佳也。"复曰："密昔斯白老姆，勿随我者，如何？果此少妇为姥之友者，则当引姥远行，勿苦苦自寻其辱。"妪作丑状向巴伊拉，而辅上宽皮立下坠如羊胡，言曰："汝忘旧恩乎？汝前此露宿，吾延尔至家，宿吾屋隅，可数十夜，有之乎？今日温饱，忽为是无情之语，是又何也？吾不尝助汝买物而卖物，今与尔同路，乃不容我踵趾而行？实告汝：汝旧仇都在，吾略露风声，汝之位置即当失坠。”巴伊拉曰：“密昔斯白老姆，汝胡遽行？偶然抵触，亦胡至忿忿？少妇，汝引之勿听行，且我初无开罪于姥，适方与姥道晨安，今且请晨安，如何？姥当知吾有万难之处，吾主人之马此时宜饮，且主人精明如神，偶有罅隙，无不周知，小子胡有暇与姥作叙旧语？”妪此时少霁，然尚狺狺。巴伊拉曰：“密昔斯白老姆，同我至厩中，我措杯酒延姥少饮，以省此暴怒无已时。”语爱立司曰：“君可同姥并行，我非恨姥，果无马者，我甚愿与姥深谈。”巴伊拉告罪后，遂引马至冷僻之处。妪复与女作色后，潜随巴伊拉行。

时至冷市之上，有废厩，巴伊拉授马于厩人，即请母女坐于厩外大石之上，自至近肆行沽，已而提锡壶并杯而至。妪斟酒言曰：“孺子，我为尔主人卡格尔饮寿，愿上帝赐福此人。”巴伊拉曰：“马丹，我乃未言吾主人谁姓。”妪曰：“吾乃微识其人，适见此人骑马，汝后随，固已觌面矣。”巴伊拉见妪语时少妇颜色惨变，即曰：“彼何为乃不饮耶？”妪曰：“汝勿泥饮。彼性质甚怪，汝乃未知。吾且问尔：密司忒卡格尔……”刚语至此，巴伊拉四顾后止之曰：“语音勿肆。”妪曰：“彼不在是也。”巴伊拉曰：“此何能定？”妪曰：“彼待尔有恩否？”曰：“甚英明也。”妪曰：“彼居于城外清冷之处。”对曰：“然。彼家在是，今则不居家矣。”妪曰：“安居？”曰：“赁一小寓近密司忒东贝家。”此时少妇复努目视巴伊拉。巴伊拉大惊，上其杯。少妇立却不饮。巴伊拉曰：“密昔斯东贝者，即姥前此所常问我之人。”妪点首。巴伊拉曰：“密司忒东贝跌马，吾主人常侍疾于其家，且彼家多事，主人煞费调停，家居莫便，故移寓城中。”妪曰：“彼二人睦乎？”巴伊拉曰：“睦者谁耶？”妪曰：“即一男一女。”巴伊拉曰：“姥得毋指密司忒东贝及夫人事乎？吾焉知者？”妪曰：“否。吾问尔主人与密昔斯东贝如何？”巴伊拉复四顾，曰：“吾不之知，大致睦也。姥胡琐琐？天下寡言者为佳。”妪拍手曰：“此亦何梗？巴伊拉小子得一盂熟饭，胆小如鼷矣。”巴伊拉曰：“一及吾主人，勿论其正事，即衣钮若干，吾亦不敢出口。须知在彼家供役，以缄口为得职，少躁即不如死。吾主人且常以此为戒。姥若不知名，吾亦决不汝告。今且言他事，勿及吾主人。”语后，复狼顾。妪复与其女作色，女顿悟，此时且不视巴伊拉，但自视其衣。妪曰：“亲爱之巴伊拉，且近吾前。汝非吾最爱之人乎？汝试言曾否为吾所爱？”巴伊拉蕴怒答曰：“然然。”妪以手加其颈，曰：“汝必不忍舍我，乃久久不至吾门，叙其发迹之故，毋乃太骄？”巴伊拉曰：“童子遇汝，乃真无幸。吾主人如天神之鉴人，随在有目，姥胡必于衢巷之中张胆而言，令我惊悸？”妪曰：“巴伊拉，汝后此不至而盼我乎？”巴伊拉曰：“来。”妪曰：“此方为吾所心爱之人。吾今仍居旧居耳。”巴伊拉抗声曰：“诺。”妪曰：“汝当常来，且早来。”巴伊拉曰：“诺诺诺。我且立誓示信。”妪方少缩，言曰：“汝能如是，吾方不提前事。实则尔之居处，我已夙知。”巴伊拉闻言释然，即与接手，下泪言曰：“姥幸勿忍心致我无啖饭地。”妪又抱之，始起而行，方待少妇背面，即微语巴伊拉曰：“与我一先零或六辨士，吾穷极矣。彼为吾女，几欲令我馁死。”巴伊拉怏怏不自聊，即出六辨士予之。少妇突进，夺其母手之钱，言曰：“母仍如是，我所言者母忘之矣。”即掷钱与巴伊拉曰：“将去。”妪失钱而哭，顾无术止其女，则龙钟随行，至于折角处，同立。巴伊拉遥见其辩论，且以口势向马厩。巴伊拉亦知其议已，然见此母女远行，心为少释，自思此妪必不久生，亦不至于长扰，吾之流入蹇运，即为误识此人。在无聊中，则思及自船主家逃出，中心滋适，以为奇才。

思已回肆，俟主人调遣。既见主人，既栗栗危惧，防适来之事已为主人所窥。卡格尔此时忽出两书，一厚一薄。厚者与密司忒东贝，薄者投其夫人，令之曰：“汝须仔细。”此二语一入巴伊拉耳中，则生无穷之战栗。卡格尔治事至终日，晤客无数，发书亦无数，尚出入数次，至于日入甫毕，坐而沉思，以目视地。乃其兄将文稿入，请之寓目，置稿于案，且行。卡格尔二目注其兄身，言曰：“约翰，汝何为入此？”约翰指案上信稿，示以奉此而入，复行。卡格尔曰：“吾乃不解汝出入屡矣，胡乃不一及主人之病？”约翰曰：“今日肆中人咸闻主人已瘳。”卡格尔干笑曰：“汝在此间所居之地至微，果主人不讳者，汝更无啖饭之地。”约翰曰：“主人果不幸，吾心亦岂安者？”卡格尔忽向屋隅，似别对一人语者，仍干笑曰：“彼亦知所谓不安也。口中言忠事主人语，乃欲令我倾信。”约翰曰：“我安敢求尔听信，但愿尔能如寻常之待奴隶作简语问答，足矣。”卡格尔曰：“汝言果出之中心，果无几微憾主人者耶？譬如主之薄汝，临汝以威，汝亦安之若素，无复利其横死之心？”约翰曰：“凡人相处之久，尚有微忤，况尊卑分隔，以上临下，安得有尽惬之时？第以我之为人，主人尚不揭吾恶迹，为我藏拙。此亦主人之恩意。汝谓一肆之人都无忠爱之心，则吾未之敢云。”卡格尔怒曰：“汝良能感恩，汝须知主人之留汝，丑汝也，何名为恩？”约翰曰：“吾则谓主人怜我，非丑我。”卡格尔斥曰：“汝勿为泛应之言。”约翰曰：“否。尔我兄弟之情虽存若断……”卡格尔曰：“断耶？谁先为之？”约翰曰：“我惟不肖，故至于此。此良非汝之过。”卡格尔张其猫齿，曰：“汝尚能出此天良之言。”约翰曰：“我固言兄弟之情虽断，然幸勿毛举吾过，力加攻驳，但乞尔勿自信孤忠，屏他人弗录。实告汝：自主人创卧，肆中自上至下，自尔及我，实无一人不为悬悬。”卡格尔曰：“瞀言哉！汝好妄为长技，是何足信？”约翰大怒曰：“亚姆斯，我初未得罪于尔，尔何为以毒言加我？”卡格尔曰：“汝冒为善状欺我，谓我弗知乎？实告汝：一肆之中，无不欲主人之死以泄其平日之积愤，是皆面谀而心恨。谀之愈甚，即恨之愈深。此吾肆中之真情也。”约翰曰：“此语乃不知发之何人，既人人如是者，何必罪专在我？然则汝有意仇我矣。吾观尔近日异于前状，汝尤当知果有人以是言告汝，汝即为人欺。”卡格尔曰：“我固受欺于人者。”约翰曰：“汝幸勿误会，非我欺人，赴诉者欺汝也，否则尔自开其疑窦。”卡格尔曰：“我何尝疑？我心殊了了。此肆中全数均谄媚之狗，皆伪为假面，而其中则隐藏一秘密之毒。”约翰不答，径出门而去。卡格尔移榻近炉，以铁杵力捣炉炭令碎，自语曰：“此一伙之奴，人人自表其忠，以我观之，彼人蓄憾欲杀东贝之骄，即犹今日之捣此炭。”顾捣炭有力，杀东贝无力也，于是拄杵，言曰：“我惟有内援，足以治东贝。惟此内援亦奇骄，我乍与觌面，初不易易。”语后如瞑，忽引目见天色垂黑，遂自加手套，上马而行。

行时，市间已上灯，至近东贝门前，则缓辔而进，引目视楼窗，即前此见佛罗伦司及其狗处，自思前此有一时，吾颇望此一颗小星渐升而近我，我亦预备以术取尔，今日忽得大星，则此小星之光没矣。大星指爱迭司也。时马已转至东贝门外，复仰盼一窗灯光灿然。卡格尔似已仿佛见一至骄之美人，加手套，力拔其羽扇之翎，掷之地上，胸次起伏，激如怒潮者。卡格尔既以马归寓，而心中尚念念其人。外史氏曰：诸君须知卡格尔所念之人，即一极骄极美之妇人，而此妇人之恨卡格尔乃至次骨，半为其奸猾，半为恨夫之故，迁怒于卡格尔，故此妇人亦沦失其身，其许卡格尔自进于其前者，非言欢也，盖招之使前，斥谴之，以报东贝虐己之仇。卡格尔固知其恨，已乃为美人所罥，不能自拔其身，尚极力敦逼之，趋于险道，因就中取为己利。

第四十七章

东贝与其妻之乖忤，不能因时过境迁遂释其憾。二人本非情爱而合，盖命运之神以铁绳强锁之，彼此互扭，求脱乃不可得。

夫以人生怨恶之事咸可借光阴以消释之，独此绵绵之恨乃无日足消。自东贝创卧近六阅月，夫妇彼此抗挠，初无一日或懈。爱迭司之抗其夫，石壁峙前不足为坚；东贝之蔑视其妻，如深穴之伏流，万年不见天日，亦不足喻其冷。佛罗伦司初望后母之来，调停其父，或得家庭之乐，今亦付诸乌有。计后母入门，已有二年，佛罗伦司虽失望，亦终未绝，及见长日诟谇无有已时，则冀望之心亦不能无减。方父母第一日同归之时，父面即有几微之暖气，然二年积冷，微暖之气亦消灭无余。追忆前踪，但如一梦，而女之爱父，仍几微不懈，所爱乃如追远，状若忆母怜弟者也。偶思其父，乃仅同小保罗之长成，仿佛成人可喜，实则并无其事。如是之幻想，由实而虚，即类自少小臻于成人之日加变换也。于是佛罗伦司年十七矣，一人独坐沉思世故，时亦觉中心之幻想，不期其至于此。

时女仍独居，盖迩来后母见待，日见其疏，弥复不测，然生疏之状实起于父亲坠马之时。一日黄昏，女心忽大不宁，百思不复得解，遂奔至后母之室，微步至爱迭司之侧，柔音问曰："嬷嬷，儿得毋开罪大人耶？"答曰："无之。"女曰："儿必有不特意事触忤母心，幸母示儿。儿觉近来母之见待，微异于前，然儿爱母心切，觉母疏我，心滋不适。"爱迭司曰："佛罗伦司，我之爱汝，较前为深。"女曰："胡以嬷嬷时时避我，有时见我如触异物，心有所慑？母亦自觉之乎？"爱迭司点首。女曰："是又何故？母果见告，则儿知过力改，即可仍图欢聚。"语时，佛罗伦司长跽于地，以手仰抱爱迭司之颈。爱迭司亦把其手，四目相向而视。爱迭司曰："我之佛罗伦司，生疏之故，我决不能告汝。我不宜言，汝亦不当听。顾明明白白，再无他法。"女闻言大惊，曰："嬷嬷，即自是与儿决乎？"爱迭司无语吞声，应曰："然。"女泪如泉涌，面其后母，眉目几皆模糊。爱迭司曰："佛罗伦司，汝为我之性命，试听吾言，吾殊不忍观汝悲啼，汝幸勿尔。汝观我声色不动，须知我心亦何尝不碎？我之与尔生疏，伪也，此心永永无改，且生疏之故，尤非自为。”女曰：“然则为儿矣。”爱迭司沉吟久之，曰：“然。汝今勿更穷追矣。吾亲爱之佛罗伦司，尔我少相见，于事滋佳，且非生疏，无益于尔。当日亲密之状，今亦只能断绝矣。”女曰：“嬷嬷，断自何时？”语时，已呜咽不可止。爱迭司曰：“起自今日。”女曰：“以后永永皆然乎？”爱迭司曰：“我初不言此，尤不知所谓以后永永者。我自至尔家，得尔亲我，即为吾灵魂上一点之幽光、一生之奇遇。自少至壮，所行之道至于今日，此道决不听汝行之。自今更往前行，则茫茫不自知其所届。”语音至此极卑，几不可闻，且有引避佛罗伦司之意，顾立时仍复其骄怒之容。前此爱迭司语及艰难，恒引佛罗伦司而哭，今乃并此而无之，则坚挺若石人，且严毅如对其父。古希腊有麦春萨女神，若生人经其一瞩，即化为石，爱迭司果有神道之力者，此时几欲立化东贝为石矣。女见状大骇，即曰：“嬷嬷，儿见吾母，近乃日变其相，胡不许儿在此左右大人？”爱迭司曰：“否否。吾独居为佳，他人共处，一无所伤，惟汝则大弗利。汝今亦勿问所以然，但见吾冷涩之时，汝当记忆，非我真相。我心待汝切也，且不变。汝当恕我，我至尔家，毁尔家矣。我盖不祥人，往往以不祥累人，我自知之，汝必勿问。”佛罗伦司哭曰：“然则嬷嬷舍我去矣。”爱迭司曰：“我之与尔生疏，即望不与尔离。尔必勿问行也，我爱汝之心及自歉之心，并汝同行矣。”复与坚抱，麾之令出。佛罗伦司出，爱迭司目送之，似此孝女一行，而善心亦随之而去，立时变相如厉鬼附身。自是日起，女与爱迭司竟不相闻问，可数日中，舍共饭外，几彼此不觌面，即席间女亦不敢引目视爱迭司。

东贝病愈后，卡格尔亦常同饭。有卡格尔在，爱迭司目光初未瞩及佛罗伦司，若在无人处相见，爱迭司必抱佛罗伦司，但矫其颜色，不复为笑容也。有时爱迭司归时略晚，家人尽寝，必蹑足入女卧处，以唇微触其颊亲之，久而久之，并此亦杀。此时佛罗伦司屏居寂处，可云极矣，所最爱之父亲乃渺如天上，可望而不可即；次于其父者为后母，乃亦渐离渐远，似一身所爱之人死者、离者，一父一母则恨己如仇，避己如毒。有时潜思后母所以避己之故，顾乃不可得，则委咎于居宅之不利，故构此凶征如是者十七年。又久不与人接，则浸成为羞涩畏葸之状态，然纯孝之性与甜蜜之情，仍完全无变其故。女本真率一小儿，乃经此顽父之陶镕，竟成一自立之淑女，娇憨之状摄以肃恭，竟莅于孺子成人之界，似初夏已临，而晚春犹恋恋不去，蓓蕾名花已吐微红于外矣。

时东贝之创渐愈，其日为夫妇成礼两周之第一日。家人方聚而午餐，卡格尔亦在座。女临席如负芒刺，见其父严冷如冰霜，而卡格尔尤鬼蜮无极，且其父之容较往日尤厉。女益踧踖。爱迭司方盛服，以今日将同其夫外出拜客，故迟迟始至。卡格尔扶之升座，终席无言。女但闻卡格尔与父偶谈贸易事，女但图饭已即为逃生之地。已而侍者进果，东贝待侍者出后，始向爱迭司言，然未言先作声而咳，用以示威，言曰：“密昔斯东贝，我已示辟白真明日延客。”爱迭司曰：“我明日宴于外间，初不在家。”东贝如未之闻，但曰：“客未多也，或十二，或十四耳，即吾妹氏及少佐，余人汝或未识。”爱迭司又曰：“我明日外出。”东贝仍如不闻，言曰：“实则明日之所云纪念，殊非甜蜜之纪念，惟俗礼万不可废。密昔斯东贝，汝即不恤声名——”爱迭司曰：“我固不恤此区区者。”东贝以手扑案，曰：“马丹，汝当听我。我言汝即不恤己名……”爱迭司曰：“诚如尊论，我决无恤。”东贝努目，似以威慑之，欲其震恐，然爱迭司此时虽刀斧临头弗惧也。东贝回头视卡格尔曰：“卡格尔，吾深不欲失吾威重。吾前此令尔宣旨，汝今告密昔斯东贝，彼不恤名，我固自恤其名，所以明日事我决行之。”爱迭司亦谓卡格尔曰：“汝告尔主人，此事当面商，不必奴子传言。”东贝曰：“马丹，密司忒卡格尔承我命令，不能为汝传言。”爱迭司语时，斜睇佛罗伦司。东贝亦引目视之。爱迭司曰：“尔女在是。”东贝曰：“我固欲其在是也。”佛罗伦司此时欲起，闻其父言，则大股弁，以手掩目而颤。东贝曰：“马丹，吾女……”爱迭司厉声止之，曰：“我告汝：必二人对语。汝果非狂病者，则当静听吾言。”东贝曰：“马丹，吾固有权力能对汝言，且必欲于此时此地对尔言之。”爱迭司起立欲行，复又归座，外状无变，厉声曰：“汝言之。”东贝曰：“第一节，吾告汝：汝行为似有犯上作乱之概。此概汝不宜有之。”爱迭司大笑而颤，髻上金钻作光射目。外史氏曰：古谚有云“凡人戴宝于头，遇有怒嗔之事，宝石立变其色”。果此语确者，则今日爱迭司头上之宝光不特变色，必黑暗类铅者，始肖此时之险状。卡格尔此时以目注地，静听夫妇之言。东贝曰：“吾今日必令吾女坐观，令其知女子之凶德，有所恐惧，以汝为戒，俾彼知过而改，亦滋益也。”爱迭司夷然曰：“我不行，亦不留汝之言，即使此屋焚如，亦听汝尽言而止。”东贝见爱迭司不之慑，又时时顾其女，气亦少挫，不如初来之旺，复言曰：“密昔斯东贝，吾今日欲令吾女儿观女子有倔强之性殊非佳，其尤不应者，由贫贱而得富贵，毫不知恩，乃敢与尊者抗，是直昧良。”爱迭司曰：“言止乎？”东贝曰：“吾亦知汝不欲在旁人之前指摘汝短，我固知之。”且言且视佛罗伦司，谓爱迭司曰：“我此时即人前斥汝，汝或知愧，似尔忤逆之状，其对尔母已然。我固不汝许矣。汝之辱，汝自取之，惟不知分量，则耻辱已为自召。我语时何尝不知？吾女在侧，特故言以挫汝之凶锋。实告汝：明日之事，汝其忆之矣。”爱迭司曰：“汝策良佳，先命彼传言，指卡格尔。又不足，则又胁彼。指佛罗伦司。似智计层出，善于说辞者也，殆谓我每事避佛罗伦司，一经败露，则必无颜，躬自降伏。实相告：此万无成功之事，我之恨汝而鄙汝，皆在汝天良之中勘定，无能改者矣。”此语出后，宜无所对，然东贝之愚，每于理屈之时转以为壮，遂挥其女曰：“汝退。”佛罗伦司掩面大哭而去。东贝曰：“马丹，汝听之，汝以此女胁我，我深知之，故力鲠尔之前路。”爱迭司曰：“此禽兽所不为，愈见汝之无良。以此较之，我即有罪，而汝之罪较我为重，且至万倍。生人至此田地，尚不之悟，则仍名为人，且足与我语耶？”卡格尔仍低头而听。东贝曰：“密昔斯东贝，汝倔强到底，谓我能降心相从，则万古却无其事。”爱迭司曰：“我匪特无此成心，即使不检，偶露服罪之微词，亦立即追蹑而返。汝勿瞶瞶，谓我图全于尔。尔所请我明日会客之事，我决不汝许。”东贝曰：“我向不言请，但有下令。”爱迭司曰：“明日之日，似称贺之日，然他日吾皆家居，明日则决行，且故行，再不令汝之亲友忆及某年月日东贝买得奴婢一人。果我忆我嫁日，则当痛哭愧悔之不暇。汝谓我不恤声名，声名于我何有耶？但以汝之处我，即有声名，亦将狼藉而尽。”东贝无术，顾卡格尔曰：“卡格尔，似彼无礼，吾苟与言，殊失吾尊贵，吾决不更言矣。”爱迭司曰：“既如是者，胡不开笼放我？”东贝愕曰：“何也？”爱迭司曰：“下堂耳。”东贝复大惊曰：“何也？密昔斯东贝。”爱迭司曰：“卡格尔，彼既愦愦。汝告彼：吾将与之分离，且分离为佳。此意我决之，且吾行时一丝不挂而去。彼之富硕，吾视之如粪土。”东贝大惊曰：“此何如语？密昔斯东贝，吾乃能听此语耶？马丹谓我谁耶？我代表何姓者？尔亦闻东贝父子乎？乃听外人谓密司忒东贝出妻乎？吾安敢听彼无名之小百姓谈及东贝家事？此吾之所不许。密昔斯东贝，汝果如是耶？”忽大笑曰：“妙哉妙哉！”爱迭司仍不动。少须，东贝曰：“此决不行。我必令尔量己而审分。卡格尔，吾适将与尔言。”卡格尔本以目视地，此时引目，目耿耿作异光。东贝曰：“吾适与尔言，令尔告密昔斯东贝，谓我一生初不令人梗我，亦不能将爱我之心移入他人，故与我抗。适密昔斯东贝以吾女胁我，不令吾言，此大悖理。且吾女是否与彼同谋，吾尚未及检核。惟汝告密昔斯东贝，后此仍敢颠倒吾家，吾必将吾女治罪。离婚之事，汝告彼必无其事。”卡格尔曰：“主人勿尔。吾有正言，不幸与主人意反。离婚之事，主人胡不再思？我知主人地望诚高，良不能为是背礼拜堂之信誓，苟再思之，密昔斯果在，则所云颠倒其家事，亦属非法。且此事复牵连及于女公子，主人必欲强留，则后此时光愈生荆棘，而夫人亦有万难自慰者，为事不太苦乎？主人固欲自全其名，然亦不能全一人之名，遂毁一人之命。”卡格尔语至此，微视爱迭司，似为其尽言者。东贝怒曰：“卡格尔，汝敢如是对我？汝直忘其身分矣。我家事，汝乃敢与？滋非我之所料。我今亦无他语。”卡格尔作冷语曰：“主人命我传语时，似已久忘我之身分。”东贝曰：“此何能并论？前此我命汝者也。”卡格尔立易为恭谨之言，曰：“忆之忆之，我奴星也。以奴星传语责主妇，意辱主妇耳，吾胡为至此始悟？万死万死。”语已，鞠躬至地，然其鞠躬之状乃与其语初不相类。此时爱迭司一笑而起，力抓去其髻上之金钻，去其两手宝石之钏，弃掷于地，以足践之，一语不发，干笑而出。佛罗伦司在餐堂中闻爱迭司语，知后母爱己，遂招其父之怒，尤知前此之不言乃防我伤心，故吞声忍泪而无言。及爱迭司登楼时，女即奔至其室，非谢也，女谓谢母即所以恨父，乃无一语，但抱后母之身不释，似隐隐掬示己心。

是夜，但有东贝独出面客，佛罗伦司独坐，悲梗已极，思欲往谒后母，又不敢遽前，防生他变，则徘徊甬道之中，忆后母偶出者，则可近而与言。方行至梯级之次，天已沉黑，此间非宴会则不灯，故漫无人行。及此似见有男人之影下梯，防即其父，则不敢趋问，更视之则卡格尔也，方徐步下楼，既无侍者送之，喑哑而出，自引其扉以去。平日女最恶其人，不与晤面，乃今日见之，忽尔心荡不可已，如得奇祸，至于不能归房，挺立者久。迨神少定，遂入室，自下其扃，虽大狗近其左右，然仍栗栗如濒危祸，心战不止。梦亦大奇，骇怪百出。

明日早起，神思仍昏忽如失眠状，心中悬念昨日事，仍徘徊思见其后母，而后母久隐不出。女亦无敢遽前，寻知家中已谢客，则后母今夕必赴他人之席，当于梯级中待之。时天色垂晚，忽闻有足音，心知其为后母来也，即而视之，果为后母。佛罗伦司方欲进抱，而爱迭司如遇怪物，突然冲口而呼曰："汝勿阻我，让我下楼。"女曰："嬷嬷。"爱迭司曰："勿为是称，汝不惟不当与我言，亦不许尔观我颜色。"女趣步稍前，爱迭司即却退。女木然如石人，但以眼视爱迭司，见后母引手自掩其面，趑趄下楼，梯级一尽，即狂跳而去。女觉眼中猝黑，立晕于地。

既醒，则身在卧榻，辟白真及数女侍挺立其前。女第一言即曰："嬷嬷安往？"辟白真曰："赴席矣。"女曰："爸爸又安在？"辟白真曰："主人方在室中。"辟白真曰："汝勿多言，解衣暂息为佳。"女曰："然则汝辈出，我亦欲眠。"迨诸人既出，女自思事绝奇骇，中心大愕，立意待其后母之归。复念既不敢与言，但见其平安抵家，则吾心亦释。至于佛罗伦司胡以必待其后母之归，自亦不明所以然，亦无敢涉及他念，但觉后母不归而头晕心荡，殊无一刻之宁谧。时黄昏渐臻于夜，由夜至午，后母仍悠悠无复消息。女亦无心观书，但在房之内外及梯级之次往来闲行，有时开窗外望，而风雨交集，冷气迫人。既而衢上初无人声，复闭窗对灯而坐。满屋中人均睡，独有二守夜者坐候夫人。既而一句钟矣，遥遥似有车声，然皆远去，至于车声都渺。已二句钟而迹兆仍渺，佛罗伦司尤慑，步乃愈促，复开窗而望，玻璃之上雨脚如绳，女之眼泪亦较雨点为湿。夜雨渐停，万声更寂，归至房中，炉火已烬，余炭坠诸炉底。女心虚，亦为一惊，直至三句钟，后母仍不归，女心愈慌，直至于四点、五点都无几微消息。

此时闻楼下有人语声矣，少须闻守夜者起辟白真，告之以状。辟白真遂赴东贝寝室叩门，女微步至梯级潜窥，见父衣寝衣启关，闻辟白真言主妇昨夕不归，见其父愕然跳起，即命人至厩中视马车归乎。侍者去时，东贝匆匆着衣，侍者引马夫至，言十句钟已归寝，主母命我以车至白鲁克街嫁时之故宅，吾见密司忒卡格尔待诸门内。女闻言如冒隆寒，战不可止，以欲闻马夫言，则力支其神，徐听其语。马夫曰："密司忒卡格尔告小人，主妇毋须此车矣，故小人即以车归。"女见其父闻马夫言，面如死灰，命呼爱迭司侍婢，吃吃几不能出口。已而侍婢至，亦战不能言，久乃曰："主妇命我妆饰二句钟之久，始出门，即命我勿待。平日恒如是，故亦不复留意。兹闻大变急出，复室已钥，无复钥匙。"东贝大怒如风狂，取残烛直奔上楼，其势既猛，女几不及避，但闻其父至复室中，力拳其扉，扉倒。东贝疾入，见衣服、首饰散乱地上如粪土。东贝一一拾置橱上，锁之，复见几上有纸，视之则当时律师所定用度之规则，此外尚有一笺书曰："我行矣，汝丧名誉矣。我今即同尔命彼辱我之人逃也。"东贝得书，纳之，直奔街上，似尚可蹑其人者。女此时震恐如昏迷，不期自加领巾，冠其冠，欲奔至市上引爱迭司同归。既出房门，下梯时见家中男女争秉烛上下，如有所觅，瞥眼见其父已归，始似梦醒，自知已误，则逃匿空屋之中，哭不可仰。第一节哀怜其父中年被辱至此，虽失爱不可亲近，然为孝感所逼，不能不前。闻其父亲发令家人照常行事，语后即闻履声入诸室中，往来不已。此时但有爱心，不复更计祸害耻辱，遂立奔入室。刚及门次，而父已出自门中。女张手而前，口中曰："亲爱之爸爸。"意欲进抱父颈，在势非有他故者，尽足抱持其父。然东贝竟伸其巨掌，立批孝女之胸，佛罗伦司立仰于地。东贝即指之曰："汝既与爱迭司同谋，则爱迭司所行之处，汝蹑之可也。"孝女此时既不能言，亦不能哭，二目注视其父久，忽发悲号，如以钢刀砍其心肺，知世界中无复吾亲父矣，遂狂奔出门而去。既出家门，而第一线之阳光即射孝女之面，孝女掩泪而趋。

第四十八章

孝女既羞且悲且震恐，行于晓日之中，如冒深黑，无复光气，扼腕，弗顾路人骇诧与否，以心中所至爱之父居然断绝，知觉亦为之泯，似船中之人均受风涛而死，一己独生，不知所以插足之地。此时高屋之上，初日映射，金碧照人，高天微云来往如纱，孝女一无所见，心中但思得一藏羞忍死之地，而回头更不观其来路矣。市上已有行人，店肆亦开，尤有侍婢入市购物。此一日纷扰之形已开场矣。

孝女过处，行人匪不属目。有年老者随而问之，孝女不答，行乃愈速。然每经人问即醒豁其觅地而栖之意，顾百觅不得一栖身之地。忽忆及少时失路，状亦如是，幸得倭而忒伯伯之家，今日亦但有往投伯伯耳，遂忍泪自止其悲，取道赴倭而忒所居之肆，步亦稍徐。忽见一影甚疾，则狗也，即其裙次，一嗅即复前导，似至得意，谓行路无数，竟获其主人者。孝女太息曰："大，汝焉能寻我至此？汝真忠心耿耿者也。汝不忘我，我何为忘汝？"由此观之，东贝曾狗之不如。遂伏地，力抱此狞狗于怀。后复行，狗不前而落后，奔去数武，复力趋至裙幅之下，疾然前突，就地力滚一周，乃复行。见有大狗身巨于己者，竟不自度量，欲进与斗；偶见侍婢拥帚扫门，则进而嗅之，侍婢往往掷帚惊号。沿路狺狺，而街上人家之狗则争出视之。孝女遂直前。行次，日乃大出，人声亦大喧。孝女左右初无所见，遥遥已见木偶人矣，更前则此木偶人仍执器测量，初不改其常度。

孝女渐近，力趋，一入门，立晕于地。船主方冠坚挺之冠，煮库库之粉，防汤力过度，则以表验之，骤闻衣履之声入门，大惊，以为马克司丁格且复来，猝观，见一人扑于地上，则佛罗伦司也。船主之面立变为死灰之色，与孝女同，立时抱起，如抱乳婴，置之榻上，即十数年前女失路至此所偃卧者。先犹不知其晕，已而言曰：“此吾之心中乐者也。如是仙人，今长成矣。”船主本敬礼其人，今见其长，则尤有嫌疑，遂不敢近，但远远拱立，言曰：“吾之心中乐，汝不言耶？果诚得乃德克忒尔者，可一动其指。”然孝女终不一动。船主大惊曰：“心中乐，汝果看大海溺死之倭而忒之面者，何妨一动示我？”久之，仍不动，且不言。船主知为晕矣，遂取凉水，力洒女面。此时不能不近其身，遂掠其发向后，自脱其衣裹女足，则力擦其掌，渐渐见女唇吻微动，擦之尤力，口中言曰：“汝力自撑持，汝愈矣。汝镇定为先。”少须见女已醒，遂学步医生所为，以钩悬表，一手则握女腕，似希冀表中有生机，可以活女者，乃不审医生以表为切脉用也。口中语表曰：“孺子，汝今乃大有功。每日侵晨拨回半句钟，下午拨回一刻，汝之为物，同于汝者有之，较汝佳者吾乃未见。”视孝女曰：“密斯小女郎，近佳乎！”船主称呼如此。孝女微醒，欲动，言曰：“船主克忒尔，君在此耶？”船主曰：“然。密斯小女郎，我固在此。”如是尊称，船主盖在百忙中思得者，“密斯”呼其见在，而“小女郎”则述其少时，可谓两两适当矣。孝女曰：“倭而忒伯伯安在？”船主曰：“久久不在是矣。自彼窃出追寻倭而忒，乃初无消息。”孝女曰：“然则船主居此矣。”船主曰：“然。”孝女此时拱手作乞怜状，其声至悲，言曰：“船主克忒尔救我，君幸留我在此，万万勿令人知。至于吾所遭遇者，待我神定，再一一奉白。综言之，世界之上吾无家可归，船主幸勿驱我外出。”船主曰：“我驱汝耶？吾之心中乐，吾且下其窗，钥其扉。”语后，果下其百叶窗，并钥其扉，复至孝女之侧，取其腕亲之。此时船主见佛罗伦司掬忧于面，眼中作万种乞怜之状，因思及其家，必今日不见容于父，如是匆匆出，果无家足归矣。船主素讷于口，乃无术足以慰女，因先以手自擦其鼻，言曰：“密斯小女郎，汝今且勿与乃德语，待风涛平静后言之，今日勿言，明日仍勿言。至于防我逐汝及为人觉汝在是，此事我决不为。上帝，汝为我记之。”孝女初无他言，但有感谢，顾极力表其谢忱，乃言不尽意，则以首抵船主之肩，似示相依为命者。船主见孝女欲踞，即力持之，曰：“密斯小女郎，且静卧无恐，此时似不能胜。”语后，复以衣盖女身，以蠢蠢之身行熨贴女郎之事，其丑态乃百出。女既静卧，船主曰：“密斯小女郎，汝今宜食，即狗亦宜食，食后吾为送尔至楼上老所罗门卧处，汝可酣睡一小时。”船主语及狗时，即以手拊狗头。狗似不安于怀，有疑骇之状。当船主救护主人之时，狗意不决，无敢定其利害，亦即不能决船主意之善恶，因不决之故，时而摇尾，时作声而嘶。迨及此时，见主人与船主款语，始知非不利者。狗意似谓船主颇类己之忠，不妨依附。东贝真不值狗，一笑。于是船主治饭，狗则坐观。船主劝进良殷，而孝女仍恣哭不能下咽。船主无术，但曰：“今且先睡，再进食饮。”语狗曰：“孺子，吾先予汝以食，汝食后侍主人登楼可也。”狗待食久，涎出于口。既已得食，初亦不嚼，忽引耳近门，似门外有人窥探，即立爬梳门内之土，欲得窦而出。孝女大惊曰：“船主，曾否门外有人？”船主曰：“密斯小女郎，果有人者，胡不叩门而入？汝静卧，殆行人过门外，狗闻声而嗥耳。”顾虽如是，而狗仍嗥吠不止，既嗥且停，似自决其无误，仍大嗥。及船主呼之就牢，而狗仍留意于门罅，每嚼一口即奔门次。女微语船主曰：“吾行后，似有人觉，故尾我至此，亦自难定。”船主曰：“何人见随？即有之，亦或密斯小女郎之侍婢耳。”女曰：“船主谓秀珊乎？”因摇首曰：“秀珊行久矣。”船主曰：“彼亦弃主人遁耶？是或不然？”女曰：“否。是人雅有天良。”船主闻言释然，遂去其冠，以巾自拭其面，且言曰：“我决斯人必不遁也。”及见狗就食，船主曰：“孺子，汝今释于怀矣，想门外无人矣。密斯小女郎，兹安得有人耶？”而狗尚未尽释于怀，仍就门而嗅，微作狺狺之声。

船主颇以为异，即登楼，陈设所罗门旧时卧榻，扫除净尽。此楼即不治，亦复整洁，以船主平日好洁，治家如治其舟。床上铺新浣之白幕，尚须加以陈设，即移小几于榻，取平日之银羹匙，分置几上，且加之以表及千里镜一、木梳一、圣经一，闭其百叶窗，勿令阳光射入。地衣之不平者，引而平之。陈设既已，上下顾盼，遂延女公子入此妆楼，心中自念佛罗伦司纤弱，必不能上此楼级，则力抱之登楼，加以外套，令寝，言曰："密斯小女郎，汝居是间，安全已极，犹之高居圣保罗礼拜堂塔上，初不置梯，令余人僭登。汝但小睡，睡余精神即复。果有所欲，即传语乃德克忒尔，彼长在门外，但奉命令，中心滋乐。"语后，奉女葱尖，亲之以口，则蹑足下楼。

既下，自思狗屡嗅门，或门外果有人在也，则开门四顾，实无一人，但闻有人呼曰："船主吉而司，乃即在其左右。"盖船主以目远望，初不及迩，视之则秃齿也。船主曰："孺子汝佳！"秃齿曰："船主吉而司，我身固佳，但中心恒未遂吾愿。"此言指密斯东贝也，每见辄言此，以自写其悲。既复言曰："船主吉而司果得间者，吾尚有言，其言似要。"船主曰："孺子且进坐，惟吾今日有事，孺子能简举其言则尤佳。"秃齿不审所谓，但曰："如言。"船主曰："语简简也。"船主之意，防佛罗伦司居楼，为秃齿所见，又防狗下为秃齿辨认，则张其二目视秃齿。秃齿见状，慑不能言，久乃曰："先生谓我颜色异耶？"船主曰："非也。"秃齿曰："经先生久盼，吾亦自知其瘦，纫工为我制衣，尺寸亦都更改。噫！瘦亦吾愿。吾虽生于世，亦同一牲畜，饱刍而已，尚何味者？"秃齿语愈支离旁出，而船主之情乃愈迫，二目愈张，状如见鬼。秃齿徐曰："今日侵晨吾过船主之门……本欲饭于君家……至于宵来之寝，殊形反侧，若令我司更者，为职尚称。惟司更有值，我则无值；司更心平，我则心忧耳。"语至此复枝。船主曰："趣言趣言。"秃齿曰："我固欲言者，吾今日适过君，在一句钟之前，见肆门严闭。”船主曰：“然则汝久在门外矣。”秃齿曰：“我以为君出也，殊未停趾。惟彼人语我……”语至此复断，而更语曰：“船主近畜狗耶?”船主摇首。秃齿曰：“我固知君家不饲狗，已对彼人言之。彼人言实有狗。”船主大惊，汗淋其额，二臂扩张，实防狗闻生人之声立下，发其秘密之事。秃齿曰：“彼人言屋中有狗，我固言无。彼固言有，似已目击之者。”船主曰：“孺子，汝言彼人为谁?”秃齿曰：“船主问及我，亦及是人矣。我亦不知彼何事匆匆至是。我遭时不偶，故旁人之事初不属意。后此二人同行，彼人语我彼事，汝固知之。果知其事，必且大悦，出诸不料。”船主曰：“此究何人，汝终未言。”秃齿曰：“我不识其人，且未谋面。我来时，彼已伺于门外。彼问我曰：‘汝由此去，尚复来乎?’吾曰：‘然。’彼人曰：‘汝识屋中人乎?’吾点首应之。彼人曰：‘汝果更归见肆中人者，请彼至白鲁格里家相见。’彼言如此而已，大抵其事至要，船主宜即行，吾为尔司此肆。”船主心念佛罗伦司，防为秃齿所觉，思极得策矣，即将楼门严扃，言曰：“尔我挚交，方敢言此。足下且居外室，复室中吾且下钥，少须即归。”

秃齿既留，心思潮涌，支颐独坐，描摹佛罗伦司状态于承尘之上，思想都痴，亦不知其为何时。船主一去，乃久久始归，归时颜色惨变，似有泪痕。既入门，不能言，先饮少酒，始发言而叹。秃齿曰：“船主吉而司得何噩耗?”船主曰：“否，噩耗之反对也。”秃齿曰：“我观尊容，似有所悲。”船主曰：“事乃为吾所不料。”秃齿曰：“吾能助君与否?果可宣力，无不如命。”船主曰：“孺子，我无事。果见恕者，可暂分手。孺子听之，吾于倭而忒外，汝为第一矣。”秃齿伸手引船主曰：“谢先生见爱。”船主拊其背曰：“汝当助我为乐，世界中适吾意者，乃不仅一人。”秃齿曰：“吾焉僭居其次?吾心为密斯佛罗伦司之故，直枯寂如沙漠，但有密斯佛罗伦司独处其间，吾长日消瘦，果伸股示先生者，方知吾心之焦思至于何地。医生劝我服补，我决弗进，欲留此身，又何用者？行再相见，可也。”

船主既送其行，复钥其扉，即启复室登楼，视女之睡醒，备呼唤。此时船主登楼，颜色顿异于前，时而笑悦，时而忧郁，然如前此沉深无望之状已消归乌有。此时微微以钩叩门，乃不闻女声，则微启其扉，引领内盼，见大狗尚卧床下，以尾向船主而摇，见女方沉睡，时时作微呻。船主见外套少落床外，则进而盖之。窗上斜阳漏入处，则更阏之。蹑步仍下。女睡熟中，初不知投身何处，而船主仍潜伏梯次，闻唏嘘声即上，已而少静，船主仍坐守梯次未下。

第四十九章

女一睡至久，入寐时方晓，直至下午，睡尚未醒，且不知身卧何地，而门外车马之声亦昏若无闻，沉沉中但觉有万难之事加诸其身，而一身又飘泊无依，不知所届。斜日已西，余光自礼拜堂之顶下射，如万道金色之镞。泰姆士河之西岸，河水及岸上人家似在烈焰之中。自高望海，风帆叶叶，皆作赤色。此时佛罗伦司始醒，惺忪不即明了，既耳际闻隆隆有车声，始愕然记忆及之。船主已入，言曰：“无恙乎？”女立下榻曰：“船主至乎？直良友也。”船主闻女称己为良友，意得神王，不可以状，易其称曰：“金刚钻，汝平服如恒乎？”女曰：“睡足矣，吾以何时来此？昨日耶？”船主曰：“来即今日，此日乃大有福。”微旨。女不审，仍曰：“非昨日耶？”船主曰：“今日亦垂晚。”即开窗言曰：“今且视此阳光。”此时女以手扶船主之肩，而斜阳之光射入楼中，一美人、一老丑之面，彼此无言，而船主欲言，乃不能言，又思此女方逃自难中，语之恐不能任，且晕仆。少须，女引船主共坐，尚闭目凝神。船主喜乐无艺，则坚抱之，言曰：“密斯小女郎，幸无恙，吾且下为尔治餐，少须汝自能下耶？或仍我登楼抱提而下？”女曰：“吾能步矣。”于是船主下楼，去其外衣，以新购之鸡就炉烤之。

女少静镇，始起，见几旁有清水一盆。女自涤其面，后出小镜自照，见胸际有五指之印，已发肿矣。前此但觉其痛，而不知其肿，于是大哭。其哭非愤怨其父，盖自羞自艾耳。虽其父暴虐至此，而女皆谓为应尔，无敢复怼，且谓人子之于父并无所用其怨，天下安有有过之父母，但一心力遏，不必更思此事可尔。又思今虽寄身于此，而终身之计亦在此乎？伏线。方在睡中，恍恍惚惚，谋后此改名，觅一良善人家，为其儿女之师，终身以教习老。然又思宁能以吾东贝之姓，沉埋不彰，永为白发老妪，蒙伪姓以长终乎？顾此心绪，亦偶一及之，初不眷眷于此。时身上所挟者但数几尼，第一事宜购衣而着，然亦不计此钱之能否适如衣值，盖此芳年，初不能责其会计，女亦未尝计较及此，但待神息少靖，即盈盈下楼。

船主已张案幂，正于火中煮鸡子之腋，而炉旁尚悬一鸡。既见女下，即延之坐于火次，加之以枕，遂又治馔，而小鼎中复作羹汤，平鼎上则炙薯蓣，以只手力管数物，且时时轮转炉上之鸡。尤有一处方煮香肠，香肠沸于小锅之中，声如茶笙。大抵如是勤敏之厨人，在厮贱中殊不多见也。食物既备，实诸盘中，船主先除其冠，后乃着其外衣，遂移案就佛罗伦司，始即案头颂祷告之文讫，始去其钩，以螺旋之钉加一铜叉于腕上，言曰：“吾之密斯小女郎，可恣量食之。此为炙鸡，此为蛋糕，此为香肠，此为山蓣。”四物悉陈女前，加以汤沃，言曰：“密斯小女郎，吾屋虽小，而百物皆安宅，汝胡不少进？果倭而忒在者——”女叹曰：“倭而忒果在，为吾兄者，宁不更佳？”泪应声落矣。船主曰：“勿哭。倭而忒者，此时亦不称倭塔。果否为密斯小女郎之友？”女无言，但太息曰：“吾亲爱之保罗，吾亲爱之倭而忒也。”船主目视佛罗伦司曰：“尔所经过之地衣，而吾倭而忒皆加敬爱。吾今似已见倭而忒，乃无改乎前状。我忆第一日至东贝家时，道中谈及其女友，则喜形于色。然哉然哉！果吾倭而忒可以来者……彼非溺死者耶？”船主之言，恒无机绪，译者照译而已。女摇首。船主曰：“溺矣。吾适言彼若在者，必力劝加餐，自玉其千金之体，何妨姑作是想？少进此恶草具也。”女见船主殷勤，勉为举刀，船主亦自忘其食，置刀于几，以榻移近女旁，言曰：“倭塔此言复称倭塔果佳儿乎？是否具天良有胆力者？”女含泪点首。船主曰：“其人真溺死乎？”女点首。船主曰：“其人较密斯小女郎年稍长乎？然当时恒相若，为年少之良友。”女曰：“然。”船主曰：“彼真溺耶？”船主屡屡言此，似以慰女，故举此难题发问，以鸣其得意。女闻言，乃愈不下咽，力推其食器，向后而仰。船主既自忘其食，并女之不食亦并忘之，则专问佛罗伦司倭塔是否死于水中，必要佛罗伦司一答。而肴已尽冷，船主忽忆及未经进食，则举而自食之，狗复助力，此数物者，乃略无余。食已，佛罗伦司起，助敛器。船主不可，然心中滋乐，有时已亦浑忘治事，凝立视佛罗伦司不已。后此女自炉檐上取烟斗，请其吃烟。船主则转旋其烟斗，如睹新物。女匪特取烟，且为取酒调之，置之船主之前。船主狂喜，几谓人间无此老福，至于格格不复能言，遂徐徐纳烟。女为之然火，船主几于无术可止。既见其归坐榻上，微微对己而笑，船主力吸其烟，误入气管，乃大嗽不可止，至于泪落，久乃复吸，一吸复拔其斗于唇际，口中之烟徐徐吐出，如张一纸于胸际。此二人之对坐，乃无一相同者，一则娇娜如花，一则老丑似魅，顾有一事同者，二人心中均不审人间之有险诈事。船主舍航海外，天真诚笃，乃同小儿，心中所谋，直一往无前，并无知所谓阻力。其对佛罗伦司同坐，方寸中乃为大文章打稿，初不计东贝之能追，亦不计容留逃人之有罪。凡为阅历人之所惴惴者，船主则一笔勾之。至于佛罗伦司心中如何，则作者不能知矣，思量后事良不如船主之兴致。

此时女含泪对灯，似灯光中有许多幻异之色。船主之计，则谓门一下钥，万事皆妥，以为吾之管佛罗伦司，似其父已立遗嘱，令其为佛罗伦司师保者。迨斗烟既烬，彼此进茗，女曰："请船主引我至左近肆中购取应需之物。"时天色已黑，船主启关外望，遂执一绝巨之行杖，以备道中不虞，扶佛罗伦司外出，反扃其扉。扶佛罗伦司行时，气概凛凛，观者咸异。

既至衣肆，女欲得里衣，船主遂引退，惟窃语柜上女伙，出其小铁匣曰："此中有十四镑两先零，吾侄女购衣，果不足者，幸见告，吾裹中尚有余钱，不愁乏也。"既出，尚引首内向，防为人愚。少须，见女出，执一小包。船主不悦，以为胡以但购此戋戋者。船主初意尚谓女当自行，其后必有人负一巨袱随之，方称己心。女曰："亲爱之船主，我乃未资此钱，我固有钱用也。"船主他顾曰："吾密斯小女郎，幸为存之，吾有所需，更索取也。"女曰："我为船主藏之原处，可乎？"船主不悦，但曰："听尔所为，但汝能识其处者可尔。吾实无用此，乃甚奇此物，不曾遗落。"语后，二人同归。

方早晨女浓睡，船主已至来登贺尔街。是间常有女子张蓝幕，市鸡鹜者，与之商酌市罢后至船主家侍女郎。归时，已见此女子迟于门外，遂同入。佛罗伦司得此女伴，遂忘其在船主家也。女伴去后，船主力强佛罗伦司进焦面包，及亲调之酒，防弗尽其量，则背诵书中零星断句以劝之。既送之登楼，则曰："吾请尔晚安。"佛罗伦司亦与亲额为礼，事之如父执。此在他时，则船主必大悦，形诸词色，此时颇有一事系怀，乃亦不加伸谢，但曰："可怜之倭塔。"女亦叹曰："伤哉。"船主曰："斯人乃真死耶？"女摇首浩叹。船主曰："密斯小女郎，明日相见矣。"遂引手为礼。佛罗伦司报礼，呼之为恩人，然船主仍不行，女大异，言曰："船主得毋与我有言耶？"船主愈踧踖，言曰："吾有何言耶？然实无之。汝似不望我告尔以佳消息乎？”女曰：“此胡能望？”船主曰：“汝不望耶？”然仍不行，作瑟缩状，似自沉思，且自言曰：“我之倭塔为老所罗门侄子，何人不识汝，又何人不爱汝，汝今安在？其真死耶？”复问女曰：“倭塔真死乎？”问后即曰：“明日相见。”遂匆匆下楼。女即以灯照之，迨下梯级尽，尚仰面曰：“吾亲爱之密斯小女郎，倭塔果溺死耶？”女见船主时时语倭而忒，则自憾其过，谓不应至此动其悲怀，然亦不即睡，支颐自思生平所爱之人，并倭而忒诸人皆思，独不敢遽思其父，怜父之无依，伤己之失爱，一触心痛，遂暂舍弗思，而胸前之痛尚肿起。女亦不忍以镜自照，但严裹其衣，至于思极而昏，则和衣自睡。

船主下楼后，亦不即寝，先在复室中徘徊可一句钟，然后引榻而坐，遂取圣经读祷告之文。船主生平读书颇非易，逐字寻行而读，每遇难字，即张目狞视，自呼曰：“孺子克忒尔把舵须稳，勿自震怖。”必自加鼓励，方能缀读而下，第加以眼镜，转沮目力。船主幸坚定，读至终行而至，遂潜入楼上，窃听佛罗伦司无声，始下，入柜中而睡。夜起凡数次，至楼扉窃听。天甫迟明，船主即登楼。女醒，闻履声，即问曰：“得毋船主晓起？”答曰：“金刚钻，我也。汝夜来稳睡乎？”语后，复就钥窦中言曰：“伤哉倭塔，其果死耶？”已而复下，更睡至七句钟起。

女晨起，治袜材，神思较昨日为清，然船主尚虞其精神之未定，终不敢倾吐其所欲言，则力遏之，厥状至苦。女每引首，即见船主以手自承其颔，欲言未言，有时引榻近女，似有秘密之言，乃未言而复引避。终日未出，时为此状不已，至于黄昏，于是引榻而前，似吐实矣，乃发言无端且奇诡莫悉。此时几上茶具已陈，二人均面火，女微微有泪容，而船主言曰：“吾亲爱之密斯小女郎，曾渡海乎？海之为物至大且奇，每当夜黑风严，思辄可畏。此时船中伸手几不见指，自亦莫知所至，但恃电光一瞥，始见船人皆作死灰之色。巨浪如山，欲吞吾船。”女曰：“船主经此多矣。”曰：“然，惟吾事尚非言中之指要。吾今日所言，非自叙，盖言吾亲爱之倭塔溺死于水中者也。”语时，声颤而色变。女亦移座近船主，以定其神，且伏入船主之怀，似求其保护者，言曰：“吾亲爱之船主，汝何为遽变其色？究何为者？吾观之甚惧。”船主曰：“汝勿惧，此非恶消息也。吾刚欲言倭塔……”忽曰：“彼死乎？”佛罗伦司以手拊心，颜色变异，注视船主。船主曰：“海中之危险，天下多少肝胆之人及才士，一入此中，即无迹兆可寻。然亦有逃生者，即使百人皆死，而亦有一人生全者。彼亲故咸以为死，彼乃归矣。此事亦常有之，即我亦遇一事，与此事同。此故事，汝欲闻之乎？”女心战，莫知所以，但以目视船主。时船主目注外厢，女亦以目随之外瞩。外厢固有微灯，船主见女以目外视，即以手抵之曰：“外间无物，汝勿庸视。”女曰：“何也？”船主曰：“外间幽阒，不如向火为佳。”女复坐，以目视船主。船主曰：“有一船自伦敦行至……”复曰：“至外洋耳。此船遇大风，为二十年来所不经见者。我闻人言，大风起至数日，船尚无恙。一日，桅及巨舵皆为风荡，船身无主，随流而行，未移时，船为风振如卵壳，壳飘于水中。船人尽溺。”女曰：“尽死乎？”船主起立作意，语曰：“此中有孺子胆力绝巨，彼与同伴三人以身缚诸木板之上，逐浪而行，后此斗遇一舟，起此三人，乃一死而二生。”女曰：“死者为谁？”曰：“非此孺子也。”女曰：“敬谢上帝。”船主曰：“亚孟！此船特路过，将赴东半球，遂挟此二人同行。”船主以面包纳诸钩中烤之，然词锋方炽，面包遂焦，船主亦不顾惜，言曰：“孺子以舟归英国矣。汝勿惊，一日侵晨即至其故时居处潜窥，忆家人必信其死，故归探之，见双扉严闭，其中忽闻……”女此时已大悟，即曰：“得毋闻狗吠乎？”船主曰：“然。汝试观壁间何物？”女立时见一人影，又立见倭而忒入门。女大呼，扑其怀。此时女似世界中最亲之人即倭而忒，盖一身飘泊，再无他人可恃，口中方欲云“我见兄归乐极”，而哽不能吐，但有坚抱持之而已。船主此时误以钩拭其额汗，而面包焦炭立涂其额，觉痛，掷之，欲更唱培格之歌，乃喉际为物胶黏，不能发吻，遂听二人道故，自敛避而出。俄而复入，色赪如血，将以袖口拭泪，然皓袖多黏以粉，白屑遂满其眶，言曰：“倭塔，汝二人相见，我有薄馈，幸汝二人为我纳之。”语后，出巨表及银匙、糖罐与铁匣中少金钱，尽纳倭而忒帽中，致之倭而忒，已而又觉其非礼，则捷出，隐于外厢，不即入。倭而忒引之入室，船主曰：“汝勿以海中遇险事语佛罗伦司，当迟数日后言之。”船主遂坐。倭而忒立其左方，以手按船主左臂。女则右立，含泪述欣幸之意。船主此时万不能禁，似非奔出外厢不可者。拭眼泪也。

迨茗具既陈，船主左右视，而脸际似发异光，一则视倭而忒阅历渐多，后此必任大事；见佛罗伦司则幽娴贞静一美人，似不得一好男子为之保护者不可。今两美既合，中心畅遂，至于忘言。其尤得意者，则此二人将来成为匹偶，十余年来所悲愉悬想竟遂其心，此乐乃在其脑中跳舞不已。此时三人同坐，语及老所罗门外出未归。女及倭而忒欲述已事时，船主立止，不听尽言，然时时私觇倭而忒，虽时谛视佛罗伦司，及佛罗伦司目光所及，即复下垂，不敢正视，似落落不甚亲附。船主不悦，自谓患难余生，理宜欢洽，何为腼腆至此？三人谈笑至于夜深。船主一不之知，几谓自此长谈，至数礼拜之久亦可。顾倭而忒已起立告归，女曰：“倭而忒安往？”船主曰：“倭而忒暂寓白鲁格里家，去此未远。”女曰：“倭而忒，吾侨寓于此，驱汝外出矣。汝之故家，乃为一无家之小妹居矣。”倭而忒曰：“亲爱之密斯东贝。”语至此，复言曰：“能否许我之有此称？”女大惊曰：“倭而忒，兄疏我耶？”倭而忒曰：“但能容我如是，则我乐乃不翅。惟汝近已变易故状。”女曰：“吾何变者？”倭而忒曰：“别离之时，密斯尚在垂髫，今归已不同矣。”女曰：“兄妹之情仍如往昔。兄忘临行时许我以骨肉相称耶？”倭而忒曰：“我能忘耶？其果忘之耶？”女曰：“即使忘之，若见我伶仃，亦能追忆。”倭而忒上指曰：“但有天知。”女哭曰：“吾亲爱之阿兄，兄当为我筹维，即卑微无惜，但能沉静度此一日，并望兄以妹氏待我，为我保护之人，我百无所依，仰赖阿兄心坎矣。”倭而忒曰：“密斯东贝。”即改口曰：“佛罗伦司，我何惜死力？惟妹家豪侈而骄，矧主人……”女曰：“切勿语此。”厥状甚震，且曰：“勿得言此一字。”倭而忒刚语及其父，见女变色至惨栗，亦大惊不翅。女曰：“百凡皆可，第勿言妹家，妹今无家矣。”此时佛罗伦司方一一述自家逃出之故，语船主。倭而忒几自谓天下奇孝如此，乃不容于父，则真如齐谐之志怪矣。船主听时，亦张目哆口，状态如痴。女语已，船主挥手曰：“倭塔，汝行，付尔妹于我，勿再言矣。”倭而忒此时坚执佛罗伦司之手亲之，方悟女为东贝所逐，然心中敬爱其人较诸前此巨富尤为尊贵。

倭而忒既去，船主送之登楼，迨精神少定，亦入柜寝卧，时欲唱培格之歌，乃不能成调。睡中忽梦老所罗门娶马克司丁格，大为所窘，幽之暗室，日与少餐。

第五十章

肆中楼上尚有空屋，则倭而忒卧房，自倭而忒去后，遂空其室。明日倭而忒归，言应修洁此室，移复室中器具，陈设为佛罗伦司寝室。船主大许可，立时即决，遂移肆中几榻，实之其中。至于炉檐中所悬之画船，亦掣而悬之其中。二句钟后，百事皆备。船主以为今日均己之力，则四瞭而形其德色。至于昨夕所馈之物，倭而忒不受，船主亦不许辞，言曰：“此馈尔二人者。”语“二人”时，其声甚厉，似在议院中议宪法不容更改者。新房既洁，于处子居之尤佳。前此所居近市，阳光射入，故密秘其窗。市上人忽见船主闭窗二日，今日忽开，大以为异，以第一日佛罗伦司来，门窗均闭，邻人以为船主被盗而死，或自缢，于是无籍少年恒于钥窦内窥，冀得船主悬梁之状，而保正亦至对门详问此中或有死人。迨今日开窗，见船主一无所损，则咸怪以此二日闭户何为者。

倭而忒与船主粪除讫，女尚未起，于是与船主二人同立户外憩息。倭而忒曰："船主，如是岁月，乃未得吾伯伯一书，何也？"船主曰："吾未之前闻。"倭而忒曰："老人殊可怜，既出觅我，胡乃不寓一书？"即于襟底出船主所授伯伯之遗嘱，言曰："书中言一年内拆遗嘱，再不得书者，即可谓之为死。吾思即死者，亦不能无耗，盖临终必有人在侧，尤必以书述其死耗。"船主初未计及，即曰："此言良确。"倭而忒曰："吾通夕未睡，决吾伯伯必未死，且必归。彼之寻我，固出血诚，此在我意料之内，然出必以书，胡以悠悠不得一笺？此解令人难索。"船主曰："至于约翰本司贝，皆不之知，他人何知者？"倭而忒曰："果吾伯伯未经阅历，则所遇非人，或沦落不复能归。惟吾世父老于世情，胡能至此？"船主曰："以汝卜之，如何？"倭而忒曰："老人必未作书，以不得我故，无书归也。"船主曰："果有书，吾胡不获？"倭而忒曰："有书必托人赍归，赍者忘怀，至于浮沉，良未可料。综言之，无书断非死。"船主曰："此尚有冀望。冀望之事，如浅水浮一物，望之必可至。惟彼长浮水面，但无方向耳。故吾意良与尔协。"倭而忒曰："吾思伯伯作书，必不付邮，托人而赍，或船主受而忘之。"船主大愕曰："焉有其事？自若伯伯去后，吾匪日不盼其归，安有得书而遽忘？"倭而忒曰："然则吾不能测矣。惟伯伯遗嘱以产授我，我决无动，幸船主司之，静待老人消息。此外尚有一节，则密斯东贝事也。我言其父，彼大变色而止我。"船主曰："知之。"倭而忒曰："我初意谓彼父女不睦而已，将以人居间，令彼团聚。及闻密斯之言，则决无重圆之月。惟一人独居，于礼未当。”船主曰：“汝归而耦之，可矣，何谓独居？汝二人天然之匹，乃未知耶？”倭而忒颜色大赪，言曰：“船主安出是言？密斯以阿兄待我，安能遽议及此？”船主曰：“此为何事？”倭而忒曰：“船主讵谓我待彼如情人乎？讵密斯无家，我即乘人于险？此事想船主必不以我为然。”船主曰：“非此之谓。前此有物为梗，今其顽父不屑引以为女，汝又两小无猜，合之何碍？”倭而忒力摇其手，不答。船主曰：“舍双栖外，尚有何术足示其亲昵？汝必拂吾之意而孤行耶？”倭而忒见船主愠怒，即易以他语曰：“船主克忒尔，今日最重要之事，必得一人侍佛罗伦司为上着。彼亲属中万不足倚赖，而家众亦畏慑主人，乌敢近女公子？乃秀珊胡以亦不临存？”船主曰：“汝云少年之女人乎？吾闻久为东贝驱遣，尤大悖其女公子之意。女初至时，吾亦问及秀珊，乃云出已久矣。”倭而忒曰：“船主胡不问密斯东贝以秀珊所在，今为时非早，密斯且晨兴矣，彼与船主绝亲，且登楼问之，此间留而与我。”船主不悦，以为天然伴侣，乃不之欲，必索取秀珊，非良策也，遂太息登楼。

女见新屋，又闻往招秀珊，则大悦。惟秀珊安在，则不可知，但闻往即其怀兄于村间，计非得秃齿者，亦不可得秀珊也。船主闻女言，即以告倭而忒，且曰：“秃齿者，即汝初归时遇于门外之人，其人为吾友，且素封，亦绝爱密斯东贝。”船主尤言：“吾之与彼订交，即彼传尔溺死之消息与我者，坚约弗令宣布爱慕密斯东贝之消息。秃齿所居，吾则忘之，惟彼常至吾家，即今日亦不能不至。”

语未竟，秃齿已入，行步甚趣，喘息言曰：“船主，吾将发狂易矣。”其言似弹发诸炮膛，为力至迅。语已，始见倭而忒旁坐。既见倭而忒，则大惭，言曰：“先生恕我，我至今日脑力全荒，几忘礼节。船主请间，吾有密语奉白。”船主引手曰：“老弟，吾方欲觅汝也。”秃齿曰：“何者？汝试观我，吾髯髭乃未剃，衣亦弗刷，发尚蓬蓬，斗鸡尚欲为我刷靴，我曰：‘汝敢尔者，我将掊汝于地上。’如是狂言，初非谑浪，乃一一达诸颜色，似真发诸腑焦者。”船主指倭而忒曰：“老弟，此即老所罗门从子倭塔也，即前此讹传死于海上之孺子。”秃齿力捧其头，注视倭而忒，曰：“此何如事？呜呼！吾祸未终，乃尤有祸耶？”即与之接手曰：“君幸无恙，君衣履自水出，湿乎？”复面船主曰：“请间，吾尚有言。”遂引船主外出，言曰：“此人即船主所言天生佛罗伦司为是人者乎？”船主垂目点头曰：“然。前此果有是念。”秃齿又以手扶头，曰：“胡以不先不后，适以此时归？宁非吾生之大仇？”复释手曰：“亦非深仇。吾前言心爱密斯东贝非私心也，公也，何必目彼为仇？船主听之，吾心无私，可以对众剖示。”语次，即奔入复室，力引倭而忒之手，言曰：“汝佳乎！汝在水中不复中寒乎？汝肯与我订交，则我之欣幸更无已时。吾愿汝长寿，且悦相见。”倭而忒曰：“萍水相逢，乃蒙惠顾至此。”秃齿尚不释手，曰：“君真佳人，乃顾盼及我，感且不朽。汝来时，彼都……”意指船上之人死否。既而曰：“非也。无关紧要。”遂谓船主曰：“吾今放胆言之，毋须秘矣。”船主曰：“孺子第言之。”秃齿曰：“船主吉而司，大副倭而忒，汝须知密斯东贝家乃构巨祸，密斯已不见容于父，驱而出矣。彼父之为人，以我度之，乃类禽兽，尊之为顽石尚属美称。密斯此出，乃无人知其踪迹。”倭而忒曰：“君之消息何自而得？”秃齿曰：“大副倭而忒。”此称谓乃不知所出，以著书者卜之，秃齿殆谓年长者可称船主，则年少者次之，必大副矣。秃齿曰：“大副倭而忒，我亦不复相隐，以我每逢密斯东贝之事，即一丝一发，匪不系怀。吾之属意密斯东贝，初无私图，已常自言吾生于世，直同梗道之石，苟去此石，于世界大有裨益。平日常以微资赂东贝家少年密司忒土林森，就彼取密斯消息。昨日下午，往访密斯，而土林森竟以是言见告。自吾得耗后，至今未食未息，愤不欲生矣。汝试观吾今日尚何人形之肖？”倭而忒曰：“密司忒秃齿，我敢告君以佳消息，密斯东贝平安无恙，幸勿悬悬。”秃齿跃起，奔集倭而忒之前，坚把其手，不称“大副”，称曰：“先生此语出，直释我于死囚之中，但得其迹兆，即曰‘已嫁人矣’，吾亦狂笑为乐。”语船主曰：“船主吉而司，我固能笑，笑后自刎，亦所诚甘。”倭而忒曰：“密斯东贝不特平安，且欲有需于足下。”言曰：“船主克忒尔胡不引密司忒秃齿登楼？”

船主招手引秃齿，秃齿大骇，既至门外，不待船主礼让，即已先入。既见佛罗伦司，其得意之状匪笔能详，竟至其前，力夺其手亲之。既亲复释，既释复亲，跽半足于地，流泪而憨笑，虽狗欲怒啮，大险亦不之恤。狗意谓此人将不利其主人，则周环伺择，欲得其柔脆处噬之。女叱狗曰：“无良之狗，汝不忆此君引汝而来耶？胡乃无礼至是？”语秃齿曰：“密司忒秃齿，吾见君良悦。”秃齿曰：“谢君存我，我乃无恙，尊府均佳。”秃齿语时，初不自觉，坐定，以目视女，既乐且失望，悲喜交迸矣，言曰：“适船主吉而司、大副倭而忒语我，云我足为密斯效其死力，果密斯能驱遣我者，即足洗涤我在白拉登时狂瞽之谈，令其消归无有，我即入窀穸之中亦当含笑。”女曰：“密司忒秃齿初无过举，自与君往来，我意良敬足下，幸勿躬自贬损，使人难堪。”秃齿曰：“密斯东贝能容人之过，斯为仙人风格，吾乃心感无既。”佛罗伦司曰：“秀珊之出，吾家劳君送往，今其人果安居？幸为觅之。”秃齿沉思曰：“其地吾乃弗忆，惟知彼决不逗留于乃兄之家，计将自适其适。然而密斯东贝必欲得之者，则以我之愚忠、以斗鸡之胆智，必能得之。”秃齿既受事于佛罗伦司，精力陡长。女亦感荷不已。此时果不命之以事者，则论者将以佛罗伦司为残酷。秃齿遂起，言曰：“所命之事，吾立行之，图再相见，即此告别。吾尚放肆一言，密斯之所苦，吾心殊戚戚，无有宁时。吾亦知生不如人，然亦无复紧要。此秃齿所常言者。所命之事，幸勿廑念，吾必有以报。”遂匆匆出。船主引之下楼。

当秃齿与女言，船主立听。既出，见秃齿颜色复惨变，微语船主曰：“船主吉而司，今吾雅不欲面大副倭而忒。吾意至欲与之纳交，惟夙愿所形，或致冲突。须知恒人有不能力制其欲者，汝能否容吾自后户出者，则尤佳。”船主曰：“老弟恣尔所欲。”秃齿曰：“船主良惠我。”既至后户，言曰：“船主，吾至欲与大副订交。今家产悉吾司之，财多乃不知所用。果彼于钱财有不遂意，则请为力，不复吝靳。果使授此产于倭而忒，吾归重阴，为路亦滑而易行。”语后，出户，反扃其扉，匆令船主更作答词。

佛罗伦司于秃齿去后，颇为怏怏。其人忠悫无伦，而热肠尤不易及，吾一身落漠至此，而彼之念旧良殷，滋可感也；惟吾有不能自主者，乃遗其人以恨事，是亦吾过。思至此，为之怃然。船主者，心思与女不同，然于秃齿去后，亦凝思久之，即倭而忒亦然。迨晚，三人同坐女寝室之中雅谈。倭而忒盛称秃齿之诚，且叙及临行助资之事，告佛罗伦司，称其慷慨。于是二日秃齿均不来。

女在楼中，如鸟之处笼，虽小颇逸。顾虽安逸，而心绪殊忽忽不乐，时时以目仰天而噫。佛罗伦司本不胜衣，近又遭变，乃益荏弱。顾此遭之病，不病在身而病在心，见倭而忒万般抚爱，痛痒尤关，长愿为我宣力，乃峻其礼防，随时敛避，则大不可解。长日之中恒不时至，必有问始应声，或不经意间尚如昔时之状，少须则力矫静穆之容，踧踖而去。若不呼唤，则长日亦不一前，但黄昏时，三人小聚微谈，此时则为佛罗伦司志满意得之事，然而一动一息，时作礼防。尤有一节，倭而忒恒矫勉强为自然，顾乃时时漏其罅隙。女乃大悲，谓倭而忒胡以疏我，思极至于啜泣者再。即船主见状，亦不谓然，情景亦为佛罗伦司所觉。船主初谈倭而忒则兴采高烈，日来则颇懊丧，如失希望，颜色亦不如前，每于黄昏坐谈，则左右窃盼，忧形于色。女后此立意与倭而忒自言之。佛罗伦司自思倭而忒之怅怅于心，必有所怀，或彼此剖判后水乳复合。

一日为礼拜日，女决计与倭而忒言。是时，船主旁坐，加眼镜观书。女曰："倭而忒安在?"船主曰："或在楼下。"女即起立，曰："吾将与言。"船主曰："汝勿自行，我呼之使至。"船主合书，抱而挟之，船主谓礼拜日必读此绝巨本之圣经，以示其对越上帝之虔。书为去年所购，每读恒不及五行，计自去年至今，圣经一序尚未卒读也。船主挟书一下，而倭而忒即登楼。既入，即曰："船主告我言密斯东贝……"语至此立止，以女此时颜色已大变，即曰："汝今日似有所伤梗。"倭而忒语气至温存且亲密。女闻言，泪复大涌，曰："然哉，吾固哭也，唯尚有言奉白。"倭而忒遂与对坐，二目注女面，而己之颜色亦变，唇颤而鼻亦时掀。女曰："吾第一日见汝时，知尔已得救……噫！是日之希望……"倭而忒双按其手于案上，侧耳而听。女曰："汝于是晚言吾改变，当时吾已以为异，今乃深审之矣。倭而忒，汝勿怒我，当时见汝，中心喜悦，乃忘及此。"倭而忒此时见佛罗伦司，直同当日晤面时之女婴，不复类今成人之日矣。女曰："倭而忒，曾否忆及临行把晤之一日?"倭而忒出胸中贮钱之小囊，尚以绳悬之颈上，言曰："此物为临行时之纪念，吾日夜亲之胸臆之间。果吾身沉诸海眼，此物亦随殉吾身。"女曰："此物后此尚悬之耶?"倭而忒曰："直悬至死。"女即以手按倭而忒之手背，仍如小儿之行状，初无别离之岁月及长大之岁月梗之于中，即曰："吾心滋喜，永永念及此事。汝亦知当时言吾变状时，吾之心思亦如是对汝乎?"倭而忒曰："吾乃未知。"女曰："有之。汝之希望及尔之程途，均我累汝。吾当时亦思及于此，今乃益悟前此尔恐伤我之心，乃不语我以真情。今虽深秘勿言，而我已前觉。汝吃苦万状，即尊伯亦羁旅未归，汝安能不念苦之所自来而释憾于我？故日来远我，无复当日之亲密。然而倭而忒听之，吾非谓兄之疏我，我即怏怏于兄，盖准情揆理，宜不加苛责，惟自乐其乐，乃未计兄之怆楚。今当揭兄衷曲，令兄知我无在不量，阿兄当勿以小嫌忘其故爱，万勿疏我。”倭而忒闻言，大以为枉，即坚握佛罗伦司之手，言曰：“密斯东贝，吾心为汝蕴万叠之苦，惟恐不为汝地，汝乃以我生空中之芥蒂耶？我敢誓天：尔我少小之情愫，即为我生平之福命。吾每思及汝之重我，则以为圣迹所遗，万劫不宜磨灭，亦不可轻亵随念而来。方沦落外间，恒思何日得复相聚而谈。此福如期诸天上，况尚尊我为兄，以兄妹相过从，讵非彼苍之殊锡？”女曰：“倭而忒，汝究以何等人待我？”倭而忒曰：“敬之，礼之，慕之。”女色大赪，立缩其手，然眼波仍注倭而忒。倭而忒曰：“汝以兄待我，我安有德而居密斯之上？且先时分手尚在童年，今则长矣。”女色益赪，立垂其目，自视其手。二人默然，佛罗伦司则啜泣不止。倭而忒曰：“似汝之心窈而深、仁而厚，吾安敢妄自尊大而妹汝耶？”女仍哭不言。倭而忒曰：“果使汝尚在佳境，贵戚憧憧，则汝尊我为兄，我尚可允以贱上贵，犹不害汝之位置，乃益见其谦。然今何如者……”女曰：“倭而忒，谢尔谢尔，吾枉尔矣。盖吾特一人之专断，乃无人示我周行。”倭而忒此时热血并注，冲口呼曰：“佛罗伦司，吾心汝或未明，吾本抵死不言。吾果使多得钱者，一日荣归，虽不能如尔之故业，苟能微称者，且不惟愿汝称我为兄，当别有所称，方见彼此之义笃而情挚，尤可掬心以示汝。”女闻言，仍垂其首，泪续续落。倭而忒曰：“亲爱之佛罗伦司，最亲爱之佛罗伦司，此称吾直镌之于心，未尝出之于口。今呼尔以此，此为最后之称谓。果见重，幸勿记忆吾言。”女始举首，为亲密之容，乃含泪而輾笑，言曰：“吾安能忘汝，且不忍忘汝。汝岂真穷者耶？”倭而忒曰：“我踪迹乃无定向，将来殆长于海行也。”女曰：“倭而忒，汝又将离乎？”倭而忒曰：“然。”女引目注视久之，复以玉手按倭而忒之腕，言曰："倭而忒，汝果以我为妻者，我必相尔；即引我同行天涯海角，我亦无恤。汝勿以嫁汝之故，遂失我家世、隳我门地、辱我骨肉。须知我无家矣，后此毕一世之爱情，专属汝身，即一息奄奄，亦将祈天赐福于尔。"倭而忒遂起，抱女于怀，亲之以吻。女大愿既遂，乐极而悲。

船主在楼下，俟至黄昏，一人独仰天窗，见阳光已没、星光满天，遂燃烛吸烟，烟烬而倭而忒仍未下，则骇彼二人乃有此长谈。正惊愕间，女下。船主曰："密斯小女郎，汝与倭塔一何长谈，乃不招我进茗？"女以手引船主衣扣，言曰："吾亲爱之船主，吾尚有言。"船主引目视女，见女之面容，船主立悟，即引退其榻，言曰："即彼事耶？"女笑曰："即彼事也。"船主立掷其冠于空际，言曰："倭塔……丈夫……是耶？"女并哭笑为一，言曰："然。"船主力抱佛罗伦司为礼，后遂取冠加之于顶，引女之手登楼，自言曰："今日吾将调倭塔矣，适与商是事，彼乃拒我，今何如者？"既登，即曰："倭塔孺子，汝言不能为彼事，今曾为之乎？"船主此时之面乃热如汤婆，直可炙手。三人同坐饮茗，而船主"彼事"之言重覆至五六十遍，咽喉几为笑声所梗，则以素巾力擦其面，其赤如火。倭而忒同佛罗伦司志愿各遂，彼此互视。船主自呼其名曰："克忒尔吾子，汝小小之私产赐此二人，汝生平行事最为高卓也。"

第五十一章

数日以来，东贝何作，读者必欲闻之也，亦曾思及其女乎？彼尚以其女匿迹销声，作楼居耶？举家奴厮咸不敢告之以女公子不归事，然东贝亦不问及其女。举家悉知东贝之恨其女，遂亦默不一言。独有一人能贡其一二字者，东贝则立止不听出。女行之一日，赤克适归，潜视其兄，言曰："吾亲爱之保罗，若妻太狂谬，我所闻未审确否。果确者，则尔深情重义，彼即以是为酬乎？汝惟为彼之故，亲者疏之，疏者亲之，如是用心，乃得是报。嗟夫吾兄……”此语赤克盖指前日未曾招饮，己为不速之宾，故用是以刺东贝。语后，伏东贝之肩，力驱使其素巾自擦其眼。东贝肃然无言，扶其妹就座，言曰：“罗意莎，汝乃念我，惟我良不欲言是事。果我在此悲伤，无人见存者，则汝以天良来，我亦感汝。”赤克仍以巾掩面，言曰：“吾亲爱之保罗，我知尔志概高厉。吾亦不言，惟尚有一节，我闻佛罗伦司——”东贝大怒曰：“罗意莎勿言，吾不许更名是人。”赤克无言，复用其素巾掩目，叹曰：“今兹之东贝氏非复前此之东贝氏矣。”赤克本欲问佛罗伦司之所以行，及见东贝仍傲岸不答，亦怏怏自行。

东贝者，恨事但蕴之心，初不示及一人，亦不令家众寻觅其女，中心或以为依其姑氏，或仍匿楼上，即使思及其女，亦无从知。以东贝一生冷面人，初不辨其为喜为愠也。实则未知其女已飘泊，且已嫁夫，东贝尚沉沉如在梦里。东贝自谓虐待其女为一生恒事，十余年来初如一日，讵区区一批其胸，即复远遁？东贝此时至尊无上之心，初未末减，故威福仍张，凛然若不可犯。惟爱迭司之随卡格尔私奔，骄气亦微为之挫，特未坠于地。东贝之骄如老橡参天，干巨根深，即经樵人一斧，安能即仆？顾虽力秘其扃，不令外人知觉，终亦不闷，二目如垂涸之水，额上绉纹日增。虽深沉令人不可推测，而容止已改常度，纵极力支拄，竟不能傲兀如往昔之不许人以亲近，心中亦颇防外人道其家事。顾喧传者已遍城中，家人日日窃窃私语无论也，行及市上，市人争作色嗤鄙。肆中书记无日不论其事，一闻东贝履声，始止。偶至商会之中，同业之人亦皆背东贝而笑。东贝亦知不言者谅己也，苟一转背，而人声已腾沸不可遏止。迨晚归家，闭其窗户，似室中名人画象亦皆侧目而笑。东贝自知知者不仅伦敦一城，即外埠之间亦必喧豗叙述其事。

凡此者，皆非东贝之虚想也。但观斐尼克司勋爵身在德国，无由奔归英国，来面东贝，则知外间之喧传者确也。即少佐老约，久久未来，今日亦随勋爵同莅。东贝接见二人，而矫厉坚挺之容仍然如昔，思以莫须有之言欺此二人，即曰："今年初春乃如是之冷也。"老约不耐，即曰："是何言者？老约生平不喜以寒暄自掩其恶劣之心绪，先生果以矫厉之状待良友者，则老约不敢与闻。老约为粗率之人，既坚且钝，太子殿下即以是许老约。今且不必语是，果欲得一真心之友助公行事，则老约即为其人。"东贝鞠躬称谢。老约曰："东贝听之，老约亦慷强有名之人，吾友斐尼克司则铮铮于社会中，东贝亦然。夫以三名人议论一事，则世界中事匪不可了。"勋爵曰："然，吾甚愿吾友东贝知我歉衷。吾之亲串，本足持家而相夫，胡乃为此诡异之事？老夫自闻噩耗，忑忐不可自宁。昨日吾尚与长股之萨克司贝言，此人高可六尺零十寸，即东贝亦或识之。吾语之曰：'得此消息，令人恶心。'顾天下之事，冥冥中似有天意。此事若在吾姑母生前，讵非一怒立死耶？"勋爵语已，老约慷慨起立，曰："东贝将欲大言。"勋爵止之曰："幸恕我，我尚有言。我之亲串，行固奇谬，然我尚闻其同逃者即为牙齿极白之人，闻是东贝之家奴。此尤乖戾已极。惟人言如是，其中或有他故，吾亦不能即定为吾亲串之罪，或有他故。第吾既与有连，即东贝之妻党，果东贝根究是事，吾虽妻党亦断不抗挠。此事必求水落石出始已。大抵吾言东贝或能见信，吾亦别无他说。"东贝无言，但有鞠躬。老约曰："东贝，吾友斐尼克司洋洋名论，为老约所不能及，在彼已将夫人之事痛切言之，老约但能论处罪人之术。"语已，复大作马嚏，又言曰："承平之世，乃敢公然行其鬼蜮之术，在法不能令之远扬。"东贝曰："然，吾亦思及其事。"老约曰："似汝之为人，必不懵懵至是。侦取罪人之法，汝当豫知，我巴格司达克一姓最抱不平，或亦家风如是。惟我辈热血向人，初亦无利，但种类高耳。东贝果使以枪洞贼之胸，则老约必助汝。”东贝曰：“少佐，吾至感汝。果为是者，必劳少佐。惟今日尚未议及，亦不欲烦言。”老约愕然久之，曰：“汝知此二人安在者？”东贝曰：“吾未之知。”老约曰：“得消息乎？”东贝曰：“得之。”老约曰：“然则大佳，为公致贺。”东贝曰：“少佐恕我今日不复长谈，此消息之来或确或属讹传，初未有把握也。”少佐此来，本竭其血诚，及东贝报之以此，似无心于复仇，然少佐之气仍不馁，以为罪人垂得矣，遂兴辞而去。

二人既去，而司家妇人室中所坐而流涕者，谁耶？其人冠女冠之黑冠，且以黑纱蒙之。纱则甚博而不称，其人即密斯讨克司也。纱盖借诸他人，自其家奔至是间，与辟白真申其旧谊，欲侦取东贝家事，自慰其颠倒之心，问辟白真曰：“密司忒东贝如何，能自堪否？”辟白真曰：“状如往日。”讨克司叹曰：“此或外貌矫为镇定，中必不堪耳。”辟白真转其灰色之眼睛，作不屑状，曰：“是或然也。实告汝：此人能逃亦佳，我初不愿目此铁面之人，主持家事。”讨克司曰：“不特铁面而且铁心，奈何忍舍此贵人而去？”语已立哭。辟白真以手自擦其鼻，曰：“我乃不辨贵贱，以我思之，凡人苟遇是事，总须坚忍。我前此亦曾坚忍，今尚何牵挂之有？人既行矣，留者亦不愿其归，絮絮何为？”讨克司知为刺己之言，遂立起别。辟白真掣铃，令土林森引出。土林森不面讨克司久，即曰：“密斯无恙。方初来时，以大冠蒙纱，吾几不辨。”讨克司曰：“幸托庇，谢尔见存，后此见我来此，幸勿通谒主人，我来候密昔斯辟白真也。”土林森曰：“诺。”讨克司曰：“土林森，尔家所遭，乃极怪异。”土林森曰：“吾亦云然。”讨克司方在土特尔为教习，语人咸寓训迪之意，即语土林森曰：“土林森，此事出后，尔须留意。”土林森方不解所谓，即闻辟白真大呼曰：“汝絮絮何为，胡不引客出门？”土林森惶恐，即引讨克司行。行经东贝之门，讨克司瑟缩无地，实则东贝遭此变故，实心为之雪涕者，只讨克司一人耳。讨克司每日下午必至，虽遭辟白真之訾辱，亦必私问东贝之安，或雨后泥泞而市上乃多此一无为之雨伞、无为之木屐，即讨克司也。讨克司虽极致其殷勤、贡其诚款，而东贝梦魂初未之及。讨克司者，半明半昧，宛转行于东贝之轨道，意一至者即可自慰其相思，诚可哀也。

此时肆中书记盛论主人之事，上下四旁，无不周遍，咸度后人何人足继丞相卡格尔之任。惟众论所同者，即使推升，权力亦必不如卡格尔。其小伙无升迁之望者，则抗言曰："此亦何奇？我乃万不慕此。"盖自小保罗死后，肆人议论之多，此为第二次矣。尚有余人乘此时会大纵其乐，前此失欢之友，亦于此时重订新交。中有一书记素以能雅谑名，又有一人好与攻驳，如是避面者可数月。此时大众合欢，即假左近酒楼，为彼二人申好寻盟之地。善谑者为会长，攻驳者副之。罢席后，会长起，言曰："诸君，此时非复寻仇之日。近来之事，我亦不指实之，想诸君必且了了。某某之礼拜报及某某日报已申明其事，报名吾亦弗宣。"于是人人窃相告语以报名。会长曰："我今果与罗宾生再怀宿隙，则不足以副同寮之雅意。矧吾肆中人素以睦称，即主人家事，人人当意，决不自败其名。"会副罗宾生亦答以谦词，加以誓盟。忽有一人突然起立而言，此人至肆甫及三载，以算学贻误者屡，主人数数挥斥其行。此时言曰："我甚愿主人后此更不逢此大戾。"众闻之，争拍手称可。是夕之宴，众皆大乐，座中人初无彼此嫚媟之意，但有二小工辩论卡格尔岁入，相持未下，于是各以酒自伸其气，后此为肆人舁出。明日入肆，人人争思苏打水，解酒渴也。又人人互相攻驳其误书账目。迫处之饮啖尤多，几肇大病，盖无时不在肆中，彼此迭为主宾，终日昏昏，都在醉梦，以己酶颜，遂觉人人面皆惨白，则疑其均为主人家事忧烦，始至于此。平日黄昏，必归为家庭之乐，今日变色责备其妻，防践爱迭司故迹，时时加以申饬。密昔斯迫处则哭而诉人，谓吾夫轻鄙天下妇人皆无贞节，尽可宛转随人，至于蓄疑吾身必有一日随一侯爵同逃也。

时东贝家人亦颠倒，初无秩序，几于无日不温热酒，坐而谈心。土林森亦无醒时，往往叩其同伴，谓吾常言奴于人家者终无善果。因又议及女公子不知安适，大抵密昔斯东贝容或知之。综言之，舍东贝一人外，肆中、家中凡可为之恶，匪所不为，特东贝一人坐井观天耳。

第五十二章

慈惠之密昔斯白老姆及其女爱立司，二人对坐于小屋之中。时为晚春之黄昏，此为东贝语老约以消息确否之第二日。母女相对无言，老妪省省如有所待，其女亦似有所待，而杂以失望之态。妪家虽穷，较之白老姆独居时乃稍胜。地既洒扫，物事稍安置，均其女所为。二人坐次，天已垂暮，阴阴之墙壁亦收入黑影之中。爱立司曰："母也，彼决不来，可以勿俟。"妪不悦曰："彼必能来。"女曰："且少待之。"妪曰："汝以我为孺子耶？然我尚有智计足用。吾决彼必不敢背吾约。迩日吾于街上见之，微引其衣，彼回首盼我，乃如遇癞蟆。及吾问以得二人乎，彼状乃大变若厉鬼。"女曰："得毋怒乎？"妪曰："岂特怒耶？厥状至无字可以形容其丑，至于称之为怒，又焉能肖？果使吾称彼人之名，汝亦仅怒已乎？"妪且言且近橱次，取残烛照之，又坐以待。时门外已有足音，忽曰："汝听之，吾已觉有人踪矣。此等足音，似非吾邻右之人行动者。吾邻行步无此壮阔之声。"爱立司曰："人至矣，母趣启户。"妪少开其扉，则招手引之。

此时东贝入矣。既入门，即鄙秽不屑，立变其色。妪鞠躬曰："如此卑陋之区，原不足以莅大人玉趾，惟少坐，亦不足以妨公。”东贝侧视爱立司曰：“此为谁？”妪曰：“吾女也。大人勿防其人，吾女固悉知其事。”东贝蹙颏，似怪踪迹为人所知，又时时注视爱立司，似仿佛逝者之貌。而妪足恭至于无地。东贝曰：“妇人，吾之至此，已自失其分际，然汝当知吾何为而来者。是日汝默引吾袖，言汝知状，吾故匆匆至此。以我思之，汝或无此巨胆而敢欺我。若讹我数钱，以术愚我，则谬悠极矣。须知我若暴怒，则决非汝所堪。”妪自搓其手，笑曰：“今乃知大人先生之易怒也。惟今日之事，当请目睹而耳聆之。果能见信者，则当赐我以金钱。”东贝曰：“钱之为物，固能致难致之物、为难为之事矣。果得吾耗，决予不吝。然当先听吾言，果厚值者亦必与厚酬。”爱立司一无所言，此时忽曰：“先生亦知金钱之外，尚有物愈于金钱者耶？”东贝曰：“若在尔室中，似金钱为贵。”爱立司曰：“诚告公，世间固有重于金钱者。公亦知女子之怨恨乎？”东贝曰：“此少妇词锋颇锐。”爱立司曰：“吾之为是言，即请公释然于怀耳。须知妇人之恨，固无分贫富贵贱。公家产此妇人，是间之人亦复不弱。我即恨人，蓄憾久矣，且我之所恨，正与公同，次骨者即此贼。”东贝愕然视爱立司。爱立司微哂曰：“公我贫富不同，而衔恨于心则无分别。至贫妇痛恨是人，此中委折之故，亦不告公。今日欲告公以所在，初无所为，为泄忿耳。至吾母者久穷而贪，必以此消息鬻公金钱，此亦公理。公得贼，母得钱，厥利均也，但非我之夙心。吾心已剖白示公，亦不必更为喋喋。”方爱立司与东贝语时，妪至踧踖，以为开罪贵人，且经其女剖白，则为值将贱而不贵，因微引东贝之衣曰：“幸勿听彼妄言。”东贝左右视久，言曰：“此时可以告我矣。”妪曰：“当少待一人。此人至时，吾尚须以计诱取其言。”东贝愀然曰：“此何语也？”妪曰：“先生勿怒，吾必予公以确耗。果彼人吞吐不言，吾将立撕而碎其躯。”东贝曰：“尚有一人来耶？”妪曰：“然。”东贝曰：“然则消息得自彼人矣。”妪曰：“然。”东贝曰：“生人乎？”妪笑曰：“生人熟人均不系属，然此人先生或能识之。惟其来时，我必匿公不听见，彼见公将慑慑而不言。请公隐于小复室中，我问而公听之。”东贝内窥其复室，疑不敢入。妪曰：“公疑室中有客藏耶？嗟夫！多金之夫，怀疑亦夥。吾今以灯导公，用释公疑。”东贝引目随光而瞩，则空舍也，即点首命去其灯，言曰：“汝将立我于此，至于何时？”妪曰：“为时暂也，但数分钟之久。”东贝不言，徘徊暗室之中，夷犹不自决，已而更行数匝，心绪转向仇家，则亦不以久俟为厌。

方东贝行时，妪仍坐而听门。大抵此妪年鬓既多，又为东贝足音所乱，耳听遂聩。门外已有足音，为爱立司所闻，妪尚未觉。及爱立司作色示之，妪始觉，即起，止东贝勿行，取酒及杯置之几上，更启其扉，则巴伊拉入矣。妪呼曰：“佳儿至矣。汝即吾儿也。”巴伊拉大呼曰：“密昔斯白老姆，汝爱我可也，何为坚抱吾身，令人气壅而死？须留意吾鸟笼在是也。”妪向承尘，似呼天而诉曰：“汝观之，吾待彼如儿，彼乃视鸟笼之重尤重于我。”巴伊拉曰：“密昔斯白老姆，我固爱尔，惟尔行妒乃及于笼鸟，何也？且吾之爱尔，初非抱尔欲致尔于死。”巴伊拉语时，神情之间似谓果可以死妪者则决死无吝。巴伊拉曰：“我之重鸟，初非有罪。汝谓此鸟为谁畜者？”妪曰：“汝主人乎？”巴伊拉此时置鸟于几上，曰：“此鹦哥也。”妪曰：“我知之，此密司忒卡格尔鹦哥也。”巴伊拉曰：“密昔斯何为语及吾主人之名？”因自抓其发，曰：“我真交蹇运。汝之所为，乃令人生憎。”妪大怒曰：“汝敢欺我耶？汝直忘恩之童子。”巴伊拉哭曰：“我何尝欺尔？我非爱尔者耶？”妪伪笑曰：“汝爱我耶？”则又抱之绝紧。巴伊拉力挣而脱，脱时发已飞立。巴伊拉曰：“天下爱人乃有如是之猛烈，吾但愿尔……”复改口曰：“密昔斯白老姆，汝佳乎！”妪怒曰：“汝自上礼拜来后，乃竟不再来。”巴伊拉曰：“吾不预言以今日来乎？妪日来无恙乎？吾固愿妪之了了也。一自进门以来，一无言说，乃直抱我至于气咽而面赪。”妪即斟酒曰：“饮酒，少压其惊。”巴伊拉引杯曰：“密昔斯白老姆，吾为尔饮寿，但愿尔如此如此。”祈祷之词虽未出口，然以颜色辨之，非祝福，殆求祸也。巴伊拉复举杯曰：“我为彼饮寿，亦愿其如此如此。”此时爱立司目光似面墙，实则注意乎东贝。巴伊拉语后，立覆其杯，言曰：“密昔斯白老姆，汝深知鸟性者，此阅历盖尝尔百苦而幸得者。”妪怒曰：“汝吃苦于吾家耶？吾何苦授尔者？”巴伊拉曰：“误误。吾言受祜，汝聋也，然姥之处我薄矣，为汝所扰，几忘吾言。”妪曰：“汝不言吾善于相鸟耶？”巴伊拉曰：“然。此鸟属我矣。有一人家且迁，物亦将拍卖，吾百忙中暂藏此鸟于姥家，代我饲之，可乎？有鸟在于姥家，吾常至此，尚有所借口。”妪曰：“汝为鸟来，不为人来矣。”巴伊拉曰：“舍姥外，言鸟耳，即我专诚探问，亦职所应尔尔，更勿为此犷厉之容。”妪曰：“彼何尝念我者，然我安能汇汝？此鸟属我可也。”巴伊拉曰：“汝司此鸟，宜留意，有一羽铩者，主人即能辨之。”妪曰：“尔主人乃明察秋毫之末。”巴伊拉曰：“勿论此区区者。虽然，吾亦不宜多口。”语后即四盼，复引满其杯，遂以手弄鹦哥。妪此时眼光注巴伊拉，移榻近之，眼中亦伪视此鸟，从容言曰：“巴伊拉，汝近无事矣。”答曰：“姥勿问此事。”妪曰：“汝之工钱及饭，仍取诸主人乎？”巴伊拉曰：“此鸟乃大佳妙。”妪怒目视之，而巴伊拉伪为不见。妪曰：“我乃不明尔主人胡以不挈汝同行。”巴伊拉仍如不闻。妪引手作势，欲扼其吭，然且不动，先曰：“孺子。”巴伊拉曰：“何事？”妪曰：“我言尔主人胡以不挈尔同行。”巴伊拉曰：“不必言此。”立时妪忽捋巴伊拉之发，以手扼其吭。巴伊拉色立变，呼曰：“密昔斯释手，勿致人于死，少妇救我……救我……”咽际已咯咯然动。爱立司一不之动，坐视二人一扑一抵，至于墙隅。至时，巴伊拉身脱，气咻咻然喘。老妪少歇，复前。爱立司曰：“母也良佳，当立碎其躯。”巴伊拉惊曰：“汝亦如是耶？吾何时开罪于汝？我罪伊何，乃碎吾躯？汝辈尚自命为女人耶？女人温柔之质又安往？”妪曰：“汝忘恩之狗，詈人之狗。”巴伊拉曰：“姥且静，我究何罪，汝不言爱我耶？”妪曰：“我今不言。我言，彼乃拒我；我好奇，欲闻彼主人及彼夫人消息，彼乃敢峻绝如是。今我亦不汝问，汝行乎？”巴伊拉曰：“姥又误矣，我何尝言行？幸恕我，勿暴怒。”妪曰：“我决不汝问，汝不知恩之畜类，去矣，我决不留汝。惟外间有数人欲仇汝，我今决与彼言，彼方觅汝如狗之觅狐。汝固忘彼，彼或不忘汝。汝去汝去。汝果有力量，能终秘尔主人之事。爱立司，彼人焉及我？我今开门，趣行，勿留勿留。”妪反覆是言。巴伊拉哭曰：“密昔斯白老姆，汝竟存心死此童子耶？请尔再思，勿出辣手。”妪曰：“汝勿语我，但行但行。”巴伊拉曰：“我何敢行？以一童子处此危难，苦乃万状。我故小心，以彼明能烛幽，我何敢背？汝果欲闻彼事，我何妨一言。汝今且问我何事？”又对爱立司曰：“汝但乞老母一问，足矣。”爱立司曰：“母闻其言乎？母且问，彼更不尽言，死之亦未为晚。”妪闻言，怒似少霁，再与巴伊拉接手，少抱。巴伊拉防更扼其吭，则瑟缩而退，隅坐妪旁，目光流盼，防其更肆毒手。妪引巴伊拉之手于怀中，言曰：“吾亲爱之孺子，吾问汝主人何为？”巴伊拉曰：“乞勿高声。彼大致佳也，谢姥见存。”妪曰：“汝赁值尚存乎？”曰：“亦月得钱如故。”妪曰：“汝长日何事？”曰：“事无一定，但令我留意。”妪曰：“主人外出乎？”曰：“姥胡不更谈他事？”妪闻言，且立起。巴伊拉大窘，即曰：“大致在外国。”指爱立司曰：“彼何为以目后顾？”妪则力挽其臂，曰：“汝勿恤吾女，吾女故态如此。今且问汝：见彼美夫人乎？”巴伊拉哭曰：“安有所谓夫人？”妪曰：“无耶？此夫人即密昔斯东贝。”巴伊拉曰：“彼也，吾乃一见其人。”妪曰：“是否为彼起行之夕？”巴伊拉曰：“姥既知之，何必令我覆述？”妪曰：“即于是日出外国耶？其人又安往？汝又于何处得之？彼笑耶哭耶？一一示我，趣言之。汝但言，我必不语人。前此不尝与尔谈秘事乎？今其人先适何地？”巴伊拉欲言立咽。妪曰：“汝哑耶？”巴伊拉曰：“我乃非哑，姥令一童子出话，乃责之以电力。果我为电者，则电力一及，汝即已矣。”妪怒曰：“汝何言？”巴伊拉曰：“我言爱尔。汝适非问彼二人安适耶？二人者，一男一女乎？”妪曰：“然。”曰：“彼未有所适。”即曰：“勿动勿动。彼二人非一次行也，惟行踪甚秘，无人能悉其时。吾但知其分路行也。”妪曰：“行必有相遇之处。”曰：“然，非有约会之地者，如何遽行？”妪仍力引之曰：“后此如何？”巴伊拉曰：“姥所问者，应已足矣。”此时巴伊拉每答一语，必一拭泪，曰：“姥适非问女子之哭笑耶？”妪点首。巴伊拉曰：“彼不笑不哭。吾见彼时，姥可立誓勿告人。”妪岂不能起誓者耶，妪之宗旨但欲复室中人知之而已，即大声立誓。巴伊拉曰：“吾送之至烧司安白登船埠。彼一路坚镇如石象，明晨尚尔。后此吾亦归，见其在船上时，丰裁亦如是。此足矣乎？”妪曰：“未也。”巴伊拉欲哭，久乃曰：“天下乃有老媪如是之很毒，今尚何问？”妪曰：“我问尔主人安往？”知此语巴伊拉必不即言，则坚持而狞视之。巴伊拉曰：“主人行踪，吾实不知，敢立誓自明，惟临行时告我勿多言。此语告姥，非挚友吾亦不语。姥告人者，法当请死于天。果为彼知，尔我均不能生。彼人之力，何施不能获者？尔良不知彼之能力。实告姥：百事皆不能愚彼。”妪曰：“吾不立誓乎？汝乃敢谓我忘誓？”巴伊拉曰：“吾诚知尔。”语时为态甚疑，复曰：“言之，汝亦非幸。”妪曰：“巴伊拉。”巴伊拉惊曰：“尚有事耶？”妪曰：“巴伊拉，彼会于何地？”巴伊拉以拇指加诸齿，复以指自划其胸际者再，似不能安坐于榻上，久久言曰：“吾安知者？”妪复作势捋发而扼吭，言曰：“孺子已引我至此，中道万不能废。我非穷诘底细不可。”巴伊拉曰：“外国之名，我何由脱口？我尚僮厮，汝偌大之年，胡不见谅?”妪曰：“虽不之知，必闻人言说，且其声何类?”巴伊拉曰：“我乃未闻其声。”妪曰：“能拼其字形乎?”巴伊拉如笑如哭，纳手襟间，出粉笔小半。妪即拂去几上之尘，令书，复作势隐示厢中之客。巴伊拉曰：“吾书后，汝不宜更问矣。果更问者，吾决不能知矣。诚告尔，吾果见其书。汝曾否欲吾述所以见此之故。”妪点首。巴伊拉复曰：“诚告尔，告后尔可勿絮絮。”妪曰：“诺。”曰：“有人以此夫人属我，令我送之船上。临行时，此人在纸上书地名付夫人，防其遗忘。孰知此夫人得后即碎而掷之。吾潜拾之，中书到某地。汝当立誓勿宣。”妪点首，巴伊拉以笔作 D 字。妪曰：“此为 D 字。”巴伊拉曰：“妪勿喧豗，但观之而知之，可也。”妪曰：“巴伊拉，尔书须巨，吾目瞶，颇不了了。”语后，举手以示厢中之人。巴伊拉怏怏伏书，东贝已蹑足立其后，此时眼光出巴伊拉肩上。爱立司亦注意几上之书，每得一字母，唇辄微动，似拼合其音，且以眉目示意于东贝。书竟，二人合拼，皆成 DIJCN，字曰迭雍。巴伊拉书竟，即唾沫于手，力擦其字，尚有白色未净者，亦以袖拭去之，谓老妪曰：“姥应知足矣。”妪此时始释其手，拊其背，慰之。

此时巴伊拉心惊而酒醉，竟伏案而寐。妪闻鼾声发，即入小门中引东贝出，然仍以身蔽巴伊拉，勿令见东贝，眼光则直注东贝。东贝遂以物按其手，锵然有金钱声。妪张目如乌鸦。爱立司此时亦注目东贝之出，见其颜色绝白，飞步而去。迨门闭，始面其母。妪握手，至爱立司前，张手微示金色，似防为女所夺，言曰：“爱立司，此人之行将何为者?”女曰：“必加毒手。”妪曰：“杀之乎?”女曰：“其人如狂易，安知其不如此?果东贝不杀贼，贼亦且杀东贝。”此时爱立司眼光凶露，颜色惨白。母女分坐，妪则俯视其金钱不已，爱立司努目上翘，如有所思。巴伊拉睡乃至浓，屋中但有鹦哥动耳，人皆无言，而鹦喙则力啮其笼，似解主人有难，欲飞而传语者。

第五十三章

卡格尔此次所为弥天之大恶，为之悚慑无一息安者，则其一兄一妹耳，其痛乃较东贝为甚。东贝有复仇之心坚凝专一，尚可自解，平日骄恣、倔强、冷涩、深沉，种种心质如合万派之纤流，归入大河而去。综其名目，曰复仇。外观似一无所动，然复仇之坚，较平日之凶德乃很至数倍。外虽衣冠如故，而噬人之心乃过于鸷兽。此时心注仇复，自无心念及家事。若卡格尔之兄妹，则但有畏祸之心，一无排遣之术。妹氏哈里爱德自思我果与仲兄同处者，用我规劝之言，阿兄或不至是。虽顾如是思想，然亦不悔误随伯兄。至于约翰，一闻其弟为此，则心碎如齑粉，自思吾兄弟二人乃皆负恩而背主。因其弟之负恩，遂亦自咎前此之失足。既思己过，遂忘其弟之凶。

一日，即为东贝侦取巴伊拉消息之日，兄妹咸家居，忽见窗口有人影瞥过，闯然入门，则迫处也。既入，自刷其履上之尘，言曰："昨日奉主人命令，以书与君。吾本侵晨即来，乘君未出门前付汝，以吾妻晨起欲死者数。"哈里爱德曰："密昔斯迫处病乃如是之笃耶？"迫处闭门，始言曰："吾妻初无他病，自主人家暴变，因忧而成瘠。吾妻素弱，闻此噩耗，如急弦猝断。实则此消息不在弱不胜衣者为然，即君家昆玉亦必怏怏无聊。"女叹息，视其兄。迫处曰："即我亦至悲梗。自闻此事，乃陶然如醉，每日晨起直同夜饮不支，头岑岑不能自止。"顾迫处今日颜色果有病酒之容，实则迫处每日为人侦取东贝消息，恒饮之酒肆之中，安能不为此态？迫处曰："我局外之人尚尔弗安，则君家昆玉为骨肉之亲，胡能自免于戚？"语后无声，似待彼兄妹为抱歉之言，顾乃无有，则以手着鼻间微咳，用待报章，而兄妹仍无言，则复以冠自掩其口，再咳以示意，至是仍渺然无声，于是纳手怀中取东贝书，笑曰："主人言勿须作覆，请君观之，应否答书。"约翰启视，则东贝手笔，书语未长，观后言曰："此可勿答。"迫处却退曰："请密斯晨安。此事当自排遣，勿介介于中。"又却退数武，言曰："报中终日侦取消息，有某礼拜报中访事竟欲以资与我，请我尽言。此等人长日均在主人宅次候我，昨日待至八点以后，尚在钥窦之中张望。惟此钥为专利之锁，乃无窦足窥。尚有一报馆访事在王臂肆中勾我终日，我偶与言，而明日大字排印，则即我之所言。"语时，纳手于怀，似欲取报，而报乃弗在，但得其手套着之，言曰："再见。"迫处出门后，仍至王臂酒肆中宣言，谓密斯卡格尔见已大哭，引我之手言曰："亲爱之迫处，吾见尔中心滋慰。"彼兄约翰谓我曰："迫处，我乃不认有此弟，幸勿更言及此。"

兄妹二人待迫处去后，呼其兄曰："约翰，信中似非吉语。"约翰叹曰："然。此亦意中所料。作书之人，吾昨日尚一见之。"女曰："作书者为谁?"约翰曰："密司忒东贝也。昨日吾在肆中，东贝特过我之前凡二次。前数日，吾故避之，顾又安得避?试思吾在肆中，即彼仇之兄，见之胡不动念?"女曰："彼曾语兄乎?"约翰曰："未也，然心中固决其有此书。书辞决我矣。"女闻言竦然，然患其兄不能堪，则立镇其神。约翰出书，读曰：

> 自此事出，我偶闻尔名，观尔人，中心滋不能释。今以书告尔，自今日起，尔我交绝，幸勿再至吾肆。附上银票，此为我厚待尔身之惠。汝幸自谋可也。

约翰读至此，言曰："哈里爱德，此事尚属主人宏量。"哈里爱德曰："以他人之过，殃及兄身，尚以为宏量，则兄量亦自宏矣。"约翰曰："吾兄弟多谬戾，宜其闻名而怒。勿论主人，即吾自思此一姓之人咸为恶种，惟吾妹亦姓此姓，故亦不敢遽轻吾姓。"哈里爱德曰："伯兄果爱我者，万勿为是放言。"约翰以手掩面无言。哈里爱德竟至其前，力挽其兄之手，言曰：“伯兄，吾兄弟托衣食于主家，为年久矣，一旦凶终，令人不无耿耿，然吾辈当思自活之方。约翰听之，我骨肉二人，彼此以力相助，当无必死之方。”言次微笑，亲其兄之手。约翰在万死中如得生趣，言曰：“亲贤之妹氏，妹之挚情，乃不弃伯兄之不肖，忍贫随我，我愧无以报德。吾既无朋友之助，以我与妹同居，至以我之恶名力袪妹氏友朋于无迹，宁非我之累汝？”哈里爱德以手掩约翰之口，曰：“伯兄勿尔。果念我为骨肉，万勿再言。”遂与约翰同坐，言曰：“约翰，吾亦虑及伯兄有此危难之时，吾已为兄留一后援，平日初未语兄，以吾家尚未馁死，故终不言。今事急矣，妹固有一朋友，其力足以助我。”约翰曰：“良友谁姓？”女曰：“并我弗知。此友前来觅我，言有危难必来见助。吾观此人为至诚之长者，万不愚我。”约翰大惊曰：“良友又安居？”女曰：“吾亦莫知。彼云咸知我兄妹行状，即兄前此舛误，彼亦深知，故吾不欲以其人告兄，防触兄旧时心绪。”约翰曰：“其人至我家矣。”女曰：“然。即在此门中。”约翰曰：“其人风貌如何？”女曰：“年事已多，发有二色，人则忠诚坦白。”约翰曰：“汝第一见乎？”女曰：“屋中把晤，仅为一次。”语次色赪，“此客言每一礼拜必令我一见其人，其见也无他，但望我平安，不至冻馁。勿须其助，其人即行。彼当来时，即欲助我，我力拒之，因有是约。”约翰曰：“一礼拜过门一次乎？”女曰：“自当日起，每礼拜日晷刻不爽，必经吾门，其人多步行向伦敦，即见我亦但点首，伸手一麾即去。其先吾尚疑此人踪迹甚怪，后此每礼拜必见，察其诚悃，方审其无他肠。即此礼拜一乃未过此，吾思或以仲兄之故，与彼有系属乎？”约翰曰：“汝试言何系于此人？”女曰：“我固未知，然此事出时，彼即爽约，则不能不因而牵合及于仲兄。以私意卜之，彼非小人。此次不来，后必践约。果再相见，则吾必言已经禀白伯兄，介绍此人与兄相见。彼人前此语我谓必位置吾二人不至于冻馁，吾语其人，谓果水尽山穷，必来乞援。惟力讳其名不吾告。”约翰曰：“哈里爱德，彼既了了吾事，吾决识其人。”女遂举其风貌、身材及其服饰，亦不知约翰果不知其人邪，或女言之弗详，而约翰乃果弗识。于是兄妹同商，俟其至时再见。

哈里爱德仍操家政，约翰则自至小园整理花草。是日夜深，约翰方读书，女则坐而治针线，即闻有叩门声。兄妹以卡格尔敢冒为不韪事，一闻门声，则大骇。及约翰启关，女则坐而侧耳，闻来人与伯兄语，伯兄似识其人。移时二人同入，伯兄曰：“哈里爱德，吾为尔引见，此为密司忒摩尔芬，在主人家与仲氏同事久矣。”女骇然如见异物，此人即当时不知姓名之朋友也，呼曰：“约翰，来客即吾平日之所见者。”摩尔芬鞠躬曰：“密斯哈里爱德，我此来，方自忖度何由能自述吾名，今既为贤兄所述，乃省吾难事多矣。”语约翰曰：“密司忒约翰，吾来此数矣。汝开门见我，似大骇异，今闻女弟言乃更愕然，兹亦理所应尔。”遂与兄妹为礼，即坐于女侧，去其手套，纳之冠中，言曰：“密司忒约翰，吾无因竟叩府中，晤见贤妹，似属突然；即于每礼拜中约一晤面，二事皆近怪特。实则非怪，天下事多行之即为习惯。今吾视兹事亦甚习矣。”语后，引身近榻背，即纳手襟间，言曰：“吾主人之骄恣慷健，自我视之，亦正习惯。惟其骄也、慷也，故其所属之人，恶者即因之而以为恶，冷者遂漠视世事，为袖手旁观之人。即君之仲氏，因东贝之无状，遂行其不义。若鄙人者，年来眼熟烟云，但行其我所应为之事，俾之勿误，则百事概置不论，在冷眼中观君仲氏逐年增其势力，将肆中生计及主人血产为其脚底之蹴鞠，信足而腾掷之。即足下行为，我亦留意，但为分内之事，实与吾同。我自是心清无滓，随遇而安，每逢礼拜三必至俱乐部奏乐，他事既已勿问，但调吾弦。此即吾之习惯。”约翰曰：“先生虽如是萧然，然肆中人匪不尊礼。”摩尔芬曰：“我惟无争，故不开罪于人。仲氏见我不争，亦不加意于我，且不防我。其为仲氏所抚弄之人，亦喜我柔嘉而容我。我自是遂安其身。今日官场中人，贤者即类此人。凡命我所为，我即为之，初不欲面主人，即吾应为之事为尔仲氏所揽，我亦弗争。试思吾安逸如是，足矣，何为顾及令妹之苦况？其中盖有故焉。我所居室，与仲氏屋但有一板之隔。吾之突如其来，根源即基于此。”约翰语哈里爱德曰：“此先生之房本与亚姆斯通，后乃隔之。”语后复面摩尔芬，请其更言。摩尔芬曰：“仲氏所言，我皆历历。吾有时故噫气以自隐，似示意勿言。彼乃不吾备，有时语秘密事，吾即出户避之。一日，汝兄弟长谈，其中尚有一倭而忒，吾即不愿闻，以涉君家事也，顾虽出而已闻此事。汝或能忆。”约翰点首。摩尔芬曰：“吾闻言后，心滋弗宁，竟尔乱吾习惯。大抵吾之生平，足以撩乱我者，即此为第一次。此一次，形迹未忘，又闻尔兄弟语，竟论及贤妹之事。须知吾非好闻人之隐事，顾一板之隔，如何不闻？闻后，叩诸本怀，初亦未有亏损。闻君语妹氏如是贤懿，吾心敬礼无极，故遂奔至是间。第一次相见，伪为问道之人，贤妹见疑，乃不吾告。第二次则自请至于屋中，遂与贤妹定缓急相通之约。吾突然出口，贤妹侃侃敷陈大义，令人叹服。因无言而进，但言一礼拜一见，续续无断。自此事出，时吾心绪慌忽，遂一次不至。”约翰曰：“吾长日与君相见，初若未闻，果吾女弟告我以姓名者，我安不辨先生之高义？”摩尔芬曰：“约翰，吾之不遽通名，盖有二因：一则有心助人，人未沾我实惠，故宣其名，宁非骛外？故必待其人果资吾助，吾始予以真名。一则望君兄弟终有团圞之日。仲氏多疑而迁怒，防彼知我助汝，既不足为君家之福，乃愈伤兄弟之情。吾前此本欲在主人之前为君揄扬，果为之者，则仲氏将切齿于我。我本足自给，即亦无恐，然主人家先殇其子，后乃野适，继而续弦，已而反目。主人竟与肆中隔绝，百事均仲氏司之。我至不与主人把晤，肆中之事乃如乱丝。今所欲言者则皆言之矣。今日知主人与君谢绝，则我所欲为之事，或不吾拒矣，且为时已晚，吾亦无言。”因指哈里爱德曰：“此人为君家祥瑞，幸为留意。”语后起立，将行，复谓约翰曰：“且至外间候我。至汝之所言，我亦知之，可毋庸言。惟吾尚有言告贤妹。”

既而约翰出，摩尔芬即敬谨告哈里爱德曰：“密斯殆欲问我以贤兄之事，今则可以问矣。”女曰：“我何敢遽启此齿？”摩尔芬曰：“我适与兄言，而密斯频频注我，即不言，我已神会，殆欲问仲氏曾席卷而逃乎。”女曰：“然。”曰：“行未挟资也。”女曰：“敬谢上帝，吾心略释。”摩尔芬曰：“仲氏殊负人托，以主人之资为己营运，复不禀承主人号令，恣意措置货物，因之损失至巨。所属之人，法宜约束，乃以己私之故为所钳制，不敢申斥，事乃益坏。且联络同党，张大其词，以耸群商。果使一清账目，则根基立为之动。彼东张西罗，状甚诡秘。中枵之故，主人一不之知。主人有时检核，则以浮冒之账目相抵。迩来……”复少止，而更言曰：“密斯聪明，想吾贸易中人语亦领解乎？”曰：“知之，知之。请先生以最恶之消息见告，可也。”摩尔芬曰：“迩来颇欲清理己之虚耗，故长日检叠账籍，日无暇晷，大抵欲以己所亏耗者纳主人会计之中。仲氏之过失，岂在卷逃？直侵蚀主人之资，较卷逃为重也。”女以为语后且行，复止之曰：“先生亦知吾兄能否濒于危险？”摩尔芬曰：“何也？”女曰：“此肆能否自支？”答曰：“以密斯之诚笃，原可径遂自陈，惟勿转白他人。”女曰：“请君恣言，吾必终閟。”摩尔芬曰：“适密斯殆言肆中之名誉，以我卜之，似未甚剧。果使检核时，微有支绌，容或有之，然尚未抵于败。惟主人仍恣其骄嚣之性，以为尚有余积，则其败衄决矣。”女曰：“然则果败衄如先生言耶？”摩尔芬沉吟久，乃言曰：“东贝殊非纳谏之人，惟身膺多难，所以至此。后来气忿少舒，合吾辈老成数人言之，容有听纳之一日。今吾所知者，悉告密斯，此时不复多谈。”语后，引女之手亲之，立出。

约翰已提灯，延候于外，见面将致谢。摩尔芬立止勿言，匆匆立出，若防约翰之追谢。客出，兄妹据炉夜话，几及迟明，盖即睡亦莫交睫，大类二人同舟，为风飘泊孤岛之上，竟乃有舟振之出险。且此二人亦非喜而不寐，尚有万难之事梗其胸中，则仲氏之恶在于不赦之条，用是忧郁，不可自止。明日，摩尔芬以书至，令约翰以晚中来。

迨暮，约翰遂赴其约，女一人独坐可数句钟。天既昏黑，心绪如潮而起，似昏黑中其仲兄恒在其左右者。屋中既未上灯，女至不敢举首，防触其仲兄之鬼。有时似闻其兄潜于复室，明知其为虚想，顾必以灯照之，用自取信其误。既已无有，在势宜释其疑，然仍不能遽释。此时严更已动，女尚据临衢窗口而坐，俯首沉思。斗觉玻璃上有人影，引首视之，则失声而骇。时窗外有人，颜色惨白，内向而望，若有所觅，迨四目既遇，窗外之人作微哂状，言曰：“请启关，吾尚有言。”女观是人即风雨中道行之贫妇延入饮食之人，然复忆及后此不近情之举动，则又大震，不敢遽启其扉。爱立司曰：“密斯勿疑，今兹悔过，特来申谢，非复前此之狂恣。密斯可勿忧慑。”女见情状悬悬，心为之动，即启其关。爱立司引手言曰：“密斯容我入室乎？或即阈上匆匆作数语。”女曰：“客何事来？又何语者？”爱立司曰：“吾语不烦，然及今不言，更无来言之日。若不启关者，吾即欲行，似有欲引我去此不听留者。若果宏量，不念前隙者，当容吾入。”女即启关延之。爱立司即至前时曾坐之处，跽于女前，言曰：“密斯亦识我乎？”女曰：“识之。”爱立司曰：“密斯曾否忆及前此叙述之言，告君以来处，吾筋力皆惫于风雨中也。”女点首曰：“忆及。”爱立司曰：“是晚吾尚重来掷赐钱于地，且作诅咒之语，今日乃长跽君前。须知前此之诅，出之本心；今日之跽，亦本血诚。二者皆不伪也。”女曰：“然则此来冀吾恕汝，我焉有不恕者?”爱立司正色曰：“我非求恕，但有言奉白，乞君信我而已。”然仍跽不起，以目注火，炉火之光射其已残之丽色及其黑发。发本四垂，语时或自咬其发，或掣而断之，其意甚恨。言曰：“吾年少美丽，时理吾发则甚秘惜，称吾发者亦有人。吾母当吾少时初不属意，至于破瓜之年，已盈盈动目。母乃爱我不已。母穷而贪，竟以我为救贫之物。此时流年如水，吾亦无可叙述，密斯本可一思而得。综言之，以貌毁吾身矣。吾实为一人作玩弄之物，为时亦复不永，已而厌倦，其弃我也较诸小儿之抛掷玩物为尤忍心，密斯亦知其人谁耶?”女曰：“何由问及于我?我焉知者?”爱立司曰：“密斯不知，何由身颤不已?须知此人厌我后，竟以我之名杂入盗案之中。盗固有之，顾乃一文未得。言名在盗籍之中，而实未为盗。庭讯之后，既无人助，复无川资。吾立志不问之乞赁一钱，自全其命，而吾母则卑陋不如我，竟赴彼家乞钱。大抵陈乞金镑不及吾一掌之指数，密斯亦知彼作何状?乃叠二指作响，分文弗与。我固不嗜其金，果得金，亦足生吾纪念。彼乃并纪念之资亦不吾与。知此行至配所，必不归矣。密斯知是人谁耶?”女曰：“何由见问?我乌知者?”爱立司曰：“密斯既不之知，何为身颤不已?我固知密斯识此人，但不言耳。实告君，即君仲兄亚姆斯也。”女益大惊而颤，然二目犹注爱立司。爱立司曰：“当第一日见君时，即知君为彼人之妹氏。我虽饥疲，尚奔至掷钱以泄忿，以我当日之忿充其所至，虽极天涯地角亦当剸之以刃。凡诸所言，密斯信耶?不信耶?”女太息曰：“天乎!我信汝也。惟汝此来告此薄命人何为者?”爱立司曰：“自当日见君后，一日遇之道上，一见其人，冤愤直冲，心如炸裂。君亦知其人近得罪一绝骄之人，结为死仇，身则在逃。试思我果以彼潜逃之地告彼仇人，密斯之意如何者?”女结舌不能言，但曰：“诉彼耶?”曰：“然。吾近得一人知君仲氏潜身之所，吾即延彼仇家隐之复壁，令此人历历言之以示信。吾窃视其仇，凶厉之状，竟非人形。吾知此时已在道，穷彼所往，不日得贤兄矣。”女大惊曰：“汝行，幸勿近我，我怖汝极矣。”爱立司不止，尚曰：“我行，是事汝亦信我乎？”女曰：“此亦不能不信，汝行也。”爱立司曰：“我尚未行，汝试思我能伸此辣手，则蓄憾于心，当知其绵绵无有穷期。”女曰：“可怖可怖。”爱立司曰：“吾之来此长跽而自明者，何也？须知吾亦悔矣，然吾亦不愿对尔自明。自吾为此后，长日不能安贴，不知所以，寻复怜之，亦欲挽回其事，顾已无及。吾昨日见其仇行时，彼人似有性命之虞，则深不欲其晤面。”女哭曰：“是何术足以挽之？汝能发，亦当能收。”爱立司曰：“昨日虽无睡，似梦见尔兄僵卧血泊中，今日又似时时有鬼近我左右。”女又大惊，言曰：“我女流，又何法能救吾兄？”爱立司曰：“今惟飞书告之，其人尚在迭雍。汝知其地乎？”女曰：“知之。”爱立司曰：“趣告彼：仇家至矣，得信趣奔，万勿遽与相见，后此再见则无性命之虞，以气少平则祸亦少杀。惟遇之彼地，则祸肇之我；易以他处，则死不由我矣。吾不欲以新罪加于故罪之上。”语后，不待答词，爱立司已夺门而去。

第五十四章

时为十一句钟，地为法国逆旅中。逆旅绝巨，然有数院落可以另居一家之人。此人家中，一为餐堂，一为退闲室，一为卧房。卧房中尚有小退闲室，此小室中绝温暖。数屋彼此交通，门临大屋之甬道。卧房中墙上尚安一门，临一梯级，可出后院。房中本盛饰，以年久微觉陈旧。墙及承尘均镂金，地板受髹后以蜡傅之。是晚，小退闲室烛光灿然，注射一美人之身，其人即爱迭司也。一人向隅而坐，风概仍如前状，骄不可近，两颊微瘦，目眶略巨，中殷忧也，然实无愧赧之容。长日坐此，似有所待，既不观书，亦不拈针线，但有凝思，似已定策，初不必假物以消遣。嚼龈坚坐，盖不如是者，即战栗不可自止。指既坚握，鼻亦微掀，胸上时时蓄缩，仍枯坐以待。忽闻外有钥匙之声，足音已近，则惊跃而起，呼曰：“何人?”答词则操法人之音，将食物进。爱迭司曰：“孰令尔进此?”来人曰：“此麦歇所定制者。方麦歇住此时，留书一封，令我上马丹。此书马丹或已见之。”曰：“见之。”来人秃顶，言曰：“麦歇言以十一句钟传餐，以丰美为上，惟吾肆中名誉安敢或苟。”爱迭司亦不言，见陈设乃有两座。爱迭司见铺设未已，即以灯入卧内，四照其扉，行及墙上之扉，即取其匙纳之外窦。纳已，复归座。餐已陈设，秃顶者曰：“马丹知麦歇以何时来?”爱迭司曰：“我乃未知。”秃者曰：“肴已就炙，不进且冷。麦歇语我十一句钟必来，或英人之言必与法人异也。”语未竟，言曰：“麦歇来矣。”

此时与之同入者为之启关，麦歇入矣，露其作光之银牙，进与马丹抱见，以法语呼之为妻。秃顶者曰：“马丹晕矣。殆见麦歇喜极晕也。”然马丹实未晕，乃颤耳，此时不坐，乃以手拊榻背立，岸然如石象。秃顶者曰：“麦歇，我立将肴核陈列矣。”少须，即将入，盘餐均加以覆，案小则列肴于他几，但取一二陈诸马丹、麦歇之前。麦歇曰：“汝留物于此，我自进用，汝辈且出。”秃顶者曰：“此事安可劳贵人?”麦歇曰：“否。我固欲之，且今日汝勿候我于此。”秃顶者曰：“其中尚有马丹在。”麦歇曰：“马丹固有女侍。”秃顶者曰：“幸见恕，马丹初无婢也。”爱迭司曰：“吾长于旅行，无须侍婢，汝亦无庸留此以侍我二人。”秃顶者遂出。

卡格尔随之至门，下其钥。爱迭司见卡格尔下钥时，匙声犹响，而钟声正动，数之适十二点。卡格尔回身时，爱迭司已取案上之刀置案侧，可以随手取携者，仍立而无动。卡格尔曰：“吾爱不图一人至此，斯亦奇矣。”爱迭司怒曰：“汝何言?”声之惨厉，貌之刚狠，良不可近。卡格尔执灯痴立，不能语，已而置其灯，笑曰：“汝一人至此甚奇，即与人同来，事亦无碍，惟汝留意故尔尔。我今或至罗翁，或哈佛，尔当更倩一女仆，时尚未晚。”爱迭司仍不言，但有努目相视。卡格尔曰：“我平日对尔乃未见如今夕之姣丽，前此思君之时，心目之中描摹娇娜，乃不如尔真相之佳。”爱迭司仍无言，睫长几掩其目，然气概至怒张。卡格尔曰：“尔我至此，乃犯百险而来。今既出险，须知来自百苦之中，成功愈见甜蜜。我特相择西西里为我二人行乐之地，其地适足逍遥，或足偿我当日承人眉睫之伧态。”语次，欲近而亲之。爱迭司取刀于手，却退曰：“汝止，汝敢进此一步，血溢于喉矣。”此变盖类迅雷之起于晴空。卡格尔果却立。爱迭司曰：“汝即止于是，少进立殆。”二人对立如木人。卡格尔既怒且惊，顾即力遏其怒，敛为笑容，曰：“今我二人，无人在侧，不见不闻，讵作此态，令吾惊惶耶？”爱迭司曰：“汝以为都无闻见，将借是以逼我？我今特乘此无人之境而警告尔，果我畏尔者，何须至此与尔相见？又何必在深夜中告汝以事？”卡格尔作昵声曰：“汝欲何言？尔真恶人。娇嗔之状，较常女人妆点为佳。”爱迭司曰：“汝欲我尽言者，汝且归座勿痴动，动即死。”卡格尔仍露其猫齿，言曰：“汝尚以我为尔前夫而欺之乎？”爱迭司不言，但以刀示榻，令坐。卡格尔如怒如笑，咬牙而坐。既已不服，而又不能不如是，遂以齿自咬其指，侧目睨爱迭司。

爱迭司见卡格尔坐，始下其刀，以手自拊其胸，曰：“我此中有无数之言，非情话也。实告汝，今日始为汝尽言。”卡格尔伪笑言曰：“果见戏，趣言之，肴蒸冷矣。”然斜目睨视，见爱迭司冷如冰雪，则微顿其足，曰：“死哉是人！”爱迭司曰：“汝在无形之中僇辱我身屡矣，计自吾与彼人定婚至于成礼，汝阳为崇奉，阴乃爬梳吾之缺憾，用为轻诋。汝尤知我爱彼天真纯美之女郎，汝挟彼狂童之力，俾我离析。吾自至彼家二年，汝从中舞弄是非，吾节节为尔所制。”卡格尔曰：“马丹，尔记性良佳，乃历历背诵其前事，无一讹舛。惟此技但能施之若夫。”爱迭司如不之闻，言曰：“东贝固可恶，然以汝为之羽翼，恶乃不翅。汝直增过而益戾，然彼既以汝为械以挫我，我亦用汝为械以僇彼。今吾谋已遂，今日晤汝，亦即今夕绝汝。吾语泄以后，更无余言。”卡格尔力撼其案足，恨至次骨，顾乃不能发语。爱迭司亦不之惧，仍毅然言曰：“我自少蒙羞如山积，心亦刚狠，无复恤人，自计一生乃同货品，装池以炫人，有不屑者，有注意者，至使我之灵魂亦为羞耻所渐磨而澌灭。凡我弹琴、作画之属，非美术也，直用为商标以求售，即一切亲串咸不恤我，我眼中亦并无所谓亲串者。世界中最畸零者，但我一人，纵使有人议论吾家，吾闻之亦如飘风之过耳，以僇辱到此，尚何有乎人言？此着想尔亦料及矣。”卡格尔曰：“然。”爱迭司曰：“汝当知吾何为而醮，以我身转运而求售，心亦厌倦，不如不择人而沽，用为息肩之地。此着尔又当知之矣。”卡格尔曰：“然。”爱迭司曰：“我之隐衷为汝所觉，故即用是弄我于股掌之上。须知吾之嫁人，求免辱也。乃更遇一撅竖之小人，而无良之东贝复信用此小人，以驱驾我，我觉此辱乃较前为甚，而东贝者见我中怯，故益利用小人之力，不令我得一日之安宁，必使之进退维谷。我能避东贝，乃不能避此万恶奸狡之人。此一主一奴，吾切齿痛恨，初无轩轾。”爱迭司语已，中心爽然，音吐益壮。卡格尔本欲极力与格，乃无间隙可乘。爱迭司曰：“我若与尔讲名誉及于贞操，汝固不知我亦有玷。质言之，我身苟为汝爪所触，即如犯地上之毒虫。汝今尚谓我与汝有情愫耶？当日晚餐汝见我与东贝忿争，乃潜至吾室，勾我同遁，乃再不念逃之终局不过尔尔。汝心初不料及，以尔见我许汝入门坐而长谈，谓已得所借手。须知吾此一棒，棒汝二狗。汝主人大名既丧，汝亦终身不振，方知我之毒谋泄忿，正以毁汝二人。”卡格尔闻言大震，踊起，言曰：“死哉悍妇！”然见爱迭司夷然不动，复不敢进。爱迭司即襟间出书二封，言曰：

"此二书为尔伪名，呼我为妻，我乃未拆。"则抟而掷之卡格尔足下，言曰："今日小聚，即今日分手。汝决策赴西西里，居温柔之乡，为时毋乃太早，在理宜少住伦敦，以狗舌舐主人之足，少得余钱，尚为上着。汝今一钱未得，贸然与我同来，乃随我觅温柔之乡，可谓大亏其资本。"卡格尔曰："爱迭司，何厉附尔之身？"爱迭司曰："厉耶？多矣。东贝及汝，可云大厉。"卡格尔切齿，以目四觅，似欲得策以胜爱迭司。爱迭司曰："汝今日愈恨，则我愈乐，正足用为泄忿之端。想尔生平得意处殊多，故我告汝以实迹。汝欲复仇，听汝仇我。"卡格尔口沫而额汗，果得间者，亦将立死爱迭司于地上。然爱迭司神定气壮，亦图决死于其身，故卡格尔挫而莫遑，但曰："汝欲我分手耶？势所不能。汝以为我力不能制尔，听尔猖狂耶？"爱迭司曰："汝何力制我而留我？"卡格尔欲起而前扑。爱迭司坚握其刀，言曰："汝敢进寸步者，则怜汝或恃上帝，我决不恤汝。"卡格尔曰："汝自恃能武，我乃不能，以我思之，尚宜彼此言和。不尔，我尚有机智。汝今且坐。"爱迭司二目尽赤，言曰："晚矣，我已不惜性命，亦忘名誉，一无所恤。我果惧汝者，何至在此严更中敢与尔遇？汝今欲图一安全之术，万万无有。"卡格尔恨至填胸，计可以死爱迭司者，百无所惜，然为勇气所慑，乃不敢引其目。此时，爱迭司眼光大有奋死不顾之状，亦知以刀剸贼后即亦自殊，故踌躇不敢进，则反钥其扉，使之莫遁。爱迭司大笑曰："汝勿防我，汝当日防汝生平泄漏人谋，今亦为人泄漏。大凡小人果报，往往类此。汝未来之先，我已见东贝行过逆旅之前矣。"卡格尔曰："安有是者？我决不信。"刚语至此，闻甬道上有掣铃声，呼门甚急。

卡格尔失色，几疑爱迭司之有妖术，能驱逐仇家至此。爱迭司曰："汝闻之耶？"此时亦防外人入而内人逃，则以榻抵门，踞坐其上。瞬息间，爱迭司已飞行入复室，立扃其扉。卡格尔以为逃也，追入之，而室中乃无灯，遂思若即暗中刺我，我何能备，立出而携灯。入时四照，屋乃虚而无人。及更视，则壁上有小门。此时掣铃之声尤急，而所钥之门亦为人急叩。卡格尔伏听门外人声甚杂，其中果有东贝。无计，复入复室，力推小门，乃为反扃而去，而叩扉之声乃如雨点。卡格尔大惊，若在他时则卡格尔尚有急智，顾身在异国，初无相识之人，一则追者突至，必有拼死之心，不易当也；益之为爱迭司楚辱，脑力为昏，不能得策。开窗下视，则深可数丈，不能一跃而下。计穷，则仍至复室，推扉，扉亦斗启，见其下有梯，则携灯而下，觉有空气扑人，遂启关出。此时，已在星光之下矣。

第五十五章

司门之人以东贝突来，随之而入，此门遂无人司。卡格尔窃出而奔，此时一无他想，但有战栗，防与东贝相见。然既出门，忽念及胡为栗惧如此，命在尚可与拼。顾言虽如是，心则惶惶，以数日在逃，又为爱迭司所窘，胆力全消，似奔波中有物隐蹑其后。仰首见星，自念此行又将安适，果使竟至西西里，而彼间刺客绝多，安知东贝不以客刺我；即留居巴黎，法律既殊，又无知交在此，计惟有仍归英国，尚有依倚之人，况追者以为远扬，何知尚在祖国。即为彼严侦，尚有收藏亡命之亲知。复思及爱迭司之阴毒，则握固而恨恨。且行且狼顾，计道遇爱迭司者，则出死力以揞之。

俄而行至一逆旅之外，力叩其扉。主人尽睡，久久始披衣启关。卡格尔即令雇一四马之车赴巴黎，价定后，亦不敢久俟，言曰：“我先行，汝以车向巴黎大道觅我。”既出迭雍之境，遂至荒野之地，俯见一线之路蜿蜒于星光中，自念前路茫茫，初无归宿。是夕无风，万声都寂。回望迭雍城中，塔尖屋顶锐厉矗天，如与星光相抵。微闻城中钟动二下，不审行至几里，时时回听车声。已而鸾铃仿佛入耳，夜色漫漫中见御者引马言曰：“前行者谁？其雇车之麦歇否？”卡格尔曰：“然。”御者曰：“麦歇乃夜行至远。”卡格尔曰：“人人各有所癖，我癖如是也。下一站尚有逆旅易马否？”御者曰：“此时安得有马？”卡格尔曰：“吾事颇重要，汝趣鞭其马，马行速者值乃愈多。”御者果力鞭其马。马行如飞，灰尘纷起如浪花。马蹄之腾踔及车之颠簸，厥状乃类卡格尔此时之心。两旁树木田庐瞥然过眼，不能辨之了了。卡格尔左东贝而右爱迭司，或上或下不已，其外则但有戒惧之心，然心之乱杂，不能专注一事，似此事杂彼事，心思颠倒，无复机绪。大致则决策仇爱迭司，复又思及东贝论娶爱迭司未成之先，嫉妒生小保罗，将败其篡夺之谋；又思东贝受己牢笼，屏万人而莫进，专用此愚人之身为己傀儡，似此愦愦者，惧之何为，则复咎潜逃之非策。顾虽如是，仍时窃听，防有追骑。模糊似有车声辚辚且近，即令御者少停，辨其有无。马行既迅，骤为所勒，仍蹴踏欲前。御者不耐，顾曰：“何事？”卡格尔曰：“尔试听之，是何声者？”御者曰：“无之。”此时果有一马斗动，铃声锵然，御者立叱之定，静听而言曰：“无声也。”卡格尔曰：“后面辘辘者，非急车来耶？”此时四马中一马回啮其偶，偶惊跳，于是四马皆惊。御者力遏之定，言曰：“无来车。”卡格尔曰：“果无耶？”御者曰：“天明矣。”卡格尔曰：“趣行趣行。”御者鞭马，马复大奔。

时星光已隐，曙光渐生。卡格尔立于车上，回望大地莽莽，初无追骑。转瞬日轮已上，麦田绣错，葡萄之叶青翠可人。农家争起，荷锄而出，亦有挈榼提筐赴市购物者。众见此车骇奔，则争引目而视。卡格尔卧于车中，但思马力之加迅，每过平坦，必起而狼顾，虽属无有，而心仍戚戚弗宁。卡格尔匪特防彼追人，即前路车来，亦生畏怵。虽夜中万惧交迸，至于白日仍未少减。于是由迟明至日中，由日中而见星月，乃竟夕无睡。沿道所经，舍田庐外，诸无所见，但闻鸾铃之声。沿途易马，乃如醉如痴，都在梦中行事。

时又一日矣，自夜迨明，仍无宁贴，似觉有海风吹面，又觉车已入城，仿佛中帆樯林立无数。凡还车值、取船票，均似半醒半睡之中，但觉身在船中，去岸渐远。船中不审何时，迎面已见屋宇树林栏楯，了了可辨。果已归英国，归则避人而行，欲赴一静僻之村舍。微微亦辨得车站；计先居逆旅，再趁车行，以数日未睡，暂息彼中，行亦未晚。

站之近有小逆旅，地偏楼迥，开窗面山。此间本无逆旅，盖以车站在此，因陋就简成之。去小镇为程尚数里，既至，则占楼上二屋，计一至当少睡，以敛精神。顾乃不能交睫，睡魔与思力交争，思力乃战睡魔而胜。人既昏罢，行路有类跛鳖，然心绪尚灵警，闻声辄备。此时人在楼中，而耳中、心中仍闻有马蹄之声。居楼可半日，肆人拂案具食。卡格尔曰："今日为何日？"肆人愕然。卡格尔曰："今日得毋为礼拜三？"肆人曰："否，礼拜四矣。"卡格尔曰："吾表已停，今几句钟矣？"肆人曰："已近五点。先生道行或甚久，故忘其时日。"卡格尔曰："然。"肆人曰："火车至耶？"卡格尔又曰："然。"肆人曰："火车颠顿，果忘其时。我乃不嗜车行，然闻车客言往往不忆其时日。"卡格尔曰："此间过客多乎？"肆人曰："大致尚佳。今日则但客一身，生计惟此时为冷落。"卡格尔未答，徐徐自榻上起坐，以手按膝，俯首视地，精神散而不凝，睡复莫稳，食时自念拼酒或可得睡，顾亦无效，醉乃愈乱愈反覆，莫交其睫。

方卡格尔坐思，亦不知为几许时，但见残蜡垂尽，斗闻有异声隆隆，地为之震，屋亦筑筑动摇，空气似有巨物振触之声。推窗下视，则火车来也，然已心惊不已。烟囱中红光上冒，浓烟突起，直蓊空际。此车瞥然已远，月色迷漫中车轨如线，宛延不知所极。卡格尔既不能寐，则开门散步于道侧，遥见烟气尚袅于远空，乃徘徊道侧可两句钟。凡铁桥、灯塔之属，历历在目。不知第二次之车以何时至也，方夷犹间，地复震动，隆隆之声复起，蚩然一声，火车至也。有二灯如赤眼，渐奔渐近，车身岿然已至，炉火上腾，火星散落满地，瞥然过眼，似有疾风。卡格尔大骇，幸把铁阑，不至坠落。知归楼亦不即睡，不如更观来车。如是车至又二次，尚未附载，计至迟明者即市券行。

此时立于月台之上，见一机器之车脱笋单行，去而载水，铁轮至巨，徐徐而动。忽思身为所碾者，势当糜烂。卡格尔既被酒而失眠，心本无主，不期见此铁轮而生戒心，栗栗至于夜半始归，心中尚念是事，坐而待此车辙，仍据枕倾耳而听。及闻车至，即起开窗，而红巨之光仍如两赤目照耀，于是闭窗思两日道中事，而来车复至，复起而下瞰。一夜轮转奔波，罢极矣。

天尚未明，肆人来问行期。卡格尔方坐思，未觉，即曰："汝问我何时行乎？天明之第一次车开于何时？"肆人曰："四点半行，快车则四点行，不复停轨。"卡格尔出表，则甫三点有半。肆人曰："客果行，当起备，肆中尚有二客将入伦敦，非复西迈。"卡格尔曰："汝昨日不言无人寓此耶？"肆人曰："客来时固无人，夜午后车来而停，故客即下榻于此。今客欲盥乎？"卡格尔曰："去灯，吾无须火也。"肆人既行，卡格尔开窗，天果垂明，脑中狂热，则以凉水沃之，沃之仍躁热如故，遂强起着衣，付肆值而出。出时，凉露侵衣，朔风砭骨，卡格尔虽暴热，亦觉寒不可忍。见铁道之旁灯尚未灭，穗已垂昏，遂徐步东行望晨曦。此时万念俱销，斗然忆及兄妹，然一念萌生，为时已晚。卡格尔去死近矣。

站上已将开车，遂至月台之上，仰观晓色，初向东行，瞥见门中有一人出，则东贝也。四眼相触，卡格尔大惊，立仆于月台之下，其去轨道微远，则立起后趣，二目直向东贝，而铁轨触其后跟，则仰翻于道中。跌时如晕，尚视东贝，而东贝亦大呼欲晕，似有所慑。卡格尔知状矣，耳中但闻地震，顾已不及，二赤眼已近其身，大呼一声，二目遂黑。时铁轮趋过，卡格尔四肢皆断，肉片飞舞，血花溅于道旁。东贝亦立晕，迨醒，微张其目，则见二人似舁一物而起，血淋淋而下，有数狗随而舐之。车人则以棒斥狗，不令舐。东贝知为卡格尔之尸，则点首太息不已。

第五十六章

此时所罗门市行船器械之肆，大众团圞矣。秃齿已得秀珊。秀珊入门，状如狂易，直奔楼上。秃齿及斗鸡即在楼下坐候。秀珊既见佛罗伦司，即大呼曰："我一身亲爱美丽之佛罗伦司，我又安知见汝于此间？汝竟无一人奉侍左右，今且无家矣。我此来，决不离汝而去。呜呼！吾亲爱之人，吾心破矣。"秀珊语无伦次，如水之就下，一无停机，且长跽地中，力抱佛罗伦司弗释，言曰："吾亲爱之人，汝之行状，吾已悉知，然吾气梗于喉，幸容我少舒其郁。"女即拊其肩，曰："吾亲爱之秀珊，切勿如是。"秀珊曰："女公子童时吾已随侍左右，汝今果欲嫁乎？"此语发时，哀乐喜惧交迸而出。女曰："谁语尔者？"秀珊曰："噫！此即为风趣之物、天真之人秃齿见告者。我知此人语我为确，以彼叙述之时，状甚不怿。"则又力抱佛罗伦司，曰："是否吾心爱之女公子欲嫁也？"秀珊但问此言，万种感情迸之而出，每问一语，必仰面看女，亲之以吻，遂以面俯佛罗伦司之肩，呜咽不自胜。女以温柔之声慰之，曰："亲爱之秀珊，汝且勿悲。"秀珊即距地而坐，近于佛罗伦司膝前，时笑时哭，一手以巾拭泪，一手拊大阿及尼司。狗久不见秀珊，则近而以舌舐秀珊之面。秀珊少须悲止，言曰："吾有生以来，初未见有人如秃齿者。"女曰："其人非善人乎？"秀珊曰："其心孔嘉，其人则可笑。以车与我同来，所言乃至离奇。"佛罗伦司曰："所言如何?”秀珊曰:“其言多矣,其称船主曰吉而司,其称倭而忒曰大副,且时提女公子之名,自言将坠入冷墓之中。”女惊曰:“何名冷墓?”秀珊且哭且笑,曰:“然彼言立时且入墓中,其心悦也。密斯且放怀,彼决不至是。彼心至愿观人美事。彼虽非古人所罗门,然大公无我之心,匪人所及。”秀珊此时尚在哭笑之中,言曰:“秃齿尚在楼下,求女公子一面。果假以笑颦者,彼将谓此行劳苦皆不之惜矣。”佛罗伦司曰:“秀珊,汝下,延之登楼。我方欲鸣谢。”

秀珊旋引秃齿入面,然仍敝服而乱发,发言吃吃,曰:“密斯东贝乃许我再睹……”复曰:“非睹也……然无他语足以代此,实则无关紧要。”女感激形于词色,即伸两手接之,曰:“吾感君高义,亦不审所以报君者。”秃齿曰:“密斯东贝,似此善心,令人钦服,此何足言?垂青及我,真安琪儿品格也,即使齑粉吾身,吾亦弗忘。君言出口,达之我心……噫!不必言矣。”佛罗伦司闻言,不知所答,但曰:“谢君见存,我心殊感。”秃齿曰:“密斯命我寻人,我几负诸责,今当自陈其原委。密斯秀珊本可以得,以厥兄同居,兄名我乃弗审;其次则迁居他处,苟非斗鸡之善于侦伺,此时尚不之得也。”女曰:“然。”秃齿曰:“我尚为多言。我之与秀珊同来,其足以慰我者匪浅。此次即不得密斯东贝奖励,于我已大有所偿,然尚非正论。吾前不言乎,吾非灵敏之人,自知其病较他人为精。惟我尚能察物,知大副倭而忒行藏。此事勿论,使我心戚,但以大副人品论,自应享此人间之艳福。我愿此人既受此福,当知此福之非常而可贵,较诸彼薄命之人……”复曰:“此人之姓名亦不足言,但愿大副慎重其事,同此薄命之人之致敬尽礼可也。虽然,以上之言,尤泛论也,惟吾切心者,则船主吉而司为吾良友,大抵自此时起至于成礼之期,颇愿吾来赞助,即我亦诚甘服役。惟前此白拉登之大过重罪,至今耿耿在心。果吾至此,或为密斯所不容,则请发号施令,吾即如约不来。尤愿密斯斥我之后，万不当谓我为介介，我决无此心。”女曰：“密司忒秃齿，尔我直为真心同难之良友。果于此时君绝迹不来，则我心万不能释。”秃齿即出其素巾，言曰：“密斯东贝，我果有泪，亦乐极而悲。此不关紧要，但感激至于无地。然既蒙君雅意，容我更来，则吾衣服之间万不至于简略以嫚贤女。”诸如此类，乱杂错谬，无有伦次，佛罗伦司乃不知所答。秃齿尚曰：“吾意密斯东贝或不之知，以人家有喜，吾如是亵服，大违礼节，故必于服饰之中先加整治，以待上帝召我之时。密斯东贝听之，此为我最后诉其衷曲之期。我虽麻木不仁，然人之有恩，我尚能辨。今吾有无限之言，欲面密斯一诉，乃不知所从起。”因俯首凝思，欲引其绪，然终不可得，则立起下楼就船主。

既见船主，即曰：“船主吉而司，我后此可以常来，已奉明诏矣。密斯东贝是否旦晚即与大副成礼？”船主附耳言曰：“尔我均家人矣。倭塔同心中乐，待问答后，即举行婚礼。”秃齿曰：“何问何答？”船主以拇指向后指曰：“至礼拜堂问也。”秃齿曰：“知之矣。”船主又微语，复以手背拂秃齿之襟间，曰：“汝知成礼后何如者？彼娇养之鸟儿，指佛罗伦司。一成礼，即同倭塔放洋至中国也。”秃齿惊曰：“确耶？”船主曰：“汝不忆倭塔坠水时，为一船人所振，振彼之人即渡倭塔夫妇至中国者也。彼在船中助船人行事，既勤且敏，船之东人深伟其才。今船中有司货之人病且死，倭塔即为其替人，故成婚后势在不能不去。”秃齿与船主语至此，均慨叹无言。船主曰：“彼二人相爱至深，心中乐之父本宜爱之，乃视之如畜，驱彼出门。心中乐到吾门时，一履吾阈即晕，其心似碎。果无至深之情爱以弥补之，则粉碎之心房，如何能胶合如故？非此之故，吾亦何能遽听其行？今无他祝，但愿上帝与之同行，为之护卫。亚孟！”秃齿曰：“我亦与尔接手，得尔一言，吾妒忌之心涣然冰释。”亦曰：“亚孟！船主吉而司，汝当知之，吾亦爱密斯东贝者。”船主拊秃齿之肩，曰：“汝且放其眼界，躬自镇摄。”秃齿曰：“船主，我方自宽而自镇，一待坟茔开口，招我入内始已。若未死者，当自支厉如平时。我本有数言宜告大副，惟情极于中，或至不检，因托船主为我传言。汝亦知密斯东贝许我时来乎？即君及大副亦量度宽宏，乃容我不应生而生之，时时过从于此，吾既蒙君盛款，则每日下午必至谈心。譬如吾来时见大副与密斯谈心，则我须外出一避其锋，船主宜白之大副，不宜见怒，但言吾心中懊侬，出饮空气，或且对表之晷刻，第万勿令大副疑我为妒，足矣。”船主曰：“孺子勿忧，吾同倭塔了了于心，万不汝怪。”秃齿曰：“如是我心释然矣。吾心但愿大众团圞，虽外状不悦，而心中滋平贴无忤。譬如白极司纫肆极愿为人制衣，乃不称体，顾非始念如是。”语后与船主别。

船主见女在其家，秀珊侍之，则乐不可忍，乃与日俱增。秀珊之为人，船主所心折者，盖服其见识，并服其胆力，乃敢与马克司丁格抗挠。一日，与秀珊商酌倭塔二人成婚事，意欲力闷，不令东贝知之，意辞去前所倩鬻鸡鹜之少妇，另以一人代之，今尔心中尚有何人者。秀珊曰：“李却子何如者？”船主闻言，及女皆大悦。秀珊即于是日以车至土特尔家，探取朴娄意旨。下午二人乃偕来。此苹果脸之朴娄，一见佛罗伦司，其与秀珊见时仿佛也。女自谓此去万不能携秀珊，徐徐谈论间已示意秀珊，然秀珊则决不之离，言曰：“女公子，我不须工值，汝以为我之侍女，志在得钱乎？今储蓄银行尚有金在，即无储蓄，讵以区区数钱易我至爱？女公子自少长成，且遭悯凶后，非尔我二人同其形影耶？我虽无能，然彼此相依已成习惯。我不在旁，汝遥遥远行，我心焉释？”佛罗伦司曰：“亲爱之秀珊，汝知我所行乃万里乎？”曰：“远何足恤？惟其远也，尤不能离我。且我虽未海行，然惮远之心，实则无之。”佛罗伦司曰：“秀珊，此行乃无定向，惟倭而忒之从。萍踪盖泛泛也。倭而忒既穷，我即穷妇，百凡自治，焉能赖及臧获？”秀珊摇首曰：“亲爱之佛罗伦司，汝固习劳，然汝固不从，我将自鸣之倭而忒，万不能使尔一人远客。”女曰：“我岂一人？不几随郎行耶？”语时微笑，曰：“今乞尔万勿语我倭而忒。”秀珊怆然欲哭，言曰：“何为不言？”女曰：“我今将为彼妻。此身皆属倭而忒，生死与同，一无所恤。果尔一语倭而忒，岂非令彼生疑，谓既以身托彼，乃尚挟一人自卫？”女言时，宛转恳挚。秀珊大动，但力抱佛罗伦司哭曰：“吾之小主人真嫁人而弃老婢耶？”然自是以来，秀珊亦不更言是事，外状仍为喜悦，而隐中语秃齿曰：“我心至悲，阳为喜悦者，愚吾小主人也。果主人一行，吾生决无趣味。”秃齿曰：“然则尔真我之同调，我心亦正如此。果彼二人去后，则尔我眼泪必胶黏为一处。”然秀珊仍自支撑，不示佛罗伦司以悲怆。

女此次之嫁，衣服弗多，而秀珊则永日永夕助之治纫。船主初拟送之以礼，拟鬻红绸之伞及丝袜与蓝革履，其余则为船中人所不能用者，皆买得之，而女则力沮其勿购。船主乃买得针黹之盒及衣笥二物，皆择其绝巨者。既得之后，坐视此二物，经一礼拜之久，既赞其佳，又防其不能耀目，则时时欲增饰之。一时忽得奇计，竟背此二物赴铜肆，命镌佛罗伦司、倭而忒二人之名于笥上。迨镌题既毕，有人见船主对此二物吸烟而微笑者可三四句钟矣。

此时倭而忒日中恒有事，不复宁家，迨晚必归，与佛罗伦司谈心。女日中楼居，迨晚计倭而忒将归，则下楼俟之，有时二人携手同行街心。此时正为有福之时，而女无可寄托之心得安居地矣。天下爱情之深，乃深如古井，凡一切忧愁乃沉之井底。佛罗伦司胸前手印尚模糊可辨，而女乃一不之计，但觉爱情团结而一切悲凉之局都为爱情所挤，无地自容。有时亦思及独坐深黑楼头及其严父森严之眼光，思至此，则必引目盼倭而忒，见倭而忒诚笃而爱昵，颇觉此心得主，依托有人，乐极而泪随之下。然每见倭而忒，亦复思及保罗遗嘱善视此人。又忆老父跌伤、窃入亲吻之时，容颜甚慈惠可忆。

一日垂近黄昏，女曰：“吾亲爱之倭而忒，汝知我此时何思？”倭而忒曰：“大抵谓光阴迅逝，不日同行至海上矣。”女曰：“此固思及，第所问者又不属此。我思嫁君之后，此身大为君累。今吾一切衣服与秀珊同纫，吾乃不名一钱，尽君所与。君素寒俭，得我后不益贫耶？”倭而忒曰：“但有益富，何复言贫？”女摇头不言。倭而忒曰：“汝忆否？我将行时，汝送我以钱囊，其中不有金钱乎？”女惨然强笑曰：“此中曾有几耶？”因以手拊倭而忒之肩，言曰：“倭而忒，我虽以身累汝，然此心不以为歉，乃大喜悦。若以大富贵易我，我尚不承。”倭而忒曰：“佛罗伦司，我岂易者？”畏庐亦不易。女曰：“倭而忒，汝心之感，乃不如我。我得贫婿，为生平称心之事。人言倭而忒乃娶人家之逐女，无家而并无亲党。倭而忒听之，惟其如此，彼此之爱方真且重，故尔我夫妻之恩谊较我奁资百万，亦不如是冲融之乐。”倭而忒曰：“汝乃专言贫富，讵汝万金之身，不曾叙入耶？”女曰：“我何物者？亦不过为尔之妻而已。”语次，行近倭而忒之身，言曰：“从今以后，我乃无我，我即汝也。吾无希望，希望者汝；我无亲爱，亲爱者汝。”外史氏曰：读者试思二人如是情话，宜乎秃齿今日饮空气者一次、对表者二次、寻友人者一次，再出再入，不能堪也。倭而忒曰：“亲爱之佛罗伦司，吾船载货垂满，大抵成亲之一日，此船即渐引港外。吾意成婚后，即至堪忒，自堪忒待此舟放洋日，即在彼间上船。”女曰：“听汝所为，无地不悦。惟吾辈成礼，勿令人知，足矣。吾意绝早先出，自他处赴礼拜堂，不令余人知之。”倭而忒知旨，点首后与之亲吻，称领悉者再。

于是秀珊以烛入，茗亦熟矣。船主与秃齿亦至。船主此时思歌培格之歌，顾已近吻，乃不能出，遂与秃齿斗叶子，而时时忘发其牌，则以目视倭而忒夫妇。至于秃齿奔出时，船主始大悟我但得意，竟忘彼矣，乃垂首不敢更视，直至秃齿入时始更与斗。秀珊方旁坐指点秃齿，船主示秀珊以颜色，谓我今不更观倭而忒矣，然终不能禁，仍时时窃目，直至觉后则大叱曰："乃德，汝勿尔尔。"然秃齿之怏怏者尚不在是，其尤难者则秃齿自招其尤，事初不属于倭而忒。

时倭而忒与女将及第三次至礼拜堂之期，秃齿于前一日谓秀珊曰："明日一更问，我希望绝矣。果使我闻其问，实同闻报丧之钟。第非往听之，则又不能，可否尔明日与我同至礼拜堂?"秀珊曰："尔果欲我行者，我亦决行，惟我意以勿往为佳，往且自生其懊恼。"秃齿曰："秀珊，汝乃不知我，我爱密斯东贝非泛泛也。当时我在伯林伯家为囚虏时，已爱密斯东贝，后此卒业，肩承巨产，爱乃如昨。根基既固，非加以巨斧不能断，故明日决欲一行。"秀珊太息莫应，然心中甚怜秃齿，则许与同行。

倭而忒所觅之礼拜堂，为地甚僻，渺无人至。堂既陈旧，四围均人家，入时景甚沉黑，坐榻均古式。每礼拜听讲者或至二十人之多，牧师既老耄，琴声亦沉郁，似为霉湿之气所壅，不能成声。秃齿、秀珊至时，倭而忒夫妇已先在。秃齿四盼，坐听者寥寥仅数人，盼后即取圣经，检婚姻一条。圣经既揭，中心如醉，不知所为。及牧师发问时，秃齿抛卷奔出，忘取其冠。司堂者以为患作，力随之行，少须入语秀珊曰："适同行之先生，请密斯勿罪彼，初非病，但中心焦郁，求舒耳。"秃齿既出，不知所适，计在此坟上闲行亦非策，乃仍归堂，坐于最后之座。座无茵褥，秃齿坐时，众皆属目。秃齿不能忍，又出。此出知不能听，然强听之，则以耳属垣内向，偶一伸首于窗间，座人复属目。累易数窗，众目争从。秃齿大窘，遂大奔。迨堂中礼毕，秀珊及船主同出，秃齿则再三道歉于秀珊及船主，冀其原谅。

此问既毕，则专候佳期，而时光亦迅，明日即为成礼之期。此班人尽集于佛罗伦司楼上。肆门既闭，似此中均属至亲，无外人矣。然今夕之聚，咸思明日事，恒默坐少言，而中心甚悦。女方治针黹，为留别船主之用，工垂竣矣。倭而忒旁立而视，船主仍与秃齿斗牌。秃齿仍请秀珊为助，秀珊亦悉力调遣，以冀其胜。狗则侧耳座下，时时作声，但非嗥耳，然又防主人之怒。船主果曰：“孺子，汝又不熨贴矣，汝究何思？”狗摇尾如惭，然又耸耳而鸣，更视船主而摇其尾。船主执牌，以钩自近其颔，言曰：“大，汝讵不识密昔斯李却子而嗥？吾本以汝为有识之狗，知其进退。”语后谓秃齿曰：“老弟，汝胡不发其牌？”船主初尚安详，忽尔掷牌于地，口眼皆张，自伸其脚，以面向门作异状，似他人咸未觉其怪，并未觉己所见者之尤可怪也，则力敲其案，曰：“咦，所罗门吉而司。”语后，力奔门次，近一臃肿之人，而李却子乃与之同入复室之门。俄顷之间，倭而忒力扑其人，佛罗伦司亦争进扑。船主忽如痫发，既抱朴娄，复抱秀珊，且与秃齿严密接手，大呼曰：“孺子大喜。”秃齿愕然曰：“船主以为大喜者，即大喜耳。”此时入门臃肿之人，先与船主引手，再及倭而忒，又再及佛罗伦司，既又坚抱倭而忒，口中似有言说，乃不能了了。于是众皆无言，船主但以素巾自擦其鼻不已。既而臃肿者释倭而忒，女遂进，同倭而忒为此人脱去外衣及领巾，则岿然见所罗门真相矣。所罗门较前为瘦，绉纹亦增，然衣服及大表仍如前状。船主曰：“汝仍如前此满腹之科学所罗门吉而司，吾之老孺子，汝在外多年，究何作者？”所罗门曰：“乃德，吾今日之乐，几于目不能视、耳不能听、口不能宣也。”船主曰：“汝辈听之，并其声亦挟科学而出，无复少减。老孺子且少饮，复其故态，述其行状，俾我闻之。”于是船主归坐，甫坐，忽忆未为秃齿引见，则起为秃齿介绍。秃齿方疑船主吉而司矣，此人胡亦吉而司，迨既引见，秃齿口吃言曰：“虽鄙人无分与君相见，在……”船主为译之曰：“在视不见之前。”妙。秃齿曰：“我亦云然，虽未相见密司忒……”忽悟曰：“密司忒所罗门，以吉而司之名，秃齿已坐实船主，不更呼也。公之大名，吾已久闻，迩来佳乎！”语后，憨笑而坐。

所罗门坐于倭而忒、佛罗伦司之间，朴娄远立，见家人如此欢悦，则亦开颜。所罗门既视朴娄，即谓船主曰：“尔事吾已略闻，即此密昔斯语我者。吾一入门，即见此人，虽未谋面，然和气蔼然。”船主曰：“众听之，引诱男子者，终属妇人。”面秃齿曰：“汝曾否忆及亚丹、夏娃事，汝记之。”秃齿曰：“船主吉而司，我忆之。”所罗门出其旧眼镜，加之鼻上，言曰：“虽于密昔斯闻大率情形，今见我亲爱孺子之面及此……”语顿止，偷视佛罗伦司，乃讪然不能言，但曰：“我今日殊无名称也。虽然，亲爱之乃德，汝奈何不以书予我？”船主愕然，二目突出。秃齿大惊。船主曰：“所罗门，汝言作书乎？”所罗门曰：“然，汝胡不以书至巴尔巴度及旧马加，或至地咪拉拉。吾书即命汝邮寄于彼。”船主曰：“所罗门，汝书中焉语？”所罗门曰：“乃德乃不明吾言耶？然则吾书重叠，遽亡之耶？”船主脱冠，以钩钩之，以手拉发，二目四瞩，似作无可奈何之状。所罗门仍曰：“乃德，何为有此状？”船主注视久久，始言曰：“所罗门，我将狂易矣。汝今先述尔事告我。”语后自言曰：“我岂健忘至此？然万无是事。”所罗门曰：“乃德，汝知我远行之故，悉矣。我所留书，应已发视。”船主曰：“发之矣。”所罗门曰：“吾自离家后至西印度，觅此孺子音耗。”语至此，船主指倭而忒曰：“孺子在彼。”所罗门曰：“乃德勿哗，听我语。吾第一次书由巴尔巴度来，书中言一年未届，而信中语尽可开读。此中即得我之部署。第二、第三、第四书均致自旧马加，书中仍言倭而忒不能得，至于寝食都废，谓不知孺子之生死者，吾决不归。至第五次，则寄自地咪拉拉，书中言仍无消息，幸在是间所遇船主均我故人，以我往来彼间，咸不受吾川资，吾亦就船中助彼治事。人人闻我万里寻其犹子，咸为吾怜，即我自谓亦以倭而忒为必死，愿终身海行，不归乡井。一日复归巴尔巴度，闻人言倭而忒得救矣，即在船中为役，已归英国。吾大悦，即以船至。今夕至家，果得佳消息，一一无误。吾感谢上帝不已。”船主亦垂首敬谢上帝后复张目四瞩曰：“所罗门吉而司，我果出口，汝必大异。凡尔来书，吾一笺未得也，数年中亦不见尔书封皮中写‘英国水手乃德克忒尔收’，吾何为知汝行踪？”所罗门愕曰：“书为吾亲手所书‘英国伦敦迫立格街第九号’。”船主闻言，面无人色，已而复赪如血，言曰：“所罗门，汝何为以书寓彼间？”所罗门曰：“屋东为密昔斯谁耶？吾乃忘其姓，然则密昔斯……”船主曰：“汝得毋言马克司丁格耶？”所罗门曰：“然。”船主大惊，张其目，而面上之瘢一一红涨，大呼而四盼，一语莫发，久乃言曰：“所罗门，汝更述以语我。”所罗门以指自数，曰：“此数封书，为我亲自赍邮，上书寓‘英国伦敦迫立格街第九号密昔斯马克司丁格转交船主克忒尔’。”船主闻言，脱冠视冠里，后复戴之，言曰：“诸君，吾即自彼间逃出者。”倭而忒曰：“船主即逃出彼间，讵无人知汝在是？”船主曰：“倭而忒，果我为彼所闻，彼安能容我居诸是间？舍逃外，初无他法。汝见其人时则在平风静浪中，初未睹其飓风作也。”秀珊曰：“我颇欲见之。”船主曰：“吾亲爱之秀珊，汝胆力洪也，若我者，宁视猛兽，不面其人。即我携出箱箧，尚为我一执友，其人勇敌万夫者也。此书一落其手，彼以我逃人，焉能转致？我思此下书之人，必且为其楚辱。”倭而忒曰：“以我思之，船主伯伯殊大得其人之助。果所有书皆得者，彼此宁不多一愁烦？”于是倭而忒与伯伯遂各叙别后之事，倭而忒一一述其海上遇风事后，余人则咸下复室，楼居者独倭而忒及佛罗伦司二人而已。

少须，倭而忒亦下，言佛罗伦司微有不适，已前睡。楼下人乃微语，妨扰佛罗伦司清梦，而所议者又咸为佛罗伦司事，述其家难与老人听之。已而秃齿先归，倭而忒送之门外，言曰：“秃齿，我辈明晨相见。”秃齿曰：“大副倭而忒，吾明日必至相礼。”倭而忒曰：“今夕为最后之聚首，百凡之事，皆赖足下热诚，感且不朽。”秃齿曰：“倭而忒，在理君宜感我，我负屈至也。”倭而忒曰：“适佛罗伦司嘱我致意，感君无极。”秃齿以左手引扉，右手揾泪。倭而忒曰：“彼言朋友中无一人如君之敬爱彼者，每事蒙君宏量，终身未敢有忘。今夕祷告上帝时，君名亦在其内，言虽远行，愿君时时忆彼。今足下有何言，使我传语?”秃齿期期言曰：“为我传语夫人，夫人行后，吾每日必忆且贺夫人得人而事，眼力乃大胜人。”语及后此，语愈呜咽，尚极力与倭而忒接手而行。

近数日来，秃齿每至必携斗鸡。既至，乃置之外厢，不听人复室。秃齿心服斗鸡有能，借之以防横逆。不知所谓。今夕之归，亦携斗鸡行。行后尚顾盼佛罗伦司楼窗，然回面斗鸡，色甚不豫，道中恒与路人为难而泄愤。旧例，送秃齿登楼后，即退，此夕乃不行，自转其冠，状乃狠狠然。秃齿心绪孔烦，初不注意。斗鸡不耐，以舌抵颚作声，以警醒秃齿。秃齿回顾，斗鸡曰：“主人前此所决策行耶?或拱手以让人?”秃齿曰：“汝何言?”斗鸡曰：“主人能否欲我擒取其人?”秃齿不答。斗鸡曰：“主人欲胜乎?宁负乎?”秃齿曰：“斗鸡，汝状卤，汝言晦也。”斗鸡曰：“欲明言者，质言之，主人为人乃太无志。”秃齿曰：“斗鸡，汝究何言?”斗鸡曰：“汝何不将彼二人行事告之铁颈之人，此时尽可一发，覆其全家而取胜着。汝乃木木无知，宁非丧志无耻者?”秃齿怒曰：“斗鸡，汝言不近人情，为我设谋乃非佳。”斗鸡曰：“我辈丈夫，但有与人抗挠，若下流无耻，非所诚甘，甘之即非男子。若主人无耻，吾尚俯首事之，则我为无志。”秃齿曰：“斗鸡，汝言令人恨恨。”斗鸡冠其冠，曰：“然则彼此分手矣。汝明日以五十辨士与我，我立行。”秃齿曰：“汝既欲行，吾亦甘之。汝作陷人之谋，非我所屑，分手佳也。”斗鸡曰：“汝之所行，不如吾志，此直下流所为，岂名丈夫?”自是秃齿与斗鸡判襶矣。秃齿扶头而睡，睡中即梦见佛罗伦司在未嫁之前一日，许之为生平良友也。

第五十七章

礼拜堂中司事而赞礼者为密司忒宋池及司座之老妪密佛，清早即至礼拜堂中，即为东贝当时成婚之地，以今日有人自印度归来之黄脸大富翁，娶一年少之美妇，观礼者可六大车之众。密佛闻此富人自其家取黄金及金钻铺地及此，尚复有余。今日行礼，专延一教会年高有德之牧师为之祷祈。女家亦特延一羽林将军为之主婚。平时密佛甚恶下等之人，今日尤不复相容，以穷人之意，不主卖座茵事，乃与密佛为大仇。而密佛又未受理财家之教育，自言理财家均左道之人，其尤不解者，穷人何必有婚娶事，且诵经之句法一也，乃富人以金镑而贫人乃以辨士。至于宋池之度量微广，见解亦略高，但身为赞礼之人，位置不同，宜其有此。恒言曰：“马丹虽为穷人，尔我亦不能不为成礼。汝思我国家学堂、军队，均取诸百姓之身。国度如此立，则婚娶亦决不能分其贫富。”

宋池此时坐于阶上，老妪则以麈拂拂尘，忽见有少年男女二人衣淡冶之衣，密佛一见其来，即睆视不乐，以为决为苟合之人。顾此二人乃非成礼之人，男子曰：“特来游观。”语后，以物按密佛手中。密佛立化其鄙薄之容为笑靥，即亦听之游行，将富翁所应跽之茵为之加厚，以密佛闻此黄脸富翁二膝甚荏，不堪长跽。顾虽治事，则斜睆此二人，知必有一日至此行事。惟此二人但观壁上纪念之碑，去密佛甚远，而密佛见此女悲不自胜，倚诸男子之肩，男子则再三抚慰其人。密佛初不之较，盖密佛者不论婚葬，但以多钱为的。密佛年鬓至此，已百无所知，但知有钱而已。宋池尚未老，眼光少异于密佛，见此二人出后，私语密佛曰："此女乃大佳，如玫瑰花朵。汝以为然乎？"密佛微点其首，心中滋不然，谓宋池者好色之徒也，即使身为赞礼，我亦决不之嫁。

二人既出礼堂，女曰："亲爱之倭而忒，吾谢汝此次一来，吾心释矣。"倭而忒曰："佛罗伦司，待我出洋来归，则更上此坟。"女即引倭而忒之手，曰："此时市上无人，吾且行赴礼拜堂也。"倭而忒曰："汝不罢耶？"佛罗伦司曰："他时觉罢，今兹一不之觉。"二人专行静僻之路，避彼熟人。天时既佳，阳光照彼夫妇之身。市旁宝肆中奇光射人，此二人但顾情爱，上下四旁，一无所睹，以为天下贵重之物皆无此两心相印相胶纠之为佳。时行至荒僻之地，女心跃跃然动，以成礼之地近矣。偶见巨车载货，厥声至洪，而女亦如无闻。

既近堂门，门中沉黑，不漏阳光，气类地窖。司堂者见二人至，引至尘灰厚积之复室中，令俟牧师。而船主、所罗门、秃齿亦陆续至。牧师自陈旧衣笥中取道衣着之，司堂且侍且拂其衣上之尘。两新人同至神坛之下，双立以俟。喜娘非他人，即秀珊也。代表女家亲族者为船主。行礼时，初无一人临观，但有负重一人，躄其股，以木代之，口嚼苹果，临门内观。既无可观，遂去。女壮胆长跽，不引其首。牧师既于经典生疏，又音哑不能出口，幸船主声洪，堂为反震，而诸声皆寂。礼毕后，二人同就签名。簿久无人，一启而积尘已飞，触口鼻。牧师行礼既，脱衣授司堂者，匆匆出门而逝。女引秀珊手，至僻处大哭。秃齿眼亦为红，船主鼻端之水莹然如露珠，所罗门本张目，今亦下垂其睫。大众均怏怏出门。女曰："秀珊，上帝赐福于尔，图再相见。"

此二人者，已豫决成礼后不归，直赴船上。既出礼拜堂，即有车迟诸门外。秀珊无言，但有呜咽，坚抱女身。秃齿进挽秀珊勿哭。女见状，亦与秃齿执手，感极亦与亲额，遂以次与船主及伯伯亲额。倭而忒则力催其妻登车。秀珊不忍佛罗伦司临别时见其悲状，则思矫为欢容以临之。迨车既行，追悔无及，拔出秃齿范围，力追此车，与女公子一笑。船主亦觉不宜以愁惨之状临彼夫妇，所见亦如秀珊。此时但有老人及秃齿立待其归。幸道狭而车辄停，竟为二人追及。秀珊先至，向车门内盼，则力拍其手，大呼曰："女公子，试视我，我今乃大乐，请尔与我作再见语。"秀珊但觉力攀其车，引首向内，抱女颈亲吻。后此苦忆，亦不知其所以然。此时但曰："密斯佛罗伦司，我此时不悲，汝应无怒。"女曰："秀珊，我乃怒汝耶？"秀珊曰："汝固不然，汝之良友船主至矣。"此时船主果大呼曰："心中乐，吾为汝贺。倭塔，吾亦为汝贺也。敬贺敬贺，大喜大喜。"此车既为秀珊攀其左，船主挟其右，遂迟顿不前。秀珊既无言，且哭且笑，而船主亦但有贺喜一言。车亦不顾而行，二人遂不能从。船主尚随车后而呼，秀珊已止。

少须，船主归，同秀珊往合所罗门。秀珊已晕于道，船主扶之入饼肆，以水醒之。所罗门及秃齿踞台阶久坐，始见二人来归。四人无语，怏怏上道。肆中晨餐已陈，众咸不食。船主尚欲延众饮酒申贺，乃无应者。秃齿起别，言晚中更来，然日无所适，依依如失眠。黄昏时，秃齿复至，语秀珊曰："今日之日，不知为喜为戚，然中心甚甘。"此时船主及老人皆出，相对者但此二人。秃齿曰："前此我常至延访，汝言密斯有爱我之意，汝究何见而然？吾闻尔言，自以为得，今日之局如何者？"二人谈既酣畅，即曰："胡不同行，购得可口之物，以充晚膳？"秀珊可其请，遂同出购得佳肴，延李却子同治。

迨老人及船主归，席中已罗列甘旨无数。此二老者，乃至其船上。船主尚引狗还佛罗伦司。饭时，船主极称船舱佳，夫妇所居处乃同水师提督之卧所，而船主尚有遂心之事，则银羹匙、大表等物，诵言送彼二人，至是思之，乃有余乐，自呼曰："乃德孺子，汝何由知彼必为夫妇而赠之以此？”所罗门则谓此二人方为吾见，何以遽行？幸老友同居，尚足慰此寂寞，即曰：“幸吾子未溺，虽不在左右，吾心滋慰。”而船主似尚有言，乃迟疑莫出，少须言曰：“所罗门，吾家尚有一瓶马得拉酒，在地窖中，何妨出之，为贺彼夫妻之用？”老人视船主沉吟，襟间出一书，言曰：“倭而忒尚有书在此，可试观之。”封面曰“倭而忒上密司忒东贝”，其下有小书曰“待我动身至三礼拜后赍与东贝主人”。老人曰：“当披读之。”乃发书曰：

鄙人已娶女公子，至极远之外国。我自度其贫，又远涉重洋，在势决不能娶公女，然成全之者，公也。吾亦不言，公当自知。然公幸勿憾女公子，女公子虽遭公虐政，初无一星之憾。若鄙人者，知公决不恕我，然亦不求公恕，第为女公子地者，不能不言。果公苟有悔心，欲见其女，鄙人决其必来。幸公勿念，今亦无他语，但问讯我公。

老人谓船主曰：“老友且留此酒，待彼夫妇归时饮之。”船主曰：“然。”秃齿、秀珊所议亦同，今日乃以他酒代之，劝酬以贺其夫妇。

逾数日，大船出口，白帆高张，在舱面中有一仙眷，则佛罗伦司也。得彼在船，风焉得不顺？时为夜午，而夫妇尚并坐船楼，见月光照于海中，如拓光明之大路。佛罗伦司泪承其睫，则以首纳倭而忒之怀，言曰：“吾亲爱之倭而忒，为乐极矣。”倭而忒抱之怀中，相对无言。帆已饱风而进。女曰：“吾闻涛声，颇忆前此之事。”倭而忒曰：“吾知汝怀保罗也。”然女心所系者，尚不止保罗，而往事陈陈皆满其怀，目中见大海无垠，即思恩爱亦无边际也。

第五十八章

一年中，潮水涨落，无有已时，而风云亦时时来往，未尝间息。即人事亦变迁如潮水风云之无定。英伦中大肆如东贝父子者，乃与生死争其胜负者可一年。一年中谣诼四起，谓此肆万不自支，然东贝立意坚忍，愎谏不从，仍支其虚局，至于大败而止。须知天下之善御船者，遇大风必下其帆，始不至触礁而破。东贝之肆，直一朽败之漏舟，胡能支此巨浪？东贝则仍饱风前趣，仅一年之久，东贝父子之公司倒矣。

时为夏日之午后，此日去倭而忒夫妇成礼之期垂及周岁，商会中有人私议，言不久有人且大破其产。是日，一严冷之人素在会中者，今日则逊避不至，亦无人为之代表。明日日中，消息广布，言东贝父子肆歇业矣。印单四出，东贝之逋负为最，而市场乃大动且怒，谓平日乃支其虚谬之局，用是愚人，遂痛恨东贝不已。此时迫处复大忙，迫处见平日与主人往还者，今日侵晨无因皆来见访，似立时已广有名誉，滋可庆也。前此主妇之逃亡，人声哗溃，至于昨日始小息，而今日倒账之事复生，则忙迫直继主妇之逃亡，同其喧闹，但觉已身一出院门，或偶至酒肆，而造问毋惮千数，人人咸曰："迫处，汝嗜何酒者？我必奉酬。"迫处对众言曰："此肆之败，吾家已先有警兆。一日，吾方昼寝，吾妻闻吾梦中呜咽，密昔斯迫处即知主人之有不祥事，今乃果然。"迫处每告一人，必自慰曰："吾殊违理，主人事原不宜对众言之，幸诸君听后勿宣可也。"迫处以为有此一言，即足忏悔其失。每日告众后，即归坐肆中原处，否则蹑足至东贝空屋之中，为之开窗，引入空气；或遇故人，则坐论肆中事；又不然，则往媚总司账，以总司账告彼此肆闭门后为之推荐入自来火公司。

少佐老约者，闻东贝败，心亦踌躇不已。其心初非怜惜东贝，以生平行事，重己而不重人，所以踌躇者，平日在俱乐部中盛夸东贝之富可以压倒万夫，人人心为不平，今既倒闭，则人人至而慰问，用为揶揄。老约则伪怒，以为为东贝所愚，自承其昧昧，谓世界大坏，忠厚之人多为人诡给，果使东贝当日能如吾策，往追法国之逃人，能取而索其侵蚀，汝辈果对我言东贝倒者，吾方立唾尔面。实则老约亦但能一时为人所蒙，今开眼矣。实告汝辈：即使老约之父能起自坟间，吾亦不信其言，以举世无确信之人也，何况吾父？吾方且告吾父曰："先生，尔子老约阅历多年，但能愚我一次，不能再愚，老先生休矣。"从今以后，老约长恨世人，将成为不信天帝之异端，为自成一家之老约。盖吾生平行止，东宫殿下皆一一知我不欺，吾今将学古人，逃身入诸筒中，永永不出。吾今亦将步武轻蔑此世界。俱乐部中人见老约如是愤愤，年少不更事者咸以为老约必与股，为其所没，故恨恨。其老于世事者则曰此方为老约本来面目。其最苦者则为土著，老约遂举其不平之气俱泄其身。自东贝噩耗来时，而土著之身为物所掷如下密雨者，可六礼拜之久。

密昔斯赤克则于此次倒闭事蓄三疑焉：第一乃不知所以致此之由，其次则其兄不知自持，又次则第一次成婚时未延其饮，果延饮者则必不倒。此语前此已言之矣。

然而人人各有言语，皆不救东贝之败衄。外间谣言东贝将罄所有以偿债，初不言折，亦不更图中兴之业。朋友中有劝以求缓于债家，匀以年载，假以期限，而东贝弗听。有人言其羸病且死，又有人言其狂病已发，然合万众之口，归之于一，则曰：倒账而已。

肆中书记均聚而为欢，尽醉分散。有人赴外国者，有人厕身他肆者，尤有人当托身东贝肆中时与其亲知断绝往来，至此忽生笃旧之念，时时存问。此外则登报求售其用。独迫处之行乃最后，暇时仍承迎总账，求其推荐于自来火公司。俄顷之间，肆中几成污潴之世界。肆外小摊之人，此时见东贝行过其前，亦坐不为礼。司阍者本闻声而启扉，至此则纳手囊中，不视东贝，且昂首劝诫亲邻，谓骄人必败，无终局也。独摩尔芬自倒闭后焦悚不可耐，生平恭事东贝，历有年所，然前后之面目如一，当东贝盛时如是，至于今日亦至有礼，无复间言。凡人之见辱于东贝者，如力纠铁丝于杆上，少弛其关，即磞然作声而纵掷。独摩尔芬平时既不见辱，临难亦不鄙薄，主客之分厘然，日来专为东贝清其积账，日无宁晷。凡东贝之所不解者，则一一剖析至于毫厘。夜色已深，尚加核计，务令主人不至剥及肌肤始已。至于归宿其寓，则仍以胡琴作为悲调，以抒其哀。

一日，方以琴自遣，而居停主人来言有妇人持服者通谒。摩尔芬置琴作势，延客入门，己亦随至梯次，见为哈里爱德至也。摩尔芬曰："密斯一人来乎？今晨约翰亦至此，昆玉究有何事？然观密斯面有喜色，或非凶事。"哈里爱德曰："方大众均在难中，而吾忽有喜色，先生殆以我为褊矣。"摩尔芬曰："以密斯之为人，必不幸灾而乐祸，想必有他事足以生欣幸者也。"语后，已移榻让坐，胡琴则在主客之间。女曰："我今日之来，独也，即吾伯兄亦未言及。吾来，先生必且骇我。虽然，吾尚有事奉白，先生能否相信？"摩尔芬曰："请试言之。"女曰："君忙乎？"摩尔芬曰："吾固忙至竟日。"因指胡琴曰："但视此当知我状，吾心绪实借此君为我排遣。我甚愿吾一人能如是开拓，而诸人之不可了者亦如我也。"女曰："肆事不可收拾矣。"摩尔芬曰："糜烂且尽。"女曰："有更张之时乎？"答曰："烬矣。"摩尔芬见哈里爱德貌虽少变，然尚雍容。摩尔芬谓女心至仁，见人之危，恒加怆恻，今日胡为全改常度，即曰："密斯曾否忆及吾在尊府时所言之事，吾力劝主人收束，终不吾听。今兹一败，永永不可收拾。"女曰："密司忒东贝一身，亦无一筹展耶？"答曰："毁矣。"女曰："私产亦空乎？"摩尔芬见女问时为意甚得，乃大异，以为生平误识此人，乃以目视女，以手自弹其襟，少须摇首言曰："密司忒东贝家事如何，吾初不了了，顾产巨而亏累亦巨，然其人尚自好，不为恶，若在他人处彼之地，尚足告哀债主，少索其逋，则主人尚有啖饭之地。惟主人面告诸人，尽变其产，不令一人坐受其累，己则不留一法丁，亦所诚甘。嗟夫！天下骄为恶德，然仍骄而不复亏人，则又化恶德为美德矣。”摩尔芬以为此语出，必足以平哈里爱德复仇之心，令其动色，然女于此时似又沉吟，若有所思，迨摩尔芬语止时，女即曰：“先生近见主人乎?”摩尔芬曰：“闷不见人。方噩耗初来，不能不至，至后遄归，杜门不面一客，飞书告我，且称我为良友，以书与我诀别。吾平日不常与晤面，见之亦殊难，乃多方欲面其人，先之以书，后复至门，均为所屏。”语后仍视哈里爱德，而仍夷然无动。摩尔芬曰：“密斯今日之来，当不为关切东贝家事来也，心中或有得意之事来告鄙人，然鄙人心系此事，不期生其喋喋。今有何语，尚可别谈。”女曰：“我来固专为此，与先生宗旨同也。吾兄妹二人常常筹及是事，日不去口，然吾伯兄寄食主人之家有年，遇此大事，焉不动心?今日之来，先生尚未知其故。吾兄妹富矣。”摩尔芬大愕且大悦。女此时忽失色，以目自视其襟，言曰：“先生亦当知吾金之来处，滋可悲也。仲兄死于非命，初无遗嘱。吾兄妹为仲氏最亲之人，故产业应归吾二人承之。夫以吾家兄弟得财之所自来，非得自主人卵翼耶?吾二人既承此巨产，安能不念其所自来?惟吾安贫已久，无需此金，即多金，亦宁有用?况约翰复蒙先生为荐一善地，但以食力所得，已足自赡其身并及其妹。今来仰托先生，先生当知其来意。”摩尔芬曰：“吾何能知?”女曰：“以理言之，吾已死之兄可以勿论，果死者有灵，当以吾兄妹所行为不谬，而吾伯兄自得律师之书受产，誓言非力助东贝不可，不尔者，寝食皆莫可也。”语至此，昂然引首，为气甚壮。摩尔芬大骇，心为悚然，敬礼至于万状。女又曰：“先生，此事幸勿太明，以隐密为上。先生老于世事，如何安置妥贴者，必以教我，尤勿令主人知此钱之来路，但谓有宿账在外，未经收取，今检点故账始得者，为法甚夥。幸先生择其便利而行，且约翰嘱我见兄时幸勿推许，以生其惭。吾二人已谋画，但留得纤纤足供衣食者已足。想此事必为先生所许助者。”摩尔芬但觉对面坐语者非人，似为天上真仙，乃久久不能出一语，即曰：“吾亲爱之哈里爱德，吾真百思不能到此，然此产为兄及尔所有，密斯亦弃产以取义乎？”女曰：“然。吾与伯兄忧乐共之，讵伯兄所为，我即不能继武耶？”摩尔芬曰：“我敢轻密斯为吝惜者，上天决不吾容。”女曰：“然则吾所有事，尽以属公矣。”摩尔芬曰：“密斯且释于怀，吾一字未尝遗漏，敢不奉命维谨。今日往侦，果主人于还债外贫不自聊者，我必推密斯之惠，脱主人于难。”哈里爱德与之接手称谢。摩尔芬双捧其手，言曰：“哈里爱德，尔此次以己资救人，我若专称此事者，则尚漏尔生平全德，初未为尔之知己。据我阅历世事之人，宜劝君少自为地。顾汝善上达于天，吾浊世之人焉能以鄙见蔑尔。一言蔽之曰：我愿终身为尔之奴。此事当肆力成之。”女复致谢，道晚安。摩尔芬曰：“汝归，我且送汝。”女曰：“今日尚不即归，当往省一人，明日乞光贲。”摩尔芬曰：“可。今兹当坐而思维，部署兹事，大抵汝亦必思此事，思时乞以余波及我。”因扶之出门。

门外有车待之，果此居停主人非聋者，必闻摩尔芬入时自作语曰：“人固习惯，以我老鳏夫之习惯，殊难耐也。”摩尔芬既归，复理其琴，亦不移去哈里爱德之榻，竟以琴对榻而引其弦，如对哈里爱德作雅奏也。

哈里爱德既登车，自闹市入于静处。有一老屋，隐于林树之间。及一门外，车停，女下车，掣铃。开门者为一妇人，面色惨白而高其眉，似有所怀思者。一见哈里爱德，即与为礼，引之入门。女曰：“今日病人如何？”妇人曰：“以吾观之，似日沉瘵。”女曰：“尔不言昨日少间，讵即无可措手耶？密昔斯威勘。”威勘曰：“吾昨日特希冀之言，实则吾有殷忧。今日见彼病状，遂以为不起。”读吾书者当知此威勘即代李却子伺哺小保罗者，一自保罗逝后，在辟白真家为佣，平日专伺病人，今移佣是间，于其位置称也。威勘此时以灯引女登楼，至一病房。一灯灿然，卧榻横陈，屋宇颇净洁。第一房无灯，有老妪倚窗外视，口中似啾啾作小语。复室中有一病人，则爱立司也，颜容丧败，已若两人，以黑发衬病容，发乃愈形其黑。病人见哈里爱德，则欢愕相半，亟回其首外向，欲强起而迓，顾乃不能，则点首枕上为礼。哈里爱德曰："爱立司，汝近如何？"威勘微摇其首。爱立司曰："时好时病，间一二日事耳，终将不起。"威勘似以为然，则纳手衾间探冷暖后，遂至案取药，入玻璃杯，饮病人。爱立司微微谓哈里爱德曰："吾病焉能愈？少年之狂荡，后遂充配，饥寒无时，愤恨无艺，至于中悔于心。如是恶魔，集而磨琢我之性命，宜其去死近也。"语后，把哈里爱德之手，置己面上，言曰："有时自思，此病获全，即使为君侍婢，尽我效顺之心。吾初愿有其日，既而又思何必以丛罪之躯近诸天人之侧，不如死休为得。"读者须知今日爱立司执哈里爱德之手，较风雨阴晦中疾言怒色视哈里爱德如仇雠，不几相悬天壤。此盖人之将死，天良萌动之时矣。威勘既调药饮之，又以水洒楼心，取凉气，摒挡既毕，始下楼而去。爱立司曰："前此夜间赴君家言仲氏危险，趣君以人至法境觅之，今距此几时矣。"哈里爱德曰："已届一年。"爱立司视哈里爱德曰："然则君迁我母女于此亦数日矣。"哈里爱德曰："然。"爱立司曰："君纯乎善心，养吾母女。吾自有生以来，知人之有善心者，至此方觉。"哈里爱德则再三抚慰之，言勿愁悯。

少须，爱立司曰："幸延吾母。"哈里爱德累呼，妪若无闻，至哈里爱德以手引之，始入。爱立司仍把哈里爱德之手，言曰："母可告密斯以生平。"妪曰："今夕即语之乎？"病人点首。妪即近榻前，先跽于地，以手往把爱立司之手，哭曰："吾最美之女儿。"爱立司曰："今不美矣。母亦勿悲。"妪曰："汝病不久即当愈，愈后当焕发其容光。"爱立司微笑不语，仍坚把哈里爱德之手，无言。妪曰："待吾女容色佳时，尚足挟而傲彼。且吾女为人所弃，然实有贵亲族，非复寒细之家。此亲戚，初非有婚姻之券、待牧师相礼，盖自由而成者。今果密昔斯东贝在者，我将令彼从姊妹相晤面也。”哈里爱德大惊，视爱立司。爱立司点首，曰：“是非吾母之乱言。”妪曰：“汝辈以我为老且丑耶？实则吾非岁序迫我，特所遭不常，故颠蹶至此，当时吾亦年轻而貌美者。方我盛年在彼村间，论美者我实翘楚。密昔斯东贝之父及其弟，常自伦敦及我村居。彼兄弟均侻荡之人。噫！二人均物化矣。彼弟即我爱立司生身之父。彼两兄弟年纪相距可一岁，貌复相类。是日海滨，我之母女遇彼母女，特贫富不同，而女兄弟之风貌胡不类者？今兹吾女乃去密昔斯东贝远甚。伤哉吾女！汝至可怜。”爱立司曰：“母勿涕泣，人人咸有变易之时。”妪曰：“胡以汝变至速，若姊乃不之变。吾之为母，讵逊彼母，而独吾女病状至不能起复？”则大哭而出，少须复入，语哈里爱德曰：“亲爱之密斯，吾女令吾宣言者，吾已尽宣之矣。吾又何知？彼为姊妹，正以彼母女夫妻往观古堡，我始侦得其名。吾欲冒前自承，防不为所礼，则转计与之乞钱。而吾女必靳我弗乞，几欲杀我。”因指病人曰：“吾女抗节，亦同彼女之高。今病当立愈，愈后当往傲其人，令之生愧。”因磔磔而笑，笑状较哭为烈。此时爱立司仍注视哈里爱德，执手言曰：“我夙思泄此忿也。此等恨事，本足增我病力，但觉人心之坏，至此已极，但图晷刻之温存，不计他人之颠蹶。顾已往之事，可以勿提，但付一梦足矣。请君更读圣经以娱我。”哈里爱德方欲取经，病人止之曰：“我不幸果死，则幸推爱我之心，爱及吾母。母前此之导我以丑行，我已恕之，尤知吾母中悔，至不可言。幸君勿忘吾母。”哈里爱德曰：“请释尊怀，吾决不负。”爱立司曰：“汝试移吾首，与尔对面。汝念圣经，吾当视尔樱唇之动。”哈里爱德遂念耶稣救护锢疾创痏之灵文，此节为病人之所乐闻，以为得罪之人均得耶稣之拔度。哈里爱德念竟，合其书，言曰：“爱立司，明日更来视汝也。”与之亲吻，出。爱立司目送其行，脸上微生笑容，然二目未尝移却此门，则以手拊心，自念耶稣基督，然灵魂沉寂，脱去其躯壳矣。今床上所余者，但为人类所凌践、风雨所侵蚀，挺然一尸，僵于席间也。

第五十九章

佛罗伦司生少所长养之室，今日大改观矣。室固仍旧，不破不漏，轩窗墙壁一如恒状，然仅能作一破屋而观。鼠子无人，亦皆避地而去。土林森初闻主人倒闭，则大斥以为妄言。厨娘曰：“吾家之肆，倒闭岂易？”土林森曰：“吾肆能闭，必国家银行倒、皇家宝器售，则吾肆始有不测之事。”及报纸传述，迫处来言，且携其妻同至坐谈，迨倒闭信确，土林森抗言曰：“此账必在十万镑以上，迫处曰‘十万镑焉能及’。”侍婢闻至“十……万……镑……”似三字之中果有十万镑之重者，即曰：“我但得百分之一，赠我意中之人，吾心遂矣。”土林森尚忆此侍婢曾面谀法国人，怀愤不能自已，言曰：“彼外国人得此多金何用？但有修饰其髯耳。”侍婢闻彼讥讽，则揾泪他适。厨娘者，以行善著名，语土林森曰：“尔二人平日尽足争锋，今为何时，转瞬即散场之日，何复耿耿于心？今吾辈曾经一殇、一娶、一逃，如许大事均吾党合群，讵今日遂萌异志？”密昔斯迫处闻言大动，称厨娘为安琪儿。土林森曰：“众既如是，吾何为独梗？”遂合三人至邻房，延此侍婢，释忿外出。少须土林森扶携侍婢，偎倚而前。土林森曰：“吾言外国人，特戏汝耳，盖我与安尼婢名祸福苦乐同之，今将同至阿克司佛街，张一鲜果之肆，尚延诸君同至小饮。”语后，众皆拍手。楼下诸佣保，每逢主人急难，非轰饮不足以排遣，于是厨娘作两盘餐饲客，而土林森则自购龙虾、生菜佐饮。时辟白真亦无复掣铃令备热酒，楼下人遂谈及主人之事，言此倒闭事乃不知密司忒东贝早有所闻否。厨娘曰：“必早知之。”遂争问迫处，迫处之答如厨娘。中有一人言曰：“后此主人将如何？能否外出行商以自救？”土林森曰：“或不至是，必至上等人孤老院中，长日诵经种菜。”厨娘曰：“以后在道院中称兄弟矣。”僧众呼其侣为兄弟。密昔斯迫处曰：“吾辈亦兄弟。”迫处曰：“女子当称姊妹。”女冠呼其侣为姊妹。众一哄而笑。厨娘太息曰：“富人收场亦如此耶？”侍婢曰：“过骄必败。”此数人议论既高，心中亦乐。时有小婢张吻而听，忽发问曰：“未知吾力值能否予我？”众皆愕然如痴。厨娘先醒，即抗声曰：“汝胡敢以轻薄之语蔑我主家？汝食人之禄，乃为是龌龊之思想，讵天下尊贵之人乃刻核至于吾辈不予值耶？汝敢存此心，后此觅食必非易。”小婢受责，木然无敢微声。

逾数日，却见有生人至其家，似此华屋已属其人。中有一人似亚剌伯种人，胸前悬表链绝巨，常在退闲屋中以口噫气。与之同来者，人人咸携纸笔。亚剌伯人问土林森曰：“汝知此猩红刺绣之壁衣，购自何时？以何价得之？”于是此数人日续续来，仍携其笔纸集议。厨娘诸人方知将尽货其家具，因之人来愈众，纸笔外且挟粗笨之人四检物事，足印乱于屋中。楼下人则一无所事，但恣力饮啖。

一日，辟白真传主人语，尽遣散楼下人。辟白真曰：“汝辈当知尔主人破产矣。”土林森为楼下人代表，即恭答曰：“知之。”辟白真作色曰：“汝当自觅生路。”忽人中有人抗声曰：“汝亦宜觅生路，与我辈同。”辟白真怒曰：“密昔斯无理，此语出之尔耶？”厨娘曰：“果我所言，汝如何者？”辟白真曰：“固不能如何，惟当趣出此门。”语后，出布囊予钱，以今日止，此外别酬经月之值，且先不与值，必纳收条。余人如例。发遣既毕，辟白真曰：“汝愿行者即行，果不愿行者，许居一二礼拜，则别与值。惟居者任事，当如昔。独龌龊之厨娘即行，不听留。”

厨娘曰："我固不留，我临行本宜作颂词谀汝，惟汝无可谀者，我禁口矣。"辟白真顿足曰："汝行。"厨娘萧然长啸而去。辟白真无术足抑其人，于是余人复尽集于厨次。土林森曰："今第一事宜聚食，食时尚有语奉白诸君。"食既陈列，众皆欢悦。土林森曰："今厨娘将行，吾辈非合群者，人将轻我。况我年久于兹，情谊殷渥。今一人既行，众当同行。"侍婢亦极力许可。厨娘曰："在义当尔，惟诸君勿以我故，星散无遗。"土林森曰："但合于义，何为不行？况屋已拍卖，留此适增吾耻。"侍婢曰："此语滋确。吾尚有言，此间万不可居。今日吾下楼时，尚有一生人引我楼级之下与我亲吻。"土林森大怒，欲觅其人痛殴以泄忿。诸人力止，以为一去即无事，寻仇无为也。密昔斯迫处曰："趣行，不尔为密司忒东贝所见者，将自惭。平日虚枵，伪为多金，愚吾辈，今遽败露，不宁羞耶？"于是行之一着，大众一心，且雇车于外，整装于中。天色未晚，楼下空矣。屋固峭然，人皆无有，鼠不得食，宜其避人去也。

凡诸笨人，反覆简点家具，各生人则各出笔纸署其价值，列为长单。凡为人坐处，造物之本意，初非备为人坐者。此笨人既饿，即出糗糒，陈于家具之上而食。然此家具亦非食台，似此等笨人以贵重之物作下贱之用，兴致滋高。至于所陈家具，亦纷纶不列原处。此时餐房中乃有茵褥及诸卧榻，而贵重之磁器及衣镜，则移皮米面之房。最贵之刀叉等物，皆积叠退闲室温榻之上。更数日，则万车骈集，或外国人及犹太与基督教人咸戾，长短白黑，填咽屋中，几成为公地。衣镜之上，人争以指弹之，验其厚薄。风琴弦上，亦叩之，不复成声。几榻之属，则人人以拳抵之，试其内簧之坚韧及其弹力。橱柑则屡闭屡开，银刀银叉之属则骈指称量，试其真假。壁衣窗衣，取视久久，然皆作鄙夷状，冀其得贱价以售。于是楼之上下、屋之内外，人人梭走，匪所不到。楼窗则有人探首于外，与涂人言笑。尚有不语之人，则手一目录，攒眉注视，点首而加以小识。尚有代人卖屋之牙人，竟登屋顶，四周审视，辨其坐落方向。晨夕嘈杂至于数日之久，此即为时新家具令人博览之情形也。

一日，在退闲室中有拍卖之人，用红木之案为其高台，四面防人凌蔑，则以贵重之几案翘足倒放，用为樊篱。而犹太人、基督教人，丑者妍者，肥者瘦者，填咽满中。凡平者坚者，人皆坐立，口中还价，其声田田。屋既狂热，人声腾起，尘土飞扬，所见者人头及肩膊与拍卖人戒尺之声。凡诸笨人，转运器物如潮而出，无复停趾。忽闻有大笑声直震屋瓦，知拍卖人作笑谈矣。如是可三日以上，则时新家具出门之情形也。又明日，则大车笨车至于四马之车及独轮之车，咸集门次，今日笨人乃大忙，肩重物自楼而下，而小保罗卧床亦为驴车所引而去。一礼拜中，时新家具枵然空矣。室既无人，但见门次破罂故瓷不可用者，山积于墙隅地板上，目录纵横，合稻草无数，狼藉不扫。最后则笨人以布囊入拾取破烂之物，背负而去。百物皆毕后，别有一人即第一次来者，令人下其轩窗，大书门外曰“吉屋召赁”，而东贝之屋至此果墟，鼠子亦尽数避地矣。

独辟白真之室及东贝之室，门外咸有标题，未经余人蹂躏。辟白真当拍卖之日，亦至外间侦视物价，爱一温榻，遂以重价得之，移榻入诸其室，长日坐其家产之上，而密昔斯赤克至矣，言曰：“密昔斯辟白真，吾兄如何？”辟白真曰：“又恶知之？彼不见我，亦不我语。饭成赍与食之，东贝必待无人之时始食，食已，推具于外。”赤克曰：“此非久局。吾兄若不自持，不宁败耶？人生至此，即为不自持所累。我尚待呼醒其人耶？”辟白真自擦其鼻曰：“此亦词费。倒闭之事，非复新异，前此有之，后亦不乏。既已倒闭，即当与物事为别。吾前此亦尝此境。”赤克如不之闻，但曰：“吾兄之为人，奇幻极矣。自彼妻逃至外国……”复曰：“我观此女非佳，指佛罗伦司。已豫言之，乃无人见信，而彼得耗后反谓此女逃匿吾家，然则吾薮逋逃耶？吾昨日曾语之曰：‘保罗，吾固不慧，心亦知之，惟汝何为至此？果为吾所不知矣。’彼闻言，乃欲扑我，言曰：‘罗意莎，后此不听汝前，非我命令，汝弗见我。’似此不情语人，人其信之乎？”辟白真曰：“惜若兄不开矿，果入矿者，则骄气当销磨于矿中。”赤克不问，但曰：“此事作何收局？吾兄作计如何？当别图一生机为得。果长日闭门，生机胡为能至？既欲生机，胡不出门？彼老于阅历者，胡乃不知生机之所在？”赤克作此抽茧剥蕉之言，自以为得，凝目无语，自矜其精透，久复言曰：“屋中纷乱如麻，彼胡能闭门坐听？彼岂无避地之方？吾家亦殊清闲，彼当知吾家初不薄视其人。吾亦面语吾兄曰：‘保罗，汝勿以中落，谓我至亲至于薄视。吾夫妻乃异恒人，决不以盛衰易操。’设使此屋有人议赁，彼讵能久留是间，不为赁宅者所驱斥？与其行也，胡不早行？吾所不解者即在此，幸为告之。”辟白真曰：“我乃自知所归宿处。似此清寂，吾殊不耐，旦晚归矣。”赤克曰：“此亦不能罪汝。”辟白真曰：“我若不行，此一礼拜中尽可以死。吾逐日自行治饭，胡可支持？矧吾体又羸惫，不堪此苦。矧吾来时，正有富家子弟见托，勿论其他，但举一家，一年已得八十镑之膳宿费。吾夙已有书告吾从女，想彼盼望吾归久矣。”赤克曰：“汝告行，曾语吾兄否？”辟白真曰：“语矣。吾昨日入其室，言吾在此无用，因荐李却子自代。若兄似不悦，但微点首。吾已以人呼李却子至，若兄落漠之中尚形很很之状，可云不量。”时赤克尚未行，而辟白真已起立，为送客状。赤克无术，摇首而出。

天垂黑时，土特尔已罢工，负小箱箧，随朴娄至，置箧于甬道，与其妻亲吻，见满目荒凉，心殊恻然，言曰：“朴娄，吾已为司机之正员，所得足以赡家，原不欲汝尚佣作，所念此有旧恩，旧恩安可忘？况是家颠沛至是，我更不至，谁为问寒道暖之人？朴娄，汝来，更与我亲吻，容再相见。”辟白真已易黑衣，状如乌鸦，方摒挡其行箧并温榻，咸置门外，车至即行，遂以温榻纳之车中，即坐其上。去时如脱火坑，甚思归家，饮热茶、热咖啡及私享之热肴，一一皆陈其目。此时东贝屋中，几无人烟，最后之鼠子亦出奔他国。朴娄于辟白真行后，闭门入室，寂寞如非人间。

未移时，竟有人至，时朴娄方对灯治针黹以消岑寂，忽闻甬道中有扣扉声，室空，声至清越。门启，则入一女人，冠黑冠，包裹甚固。此人即密斯讨克司，两目已尽赤，言曰："朴娄，吾今日至尔家教若儿，若儿示我以耗，吾闻之悲极，匆匆授课后即至是间。屋中但汝一人耶？"朴娄叹曰："尚有何人？"讨克司曰："汝见彼乎？"朴娄曰："闻彼数日咸未见人，前人语我此君永永不去其私居。"讨克司曰："病乎？"曰："不知也，身或无病，心病滋重，亦可悲矣。"讨克司闻言，悲不自胜，盖讨克司虽以老处女独居，岁月积渐而增，而柔肠尚不与岁月同老。读吾书者，虽加鄙薄，引以为怪，然较之负恩而去，尚不可同日而语。既坐无言，遂起告别。朴娄送之门外，目送其去，然心怯空房，初不欲归。迨既闭门，遂舍针线，赴榻而睡。

晨起，为东贝泛扫屋宇及赍饭以外，终日亦不令其入室。室中本有电铃，然永永不之用，有时闻其足音，而亦不见其出。讨克司则日日来省，每来必以鲜花及食物馈东贝，至或携冷肉至此与朴娄同饭。惟一闻叩门声，即引身走匿，出入避人如穿窬，盖心中私爱东贝，尽人皆不之知，即东贝尤无觉，但朴娄一人知之而已。老约亦微有悟，盖自倒闭后，初未谒东贝，令土著往探东贝家。土著报言不见东贝，但见密斯讨克司时时赴其门。老约闻言大笑，几鲠喉闭气而死，言曰："似此女子，真天生钝物也。"外史氏曰：究竟此蹇运之东贝在中何作，人皆莫知，然吾书有言，数年以后东贝当记忆一事，即在此黑屋之中也，今东贝果忆之矣。

东贝自晨至午、自午至夜，皆苦忆当时，顾为事已晚，但有懊悔，痛恨其失着耳。耳中似尚闻佛罗伦司呼“爸爸”声，与之作语；又似见女以手扶头大号而出。顾今日已成败衄之人，再无生财之望，妻逐人逃，此耻无可湔涤，已死之儿亦无再生之日。心中所念念者，但恨以一己凶力，除其应享之福，则悔不可追也。倒闭固至剧烈事，亦不如手残骨肉之伤心。寂寞之境与遭人冷淡之辱，意味已臻极顶，觉佛罗伦司之一举一动，较之万物万事皆变，女心初未尝变，且保罗之骨变而成灰，爱迭司之节变而为淫荡，最相信之人变而为反噬，家财山积变而成空，至于屋中墙壁亦似不以己为主人，独佛罗伦司之心万年不变，孝行令人生感。及既得倭而忒来书，质言我女尚忆及我，顾我持何面目呼之使前。此时亲近之人、宝贵之物，都化烟云，却烘托出一轮皓月，则佛罗伦司真相涌现矣。又思当日果爱其人，亦如保罗之夭折，则虽痛彻于心，而仍不如是之内咎。东贝者，人世至骄之人也，今虽落魄而犹骄一切，亲知虽不之近，初亦不惜。即有怜者轻者，皆置诸不屑，一人独居，百无所念，只念其女，如为屋中之伴侣，而又未思苟见其女应如何致其歉衷者，但思我果有恩，女决不遁，且立决女在者必较前为尤亲。东贝朝朝暮暮，此念往来，初无旁思。虽然，东贝心虽如是，读吾书者当知佛罗伦司果至外厢作语，东贝亦决不奔而就之，以前此过刚，至是欲自折之，亦不能为力。或且于道中相遇，脱其女不近其身，而亦过之如路人，归后疾首痛心，亦所不惜，其骄殆本诸性天而来。当初得倭而忒书时，则大怒，今已年余，亦不以为恨，惟自咎前此之误，百计不可挽回，悲梗不能自已。肆已倒闭，而仍不欲出此门者，则以一男一女生长其中，万不能并此而决之。自第一日张出赁之条，已欲移家，又夷犹不能遽舍，日复一日，仍居空屋之中。迨及夜午，必至楼上一行，自以残烛蹑步而登，一至梯次，即停烛仰视，犹记佛罗伦司抱小保罗登楼时，唱小曲娱乐其弟；

又复忆及为己所斥，掩面登楼，尚时时下盼，求与己亲吻。思极，泪下如涌泉。迨既登楼，四周顾视，前此繁华满目，今则一味苍凉，地既无毡，而拍卖时笨人之足印尚星乱其中，佛罗伦司所居之室亦尘封莫辨其处。后妻居处尚留遗踪，顾亦弗念，独思一已死之儿及受逐之女。其最高处，保罗所居屋，屋中足印亦复纵横，并一丝遗念之物亦归乌有。小保罗之死本在是间，不审眼泪所落之数，若更向他屋哭者，防为屋壁所讥，不如专寻其旧哭之地而哭之，或不自贡其耻。于是逐夜皆然。果使此时有人止之勿哭，则必反颜相向，逃入其屏居之所而去。东贝每夕必出，天甫迟明，即复敛避，乃无人知其踪迹。原东贝之意亦欲立时决去，终以儿女诞育之所，羁绊不能拔身。夜中乃出没如鬼，白昼亦不能寐，但低首垂泣，念一保罗一佛罗伦司也。精神既已恍惚，亦不能分辨女之为男、男之为女。

一日，忽思我何必遽舍此屋，惟有……既而思此身非债主所有也，死念既决，则足无停趾，往来甚疾。幸朴娄初不知其命意，果知者，魂魄丧矣。东贝自念吾肆名为父子，今子女一死一逐，家产复尽，留一东贝，又何为者？行至剃发之案，突取一物怀之，然尚徘徊弗已，时时纳手怀中，自视其地板，想必有猩红之物蜿蜿蜒蜒流出甬道而去。更视剃发之刀，并视其手，言曰：“此手足杀人耶？”然又不忍，则坐于榻上，手仍把刀，自凝其神。门本严闭，忽见一道阳光劈门而入，斗然回首，神色顿变，耳中但闻一若喜若哭、若惧若狂之声，大呼而近膝下，已见佛罗伦司长跪于地，视之果佛罗伦司，万非他人，手抱父膝，口呼“爸爸”，作哀求之状，曰：“亲爱之爸爸，乞赦儿罪，今日特跽膝前，求吾亲之恕。若更不恕者，吾身永永无天日矣。嗟夫！世界变矣，女儿果不变也。”以膝跽地，以面仰视，一如当日求恕之状，呜咽言曰：“爸爸听之，罪女非敢有心背我老父而去，当时惧心太猝，并不回思，故成迷惘。吾亲爱之爸爸……女知罪矣，爸爸……万勿再拒，拒我且立死。”东贝此时如晕，但觉其手为爱女所引置之喉际，又觉全湿之面偎诸己颊。东贝此时痛极，非痛其女，痛前此之狂悖蔑理直无人心，血沸于心，苦不可状，复觉己首为佛罗伦司所抱，置之指印之胸前及腐心之部分，又闻且哭且言曰：“爸爸，女已身为人母矣。吾儿果能言，其称倭而忒，即如女之称父。女心爱此儿，方觉身背吾父，忍令父痛，此罪万死不能逭也。亲爱之爸爸，幸赦吾罪，乞爸爸呼我曰‘吾亲爱之女儿，上帝赐福于尔’。”东贝此时果能言者，必发吻矣，但觉合十，似乞哀于其女，手竟为女所夺。言曰：“儿生子，即在船中，仰祈上帝，勿使死于海上，得命而归，归而请罪于吾父。既一登岸，即奔是间。自今以后，永不再别，天乎爸爸也！畏庐书至此，哭已三次矣。敬请爸爸贲吾家，盼此幼孙。孙，男也，名曰保罗。儿思彼类……”语至此，声咽而泪泚，少须复曰：“亲爱之爸爸，念此幼孙，念此罪女，念此保罗之名，赦倭而忒也。倭而忒待女良有恩，与之成礼，非彼之过，女实爱之，而彼之事父，心亦如我。后此女夫妇必训迪此幼孙孝彼大父，待彼能言，女必告以父亦有子曰保罗，死后尔大父心滋悲梗，汝当慰之。爸爸，今当与儿接吻，用代倭而忒之赦书。倭而忒为儿之夫、幼孙之父，吾惟爱子，因而念父，其来也，似此幼孙趣我来也。”佛罗伦司抱持东贝，东贝即与亲吻，仰天呼曰：“上帝赦我，我之待赦殷也。”祷后，且哭且亲佛罗伦司，时时以手抚之。此等天伦血性之发见，此屋中乃百年不之见也。父女相抱半日，即在此阳光中。此一线阳光，即佛罗伦司带入者也。

东贝遂易衣，似心无所主，一惟其女之听，行步踽旅，如不自胜。既出，则攒眉回顾其扉，阴寒中人，径至甬道之上。女于此亦不敢纵目，此即为当日受批之地，视之恐滋老父之悲，遂疾出登车，遽行。此时讨克司、朴娄始出，既悲且喜，彼此揾泪相视。二人遂入室，摒挡其书籍、衣服。

下午，佛罗伦司以车来索，时屋中但有二人，遂以茗饮，谢别此屋。饮茗时，讨克司言曰：“我曾言东贝父子尚有一女儿，今果然也。”朴娄曰：“非但女也，且贤女而孝女。”讨克司曰：“汝自少待彼佳，愈见汝之卓识。”此时巴伊拉尚侍立，讨克司曰：“汝今何作？”巴伊拉隅坐无聊，闻声起立。讨克司曰：“巴伊拉，吾谓若母善人而有识，汝闻之乎？”巴伊拉曰：“吾母固善。”讨克司曰：“吾闻尔言，心殊悦怿。汝既求我觅事，今且往吾家。汝果知悔，则名誉尚可复也。吾乘今日告汝，汝母至贤，后此勿令尔母伤心。”巴伊拉曰：“吾以灵魂为证，必如密斯之言。今百苦皆历，万无邪慝之思。果使当时不入义塾，又不寄情于鸟雀，则或不至是。今改过尚或有期，敬请密斯录我。母也但愿家中人能信吾改过者，吾心遂矣。”讨克司曰：“汝言闻之心喜，今且少食，吾挈汝行。”巴伊拉恣食无数，与其母抱，遂随讨克司行。朴娄此时眼中似有棱角，视物皆作芒也，灭其灯，钥其扉，以匙付邻家司宅者，徐徐而归。道中自思诸儿恋我，见我必且大呼噪矣。朴娄去后，留此夏屋历盛衰有年，此时挺然仍作冷涩之容，兀立于市上，门外仍列条招赁及卖。

第六十章

伯林伯博士半年放假之期至矣，于是大延学生之父赴会。司格特尔之儿已卒业，以其父为宝星，则为之夤缘，为外国使臣之随员，出国矣。密司忒土色亦已高大，着长筒之皮靴，脑中载满古时罗马之学问，偶为英语，转类古罗马人之初至英国也，然其父母亲戚咸以其子为博雅。而伯里格司之父母则愧其子之不古，谓不如人。伯里格司似自智慧树中得果，焙力过猛，果味全失。别色斯东者，亦毕业，不受先生之压力，遂以舟省父母于印度，所学罗马之文法沿道散失，未至印度已半星无有矣。博士于散学之中，本作例言曰："诸君，吾于下月二十五日开学。"惟此次非复前状，则易其辞曰："诸君，前此罗马大帅府星星那忒司功成后，退归林下，退时未尝举贤自代。今我有替人矣。"因拊助教斐德之肩，曰："我亦为大帅府，后此帅府中事，汝司之矣。"因语学生曰："吾仍下月二十五日开学，则密司忒斐德为汝师。"众学生拍手称贺。土色者，学问高，同于秃齿，因为诸人代表，上银墨合于博士，复大演说，语中乃无英语，用腊丁古典五、希腊古典七，余人闻之有妒者、羡者，为状不一。

博士于学生行时，乃不言斐德之婿其家，而学生则夙闻之矣，故与斐德别时咸有笑容。斐德此时希望已遂，博士已决计修其门屋，传以衣钵，嫁以考尼利亚。于学生行后，即鸠工庀材，转盼中吉期已届。是日侵晨，考尼利亚易新眼镜，备于天主之前订婚嫁事。博士夫妇及斐德，与斐德之兄爱而弗雷斐德牧师，即是日司礼者，于是众集于退闲之室。少须，考尼利亚易新衣，簪橘子之花，喜娘挟之而下。刚下楼时，近视之阍者入启，言密司忒秃齿及密昔斯秃齿至。语后，少退。

秃齿已进，挽其夫人，盛服而黑其睛。秃齿言曰："密昔斯伯林伯，吾为介绍见吾妻。"密昔斯伯林伯待之甚加礼，然微有降尊之意。秃齿曰："我自少蒙师母见覆，知我甚详。请告师母，吾妻性情甚殊特，不同于众。"其妻则微推其肘，不令作奖词。秃齿仍曰："师母，吾妻果殊特非凡品也。"此时密昔斯秃齿见其夫作赞语，则巧笑，状亦愈媚。于是密昔斯伯林伯引见其女，秃齿与先生起居后，进与新人为礼，引斐德立稍远。斐德精神勃发，即拊秃齿之背，曰："老秃，自是以后，尔我同入人范围中矣。"秃齿曰："斐德，我乃为尔贺。汝所娶之妇果能欢乐如我，则人生之乐无一及汝我者。"斐德曰："我固念旧，乃延尔夫妇。尔大礼，乃不及我，何也?"秃齿曰："斐德，我之不延尔者，事乃大难。一则我见尔时，密告与密斯东贝有约，果以书奉白者，汝必以我为娶东贝矣。果不然者，汝必问我，我又何以对尔语其底细？二则此遭大礼，悉不告人，但有一人为我老友，其人船主也。船主在……今亦不必问其船名矣，方我同密昔斯外出度密月时，曾有书奉白，虽不奉延，亦不谓之不告。”斐德接手曰：“此特笑谑，安得言罪？”秃齿曰：“斐德，在汝意中，吾同吾妻之好合，汝意试第其优劣。”斐德曰：“汝婚姻优也。”秃齿曰：“汝以为优者，我意则更谓优矣。虽然，汝良不知吾妻之殊特，今试与尔言。吾之娶妻第一节，为择干才。吾钱固有，才乃不逮。”斐德曰：“汝焉无才？”秃齿曰：“天下无者不能强以为有，此才决在彼。”则以手指其妻曰：“彼才盘盘焉、囷囷焉。有人言门第不符，我固匪有亲戚，亦不玷辱；我之保护人，我绝不与通，故亦不取其进止，则自出心裁。方吾成礼之日，正为福星照命之期。须知此女人之才具，舍我外决无知者。果一日在众女之中欲争权利者，则非彼亦莫能张其帜。”此时其妻方与人言，秃齿呼曰：“秀珊，汝勿高谈伤气，幸自保卫。”密昔斯秃齿曰：“吾亲爱者，闲谈何碍于事？”秃齿曰：“吾亲爱之人，万自留意。”因谓密昔斯伯林伯曰：“彼多怒，一怒即忘医生之言。”密昔斯伯林伯曰：“密昔斯秃齿，医既有言，幸自卫摄。”

此时车已至门，斐德则扶密昔斯秃齿登车，密司忒秃齿则扶新娘同登。新娘车中尚有两喜娘，斐德之兄则已先行赴礼堂部署。此礼甚雍容有仪节，博士为女家婚主，即以女授斐德，容色不改，而密昔斯伯林伯颇有惨容，幸尚不哭。礼毕而归，密昔斯伯林伯谓牧师曰：“吾大事了矣，果今生能更见昔色罗，则更无遗憾。”既归，午餐初无他客，斐德精神愈焕发，引秃齿同坐而谈。然秃齿恒呼其妻曰：“秀珊，幸勿高谈伤气，至恳至恳。”数篮以后，秃齿自念身为门生之长，非演说无以答师门，然乃不察其妻在对座，以目光为电报止之，则挺然卓立，为生平第一次之演说，曰：“我实在……在此屋中受一种之……脑中之糊涂……

然亦无关紧要。质言之，博士之恩待我如子弟，我在堂中乃一人独据一座，我不能见吾友斐德……”秀珊曰：“娶……”秃齿曰：“我即乘此机会，宣之于众。众位试观吾妻之能，当吾格格不吐时，乃振作而提挈我，然则演说之才，妻较我优也。所以言我不能见吾友斐德娶亲，而所娶者又又……”秀珊曰：“汝言娶密斯伯林伯。”秃齿则微语曰：“既嫁矣，宜曰密昔斯斐德。”因大声曰：“娶密昔斯斐德，此婚姻为上帝所命，我不能无称颂之词。我但愿海门为彼夫妇欢乐之灯塔，且今日为之洒花即为之驱除一切不祥之物。”博士生平最喜人用故实，则拍手曰：“秃齿，汝言乃大佳。”语后，牧师亦起而称扬两家之美。斐德大悦，乃与喜娘为寿。博士即席间言将退老，已经结一草庐在苇花深处，外饲蜜蜂，语后似醉。而斐德亦沉酣，忽谓人曰：“密昔斯秃齿鸣琴乎？胡为吾耳辄作琴声也。”密昔斯伯林伯知其婿已醉，即起，而秃齿夫妇亦别归贝得福逆旅。

既至，见有一书。秃齿读之，至沉吟。秀珊亦从而生骇。秃齿曰：“吾亲爱之秀珊，汝勿惊悸，惊悸较高谈剧也。”秀珊曰：“书从何来？”秃齿曰：“来自船主吉而司。汝勿再悸。倭而忒及密斯东贝将归矣。”秀珊立起曰：“亲爱之人，幸勿愚我。我观尔眉宇间似彼二人已归久矣。”秃齿曰：“奇哉！百事乃不能愚汝。秀珊，汝听之，彼果归也，且往见其父，父女和好如初。”秀珊拍手曰：“和好如初耶？”秃齿曰：“吾亲爱之人，汝勿暴喜。医生之言，汝当记忆。船主吉而司言密斯东贝已迎养其父至家同居，且言其父病重，防其不起，其女则长侍病榻之前，衣不解带者经月矣。”秀珊大哭。秃齿战兢言曰：“秀珊吾爱，当忆医生之言，努力为我自卫。”此时秀珊力引秃齿之襟，曰：“吾乞尔领我见吾亲爱宝贵之佛罗伦司。”秃齿爱妻如命者也，言无不从，立时命驾。

方彼动身之时，正船主与人婚姻之日。此婚姻之缘起，则百巧莫能喻者。船主知佛罗伦司归，急奔而视，见生子，则大喜，抱提不释。又与倭而忒作长谈，觉人世变迁无常，而东贝乃回心爱其女，此大出意料之外，非躬自运动，不足以发舒其气，遂出。且思东贝贫病至此，而船主博爱之心尤为踧踖不宁。正在万难排遣中，竟遇见佛罗伦司之子玉雪可人，遂以一爱压此千愁，不尔者晕矣。道中且行且思，或悲或乐，乐极则掷其冠。路人为之骇。船主信步而行，不期行及旧寓之左近，口中方微吟培格之歌，倏一转折乃大骇异，见一群人迎面而来，则魂魄为之丧失。当头之妇女，即生平惊悸亡魂之马克司丁格，面上昂然作怒容，胸前悬巨表。船主视之，则本司贝物也，腕下所将之人又非他，即本司贝。本司贝受挽如囚之受掳，凄惶无主，随彼虏主而行。二人之后，则随小马克司丁格，人人咸得意无伦。童子之后，则又有长大魁伟之女人。二女之中夹一侏儒，冠高冠，状亦至适。又后即本司贝厮走，执一捆之雨伞。观此一群人同行，似公门中人将囚而出。此囚即为本司贝，无复疑议矣。船主第一义即思逃奔，然人群中已有见者，亚力山大先奔擒船主。船主知无可避，密昔斯马克司丁格即曰："船主，今日可谓奇遇。吾与尔初无极恶之感情，今日欲面上帝，故自洗涤其天良。"即指本司贝曰："船主，此吾夫也。"本司贝二目亦不左右视，但居空际。船主与之接手为礼。本司贝无言，但有嘿执而已。马克司丁格曰："船主克忒尔，汝若与我释怨，以及欲见尔最后未有妻室之朋友，谓本司贝有妻，则有人管束矣。则不如同我共至礼拜堂一行。"因回视一最勇狠之妇人曰："此吾之良友，今日无人同行，船主当保护之上道。"侏儒者，似为同行妇人之夫，隐中至得意，谓今日乃得一怕妻之人，与我作同类矣。闻言后，即将勇狠妇人之手，授与船主。此妇人即立擒船主，大声曰："为时非早，行也。"船主此时戒慎恐惧已极，知本司贝之婚姻决为此悍妇所劫而成，又思或尚有救，果牧师问时答以不愿者，或可逃生而去。思定，肺叶亦不撞击，则徐徐与此健妇人言，方知为密司忒博更之寡妇，故夫本在税关中为佐，与马克司丁格为密友，尤佩仰马克司丁格之为人，谓闺秀咸宜如是。又言曰："吾常闻吾女友述尔姓名，吾甚愿汝有悔心也。密司忒本司贝者知偶吾友为生平之幸福，然吾恒谓男子身在福荫之中乃不自知。"当此悍妇言时，时时眼光注射本司贝，防其逃脱。观其状态，类本司贝思逃者，即可格杀。而侏儒之妻亦似受马克司丁格将令，为之殿后。马克司丁格已力挟本司贝，似"逃"之一字，盖万无一幸者也。

行道之中，船主欲探本司贝消息，然六目盼注，水泄为之不通。沿道及于礼拜堂，牧师方备祈祷。船主乘此罅隙，附耳问本司贝曰："孺子，汝佳否？"本司贝曰："坏极矣。"船主曰："今日之事，汝自主之耶？"本司贝曰："非也。"船主曰："然则何为娶之？"本司贝仰面视西半球，不答。船主曰："果不欲者，胡不潜逃？"本司贝似为船主所动，亦为耸然，少须乃曰："弋获者，将奈何？"船主曰："命运果佳，不如乘未成礼而作计。"本司贝不能决。船主曰："此为自由，非儿戏也。"然而时晚矣，马克司丁格已力取之为夫矣。船主所最丧胆者，尤在周立叶马克司丁格，当相礼时，衎衎已大有母风。船主自思世界上攫人为夫之人，其多如此，则我辈为水手者，其危矣。此时二悍妇精神贯注，力督马克司丁格所为。至小马克司丁格则无是无非，但于人后力践观者之跟。礼毕，一群之小马克司丁格争扑本司贝之身，呼"爸爸"，各索半辨士。于是大众同归，以家中尚有喜筵待客。船主直送之至家，乃不敢入，然密昔斯博更本专管本司贝者，知成礼后决不能逃，则移其大力关注船主。船主防入时更为所囚，即哀乞博更，言尚有人见待，遂以计脱。船主又自咎本司贝之遇难，咎皆由己，不尔者不能遇此牝虎。

船主既脱虎口，乃归视东贝之病。既至，见百叶窗皆闭，室若无人，因微叩其扉，则秃齿出而启关。时秃齿夫妇刚及是间，二人本先至所罗门肆中视船主，船主不在，即讯得下处，来省东贝。当二人至时，秀珊先自佛罗伦司手中夺彼孺子，坐于梯级之上亲之不已。佛罗伦司亦蹲距其旁。旁观者乃不知秀珊之心怜儿至耶？爱母至耶？尤不辨秀珊爱佛罗伦司至耶？佛罗伦司爱秀珊至耶？综言之，但三人爱为一团，不能分其质点。秀珊曰：“密斯佛罗伦司，尔爸爸病笃欤？”佛罗伦司曰：“尚无大剧，惟后此勿呼我为是，且尔胡为仍作前此之服饰，居于佣者之列？”秀珊不言，但有亲吻，且哭，又与孺子亲吻。秃齿进曰：“我请为吾妻伸辩。吾秀珊者乃至奇，彼对我言，无论何时，密昔斯倭而忒归来，必以青衣进谒，防一易衣，则女公子将与疏阔，为彼交情之阻碍，惟此等服御最佳。吾之爱重其人，即爱重其服。彼尚欲为其女公子之佣，无复思改故日风度。惟亲爱之秀珊，他皆可允，当记忆医生之言，躬自保也。”

第六十一章

佛罗伦司此时正在需人，秀珊之来，如获异宝。

东贝之病，正在呼吸生死间。一自破产以来，悲伤身世，思慕儿女，立毁其不坏之身。一入其女之家，即仆于榻上，无复更起。佛罗伦司时侍其侧，醒时尚识其女，晕时则思独居深闭之时，自言曰：“佛罗伦司安在？”女即进曰：“儿侍此也。”东贝泪落如绠。一日，忽问曰：“适作语者非秀珊耶？秀珊乃亦在此。”女曰：“然。爸爸得毋欲见其人。”东贝点首，秀珊遂前。东贝既见秀珊，颜色甚霁，言曰：“汝今勿去。前此所言，吾一一恕汝。我今之与佛罗伦司，非复前此之隔阂。”语后，抱佛罗伦司之颈，置之枕畔。东贝之病，沉顿至数礼拜之久，有时作声，非倾耳其侧者不之觉。女则常侍其旁。东贝曰：“吾爱女，汝当出吸空气。”又言曰：“汝下与夫婿少聚。”一日，倭而忒在病榻前，东贝令蹲于侧，执手言曰："老夫果不讳者，以爱女累汝。此心至慰。"更一日在黄昏时，夫妇咸侍病榻。佛罗伦司抱其儿，口中唱旧时之曲娱小保罗者。东贝不忍听，则摇手止之。至于明日，则又令之唱，每夕必尔。女唱时，东贝欹枕而听，有时沉睡，女则取针黹，即窗间治之，停针远盼，如有所思。忽觉有人立其后，视之，则倭而忒。倭而忒曰："亲爱之人，楼下有人奉访。"女闻言，见倭而忒颜色甚沉挚，若事出重要者，即曰："如何？"倭而忒曰："为事非剧，来人已与之谈，汝能否遂下？"佛罗伦司遂扶倭而忒之手，以秀珊侍病父，盈盈下楼而去。

一入客堂，客已逢迎于数步之外，然足跛而行斜，竟与佛罗伦司左。佛罗伦司视之，则斐尼克司勋爵也。勋爵接手，贺其新婚，言曰："吾在礼应早来，然大故辄遭，似脚跟为人所践且累仆。心既杌陧，遂屏居不复更出。"佛罗伦司见勋爵虽作闲语，然神情中似别有言。勋爵曰："我适与吾友即密斯夫婿——"语已，顾倭而忒曰："勿罪，吾乃屈尔于朋友之列。"复顾佛罗伦司曰："属闻尊甫病日起色，中心滋适，以尊甫宏量，或不以区区数金之故，遂婴沉瘵，然知尊甫者恒为懊侬。"而佛罗伦司心知此言尚非要旨，则急欲闻其正论。勋爵亦觉，即曰："鄙人此来，已同密司忒倭而忒诚语，实有要事奉干，想东贝先生之贤女或不至屏我勿听。况我蒙密司忒倭而忒金诺，或可得葳其事。"佛罗伦司见勋爵词涉吞吐，则又惶怖无已。倭而忒曰："亲爱之人，汝且放怀，非重要事也。"勋爵曰："事至莫须有，惟令密斯着此惊怖，吾心滋歉。吾所求事，特……"既而曰："今即请吾友为我代白。"倭而忒曰："吾最亲爱之人听之，勋爵来意欲延吾爱同至伦敦一行。"勋爵曰："吾友亦可同行。"倭而忒曰："可。吾即同行，往面一人。"佛罗伦司曰："何人也？"勋爵曰："今且弗究是人之行踪，见后即当了了。"佛罗伦司曰："倭而忒，是人汝识之否？"倭而忒曰："识之。"佛罗伦司曰："汝意谓我宜往乎？”倭而忒曰：“可。惟此人，我尚知为尔欲见之人。惟未之见，尚有不宜遽令若知者。”佛罗伦司曰：“爸爸果稳睡未醒，秀珊能代吾劳，吾即同行。”遂起登楼，心中自念倭而忒言宜见，则行必不谬。佛罗伦司整衣既下，见其夫与作耳语。佛罗伦司大异，自念吾夫初晤勋爵，何由有此私谈？则疑骇莫知其故。勋爵行时，留一名刺，言曰：“此候吾友东贝，愿其逐时痊，逐日痊也。彼果欲换天气者，吾村间尚有别业，特破烂，然风物良佳。惟愈后欲得补益之剂，吾尚有良方。吾亦荏弱，日常用鸡子黄及糖与豆蔻末，纳之葡萄酒中饮之，最益老来躯命。”语后，扶佛罗伦司行，此际留意其足，勿走歧路，幸至门近车而升。

三人同坐车，辘辘遂行。路可七八英里，未半已垂暮。佛罗伦司道中未发言，则纳手倭而忒怀中，然心中殊戚戚，不知所为。已而车至白鲁克街停，即当时父亲行娶之地。佛罗伦司大惊曰：“倭而忒，胡至此？此中何人在也？”倭而忒不答，但曰：“无伤。”佛罗伦司举目，见轩窗皆闭如无人。勋爵扶佛罗伦司同下，倭而忒不下。佛罗伦司曰：“倭而忒，汝胡不前？”倭而忒曰：“吾即守候于此。汝勿忧惶，此中无可忧者。”佛罗伦司曰：“我承尔命，本无所慑，特……”

此时门已大辟，勋爵引之入内，屋沉黑如无人。又引之登楼。登时，佛罗伦司颤不已。至于退闲室外，勋爵小启其扉，引女入。勋爵作势请佛罗伦司入诸复室，勋爵则留身外厢以俟。佛罗伦司小立后，即推扉入，见一女人以手拊案，支颐向外观天末晚霞。女忽回首，而佛罗伦司足几莫前。女大惊曰：“此何为者？”佛罗伦司曰：“嬷嬷，我也。”二人遂矗立对视久之。此时女之颜色似为忧患所侵而改，然仍挺然一爱迭司也。佛罗伦司此时面上杂爱之、怜之、惜之之状，一一流露无余。爱迭司既不能言，佛罗伦司泪落如绠，即曰：“嬷嬷，吾二人何为在此晤面？前此不悉心爱我耶？今何为拒我至此？”爱迭司仍不能言，但张目而视。佛罗伦司曰："吾今日适自父亲病榻之下而来，今与吾父永不分离矣。果嬷嬷令我求恕于吾父，父必许诺。嬷嬷勿忧也。但愿上天恕嬷嬷所为，令心中顺适，无复乖忤。"爱迭司仍不答。佛罗伦司曰："倭而忒尚迟于门外，儿已身事其人，生一子矣。彼实将儿而来，吾今将往告彼，嬷嬷已有悔心，则可以吾夫妇之力，力挽老人之怒，不审嬷嬷能容儿效力否？"爱迭司此时始发声言曰："佛罗伦司，吾实辱汝之姓并辱尔丈夫及尔儿子之姓，亦足恕耶？"佛罗伦司曰："儿夫及儿万无他念，然嬷嬷胡为不语及吾父？果嬷嬷但欲爸爸见恕，儿敢力任其事。"爱迭司仍不答。佛罗伦司曰："果嬷嬷有意归时，儿即以车往返，奉答词而来。"语后，遂少进言曰："嬷嬷听之，儿之不敢遽进者，非畏震怒，亦自恃不至楚辱儿身。惟心爱爸爸，故生此态。然嬷嬷旧时之恩，殊未敢忘。"语至此，遂力扑爱迭司之怀，言曰："请嬷嬷虔祷上天，赦其前罪。"爱迭司一经佛罗伦司投怀，不期痛极，自踣于地，呼曰："佛罗伦司，我之安琪儿。乘我骄气未发之先，以清明之气告汝：我无罪也。"女大惊曰："确耶？"爱迭司曰："所谓无罪者，无大罪耳。至于他罪尚夥。第一，吾有恨恨之心，不能忠事尔父，此吾罪也。若夫横死之匹夫，吾实无染，敢质帝天言之。"即引佛罗伦司之手立誓于天，曰："佛罗伦司，汝为大孝大慈之安琪儿，果吾运佳，与尔相处久，则汝必化我于善。然我固不如汝所言之罪戾，实则不能更聚矣，故但抱尔贤孝之头颅，置我怀中，即为末次之叙别。"于是大哭不可自止，又曰："佛罗伦司，汝若不来，则我之皂白，实无从诉。若在他人，则自承，不复辨析。"此时勋爵探首门内，言曰："妹氏当恕我以谋引密昔斯倭而忒见汝，我当初思我有志有貌之妹氏决不为此苟贱之事。前此曾对东贝言之，谓非有实证，我决不之信，今日乃爽然析矣。"又语佛罗伦司曰："鄙人闻彼白牙齿之恶人横死后，心中自念吾妹究属吾亲，遂自至法国寻得之，自是遂居吾家。吾转觉兄妹同居甚乐，况吾年已老，百事足以助我。”此时爱迭司方与女同坐，挥手令勋爵外出。勋爵曰：“请妹氏恕我，我尚有言奉白密昔斯倭而忒，请彼归白尊甫。”又面佛罗伦司曰：“自吾妹氏同居以来，初未言及与卡格尔同出事，然私谓必有隐衷，欲躬自陈请，则吾妹氏甚傲岸，遂不敢发吻，然平日窥察吾妹，偶谈及密昔斯者，则妹氏滋悦。吾思苟得贤媛贲临，则妹氏必自吐其衷曲。今欲同彼至意大利卜居，不能不归清理遗产，偶乘此便，冒渎见密司忒倭而忒，乃极蒙许可。今别无他说，但乞妹氏尽言之，勿涉吞吐。天下冤曲事，必一白为快。”语后鞠躬而出。

爱迭司与女并坐，少时仍无言，自胸间出一纸，为至严密之小邮筒，言曰：“佛罗伦司，此书为我预言，纳之胸际，防暴病而死，不能自明，故将衷曲署之于内。”佛罗伦司曰：“得毋与吾爸爸耶？”爱迭司曰：“吾本以予尔，尔与何人者，我不与闻。”佛罗伦司曰：“爸爸病笃，或致不起，嬷嬷有何语命我传述者，恣言之。”爱迭司曰：“汝不言彼爱汝耶？”女曰：“然。”爱迭司曰：“汝告若父，我滋悔有此冰雪因缘。”女曰：“此外尚有余言乎？”爱迭司曰：“彼若问尔我有悔心与否，汝述吾言曰‘彼若非等于前此之愎厉’……”语至此，不能遽下，少须曰：“彼果改者，吾亦甚愿无前此出亡之事。”女曰：“儿能否言嬷嬷闻父病而伤。”爱迭司曰：“我不能言也。彼若非经此怒悸，亦断不能回心而爱汝。彼果爱汝至于极处，则破产亡妻正彼生平之福，何至转而恨我？”女曰：“能否容我对吾父述嬷嬷之善言，以慰吾父？”爱迭司但张目视女，不答，及女再请，则力把女手纳之腋下，言曰：“果尔父能怜我前此已往之事者，然亦托尔代达吾意，祝之平安。更告若父，今生固不相见。然有一事同者，则彼爱汝身，亦类我之待汝。”语次，泪簌簌而落，复曰：“我有一事足以自信，若父爱汝之心浓则恨我之心亦淡，后此及尔之儿女亲爱，则必回忆当时二年夫妇，其势亦可以至此。果至此时，汝当告彼吾亦悔矣。”女大悲，言曰：“嬷嬷能出此言，吾心释矣。”爱迭司曰：“吾今日之出此言，喉吻中未尝有是道路，觉言之甚怪。惟闻彼爱汝，则出此亦不为逆。即令我更言之，吾亦不以为忤。汝今往试验若父之行踪，当爱尔酞挚之时即为最忆我之时。此时，我亦不能忘情于彼。吾亲爱之佛罗伦司，别矣。”复坚抱佛罗伦司，力亲不已，言曰：“第一亲吻，亲若儿也，其余则为尔祝福。嗟夫！吾最亲爱之佛罗伦司，吾最亲爱之女儿，自是长别矣。”女曰：“能否再见。”爱迭司曰：“永无再见之期。此别以后，吾在窀穸中矣。惟愿尔忆我旧情，勿替于是。”二人互抱而行。勋爵引之下楼，登车。

佛罗伦司伏于倭而忒肩上，放声而哭。勋爵送时，亦揾泪不止，言曰：“贤夫妇此行，宜以楼上人告东贝，令之释然。密司忒东贝之婚于寒族，因缘恶极矣。苟非魔鬼卡格尔作梗其中，亦决不至是。若吾妹氏者，吾必以骨肉之礼待之，永无所苦。须知人心变幻，吾友莎士比语之最切。彼言‘人生，影也；生命，梦也’。我今日令密昔斯倭而忒被无尽苦恼，然吾所事正也。”

第六十二章

此时蛛网尘封之酒出地窖矣，色作黄金，此即最后老马得拉酒。东贝曰：“密司忒吉而司，此酒果如老友所言。”船主乐极，似顶上生一圆光。吉而司曰：“我常与乃德言倭而忒平安归者，即饮此酒，然尚未料其有此。先生胡不即以此酒为倭而忒夫妇饮寿？”东贝曰：“佳哉！”即引杯曰：“祝倭而忒夫妇！”复回首视佛罗伦司曰：“孺子吾儿。”秃齿亦起而言，船主之声绝巨，大呼曰：“倭塔夫妇。”于是数杯相触，其声锵然。

又历数时，新酒成为陈酒矣。东贝之发已纯白，心清无累，专属意于一女一婿，终日与其女同坐。有时密斯讨克司亦常至，东贝亦待以殊礼。然讨克司之爱东贝，心如伏流，不生波浪也。东贝破产后，百物不留，然逐年必有巨款，乃不知其所自来，来时必题其上曰：“汝可勿究是人，前此受恩，今来偿也。”东贝初不欲受，则商之摩尔芬。摩尔芬力主之受，谓必有人宿欠，故逐年寓还其逋负。此老鳏之摩尔芬，今不鳏矣，所娶者即约翰之妹哈里爱德。约翰亦时至主人家存问，惟以其弟之故，第间时一来，不敢数数通谒，乃与摩尔芬同居卡格尔旧宅。倭而忒及佛罗伦司则时临贲。每贲，摩尔芬必出胡琴，弹而且歌。

然此时木偶人又安处置耶？实则尚在门外测量街道，观过往之车马，而精神则大佳，加以新鲜之髹垩，其上大书招牌曰“吉而司克忒尔”。船主者，新为此肆之东人，亦自命为科学，其最得意则金书标其姓名，时时出而负手仰观，言曰：“乃德克忒尔吾儿，果尔母见汝姓名金书大字，高悬于上，几于不敢自信。”忽见秃齿奔入曰：“船主吉而司，密司忒所罗门，密昔斯秃齿为我增一人矣。”船主大呼曰：“彼决为能生子之姑娘。”所罗门曰：“密司忒秃齿，吾为汝致贺。”秃齿曰：“我知二君属意，吾故奔告，我家人口已多，今又得新客人矣。”船主曰：“女客耶？”秃齿曰：“然。惟我不以生女为歉，但愿世界中女人多类其母者，亦大佳事。”船主曰：“汝言大惬吾意，趣来饮寿酒，愿彼多生贤女。”秃齿大悦曰：“谢船主吉而司，深以汝言为然。吾今日颇思烟。”于是吸烟，语乃续续不绝，言曰：“密昔斯秃齿之贤，吾不能尽述其美，然知我敬爱密昔斯倭而忒，乃不以为妒，此乃大奇。吾不敢欺二公，虽密斯东贝已嫁，我亦已娶，而我敬爱之心终始无变。吾娶后，与吾妻述当日爱密斯东贝之情，自谓一身如飘泊之飞花。吾妻乃深以为可，吾由是百事不之讳，而吾妻事事解意而慰我。我本欲奔入冷墓之中，乃吾妻极力格我不听往。我谓密斯东贝为天下最贤最美之安琪儿，二公思吾妻如何答者，彼乃曰：‘吾亲爱之秃齿，吾心亦如是。’”船主曰：“我亦如是。”所罗门曰：“我亦如是。”秃齿徐吐其烟纹，复言曰：“吾妻且有高见，能豫知未来之事。昨日与吾妻坐谈，妻曰：‘倭而忒近状令人骇异，居然不必行舟，乃自海上归来后，主人暂与以绝巨之任，迁升之速，匪人所及。倭而忒处事既当，又得人人之欢心。’此语质之密司忒所罗门，吾妻言当乎？”所罗门曰：“托天之福，密昔斯秃齿言然。”秃齿曰：“吾知吾妻所言多中。妻言密司忒东贝失其巨产，乃目见其婿将大昌其门。此言讵为无理？东贝父子之肆没矣，而幸留一女，种彼后来东贝父子之基。”船主大悦，力掷其冠，呼曰：“所罗门，汝曾否记及前此常言灰丁登事，我独无先见欤？我曾有是言否？”所罗门曰：“忆之忆之。”船主曰：“且住，吾今将大唱培格调，汝二人听之。”是时，所藏之酒又陈，新酒又为尘灰所积矣。

秋阳方媚，海滩之上有一少妇侍一白发老翁。其旁有二孺子，一男一女也。二子每出，即有一极老之狗随行。白发老翁出，亦必携此幼子，状至慈爱。小子果不乐，翁亦怏怏。有时小子坐翁之旁，仰面牙牙出其稚语，翁必坚执其手，爱极不能遽答。孺子呼曰：“祖父，我与阿叔之貌同耶？”翁曰：“甚似。惟若叔羸，汝则甚健。”孺子亦自矜曰：“我乃有力。”翁曰：“彼来时卧于小车来也，汝则健走如长大人。”语后，复携手行。孺子跳跃，翁视之至乐。即小女亦可爱，翁之爱之也，舍佛罗伦司外，乃无人知老人之心及前此之故事，此小女但见其祖面已有言若不遽尽者，则亦私怪其状，然老人恒不令此小女有不怿之色，亦不听少远其侧。夜中小女睡时，必亲至其榻，视其睡状。晨兴，见此小女至其榻前趣醒，则中心尤乐。果无人在侧者，翁之视女尤笃。有时小女恒问老人曰：“祖父每与我亲吻，何由有泪？”翁但曰：“小佛罗伦司，小佛罗伦司。”则力摩其发不止，初无他言。